中国古典文学研究丛书

晚明诗歌研究

WAN MING SHI GE YAN JIU

李圣华 著

人民文学出版社

图书在版编目（CIP）数据

晚明诗歌研究/李圣华著. —北京：人民文学出版社，2019
（中国古典文学研究丛书）
ISBN 978-7-02-016044-0

Ⅰ. ①晚… Ⅱ. ①李… Ⅲ. ①古典诗歌—诗歌研究—中国—明代 Ⅳ. ①I207.22

中国版本图书馆 CIP 数据核字(2019)第 287904 号

责任编辑 葛云波
装帧设计 崔欣晔
责任印制 徐 冉

出版发行 人民文学出版社
社　　址 北京市朝内大街 166 号
邮政编码 100705
网　　址 http://www.rw-cn.com

印　　刷 三河市鑫金马印装有限公司
经　　销 全国新华书店等

字　　数 334 千字
开　　本 880 毫米×1230 毫米 1/32
印　　张 14 插页 2
印　　数 1—3000
版　　次 2002 年 10 月北京第 1 版
印　　次 2019 年 12 月第 1 次印刷

书　　号 978-7-02-016044-0
定　　价 55.00 元

目　　录

前言

关于晚明的时限问题，史无定说。清初学者一般称万历至崇祯末的一段时期为明季，亦有把弘光、隆武、永历南明政权阶段包括在内的。明季一词大致相当于我们所说的晚明。民国学者倾向把晚明和南明分别认识。现代学界一般视南明为独立的历史分期，晚明下限为崇祯亡国之甲申，上限大致始自隆庆、万历之际。本文根据诗歌发展、社会政治、经济文化等方面的阶段性特征，确定研究对象为万历至崇祯七十馀年的诗歌[①]。

晚明是中国历史上罕见的社会大动荡时期。自万历起，明王朝开始迅速走向衰落。陈田《明诗纪事》说："万历中叶以后，朝政不纲，上下隔绝，矿税横征，缙绅树党，亡国之象，已兆于斯。"孟森指出："明之衰，衰于正、嘉以后，至万历朝则加甚焉。明亡之征兆，至万历而定。"明神宗在位四十八年，"怠于临政，勇于敛财，不郊不庙不朝者三十年，与外廷隔绝，惟依奄人四出聚财，矿使税使，毒遍天下"[②]。内阁大学士申时行、许国、沈一贯、方从哲等大抵是庸人柄政，专于依阿帝王取宠，排击倾轧正直士人，朝内缙绅树党，"水火薄射"[③]，国家政治生机活力剥蚀，朝政日趋没落。至天启帝浑浑噩噩，大权旁落到魏忠贤宦官集团手中，阉党横行，"衣冠填于狴犴，善类殒于刀锯"[④]。崇祯帝治阉党之乱，但未能挽救朝政混乱局面，根据曹溶所作《崇祯五十宰相传》，即可知时局之混乱、衰败。王朝国力衰竭，难以抵御咄咄相逼的满洲军事力量，并困于李自成、张献忠农民军的烽火四燃，终以覆国。

晚明历史激变在经济和社会风尚方面表现同样明显。农业衰颓，城市和商业经济发展迅速，一面是贫富分化严重，民不堪其苦，一面是世风侈靡，纷杂万象。当时以及清初的学者就注意到这些变化。万历十六年，余继登在《交河县志后序》中说："予闻诸长老云：'弘、正以前，俗尚敦朴，士以志行相高，野无惰农，市无淫工，商贾无绮靡之奉，下不敢干上，少不敢僭长。'今何如矣？美衣媮食，即诵法孔氏者犹然，无论商贾。农弃业为贾，贾弃业为游食，轻纤之适，声伎之娱，即无担石者犹然，无论豪富。"⑤交河县是经济不发达的地区，情形尚且如此，东南经济中心苏州，这一现象更加突出，张瀚《百工纪》记载："至于民间风俗，大都江南侈于江北，而江南之侈尤莫过于三吴。自昔吴俗习奢华，乐奇异，人情皆观赴焉。吴制服而华，以为非是弗文也；吴制器而美，以为非是弗珍也。四方重吴服，而吴益工于服；四方贵吴器，而吴益工于器。是吴俗之侈者愈侈，而四方之观赴于吴者，又安能挽而之俭也。"⑥徽州一带商贾四出，情况大致如此，顾炎武《天下郡国利病书》引《歙县风土论》云：弘治间"家给人足，居则有室，佃则有田，薪则有山，艺则有圃，催科不扰，盗贼不生，婚媾依时，闾阎安堵"，至嘉、隆之际"末富居多，本富尽少。富者愈富，贫者愈贫"，"贸易纷纭，诛求刻核，奸豪变乱，巨猾侵牟"，万历以后"富者百人而一，贫者十人而九。贫者既不能敌富，少者反可以制多。金令司天，钱神卓地，贪婪罔极，骨肉相残"。

政治、经济、世风的激变构成晚明士子人生态度、价值观念和生活方式转变的动因与契机。政治黑暗迷乱给士人带来极大的人生困惑和沉重的精神负荷，经济与世风变化又促使放纵自适士风流行，士人身上交织着自我的清醒与道德的困惑、狂健的进取与放纵的沉沦、精神的自守与戾气的外放，世态百象如狂狷、愤世、孤傲、纵情、自适、隐逸、禅悦、自洁，在这个时代都体现得淋漓尽致。思想界存在着新生和陈腐、开放和禁蔽的尖锐冲突，程朱理学、阳明心学、禅宗思想、老庄学说及市民意识相互摩荡、融合，大有争鸣之势。其中，两大变化趋势引人注目：一是士人接受左派王学，融合三教，个体意识高扬，肯定自然人性，推动晚明异端思潮的形成和发展；二是士人为振兴世道，主张用实，从维护礼法和程朱理学出发批评异端思想和尚谈心性的学风，这一思潮至明末渐占上风。

晚明社会自由与禁蔽、凋败与繁荣、新生与破灭种种情势共生，蕴育诗坛蜕变衍化的契机。公安派独抒性灵，在文坛推毂晚明异端思潮；竟陵派感于幽愤，以凄霖苦雨之声传递现实幻灭之感和对澄明世界的追求；晚明闽派熔铸文学妙悟、性情，倡导革新；江浙山人诗人疏远科举，以诗文、技艺标示个体存在；山左诗人在闳音鸣世理想破灭后，走向愤世急怼；东林、复社、几社士子面对世道衰微，诗歌追求世运、性情、学问相合一的旨归，其中杰出之士在天崩地解之际，激流勇进，以热血谱写爱国诗章；女诗人挟区域、家族文化传习之优势，以独特的敏感和才华，振兴闺秀诗坛，规模之磅礴、态度之率真，均诗史前所罕有，共同谱写出晚明诗歌多元灿烂、于中国诗歌史上堪称独特的一部乐章。

一　晚明诗坛概况

其一，诗人涌现，诗派群体更迭，诗论纷出。晚明诗人数量目前尚无具体统计。天启初年，钱谦益着手编次《列朝诗集》，间隔二十馀年复续其事，至清顺治六年辑成八十一卷，著录明诗一千八百馀家，晚明作者占半数，但该集录诗略于明末，如公安派诗人，收录不过公安三袁、陶望龄、黄辉、雷思沛、秦镐数人，竟陵派仅选录钟惺、谭元春、商家梅、葛一龙等数人。朱彝尊有志补《列朝诗集》所缺，晚年编成《明诗综》百卷，录存三千四百馀家，详于明末，广收明遗民诗，如果计以遗民诗人，晚明作者居半，已超过《列朝诗集》总数。清末民初，陈田历十七年编《明诗纪事》，评录四千馀家，较《明诗综》更详于明末，即使如此，所遗仍不在少数。初步推测，晚明有诗文编册成集的作者逾千家。庞大的诗人阵营构成流派群体踵兴的基石。嘉靖中叶，文坛尚不见流派纷呈之势。隆万之际，后七子派分化出新安诗群一支，浙东形成甬上诗派，闽中有晚明闽派，越中和山左诗群亦具规模。尔后，公安派，竟陵派，东林、复社及几社诗群，争衡文苑。诗人各标诗说，争鸣激烈。李贽"童心"说、徐渭"本色"说、汤显祖"有情"说，及屠隆"适性"说，开启公安派先河，而公安派诗人阐释"性灵"，各立新论，袁宏道倡"独抒性灵"，江盈科论"元神活泼"，陶望龄称"偏至之独造"。竟陵派主张"隐秀"，复社、几社提出"适远"，山左诗人相继标举"齐风"和"侠诗"、"禅诗"，晚明闽派提倡融合妙悟、性情。诸如此类的各持一说，体现了诗坛繁荣与创新自立。

其二，创立一代明诗的文学意识空前高涨。无论后七子派、公安派、竟陵派，还是晚明闽派、几社诗群，建构一代明诗以复兴文艺的革新意识都相当凸显。胡应麟《诗薮》称李梦阳"开创草昧"，张惟任认为李梦阳"有开创扫除之功"[⑦]，李贽反对模古，但谓李梦阳："与阳明先生同世同生，一为道德，一为文章，千万世后，两先生精光具在，何必更兼谈道德耶！人之敬服空同先生者，岂减于阳明先生哉？"[⑧]袁宏道力掊复古，而对李梦阳、何景明开辟一代明诗的功绩直认不讳，《答李子髯》诗云："草昧推何李，闻知与见知。机轴虽不异，尔雅良足师。"[⑨]公安派提出异于复古的诗歌"机轴"，陶望龄为明诗呐喊："从来诗道，大明派头甚正。"[⑩]并解释"大明派头"之诗说："自阳明先生盛言理学，雷声电舌，云雨俿施，以著为文词之用，龙溪绍厥统……不独道术至是大明，而言语文字足以妙乎一世。明兴二百年，其较然可耀前代传来兹者，惟是而已。”[11]雷思沛盛赞袁宏道“莫把古人来比我，同床各梦不相干”诗句，《潇碧堂集序》亟称“石公（袁宏道号）之诗，石公之自为诗也，明诗也”。钟惺明确提出“明自有诗”、“人各有诗”[12]。山左的公鼐表白“丈夫树立自有真”，“愿成昭代一家言”[13]。晚明闽派继承明初、中叶闽派之绪，力振闽中诗坛。诗人创立明诗的意识和可贵探索，使晚明诗歌在中国诗歌史上自成一系。

其三，诗歌运动与时代思潮相融合互动。左派王学与三教合一及市民思潮的交融，推动了李贽为首的狂禅派形成，公安派为文学界异端思潮的代言，肯定自然人性、个体独立，要求诗歌率性任真。竟陵派追求“独拔”的人生和艺术，体现了狂禅派受挫后社会思潮的变迁。东林士子讲求程朱之学，批评空谈心性，注重用实，复社和几社承继东林学术，关心现实，诗以“适远”，以补益于世道，这一诗歌取向与东林建立的学术传统密切相联。

其四，诗歌主流嬗变的阶段性。万历初，后七子派中兴，并发生新变；越中、甬上、山左、闽中区域坛坫兴起；山人诗流行于世；李贽、汤显祖、徐渭自成一帜，这一多元变化奠定诗坛新格局。万历中叶，公安派倡导诗歌革新，与异端思潮水乳交融；尔后竟陵派寓性情于寒苦之音，“浸淫三十馀年，风移俗易”[14]；闽中、山左、松江区域坛坫取得较快的发展。崇祯时，明王朝臻于一触即溃，复社、几社将文艺复兴与国运振兴相系联，体现了明末诗歌的主流走向。简而言之，晚明诗歌经历了一个从独抒性灵、张扬个性，到独拔隐秀、涤空孤诣，再到世运、性情、学问合一的主流演变过程。

其五，诗派群体之间激烈的文学争鸣。尊“道”还是崇“文”？守“格”还是主“情”？昵“古”还是重“今”？三者是晚明诗歌创作和理论争鸣的中心问题。

历史进入晚明，新思潮日兴，诗人尚情贵真，任法自然，体现了文学与时代思潮的融汇。公安派疏瀹性灵，确立诗歌革新走向。异端思潮受挫，竟陵派寒苦之音传递了社会迷乱中的士人苦闷情绪，“隐秀”诗观即包含人生和文学的双重旨归。复社、几社注重经学和温厚诗教，但反对诗歌纯粹说理。总之，诗人对“道”的理解变化，消解了明中叶以来“道”与“文”的矛盾（前、后七子反理崇文）。

后七子派的新变表现出以性情消解格调束缚的倾向。李贽、徐渭及公安派彻底破除格调与性情的界限，认为诗本无所谓格调，如果有，也是性情各异的产物。竟陵派肯定文学流自性灵，诗无定法、定格。几社诗人批评公安、竟陵派，希望通过清理无定格、定法之论，振兴诗坛，与此同时，指出不应迂腐循守温厚中和诗教，格调不关世运，虽好而必不习之。

后七子派后期承认师古之外还须师心。公安派近于完全否定泥古，推重师心自尚。竟陵派认为师“古人之精神”是必要的，别开融合师心和师古的门径。山左诗人持论和竟陵派相近，在公安派、七子派之外，寻求熔铸古今的诗路。吴中诗坛前期倾向师古，后期转求师心与师古的契合。复社和几社诗人既反对一味拟古，更反对师心的无程则，强调融贯“古人之精神”与“诗以用世”的重要性。

其六，诗歌创作鲜明的时代和个性特色。诗人追求情、真、善、美，关注现实、人生，无论标榜古人，还是命世当今，创作都富于鲜明的时代特色和艺术个性，饱含热情和创造。袁宏道肯定诗人“意兴所至，随事直书”[15]，江盈科论诗主张“宁质，宁朴，宁摭景目前，畅协众耳众目”[16]。《明诗纪事》评二人诗“近俚近俳，正复相似”。“近俚近俳”正意味着诗歌走向生活、走向平实自然，如徐渭《燕京歌》七首、袁宏道《灯市和三弟》、江盈科《迎春歌》，载述人情习见，江盈科《述怀》、袁宏道《陶石篑兄弟远来见访，诗以别之》，张扬自我。袁宏道《猛虎行》、钟惺《乙丑藏稿》、沈德符《天启宫词》抨击矿税或党争，力度深厚，堪称一代诗史。陈子龙《秋兴杂感》、夏完淳《精卫》、《长林细哭》载述亡国之悲和赤子爱国之情，感人至深。诗人各抒性灵，创作风格多样化，如王世贞的平淡、屠隆的高华、徐渭的雄肆、李贽的平实、王稚登的萧逸、陈继儒的朴野、冯梦龙的俚俗、袁宏道的洒脱、江盈科的细切、钟惺的幽峭、谭元春的清泠、公鼐的爽丽、王象春的奇警、王思任的涤宕、高攀龙的冲夷、谢肇淛的细润、曹学佺的浅淡、陈子龙的哀艳、黄道周的博奥、沈宜修的清怨、叶小鸾的高散，林林总总，不一而足。晚明诗人正是以贴近时代和个体的心音体写了一代知识分子的情感心路历程。

二　清初以来对晚明诗歌的批评与研究

四百馀年来，晚明诗歌的接受与批评历经曲折。公安、竟陵诗风在清初痛遇排挞。钱谦益、朱彝尊、王夫之等人的厉词批驳，尽管出自不同批评立场，或政治分歧的，或个人恩怨的，或审美意趣的，或艺术旨归的，但正本清源和复归大雅的宗旨出奇一致。明末几社实开启此一风气，不过大力的运作还是由清初诗人在历史变更中实现的，其中，钱谦益、朱彝尊影响最大。钱氏嗤点前贤，力挽“大雅”。朱氏订正钱氏之说，按曾燠《静志居诗话序》的说法就是“正钱牧斋之谬”，可是二人不存在根本认识分歧，细则不论，就批评范式言，他们树立的都是复古与革新“矫枉过正”的批评体系：后七子拟古而弊生——公安派救弊而陷于“纤佻”——竟陵派以蕴藉救公安之弊而失于“鬼国”、“幽峭”——复社、几社再起而救弊，复兴雅道。这一批评的失误是明显的，而且已远超出了诗艺高下和是非问题，言辞之尖刻、态度之严厉、抨击之凶狠、结论之酷重，在中国诗歌史或文学批评史上均前所未有，尤其是定谳钟、谭为有害于世的“诗妖”，对竟陵一派造成的打击是致命的，成为在封建历史时期不容辩白、无可甄别的铁案[17]。

清中叶继续“清理”晚明诗歌“馀毒”，特殊的是，官方介入“肃清”运作。沈德潜等人编《明诗别裁集》，大致据“唐音”为准选诗，合则录入，不合则去，一代诗歌几乎成了唐诗风雅点缀，可谓选非其人，精光不显。官方的清理，主要来自清廷严令禁毁与《四库全书》之舍弃、窜改、抽毁、误评。乾隆时的禁书活动从三十九年(1774)起，五十七年(1792)结止，禁毁图书数千种，晚明文献占相当比重[18]。以数以千计的别集为例，《四库全书》集部著录，若从王世贞之集算起，至明末不过四十馀种。至于《四库全书总目提要》评价晚明诗人，因袭钱、朱旧说，即使创为“新论”，纰谬亦比比皆在。在政治极权和思想封闭干预之下，对晚明诗歌的批评真正陷入一片“黄茅白苇”。鲁迅先生谈起清人清理晚明诗文的作法时，一语破的指出其弊：“这经过清朝检选的‘性灵’，到得现在，却刚刚相宜，有明末的洒脱，无清初的所谓‘悖谬’。”[19]清中叶近于“捣毁”似的批评给后世带来巨大负面作用，清末民初，陈田编一代巨帙《明诗纪事》，所下按语和选评眼光远比沈德潜及清代四库馆臣高明，可惜仍未能有较大的突破。

当然，应当看到主流之外的一些言论。清初，施闰章致书陈允衡，指出钟惺之诗“深情苦语，令人酸鼻，未可以一冷字抹煞”，“可谓之偏枯，不得目为肤浅”。陈允衡复书说：“冷之一言，其诗其文皆主之，即从古人清警出。”[20]袁枚《随园诗话》认为人谓钟、谭诗入魔，而其佳句自不可掩。咸丰六年，李慈铭读《袁中郎全集》说：“公安之派，笑齿已冷。皆谓轻佻纤俗之习，创自石公。今观其全诗，俚恶者固不免……然佳处亦自不乏，静细之思，幽隽之语，触目皆是。中郎一门风雅，出处可观，其得盛名，良非无故。后人固不可专学此种，而论诗宜平心审定，公是公非，自有千古，不可执其瑕颣，因噎废食，遂至埋没古人。”同治四年，又读《谭友夏合集》说：“竟陵之派，笑齿已冷。……前年在京师，见所选《诗归》，虽识堕小慧，而趣绝恒蹊，意想所营，颇多创得。因谓盛名之致，必非无因。”[21]然而这些言论终不能挽回清代“千喙一谈，竟从摈绝”的批评潮流。

民国时期，晚明诗歌研究进入新的历史时期，于三、四十年代形成高峰。周作人、林语堂、郁达夫、钱杏邨、刘大杰、钱基博、钱锺书、宋佩韦、朱东润、郭绍虞、谢国桢、容肇祖、嵇文甫都对明代文学、学术有着浓厚兴趣。周作人、林语堂、刘大杰探索“五四”新文学与晚明文学的关系，从公安派入手，更新批评晚明文学的观念。周作人《中国新文学的源流》把明清文学革新主流定格于公安派。刘大杰在钱杏邨、郁达夫、林语堂协助下校刻《袁中郎全集》，并在《袁中郎的诗文观》中指出：“清人对于中郎作品的批评，大半是说他俚俗诙谐，说他学问的根底不深，这实是错误的。俚俗诙谐，正是中郎文学的特色，他的诗文，平浅易解，并不能说他的学力浅。……把袁中郎的作品与文学理论，搬到现在的中国来，自然是旧货的了。货色虽为旧，但是他那种文学革命的精神，还是新的。”他们以新文艺批评家的眼光，给予公安派很高评价，某种意义上言是“五四”新文学运动的结果。钱基博《明代文学》和宋佩韦《明文学史》则对明诗复古评价较高。不过，肯定诗歌革新与“性灵”文学思潮的批评大致居主流。方孝岳《中国文学批评》和郭绍虞《性灵说》一文详细阐释了公安派“性灵”说。钱锺书《谈艺录》问世，即罄售一空，其中探讨晚明诗歌的一些观点对当前研究依然具有重要意义。容肇祖、朱东润、谢国桢、嵇文甫围绕明代学术、政治、文化研究，涉足领域广泛，容肇祖《明代思想史》、嵇文甫

《晚明思想史论》和谢国桢《明清之际党社运动考》等推进了诗歌研究，容肇祖《李贽年谱》、《焦竑年谱》，金云铭《陈第年谱》，姚名达《刘宗周年谱》等虽非专为研究诗歌而作，亦从侧面为研究提供了有价值的参考。

五十至七十年代，大陆的晚明诗歌研究不仅未在此前基础上深化，而且显得萎缩不少。八、九十年代，在思想观念和研究方法更新的情况下，始再呈现繁荣景象。有关诗文集出版方面，大陆起步晚于台湾，台湾七十年代刊行的《明代论著丛刊》，就包括七子派、公安派、竟陵派及复社、几社文人的一批重要集子。大陆出版业发展速度，使人略感欣慰，陆续刊印了数十种晚明诗文集，出版并形成了一定的规模体系，《四库存目丛书》、《四库禁毁书丛刊》、《丛书集成续编》、《续修四库全书》相继问世，《全明诗》、《全明文》编纂工作已进入日程，地方文献整理如岭南作家丛书、明清山左作家丛书、两浙作家文丛、安徽古籍丛书都关注了晚明作者之集。更为重要的是研究广度和深度方面的拓展。当代学者重新审视明诗的历史面貌，探索层面不断扩大，形成一批成绩不斐的专著，如《晚明文学初探》（马美信）、《明代文学复古运动研究》（廖可斌）、《明代诗文的演变》（陈书录）、《李贽与晚明文学思想》（左东岭）、《佛教与晚明文学思潮》（黄卓越）、《晚明士人心态及文学个案》（周明初）、《十四至十七世纪江浙地区社会意识与文学》（陈建华）、《明代中期文学演进与城市形态》（郑利华）、《明代隆庆、万历间文学思想转变研究》（饶龙隼），均具一定的开拓性。徐朔方先生编著的《晚明曲家年谱》、章培恒先生主编的《新编明人年谱丛刊》，亦为研究者提供了诸多方便。概而言之，此期研究已从选择性的分析，走向了较全面、系统的阶段，成就是多方面的，突出地表现在：探析晚明文学思潮，从思想史、哲学史等关联角度分析诗歌演变历史；研探晚明文化特征和士人心态变迁，把握诗歌文化意蕴和特征；重新认识七子派、公安派、竟陵派的艺术创造和诗史价值，逐步构建批评明诗的理论体系。

二十世纪晚明诗歌研究的成就是清人未足比拟的，而其间存在的一些问题及由此带来的负面作用不宜忽视。

第一，明诗不如唐、宋诗的批评意识。明代小说、戏曲的文学价值可与元杂剧、宋词、唐诗相提并论，为现代学界所公认，而关于明诗远不如唐、宋之诗的看法，不要说一般的文学受众，即使一些专业人士之论，亦司空见惯。我们不得不承认这种带有诸多偏见和盲从的说法已严重阻碍了晚明诗歌研究进程。艺术成就存在高低区别，但从诗歌作为一种"为人生"、"为社会"的语言艺术，作为一种抒情的载体和时代文化语言符号的角度上讲，唐诗、宋诗、明诗之间并无根本的优劣与高下之分，而且，在艺术创造方面也不宜简单论断明诗不如唐、宋诗。任何时代的诗歌都具有其特定的文化与艺术个性，诗歌艺术本身丰富多样，处于动态变化之中，"单一"的艺术规律并不存在。晚明诗人旨趣与唐、宋作者显然不同，艺术才情亦不尽相同，那么，以唐、宋诗衡论明诗，难免有削足适履之嫌。

根据唐音评定明诗，轻视时代性和艺术个性，明清诗论家已有不少这类说法。沈德符《马仲良诗集序》指出："耳食之徒，每深文于唐中叶，若赵宋则交喙詈之。夫唐、宋者，人也，性情亦何唐、宋之有？倘以万历之人，发抒万历之性情，试按其语，乃得唐人之未曾有与宋人之不能有，是亦诗之跻巅造极，观于是乎，止矣！"[22]文字很简单、平实，不无借鉴意义。

第二，批评运作中的宗唐、宗宋话语。宗唐和宗宋是明代诗坛长期争鸣的问题。清人评说明诗，尤好采用宗唐、宗宋的话语，甚至有人以复古等同宗唐，以革新等观宗宋，无视当时诗坛对"真"与"赝"及"情"与"格"的探索争鸣。为此，清代诗人付出了沉重的代价，严迪昌先生认为：从诗史角度看，《列朝诗集》操持选政，使得诗歌领域内“真”与“赝”、“情”与“格”之争，回归到诗的体格范围内的异同之辩，导致清诗在整体上长期胶结于宗唐祧宋、唐音宋调的争辩和宗法的转换。这是诗史上的一个重要转捩和关目，由公安、竟陵凿宽渠流的强调诗人个体自觉的历史，到清代重新接续时由此而显得那样步履维艰，迂回曲折。清代诗人，特别是才性飙发的诗人走自己的道路时，负荷得太重，花的代价也更多了㉓。

晚明诗人取法上存在学唐或学宋的倾向，这是诗歌继承发展难以避免的，也是必要的，但宗唐或宗宋，均非其特质，亦不意味不可驾轶古人。认识这一问题，不宜过分夸大，以偏概全会滋生很多误解。陶望龄、雷思沛关于“明诗”的呐喊，足以醒寐，试想晚明作者自标如此，今人论其诗，如果一味胶结于宗唐、宗宋批评话语，不免过于自设樊篱了。

第三，钱谦益、朱彝尊批评范式的遗存。钱谦益以倡导大雅自任，围绕明诗复古与革新，构建所谓的对立与矫弊的“变通”理论。朱彝尊步其后尘，发展此说，清代四库馆臣大抵是承袭这一批评统绪。其实，夸大对立和救弊，主观树立诗史演变单一规律，无助于显现一代诗歌演进、变革的丰富内容。可是，二十世纪明诗研究在某种程度上说未真正走出钱、朱批评范式。民国学者为公安派鸣不平，但在具体问题认识上存有较多偏颇，对七子派的误解，对竟陵派的漠视，更说明其研究的历史局限性。直到八九十年代，局面有所改观，只是还说不上彻底突破了钱、朱批评，诸如现代流行的复古与革新“对立”说、“互补”说，算不上新鲜的论调。

第四，诗歌创作研究的边缘困境。二十世纪与晚明诗歌相关的学术著作和论文，侧重点大致落在揭示诗论、诗歌与学术思潮之关系方面，创作研究显得不足。这一现象在八九十年代表现尤为突出，诗歌自身研究愈来愈处于边缘。哲学、文化研究取代不了诗歌创作的探讨，走出这一边缘困境当是今后晚明诗歌研究中值得关注的问题。

对以上研究问题，笔者有几点不成熟的看法：一、进一步拓宽研究层面。我们的研究还有许多待于深入认识的课题，如新安诗群、晚明闽派、山左诗群、甬上诗派、粤东诗派、女性诗歌、山人诗等均是。二、拓展研究方法，以利于认识深化。如从区域文化角度探讨明诗，不失可行之举。明诗与区域文化关系密切，公安派、竟陵派重要诗人多占籍湖北，自标“楚人”，宣称“楚风”。越中诗人接受阳明、龙溪之学，诗歌“尚理”色彩浓重，徐渭、陶望龄之诗即体现了这一区域特色。再如从结社角度切入研究，对揭示文坛风会与诗派演变来说亦不失为一个视角。民国时期，谢国桢、郭绍虞等人通过结社认识明代学术和文学，颇见成效，可是，当前并未对此予以足够的关注。三、更多关注诗歌自身研究。文学研究不排斥学术热点，但要少一些盲从，多一些独立和理性。四、当前研究要走出困境，重要的一点便是走出钱、朱批评明诗的理论模式，重新认识《四库全书总目提要》的评说，并走出“宗唐”、“宗宋”批评话语模式。五、提倡多元的批评。诗史不具有“某一种”终极形态，我们阐述诗歌历史，应该对其复杂形态和规律作一定程度上的把握，而不是陈述其终极形态。就和规律不是本质一样，诗史揭示的规律并非文学自身，如果把诗史统一于“某一种”形态，规律变成单一的、终极的真理，那么，文学研究可能变为某种模式的图解。我们的研究，根本上言，不是寻求“单一”，而是尽可能展现诗史丰富而复杂的存在。

---

① 《列朝诗集》收诗大致以崇祯亡国为限，《明诗综》多采明末诗和明遗民诗，《明诗评选》偶涉及明遗民诗，《明诗纪事》广收明遗民诗。

谢国桢《增订晚明史籍考·凡例》:"是书所搜辑史籍之时代范围,由明季万历至崇祯,以迄清康熙间平定三藩事件时为止。"又,"是书略仿杨凤苞《南疆逸史跋》之例,以时代为先后,而以事实内容性质之分类副之。大要可分为两个重要时期,而以甲申为限断。其一则以甲申之前,上溯至万历为一时期。"陈垣《明季滇黔佛教考》卷一:"吾兹所论,只明季自万历至永历一段。"嵇文甫《晚明思想史论》:"这样一个思想史上的转型期,大体上断自隆万以后,约略相当于西历十六世纪的下半期以及十七世纪的上半期。"(第 1 页)章培恒先生《李梦阳与晚明文学新思潮》认为中国的明王朝自万历间起就进入了晚明(《安徽师大学报》1986 年第 3 期)。徐朔方先生《晚明曲家年谱自序》:"与其说任意提前晚明的上限,倒不如说以他们(指徐霖、王济、郑若庸、陆粲、陆采、梁辰鱼、徐渭、谢谠八人,均出生在嘉靖前)作为先行者而排列在《苏州卷》、《浙江卷》的前面。孟称舜的部分戏曲创作完成于易代之后,金圣叹的《西厢记》评点也一样,但他们在明亡之前都已经成名。收入本书的更多曲家则活动于万历或天启、崇祯间。这是本书题名冠以晚明的依据。"

② 《明清史讲义》第 246 页,孟森著,中华书局,1981 年。

③ 《明史》卷二二九。

④ 《明史》卷三〇六。

⑤ 《淡然轩集》卷五。

⑥ 《松窗梦语》卷四。

⑦ 《大泌山房集》集前《太史公李本宁先生全集序》。

⑧ 《焚书》增补一《与管登之书》。

⑨ 《敝箧集》卷二。

⑩ 《歇庵集》卷十五《与袁石浦三首》。

⑪ 《歇庵集》卷三《海门文集序》。

⑫ 《隐秀轩集》卷二十二《白云先生传》。

⑬ 《问次斋稿》卷八《长歌赠邢子愿席上》。

⑭ 《列朝诗集小传》。

⑮ 《瓶花斋集》之六《叙姜、陆二公同适稿》。

⑯ 《雪涛诗评·诗文别材》。

⑰ 严迪昌《清诗史》第 42 页。

⑱ 参见雷梦辰《清代各省禁书汇考》。

⑲ 《且介亭杂文二集·杂谈小品文》第 168 页，鲁迅著，人民文学出版社，1973 年。

⑳ 参见《湖北诗征传略》卷二十八、《石遗室诗话》卷六。

㉑ 《越缦堂读书记》四《集部》第 913、917 页，李慈铭撰，由云龙辑，辽宁教育出版社，2001 年。

㉒ 《清权堂集》附录。

㉓ 严迪昌《清诗史》第 46 页。

第一章　晚明诗坛现象概述

对繁复变化的晚明诗坛，仅作主流演变形态的陈述，不足展示其丰富内容。这里不循先后顺序，择定四个与晚明诗歌密切相关的问题，即区域人文、士人心态、文人结社、山人诗人，以论述诗坛现象和特征。

一　晚明诗歌与区域人文

区域人文差异是人类文化史上一种极普遍的现象。诗派群体、诗歌风尚、诗人文化心理受诸多文化因素制约，区域人文和学术思潮、社会政治、经济条件一样，为重要影响因素，区域的自然环境、历史传统、文化场景、学术风气，以及社会网络，无不滋育着诗人及群体的文化“个性”。

我国区域文化传统源远流长，《诗经》十五国风反映诸侯国各异的风土、民情、人文。如《左传》襄公二十九年载，吴公子季札观乐，谓二南“勤而不怨”，王风“思而不惧”，豳风“乐而不淫”，魏风“大而婉，险而易行”。战国百家争鸣的诸子皆有地望，鲁迅将周季社会思潮略分四派：一是邹鲁派（孔孟、墨翟），诵先王法，标榜仁义，以备世之急；二是陈宋派（老子、庄周），言清静无为；三是郑卫派（邓析、申不害、公孙鞅、公孙龙、韩非），皆言名法；四是燕齐派(邹衍、田骈),多作空疏迂怪之谈[①]。唐代的魏徵等撰《隋书》据区域论文学,有云:“江左宫商发越,贵于清绮;河朔词义负刚,重乎气质。”[②]宋人庄绰的说法反映了一种较普遍的认识:“大抵人性类其土风,西北多山,故其人重厚朴鲁;荆扬多水,其人亦明慧文巧而患在轻浅。”[③]明人唐顺之《东川子诗集序》总结前人“西北之音慷慨,东南之音柔婉”之论,肯定而言:“若其音之出于风土之固然,则未有能相易者也。”

不同区域之间的文学差异乃一种客观存在,各区域的文学具备相对稳定的特质,而且某一特定历史时期,区域诗歌将呈现高扬之势。晚明正是这样一个时代,诗人有着清醒的区域诗坛归属和振兴意识,旗帜鲜明地标举自我区域诗学,推出自我区域的当代作者,并往往构成区域性的诗派或群体。

1. 区域诗坛归属与振兴意识

先看后七子派、公安派的区域诗歌意识。

太仓王世贞早年承继吴中绮丽诗歌传统,嘉靖中,受李攀龙雄浑大雅诗观鼓动,对吴中诗风滋生不满,“雅不好吴音”,但复古十年而有变,开始回归吴中传统,调剂自我区域诗风和复古诗风。王世懋的调剂态度和世贞类似,李维桢序其集说:“十五国风,同声而异调,西北沉雄,东南巧丽,近代大家未能尽脱其习。公居三吴佳丽之地,累叶绮纨之后,文质剂量,斌斌相得。”[④]

京山李维桢,末五子之一,结合自我区域文学传统与复古理论,标举“楚风”,取法屈原,《和雪亭诗序》中说:“楚故都郢,于今为江陵,宋玉所云客有歌于郢中者,实在其地。……人言《诗》亡而诗在楚,则以三闾氏《离骚》故。……然则吾郡之有郢歌,非无因而至也。”[⑤]他阐述“楚风”,借新安诗人方文僎之口说:楚方城为城,汉水为池,用以治诗,“气不欲馁”;物产丰富,用以治诗,“蓄不欲寡”;民风妖冶、激宕,用以治诗,“情态不欲乏”,“味不欲薄,色泽不欲枯,追琢不欲疏曼”;楚俗好鬼而重巫觋,灵氛所占,可谓奇诡,用以治诗,“兴寄物象,变不欲穷”⑥。

鄞县屠隆,末五子之一,鼓吹浙东地壮气烈,激情形于言表,如云:“窃疑河岳英灵之气,天或者独私于西北?西北土厚而其气雄浑,故其民博大而深沉,若青齐、燕赵,若关中、太原,古振世豪杰之产,往往而在。……是东南之羞也!吴越金陵王气,道走姑苏,下大江,经会稽,而盘礴于甬东。甬东者,西枕会稽,东俯沧海,故越王勾践之墟,地不壮于此矣!大风之所震荡,而长波之所激射,气不烈于此矣!谓宜有振世豪杰生其间,命令当世,而照耀来兹,与青齐、燕赵、关中、太原相等埒可矣。至历千百岁无之,即有之,非其至者。嗟!何以故?乃近者灵气攸降,人文稍稍出焉。”⑦

后七子派诗人在复古与自我区域诗歌风尚之间探索革新道路,据区域以论诗,构成诗派后期文学运动的一个重要特征,由于他们不愿放弃复古,受到了公安派的猛烈批判。

公安袁宏道与李维桢都身自“楚人”,推崇“楚风”,但宏道对王世贞、世懋的调剂态度颇有异辞,他肯定吴中风雅传统,抨击复古影响下的“务为大声壮语”诗歌习气,在《叙姜、陆二公同适稿》中说:“大抵庆、历以前,吴中作诗者,人各为诗。人各为诗,故其病止于靡弱,而不害其为可传。庆、历以后,吴中作诗者,共为一诗。共为一诗,此诗家奴仆也,其可传与否,吾不得而知也。间有一二稍自振拔者,每见彼中人士,皆姗笑之。幼学小生,贬驳先辈尤甚。揆厥所由,徐、王二公实为之俑。然二公才亦高,学亦博,使昌谷不中道夭,元美不中于鳞之毒,所就当不止此。今之为诗者,才既绵薄,学复孤陋,中时论之毒,复深于彼,诗安得不愈卑哉!姜、陆二公,皆吴之东洞庭人,以未染庆、历间习气,故所为倡和诗,大有吴先辈风。意兴所至,随事直书,不独与时矩异,而二公亦自异，虽间有靡弱之病，要不害其可传。”这一批评有借吴中诗风传统消解复古的意味。鉴于吴中诗人得失，宏道坚定标举“楚风”之志，《叙小修诗》强调袁中道诗“劲质而多怼，峭急而多露”决非诗弊，而是“楚人”自为楚诗，“是之谓楚风”⑧。《赠章子》称楚人“相地多任性”⑨，《又赠朗哉，仍用前韵》有云：“楚人调涩无佳韵，好谱离骚入管弦。”⑩此即是说“楚人”愤怼劲质之诗乃“独抒性灵”。很显然，这是宏道标举的“楚风”理论。

公安派及稍后的竟陵派均以楚人为主要阵营，有关“楚风”之论比比皆在，创作上亦不约而同表现出“劲质”、“峭急”的特点。这也难怪当时以及清代的诗论家习惯称其“楚调”，一些持有异论的批评者往往用“楚咻”一词进行诋骂。然而，公安、竟陵派的“楚调”根植于区域文化土壤，深具生命力。

再看山左、闽中、江右诗人的区域诗歌意识。

蒙阴公鼐推崇齐鲁文化传统和雄浑大雅之诗，如云：“关中作者擅辞场，海内争传李梦阳。一自源流归历下，至今大雅在东方。”⑪我们注意到，公鼐推崇李梦阳、李攀龙，意不在承绪复古理论，他和冯琦、于慎行、邢侗基于齐鲁诗歌文化传统而共同倡导“齐风”。

从万历时起，闽中诗人承绪明初、中叶闽派，形成晚明闽派，谢肇淛被《列朝诗集小传》称作诗派“眉目”，他的《漫兴》论诗绝句有云：“徐陈里闬久相亲，钟李湖湘非我邻。丸泥久已封函谷，怕见江东一片尘。”⑫朱彝尊、汪端分别采此诗入《静志居诗话》和《明三十家诗选》。现代学者编《万首诗论绝句》，于明代收录不多，此为其一，注解指出钟为钟惺，大抵不错。不过，李、徐、陈具体所指，向未见述及。据笔者考察，李为李维桢；徐指闽县徐熥家族的诗人，陈指闽县陈价夫家族的诗人；“江东一片尘”主要指先追摹复古、再染指竟陵的吴中诗人。谢氏挑明闽中诗人“久相亲”，不欲附和江浙、荆楚,因此,朱彝尊和汪端均视此为闽中诗人自重之语。

临川汤显祖认为区域之诗,“各以所从”,“不可强而轻重”,诗人若能发扬自我区域诗风,诗自可传,《金竺山房诗序》云:“诗者,风而已矣。或曰:风者,物所以相移,亦物所自足,有不可得而移者。十三国之风,采而为诗,舒促鄙秀,澹缛夷隘,各以所从。星气有直,水土有比。宫商之民,不得轻而徵羽;明条之地,不得垂而阊莫。此仪所以南操,而舄所以庄吟也。江以西有诗,而吴人厌其理致;吴有诗,江以西厌其风流。予谓此两者好而不可厌,亦各其风然,不可强而轻重也。立言者能一其风,足以有行于天下。”[13]汤显祖本人即是传承江右王学,祖述江西风雅。

2. 区域诗坛概况与特征

晚明诗派群体多缘地域构成,如新安诗群、甬上诗派、粤东诗派、晚明闽派、公安派、竟陵派,从名称上就可明晰看到这一特征。而“文人集团”之得名,同样具有鲜明的区域性。郭绍虞《明代的文人集团》[14]辑录公安三袁、娄东二张一类的“文人集团”九十四种,大致分为地域、社所、时代、官职、师门、家庭关系、品题、齐名八类,其中地域、社所、家庭关系、齐名与区域人文密切相关,此类“文人集团”约七十种,属于晚明者居半。笔者在此基础上增辑晚明“文人集团”至八十二种(附录二),由区域关系得名者超过总数的70%。

晚明区域诗风高扬,区域诗坛勃兴,以吴中、越中、甬上、公安、竟陵、山左、闽中、松江、岭南、新安最为引人注目。

(一)吴中诗坛:以苏州为中心,包括太仓、常熟诸州邑。宋室南迁后,吴中诗文便雄视海内,朱彝尊《张君诗序》说:“汴宋南渡,《莲社》之集,《江湖》之编,传诵于士林;其后顾瑛、偶桓、徐庸所采，大半吴人之作。至于北郭十友、中吴四杰，以能诗雄视一世。降而徐迪功颉颃于何、李，四皇甫藉甚七子之前。海内之言诗者，于吴独盛焉。”⑮

明初吴中四杰创立吴中派，奠立清新明秀、才情浪漫的区域诗风。明中叶，吴中才人辈出，吴宽、王鏊、黄省曾、沈周、祝允明、唐寅、文徵明享誉文坛。文徵明老寿，宗盟吴中，周天球、彭年、黄姬水、王稚登、张凤翼、张献翼出其门下。王世贞早年亦从学，尔后习慕复古，中岁又调剂吴风与复古。吴中诗人受世贞影响，诗兼采复古。万历以后，王稚登主持诗盟，大抵不事复古，其子王留继父风，倡“吴下体”。吴中四杰、吴门四才子、王稚登、王留一脉传习的吴中诗风，以绮丽之调为工，“雅好靡丽”、“争傅色”、“务谐好”⑯，不同于江西的崇尚“理致”。

另外，徐波、葛一龙、沈春泽加盟竟陵派。顾宪成、高攀龙讲学东林，张溥、张采承东林风绪组织复社，推重诗教和用世，不专尚文采，代表着明末吴中诗坛走向。钱谦益总结说：“自万历末造迄今五十年，吴中士大夫相率薄文藻，厉名行，蕴义生风，坛埠相望。”⑰

（二）越中诗坛：以绍兴为中心。明中叶，王守仁创立阳明学，诗有“击壤”遗风。之后，王畿为首的左派王学异军突起，诗宗自然。晚明越中士子以习尚王学为荣，诗亦奉阳明、龙溪蓍蔡，兼重情、理，推崇自然之法。如徐渭《肖甫诗序》：“于是肖甫者为诗，始入理而主议。”他虽不支持“悉出乎理而主乎议”，但对肖甫诗表示赞赏：“余独私好之。”⑱《草玄堂稿序》又指出：“谓理可以兼诗，徒轨于诗者，未可以言理也。”⑲徐渭开公安派先河，惜其“身卑道不遇”，后在袁宏道、陶望龄等人推扬下，越中形成诗宗徐渭的风尚。陶望龄、周汝登主持万历中叶越中学坛和文坛，推毂公安派。明末，王思任、张岱、倪元璐、祁彪佳、陈洪绶发扬区域诗歌传统，兼采公安、竟陵诗风，越中诗坛蔚为壮观。

（三）甬上诗坛：以宁波为中心。甬上结社风气兴起较早，诗坛之盛则在隆万之际，张时彻、沈明臣、屠大山、余寅、沈九畴、汪礼约、闻龙、丰越人、杨承鲲、屠本畯、屠隆组织诗社，张时彻、屠大山、沈明臣为耆宿，屠隆、余寅等新秀多出其门下。《明诗纪事》称沈明臣创立"丰对楼一派"，实指甬上诗派。甬上诗风高华流丽，才气逸宕。屠隆入后七子派，为复古新变高手，作品体现了甬上诗风与复古的交叉。屠隆视乡人袁时选为甬上继往开来的作者，但袁氏未能承担此任。明清之际，高宇泰、徐振奇、林时跃、徐凤垣、钱光绣、高斗权、李邺嗣等结南湖九子社，陆宇爆等结观日堂七子社，万泰、徐凤垣、高斗权、李邺嗣、沈士颖等倡鹪林八子社，甬上诗坛再兴。

（四）楚地诗坛：楚文化的"狂简"与文学"变风变雅"一直是楚地士子持重之资。王敔《大行府君行述》载："（王夫之）又以文章之变化莫妙于《南华》，词赋之源流莫高于屈宋。《南华》去其《外篇》、《杂篇》诃斥圣门之讹妄，其见道尚在狂简之列；屈子以哀怨沉湘，抱今古忠贞之恸，其隐情莫有传者，因俱为之注，名曰《庄子衍》、《楚词通释》。"从王夫之的诗文观，可知"楚风"文论的一些特点。吴国伦、李维桢与后七子派其他诗人的一个显著区别即在其根深蒂固的楚文化意识。"楚人"的简狂与善变在公安派身上表现得更为突出。袁中道认为历史上文风之变多导自"楚人"，《花雪赋引》说："变之必自楚人始。季周之诗，变于屈子，三唐之诗，变于杜陵，皆楚人也。夫楚人者，才情未必胜于吴越，而胆胜之。当其变也，相沿已久，而忽自我鼎革，非世间毁誉是非所不能震撼者，乌能胜之！"[20]黄冈人杜濬《跋袁中郎遗墨后》阐述了与之相近的观点："二百年来，海内之诗，大都视吾楚为转移，始之为长沙（李东阳茶陵派），继之为公安，又继之为竟陵。虽各出手眼，互有异同，然能拘束天下豪杰之士，受我驰驱，岂非极一时之盛哉!”[21]公安和竟陵为晚明楚地两个新兴诗歌坛坫。前者以公安县为中心,龚仲敏、仲庆开启风气,三袁广而拓之,桃源人江盈科与三袁同气相求,倡导诗文革新。后者以竟陵县为中心,万历后期,公安诗坛衰落,竟陵诗坛崛起,钟惺和谭元春及钟、谭两家子弟为竟陵派重要成员,以清新、孤永、幽峭之诗振声诗坛。

(五)山左诗坛:以济南为中心。历城边贡、李攀龙分别跻身前、后七子之列,肇开区域诗歌复古之绪;临朐冯裕及四子惟健、惟重、惟敏、惟讷倡立不同于复古的诗风,二者共同揭开山左明诗振兴之序。万历前期,公鼐、冯琦、于慎行、邢侗反对模古剿袭,弘扬“齐风”。万历后期社会政治激变之下,王象春、公鼒、李若讷另辟诗径,提倡“禅诗”、“侠诗”。崇祯间,丁耀亢、徐夜、董樵、姜埰、姜垓、赵进美、赵士喆据山左诗坛,响应复社、几社感召,呼唤现实对文学的全方面介入,主张宏大雅正之诗,以求有裨世运。

(六)闽中诗坛:以福州为中心。明初,高棅、林鸿为首的闽中十子创立闽派,盛推唐音,信奉“妙悟”诗说。《诗薮》称闽派与江右派、越派、吴中派、岭南派“咸足以雄据一方,先驱当代”。明中叶,郑善夫率门人振兴闽中诗坛,号曰闽派中兴。半个世纪后,徐熥、邓原岳、谢肇淛、曹学佺崛起闽中,此为闽派三兴,局面胜过闽派中兴,论诗融合性情、妙悟、学力。明清鼎革,闽中诗坛步入沉寂。

(七)松江诗坛:以松江为中心。元末明初,松江之诗曾盛于一时,再兴则始于隆万之际。陈继儒为一代宗盟,宋懋澄、莫是龙、顾斗英等人相辅助之,诗风清丽,接近吴中。明末,陈子龙为首的松江几社崛起,标志着明代松江诗坛的三兴。陈子龙从学陈继儒,诗风哀感顽艳,一定程度上承绪了松江诗统。

(八)岭南诗坛:以广州为中心。明初南园五先生结南园社,开辟岭南诗派。明中、后叶之交,南园后五先生欧大任、黎民表、梁有誉、吴旦、区大相组织南园后五子社，创立粤东诗派，风格宛雅、清亮，一方面为后七子派羽翼，另一方面，非复古所能掩盖。明末陈子壮、黎遂球等南园十二子发扬南园风绪，算得上粤东诗派后劲，影响延至清初广东诗坛。

（九）新安诗坛：以徽州为中心。兴于嘉靖，盛于万历，出现了以汪道昆为首的新安诗群，成为后七子派重镇之一。汤显祖《金竺山房诗序》述及新安"文气"有云："新安者，江吴之集，而永新者，江楚之交。其地脉精采射越，当乎右辰[22]，故其诗旁魄愤发，幽缭致属，则大鄣之气也。标贯玄微，该验条传，则又非若吴人之风露自赏者，两者之风，较然粲然矣。"

公安派、竟陵派、晚明闽派、甬上诗派、几社诗群、粤东诗派、新安诗群的涌现，一定意义上讲，乃晚明区域诗坛兴盛的结果。各区域诗坛发展情况及其间的对立、融合影响着晚明诗歌的走向：万历初，吴中、甬上、越中、粤东、闽中、山左、新安、太仓诗坛并立，导演出诗坛新格局；公安、竟陵楚风传衍半个世纪，构成诗坛主调，多元复调中以齐风、闽风较著，吴中、越中诗风交融楚风最多；明末诗坛重组整合，吴中、松江兴盛，与竟陵争衡。明清易鼎，宣告了明诗的终结，清初诗坛区域分布基本沿续了明末的走向。

二　士人心态与诗风嬗变

晚明士人个性相较明中叶凸现了负性、使气、任侠的特点。如胡应麟负才而好矜夸；袁宏道、袁中道、陶望龄欲令世讶其狂；钟惺性情孤傲，"为人严冷"；陈子龙和艾南英论文，气不平则起而殴之；王象春恃才自负，揽镜自照说"此人不为名士，必当作贼"；王微放舟江湖，侠骨剑心；薛素素飞弹走马，以女侠自命；刘淑英知兵法剑术，明亡之际号召义军，雄气逼人。很显然，这是特定历史环境下诗人心态变异的结果。对诗人“雅负性气”应该作出怎样的评价？一种看法是这反映时代的浮躁心理。我们不全赞同此说。诗人的狂宕和侠戾有其特定文化内涵。嵇文甫指出晚明是一个动荡不宁、斑驳陆离的时代，“照耀着这时代的，不是一轮赫然当空的太阳，而是许多道光彩纷披的明霞。你尽可以说它‘杂’，却决不能说它‘庸’；尽可以说它‘嚣张’，却决不能说它‘死板’；尽可以说它是‘乱世之音’，却决不能说它是‘衰世之音’。它把一个旧时代送终，却又使一个新时代开始。它在超现实主义的云雾中，透露出现实主义的曙光”[23]。毋需证明，袁宏道的放任为张扬个性，亦不必质疑，陈子龙、王象春、王思任的戾气是末代士子内心动荡不宁的外化。文学创造呼唤狂飙精神和拓荒精神，因此，我们肯定李贽、袁宏道、黄辉、陶望龄一类的狂狷，认可钟惺、沈德符一类的孤傲，陈子龙、王思任一类的霸气。

戾气和霸气为晚明诗歌涂上一层底色，或浓或淡，或隐或显，在每一位激情的作家身上和作品之中都有所体现。具体而言，晚明士人心态又有着不同时期的变化，并影响着诗歌风尚的转迁。

1. 率性而真的人生与洒脱自然的诗风

万历诗坛洋溢着一股洒脱自然的诗风，与士人率性而真、表现个性的人生态度和价值取向根枝交错，水乳交融。

明王朝自万历起进入急速变化的历史阶段，帝王昏聩平庸，权臣尔虞我诈，官僚蝇营蚁附，构党朋比，社会迷乱，与此同时，学界出现左派王学衍生的一支异端学说。“率性而真”的社会思潮涌动，士人开始了复杂而矛盾的人生蜕变。狂禅派领袖李贽，有洁癖，居麻城时每日洒扫数遍，如有“水淫”，这一行为源自对污浊的深恶；屠隆一面学道礼佛，一面狎妓纵情；袁宏道习禅而不忘繁华，将世人分为出世、玩世、谐世、适世四类，甘作适世一类人。士人追新求奇、放浪不羁、皈依禅悦、习尚繁华，均似无碍于人生“求真”，他们不掩行迹，“怪诞”的体态语言就包括这样一层含义——表白不应忽视的“自我”，解脱束缚，谋取个体价值与自由之实现。

徐渭、袁宏道这类士子接受王学“率性”之论，发挥老庄“任自然”之风，传习禅宗顿悟“自性”之旨，融合市民思潮平凡真实之意，追求“率真”人生，促使文坛形成一代洒脱自然诗风。他们摈绝复古，“疏瀹性灵”，“开口见喉咙”，表达内心感受和个人识见。率真、性灵、适性受到膜拜，诗歌成了“人的注脚”，诗人作为生活的艺术家，“他每一个行为都表现了创造性，表现了他活泼鲜明的人格。这里不存在因袭，妥协和禁抑的动机，他从心所欲，行动如风一样随意飘荡”㉔。“率真”把平凡的生命变成一种艺术性的、创造性的生命。汤显祖《合奇序》这样绘述文学创作的“天机自发”：“自然灵气，恍惚而来，不思而至，怪怪奇奇，莫可名状。”㉕袁宏道阐述“性灵”，李贽辨析“化工”，同样求诸“真我”，待其“天机自发”，抒写率性的洒脱和真情。

2. 忧郁、迷惘、孤寂、苦涩的文化心理与凄霖苦雨之音

社会现实未给士人留下太多的狂宕和洒脱空间，以万历三十年李贽之死为界，晚明异端思潮分为前后两期，狂放士风伴着异端思潮的衰微趋于收敛。政治如波光幻影，网罗高张，社会危机日重，士人迷惘、孤独意绪与日俱增，心理在冷静中进行调整，心灵在孤寂中寻求解脱，这正是竟陵派出现的历史文化契机。

竟陵派诗人以“隐秀”为旨归，寻觅文学、人生“重旨”，谋取艺术品格、人格精神的“独拔”。他们吟唱的幽冷凄霖之音正契合着一个忧郁、迷茫、孤寂、苦涩的时代心理的需要，竟陵之诗由此成为一代诗歌主流。严迪昌先生认为：“这本是一个歌哭无端的时代，需要有此一格来反拨褒衣博带，甚至是肥皮厚肉式的诗歌腔调。

即使谈不上敢哭敢笑，而仅仅是多出寒苦幽峭之吟，毕竟真而不伪，没有描头画足之陋习。几于月黑风高、凄霖苦雨之时，瘦硬苦涩之音无论如何要比甜软啴暖之声更接近历史真实。”㉖

3. 士人用世、振衰的心态与雅正、适远的诗风

明王朝“天崩地坼”的前夜，士人“自守”之梦近于破碎，开始重新寻求人生的依泊和个体价值实现的途径。作家关注现实，文学振颓起衰，这带来了明末诗风的转移。

复社、几社的心态和文学旨归最能体现明末的时代变奏。张溥认为，诗应“系帝德”、“究人心”，溯流追远，他从“适远”的角度肯定竟陵派寻求“古人之精神”的诗心。尽管在对待竟陵的问题上，陈子龙态度与张溥不尽相同，但诗以“适远”方面并无二致，他贬斥公安、竟陵诗风，亦旨在强调“诗者，非仅以适己，将以施诸远也”㉗，“继大雅，修微言，绍明古绪”㉘。张溥、陈子龙、吴应箕、方以智诗求雅正宏大，末世悲思又使他们保持清醒，不迂守、沉湎所谓的温厚、中和之音，及空虚、浮廓的宏大、壮语之调。如陈子龙走上合于自己心曲的“哀感顽艳”诗路，吴应箕选择了“朴肆宏畅”，作品变风变雅，溢宕霸气、戾气，体现了复社和几社士子不满足浅吟低唱，转以大手笔寄寓深思和振颓起衰的时代文化心理。

当然，明王朝“陆沉”前夜，不止是复社、几社希望诗以振颓起衰，山左、浙东、闽中、粤东士子不约而同鼓扬这一旋律。山左宋玫、丁耀亢、赵进美、赵士喆、姜埰、姜垓与复社、几社遥相呼应，申明雅正宏大诗旨。浙东士子，学术方面在刘宗周引导下，修正左派王学，与东林学术的合流，诗歌方面发生了由任性自适向“适远”的变迁，如王思任主“涤空孤诣”之论，反对一味放纵自适，表现了明末士子为振兴世道，对诗歌提出变新的要求。

概而述之，晚明诗人心态经历了一个狂放进取到内敛自守，再到用世外放的变化过程，与之相应的是，诗风发生了由个性解脱的“独抒性灵”到心绪内化的“隐秀”，再到用世和悲世的“适远”的转移，这三种诗风确立了晚明诗歌运动的三大“机轴”。

三　文人结社与诗坛风会及诗派群体

1. 晚明结社及其时代特征

“社”具有悠久的历史，《周礼》以“二十五家为社”，诸如春社、秋社、乡社、里社之类历史久远的词语反映了“社”维系宗族、部群、民族的纽带意义。中国传统上的文人结社为士子人生、文学、社会活动的重要构成，系由宗法意识延伸而成，具有民族文化特性，谢国桢追溯明代结社的起源时即称：“《周礼》所谓州社，《左传》所谓书社千社，汉代有乡社里社的名称，由社为一地之主，因其地而引申为社会的组织。后来习武备的叫作社，文士的结合也名作社，像晋代的惠远莲社，宋代胡瑗的经社，元代的月泉吟社，这都可以说明代结社的起源了。”㉙

明代结社风气浓厚，晚明尤炽，诗社、文社、禅社、讲史社、曲社遍布南直、浙江、福建、山东、湖广、江西等地，“春潮怒上，应运勃兴”，数量和规模在我国历史上前所罕见。

晚明结社的数量，目前没有准确的统计。谢国桢之前，朱希祖及其女朱倓对晚明部分结社作有研究。二十世纪三十年代初，谢国桢《明清之际党社运动考》考证大量文人结社，但未予以数量统计。不久陈豪楚发表《两浙结社考》㉚一文，亦考察了一些晚明两浙结社。到了四十年代，郭绍虞《明代的文人集团》一文广辑明人结社一百七十六种，晚明结社占一百一十五种。笔者在郭文之上增辑晚明结社至二百一十三种（见附录一）。这一统计尚是粗略的，还有大量结社亟待进一步认识。

晚明结社具有规模宏大的特点。万历三十一年，凌霄台大社设坫福州乌石山，据《列朝诗集小传》，屠隆、曹学佺等七十馀人与会。三年后，曹学佺在南京组织金陵社，响应者近四十人。万历三十七年，钟惺、袁中道、潘之恒举冶城大社，规模等观金陵社。最为人们津津乐道的还是复社，崇祯六年，数千人参加了复社苏州虎丘大会，《复社纪略》卷一载一时盛况："癸酉春，（张）溥约集社长为虎丘大会。先数月前，传单四出，期会约结。至日，山左、江右、晋楚、闽浙以舟车至者数千馀人，大雄宝殿不能容，生公台、千人石，鳞次布席皆满。典庖司酝，辇载泽量，往来丝织。游人聚观，无不诧叹，以为三百年来未尝有也。……其时与会者，争以复社命名，列诸牌额。"（清抄本）复社传奇般的色彩引士林注目，第二年就有张岱仿虎丘大会在绍兴组织蕺山亭社，"在席七百馀人，能歌者百馀人，同声唱澄湖万顷，声如潮涌，山为雷动"㉛。如此规模的结社，确实一空史前，令后来者自叹弗如。

对于晚明士子崇尚结社，一种看法是这体现了士人浮夸、侈靡、标榜之习。此说不无道理，蕺山亭社即反映这一习气。然而晚明文人结社的内容和动机又非此能涵盖。谢国桢将明末清初结社与士人"救亡"活动、"抗清"斗争相联系，《明清之际党社考自序》曰："我觉得明亡虽由于党争，可是吾国民族不挠的精神却表现于结社。"一定程度上揭示了结社的深刻社会内涵。如果较全面来概括当时结社的动机，应当包括诗酒唱和、结游交往；切劘制义，备科举之用；创立诗社，标立一派；组织学会，倡导学术；团结同人，和衷共求，干预政治。

根据结社内容和目的，我们将晚明结社大致分作五类：

一是耆旧会。明人沿宋、元士习，结成耆旧会，或曰耆英会、怡老会，概由致仕官僚携一方名士诗酒唱和，一般不标宗立派，如吏部尚书张瀚致仕后在杭州组织武林怡老会，与会十馀人，有《怡老会诗集》。此类结社明中叶较多，晚明相对少一些。

二是诗社。诗歌倡和，不乏选伎征歌之事，与耆旧会的主要区别在于它往往和某一诗派或群体的成员活动有关，如白榆社是后七子派诗人雅集的坛坫。

三是讲学会，或曰证学会。士人藉此商证学问、交流学术，如周汝登主持证修社，讲习龙溪之学，刘宗周主持证人社，融合阳明心学与程朱理学。

四是禅社。士人集会参禅礼佛的风气自魏晋以来久兴不衰，历代数量颇多的“莲社”大致属于此类。“有明中叶，佛教式微已极，万历而后，宗风复振”[32]，晚明士子喜爱禅学，结社谈禅，寻求禅悦之趣，如汪道昆肇林社、袁中道金粟社。

五是文社。明中叶以后，士人尤重科举时文，师友研讨，结成文社。文社大致出现于嘉靖末，兴于万历一朝，启祯间达到全盛。文社还可以细分为两类：纯粹以文会友，商讨时文的结社，如张鼐等人的昙花五子社；具有政治集团性质的文社，如复社、几社，交友论文，相互证学，干预社会政治。

以上五类之外，尚有品曲赏戏的曲社，研读史学的讲史社，调侃娱乐的斗鸡社、噱社、韵社。

伴随社会政治、文化环境的变化，晚明诸类结社互有消长。万历间，三教合一思想、个性解放思潮勃兴，诗社和禅社数量激增，耆旧会渐少。士人多结诗社，创作兴趣和立派意识浓厚，客观上促成诗派群体丛立的文坛局面。文社已兴，或有兼谈学术的，但政治型文社并不多见。启祯之际，社会动荡加剧，士人密切关心国运、世道，文社从一般意义上的以文会友转至学术和政治层面，士子参与政治、学术，选文衡艺，诗歌活动反居末次。总体以观，晚明诗社、文社最称显赫，数量亦相当。

清初，因为众所周知的历史变故，文社失去相应的社会发展空间，数量和规模变小，诗社有增无减。屈大均在《诗语·诗社》中说："慨自申、酉变乱以来，士多哀怨，有郁难宣，既皆以蜚遁为怀，不复从事于举业，于是祖述风骚，流连八代，有所感触，见诸诗歌。"㉝明遗民还组织有大批禅社，反映了易代之际汉人士子的逃禅心理。顺治间，士林反对结社的风气有所抬升，清廷更是严禁社盟，颁卧碑于各省儒学明伦堂，顺治九年曾谕禁生员"纠党多人，立盟结社"㉞。在此情形下，结社风气一时收敛。

2. 结社与诗坛风会

晚明诗坛风会远较明中叶繁荣，一定程度上要归功于结社之兴。结社即文学坛坫，为诗歌活动提供场所，本文附录一所列近百种诗社粗略显现了当时诗坛风会的情况。

文社以文会友，但非专事切磋制义，同禅社、讲学会一样，诗歌唱和是不可或缺的社集内容。如松江几社聚而赋诗，选文衡艺，崇祯五年的《几社壬申合稿》选有赋骚、古乐府、五七言古体、五七言近体、檄启、弹事等文体，姚希孟在《壬申合稿序》中说："近有云间六七君子，心古人之心，学古人之学，纠集同好，约法三章。月有社，社有课，仿梁园、邺下之集，按兰亭、金谷之规。"所谓效梁园、邺下之集，按兰亭、金谷之规，即标举诗酒风雅。

诗社直接关涉着晚明诗歌的发展，下面从结社的创作态度和创作特点两方面略述之。

先看结社的创作态度。晚明大多数的诗社，致力声诗，非一般诗酒之会可比。如万历四十四年春，俞安期侨寓福州与闽中诗人举春社，"自元日以及季春之晦，无日不社，而无社不诗"，诗作"取兴远而寄情微，歌舞太平，发抒灵性，固不徒玩过隙之物华，骋花月之浮藻"㉟。诗社创作态度虔诚，与明中叶耆旧会显有不同，如万历二十二年，陆弼和龙膺在仪征组织横山社，唱和诗编为《横山社集》，由于龙膺友人欲篡名入集，陆弼坚持不允，社集诗未能即付剞劂[36]。

再看结社的具体创作。诗人结社酬唱，各极其才，如公安派葡萄社分韵赋诗，大抵各抒性灵。万历二十七年端午日，三袁、黄辉、方文僎社集崇国寺，袁宏道分得"未"字诗云："榴花飐清渠，潋潋红波沸。十里菖蒲风，一幄芰荷气。行年三十馀，辟若午将未。乐事竟虚无，劳劳长世味。试把硃砂觞，一洗滞肠胃。野性发云岚，粲若新开卉。"[37]袁宗道分得"家"字，诗云："老僧爱竹石，点缀似山家。密篠梳风冷，流觞逐水斜。谈慵思薤菜，颊醉吐榴花。一缕林烟歇，阇黎供露芽。"[38]袁中道分得"扫"字，诗云："要言不在繁，一字使人倒。纵无大快活，何处有烦恼。"[39]宏道诗味俊脱，宗道词意清矍，中道诗情放任，即席而作，各任性情，不流于庸熟。毋需讳言，赓和唱酬、选妓征歌，产生了大量附庸风雅之作，但我们不以消极支流否定积极主流。

3. 结社与诗派群体兴衰及诗风转变

晚明士子通过结社团结同人，交流见解，彼此影响。与历史上的文学流派相比，晚明诗派及群体在构成和维系上对结社的依赖尤为突出。公安派在阳春社、五咏楼社、葡萄社之上立派，甬上诗派生成于甬上诗社，晚明闽派形成于芝山社、红云社、石仓社，粤东诗派的创立和延续有赖于南园后五子社和南园十二子社，复社、几社群体亦是利用结社扩大阵营，传播文学和社会主张。风靡大江南北的结社促成了文坛流派群体繁兴的局面。

应该强调的是，结社关涉着诗派群体的兴衰和诗风的变迁。隆万之际，后七子派中兴，丰干社、白榆社、南屏社充任纽带作用，尤其是白榆社，联系着汪道昆、龙膺、丁应泰、郭第、汪道贯、道会、潘之恒、李维桢、屠隆、徐桂、胡应麟、佘翔等数十位诗人，社事持延长久，为后七子派成员保持密切联系提供坫坛。万历中叶，派中社事稀少，成员散处，某种程度上意味了它已淡出诗坛中心。结社在公安派兴衰历史上更见重要，阳春社、南平社奠定公安立派条件，葡萄社标示公安正式立派，由于社集诸子尚谈禅学，葡萄社被视作“异学”坛坫，在京师攻禅事件冲击下，黄辉、陶望龄归隐，袁宏道、中道逃禅林下，社事凋零，公安派式微。陈子龙、夏允彝、徐孚远等人藉结社形成几社群体，选评诗文，号召声气，转移文学风气，陈子龙《壬申合稿凡例》即宗旨鲜明地提出：“文当规摹两汉，诗必宗趣开元，吾辈所怀，以兹为正。至于齐梁之赡篇，中晚之新构，偶有间出，无妨斐然。若晚宋之庸沓，近日之俚秽，大雅不道，吾知免夫！”一般称陈子龙等松江诗人构成云间派，而云间三子陈子龙、李雯、宋征舆既是诗派鼻祖，亦几社重要人物。明清文学史上，脱胎于明末几社的云间派，对清初文学发轫功不可没。

4. 对晚明结社的评价

晚明结社为文学与学术坛坫，士子藉之昌明学术、清议时政、干预社会、标立诗派。这体现了结社的社会和文学意义。作为人生和文学的实践场所，结社给士子，尤其下层士子，提供表现自我的窗口，因此可以说，数量密集、规模宏大的晚明结社是时代社会思潮的产物。

对结社这一复杂的文学、社会现象作出较公正的评价，确非易事。清代的评说大抵贬词居多。明遗民朱一是在明末热衷结社，既而反思其弊，崇祯十六年作《谢友人招入社书》曰：“盖野之立社，即朝之树党也，足下不睹东林之害乎？万历中，二三大君子研讲道术，标立岸畔，爰别异同。其后同同相扶，异异交击，有好恶而无是非，急友朋而忘君父，事多矫激，人用偏私。”又，“狐城鼠社，蔓引茹连，罔止行私，万端一例，遂致事体蛊坏，国势凌夷。”顺治十七年，礼科给事中杨雍建《黄门奏疏》卷上《严禁社盟疏》指摘：“明季仕途，分立门户，意见横生。其时社事孔炽，士子若狂。如复社之类，凡一盟会，动辄数千人。标榜为高，无不通名当事，而缙绅大夫各欲下交多人，广树声援。朝野之间，人皆自为，于是排挤报复之端起，而国事遂不可问矣。”㊵这类言论都不同程度上以结社尚标榜、立门户的消极支流涵盖了积极主流。我们认同其中一些观点，但更倾向于肯定结社对晚明文学与士子人生的价值。

不应回避的事实是，现代学界虽某种程度上肯定了公安派、复社、几社的结社意义，但称结社为明代陋习的说法仍有不少信奉者。此引前贤郭绍虞先生之论略述之，其《明代的文人集团》云：“我在《中国文学批评史》下册中又说：‘正因明代学风偏于文艺的缘故，于是“空疏不学”四字，又成为一般人加于明代文人的评语。由于空疏不学，于是人无定见，易为时风众势所左右。任何领袖主持文坛，都足以号召群众，使其羽翼；待到风会迁移，而攻谪交加，又往往集矢于一二领袖。所以一部明代文学史殆全是文人分门立户标榜攻击的历史。’为此关系，所以出奴入主，门户各立，主张互异，又形成了明代文坛空前的热闹。……在这种情况下，不是如徐渭这般不参加集团以示消极反抗，也只有另立门户以表示积极反抗了。”暂且不论徐渭乃越中十子（郭文“文人集团”部分失录）之一，标举越中王学门户，就文中支持明人“空疏无学”一说而言，未尝不有偏误，再据以释“文风”转变出于“无学”，难免误入更深。至于说一部明代文学史“殆全是文人分门立户标榜攻击的历史”，那么，诗社丛立、争鸣活跃近于一场无聊的“热闹”，还有什么文学意义可言？其实，明代文风多变另有原因，并非“学风偏于文艺”、“空疏无学”使然。上文又说：“再有，那就是结社的实用性与政治性的关系了。结社动机，假使真出于丽泽商兑，研究古学，那么，文酒风流，还不会有很多的流弊，同时，也不会起别的作用。”一如前述，结社是文学实践，亦人生实践，与社会政治发生密切联系在自然情理之中，假如只许研究古学、文酒风流，这没有很多“流弊”、不会起别的“作用”的结社大都成了怡老会的样子，对明代士子来说则“强笑不欢”。此处征引之辞，虽有民国时期的具体社会背景，但它还流行在当前，我们无意诃责前哲时贤，只是要指出结社作为明代文学研究的重要内容之一，许多问题尚待重新认识。

四　晚明山人与山人诗

晚明士阶层分化的复杂程度远超过平稳发展的历史年代，山人社会滋兴即是一个突出的表象。山人弃置科举，不事治生，自由于世，行迹在城市与山林之间，多据诗文、书画、技艺谋生，人生方式和价值观念较为独特。传统意义上的“布衣”一词未足以涵盖其社会存在，因此，我们把它作为一个特殊士人群落来认识。伴随山人社会的繁荣，山人诗坛郁兴，在它冲击下，明代诗坛“朝”与“野”的对立终以“诗在布衣”的变化结果告一段落，这一变化对明诗发展演变具有深远的影响。

1. 晚明山人的来源与分类

山人，顾名思义，指与入仕相对的山中之人。汉魏高士怡然隐逸山林，标号山人。唐代山人渐多，著名的如李泌，字长源，精究易象，博涉经史，擅长诗文，耻于仕进，安史之乱中却奔赴肃宗处献策，随从舆辇，人多目指说“著黄者圣人，著白者山人”[41]。唐代山人已表现出多样的技艺才华，或书画音乐，或医术卜筮，亦不乏能诗之辈，如杜甫《寄张十二山人彪三十韵》称张山人：“草书何太古，诗兴不无神。”宋代山人一词主要称谓职业人士，指工匠技艺之流和行走江湖的医师相士，如《东京梦华录》卷八《京瓦伎艺》载张山人"说诨话"，《夷坚支志》癸卷八《徐谦山人》说徐山人"占术颇验"[42]。山人一称在元代又有所变化，特指医师相士之流。明初山人，大抵沿继元代风习。

嘉靖以后，政治、经济、社会思潮变化之下，士人群落复杂分化，大量布衣士子加入山人行列，诸生弃巾而标号山人的风气亦浓，山人社会日趋繁荣。万历中叶，袁宏道形容吴中地区是"山人如蚊"[43]，李维桢则有"大江以南，山人诗人如云"[44]的说法。沈德符《万历野获编》卷二十三记载："山人之名本重，如李邺侯仅得此称。不意数十年来，出游无籍辈，以诗卷遍贽达官，亦谓之山人，始于嘉靖之初年，盛于今上（明神宗）之近岁。"检有关文学史料，可知当时相士、医师、诗人、画客、隐士、寒士、幕客纷纷自标山人，位高权重的官僚和享誉文坛的巨子亦染习此风，如王世贞号弇州山人，袁宏道号石公山人。当然山人一词不因为称号泛化而失去具体所指，它的主体还是徐渭、沈明臣、俞安期一类的下层士子，不事举子业，徜徉民间，致力诗文、书画，算得上"职业"的艺术家。

徐渭，自号天池山人，一生经历嘉、隆、万三朝，与山人大有唱和，粗略统计，其现存诗文中与山人唱和或题咏之作不下二十章，又有《陈山人墓表》和《孙山人考》两文为人熟知。我们据此来分析山人的类型特征。徐渭载述的山人按才能爱好、生存方式可粗略分为五类：一是丹术医士，如《五粒灵丹行，送聂君归滁》谈及的聂山人，即属此类，诗云："君今赠我亦五粒，蔡邕自死钟繇活。试将沆瀣咽松脂，未必神仙有优劣。"这类人物与历史上的医师相士之山人并没有太多区别。二是诗人画客，如陈鹤、孙一元，徐渭分别为作《陈山人墓表》、《孙山人考》。陈氏与徐渭并入越中十子，学贯三教，诗画精工；孙一元生活在弘正间，流落湖州，贫蹇以卒，诗名著于晚明，湖州士子多有宗法其诗者。三是高蹈隐士，如秦守道，号冰玉山人，放舟西湖，追踪林逋梅妻鹤子的处士遗风，再如汪山人，行止乖张。徐渭《赠秦守道》诗云："冰玉山人本绝埃，西湖自筑初阳台。"《弩子歌赠汪山人》诗云："湖边沙际一老人，一丝不挂任天真。"四是相门山人，结游权贵，受知遇，如沈明臣，尝入胡宗宪幕府，《万历野获编》把他与吴扩、王稚登、陆应旸并称作相门山人。五是剑客侠士，如《与王山人对语》云："仗剑渡江王猛身，归来又共坐青裀。平原自有三千客，门下聊同十九人。曾许凤雏应不忝，由来龙性本难驯。久知世事只如此，且借清樽一洗尘。"

顺便说明，笔者简作以上分类，仅用来认识山人社会的特征，至于更精确、恰当的分类，容俟以后再议。

晚明山人诗人集中分布在东南一带，以苏州、松江、湖州、嘉兴、绍兴、宁波、福州为最多。其社会来源主要为：一、弃巾的诸生；二、以诗文、书画谋生的布衣士子；三、出身商贾家庭的士子，走上科举和文学道路，科举失利，又不治生产，家道没落，转入山人阵营；四、出身贫微的平民，因能诗会文，跻身山人行列。《叶天寥年谱别记》曾载，云间名士薛正平随童名小美，敏于诗赋，识烟霞风月之趣，为叶绍袁题扇幅，周永年称"此子有如此才，后日不为山人，即为方外，必不以青衣仆仆终也"[45]。这则事例不惟说明当时对山人的认识，亦透出山人的一支来自身份低微平民的消息。

探求晚明山人社会郁兴的原因，应当考虑到士人个体意识的高扬、厌弃科举的时代文化心理、商业和城市经济的繁荣环境、隐士和名士风流的社会风尚等因素。

一方面，王学、佛学、老庄思想及市民思潮盛行之下，士人个性意识强化，大批士子厌恶科举人生，冲破"学而仕"的儒者人生方式，不再视科举为实现自我价值唯一途径，与山林、烟霞为友，标号山人。

二方面，山人社会繁荣有着商业和城市经济富庶的条件基础。

陈继儒在松江城外有两处精舍，一曰顽仙庐，一号来仪堂，黄宗羲《思旧录》记述了崇祯二年在来仪堂拜访陈氏的见闻：“侵晨，来见先生者，河下泊船数里。先生栉沐毕，次第见之。午设十馀席，以款相知者。饭后，即书扇，亦不下数十柄，皆先生近诗。”这位山人家无馀资，却能交结天下士子。根据黄宗羲的见闻，不难推测，他主要经济来源是题诗、作画、作序及撰写碑传志铭。诗文、书画既可以获得清誉，又收入颇丰，东南士子，尤其是穷儒寒士，怎不云集影从？

三方面，晚明士子不甘平庸之道，追求狂士与隐士类的名士风流，山人之名本就有标榜高蹈于世的意味，而且现实中的山人不拘礼法、自纵自适，不必避开世间繁华，更吸引了大批士子。对下层士子来说，走上山人之路，证明了自我价值，也实现了人生价值。因此，山人名号受到青睐，山人社会日盛，不言而喻。

四方面，士人或专借山人名号来谋生、渔利，也是一个不容忽略的因素，这体现了山人社会的世俗一面。

2. 山人诗人的人生方式和文化取向

其一，“山人不在山中住”㊻。山人诗人不治生产，上交游周旋权贵之门，下与村氓翁妪合流，舞文弄墨，恃才自负，一面是浓厚的世俗色彩，一面是高自标属的蹈世情怀。如陈继儒，早年才华出众，被王锡爵聘为其子王衡的伴读，深受王氏父子赞赏，同时结交王世贞、王世懋。及归隐，往来松江、苏州之间，名士慕名与定交者不胜枚举，而他又混迹市廛，结识商贾、平民士子，尽管平生出游的范围大抵不出江浙，已实非一个林下隐士的行止了，他的一生正可用“山人不在山中住”来写照。陆弼，字无从，江都人，工诗文，有《正始堂集》，博学多才，声名稍逊陈继儒，是位“上可以交王公卿相，而下可以群牛医马卒，浊可以游卖浆狗屠，而清可以对高僧羽客”的人物，李维桢说他“诚难以一节名先生”[47]。

其二，“由来龙性本难驯”。山人诗人一般保持着人格独立，又戾世多乖，狎浪放任，行止背离绳检。

例一：徐渭，知兵法，学问融贯三教，诗文、杂剧、书画雄称一代。嘉靖末发狂，疯狂自虐，他传奇般的经历以及“颓放”的诗歌艺术，体现了山人诗人傲兀的性格。清人郑燮《贺新郎·徐青藤草书一卷》一词借书写人，情致郁勃，揭示了这类山人的心态：“半生未挂朝衫领。狠秋风、青衿剥去，秃头光颈。只有文章书画笔，无古无今独逞。并无复、自家门径。拔取金刀眉目割，破头颅，血迸苔花冷。亦不是，人间病。”[48]

例二：俞安期，初名策，字公临，更字羡长，为书淫、情痴，出入儒、侠、禅之间，有《翏翏集》四十卷。谢肇淛《俞羡长像赞》曰：“芙蓉裳，芰荷衣。有书淫，有情痴。游酒人，拥艾姬。儒隐侠，似而非。今老矣，逃之缁。”[49]

例三：郑琰，字翰卿，称诗闽中，有《二陬诗稿》，诗工七言。《明诗纪事》说他：“边塞之篇，尤推豪唱。”为人放诞，举止鲜合世情，旅居南京，任侠入狱，死其事。谢肇淛《怀郑翰卿》云：“侠气倡狂四十年，世人欲杀我还怜。”[50]徐兴公《郑翰卿浪迹江湖二十五载，客死真州，弟震卿扶榇归闽，哭之》其一云：“萧萧旅榇返郊原，生寄江湖死故园。”其二云：“飘零虽作他乡魄，犹胜全躯牖下儒。”[51]

显而易见，山人诗人放任戾世，既是放纵自我，又是张扬个性，晚明社会的生态环境可谓山人心理“变异”的温床。

其三，“多能不特是诗人”[52]。山人诗人工诗文之外，多通书画等技艺，徐渭自称“书一、文二、诗三、画四”。陈继儒诗、书、画价重一时，经他品题的诗文、器物多成为名贵之品，《明史》卷二九八载其：“工诗善文，短翰小词，皆极风致，兼能绘事。又博文强识，经史诸子、术伎稗官与二氏家言，靡不较核。或刺取琐言僻事，诠次成书，远近竞相购写，征请诗文者无虚日。性喜奖掖士类，屦常满户外，片言酬应，莫不当意去。”

山人群落良莠不齐，借名渔利者大有人在，而且不乏品德低劣、阴鸷险诈之辈，由此引起一些社会舆论批评。在此，略辨历史上对晚明山人的批评，以作进一步认识。

沈德符认为山人之名本重，而当世山人游乞权贵，欺世盗名。万历三十一年，明神宗下诏驱逐在京山人，于慎行为此在《招山人歌》诗中讥诮说：“城中山人常苦多，山中山人常苦少。我来杖策入山中，山人门外迹如扫。”[53]沈德符称驱逐山人为一大“快事”，《万历野获编》卷二十三：“恩诏内又一款，尽逐在京山人，尤为快事。年来此辈作奸，妖讹百出，如《逐客鸣冤录》，仅其小者耳。昔年吴中有山人歌，描写最巧，今阅之未能得其十一。然以清朝大庆，薄海沾浩荡之恩，而独求多于鼠辈，谓之失礼则可，若云已甚，恐未必然。”《野获编》屡屡道及吴中山人歌，再如：“张伯起孝廉（凤翼）长王百谷（稚登）八岁，亦痛恶王为人，作山人歌骂之，其描写丑态，可谓曲尽。”据笔者所知，今传世的吴中《山人》歌有两首，分别见载冯梦龙编选的《山歌》和《挂枝儿》。沈德符说的张凤翼山人歌，见于《山歌》，卷九《杂咏长歌》，题作《山人》，有云：“说山人，话山人，说着山人笑杀人。”不过说它是嘲讽王稚登所作，概由不实传闻。冯梦龙一开始也相信此说，后来在这首民歌下注曰：“此歌为讥诮山人管闲事而作，故末有‘放手’、‘饶人’之句。或云张伯起先生作，非也。盖旧有此歌，而伯起复润色之耳。”另一首山人歌见于《挂枝儿》，亦题作《山人》，对山人极尽揶揄：“问山人，并不在山中住。止无过老着脸，写几句歪诗。带方巾称民治，到处（去）投刺。（京中某老先）近有书到治民处，（乡中某老先）他与治民最相知。（临别有）舍亲一事，干求也，（只说为）公道没银子。”冯梦龙认为其“描尽山人伎俩”，并按云：“余悲夫山之不山，而人之不人，故识之如此。”

以上批评所指，大抵不离薛冈《辞友人称山人书》给山人所列的十种“恶状”：一是“家起卑陋”，“故盗美名”；二是未通章句，而谈风雅；三是“博操一艺”，不知谦恭；四是好交游权贵，并搬弄簧舌；五是曲意阿迎贵人，品格低下；六是偶然相逢，退即造访，“怀刺遍投”；七是不分年少老幼，投刺每自称晚生，交情不论深浅，概称知己；八是既号山人，而好轻衣肥马，“略无野致”；九是倚权贵之宠，负气骂座；十是快意恩仇，交友心怀叵测。薛氏还说：“人有此类，殃莫大焉；山有此人，辱莫甚焉！”[54]

然而，晚明社会既然推出了山人，要再将山人推向山林，自非易事。更何况山人绝非千人一面，如王稚登保持人格独立[55]，受到士林好评，诗歌、书法被视作珍品。于慎行不否认山人的才能，采取了区别对待的态度，如赠山人邬佐卿诗云：“我闻吴楚之间多大雅，布衣往往称作者。”[56]山人不住山中，其实也无可厚非，袁宏道《题陈山人山水卷》对此专有辨析：“陈山人，嗜山水者也。或曰：‘山人非能嗜者也。古之嗜山水者，烟岚与居，鹿豕与游，衣女萝而啖芝术；今山人之迹，什九市廛，其于名胜，寓目而已，非真能嗜者也。’余曰：不然。善琴者不弦，善饮者不醉，善知山水者不岩栖而谷饮。孔子曰：‘知者乐水。’必溪涧而后知，是鱼鳖皆哲士也；又曰：‘仁者乐山。’必峦壑而后仁，是猿猱皆至德也。唯于胸中之浩浩，与其至气之突兀，足与山水敌，故相遇则深相得。纵终身不遇，而精神未尝不往来也，是之谓真嗜也，若山人是已。”[57]

此外需要指出，清代四库馆臣倡言排击晚明山人，把世风衰颓归罪到他们身上，《四库全书总目提要》有云：“正嘉以上，淳朴未漓”，“隆万以后，运趋末造，风气日偷。道学侈称卓老（李贽），务讲禅宗；山人竞述眉公（陈继儒），矫言幽尚。或清谈诞放，学晋宋不成，或绮语浮华，沿齐梁而加甚。著书既易，人竞操觚，小品日增，卮言叠煽。”陈继儒早年弃巾，隐居著述，结交名士，不为世法“控揣”[58]。《列朝诗集小传》称他“古称通隐，庶几近之”。根据《明史》记载，崇祯六年，黄道周上疏自言有“三罪、四耻、七不如”，“七不如”就包括了“志尚高雅，博学多通，不如华亭布衣陈继儒、龙溪举人张燮”。王衡、钱谦益、黄道周的评论可侧面认识陈继儒这类山人的品格。先有世道衰微，后有山人纷出，清代四库馆臣把世道衰微的罪名加之于山人，显是本末倒置。对山人加以区分是必要的，一概抹杀的作法殊不足取，至于吴中山人歌及薛冈所列的山人十大“恶状”涵盖不了一部明代山人的社会历史。

3. 山人诗与诗坛盟权下移

根据前引《万历野获编》所记，明代山人社会兴于嘉靖初，盛于万历一朝。山人诗的发展与之同步，万历时期臻盛。山人诗有多少家，目前亦无具体统计，下面从《明诗评》、《国雅品》、《列朝诗集》、《明诗纪事》的选录情况予以简观。

王世贞《明诗评》厘为四卷，录评洪武至嘉靖朝诗人一百一十八位，于山人诗人，仅收谢榛、孙一元、陈鹤、张诗、张含数人。顾起纶《国雅品》之《士品一》录评洪武诗人，冠名山人者仅有赵景哲，《士品二》、《士品三》录永乐至正德间的诗人，山人亦仅有孙一元。《士品四》以下为嘉、隆诗人，冠名山人者八人。根据《国雅品》附《士品目》，著录弘治至隆庆的诗人六十八人，冠名山人者十二位，多生活在嘉、隆之际，包括著名的山人金在衡、谢榛、俞允文、陆弼、沈明臣、郭第、叶之芳。其不冠山人之称，而实为名山人者，又有王稚登、潘纬等。

《列朝诗集》甲集前编不计，自丙集始多著录山人诗，标题出现“山人”者四十馀人：丙集为程诰、孙一元、傅汝舟、傅汝楫、张诗

(此五家为弘、正作者)。丁集上为王懋明、周诗、谢榛、仲春龙、黄惟楫、金銮、吴扩、郭第,丁集中为陈淳、岳岱、袁昭阳、顾元庆、沈仕、曹子念、张本、陈凤、李敏、邵正己、王叔承、吕时臣、郑若庸、黄克晦、康从理、叶之芳、顾圣少、莫叔明、叶权、汪钺、陈鹤、王寅、王逢年(此三十一家身历嘉、隆、万三朝)。丁集下为沈璜、吴梦旸、王野、柳应芳、曹臣、何白、俞安期、米云卿、钱希言(此九家为万历朝山人)。此外,又传载徐渭、王稚登、沈明臣、俞允文、宋登春等,只是题名未标示山人而已。这些人物系钱氏根据诗人名望筛选得出,由于他对山人成见较重,《列朝诗集》收诗又略于明末,故失录也多。

《明诗纪事》可补《列朝诗集》之缺,评录山人诗人情况大致如下:《己签》卷十六专录著名山人宋登春、王稚登、王叔承、沈明臣四人,卷十七评徐渭、陈淳、周天球、沈仕四人,卷二十专收山人诗,包括岳岱、吕时、周诗、王逢年、王寅、袁景逸、孙七政、康从理、郑若庸、顾圣少、吴扩、邵正己、汪宽、汪淮、郭第等五十三人。以上山人诗坛活动时间约在嘉靖、隆万之际。《庚签》以录万历朝诗人为主,卷二十五专录山人如吴兆、俞安期等九人,卷二十六、二十七收五十四人,山人居半,包括名士陆弼、曹子念。卷二十九、三十录八十三家,山人亦占相当比重。《辛签》录明末与明遗民诗人,卷二十五至卷三十四共收二百馀人,山人不少于数十家。

粗略统计,《明诗纪事》录选山人诗逾百家,相较全帙四千馀人规模,数量自不为多,但是应当考虑到,山人之集梓刻流传的机遇,相比入仕的诗人要小得多,如徐渭之诗,若非袁宏道发现,很可能长久湮没民间,少人问津。因此,见诸以上文献记载的山人诗人,不仅是山人社会的佼佼者,也是幸运者。

山人诗的价值得到晚明社会的承认,以诗著称者,就有徐渭、王稚登、沈明臣、陈继儒、吴梦旸、程嘉燧等数十人,均不愧一代作者，而且泽被数代。

晚明诗文革新运动先驱徐渭，为“公安一派之先鞭”[59]，可惜生前寒蹇，诗名不播。万历二十五年，正致力探索新诗的袁宏道游历绍兴，发现其集，推许明诗第一，写信告诉冯琦：“宏于近代得一诗人曰徐渭，其诗尽翻窠臼，自出手眼。有长吉之奇，而畅其语；夺工部之骨，而脱其肤；挟子瞻之辨，而逸其气。无论七子，即何、李当在下风。”[60]陶望龄、王思任、倪元璐、张岱均诗宗徐渭，如明末的张弘这样评论张岱：“若以宗子（张岱字）诸诗与文长（徐渭字）并驱中原，便可谓吾越有两文长也。……以文长、宗子诸诗雄视一代，气魄难驯，假操觚者不别存手眼，狠着钳锤，便当死其一句一字之下，岂有丹铅复及馀子哉！”[61]

新安诗坛，山人诗人名家辈出。隆万之际，王寅、江瓘、潘纬享誉文坛，汪道昆《潘象安（纬）诗序》云：“当世以布衣雄者二，得象安而三。”又，“古者诗在闾巷，当世率以反舌，而诋布衣，如得象安一鸣，则希有鸟也。”[62]明末新安最著名的山人诗人程嘉燧，受到明清之际诗论家的推重，钱谦益尊其“松圆诗老”，《列朝诗集小传》论其：“晚年学益进，识益高，尽览中州遗山、道园及国朝青田、海叟、西涯之诗，老眼无花，照见古人心髓。于汗青漫漶、丹粉凋残之后，为之抉擿其所由来，发明其所以合于古人，而迥别于近代之俗学者。于是乎王、李之云雾尽扫，后生之心眼一开，其功于斯道甚大，而世或未之知也。”王士禛则称程嘉燧与陈子龙并为明末七律两派，《渔洋诗话》云：“明末七言律诗有两派，一为陈大樽，一为程松圆。”

相门山人王稚登、沈明臣分别宗盟吴门与甬上诗坛。《列朝诗集》传载王稚登：“振华启秀，嘘枯吹生，擅词翰之席者三十馀年。闽粤之人，过吴门者，虽贾胡穷子，必踏门求一见，乞其片缣尺素然后去。”沈明臣为甬上诗社耆旧，与朱应龙、叶太叔、卢沄并称

"明州四杰",沈实为其首,有《丰对楼诗选》四十三卷,王世贞推其"布衣之杰",屠隆对此说犹不满足,《沈嘉则先生诗选序》中说:"先生独杰布衣也与哉!"[63]陈田《明诗纪事》则有明臣创立"丰对楼一派"的说法。

山人诗人是平民布衣士子阶层的一个特殊构成,晚明诗论对山人与布衣未详作区分,当时风行的"诗在布衣"一说自然含有"诗在山人"的意味。屠隆高倡此论,在《涉江诗序》中说:"唐以前诗在士大夫,唐以后诗在布衣。何以故?唐以前士大夫岩居穴处,玩心千古,游目百家,其为诗文也,仰而摹其古法,返而运其心灵,轨则极于兼收,而神采期于独照。……擅场名家,良非偶耳。今之士大夫则不然,当其屈首授书,所凝神专精,止于帖括,置诗赋绝不讲,一朝得志青紫。……于是略渔猎前人韵语一二,辄奋笔称诗,辄托之杀青,诧之都市,訾者却步,赞者争前,乌知薰莸黑白耶!而布衣韦带士,进不得志于珪组,退而无所于栖泊,乃始刳心毕力而从事此道,既无好景艳其前,又鲜他事分其念,用力也专,为力也倍,虽具不同,要必有所就而可观也者。故曰:在布衣。"李攀龙《送谢茂秦》云:"孝宗以来多大雅,布衣往往称作者。"于慎行、汪道昆提出诗不在台阁,不在山林,而在布衣,论调与屠隆相一致,对比李梦阳称"真诗在民间"而又含糊其词的态度,晚明诗人肯定"诗在布衣",要自信得多,这是由晚明布衣、山人诗歌兴盛所决定的。

山人诗坛之兴冲击了明中叶以来中下层士大夫主领诗坛的格局,"诗在布衣","山人诗人如云",诸如此类的言辞体现了诗坛盟权的下移。明代诗盟屡经易手,每一次转移都引起了诗风变化。李东阳茶陵派取代"三杨"台阁诗群,冗靡啴嗳诗风因之一变。七子派取代茶陵派,文学复古兴起。同样,山人诗人探求并确立自身作为历史主体的定位,建帜诗坛,改变着明诗的走向,使诗坛"朝"

与“野”的对立倾向“野”的一端，为诗歌发展注入生机活力，而晚明诗歌的山林化、生活化、平民化倾向，某种意义上说，正是山人诗人参与变化的结果。

山人诗载传山人心路历程，自具面目，内容、风格、审美情趣与传统士大夫之诗显有不同。其一，放笔自任，不循守传统诗教，如徐渭赋予“兴观群怨”以新意，《答许口北》说：“果能如冷水浇背，陡然一惊，便是兴观群怨之品。”[64]这在恪守传统诗教的文人看来，大有狂悖滥说之嫌。《四库总目提要》据中和之旨论其“才高识僻，流为魔趣；选言失雅，纤佻居多。譬之急管么弦，凄清幽渺，足以感荡心灵，而揆以中声，终为别调”。但袁宏道《徐文长传》亟称徐渭不掩真情、痛快淋漓，诗具“王者气”。其二，山林气韵鲜明，如陈继儒寄托“逸世”情趣的田园诗，深得田园滋育，古朴自然。其三，率性任真，如徐渭、陈继儒、沈明臣诗禀“龙性难驯”的性情，与个性高扬的时代人文思潮相辅相成。

晚明山人诗一直为“大雅”自标的正统批评所轻视，钱谦益、李维桢等人整体上对山人诗持批判态度，《列朝诗集小传》说陈继儒诗聊可装点山林，附庸风雅，仅此而已。李维桢《俞羡长集序》引徐幹《中论》之语“粗诵《诗》《书》之文，托之乎博文；饰非而言好，无伦而辞察，托之乎通理；居必人才，游必帝都，托之乎观风”云云，论曰：“是说也，似若为今山人诗人而设。大江以南，山人诗人如云，鲜不病此者。”诸如此类批评，易于掩盖一段诗史的真实面目。很显然，当前所亟需的不是批责山人“恶状”，而是深入认识山人诗的诗史价值。

---

① 《汉文学史纲要》第 19 页，鲁迅著，人民文学出版社，1973 年。

② 《隋书·文学传序》,魏徵等撰,中华书局,1973 年。

③ 《鸡肋编》卷二,庄绰撰,中华书局,1983 年。

④ 《大泌山房集》卷十一《王奉常集序》。

⑤ 《大泌山房集》卷二十二。

⑥ 《大泌山房集》卷二十二《楚游稿序》。

⑦ 《由拳集》卷十二《沈嘉则先生诗选序》。

⑧ 《锦帆集》之二。

⑨ 《解脱集》之二。

⑩ 《破研斋集》之三。

⑪ 《问次斋稿》卷二十八《赠蒋生》其二。

⑫ 《小草斋诗集》卷二十九。

⑬ 《汤显祖集》卷三十二。

⑭ 郭文初发表于 1948 年《文艺复兴·中国文学研究号》,后收入《照隅室古典文学论集》,上海古籍出版社,1983 年。

⑮ 《曝书亭集》卷三十八,朱彝尊撰,清康熙间刻本。

⑯ 王世贞语,参见《弇州四部稿》卷六十六《玄峰先生诗集序》。

⑰ 《有学集》卷二十四《郑士敬孝廉六十寿序》。

⑱ 《徐文长三集》卷十九。

⑲ 《徐文长逸稿》卷十四。

⑳ 《珂雪斋集》卷十。

㉑ 《变雅堂遗集》卷三,杜濬撰,光绪二十年刊本。

㉒ 《金竺山房诗》的作者金光弼,字右辰,江西奉新人。

㉓ 《晚明思想史论》第 1 页。

㉔ 《禅学讲演》第 20—23 页,铃木大拙著,王雷泉等译,贵州人民出版社,1998 年。

㉕ 《汤显祖全集》卷三十二。

㉖ 参见严迪昌《清诗史》第 36 页。

㉗ 《陈忠裕公全集》卷二十五《白云草自序》,陈子龙撰,嘉庆八年刊本。

㉘ 《陈忠裕公全集》卷二十五《七录斋集序》。

㉙ 《明清之际党社运动考》一《引论》。

㉚ 《浙江省立图书馆馆刊》第四卷,1935 年。

㉛ 《陶庵梦忆》卷七《闰中秋》,清乾隆间刻本。

㉜ 陈垣《明季滇黔佛教考》题识,科学出版社,1959 年。

㉝ 《广东新语》卷十二。

㉞ 《清朝文献通考》卷六十九《学校七》,浙江古籍出版社,2000 年。

㉟ 《小草斋文集》卷五《春社编序》。

㊱ 《小草斋诗集》集前陆弼《壑江集序》。

㊲ 《瓶花斋集》之三《端阳日集诸公葡萄社,分得未字》。

㊳ 《白苏斋类集》卷五《五日同钟樊桐、黄慎轩、方子公及两弟饮崇国寺僧房,得家字》。

㊴ 《珂雪斋集》卷三《午日同钟樊桐、黄慎轩、方子公、秦京、伯修、中郎崇国寺葡萄林分韵,得扫字》。

㊵ 朱一是、杨雍建并海宁人。朱书见《为可堂初集》卷一,清康熙间刻本。杨疏见《黄门奏疏》卷上,清道光间刻本。参见《明清之际党社运动考》十三《馀论》。

㊶ 《新唐书》卷一三九《李泌传》,欧阳修、宋祁撰,中华书局,1995 年。

㊷ 参见金文京《晚明山人之活动及其来源》,《中国典籍与文化》1997 年第 1 期。

㊸ 《锦帆集》之三《王以明》。

㊹ 《大泌山房集》卷二十一《俞羡长集序》。

㊺ 《午梦堂集》附录一。

㊻ 《挂枝儿》谑部九卷《山人》,冯梦龙编选,上海古籍出版社,1993 年。

㊼ 《大泌山房集》卷十三《陆无从集序》。

㊽ 《郑板桥全集》三《词钞》。

㊾ 《小草斋文集》卷二十三。

㊿ 《小草斋诗集》卷二十四。

51 《鳌峰集》卷十九。

㊽ 《徐文长三集》卷十一《赠孙山人》。

53 《谷城山馆诗集》卷五。

54 《天爵堂文集》卷十八，明崇祯间刻本。

55 王稚登青年时期受知大学士袁炜，《万历野获编》由是称之相门山人。袁炜，字懋中，慈溪人，嘉靖戊戌进士，官至户部尚书，卒谥文荣。《列朝诗集》传载袁、王布衣之交事迹云："嘉靖甲子，（王稚登）北游太学，汝南公（袁炜）方执政，阁试'瓶中紫牡丹'诗，伯谷有'色借相君袍上紫，香分太极殿中烟'之句，汝南赏叹击节，呼词馆诸公，数之曰：'公等以诗文为职业，能道得王秀才十四字耶？'引入为记室，较书秘阁，将令以布衣领史事，不果而罢。汝南卒，无子，伯谷渡江往哭其墓。丁卯复游长安，华亭（徐阶）当国，颇修姚张之怨，客或戒伯谷毋自白袁公门人，伯谷谢曰：'冯驩、任安，彼何人哉！'刻《燕市》、《客越》二集，备书其事，所以志也。"王稚登曾将这段旧事传之声诗，《昔者行赠别姜祭酒先生》云："昔者薄游燕王都，燕人买骏皆买图。汝南袁公善相骨，称我一匹桃花驹。……以兹感激国士知，新旧存亡不可移。……浮云世态那堪说，众人闻之皆不悦。谢傅西州春草深，羊昙涕泪空成雪。"

56 《谷城山馆诗集》卷四。

57 《袁宏道集笺校》卷五十四《未编稿》之二。

58 《缑山先生集》卷六《逸民史序》。

59 《四库全书总目提要》，永瑢等撰，中华书局，1965年。

60 《瓶花斋集》之十《冯侍郎座主》。

61 《嫏嬛诗集小序》，《嫏嬛文集》卷一，张岱撰，岳麓书社，1985年。

62 《太函集》卷二十四。

63 《由拳集》卷十二。

64 《徐文长三集》卷十六。

第二章　后七子派后期诗歌运动

金、元诗坛宗唐，“诗道至宋人已自衰弊”一说盛行于世[①]。明初诗人不满元诗纤弱靡缛，但在推崇唐音方面，并无异趋，闽人高棅祖述盛唐，编选《唐诗品汇》、《唐诗正声》，“终明之世，馆阁宗之”[②]。永、宣之际，“三杨”台阁体臻盛，雍容典雅、点缀升平，虽标宗唐音，终不能掩饰平庸。李东阳为首的茶陵派，亟欲改变啴嗳诗风，“三杨台阁之末流，为之一振”[③]。前七子派继之振声诗坛，昌言复古，渴求盛唐治世和盛唐诗界的重生再现。由于复古诸子之间文学理论和创作认识分歧较大，人生和政治遭际不幸等原因，正德之后，前七子派式微。

嘉靖中叶，李攀龙、王世贞、谢榛、徐中行、梁有誉、宗臣、吴国伦创立后七子派，促使诗坛形成百年复古运动。复古再兴的动因复杂多样，“崇唐”文化心理和诗坛振兴意识自不必言，这里强调两点：一是冲破训诂帖括和科举束缚。李攀龙为诸生期间，“厌时师训诂”，吟诵诗古文辞，被目指为狂生，然夷然不屑，谓“吾而不狂，谁当狂者”[④]。梁有誉弱冠补诸生，亦厌弃训诂帖括，和欧大任、黎民表“以古诗文共相劘切”[⑤]。汪道昆少年慕修古，私下习读古诗文，后在父辈强迫下专攻举业。二是厌弃程朱理学独尊[⑥]。明代八股取士，定程朱理学为尊，士人不喜帖括，对程朱理学（也包括陆王心学）产生浓重的反叛意识。王宗沐、吴维岳为后七子立派之初的重要人物，然未进入中心层，一个重要原因即是其学术观点和后七子派整体上不满于程朱理学和陆王心学的思想倾向不相合。隆万之际，王世贞、屠隆、汪道昆等人重新审视阳明心学，一定意义上引发了后七子派的新变。

关于后七子派运动的分期，廖可斌先生的提法颇具代表性。他大致将其分作三个十五年：嘉靖二十六年至嘉靖四十一年，为兴起和繁荣期；第二个十五年截至万历五年，为平稳发展期；此后十五年，为衰落期⑦。这一认识较明晰地揭示了后七子派演变轨迹，但是还有值得商榷之处⑧，对后七子派运动似不宜全作"十五年"一刀切的方法进行分期，笔者在此提出个人看法：嘉靖二十六年起的十年，为兴起和繁荣期；嘉靖三十六年前后至隆庆四年前后，为平稳发展期。此后为第三时期，短期中兴，旋而衰落。

一　后七子派中兴与新变概述

1. 群体构成

嘉靖三十一年，李攀龙、王世贞各赋《五子篇》"用以纪一时交游之谊"，每人咏五子，加上其本人俱为六子：李攀龙、王世贞、吴国伦、徐中行、梁有誉、宗臣。计以订盟之谢榛，形成七子之数。余曰德、汪道昆、王世懋、张佳胤、魏裳先后入派。隆万之际，派中耆旧相继亡故，而诗派则空前膨胀，相比前期六、七子规模已非同日而语。我们借助王世贞、汪道贯交友情况来看诗派的后期构成。

王世贞重新品定五子，名目繁多，包括后五子、广五子、续五子、末五子，并赋《四十咏》纪述生平交友。尽管他品定五子非在一时，想法或异，但这一作法客观上具有括定诗派成员的性质，涉及人物如下：

广五子：俞允文、卢柟、李先芳、吴维岳、欧大任[9]；

续五子：王道行、石星、黎民表、朱多煃、赵用贤[10]；

重纪五子：汪道昆、吴国伦、余曰德、张佳胤、张九一[11]；

末五子：赵用贤、李维桢、屠隆、魏允中、胡应麟[12]；

四十子：皇甫汸、莫如忠、许邦才、周天球、沈明臣、佘翔、朱器封、张凤翼、朱多熿、顾孟林、殷都、喻均、刘黄裳、王祖嫡、张献翼、叶善继、徐益孙、刘凤、汪道贯、王稚登、王叔承、张鸣凤、周弘禴、王衡、邹迪光、沈思孝、邹观光、瞿汝稷、顾绍芳、邢侗、吴稼竳、黄廷绶、张元凯、梅鼎祚、穆文熙、徐桂、曹昌先、张九二、魏允贞、王伯稠[13]。

末五子、重纪五子为诗派中兴时期的重要成员。四十子系文坛名士，占籍苏州、宁波、松江的士子居多，近半数属于诗派成员，如汪道贯、刘凤、邹迪光、佘翔、曹昌先、徐桂。馀者与王世贞唱和，或认同复古，为诗派羽翼，如周天球、张献翼；或持异议，而不完全否定复古，如王稚登、王衡。

汪道贯，字仲淹，歙县人，隆庆间登上诗坛，广结复古同人，万历十九年故世，汪道昆的《汪仲淹状》[14]详细胪列了他的文坛交友：

恩义交友：王锡爵（元驭）、李攀龙（于鳞）、王世贞（元美）；道义交友：王世懋（敬美）、李维桢（本宁）、沈懋学（君典）、焦竑（弱侯）、冯梦祯（开之）、沈思孝（纯父）、戚继光（元敬）；文艺交友：黎民表（惟敬）、欧大任（桢伯）、屠隆（长卿）、余寅（君房）、徐桂（茂吴）、方沆（子及）、王亶（季孺）、沈九畴（箕仲）、丘齐云（谦之）、邢侗（子愿）、李言恭（惟寅）、陆弼（无从）、莫是龙（廷韩）、胡应麟（元瑞）、吴翁秭、梅鼎祚（禹金）、梅守箕（季豹）、俞允文（仲蔚）、俞安期（羡长）、李自奇（季常）、王叔承（承父）、周祖（叔宗）、王稚登（百谷）、张凤翼（伯起）、汪礼约（长文）、佘翔（宗汉）、方元淇

（景武）、张萱（孟奇）；意气交友：汪于周、黄天全（全之）、曹昌先（子念）、方尧治（翁恬）、尹教甫、陆应旸（伯生）、孙七政（齐之）、张献翼（幼于）；忘年交友：王子中、陈有守（达甫）、王寅（仲房）、江瓘（民莹）、许元复、周天球（公瑕）、沈明臣（嘉则）、黄姬水（淳父）、郭第（次甫）；里社交友：江珍（民璞）、方弘静（定之）、程玭（德良）、程嗣功（汝懋）；吴自新（伯恒）、张桂（南荣）、余孟麟（伯祥）、罗应鹤（德鸣）、方扬（思善）、詹景凤（东图）、范涞（原易）、曹诰（仲宣）；布衣交友：吴守淮（虎臣）、方献成、陈筌（仲鱼）、苏若川（君楫）、程子虚、方君在、方羽仲、潘之恒（景升）、谢陛（少连）、刘然（子矜）、吴茂名、方嗣宗、许立德（伯上）、方时化（伯雨）、黄懋（孟晋）、潘廷让（懋德）、邵正魁（长孺）、余无且、金茂（子实）；兄弟交友：汪道昆（伯玉）、汪道会（仲嘉）。

以上人物多出现在广、续、末、重纪五子及四十子中。恩义、道义、文艺交友多属后七子派成员。醒目的忘年、里社、布衣、兄弟交友体现了新安诗坛的繁荣，忘年交友陈有守、王寅、江瓘为新安诗坛耆旧，里社交友大抵是新安诗坛新秀，这些人物形成后七子派的一个重要分支——新安诗群。

根据王、汪各自交友情况，可知诗派后期规模扩大，阵营构成复杂，成员之间联系不惟靠相近的诗观，而且包括区域、社所、家族、齐名、师门等关系。早期重要成员相继作古，崛起的新秀中以新安诗群和末五子最著。苏州、宁波、松江诗人大体上亲近后七子派，受复古的影响，但不完全同调。

上述材料仅说明隆庆和万历初期的后七子派构成。万历十三年魏允中卒，十六年王世懋卒，十八年王世贞卒，十九年汪道贯卒，二十一年汪道昆卒，二十四年赵用贤卒，二十五年吴国伦卒，三十年胡应麟卒，三十三年屠隆卒。其实，所谓中兴局面，在王世贞、汪道昆辞世后已不复存在。万历中叶，龙膺、潘之恒加盟公安派，屠隆不愿标帜复古，胡应麟声名不彰，李维桢号曰复古中坚，实无力挽回颓局。当时大力倡导复古者，除李维桢外，另有邹迪光（字彦吉，无锡人，万历二年进士，官至湖广提学，有《郁仪楼》、《调象庵》等集）、冯时可字元成，华亭人，隆庆五年进士，官至湖广参政，有《元成选集》等集），《列朝诗集小传》载："弇州（王世贞）殁，云杜（李维桢）回翔羁宦，由拳（屠隆）潦倒薄游，临川（汤显祖）疏迹江外。于是彦吉与云间冯元成乘间而起，思狎主晋楚之盟。长卿游戏推之，义仍亦漫浪应之。二公互相推长，有唐公见推之喜。彦吉沾沾自负，累见于词章，而又排诋公安，并撼眉山，力为弇州护法，盖欲坚其坛坫，以自为后山瓣香之地，则尤可一笑也。"这段征引之辞大致符合实际情况。

关于诗派后期主盟，批评界有王世贞、汪道昆、吴国伦三家鼎立的说法。《列朝诗集小传》有两则相关文字，其一："明卿（吴国伦）才气横放，跅跎自负，好客轻财。归田之后，声名藉甚。海内噉名之士，不东走弇山（世贞），则西走下雉（国伦）。"其二："（汪、王）厥后名位相当，声名相轧，海内之山人词客，望走噉名者，不东之娄水，则西之徙中，又或以其官称之，曰两司马。"按钱谦益的说法，王、吴、汪形成诗坛鼎立之势。然而，此说经不起推敲。吴国伦不愧一时名家，但就诗坛影响言，远不如王、汪。万历五年，吴氏归隐兴国州，杜门不出，"离群索居"。万历六年徐中行病故，王世懋托以墓志文字，吴氏轻视徐氏，对李、王亦有讥诮。世懋作《与吴明卿》书规劝说："悉索国中男子胜兵者，不能当元美（王世贞）中军。……仆恐足下离群索居，而自谓西河之上，贤于孔子，故以为规。"与吴氏远离诗派运动中心显有不同，王、汪共主东南诗会，徽州、太仓人文滋兴，交通便利，海内士子奔走其间，奉王、汪为文坛"两司马"。当时诗坛风会的情实说明吴氏不副三家鼎立之称，而王世贞《重纪五子篇》以汪道昆为首唱并非出于无意。

朱彝尊的有关论断略较钱谦益谨慎,《静志居诗话》卷十三云:“明卿在七子列,最为眉寿。元美即世之后,与汪伯玉、李本宁狎主齐盟。”即使这一评说仍不准确,吴国伦暮年依然“离群索居”,不久即卒,所谓“狎主齐盟”,显系夸大之辞。

李维桢以“四宗”李梦阳、李攀龙、王世贞、汪道昆描述明中叶以来的诗盟⑮,准确地说,是描述七子派宗盟的代兴,突出了后七子派的领袖。张惟任发挥此说,称李维桢为“五宗”,《太史公李本宁先生全集序》云:“宇宙至我明,盖乾坤再辟,日月再明。……盖有三弊焉,有五宗焉。粤在国初,尚有沿袭因循之弊,远之而末宋之迂陈朽腐,近之而胡元之绮靡淫哇,虽以刘文成、宋文宪、王忠文、方正学数公,离立其间,仅仅障之,而未能回也。直至空同氏(李梦阳)崛起,而文章岿然,始有开创扫除之功,此其一宗也。历山氏(李攀龙)继之,始有总持坚固之功,此又一宗也。因此而遂有模拟剽窃之弊,损益今事,以傅古语,火焰左马,生剥檀庄,饾饤虽罗,土刍旋弃。弇山氏(王世贞)始有张皇桓拨之功,此又一宗也。黄山氏(汪道昆)始有祛练陶熔之功,此又一宗也。……公(李维桢)于汪、王两公稍后一辈,而两公齐推毂之……四宗之后,而独称京山之一宗乎?”是序署时万历三十九年,“五宗”说体现诗派成员的观点,为我们认识七子宗盟代兴提供借鉴。清代及现代学者往往并称李何、王李,轻视汪道昆、李维桢,但细寻后七子派演变轨迹,“五宗”说具有一定的事实依据。

2. 诗坛风会与诗歌新变

后七子派后期诗坛风会集中分布在太仓、徽州、南京、杭州四地,特点是诗歌唱和多,理论争鸣少,组织了大量的结社。

太仓为王世贞与后七子派诗人唱答的坛坫,弇园唱和殆无虚夜。王锡爵《弇州山人续稿序》载:“天下士踵慕公,馀波及余。余距户谢之，犹不胜苦，而公独泛应不辞，清斋对客，每至夜分，谐唱与呗诵杂出，而不相夺。时公老且倦矣，而犹若是。呜呼，公殆所谓天授，非人力也！”（见明刊本《四部续稿》，又见于万历刊本《王文肃公文集》卷一。明新都孙氏刊本《弇州山人续稿选》署焦竑撰）

新安诗坛与太仓并峙，徽州商业发达，交通便利，又沾溉黄山、白岳的灵气，士子往来车毂交错。隆庆间，汪道昆率新安士子结丰干社，万历八年又开社白榆山，初为道昆、道会、道贯、龙膺、潘之恒、郭第、丁应泰七人，“诸宾客自四方来，择可者延之入”，“旬月有程，岁时有会”[16]。李维桢、屠隆、徐桂、胡应麟先后成为白榆社延揽的名士。社事一直持续到道昆故世，新安诗人以白榆社为坛坫构成新安诗群。

作为明王朝留都的南京，素有“仙都”美誉，向是文人雅集之所在。《列朝诗集小传》以优美的文字记述了青溪社盛况：“万历初年，陈宁乡芹解组石城，卜居笛步，置驿邀宾，复修青溪之社。于是在衡、仲交以旧老而莅盟；幼于、百谷以胜流而至止。厥后轩车纷遝，唱和频烦。虽词章未娴大雅，而盘游无已太康。”于青溪社创立时间，朱彝尊《静志居诗话》据朱孟震《停云小志》指出钱氏考证未详：“青溪社集，倡自隆庆辛未（五年），而非万历初年也。”万历元年，青溪社复举续会，每月倡集，遇景命题，即席分韵，间事校评，汪道贯、汪道会、梅鼎祚、王寅、沈懋学参与其事，青溪续会因此可视作后七子派的一种结社。此外，万历十四至万历十八年间，王世懋、王世贞先后在南京多次倡结雅集，钱谦益对复古持否定态度，《列朝诗集小传》在此不愿提及（传载汤显祖时略及其事，以明汤氏不与同流）。

杭州湖光山色，人文荟萃，吸引了大批诗人结社西子湖畔。嘉靖四十一年，祝时泰、王寅、高应冕、方九叙、童汉臣、刘子伯、沈仕举西湖八社，开后七子派西湖结社之先。万历十一年，汪道昆、卓明卿、徐桂等十九人组织西湖秋社。三年之后，三人作东道主倡集南屏社，治酒征歌，分韵赋诗，大会湖上净慈寺，社中几乎囊括当时后七子派所有精英。《太函集》卷七十六《南屏社记》曰："自四明至者则屠长卿、汪长文、杨伯翼，自吴门至者则曹子念、毛豹孙，自华亭至者则曹叔重、陆君策，皆从长卿；自京口至者则邬汝翼、茅平仲，皆从司马；自天台至者则蔡立夫；自金陵至者则李季常。乃若潘景升则前驱，徐茂吴、李含之、杨思说、俞叔懋暨不佞、明卿则东道主也。"这也是后七子派最后一次大型社集。

白榆、南屏等社事维系着诗派的发展，万历中叶，李维桢等人虽参与陆弼淮南社、米万钟湛园社，但再未倡立白榆社一样规模的结社。对比公安派藉南平社、葡萄社号召声气的兴起，结社之衰意味着后七子派从诗坛中心的淡出。

后七子派后期诗歌讲求师心和师古并用，各任才情，我们称之界内新变。所谓新变，显系针对前期而言，后七子派前期规模盛唐，难免空枵、雷同；后期陶写性灵，本性求情，改变剿古习气。

王世贞晚年反对株守前人"格调"，主张抒写"性灵"，如云："发性灵，开志意，而不求工于色象雕绘。"⑰"诗以陶写性灵，抒纪志事而已。"⑱王世懋认为学古要"内缘至性"，不必拘泥"格调"⑲。《艺圃撷馀》语重心长地说："诗必自运，而后可以辨体；诗必成家，而后可以言格"，"故予谓今之作者，但须真才实学，本性求情，且莫理论格调。"屠隆强调"夫诗由性情生者也"⑳，"夫物有万品，要之乎适矣；诗有万品，要之乎适矣"㉑。汪道昆明确肯定师心和师古皆不可偏废。他们的创作与"本性求情"诗观大体相一致，如王世贞之诗清宛平易、汪道昆之诗雄健清泠、吴国伦之诗浑浑洒洒、屠隆之诗高华流丽、王世懋之诗清俊娟好、赵用贤之诗刚劲俊逸、汪道贯之诗深思秀句。当然，诸子的创作还达不到其理论标举的高度和深度，依然受着沿习古人格调的束缚，但可以肯定，已呈现出向文学革新演进的端倪，以复古为手段而复兴文艺的文学运动之面目日益清晰。

二　王世贞晚年“定论”问题

王世贞（1526—1590），字元美，号凤洲、弇州山人。嘉靖二十六年进士，除刑部主事。嘉靖三十五年，迁山东按察司副使，兵备青州。嘉靖三十八年，父王忬受严嵩构陷，下狱，明年论死。世贞扶丧归里。隆庆初起为大名副使，累迁右副都御史，抚治郧阳。万历四年罢职，家居十馀年。万历十五年，补南兵部侍郎，就擢南刑部尚书。万历十八年告归，卒于家。著《弇州山人四部稿》一百七十四卷（以下简称《四部稿》）、《弇州山人续稿》二百〇七卷（以下简称《续稿》），及《弇州外集》、《觚不觚录》、《读书后》。与李攀龙并称王、李，李氏卒后，宗盟诗坛二十馀年。

1. 晚年“定论”问题的提出

王世贞一生的诗论和创作及批评态度发生过三次显著变化，第三次转变关涉其晚年“定论”问题。探讨这一问题之前，先看他的前两次转变。

走出吴中诗人行列，创立后七子派，世贞诗歌追求发生第一次转变。他早年聆教于文徵明门下，诗歌步趋吴门风雅，徵明与子文彭、文嘉亲切呼他为小友。世贞《赠休承八十》回首这段往事云：“我昔避地吴阊居，是时太史（徵明）八十馀”，“何人不爱虎头画，若个能轻龙爪书”，“衰劣惭余比蒲柳，辱君父子呼小友。”[22]成进士前后，与李攀龙订盟，对吴中“巧倩妖睇”诗风深示不满，汪道昆为吴中山人顾季狂作《顾圣少诗序》，述云：“是时王郎讲业阙下，谔谔诸名家。王郎生吴中，雅不喜吴语。……公幸而北，使公不北，日与乡人俱，即能言，直吴歈耳，将靡靡然求合于里耳，恶能操正音邪！"[23]追求复古，刻意高古宏大之调和老杜深情秀句，为世贞第一次转变的主要内容。

复古十年，世贞论诗稍异李攀龙，特别是他因家难里居的一段时间，频繁交往文徵明门人彭年、黄姬水、周天球、张凤翼、张献翼，吴门诗人倾慕复古，世贞则从"雅不喜吴语"中跳出，调剂复古与吴中诗歌传统，恃此自鸣自得，在《黄淳父集序》中说："士业以操觚，无如吾吴者，而其习沿江左靡靡。或以为土风清淑而柔嘉，辞亦因之。北地、武功诸君起中原，自厉其格，以求合古，而不能尽释其豪疏之气。吾吴有徐迪功者，一遇之而交与之剂，亦既彬彬矣，而不幸以早殁，乃淳父能剂矣。夫辞不必尽废旧而能致新，格不必步趋古而能无下，因遇见象，因意见法，巧不累体，豪不病韵，乃可言剂也。今吴下之士与中原交相诋，吴习务轻俊，然不能不推淳父之精深；中原好为豪，亦不能以其粗而病淳父之细者。淳父真能剂矣！"调剂复古与吴中诗风，此其诗歌二变。

万历四年起，世贞隐居弇园，学道事佛，文学见解和批评态度再度发生变化，但当时未引起文坛广泛注意[24]。明末清初，钱谦益明确提出世贞"晚年之定论"问题，《列朝诗集小传》说他操文章之柄，登坛设坫，近古未有，"轻薄为文者无不以王、李为口实，而元美晚年之定论，则未有能推明之者也"。

钱谦益认为，世贞才华实高于李攀龙，"神明意气"足以绝世，只是年轻时期为李氏"捞笼推挽"，误入复古"歧途"，骑危墙自下不能，晚年阅世日深，读书渐细，虚心平气，遂"蘧然梦觉"，批评模古，服膺苏轼、陈献章的诗文。可以相信，《列朝诗集小传》的说法揭现世贞晚年一些变化，确实比后来四库馆臣的"定论"高明得多，《四库总目提要》之辞看似公允，实质上陈腐不堪，仅偶有中察，如云“世贞初时议论太高，声名太早，盛气坌涌，不暇深自检点，致重贻海内口实。逮时移论定，向之力矫其弊，以变为纤仄破碎之习者，久已为众所唾弃，而学者论读书种子，究不能不心折弇州”。隐借批判公安、竟陵派来抬高世贞，这种打一派来拉另一派的“定论”自然算不上公正。

清代四库馆臣为代表的“定论”说法，一方面集中在“读书种子”上，大抵就世贞晚年读书日富而发，标示他在明人“无学”风气下的独秀，另一方面集中在文学复古上，肯定复古，拒斥公安、竟陵派。但我们看到的事实是，清人指责晚明士人学道逃禅，而世贞晚年变化即由学道逃禅引发，清人肯定文学复古，世贞晚年援“性灵”入诗文，不甚胶结于复古。

2. 变化动因与具体内容

第一，学道逃禅。明后叶，禅宗、道教流行日广，在士人间激起反响。隆庆三年，王世贞在浙江参政任上已对道家长寿仙飞之术发生兴趣，山人徐献忠自称赴蓬莱仙会，世贞“甚异之”，为具舟送行[25]。世贞学道热情日高，吴国伦赠诗云：“王郎中岁欲逃禅。”[26]万历初，王锡爵次女焘贞在未婚夫死后自称得仙人真传，号昙阳子。万历七年，屏迹小祇园的世贞“慨而心慕之”[27]，自我表白“所读书一字不得用，所撰述文业一字无可传”，“今已作头陀全真行径矣”[28]，希望王焘贞“出之苦海迷途而婉导之”[29]，翌年正式入室为新弟子。王焘贞拟定九月飞升，世贞为仙化之事奔忙，十一月捐家入昙阳观。由于学道“行迹太露”，京师有官员参劾，为避人口实不得不暂归弇园。有关昙阳子之事，他撰写《昙阳仙师授道印上人手迹记》、《昙鸾大师纪》、《金母纪》、《昙阳大师传》等文，大加颂扬。世贞学道之意弥老弥坚，《妙高峰》坦示心迹：“金山妙高台，飞到峰头住。逢师卓锡声，不敢复飞去。”[30]

第二，诗坛活动。世贞虔心学道，好淡泊隐逸，有意疏冷笔砚。诗人纷来唱和、索序，他虚怀下士，却不无苦衷，《岁暮即事杂言六章》其三云："冲寒裹头出，剥啄何太紧？征施胜征税，责文如责进。财枯思复竭，拒之则不忍。何不焚笔研，深山采薇菌。悭心久已无，名根或难尽。"[31]世贞括定末五子，《末五子篇》诗前小序表示："余有深寄焉，自此余不复操觚管矣。"推出末五子不久，就遭遇魏允中的婉辞回绝，《续稿》卷十六有诗纪其事，标题即序："仆近有五子篇，拟魏懋权，似不欲以文士名也，赠长兄韵答我，因再成一章，倚韵见志，仆亦且谢笔研矣。"一面致歉，一面重示"谢笔研"之意。

汪道昆在诗坛表现活跃，与世贞形成鲜明对比。他主持南屏社，寄诗太仓请和，世贞诗一："一时江左擅风骚，遂使湖山应接劳。花坞乱扶卿月上，筚门孤掩客星高。纵呼陶令愁难入，不学苏生醉始逃。若问弇园佳胜事，翛然坐对一方袍。"诗二又有"老去风流付尔曹"之句[32]，言下之意，已将七子文学事业托付道昆等人。

第三，诗歌理论。采"性灵"一词论文学在隆万之际算不上新鲜事，但世贞晚年有意称道文学"性灵"及陈献章、王守仁诗文，值得剖析。先看对理学家陈献章诗文的认识。《书陈白沙集后》："陈公甫先生诗不入法，文不入体，又皆不入题，而其妙处有超乎法与体与题之外者。予少年学为古文辞，殊不能相契。晚节始自会心，偶然读之，或倦而跃然以醒，不饮而陶然以甘，不自知其所以然也。"[33]世贞视"超乎法与体与题之外者"为诗文"妙道"，自惜少年学为古文辞，未早悟此理。再看对王守仁诗文的态度。他早年批评唐顺之师事王学是"中年忽自窜入恶道"，晚年重新认识王学，深自有省。《书王文成公集后一》："余十四岁从大人所得《王文成公集》，读之而昼夜不释卷，至忘寝食，其爱之出于三苏之上。稍长读秦以下古文辞，遂于王氏无所入，不复顾其书，而王氏实不可废。盖当王氏之为诗，少年时亦求所谓工者，而为才所使，不能深造而衷于法；晚节尽举而归之道，而尚为少年意所累，不能浑融而出于自然。”[34]这里对比了自己前后看待阳明诗文的态度：早年爱不释卷，中年不复顾视，晚年以为“实不可废”。衔接这一过程的一是他青年时期致力修古文辞，二是晚年转而学道。世贞肯定“归之道”之诗，提出“浑融而出于自然”。论诗如此，倘若李攀龙还在人世，恐怕要惊呼世贞已入七子“异端”了。

清代诗论家论王世贞晚年变化，往往轻视他尊重艺术个性、富有思辨智慧的“性灵”文学理论[35]。世贞采“性灵”论诗文，前已征引两则文字，再摘引之，如：“至所结撰，必匠心缔而发性灵”[36]，“发乎兴，止乎事，触境而生，意尽而止，毋凿空，毋角险，以求胜人，而刿损吾性灵”[37]。对此，当前学界有一种看法：“他的这些思想只是前期思想的延伸，并没有发生根本性的转变。”[38]笔者认为，这些文字固与其前期思想相联结，但由学道逃禅所致的文学思想变化，并非前期思想所能涵括[39]。世贞所说的“性灵”超越了以“情”论诗的范围，具体指向“体道”，这正是他学道悟禅、重读陈献章和王阳明的结果。总之，世贞晚年诗歌探索，徘徊在尚情与崇道、师古与师心、法度与自然之间。

第四，诗歌创作。《续稿》存诗二十八卷，主要为万历初的作品，学道逃禅为重要内容，诗风冲淡平易，只要稍与《四部稿》对读即可清晰感受到此。《续稿》和《四部稿》之诗各有千秋，后者拟古乐府才情胜过前者，前者绝句艺术超出后者。

《四部稿》卷四至卷七收拟古乐府四百零三首，动辄数章，宛转清丽，如卷七《琅琊王歌》其二：“女儿年十三，手种银杏树。银杏已结子，问母还女处。”同卷《黄淡思歌》其二：“与郎指刀头，明镜中天流。一夕深一夕，明镜化为钩。”清秀婉转，李攀龙自叹弗如，《沧溟集》有云：“元美乐府，以汉人语掇时事，如旧有之，殊见国风，非攀龙所及也。”

《续稿》仅卷二存有拟古乐府五十九首，不主清真宛丽之调，如《襄阳踏铜蹄》其三：“宜城七十里，朱楼与云齐。无地着酒馆，眼饱肚中饥。”《莫愁乐》其一：“家家迎莫愁，人人说莫愁。莫愁歌一字，恰恰印心头。”前一首谈论人生哲理，而后一首较佳，大抵贵在顿悟自然。二诗在《续稿》乐府诗中属可称道的篇章，相比《四部稿》，趣味变化悬殊。对此，世贞有说，如《读书后》卷四《书李西涯古乐府后》：“吾向者妄谓乐府发自性情，规沿风雅，大篇贵朴，天然浑成，小语虽巧，勿离本色。以故于李宾之拟古乐府，病其太涉论议，过尔抑剪，以为十不得一。自今观之，亦何可少夫！其奇旨创造，名语叠出，纵不可被之管弦，自是天地间一种文字。若使字字求谐于《房中》《铙吹》之调，取其声语断烂者而模仿之，以为乐府在是，毋亦西子之颦、邯郸之步而已。”

《续稿》近体律绝透发性灵、逸趣，如卷五《由西山别磴至乾坤一草亭，西北望城楼，西南望武安王庙》：“箫鼓发丛祠，野火起枯柏”，“兴尽欲下来，曲水弄馀晖。”馀韵萦绕，一洗浮华高格，有清逸之美。再如卷二十《半峰亭》：“不爱天上游，不爱人间往，爱此半峰间，卧看云来去。”清脱萧逸。因此，《诗薮》论其绝句“本青莲、右丞、少伯而多自出结构，奇逸潇洒，种种绝尘”。

3. 兼容并包的文学批评态度

王世贞早年负才“偃蹇”，多不能容纳文学异见，晚年宏阔襟度，兼容并包的文学批评意味着他逐渐走出保守的文学意识，而晚明诗歌冲破模古的封闭状态，与这位诗坛巨擘的晚年变化有很大关系。

例一：陈继儒叹服世贞暮年的坦荡，在《重阳缥缈楼》中以生动的文笔记述道：“往乙酉（万历十三年）闰九月，招余饮弇园缥缈楼。酒间,坐客有以东坡推先生者。先生曰:‘吾尝叙《东坡外纪》,谓公之文虽不能为我式,而时为我用。’意尝不肯下之。余时微醉矣,笑曰:‘先生有不及东坡一事。’先生曰:‘何事?’余曰:‘东坡生平不喜作墓志铭,而先生所撰志不下四五百篇,较似输老苏一着。’先生大笑。……忆此时光景,颇觉清狂,如此前辈,了不可得。”㊵

例二:世贞的坦荡亦使汤显祖为之震动。世贞敬重显祖才华、人品,思慕结交,显祖傲睨世贞,屠隆写了一封千馀字的长信,劝他不妨与世贞“两贤共栖”,遭到拒绝。显祖标涂过的王、李文字一度流传,但世贞未予苛责。显祖后来在给世贞之子士骐的信中谈起此事,流露悔意,《答王澹生》:“弟少年无识,尝与友人论文,以为汉、宋文章,各极其趣者,非可易而学也。学宋文不成,不失类鹜,学汉文不成,不止不成虎也。因于敝乡帅膳部郎舍论李献吉,于历城赵仪郎舍论李于鳞,于金坛邓孺孝馆中论元美,各标其文赋中用事出处,及增减汉史、唐诗字面处,见此道神情声色,已尽于昔人,今人更无可雄,妙者称能而已。然此其大致,未能深论文心之一二。而已有传于司寇公之座者,公微笑曰:‘随之,汤生标涂吾文,他日有涂汤生文者。’弟闻之,怃然曰:‘王公达人,吾愧之矣。’”㊶

例三:世贞晚年服膺归有光之事为明代文坛掌故。《列朝诗集小传》载曰:“熙甫一老举子,独抱遗经于荒江之间,树牙颊,相搘柱不少下。尝为人文序,诋排俗学,以为苟得一二妄庸人为之巨子。弇州闻之曰:‘妄诚有之,庸则未敢闻命。’熙甫曰:‘唯妄故庸,未有妄而不庸者也。’弇州晚岁赞熙甫画像曰:‘千载有公,继韩欧阳。余岂异趋,久而自伤(世贞原文作“始伤”)。’识者谓先生之文至是始论定,而弇州之迟暮自悔为不可及也。”归有光声名早著于公车间,世贞业有所耳闻,曾读过归文二十馀章,归氏故世,复虚心静气读其文集，愧疚错过结识的机会，《书归熙甫文集后》说：“熙甫集中有一篇盛推宋人，而目我辈为蜉蝣之撼不容口，当是于陆生（浚明）所见报书，故无言不酬，吾又何憾哉！吾又何憾哉！”㊷

以上三事足以定论世贞晚年文学批评态度。在他洋洋大观的诗序中有一篇《宋诗选序》，也值得引述。后七子派初期不读宋、元诗，李先芳编选宋诗，寄示李攀龙，攀龙不悦。《明诗纪事》载：“于鳞谓‘伯承贻我新刻，并多出入，畔我族类’。当为此而发。”二李交情不错，“畔我族类”语见《沧溟集》卷三十《与徐子与》，虽是一句风趣话，先芳的作法确令攀龙有过一番尴尬。吴兴慎蒙选宋诗，向世贞请序。世贞在《宋诗选序》中说：“余故尝从二三君子后抑宋者也，子正（慎蒙）何以梓之，余何以从子正之请而序之？余所以抑宋者，为惜格也。然而代不能废人，人不能废篇，篇不能废句，盖不止前数公（欧阳修、梅尧臣、黄庭坚、苏轼、陆游、杨万里）而已。……医师不以参苓而捐溲勃……为能善用之也。虽然，以彼为我则可，以我为彼则不可。子正非求为伸宋者也，将善用宋者也。然则何以不梓元，子正将有待耶？抑以其轻俊，饶声泽，不能当宋实故耶？乃信阳之评的然矣！曰：‘宋人似苍老而实疏卤，元人似秀峻而实浅俗。’之二语也，其二季之定裁乎？”㊸世贞不掩饰排斥宋诗的观点，称“抑宋”盖为“惜格”，而宋诗实不可废言，要善用之，“以彼为我”，不可“以我为彼”。于宋人中，世贞尤其服重苏轼，晚年案头置苏轼集一部，读之欣然而甘，《续稿》还存有和韵苏轼之诗数题。清人姚莹《论诗绝句》有云：“四部雄奇出凤洲，沧溟身后若为俦。分明却有眉山意，莫尽同声白雪楼。”㊹尽管世贞一贯反对人们夸大他与李攀龙的分歧，但姚莹所说也是事实。

王世贞感受到了三教合一和王学思想的脉动，但选择了逃禅的人生方式，未如李贽、袁宏道那样推毂这一社会思潮，在文学领域另辟境界。相异的人生和文学旨归造成其间隔阂很深，公安派批判王世贞，即集矢于复古理论、与王学思潮的隔膜两方面。

三　汪道昆与新安诗群

休宁程嘉燧认为，新安诗坛盛于嘉隆，《程茂桓诗序》中说："余少时见《新都秀运集》，自嘉隆以前，吾乡之缙绅先生与夫布衣岩穴之士，名章秀句赓响杰出，皆不愧于古人专门之学。如吾宗自邑，仗策登华，与北地倡酬，为方侍郎所推挹。王潭仲房，任侠说剑，踞胡开府、戚都督上坐，而王弇州、许文穆皆折节重之。"㊺

王世贞、李维桢评明代新安之诗，以为盛于隆万，汪道昆开辟一时局面，世贞说"新都有诗，自司马始"㊻，"歙故未有诗，有之，则汪司马伯玉始"㊼。李维桢《莽堂集序》绘述："自汪司马伯玉以能言名天下，天下争附之，而新安人以司马重，即号能言者，往往在司马法中。"㊽

既然两种说法相异，就需略加辨析。我们注意到，休宁陈有守《徽郡诗选》编选的徽州明诗一百四十六家多活动于嘉靖或隆万间。万历《歙县志》卷三《风土》载："人文郁起，为海内之望，郁郁乎盛矣。"张潮《歙问小引》的记载更具认识价值："王弇州先生来游黄山时，三吴两浙诸宾客从游者百馀人，大都各擅一技，世鲜有能敌之者，欲以傲于吾歙。邑中汪南溟先生闻其至，以黄山主人自任，僦名园数处，俾吴来者各各散处其中，每一客必有一二主人为馆伴。主悉邑人，不外求而足，大约各称其技，以书家敌书家，以画家敌画家，以至琴弈篆刻，堪舆星相，投壶蹴踘，剑槊歌吹之属，无一不备。与之谈则酬酢纷纭，如黄河之水注而不竭，与之角技，宾时或屈于主。弇州先生大称赏而去。"㊾世贞率众游黄山，时在隆万之际，歙之才士已众，人文之盛可见一斑。

比照有关文学史料，即可看到新安诗坛兴自嘉靖、盛于隆万的事实。至于程嘉燧盛推嘉靖诗人，不愿正视汪道昆，有其个人方面的原因，如上引《程茂桓诗序》说："顷年（万历）以来，兹道滥觞，自谓家抱灵珠，人操和璧，靡然成风，而正始之音，殆杳然矣。嗟乎！谁为为之，孰令听之哉！"

1. 徽州"商而士"的文化环境

新安诗文郁起的原因是多方面的，这里关注区域的商业文化环境。历史上的徽州一带，商贾纷出，商业在徽州人生活中占有重要的地位。乾隆《歙县志》云："农十之三，贾七焉"，"以货殖为恒产"。歙县汪道昆《阜成篇》自绘乡里"业贾者什七八"[50]。张瀚《商贾纪》指出徽商足迹"几遍天下"[51]。徽商势力雄厚，谢肇淛《五杂组》卷四云："富室之称雄者，江南则推新安"，"新安大贾，鱼盐为业，藏镪有至百万者，其他二三十万则中贾耳。"

商业兴盛和经济富庶带来了徽州人文的繁荣。据康熙《徽州府志》，徽州共有书院五十四所，歙县为十四所，休宁十一所；婺源十二所，祁门四所，黟县五所，绩溪八所。其中，明代实有五十一所。这些书院建置于宋代者十馀所，元代十馀所，清初二所，馀者皆置于明代，筹建者或为富商巨贾，或为府县守令，书院经费主要来源之一便是商贾的捐助。

明代取中进士二万五千二百二十八人，徽州六县为三百九十二人，占全国总数的1.55%，而且歙县一邑就有进士一百六十四人[52]。这与区域"商而士"的社会风气关联极为密切。新安士子，"处者以学，行者以商"[53]，行商取厚利，读书求名高，"一弛一张"、"迭相为用"。商贾家庭出身的汪道昆取得科举成功，深有体味而言："新都三贾一儒，要之，文献国也。夫贾为厚利，儒为名高。夫人毕事儒不效，则弛儒而张贾；既则身飨其利矣，及为子孙计，宁弛贾而张儒。一弛一张，迭相为用，不万钟则千驷，犹之转毂相巡，岂其单厚然乎哉，择术审矣。”[54]

汪道昆家族是一个“商而士”的成功典例。道昆（1525—1593），一名守昆，初字玉卿，改字伯玉，号高阳生。曾祖以上十五世，率以耕田为业，祖父守义始藉盐业起家，为盐筴祭酒，父良彬少继父业，汪氏“业儒术”则自道昆始[55]。他三岁从祖父习诵古诗百首，“客至，令诵诗行酒以为常”[56]。少年时志慕修古，长辈发现后，严厉地制止了他的想法，良彬的家教即是“引正义督其子，先实用而后文词”[57]。道昆成进士，参与文学复古活动[58]，“先实用”的思想又使他与喜爱的文学保持一定距离。他的用实才华和政治业绩得到张居正、王世贞、戚继光推许，嘉靖四十二年迁福建按察使，与戚继光一起主持抗倭之事，隆庆六年，迁兵部右侍郎，升左侍郎。直到万历三年，仕途无望，始归里，兴趣集中到“立言”上来。著有诗文《太函集》一百二十卷。王世懋将道昆与王、李相提并论，这一说法得到时人认同，如《太函集》卷二十六《朱镇山先生集序》：“余尝奉先生之教：‘当世作者代起，无若三家，济南、江左、新都并驾而方北地。’”在道昆影响下，其弟道贯、从弟道会咸能诗文，并称“二仲”，又与道昆共号“三汪”，汪氏也由盐商家庭一跃成为新安文化望族。

“商而士”的社会变奏在徽州商业与文学之间构架起一座桥梁，这在嘉靖间已有不凡表现，归有光《白庵程翁八十寿序》曾揭示说：“今新安多大族，而其地在山谷之间，无平原旷野可为耕田。故虽士大夫之家，皆以畜贾游于四方。……（程氏）并以诗书为业。君岂非所谓士而商者欤？然君为人，恂恂慕义无穷，所至乐与士大夫交，岂非所谓商而士者欤？”[59]商业、科举、文学密切结合，经过数代徽州人积淀，终于导引出区域诗文兴盛局面。李维桢与新安诗人多有交往,《芥堂集序》复述亲历见闻说:“新安人故善贾,至于今冠带衣履天下,而因以贾名。名美者莫如立言于时,立言之士竞起矣。”

2. 汪道昆的诗论与创作

与多数七子派诗人一样,汪道昆认为宋儒理兴而诗衰,《太函集自序》说:“宋儒以道自任,志三代而身《六经》,猥云质有其文,贵其质而已矣。夫蒉桴土鼓不比于《韶》,如必任质而后宜,夔其穷矣。即其人可知也,于法云何?”因此,他盛推七子文学事业,称李梦阳“以清庙遗音,一洗里耳”,与李攀龙、王世贞“其一先登,其一高跱,其一张广乐、集大成”,皆一世雄杰。

汪道昆、王世贞为同年进士,齐名文坛,连世贞也承认:“余何能当作者”,“为我张皇推毂无两,遂令鞬橐之士左次而避中原,则伯玉之为也。”[60]道昆述说师门,还是将王、李比作诗坛孔子,自己甘作圣人高足颜回,《夜坐与少连谈艺四绝句》其四:“圣代只今王与李,相得大冶铸颜回。”[61]这一说法容易引人误解,以为其不过是步王、李后尘的小角色。事实上,《太函集》中的大量诗序,精辟见解随处可见,如序山人俞安期《翏翏集》云:“大方家有言,当世之诗盛矣,顾上不在台阁,下不在山林。不佞既然且疑,尝测其涘。……夫《诗》,首国风亦犹之乎天风也。风之起也,为泠风,其积之厚也,为培风,抟扶摇羊角而上;为刚风,三者皆雄风也。……沨沨乎其与天籁鸣也。语师古则无成心,语师心则有成法,其斯为楚之遗、汉之逸、杜陵之王父尸乎?”[62]文中有两点值得分析:一、诗不在台阁、山林,而在布衣。何谓真诗?一直是明中叶诗人苦思冥想而不得答案的问题,李梦阳既称“真诗在民间”,又徘徊不已,道昆则从山人、布衣诗人身上找到了答案。二、推崇天籁之鸣的雄风,雄风包括泠风、培风和刚风,泠风清爽,培风粗犷,刚风雅健,体现着道昆不满足单一格调，崇尚自然之法的诗趣。

《太函集》存诗一千七百馀首。道昆和戚继光（字元敬，登州人，有诗文《止止堂集》）在戎马生涯中结下深谊，赠答继光之诗豪迈健举，如“国士投知己，分悬比太阿。星文开瘴海，夜色倒明河。决胜千人废，论功百战多。神奸空睥睨，天意岂蹉跎。”诗题即序：“戚将军铸良剑二，谒予铭之。托以久要，遂分其一。省属火，故物悉亡，独舍中儿抱剑出火中，赖得脱。归于家，弟幸其有灵，为之弹铗而歌，作此三诗。”[63]二人福建分剑，约定奇功抱国，尔后三次“合剑”，相互砺志。万历十五年，继光卒世，道昆吟《宝剑篇》，诗前小序曰：“壬戌之秋，元敬入闽三捷，偕余目击闽难，不歃而盟，则良剑二分佩之，所不狥闽者如此杖。丙寅，余释闽事。戊辰，元敬入朝，剑始合于虎林，信宿而别。壬申，余奉使大阅，再合蓟门。乙酉，元敬谢南粤入新都，三合于白榆社。乃今元敬已矣，故剑不知其存亡。余弹铗长歌，盖有感于延陵季子云尔。”长诗铺陈其事，一唱三叹，遒劲雄宕，如云：“行处饶歌朱鹭曲，擎来铁网苍龙精。”[64]李攀龙以“紫气”、“雄风”、“黄金”一类字面点缀雄浑诗调，免不了空浮，道昆有着督兵抗倭、阅视边防的经历，诗笔雄健，算不上“空声大语”。

3. 新安诗群重要成员

王寅、江瓘、汪道会、汪道贯、汪淮、吴守淮、潘之恒、谢陛等人以汪道昆为核心，据区域形成新安诗群。钱谦益注意到这一群体，称之“新安诗派”，《列朝诗集小传·吴布衣兆》：“新安诗派，尸祝太函。”陈田《明诗纪事》引之。诗群以山人、布衣为主体，而且多数成员出身商贾家庭，甚至包括亦贾、亦士、亦匠的徽墨名家方于鲁，可谓特色鲜明。此对其主要成员略作梳理：

王寅，字仲房，一字亮卿，歙县人。父尝贾于淮北。王寅少年倜傥，负文武才，为诸生领袖。后弃诸生，问诗李梦阳不遇，入少林习兵杖。家产尽破，复辞家远游。与徐渭、沈明臣同入胡宗宪幕府，参加抗倭。中岁习禅，自号十岳山人，与高应冕等组织西湖八社，晚年与汪道昆唱和甚密。编选《新都秀运集》，著《十岳山人集》四卷。《西湖八社诗帖》亦存其诗。

江瓘，字民莹，歙县人。父江才早年贾于青齐、梁宋之间，后至钱塘，挟重赀为巨商，生琇、珮、瓘、珍四子，四十岁时令琇、珮二子治生扬州，自归歙县教瓘、珍二子习举业。江珍字民璞，嘉靖二十三年进士。著有《溪上稿》二卷、《华委堂集》。江瓘为诸生，号篁南山人，以诗文著称一方，有《篁南山人集》十卷、《霞石稿》。

汪淮，字禹乂，号松萝山人，休宁人。国子生。诗法古人，取材庞宏，象合意协，《列朝诗集小传》："论诗苦爱仲长统'乘云无辔，驰风无足'之语，以为诗家风轨，殆非俗流也。"著《禹乂诗集》八卷，汪道昆、王世贞为序。

陈有守，字达甫，休宁人。《列朝诗集》录其《岳墓》诗，有句"西湖莽埋没，中土日销沉。五国杜鹃梦，千城都护吟"，《小传》曰："典实老苍，高出凡品。"有《六水山人诗集》。

汪道贯(1543—1591)，字仲淹。道昆之弟。有《汪次公集》十二卷。《弇州山人续稿》卷一六〇《题汪仲淹新集后》："其为古文辞，雄爽有调，而或不免士衡之芜。余每一规之，辄一小异。……已而尽出新篇，读之，沉着温茂，一唱三叹，有馀音矣。"

汪道会(1544—1613)，字仲嘉。诸生。道昆从弟。晚交潘之恒最密，又与袁宏道、袁中道游处。有《小山楼稿》、《二仲集》。

潘纬，字仲文，一字象安，歙县人。少年攻诗，苦思新声，居白岳下，隐然诵读，甘苦自怡。曾斥资为中书舍人。有《象安诗集》四卷及《养疴》、《游淮》、《园居》等集。《列朝诗集小传》："余观仲文诗，攻苦精思，摆落凡近，如秋水芙蓉，亭亭自远。仲房亟称其

‘郭外关河远，樽前岁腊残’，‘旅馆午寒闭，江城秋雪飞。’未足蔽仲文也。”

潘之恒（1556—1662），字景升，歙县人。出身商贾家庭，少年受知于汪道昆、王世贞。《太函集》卷七《赠潘景升北游序》：“都人士代兴者，吾尝以锥末得景升。”参与白榆社唱和，道昆故世，结交袁中道、宏道、江盈科、钟惺。好诗文、戏曲，生前刻诗《蒹葭馆集》、《冶城集》、《涉江诗》、《鸾啸集》、《漪游草》等（诗歌创作详见“公安派”一章）。

程可中，字仲权，休宁人。家贫，博学能诗，入白榆社，与何白、潘之恒交笃。形貌短小精悍，兀放任侠，酷嗜山水。《列朝诗集小传》论其诗在潘之恒、何白之间，又说：“仲权尝语余：李本宁（维桢）以诗文雄伯，人莫敢置一辞，余得其赠诗，直规之曰公才不逊古人，亦落弇州、太函窠臼耶？本宁拱手叹服。以此知其真长者也。”有《汉上集》二十二卷。

此外，山人吴守淮有《虎臣诗集》二卷；山人李敏有《浮丘山人集》；方于鲁有《方建元诗集》十四卷《师心草》一卷。

四　末五子

万历十一年，王世贞论定末五子，以赵用贤、李维桢、屠隆、魏允中、胡应麟为七子文学事业继往开来的新人。

赵用贤（1535—1596），字汝师，常熟人。隆庆五年进士，仕至吏部左侍郎。有《松石斋文集》三十卷，《松石斋诗集》六卷，后者收诗三百三十八首。

李维桢（1547—1626），字本宁，京山人。隆庆二年进士，授编修，进修撰，受到张居正器重。出为陕西参议，浮沉外僚近三十年。天启初起南太常寺卿，迁南礼部尚书，移疾致仕，天启六年卒。有

《四游集》二十二卷、《大泌山房集》一百三十四卷。

屠隆(1543—1605),字长卿,更字纬真,号赤水,鄞县人。万历五年进士,除颍上知县,改青浦。万历十一年迁礼部主事,翌年因"淫纵"削籍。有《由拳集》二十三卷、《白榆集》二十八卷、《栖真馆集》三十一卷、《鸿苞集》四十八卷、《绛雪楼集》未刊稿二十卷。

胡应麟(1551—1602),字元瑞,号石洋生、少室山人,兰溪人。万历四年举人。有《少室山房类稿》一百二十卷,《诗薮》二十卷,《少室山房笔丛》四十八卷。

魏允中(1544—1585),字懋权,号昆溟,大名府南乐人。万历八年进士,除太常博士,累官吏部考功郎。有《魏仲子集》十卷。

末五子定交王世贞的时间在隆庆初年至万历六年之间,世贞对五人"深有寄焉",推许魏允中以文坛"代兴"之意,为允中所撰《哀辞》述云:"余故起家饬魏之兵事,得懋权于诸生中而异之。……故为韵语以赠之,至末云:'还将代兴意,对酒颂如渑。'"[65]《末五子篇》咏胡应麟:"牛耳终自归,蛾眉竟谁并。"《胡元瑞绿萝馆诗集序》云:"后我而作者,其在此子矣夫!其在此子矣夫!"[66]赠李维桢诗云:"雄飞岂复吾曹事,狎主凭君异日盟。"[67]《末五子篇》咏李维桢:"高倡白雪言,谁能不披靡?"咏赵用贤:"窃窥中兴象,在起八代衰。"咏屠隆:"屠郎天下才,著作日不休。"所谓"中兴"、"起衰",当是世贞订末五子诗盟用意所在。

应该指出,末五子不是王世贞的附庸,或者复古末流。五人各富个性,赵用贤刚气净骨;李维桢外表平和,内心急怼;屠隆放纵不羁;胡应麟好负气使性;魏允中直性不阿。他们与世贞定交自非全然名利之心驱使,如屠、胡、李对复古曾抱有极大的热情,赵用贤和世贞互以气节引重。世贞从五子身上看到七子文学的希望,其"深有寄焉"的想法是成熟的。不过,魏允中入仕后无意标名文苑，并先世贞卒，其诗接近世贞所评“不欲以江左之浮藻，掩河朔之风骨”，只是稍乏新意，《明诗纪事》论曰：“懋权五律疏爽，七律调高，尚多浮响。”其他四人成就都在魏氏之上，赵、屠为诗派新变代表，李、胡坚持复古，为派中重要诗人和理论家。

1. 屠隆

万历八年《由拳集》刻行，屠隆斐声文坛。《太函集》新刻上市不久即滞销，而《由拳集》、《栖真馆集》、《白榆集》“鼎立而并行”[68]，长期播传士林。我们揭示屠隆的诗观与创作将有助于解释这一文坛现象。

其一，生平交游和文学兴趣。

屠隆不耐岑寂，好交游、声伎，家无馀资，然放任如故，晚年《赠叶虞叔》诗中自绘：“东南千里待举火，布衣贤豪倒屣迎。妻子饥寒都不问，要与天壤加峥嵘。”生平师友中，沈明臣、王世贞、汤显祖对其诗歌人生影响最著。

沈明臣，字嘉则，号天放翁，鄞县人，甬上诗社耆宿。性耽山水、诗篇，诗作逾万首，宏放奇丽，排荡开阖。屠隆师事沈明臣，《沈嘉则先生诗选序》论其“大风震荡”、“长波激射”，明臣《由拳集叙》回誉其“宏肆钜丽，高华秀美，烨然动人心目”。师徒相互推挹间，可知屠隆诗法渊自。

当前学界或认为屠隆为博取名利而曲迎世贞。屠隆喜好矜夸属实，但考虑他视世俗名利如草芥的个性（如《由拳集》卷十《与冯开之》：“才卑而气高，言诞而行洁”，“宁为拙仕，毋为巧宦。”），则曲意阿迎之评未必属实。如果论及交结世贞的心态，可追溯他的复古情结。万历六年，屠隆在《与王元美先生》的定交信中说：“慕古何为乎？且隆束发为诸生，厌薄制义，……近探禹穴，抽秘金书；遥望岱宗，覃思玉简。又邹鲁悦孔孟之仁义，濠梁慕庄老之玄虚，芝罘诵李斯之古文，湘汉怀屈贾之词赋，龙门仰太史之跌宕，成都爱相如之丽藻，大梁艳邹枚之浮华，淮南羡八公之鸿烈，幽蓟喜邹衍之谈天，青齐惊淳于之炙毂，稷下服田巴之雄辩，灵光睹文考之俊才，天台高兴公之逸韵。诸图书秘记古文奇字，颇尝泛其洪波，妆其钜丽，可谓穷老不厌，精靡他顾。”[69]从“厌薄制义”，到每读古人文章即“恨不得与此人同时”，这是明中后叶诗人走上复古之路的一种极自然心态。信中还谈及世贞说：“世无先生，何羡异代？世有先生，何羡异代！”其间洋溢着对复古的热情和神往，联系屠隆的个性，我们更愿相信这些言辞出于对复古的天真虔诚。

交往世贞日深，屠隆自悔昔日之诗“尚兴趣而乏风骨，飘爽之气多，而深沉之思少”，对观世贞诗之“华实深浅”，似有所悟[70]，尝试变化。一方面肯定诗生乎性情，性情生格，格生调，一方面强调“夫声诗之道，其思欲沉，其调欲响，其骨欲苍，其味欲隽，而总之归于高华秀朗”[71]。他总结的“高华秀朗”的文学经验，实际上是在甬上诗风与复古之间作出的某种调剂。他无意模拟世贞，而且有意避免学步嫌疑，在给汪道昆的尺牍中明确言及：“比年以职事入吴会，尝与元美兄弟周旋，虽义托同心，亦颇气存强项。王先生赏其鹘俊，恶其跳梁，然未尝不相欢也。”[72]

结交世贞的前一年，即万历五年计谐之际，屠隆已经神交汤显祖，六年后，任职礼部，适汤显祖以新进士观政礼部，与正式定交，《赠汤义仍进士》诗云：“胸怀久不吐，宛转如车轮。丈夫一言合，何为复逡巡。”[73]虽说“一言合”，二人文学分歧却是客观存在。汤显祖任职南京，傲睨世贞，屠隆因此写了一封长信：“两贤同栖，政不妨朝夕把臂。四海名不易得，若元美者，词林宿将，皮骨即差老弱，犹堪开五石弓，先登陷阵，愿足下无易廉将军。”[74]说辞婉妙，只是显祖不为所动。屠隆趋于认可显祖之论，当是在读到《玉茗堂集》之后，《玉茗堂集序》说：“今天壤之间，乃有义仍。义仍意始不可一世，历下、琅琊而下，多所睥睨，余颇不谓然。乃近者义仍《玉茗堂集》出，余一见心折。”“一见心折”并非虚意吹捧，序中坦陈：“余诗才气骨力，远不逮义仍。一读近草，若邹忌见徐君，自叹以为弗如；尹氏见邢夫人，掩面而泣也。”屠隆俊人俊语，自比邹忌、尹氏，挑明两人分歧已久，今始“心折”。

其二，寄情寥廓，追求性灵。

屠隆任青浦知县，受冯梦祯、王世贞薰陶，好道向佛，《与李之文》表白：“不佞迩来世味都空，兀兀作黄面瞿昙，退食即翛然枯坐，第未知何日遂超苦海尔。”⑮“黄面瞿昙”显有夸张，不过仍能反映他此际心境。屠隆学道，寄寓深远，“用儒道以匡时立教，治国修身；用佛道以理性归真，出尘超劫”⑯。

但是，他不耐寂岑、任情放诞的习气未因学道而改变，遂招致含沙射影的攻击，万历十二年，被刑部主事俞显卿劾以“淫纵”，削籍归里。汤显祖《怀戴四明先生并问屠长卿》云：“赤水之珠屠长卿，风波宕跌还乡里。”⑰后来屠隆致书显祖自嘲：“不闻云鸿下慕泽雉，不闻野鹿乃羡槛猿，安身立命，仆盖别有所得，固将毁弃荣华，灭裂文藻，跳尘中而立霞外。”⑱有趣的是，他并未“立霞外”，而是走上“灭裂文藻”之路。万历二十五年，在南京上演一幕闹剧，《万历野获编》载：“时屠长卿年伯久废，新奉恩诏复冠带，亦作寓公。慕狭邪寇四儿名文华者，先以缠头往。至日俱袍服，头踏呵殿而至，踞厅事，南面呼妪出拜，令寇姬旁侍行酒，更作才语相向。次日，六院喧传，以为谈柄。”万历三十一年，福州凌霄台大社上，再现绝世风流，《列朝诗集小传》载：“长卿为祭酒，梨园数部，观者如睹。酒阑乐罢，长卿幅巾白衲，奋袖作《渔阳掺》。鼓声一作，广场无人，山云怒飞，海水起立。林茂之少年下坐，长卿起执其手曰：‘子当为《挝鼓歌》以赠屠生，快哉，此夕千古矣！’”

对于狂放，他的认识是清醒的，称“善狂”为“求真”之法：“善狂者心狂而形不狂,不善狂者形狂而心不狂。何以明之?寄情于寥廓之上,放意于万物之外,挥斥八极,傲睨侯王,是心狂也;内存宏伟,外示清冲,气和貌庄,非礼不动,是形不狂也;毁灭礼法,脱去绳检,呼卢轰饮以为达,散发箕踞以为高,是形狂也;迹类玄超,中婴尘务,遇利欲则气昏,遭祸变则神怖,是心不狂也。”[79]

“善狂”之外,屠隆擅宣导文学“性灵”,晚年更是如此。为认识他的文学思想,此不厌其烦排列有关文字:

(一)《由拳集·与友人论诗文》:“发抒性灵,长于兴趣。”

(二)《白榆集·抱侗集序》(代作):“词足以陶性灵,故可贵也”,“今则簿书刀锥,汩其性灵;风尘牛马,损其神识”。

(三)《白榆集·贝叶斋稿序》:“筑贝叶斋,日跏趺蒲团之上,而诵西方圣人书,与衲子伍,则惟寅之性灵见解何如哉?”

(四)《白榆集·范太仆集序》:“又况至人高士,陶洗性灵而发之者邪?”

(五)《白榆集·高以达少参选唐诗序》:“舒畅性灵,描写万象,感通神人。”

(六)《白榆集·刘鲁桥先生文集序》:“灵者,道也。匪道,则块然之形也”,“馀姚王先生则揭良知以示学者,学者如披云雾而见青天。夫良知者,人心之灵明也”。

(七)《白榆集·行戍集序》:“夫纯父有道者,视荼如荠,齐夷险死生,而时写性灵,寄之笔墨。即文字可灭,性灵不可灭也。”

(八)《鸿苞集·名言》:“夫圣贤淘洗性灵,发为佳言眇论。吾不徒爱其言语,爱其性灵也。盖以吾之性灵,而与圣贤之性灵会也。”

(九)《鸿苞集·清议》:“矜虚名而略实际,爱皮毛而忽性灵。”

(十)《鸿苞集·诗选》:“夫诗者,宣郁导滞,畅性发灵,流响天和，鼓吹人代，先王贵之。”

（十一）《鸿苞集·人解》：“朱紫阳注明德，拈出‘虚灵’二字，甚善！”

（十二）《鸿苞集·论诗文》：“各极才品，各写性灵，意致虽殊，妙境则一。”

（十三）《栖真馆集·与汤义仍奉常》：“仆自中含沙以来，性灵无恙。”

（十四）《栖真馆集·明故承务郎沂州同知松石凌公墓志铭》：“先生工诗，尤长五七言，不苦雕饰，天质自然，畅于性灵，洽于玄赏，萧萧洽洽如也。”王世贞晚年倡导“性灵”，屠隆走得更远，还批评说“元美所乏，玄言名理”[80]。上面征引文字，内容上与浙东王学关系密切。屠隆认为性、情不相离，“性为母”，“情为子”，反对诗文不讲“性情”、徒事藻缋、刿损“性灵”。浙东之外的江浙士子多不师法王学，屠隆因此致书陈继儒，指出诗有理到，有情至，斥责专于文字奇巧而厌弃“性理”的习气：“奈何其结习久深，旧缘太熟，于世间泡影无常种种，虚幻缠缚，胸中恋不能割。甚或虚憍夸巧，逞其狂慧，将圣贤度世、超劫大道，认作是笔舌间鼓吹，淋漓璀璨，能奕奕生青莲华香，而徐按其身心，实际与此道了无毛发干涉。此方今士大夫一大病，吴越间尤为甚。”[81]

其三，高华秀美的《由拳集》。

《由拳集》“长篇短什，信心矢口”，烨然动人心目。如卷十《江上》：“天白千峰月，江清万里船。梦回霜叶下，高枕听流泉。”小诗绘出一片清丽景象，惬意清爽。卷六《闺情》其一：“昨日别君杨柳浓，今朝怅望樱桃红。青骢去何在？只在平芜外。春风自暖妾自寒，邻女相过掩泪看。日长草绿娇黄蝶，宛转啼鹃隔花叶。不能飞去唤郎归，何用朝朝啼向妾。”其二：“郎君忆妾妾不知，妾忆郎君心独悲。黄昏点灯照孤影，白日当窗愁耿耿。东邻夫妇如鸳鸯，奈何妾独守空房。空房不可守，月照飞蓬首。夜来读素书，爱惜如琼玖。谁家有女不怀春，何物怀春不苦辛？苍藓无端生锦瑟，落花何意点文裀。”摹情画态，会心极细，结句朦胧，情态以出。卷十《武帝悼李夫人》：“灵风动缌帐，飒然如人来。幽魂不共语，相见令心哀。”小诗心理描画入微，凄怆心神。

明末几社诸子对屠隆诗颇有异辞，《皇明诗选》载陈子龙评曰：“纬真诗如冲烦驿舍，陈列壶觞，顷刻办就，而少堪下箸。”这一批评主要针对《由拳集》以后诸集及其七言古诗所发。如《白榆集》七言古诗不讲持择，信胸放言。卷二《排空歌赠余宗汉山人》绘写白榆社友余翔“放浪湖海”有云：“彩毫南国书题遍，烂醉长干卧酒家。去年大叫黄山上，声答天风万松响。不衫不履惊市人，识者云是全椒长。今年悲歌燕市来，滹沱易水溅溅哀。四顾无人野烟白，仰天恸哭昭王台。华屋朱门不一盼，五侯七贵如浮埃。”但是，李杲堂不同意几社的看法，认为屠隆七言古诗得意之处，山奔海立，亦诗坛一奇。《甬上耆旧诗》云：“余尝谓录古人诗，要当于彼法取其独擅者耳。近家选长卿，仅存一律，复非其所意得，使前人才气于何得伸？”陈田认同李氏之论，《明诗纪事》：“长卿才气纵横，长篇尤极恣肆，惟任情倾泻，不自检束，未免瑜为瑕掩。录诗者但取寥寥短篇，安足见所长？李杲堂云：‘录诗非其意所得，使前人才气于何得申？’最识文人苦心。”

清初关中名儒王弘撰斥责屠隆，尽管旨在论学，但确实关涉着明末清初对屠隆诗歌接受和批评的一大关目。王弘撰称屠隆“欺世之人妖”，纵恣荒诞，言辞诡谲，《山志初集》卷四不惜篇幅征引《鸿苞集》宣扬三教合一之“妄诞”语，评曰：“其诬圣害道不在李贽之下，顾以持躬稍优于贽，又好广交，乐豪华，得士大夫之誉，卒无有如张黄门者出而劾之，以此得逃两观之法焉，亦其倖也。”《皇明诗选》虽就诗法批评屠隆，但其中也包括论学不合的因素。屠隆致书陈继儒指斥江浙士子不事王学、不推尊禅学时,陈子龙、李雯还未出生,其间分歧则不因间隔一代人而泯灭不存。陈子龙、李雯肯定王世贞,贬斥屠隆,即有学术宗旨相异的动因。

此外,当前学界或认为屠隆论诗深受袁宏道、江盈科影响,不免有误解之处。《唐诗品汇选释断序》开篇即云:“夫诗由性情生者也。”《旧集自序》又说:“吾恶知诗,又恶知诗美。其适者美耶,夫物有万品,要之乎适矣;诗有万品,要之乎适矣”,“即余之作,吾取吾适也,吾取吾适,而恶乎美,而恶乎不美?”诸如此类出自万历八年前的言论,何尝不是公安派的同声前奏?屠隆不必学袁、江而变,反倒是袁、江深受屠隆启示,万历十四年,盈科进京计谐,书肆购得《由拳集》,研读不倦,及任长洲令,慕名与定交。宏道令吴,因艳羡屠隆风流骀宕,曾滋生挂冠从游之志,并告诉王辂说往来游客穿梭如织,仅屠隆“轩轩霞举”,可与晤谈,馀皆碌碌[82]。

2.李维桢

作为后七子派的“一宗”,李维桢在万历中叶感受到了明诗复古有史以来最强烈的冲击。公安三袁对这位同乡前辈表示了应有的尊敬,但决不肯在讨伐复古的立场上退让。经历复古中兴的维桢,面对文坛斗转星移,以“诗道陵迟”一类的严辞传达不满,如云“诗道陵迟日,纷纷出异途”,“寄语西方美(王世贞),同心矢莫渝”[83]。“盖上者殉名,下者殉利,追趋逐嗜之意多,而匠心师古之指少,诗道陵迟”[84]。

李维桢和袁宏道论诗正面冲突不多,《董文岳诗序》旁敲侧击说:“诗学李杜,即三尺童子知之。……夫中郎诗自为一格,不祖述而亲风雅,方为天下标帜,见先生诗定,亟称不下文长。……拟文长殆非其伦。……可以叩会中郎否?”[85]宏道推置徐渭明诗第一,维桢批判徐渭就含有攻击宏道“逐臭嗜痂”的意味,《徐文长诗选题辞》云:“(徐文长)时已坐大辟,锢狱中。沔人萧君遍为比部郎,恤刑两浙,属余解之。三君诵其四六、书疏及二三篇,率有致。后全集出,殊不然。而袁中郎晚好之,盛为品题。天下方宗响中郎,群然推许。大雅之士谓中郎逐臭嗜痂,不可为训。夫诗文自有正法,自有至境,情理事物,孰有不经古人道者?而取古人所不屑道,高自标帜,多见其不知量也。昔颜延年薄汤惠休诗委巷间歌谣耳,方当误后生。如文长集中疵句累字,误人不小。”[86]

对于诗道衰微,李维桢、袁宏道认识崭然相异。宏道归结于复古之弊,维桢认为乃不“匠心师古”所致,指责“其人才小识偏,心粗气浮,涉猎卤莽,间有所窥,遂自以为得秘密正印,前无古人,而古人诗法从此败坏”[87],批评当代作者“浮躁卤莽”、“目无古人”、“文人相轻”、“广引俦类”[88]。维桢由于未从复古自身作深刻反省,言辞偏颇,在所不免。

当然,李维桢并非一味株守前人格调而黜变革于不顾,在群起指责复古的文学环境下,昌言师法“古人之精神”,即其对复古最有力的修正。他认为,诗至唐代,诸格皆备,习古人格调,很不明智,亦不可能实现复古理想,由是强调师古关键在于把握“古人之精神”,《谭友夏诗序》云:“友人谭友夏(元春),尝序钟伯敬(惺)诗,谓子亦口实历下生耶。不知者河汉其言,而余窃以为独知之契也。轮扁不云乎?古之人与其不可传也死矣,今所读书,古之人糟粕耳!取糟粕而为诗,即三百篇、汉魏、六朝、三唐,清言秀句,皆若残津馀沫,而何有于历下?友夏诗,无一不出于古,而读之若古人所未道。……友夏持论类此,宜其诗之不为今人为古人,不为古人役,而使古人若为受役也。”[89]

从某些方面看,李维桢说的“古人之精神”与钟、谭有相通处,如《董文岳诗序》称祖述李杜,袭格调,轻神理,难得三昧,“今人诗多祖述,又务为近体,以声调俳优束之,遂成结习。韵必沈休文,格必大历以上,事必无使宋以后,卒不能自振拔,与李杜并驱。此无他,学李杜而失之者也"。这里阐释的观点,正类钟惺《夜阅杜诗》表述之见:"束发诵少陵,抄记百相续。闲中一流览,忽忽如未读。向所觌面过,今焉警心目。双眸灯烛下,炯炯向我瞩。云波变其前,后先相委属。浅深在所会,新旧各有触。一语落终古,纵横散屡足。"[90]维桢自以为深得诗家三昧,《谭友夏诗序》结尾得意而言:"试以质诸伯敬,何如?"不过,钟惺与其论诗的分歧明显存在。二人本世家通好(祖父辈俱从江西迁居竟陵,交往不断),钟惺早年向维桢学诗,尔后日渐疏远,原因之一即是维桢师事"古人之精神"终归于复古,钟惺的文学意图要复杂得多。

李维桢发展复古理论,还有限度地申论了一代有一代之诗,《宋元诗序》云:"顷日,二三大家王元美、李于田、胡元瑞、袁中郎诸君,以为有一代之才,即有一代之诗,何可废也。"又,"宋诗有宋风焉,元诗有元风焉。采风陈诗,而政事学术好尚、习俗升降汙隆,具在目前,故行宋元诗者,亦孔子录十五国风之指也。"[91]

《四游集》为李维桢早期之集,传世有明徐善生刻本。王世贞《四游集序》"见其北游之篇宏俊爽畅","西游之篇钜丽沉雄","东游则神逸而志凝","几于化矣"。《大泌山房集》存诗六卷,据集中诗注,均作于万历三十四年以后。

和三袁一样,李维桢自标"楚人"、"楚风",所不同的,他取法屈原,既沿屈子情辞,又师传屈子精神。根据前引《楚游稿序》,他追求的"楚风",特点为气不馁、情不乏、味不薄、色泽不枯、追琢不疏曼,其创作贯穿着这一追求,雅合不薄、不枯、不疏曼的旨趣,如《郊郢舟雪》其一:"大造非无意,高歌故有因。荆山千片玉,汉水一流银。不浅王猷兴,孤舟绝四邻。"[92]写郢雪楚景,对比吴越山水清丽,亦具思致。

李维桢取法屈原,除身自"楚人"外,当与历史变迁及个人遭际有关。他才富学博，在翰院与许国齐名，同馆相传“记不得问老许，做不得问小李”，许国后来入阁，参预机务，而维桢长期浮沉外僚，三起三黜，官员考核中还屡次被责以“不任”、“浮躁”，天启初，朝官推荐与修《明神宗实录》，为内阁所阻，稍迁南礼部右侍郎，“名曰录用，实不令与史事”[93]。维桢意识到时非盛世，故追踪屈子诗心，《古意赠孟君》云：“后房盛幼艾，柔曼善倾意。谣诼谓我淫，申申交相詈。”[94]《题画兰》云：“光风九畹来，芳菲袭人美。惟有同心言，清芬宛相似。”[95]

《列朝诗集小传》称李维桢“骫骳曲随”，“诗文声价腾涌，而品格渐下”。《静志居诗话》论其诗如“官厨宿馔”，终“无当于味”。评说不无来历，如《大泌山房集》卷五收五言长律二十四首、七言长律四首，均长幅巨制，其中《题沈纳言浮玉山图》一诗达一千六百七十字，篇幅虽长，诗却不佳，不过是极度追求宏大的表现。可是，钱氏“品格渐下”之评仍失公允。天启末年，他为维桢撰墓志等文，极尽褒颂，明清之际就换了一幅面孔，让人不禁怀疑他作为文学批评家的正直性，而且《列朝诗集小传》于《大泌山房集》序文、题跋文字多有采用，不知钱氏诃责时是否考虑到这一点。

有清一代，“品格渐下”渐成定评，《明史》卷二八八《文苑传四》：“文多率意应酬，品格不能高也。”《四库总目提要》：“牵率之作过多，不特文格卑冗，并事实亦未可征。”若再探寻这些大同小异说法的出处，倒可追溯至李维桢《小草三集自序》的一段自白：“无贤愚贵贱，事无大小，有求必应，无所受谢。或慢令致期，昏夜扣门必与。以故役益填委，几类收责。事竟，都不省记为何语，间有遗草，每览之，其言犹粪土也，内愧泚颡。”无论贤愚贵贱，都乐于为序，如今看来没有太多可责备的，《大泌山房集》百馀篇诗文序论不乏识见，“言犹粪土”的自责不必一概而论。《明诗纪事》认为维桢不善持择，诗多陈因之言，然披沙采金，时复遇宝，陈田的认识多少体现了后世批评的发展。

3. 赵用贤

晚明以来，常熟文学、学术、藏书业都取得不小的成就。论及明末清初常熟人文之兴，人们很容易想到大力倡导者钱谦益，如吴殳说"常熟以牧斋故，士人学问都有根本"[96]，但这掩盖不了大量晚明常熟士子的贡献，赵用贤就是其中杰出的一位。作为万历朝著名的政治家，用贤的刚健士风对政坛深具影响，学术上私淑阳明学，乃常熟较早的王学传人，文学上提出革新之见，推动了复古的新变。此外，他博藏精校图书，编《赵定宇公书目》，对常熟藏书、刻书风气有开启之功。钱谦益抨击复古，《列朝诗集》传载用贤生平，于诗歌不作评论，盖有意讳言。

用贤两入"五子"之盟(隆万之交已名列续五子)，体现了他在世贞心目中不同寻常的位置。用贤名入末五子与其政治作为关联尤密。万历五年，张居正夺情，用贤上疏批评居正"能以君臣之义效忠于数年，不能以父子之情少尽于一日"，指责谏臣"司法纪、任纠绳"，不应为居正请留，"背公议而徇私情"，并担心"士气之日靡，国是之日淆"。疏上，遭到残酷打击，受廷杖的当天，削籍逐出京城，刑后"肉溃落如掌"，其妻"腊而藏之"[97]。用贤的士节给王世贞、世懋留下深刻印象，彼此往来更密。用贤起复，任南国子祭酒间与世懋大有倡和，世懋卒，为撰《王太常集序》、《太常王敬美传》。世贞生前将自己的墓志托付汪道昆，道昆故世，转请用贤，时用贤病重，乃假他人之手，事载《眉公见闻录》卷五"王元美先生墓志铭"条。

赵用贤自述诗门，推许世贞云："蹇予小子，夙庇门墙。"[98]论诗则自持一见，主张师心独运，《上申相公》："高不诡俗，古不模句，师心独运，洋洋洒洒。"[99]《吴少君续诗集序》："夫声诗之道，其本在性情,其妙在神解,其傅景会意,恒超于学问语言之外。然而匠心独诣,超契溟涬者,多发于羁旅草野之人,而得之怨怼悱恻之语。……发抒性灵之所独得。"[100]《太常王敬美传》:"善傅景会意,以神诣独到为旨。"[101]这些言论出自万历十一年后[102],体现用贤晚年的诗观。而他前期论诗侧重格调,如《熊南沙先生墓志铭》:"诗格本少陵,其结撰尤务沉密,不蹈大历后一语。"[103]《尚宝司少卿五湖陆先生行状》:"诗取大历中语,五七言律得孟襄阳、岑嘉州致。"[104]用贤后期论诗发生变化,得力于私淑阳明心学。他肯定良知学说,主张"明心见性"来破除"拘挛之见",如云:"良知一言,直挈千圣心传之统而阐其秘,他如所论动静互乘之机,博约相该之体,以明心见性为宗,以因物致知为障,捐拘挛之见,破泛滥之说,皆能推见道原,无遗纤翳,探极理蕴,不滞群疑。"[105]他一度倾慕李贽之学,万历十八年前后,从学李贽弟子僧无念,"爽然心开",《题无念僧行卷》诗序:"念师因举卓吾李先生《心经》、《金刚》诸说见示,谓吾证道自李先生始。遂穷一昼夜,力读几遍。李先生,不佞企其人而慕说之者廿年馀矣,一旦得藉念师而窥其微言,不佞因以知李先生非常人,此其意盖有所激而隐于禅者,讵独非不佞此生之幸欤!"[106]巧合的是,在此前后,袁宏道问学李贽,文学思想发生转折。用贤如非早卒,论诗当更为可观。

4. 胡应麟

胡应麟定交王世贞虽晚,但深得引重,由是招来一些非议。《弇州山人续稿》卷十八《胡元瑞传》载:"属元瑞甚重,而用是颇有龂龂者,余二人俱不顾。"汪道贯即因世贞"以诗统传元瑞",与胡氏发生使酒骂座的正面冲突,沈德符采作异闻收入《万历野获编》[107]。不过,道贯的兄长道昆叹赏胡氏,《诗薮序》云:"'我思古人,实获我心。'斯人之谓也!闻者或睨元瑞,若殆干盟主邪,吾两人置弗闻也。”[108]

钱谦益对胡应麟极加丑诋，《列朝诗集》传载胡氏携诗拜谒世贞，大颂谀辞，致使世贞喜而激赏之，登其名末五子之列，归益自负说：“弇州许我狎主齐盟，自今海内文士，当捧盘盂而从我矣。”谈及《诗薮》，《小传》以为词衍《艺苑卮言》，乃七子末流之言，“大抵奉元美《卮言》为律令，而敷衍其说”，“元美初喜其贡谀也，姑为奖藉，以媒引海内之附己者。晚年乃大悔悟，语及《诗薮》，辄掩耳不欲闻，而流传讹谬，则已不可回矣”。钱氏举证世贞晚年闭耳厌闻《诗薮》来嘲弄胡氏，却忽略一个重要问题，即胡氏请世贞、道昆序《诗薮》，时间约在万历十八年，是年十一月世贞去世，道昆《诗薮序》能够体现世贞的观点。那么，“掩耳不愿闻”是钱氏杜撰，还是传讹？今已不可得知。晚明士子多负性使气，胡应麟性直爽，喜自负，好大言，但未必就是人格低下，《静志居诗话》亦认为“钱氏诟之太甚”。

胡应麟诗尚风骨，《明诗纪事》为选四首，在《少室山房类稿》“诗部”称得上佳构，如《破山寺老衲夜谈作》：“一径入苍翠，飞云臯臯屯”，“海月时窥牖，山风日扫门”。与老僧夜谈犹不肯放弃气韵、骨力，海月窥牖、山风扫门，秀劲中不乏粗豪之气。此诗当谓胡应麟得意之作，只是相较世贞“稍假以年，将与日而化矣”的托望，距离尚远。

钱谦益、朱彝尊重视明诗复古与革新的对立，现代学界又突出二者间的互补关系，强调后七子派后期变化是对前期的自悔与救渎。我们认为，复古新变内涵丰富，并非自悔、补救之类词语所能涵括。本章不注重作复古与革新之间对立、互补层面的论述，既因已有前人明见，同时也保留了一些个人看法。复古指向复兴文艺，随着明诗建构的发展，复古渐失去社会和文学空间，复古的新变也说明它与革新是一个联系的、发展的、动态的过程。

后七子派衰落是一个引人深思的话题，这里提出两点评价方面的看法：一、文学史上，流派解体不具有太多的贬义，后七子派式微，作为文学现象描述，大致如此。国运、世道变化，诗人无意追求某一诗歌潮流，其转变往往导致诗派的兴衰更迭。后七子派再现汉唐盛世的理想，为激变的社会现实所破灭，晚明新思潮激流澎湃，张扬自我、表现性灵发展为时代文学主流。二、复古作为一种文学理想，指向文艺复兴层面，从问世之日起就包含了超越意味，当超越接近实现，复古便完成其推陈出新的文学历史使命。基于此，来看两种对后七子派的认识，一是后期诗不如前期，甚至堕入末流。这不免轻视了诗派的创新尝试。二是肯定复古，主观割裂它与创新的联系，如《明诗别裁集》选后七子派之诗但以唐音为准，表面上推重，实际上对其诗歌面目不无扭曲。

---

① 《滹南诗话》，王若虚撰，《历代诗话续编》，中华书局，1983年。

② 《明史》卷二八六《文苑传二》。

③ 《明诗纪事》。

④ 王世贞《李于鳞先生传》，《弇州山人四部稿》卷八十三。

⑤ 《兰汀存稿》附录欧大任《梁比部传》，《明代论著丛刊》，台北伟文出版有限公司，1976年。

⑥ 前七子倡导复古的动因中，就包括了对理学独尊的不满。任访秋先生《袁中郎研究》指出“对程、朱思想的反对”是前七子兴起的原因之一：“因为自明初以来，程、朱一派的思想成为思想界的正统，这种流弊，就是第一是迂腐，第二是固陋。一般人只知以程、朱之言为言，以程、朱之行为行，而所读的书，也不外朱派学者所注的《四书》、《五经》，其馀则概乎从未之闻。自李梦阳出，他因为政治上的黑暗，而看到在朝的一般儒者之柔懦无能，于是遂慨然以兴复古学

自任。而在这兴复古学的运动中,首先就是掊击宋儒的荒谬。……认为宋儒并不了解孔、孟之学,后人想了解孔、孟,自非熟读先秦书不可。基于这种原因,于是就孕育出所谓文学上的复古运动来。”(第6、7页)清初王弘撰认为屠隆等人借科举成名,登上仕途,“负义忘恩”,反戈程朱理学,“排击宋儒不已”,“抑之则粪土”。《山志初集》卷四云:“呜呼!隆以习宋儒之学得叨科第,为县令,为仪曹郎,列士大夫之林,而遂以逞辨舞智,操戈入室。无论其言之正不正,亦讵非所谓负义忘恩之徒哉!”七子派反对尽以宋儒之是非为是非,此亦昌言复古之一因。

⑦ 参见《明代文学复古运动研究》第187—230页。

⑧ 理由分述如下:一、嘉靖三十六年至四十一年的诗派活动不宜归入兴盛期。嘉靖三十年和三十一年,复古诸子活动最集中最频繁,尔后,诸子散处各地,雅集零星稀落,正如宗臣《报梁公实》所说:“忆昔并马长安,鸣珂授简,一时骚坛,直追汉魏,真千载奇觏也。嘉会不常,盛图难再。谢以春归,子以夏去,元美与仆,相继出都,独于鳞、子与、明卿,落落京邑。海内豪杰,能复几人?一岁之间,萍分云散,良可念也。”(《宗子相集》卷二十五)嘉靖三十五年十月,王世贞任山东副使,论诗变化,渐异于李攀龙,《艺圃撷馀》载:“家兄谳狱三辅时,五言诗刻意老杜,深情老句,便自旗鼓中原,所未满者,意多于景耳。青州而后,情景杂出,似不必尽宗矣。”此外,嘉靖三十三年前后,李攀龙与谢榛恶交,嘉靖四十年前后,又和吴国伦发生摩擦。可知,诗派繁荣不过数年光景。二、廖先生划分第二个时期的理由之一是诗派“一统天下”,唐宋派不足与之比论。其实,嘉靖三十八年,王慎中卒,第二年唐顺之卒,后七子派已经“一统天下”,不必发生在嘉靖四十一年后。三、廖著总结第三个时期的特点是复古中心移至江南,诗人思想状况变化,对佛道思想产生兴趣。但一些重要的事实是:隆庆四年李攀龙卒时,诗派中心已经南移,复古诸子业已表现出嗜好佛道的倾向。那么,隆庆四年至万历五年一段时间是否能够归入“第二阶段”?四、廖著评价复古的转变和衰落,关涉

了划分第三时期的标准和依据，其认为复古阵营极度膨胀，大量山人、布衣加盟，“复古派阵营几成了藏污纳垢之所。这些山人胸中本来尘俗无识，对复古运动的宗旨也不甚了了。他们只知肉麻地吹捧复古派巨子，同时自我标榜。剽窃模拟，补缀杂凑”（第238、239页）。山人是否尘俗无识，本书第一章已有辨析。笔者认为，隆万之际后七子派席卷整个文坛，算得上“中兴”，而非衰颓，或者变成藏污纳垢之所。至于其中兴和新变，隆庆间已发生，不必在万历五年以后。

⑨ 《弇州四部稿》卷十四《广五子篇》。

⑩ 《弇州四部稿》卷十四《续五子篇》。

⑪ 《弇州山人续稿》卷三《重纪五子篇》。

⑫ 《弇州山人续稿》卷三《末五子篇》。

⑬ 《弇州山人续稿》卷三《四十咏》。

⑭ 《太函集》卷四十四。

⑮ 《大泌山房集》卷十一《太函集序》。

⑯ 《太函集》卷七《送龙相君考绩序》。

⑰ 《弇州山人续稿》卷七十三《邓太史传》。

⑱ 《弇州山人续稿》卷一六八《题刘松年大历十才子图》。

⑲ 《王奉常集》卷七《徐仪父诗集序》。

⑳ 《由拳集》卷十二《唐诗品汇选释断序》。

㉑ 《由拳集》卷十二《旧集自序》。

㉒ 《弇州山人续稿》卷九。

㉓ 《太函集》卷二十。

㉔ 万历时期有人已注意到世贞晚年的变化，廖可斌先生分析说：“王锡爵首倡王世贞诗文创作晚年胜早年之说。他在《弇州山人续稿序》中说：‘……（迨其晚年）故其诗若文尽脱去角牙绳缚，而以恬淡自然为宗。……’这段文字实在漂亮，但它体现的是一位台阁大臣的文学眼光。……后来钱谦益等对王锡爵的说法加以发挥，在力倡王世贞理论方面有‘晚年定论’的同时，也认为王世贞的诗文创作

后胜于前。然而,有识之士早已对此提出异议。”(《明代文学复古运动研究》第334、335页)

㉕ 《弇州四部稿》卷一二九《送徐长谷诗后》。

㉖ 《甔甀洞稿》卷二十三《闻王元美为园事佛寄赠》。

㉗ 《弇州山人续稿》卷七十八《昙阳大师传》。

㉘ 《弇州山人续稿》卷一八三《答曹子真》。

㉙ 《弇州山人续稿》卷七十八《昙阳大师传》。

㉚ 《弇州山人续稿》卷二十。

㉛ 《弇州山人续稿》卷六。

㉜ 《弇州山人续稿》卷十七《卓澂甫光禄邀汪司马及仲季诸社友大会西湖南屏,选伎征声,分韵赋诗,伯玉以高字韵见寄,俾余同作,得二首》。

㉝ 《读书后》卷四。

㉞ 同上。

㉟ 《明代诗文的演变》第347页。

㊱ 《弇州山人续稿》卷三十五《封侍御若虚甘先生六十序》。

㊲ 《弇州山人续稿》卷四十六《湖西草堂诗集序》。

㊳ 《明代文学复古运动研究》第300页。

㊴ 陈书录先生认为:“王世贞晚年出禅入玄、学道求仙的宗教体验,与他对不同时期、不同流派的作家(尤其包括他自己)创作体验的超悟,促成了他的第三次‘情变’。”(《明代诗文的演变》第347页)这一说法颇具识见。

㊵ 《晚香堂小品》卷二十四。

㊶ 《汤显祖全集》第四十四卷。

㊷ 《读书后》卷四。

㊸ 《弇州山人续稿》卷四十一。

㊹ 《后湘诗集》卷九,清刻本。

㊺ 《耦耕堂集》卷上。

㊻ 《太函集》卷二十三《汪禹乂诗序》。

㊼ 《弇州山人续稿》卷五十一《潘景升诗稿序》。

㊽ 《大泌山房集》卷十三。

㊾ 《昭代丛书》甲集卷二十四,清道光刻本。

㊿ 《太函集》卷十七。

51 《松窗梦语》卷四。

52 以上数据参见《明清徽州农村社会与佃仆制》第 192 页。

53 《棠樾鲍氏宣忠堂支谱》卷二《歙县紫阳书院岁贡资用记》,转引自《明清徽商资料选编》,张海鹏、王廷元主编,黄山书社,1985 年。

54 《太函集》卷五十二《海阳处士金仲翁配戴氏合葬墓志铭》。

55 《太函集》卷十七《寿十弟及耆序》。

56 《太函集》卷四十三《先大父状》。

57 《太函副墨》集前附《诰命》。

58 廖可斌先生认为汪道昆、王世懋在后七子派运动第二阶段(嘉靖四十二年至万历五年)加入七子阵营(《明代文学复古运动研究》第 229 页)。事实上,二人加盟时间均早于此。汪道昆与王世贞同年成进士,即结交李、王,参与复古运动,只是他精力主要在"事功"方面。嘉靖三十八年前后,王世懋就在后七子派中崭露锋芒,《沧溟集》卷三十《答王元美》:"敬美乃负包宗含吴之志,称天下事未可量,耽耽欲作江南一小英雄,寻将火攻伯仁,奈何不善备之也!"

59 《震川先生集》卷十三。

60 王世贞语,见《太函集》卷八十三《祭王长公文》。

61 《太函集》卷一二〇。

62 《太函集》卷二十五《翏翏集序》。

63 《太函集》卷一〇九。

64 《太函集》卷一〇八。

65 《弇州山人续稿》卷一《魏考功懋权哀辞》。

66 《弇州山人续稿》卷四十四。

67 《弇州山人续稿》卷十七《李本宁大参自楚访我弇中,纪别二章》。

68 程涓《白榆集序》。

⑥⑨ 《由拳集》卷十四。

⑦⓪ 《白榆文集》卷一《观灯百咏序》。

⑦① 《白榆文集》卷一《冯咸甫诗草序》。

⑦② 《白榆文集》卷十一《与汪伯玉司马》。

⑦③ 《白榆诗集》卷一。

⑦④ 《栖真馆集》卷十六《与汤义仍奉常》。

⑦⑤ 《白榆文集》卷六。

⑦⑥ 《栖真馆集》卷二十三《重建永明寺罗汉殿募缘疏》。

⑦⑦ 《汤显祖全集》第九卷。

⑦⑧ 《栖真馆集》卷十六《与汤义仍奉常》。

⑦⑨ 《鸿苞集》卷四十四《辨狂》。

⑧⓪ 《鸿苞集》卷十七《论诗文》。

⑧① 《栖真馆集》卷十六《答陈仲醇道兄》。

⑧② 《锦帆集》之三《王以明》。

⑧③ 《大泌山房集》卷五《答季凤、尊生、子斗宗侯赠诗,兼寄青门社诸子》。

⑧④ 《大泌山房集》卷二十二《桃花社集序》。

⑧⑤ 《大泌山房集》卷二十一。

⑧⑥ 《大泌山房集》卷一三二。

⑧⑦ 《大泌山房集》卷二十三《汪文宏诗序》。

⑧⑧ 《大泌山房集》卷二十三《鸾啸轩诗序》。

⑧⑨ 《大泌山房集》卷二十三。

⑨⓪ 《隐秀轩集》卷二。

⑨① 《大泌山房集》卷九。

⑨② 《大泌山房集》卷二。

⑨③ 《初学集》卷五十一《南京礼部尚书赠太子少保李公墓志铭》。

⑨④ 《大泌山房集》卷一。

⑨⑤ 《大泌山房集》卷五。

⑨⑥ 《围炉诗话》卷六,吴乔撰,《清诗话续编》,上海古籍出版社,

1983 年。

⑰ 《明史》卷二二九《赵用贤传》。

⑱ 《松石斋文集》卷二十三《祭王元美先生文》。

⑲ 《松石斋文集》卷二十七。

⑩⓪ 《松石斋文集》卷八。

⑩① 《松石斋文集》卷十三。

⑩② 赵用贤作《吴少君续诗集序》时"官白下",指任南国子祭酒,故《序》作于万历十一年之后。王世懋卒于万历十六年,用贤为作传。

⑩③ 《松石斋文集》卷十七。

⑩④ 《松石斋文集》卷十五。案:熊过之子敦朴与赵用贤隆庆五年同成进士,选庶吉士,交定自此始,《熊南沙先生墓志铭》作于此后不久。陆师道卒于万历元年,赵用贤为作《行状》。

⑩⑤ 《松石斋文集》卷六《王文成公从祀议》。

⑩⑥ 《松石斋诗集》卷六。

⑩⑦ 事又见载汪道昆《太函集》。万历十一年秋,汪道昆、戚继光等十九人举西湖秋社,随后往太仓与王世贞社集弇园,汪道贯、胡应麟发生冲突。《万历野获编》误记为是年西湖秋社中事。

⑩⑧ 《太函集》卷二十五。

第三章　徐渭、汤显祖、李贽（附阳明学人之诗）

晚明王学思潮演化变异，文学运动与之密切关联，徐渭、汤显祖、李贽挟“风雷”之气，“不拘一格”，与王畿、罗汝芳、孙应鳌、胡直、焦竑、周汝登等人共同推毂了一个诗歌新生时代的到来。本章探讨徐渭、汤显祖、李贽、焦竑等人的诗观和诗心，以揭示晚明诗歌革新运动的历史近源和早期形态。

一　诗坛变革与王学演化

1. 唐宋派与阳明心学

嘉靖、隆庆是明代学术转变的关键时期，阳明心学的演变乃引起学风转移一大关捩，《四库全书总目》卷一二四《雅述提要》云：“盖弘、正以前之学者，惟以笃实为宗。至正、嘉之间，乃始师心求异。”《明史》卷二八三《儒林传》云：“嘉、隆而后，笃信程朱，不迁异说者，无复几人矣。”

在王学“师心”之论鼓动下，以唐顺之、王慎中、茅坤为代表的唐宋派，在文学领域推毂与七子复古相异的诗歌潮流。唐宋派与阳明心学渊源颇深，黄宗羲称唐顺之学术“得之龙溪（王畿）者为多”[1]。《明书·王慎中传》载唐顺之语:“吾学问得之龙溪,文字得之遵岩。”[2]郎瑛《七修续稿》卷三亦载:“唐荆川顺之尝言:‘予时文得之薛方山,古文得之王遵岩,经义得之季彭山,道义得之罗念庵。’此亦无常师之意欤?”方山,南中王学传人薛应旂;彭山,阳明门人季本;念庵,江右王学传人罗洪先。郎瑛称唐顺之学无常师,实际上唐顺之的表白正说明了师承王门。王慎中、茅坤既受唐顺之影响,又与阳明弟子结下深谊。茅坤主张“因心成文”,《复唐荆川司谏书》提出“得其神理而随吾所之”[3]。唐顺之晚年倡导“本色”说,《又与洪方洲书》:“近来觉得诗文一事,只是直写胸臆,如谚语所谓开口见喉咙者,使后人读之如见真面目,瑕瑜俱不容掩,所谓本色,此为上乘文字。”[4]《答皇甫百泉郎中》:“其为诗也,率意信口,不调不格,大率以寒山、击壤为宗而摹效之,而又不能摹效之然者。”[5]“师心”和“本色”之论体现了唐宋派的文学观,及其与王学的密切联系[6]。

2. 徐渭、汤显祖、李贽与王学分化

阳明门人继承师说,悟见不同,各立宗旨。阳明学传承具有明显的区域性,分化出越中、江右、闽粤等学脉,其中江右、越中、泰州王学为三大支流,德清许孚远说:“姚江之派复分为三,吉州(邹守益一派)仅守其传;淮南(王艮一派)亢而高之;山阴(王畿、钱德洪一派)圆而通之。”[7]黄宗羲更详而论之:“阳明先生之学,有泰州、龙溪而风行天下,亦因泰州、龙溪而渐失其传。泰州、龙溪时时不满其师说,益启瞿昙之秘而归之师,盖跻阳明而为禅矣。然龙溪之后,力量无过于龙溪者,又得江右为之救正,故不至十分决裂。”[8]王学演化对明中、后叶之交的文学和学术运动产生深远的影响,徐渭、汤显祖、李贽的文学与思想就体现了这一学术分化的历史作用。

徐渭和汤显祖向来被称作诗坛上踔厉而立、不为复古牢笼的作者，二人之间文学兴趣亦略呈差异，这与其置身的区域学术、文学环境存在某种对应关系。

（一）徐渭与越中王学。季本“所为诗文至多，期于适意明道”[9]，王畿宗法自然，倡“天然节奏”，“不落些子格数”[10]。徐渭为季本、王畿高弟子，得其论学和赋诗作文之旨。经二人介绍，徐渭结识唐顺之，后在自撰《畸谱》中也把唐顺之列入师类交友。徐渭之诗师心自尚，崇“本色”、“天成”，可以说承续并发展了季本、王畿及唐顺之的文学思想。

（二）汤显祖与江右王学。宋、元以来，江西号称理窟，文学与理学结合日益密切。汤显祖说江西有诗，吴人厌其“理致”，吴中有诗，江西厌其“风流”。黄宗羲认为，吴与弼倡道江西，孕育了后来大盛的阳明学。明中叶以后，江西士子祈慕阳明学，永丰聂豹为阳明亲炙弟子，吉水罗洪先虽未及阳明之门，但服膺王学，结交王门高足钱德洪、王畿、邹守益，就学术宗旨言，他和聂豹被称作“归寂”派。继之而起的南城罗汝芳俨然江右王学一代宗师，与王畿并称“二溪”。汤显祖从学罗汝芳，认为江西士子不惟崇尚理学，而且不囿师说，善于变化，故能成其大，成其独致，于阳明学多有发明，《揽秀楼文选序》中说：“况吾江以西，固名理地也。故真有才者，原理以定常，适法以尽变。常不定不可以定品，变不尽不可以尽才。才不可强而致也，品不可功力而求。子言之，吾思中行而不可得，则必狂狷者矣。语之于文，狷者精约俨厉，好正务洁”，“然予所喜，乃多进取者，其为文类高广而明秀，疏夷而苍渊。”[11]显祖接受罗汝芳“赤子之心”的学说，认为性、理之分合在情，性无善恶，至情能合性、理为一，此情可求于“率性”，如不可得，求之狂狷。他论诗提出“情生诗歌”，《耳伯麻姑游诗序》：“世总为情，情生诗歌，而行于神，天下之声音、笑貌、大小、生死，不出乎是。因以憺荡人意，欢乐舞蹈，悲壮哀感鬼神风雨鸟兽，摇动草木，洞裂金石。其诗之传者，神情合至，或一至焉。一无所至，而必曰传者，亦世所不许也。”⑫论文强调“自然之文”，《合奇序》：“世间惟拘儒老生不可与言文。耳多未闻，目多未见，而出其鄙委牵拘之识，相天下文章，宁复有文章乎？予谓文章之妙，不在步趋形似之间。自然灵气，恍惚而来，不思而至，怪怪奇奇，莫可名状，非物寻常得以合之。”尽管汤显祖一生诗文观存在不同时期的变化，但他的“有情”说是以“情生诗歌”和“自然之文”为其核心内容的。

（三）李贽与泰州王学。王艮倡学泰州，以“百姓日用即道”、“淮南格物”之论逾越阳明师门。泰州学人反复印证良知之学，根据自我身心实践，鼓扬“率性”，学说带上鲜明的自然人性论色彩。明末清初的士子对此不仅看得真切，而且驳诘甚厉，黄宗羲说：“泰州之后，其人多能以赤手搏龙蛇，传至颜山农、何心隐一派，遂复非名教之所能羁络矣。顾端文曰：‘心隐辈坐在利欲胶漆盆中，所以能鼓动得人，只缘他一种聪明，亦自有不可到处。’羲以为非其聪明，正其学术之所谓祖师禅者，以作用见性。诸公掀翻天地，前不见有古人，后不见有来者。释氏一棒一喝，当机横行，放下拄杖，便如愚人一般。诸公赤身担当，无有放下时节，故其害如是。”⑬黄宗羲特别指出心隐辈叛离“名教”，为士林大害。然而，不拘名教理法，到底有多大危害？显然，他的评判准绳不尽值得赞同。何心隐并非如所诃责，他和大多数泰州学人一样严于修己，正如李贽《何心隐论》所说：“凡世之人靡不自厚其生，公独不肯治生。公家世饶财者也，公独弃置不事，而直欲与一世贤圣共生于天地之间，是公之所以厚其生者与世异也。”⑭

从王心斋到颜山农、何心隐，再到李贽，泰州王学演化至“即佛即圣，非儒非禅”（袁宏道语）的“异学”阶段，嵇文甫称之狂禅派：“当万历以后，有一种似儒非儒似禅非禅的‘狂禅’运动风靡一时。这个运动以李卓吾为中心，上溯至泰州派下的颜何一系，而其流波及于明末的一班文人。”[15]李贽标举“绝假纯真”的“童心”[16]，论诗宣导合于自然的性情，如“盖声色之来，发于性情，由乎自然，是可以牵合矫强而致乎？故自然发于情性，则自然止乎礼义，非情性之外复有礼义可止也。惟矫强乃失之，故以自然之为美耳，又非于情性之外复有所谓自然而然也。故性格清彻者音调自然宣畅，性格舒徐者音调自然疏缓，旷达者自然浩荡，雄迈者自然壮烈，沉郁者自然悲酸，古怪者自然奇绝。有是格，便有是调，皆性情自然之谓也。”[17]

3. 阳明学人诗由“击壤”体到“性灵”诗的转变

宋代理学家探求“穷理尽性至命”之学，周敦颐、程颐、程颢、邵雍、朱熹、张载多有诗作，宋末金履祥编《濂洛风雅》，收理学家诗四十八家。《四库全书总目提要》指出：“自履祥是编出，而道学之诗与诗人之诗千秋楚越矣。”邵雍、朱熹集学人诗大成（邵诗被称作“击壤”体，或邵康节体），将理视作“本源”，如邵雍称“情之溺人也甚于水”[18]，朱熹谓“志者诗之本，而乐者其末也。末虽亡，不害本之存”[19]，其诗多阐发道学观念和人生哲理，体写悟道的快感与超越。

宋元而后，擅长诗文的文人愈来愈多地参与学术运动，而学者多好诗文。黄百家曾指出：“金华之学自白云（理学家许谦，号白云山人）一辈而下，多流而为文人。夫文与道不相离，文显而道薄耳。虽然，道之不亡也，犹幸有斯。”[20]阳明心学创立，学术“多流而为文人”的现象亦为突出。

王阳明喜爱声诗，今人编《王阳明全集》，录诗五百七十六首[21]，所遗甚多。江盈科指出阳明诗颇具“理学”气息：“王阳明先生诗，已入理学派头，不在诗人之列。曾记其《咏傀儡》一诗云：

‘到处逢人是戏场，何须傀儡夜登堂？浮华过眼三更促，名利牵人一线长。稚子自应相诧说，矮人亦复浪悲伤。本来面目还谁识？且向灯前学楚狂。’如此咏物，不着色相，非高手不能。”㉒王学传人王畿、罗汝芳、孙应鳌、胡直、王襞、焦竑、周汝登、陶望龄，诗歌俱不同程度地染指“击壤”风气。

值得注意的是，阳明之学与程朱理学差异明显，并且王畿、王艮等人时时“不满师说”，沿着“顿悟直截”和“率性而行”之路，论学赋诗自具品格。他们不同意宋儒拒绝情事和“作文害道”说法，寻求“自然之文”，宣导合于自然性情的“性灵”。简而言之，王学演化引起了明代学人诗由“击壤”体向“性灵”诗的变革。

万历中叶，陶望龄序罗汝芳诗集，论析阳明学人诗旨，其说颇具认识意义，《明德先生诗集序》云：“泰州王先生（艮）尝言学乐之旨，学者多诵之。然此非泰州之言也。孔子曰：‘兴于诗，立于礼，成于乐。’所称诗与乐者，奚物哉？夫其油油焉，融融焉，天地与舒，日月与明，百物与昌，若衅浴囚系而游之庄馗，抉重翳而昭白昼者，此之谓不韵之真诗，无声之大乐乎！真乐难名，而寄名于诗乐，诗即乐也，乐即诗也。趣有深浅，机有生熟，始终条贯。一言而蔽之，学乐而已。白沙子曰：‘子美诗之圣，尧夫更别传。’予谓子美诗即圣矣，譬之犹以甜说蜜者也，尧夫蜜说甜者也。梧桐月照，杨柳风吹，人耶？诗耶？此难以景物会而言语解也。盱江明德罗先生闻道于泰州之徒，尽超物伪，独游乎天与人偕，顾盼呿欠，微谭剧论，所触若春行雷动，因而兴起者甚众。……或谓伊川击壤率取足胸次，不拘于法，而先生律调兼具，直类诗人之诗，若异乎所谓别传者。予曰：……尧夫之趣于诗，诗之外也，其意远，其诗传；先生之趣于诗，诗之内也，诗不必尽传而意为尤远。若其以诗为人，以人为诗，以已为天地万物，以天地万物为已，好而乐之，安而成之，则二先生所同也。诗之工拙，传勿传，置不论已。”㉓

上序表述的观点主要有四：一是王艮说的“乐”，语出孔子，“乐”是诗的本旨。王艮作《学乐歌》，意在阐明“良知自觉”。“乐”确实不易用确切的语言描述，望龄称大道其融、生机律动即“不韵之诗”，诗即乐，乐即诗，学诗不过是“学乐”而已。二是邵雍、杜甫诗路各异，但在根本上都追求“真乐”，诗不必只有杜诗一家言，学人诗天与人偕、春行雷动，为文坛不可缺少。三是罗汝芳诗歌率取胸次，抒性体道，不废律调和艺术才情，盖诗不必尽归理途，也不必不言理。四是工拙并非诗之旨归，望龄拈出“平实”二字揭示学人诗心，批评文人玩弄辞藻、空疏语言的披风抹月习气。序文总结阳明学人的诗歌经验，从中不难看出公安派“性灵”说的一些要素业已包括在内。

从唐宋派“师心”说、徐渭“本色”说、汤显祖“有情”说、李贽“童心”说及阳明学人诗的变革，可清晰看到在王学演变过程中，一种文学新思潮正逐步形成，其演至万历中叶，遂引发出一场声势浩大的诗文革新运动。公安派即是取法徐渭，师承李贽，结盟汤显祖，密切交往周汝登、管志道、焦竑，倡立“性灵”说。

二　畸于人而侔于天——徐渭诗歌艺术精神

1. 徐渭的疯狂与理性

徐渭（1521—1593），字文清，改字文长，山阴诸生。高才不第，靠游幕、卖字画为活。这位和梵高一样富于传奇色彩的才子，一度陷入疯狂，自残自虐，杀妻入狱，撰《畸谱》，自称“畸人”，取《庄子·大宗师》“畸于人而侔于天”之意。

嘉靖四十四年，徐渭在狂病大作中以三寸长的铁钉贯耳。又自椎肾囊，以斧破头骨，血流如注，自虐的手段使人怵目惊心，《海上生华氏序》自纪:“走拔壁柱钉可三寸许,贯左耳窍中,颠于地,撞钉没耳窍,而不知痛。逾数旬,疮血迸射,日数合,无三日不至者。越再月,以斗计。人作虮虱形,气断不属。”[24]陶望龄《徐文长传》记载:“及(胡)宗宪被逮,渭虑祸及,遂发狂,引巨锥剚耳,刺深数寸,流血几殆。又以椎击肾囊,碎之,不死。”第二年,徐渭狂病发作,杀妻入狱,囹圄中又多次企图自杀。陶望龄《徐文长三集序》载曰:“渭为人猜而妒,妻死后有所娶,辄以嫌弃。至是又击杀其后妇,遂坐法系狱中。愤懑欲自决,为文自铭其墓。”[25]

据陶望龄所记,徐渭第一次疯狂是由于曾入胡宗宪幕府,胡氏下狱,自惧而发狂,杀妻则出于“为人猜而妒”。然而,徐渭杀妻终是一个谜团,后人敷衍其事编出不少异闻。徐渭不承认时人传言所说他的“残忍”、“多疑”、“妄动”,狱中《上郁心斋》辩驳道:“顷罹内变,纷受浮言,出于忍则入于狂,出于疑则入于矫。但如以为狂,何不概施于行道之人?如以为忍,何不漫加于先弃之妇?如以为多疑而妄动,则杀人伏法岂是轻犯之科?如以为过矫而好奇,则喋血同衾又岂流芳之事?”[26]《抄小集自序》又说:“余夙学为古文辞,晚被少保胡公檄作鹿表,已乃百辞而百縻,往来幕中者五年。卒以此无聊,变起闺阁,遂下狱。”[27]他把杀妻追因至笔祸,而笔祸系指充任胡宗宪记室和李春芳要胁入幕之事。

徐渭青年时期就以才华受到王畿、季本、唐顺之的器重。嘉靖三十三年,倭寇侵犯浙东一带,徐渭“知兵,好奇计”[28],热情参加抗倭斗争。胡宗宪督兵抗倭,欣赏徐渭的文学、军事才能,招为记室。胡氏好名喜功,结依严嵩。徐渭在幕府间撰写大量的贺表、青词,内心深感不安,托病辞归,胡氏遣人频繁催返,使他不得安宁。嘉靖四十一年,严嵩失势,胡氏被逮(削籍释还,事稍平,三年后再入狱,瘐毙)。明年,礼部尚书李春芳闻徐渭文名,邀入幕。迫于生计,徐渭来到京城,当了解到李氏目的与胡氏无异时,即辞去,这令李氏大为不满,《畸谱》简略述云:“四十四岁,仲春,辞李氏归。秋,李声怖我复入,尽归其聘,不内以苦之。”超过正常心理负荷的震栗、愤怒、压抑导致他发狂。《抄小集自序》挑明不愿违心作“无聊”的捉刀,胡氏的纠缠是“百辞而百縻”,从“无聊”到“变起闺阁”仍有一段空白,如果补白这段文字,即可加上他与胡宗宪的冲突及李春芳的恫吓。

众多史料说明,“笔祸”是致使徐渭疯狂的一个主要原因。另外,徐渭幼年失父,又是庶出,入赘潘氏,琴瑟虽笃,但妻子早逝,尔后婚姻多不幸,接连科场失利,生计困苦,这些都是导致他心理变异的因素[29]。

徐渭的疯狂不难理解,但要作出评价却非易事。一般说来,疯狂是精神病学方面的疾症。不过,如果把它从精神病学领域梳理出来,还可看到另一种意义的疯癫。现代法国学者米歇尔·福柯主张把疯癫与文明放在一起研究,追溯它的发展始点:“我们有必要试着追溯历史上疯癫发展历程的起点。在这一起点上,疯癫尚属一种未分化的体验,是一种尚未分裂的对区分自身的体验。我们必须从运动轨迹的起点来描述这‘另一种形式的疯癫’。这种形式把理性与疯癫断然分开,从此二者毫不相关,毫无交流,似乎对方已经死亡。”[30]福柯试图描述“另一种形式”的疯癫。“理性”规约将疯癫拒斥于文明之外,然而某一特定时代,“理性”并不绝然代表文明,对抗理性的癫狂,往往以其非理性在某种意义上体现文明的意味。徐渭的疯狂不应全归于精神病学上的疾病,其中一部分似乎属于“另一种形式”。

徐渭自纪狂病大作的文字带有神秘色彩,如“予有激于时事,病瘛甚,若有鬼神凭之者”,长钉贯耳,血流如注,久不愈,“每至耳中划划若惊雷”[31]。这描述的大概是幻觉。从医学心理方面来说,徐渭的表现属躁狂症:一种突然发作的神经紧张状态,“就像一件乐器，琴弦紧绷，受到很远很弱的刺激便开始振动。躁狂谵妄就是情感的不停振动造成的"[32]。躁狂症患者多靠直觉感知，易兴奋、激怒，内部记忆活跃，联想急促。那么，时人称徐渭躁狂、疑虑，不无根据。而躁狂症的发生多为心理受到强烈压抑的结果，徐渭的精神压抑主要不是生理方面造成的，更多的原因来自社会环境。徐渭杀妻理所应当受到严厉谴责，但他的疯狂不无特殊的意味。

我们更关注徐渭的"理性"世界。王畿论学主顿悟直截、三教合一，认为良知是"以天地万物为一体，范围三教之枢"[33]。徐渭接受此说，也就难怪其论惊世骇俗了，如《园居五记序》："庄周虽放，亦老子流也。老子非异端，其所陈悉上古之道，与衰周甚殊异。后世学士，不深究其旨，罔为异端耳。"[34]《论中七》："聃也，御寇也，周也，中国之释也。其于昙也，犹契也，印也，不约而同也。与吾儒并立为二，止此矣，他无可谓道也。"[35]有人怕为禅所缚，徐渭调侃地批评说："不患落禅，惟患不能禅耳。"[36]

这里反复强调禅宗、老庄的意义，是因为它和儒家相异的思想和思维给士人带来了巨大的冲击。《坛经》云："若识自性，一悟即至佛地"，"于自性中，万法皆现。"老庄哲学同样以解构理教的方式，为士人标示出任自然的人生取向。徐渭借助心学、禅宗、老庄的视窗看到个体存在和自然人性，从而更新"理欲"观、"情理"观、"义利"观、"群己"观，如《论中二》："因其人而人之也，不可以天之也。……二圣人不能强人以纯天也，以其人人也，是二圣人之不得已也。至语其得一也，则人也，犹之天也。"《论中三》："自上古以至今，圣人者不少矣，必多矣，自君自海，主亿兆，琐至治一曲之艺，凡利人者，皆圣人也。周所谓道在瓦砾，在屎溺，意岂引且触于斯耶？故马医、酱师、治尺箠、洒寸铁而初之者，皆圣人也。"

2. 求真的文论与"颓且放"的创作

徐渭论文学重"本色"，意在求真。关于本色，《文心雕龙·通变》曰:“夫青生于蓝,绛生于茜,虽逾本色,不能复化。”认为物非“本色”,不能“复化”,“练青濯绛,必归蓝茜”。《后山诗话》云:“退之以文为诗,子瞻以诗为词,如教坊雷大使之舞,虽极天下之工,要非本色。”《沧浪诗话》云:“须是本色,须是当行。”其中本色一词,均含本有、本应之意。唐顺之论本色,立论有变,称诗文直据胸臆,如见真面目,即“本色”的“上层”文字。徐渭看法相近,以流自肺腑、率据胸臆为真文字本色,强调“本色”为贵,“相色”为贱㊲,保持了唐顺之“本色”说真实独特的内涵,所不同的是,“减少了道学的色彩与成贤成圣的意识,而以自我表现与自我宣泄为核心”㊳。

徐渭论“本色”着力辨识“真不真”,认为情由天生,真情文字方可传世弥远:“人生堕地,便是情使,聚沙作戏,拈叶止啼,情昉此矣。迨终身涉境触事,夷拂悲愉,发为诗文骚赋,璀璨伟丽。令人读之喜而颐解,愤而眦裂,哀而鼻酸,恍若与其人即席挥麈,嬉笑悼唁于数千百载之上者,无他,摹情弥真,则动人弥易,传世亦弥远。”㊴诗人宣导“真我”,必不“设情”为之,“设情”者剿华词、袭格调,不过是干诗之名,他说:“古人之诗本乎情,非设以为之者也,是以有诗而无诗人。迨于后世,则有诗人矣,乞诗之目多至不可胜应,而诗之格亦多至不可胜品,然其于诗,类皆本无是情,而设情以为之。夫设情以为之者,其趋在于干诗之名,干诗之名,其势必至于袭诗之格而剿其华词。审如是,则诗之实亡矣,是之谓有诗人而无诗。”㊵徐渭斥责干诗之名,针对数十年诗坛流弊进行诊断,痛下疗剂:“不出于己之所自得,而徒窃于人之所尝言,曰某篇是某体,某篇则否,某句似某人,某句则否。此虽极工逼肖,而已不免于鸟之为人言矣。”㊶

“画成雪竹太萧骚,掩节埋清折好梢。独有一般差似我,积高千丈恨难消。”㊷这是徐渭《雪竹》诗第三首。他擅长绘雪竹,郑燮

《题画》称文长画雪竹"纯以瘦笔、破笔、燥笔、断笔为之，绝不类竹，然后以淡墨水勾染而出，枝间叶上，罔非雪积，竹之全体，在隐跃间矣"[43]。徐渭《雪竹图》今传世有北京博物馆藏图一轴，纸本墨笔，布局萧疏，浓墨涂抹竹叶，淡墨烘写灰调背景，枝叶上留下大段刺人眼目的空白，象征残雪。冰雪沉埋下的残竹凋摧不堪，寒意油然而生。图中的萧杀寒意和不堪再读的凋残之象与《雪竹》诗境相通。观其画，味其诗，可以感到一股强大张力，产生躁动不安的感觉。雪竹景状，凄冷促魄，展示了徐渭内心的压抑，诗人从中渴望获得宣泄与解脱。

徐渭入狱七年，始回到他一度痛恨、抗争、逃避的世界。重获自由，诗人渐从悲凉的阴影中走出，苦痛当然不易抹去，不过愤世也好，傲世也好，他心境还相当达观。《墨葡萄》图（纸本墨笔），笔墨浓淡相宜，果实饱满，透出自然情韵，题诗云："半生落魄已成翁，独立书斋啸晚风。笔底明珠无处卖，闲抛闲掷野藤中。"明珠闲掷野藤中，似乎向世人表明他已经寻到自我人生定位。

万历而后，徐渭诗歌内容、风格、情趣发生显著变化，晚年回顾一生文学道路，作了一个生动形象的比喻："始女子之来嫁于婿家也，朱之粉之，倩之鬟之，步不敢越裾，语不敢见齿，不如是，则以为非女子之态也。迨数十年，长子孙而近妪姥，于是黜朱粉，罢倩鬟，横步之所加，莫非问耕织于奴婢，横口之所语，莫非呼鸡豖于圈槽，甚至龋齿而笑，蓬首而搔，盖回视向之所谓态者，真赧然以为妆缀取怜，娇真饰伪之物，而娣姒者犹望其宛宛婴婴也，不亦可叹也哉？渭之学为诗也，矜于昔而颓且放于今也，颇有类于是，其为娣姒哂也多矣。"[44]自述一生诗歌探索心得，可惜清代诗论家尚谈雅正，少有人留意。

徐渭胸中勃然之气不可磨灭，诗不掩性情，哀怨毕呈。如《驴客》："畜驴无贵贱，驴多不值钱。江南坐诗客，北地背薪还。"《读某愍妇吊集》:“尔辈借将扶世教,妾心元不愿忠臣。”《拟吊苏小墓》:“恨不颠狂如大阮,欠将一哭恸兵闺。”《九流》:“九流渭也落何流,戴发星星一比丘。”侘傺穷愁,走笔如风雨之集,不复讲求法度,袁宏道论其诗具“王者”气象,“如嗔如笑,如水鸣峡”。王思任说他意空一世,诗如“百琲之珠,连贯沓来,无畏之石,针坚立破”,“宁使作我,莫可人知”㊺。

历代诗人吟咏昭君出塞,内容或艳或悲,大抵嘲弄汉帝无能,笑骂毛延寿,感写昭君不幸,抒发愤懑。徐渭《王右参取今日汉宫人二句为韵,作昭君怨十首,次之》十首,自出机杼,其三:“或授别传留公案,嫱自请行或为汉。总归坏秤无准程,须马急时将妾换。”一个“或”字抹去了正史传载人伦懿德的脂粉气,和亲等同“以妾换马”。政治总归是一竿无准程的坏秤,诗人不忍看昭君成为政治牺牲,于是赋予她一个新的自由生命——获得爱情幸福,其四:“已分无缘记守宫,宁期有诏赴和戎。单赢夜夜无关锁,相伴单于猎火东。”为昭君翻定“公案”,内心压抑稍解。第五首又发出警人一问:“嫁尔呼韩汉天子,赎归蔡琰汉何人?”第九首则嘲骂道:“博得明妃一笑来,家家白粉搽高鼻。”所谓君臣之懿、文物之盛都被这些诗句扯碎了。

明代文学史上,徐渭是为数不多的善骂善谑的作家之一,他的杂剧《狂鼓史渔阳三弄》取材《世说新语》祢衡裸衣击鼓骂曹的故事,其中唱道:“(俺这骂)一句句锋芒飞剑戟,(俺这鼓)一声声霹雳卷风沙。”他的诗亦善于借鼓声浇写块垒,如《哀四子诗》之《沈参军》咏被严嵩迫害致死的沈炼:“伏阙两上书,裸裳三弄鼓。”《少年》咏落拓江湖的郑老塾师:“少年定是风流辈,龙泉山下鞲鹰睡。今来老矣恋胡狲,五金一岁无人理。无人理,向予道,今夜逢君好欢笑。为君一鼓姚江调,鼓声忽作霹雳叫。掷槌不肯让渔阳,猛气犹能骂曹操。”诗人“且颓且放”,尤喜以“不经”之言入诗,《咏降龙画》嘲谑世情“自古浑亦假”：“首下尻高来自东，不偕箕帚独飞雄。物情自古浑宜假，莫向人间恼叶公。”万历二十年，即徐渭下世前一年，人们忙着新岁祝福，偃蹇穷困的诗人在《新岁壬辰，连雨雪，十八日老晴，袒而摸虱》中写道：“贺年辞雨雪，向日捉琵琶。”晚境凄凉，数千卷藏书斥卖殆尽，帱莞破旧，不能更换，藉稿而寝，犹然赋诗调侃，《卖书》云：“贝叶千缗粟一提，持经换饱笑僧尼”，“聊堆剩本充高枕，一字不看眠日低。”笑中含泪，蕴含无限的人生凄凉。清代四库馆臣称徐渭诗急管繁弦，“流为魔趣”，但徐渭认为诗宜如“冷水浇背”，使人“陡然一惊”。这一认识差异代表了“雅正”和“别调”的不同追求。无疑，没有“冷水浇背”的文学精神，便没有徐渭“王者气”的诗歌艺术。

潦倒民间的天池山人，与村翁老妪作伍，“问耕织”，“呼鸡豕”，诗写人情习见，自然情真。万历四年和万历八年，他破帽毡衣两游京师，足迹曾至宣府，江南清宛和塞北粗犷的民情引起他浓厚兴趣，传于声诗。《边词》二十六首其三：“墙头赤枣杵儿斑，打枣竿长二十拳。塞北红裙争打枣，江南白苎怯穿莲。”其十三：“汉军争看绣裲裆，十万弯弧一女郎。唤起木兰亲与较，看他用箭是谁长。”其十七：“汗血生驹撒手驰，况能妆态学南闺。帏将皂帕穿风去，爱缀银花绰雪飞。”《镜湖竹枝词》三首其二：“越女红裙娇石榴，双双荡桨在中流。憨妆又怕傍人笑，一柄荷花遮满头。”北方女子的泼辣、飒爽，南方女子的秀静、绰约，应声而出，富于生活情态，语言清新质朴，各极其趣。

万历二十五年，袁宏道在绍兴发现徐渭残稿断编，奉为蓍蔡。陶望龄、钱谦益认为中郎有功于徐渭，望龄《徐文长传》：“文长没数载，有楚人袁宏道中郎来会稽，于望龄斋中见所刻初集，称为奇绝，谓有明一人，闻者骇之。若中郎者，其亦渭之桓谭乎！”《列朝诗集小传》：“微中郎，世岂复知有文长？”但黄宗羲《青藤歌》则云：

“岂知文章有定价，未及百年见真伪。光芒夜半惊鬼神，即无中郎岂肯坠!”[46]客观上讲，没有宏道，徐渭诗文很可能要长期埋没民间。

徐渭人格存在缺陷，但他踔厉的艺术精神值得赞颂，三袁、陶望龄、王思任、倪元璐、张岱，及清人郑燮、现代的齐白石，或取法其诗文，或习其书画，继承其艺术精神。郑燮刻有“徐青藤门下走狗郑燮”之私章，童钰题青藤小像诗云：“抵死目中无七子，岂知身后得中郎”，“尚有一灯传郑燮，甘心走狗列门墙。”[47]

三　世总为情，情生诗歌——汤显祖诗歌人生

汤显祖（1550—1616），字义仍，号若士，临川人。隆庆四年举人，万历十一年进士，授南太常博士。万历十六年改南詹事府主簿，明年升南礼部主事。万历十九年上《论辅臣科臣疏》抨击朝政，谪徐闻县典史。二年后量移遂昌知县。万历二十六年归隐。诗歌传世两千馀首，现存早期两部诗集《红泉逸草》、《问棘邮草》大致收万历八年前之作，清新奇丽。其后的《玉茗堂集》录诗最多，感写忧患，抒发性灵，载述了他的上下求索“情”之所在的心路历程。

1.《问棘邮草》：清新与奇丽交映

汤显祖出生在一个较富裕的耕读之家，童年力学，颖异早慧，十二岁赋《乱后》诗，颇见老成气象。十三岁从学罗汝芳，“或穆然而咨嗟，或熏然而与言，或歌诗，或鼓琴”，“天机泠如”。罗氏叹赏他横溢的诗才，赠诗云：“吟成三百首，吸尽玉冷泉。”[48]显祖年轻气盛，学道之志不坚，在放纵自适、骋情游侠的士风召唤下，放弃“穆然而咨嗟”，与帅机、梅鼎祚、沈懋学戏逐诗赋，歌舞游侠，按他

的话说就是“后乃畔去，为激发推荡歌舞诵数自娱”[49]，“血气未定，读非圣之书，所游四方，辄交其气义之士，蹈厉靡衍”[50]。

万历五年，汤显祖会试失利。下第原因，《明史》有载：张居正欲其子及第，罗海内名士以张大声势，闻显祖及沈懋学名，命诸子延致，显祖谢绝不往，懋学遂与居正子嗣修偕及第。情势既已如此，显祖早日离京，一路吟咏而归，诗情斑斓，语言斗丽争奇。这些诗编入《问棘邮草》，徐渭读之，击节叹赏，字圈句点，用“李贺”、“三谢”、“晋曲”、“齐梁”、“六朝”、“初唐”、“亦晋”、“自出新奇”之类的言词盛加推许，并在《读问棘堂集拟寄汤君》中说：“鼓瑟定应遭客骂，执鞭今始慰平生。”

根据徐朔方先生的考证，《问棘邮草》系汤显祖第三个诗集，大陆所见二卷本收赋三首，五七言诗一百四十二首，赞七篇。徐先生指出，汤显祖二十岁前后开始读《文选》，钟爱六朝诗，“由科举用的八股文转到辞赋家心目中所指的文学，由道学家口中的心和性转到世俗的感情，这是汤显祖作为文学作家跨出的重要一步”，《文选》影响汤显祖追求骈骊辞藻、喜用奇字难词。万历四年，汤显祖游宣城，结交沈懋学、梅鼎祚，之后，其诗出现了《红泉逸草》中少见的一种新风格，“这和梅鼎祚等友人对他的影响有关。这些诗得力于南朝小赋，又向没有洗尽六朝靡丽之风的初唐诗借来绚烂的外衣”[51]。

汤显祖诗思新奇，有明显追求奇丽情韵的痕迹，如《芳树》：“也随芳树起芳思，也缘芳树流芳眄。难将芳怨度芳辰，何处芳人启芳宴？乍移芳趾就芳禽，却涡芳泥恼芳燕。不嫌芳袖折芳蕤，还怜芳蝶萦芳扇。惟将芳讯逐芳年，宁知芳草遗芳钿。芳钿犹遗芳树边，芳树秋来复可怜。拂镜看花原自妩，回簪转唤不胜妍。”诗情飘逸不能自止，连用二十三次“芳”字，流丽之象使人有应接不暇之感。唐人刘希夷《白头吟》诗云：“洛阳城东桃李花，飞来飞去落谁家？洛阳女儿惜颜色，行逢落花长叹息。今年花落颜色改，明年花开复谁在？……古人无复洛城东，今人还对落花风。年年岁岁花相似，岁岁年年人不同。”多用“落花”，读之心绪随花飘舞。张若虚《春江花月夜》诗云：“春江潮水连海平，海上明月共潮生。滟滟随波千万里，何处春江无月明？江流宛转绕芳甸，月照花林皆似霰。……不知乘月几人归，落月摇情满江树。”“月”字出现十馀次，情韵摇曳，横绝千古。显祖从唐诗中获取优美之艺术灵性，《芳树》隽永未如《白头吟》和《春江花月夜》，却不失为荡神怡情之作。徐渭读《芳树》，效作《渔乐图》，诗中连用三十个“新”字，如“新枫昨夜钻新火，新笛新声新暮烟。新火新烟新月流，新歌新月颇新愁。”[52]诗中流动一缕萧疏苦韵，对比汤诗的流丽多姿，一是老年清逸，一是青年多情，逞巧斗新均非诗病。

2.《玉茗堂诗》："世总为情"的求索

万历十二年，汤显祖赴任南太常博士，距他读书南国子监、歌舞游侠已有十年。踏上仕途，不禁眷恋起昔日的自由，《鲁桥南望山》诗云："鱼凫今透乱，兰菊旧追攀"，"隐映不能去，空然怨出关"[53]。唐人左偃说"谋隐谋官两无成"，鲁迅调侃称此"士人的末路"[54]。显祖谋官虽成，然官场污浊，政局衰颓，入仕带给他更多的是人生迷惘。

歌舞游侠一类的"灭裂文藻"，仍是他最感兴致的事物。南国子博士臧懋循风流任诞，"每出必以棋局、蹴毬系于车后。又与所欢小史衣红衣，并马出凤台门"[55]，万历十三年谪官，显祖送别诗中表述艳羡之情云："自古飞簪说俊游，一官难道减风流。深灯夜雨宜残局，浅草春风恣蹴毬。"[56]

显而易见，汤显祖的沉沦源于对迷乱现实的清醒和对张扬个性的追求。如果不是罗汝芳出现，他的沉湎放纵还要延宕一段时日。万历十四年，罗汝芳至南京，日与朱廷益、焦竑、李登、陈履祥、汤显祖谈学城西小寺[57]，罗氏以性命和用实之学质问这位早年"畔去"的弟子："子与天下士日泮涣悲歌，意何为者，究竟于性命何如，何时可了？"显祖深自惭愧，"夜思此言，不能安枕。久之有省，知生之为性是也，非食色性也之生，豪杰之士是也，非迂视圣贤之豪"[58]。罗氏唤起他的成圣济世之志，使他意识到真性情之中还包含社会责任，要获得真性，走出苦闷，须有济世实践。

万历十四年是汤显祖诗歌人生的一个转折点，他无意再追求歌舞游侠、诗坛酒会的风流，冷眼观看王世贞、陈文烛的南京雅集，《复费文孙》中说："因遂拓落为诗歌酬接，或以自娱，亦无取世修名之意。故王元美、陈玉叔同仕南都，身为敬美太常官属，不与往还。"[59]他抛开奇丽、艳宕的语言，创作贴近现实。万历十四年至十六年，江南洪水、旱灾接连，难民流离失所，显祖赋《丙戌五月大水》、《丁亥戊子大饥疫》、《戊子春》、《寄问三吴长吏》、《江西米信》，沉痛载述江南惨绝人寰的景状，如《丁亥戊子大饥疫》："山陵馀王气，户口入鬼宿。犹闻吴越间，积骨与城厚。"[60]大学士申时行为首的内阁忙于科场之争，淡于民瘼。万历十八年，扯力克、火落赤部落犯洮州卫，申时行主张和款，袒护失事的大臣。御史万国钦因疏劾申时行谪迁，显祖《万侍御赴判剑州，过金陵有赠》诗云："市和虚内帑，买爵富中台。"经此前奏曲，他愤然上《论辅臣科臣疏》，指摘政弊，极中要害，三年后申时行在群臣纠劾下退出政坛。

汤显祖上疏前就做好了告别官场的准备，事后还是接受了贬职徐闻典史的现实，只是心情一时难以平静。秋天赴任，《入粤过别从姑诸友》诗云："世上浮沉何足问，座中生死一长嗟。"度过大庾岭，苦闷情绪始渐消失。北国时已浸入萧冷，南国景色仅挟有几缕轻寒，显祖分明感到放逐的自由，《打顿》是一首轻松萧散的小诗："独眠秋色里，残月下风湍。"残月、湍风构不成内心压抑，独眠秋色,颇多惬意。穿过九里滩,诗人兴致更浓,《九里》:“九里十三坡,沉沉烟翠多。钓台何用筑,吾自泛清波。”诗人被这种自由的情绪紧紧抓住,《翻风燕滩》:“掠水春自惊,绕塘秋不见。漠漠浪花飘,一似翻风燕。”诗句灵宕,愈翻愈奇。《峡山上七里白泡潭,为易名绀花》:“树光吹峡雨,苔色动江霞。泡影非全白,沾衣作绀花。”[61]诗人忍不住自叹:“何意热中人,洒落飞来兴!”[62]从临川至徐闻的行程中,赋诗百馀首,多为清新自然、性灵飞动的小诗,争艳斗丽在他的记忆中愈加陌生起来。

万历二十一年,汤显祖量移遂昌知县,翌年冬上计,与三袁欢聚畅谈京城。万历二十三年,宏道任吴县知县,显祖归遂昌,二人诗书往来。宏道之诗灵隽,显祖不让这位青年诗人独美,诗作率真,跌宕清新,喜以“口号”、“漫书”标题,如《丁酉平昌迎春口占》、《丁酉三月平昌率尔口号》、《漫书所闻答唐观察四首》等皆是。

袁宏道任吴令未二年,不堪“官网”束缚和“征赋”吏事困扰,连牍请归。汤显祖业已倦于“波光幻影”的吏情物态,更困于矿税侵扰。万历二十四年,明神宗设立矿税,遣宦官监矿开采,“大珰杂出,诸道纷然,而民生其间,富者编为矿头,贫者驱之垦采,绎骚凋敝,若草菅然”,宦官横肆诛求,有司得罪,往往“立系槛车”,驱民如役牛马,多激起民变[63]。宦官曹金征税两浙,显祖闻讯哀叹:“搜山使者如何,地无一以宁,将恐裂!”[64]《感事》小诗写得沉痛张狂:“中涓凿空山河尽,圣主求金日夜劳。赖是年来稀骏骨,黄金应与筑台高。”[65]对比古人筑黄金台求贤之事和今日“圣主求金日夜劳”的现实,他心灰意冷,万历二十六年归隐临川。

初至遂昌时,汤显祖幻想耕隐之乐,以为能像陶潜一样洒脱地归去来,当“归去来兮”成为现实,才发现当初过于天真了,《初归》传达的绝非入仕之初的“空然怨出关”,实是诗人的一片心冷意消："彭泽孤舟一赋归，高云无尽恰低飞。烧丹纵辱金还是，抵鹊徒夸玉已非。便觉风尘随老大，那堪烟景入清微？春深小院啼莺午，残梦香销半掩扉。"[66]显祖平生不喜平庸的言行，十四年官场生涯留下不堪回味的馀恨，"烧丹纵辱金还是"，如今不异于走到谋隐、谋官两不成的"士人的末路"。

万历二十六年岁末，僧人达观途经临川，给他带来一丝惊喜。达观，讳真可，吴江人，十七岁出家，学通三教，性刚猛精进，身在空门而欲以用世之法代替出世之法。这次会晤，显祖虔诚向达观学习参禅，"厌逢人世懒生天，直为新参紫柏禅"[67]。达观为废除矿税，四处奔走，显祖感慨颇多，十二年前，他在罗汝芳引导下认识到"情"包括着个体的社会责任，如今又从达观身上看到"情"无所不在，生生不息。《江中见月怀达公》云："无情无尽恰情多，情到无多得尽么。解到多情情尽处，月中无树影无波。"[68]悟到无论用世，还是遁世，皆情使之然，他的内心不再浮躁地徘徊在遁世和用世的冲突之间。不过，显祖归隐的岁月并不平静，长子、次子早逝，师友达观、梅国桢相继亡故，他自号茧翁，不愿出门游历，诗中再没有了早年奇丽的影子，浪漫时代如飞鸿远逝，留下人生酸苦、郁闷让他在孤独中慢慢品味，"所期动苍莽，此意成萧瑟"[69]。

汤显祖驰骋诗坛半个世纪，从一位锐意创新的青年诗人成为幽燕老将，在"世总为情"之中上下求索，虽未建帜立派，但一直是感受时代风会，走在晚明文学运动前沿的杰出诗人。

四　勇士不忘丧其元——异端思想家李贽的诗心

李贽（1527—1602），本名载贽，字宏甫，号卓吾、温陵居士，晋江人。嘉靖三十一年举人，选河南辉县教谕，改官礼部司务，历南刑部员外郎、郎中，万历五年迁姚安知府，三年后辞职，入鸡足山阅藏经。逾岁往黄安依友人耿定理而居。定理卒,李贽移寓麻城,率众讲学,万历二十四年在麻城理学世家攻逐下出走,翌年居京郊与士大夫谈禅论学。万历二十六年讲学南京,再返麻城,遭驱逐。万历二十九年流落通州,第二年礼科给事中张问达疏责他“卑孔污圣”、“狂诞悖戾”[70],李贽被押京审讯,以死酬志。

1.“童心”说与“化工”论

李贽“掊击道学,抉摘情伪”[71],认为道学家的“闻见道理”绝非人心“自出之言”,力倡“童心”复性,《童心说》有云:“夫童心者,绝假纯真,最初一念之本心也。若失却童心,便失却真心;失却真心,便失却真人。人而非真,全不复有初矣。”

与此同时,李贽认为世间真文字大抵是“童心”的自然流露:“天下之至文,未有不出于童心焉者也。苟童心常存,则道理不行,闻见不立,无时不文,无人不文,无一样创制体格文字而非文者。”因为要“致君尧舜上”,他对杜诗产生强烈共鸣,《词学儒臣·杜甫》引元稹语:“诗人以来,未有如子美者。”[72]李梦阳开一代文风,王阳明辟一代学风,李贽《与管登之书》说“千万世后,两先生精光具在”,而“童心”说即有创立一代文学以传千古之意,与李梦阳不同的,就在于以“童心”和“性灵”树立异于“复古”的文学“机轴”。

李贽反对诗人弃置神理、徒求形似,苏轼以画论诗云:“论画以形似,见与儿童邻。赋诗必此诗,定知非诗人。”李贽和诗云:“画不徒写形,正要形神在。诗不在画外,正写画中态。”[73]并对“画工”与“化工”详作区分:“夫所谓画工者,以其能夺天地之化工,而其孰知天地之无工乎?今夫天之所生,地之所长,百卉具在,人见而爱之矣,至觅其工,了不可得,岂其智固不能得之欤?要知造化无工,虽有神圣,亦不能识知化工之所在,而其谁能得之?由此观之,画工虽巧,已落二义矣。”或谓画工夺天地造化,李贽说天地造化万变,本无所“工”。那么,诗文怎样才能通万变之化?李贽描述说:“其胸中有如许无状可怪之事,其喉间有如许欲吐而不敢吐之物,其口头又时时有许多欲语而莫可所以告语之处,蓄极积久,势不能遏”,发为诗文,“喷玉唾珠,昭回云汉,为章于天”,犹然馀兴未尽,遂亦自负,发狂大叫,流涕恸哭,不能自止[74]。

万历十八年是明代文学史上重要的一年,王世贞去世,复古运动衰落;《诗薮》谋梓,这部诗论概括七子派文学经验,融入一些新见,既是复古理论的总结,又体现了时代诗歌潮流的新变;更为重要的是,《焚书》付刻流行,公安三袁得读这部巨著,自识“一段精光在内”,眼界开、胆力放。《焚书》推动了晚明诗文革新运动的到来,当是信然不诬的。

2.“异端”的情怀和“勇士”的悲歌

李贽重自然之性情。关于性情与诗调,他认为性情清澈者诗风宣畅、旷达者浩荡、雄迈者壮烈、沉郁者悲酸、古怪者奇崛。常人眼里举止怪诞的李贽,性情究竟属于哪一种?不妨引述袁中道的记载以作认识。《珂雪斋集》卷十七《李温陵传》:“与僧无念、周友山、丘坦之、杨定见聚,闭门下捷,日以读书为事。性爱扫地,数人缚帚不给。衿裙浣洗,极其鲜洁。拭面扫身,有同水淫。不喜俗客,客不获辞而至,但一交手,即令之远坐,嫌其臭秽。其忻赏者,镇日言笑;意所不契,寂无一语。滑稽排调,冲口而发,既能解颐,亦可刺骨。所读书皆抄写为善本,东国之秘语,西方之灵文,离骚马班之篇,陶谢柳杜之诗,下至稗官小说之奇,宋元名人之曲,雪藤丹笔,逐字雠校,肌襞理分,时出新意。其为文不阡不陌,抒其胸中之独见,精光凛凛,不可迫视。诗不多作,大有神境。亦喜作书,每研墨伸纸,则解衣大叫,作兔起鹘落之状,其得意者,亦甚可爱,瘦劲险绝，铁腕万钧，骨稜稜纸上。一日恶头痒，倦于梳栉，遂去其发，独存鬓须。公气既激昂，行复诡异。斥异端者，日益侧目。”文章末节又说：“其人不能学者有五，不愿学者有三。公为士居官，清节凛凛，而吾辈随来辄受，操同中人，一不能学也。公不入季女之室，不登冶童之床，而吾辈不断情欲，未绝嬖宠，二不能学也。公深入至道，见其大者，而吾辈株守文字，不得玄旨，三不能学也。公自少至老，惟知读书，而吾辈汩没尘缘，不亲韦编，四不能学也。公直气劲节，不为人屈，而吾辈怯弱，随人俯仰，五不能学也。若好刚使气，快意恩仇，意所不可，动笔之书，不愿学者一矣。既已离仕而隐，即宜遁迹名山，而乃徘徊人世，祸逐名起，不愿学者二矣。急乘缓戒，细行不修，任情适口，鸾刀狼藉，不愿学者三矣。’”

如中道所述，李贽的性情交织着清澈、旷达、雄迈、沉郁、古怪，这位被汤显祖称作“畸人”的哲学家，性情似乎多元分裂。当我们联系他的人生旨归，就可看到一条“求真”线索将狂狷、沉郁、雄迈、高散融贯在一起，同样，他的诗歌在“求真”之中表现出浩荡、雄迈、沉郁、奇崛的统一。

李贽诗骨棱健，与人格力量交相映衬。如《咏史》三首其一：“荆卿原不识燕丹，只为田光一死难。慷慨悲歌惟击筑，萧萧易水至今寒。”[75]李贽笔下的英雄，不必尽善尽美，但要痛快淋漓、气凌千古。晚年他在《读书乐》中写照心迹云：“有身无家，有首无发，死者是身，朽者是骨。此独不朽，愿与偕殁，倚啸丛中，声振林鹘。”[76]袁宗道读后感叹说：“诗既奇崛字遒绝，石走岩皴格力苍。老骨棱棱精炯炯，对此恍如坐公傍。龙湖老子果希有，此诗此字应不朽。莫道世无赏音人，袁也宝之胜琼玖。”[77]

和王世贞逃禅颇不相同，李贽削发，意在“丈夫志四海”，他也为此付出沉重代价。妻子黄氏辛勤拮据，“有内助之益”，有“损己利人”之德[78]，李贽移寓麻城，妻子归泉州，多次请求他回乡，但李贽决心舍身事学,剃发不久即闻知妻子讣音,悲不能掩,所赋《哭黄宜人》六章小诗载不动夫妻相重四十年的深情,如其一:“结发为夫妇,恩情两不牵。今朝闻汝死,不觉情凄然。”其五:“近水观鱼戏,春山独鸟啼。贫交犹不弃,何况糟糠妻。”其六:“冀缺与梁鸿,何人可比踪。丈夫志四海,恨汝不能从。”[79]众鱼戏水,春山鸟啼,使他无处逃遁。习性强项的李贽此时却成了一个弱者,其《与庄纯夫》中说:“我虽铁石作肝,能不慨然!况临老各天,不及永诀耶!已矣,已矣!自闻讣后,无一夜不入梦,但俱不知是死。”[80]多年后犹劝告友人削发时要三思而行[81]。

“异端”面目不被世人理解,李贽内心痛苦。《复邓石阳》曰:“弟异端者流也,本无足道者也。自朱夫子以至今日,以老、佛为异端,相袭而排摈之者,不知其几百年矣。弟非不知,而敢以直犯众怒者,不得已也?老而怕死也?”[82]晚年四处漂泊,幸赖几位友人予以照顾。这位被社会遗弃的老人几乎成了“游吟”诗人。《夜半闻雁》其三:“独雁虽无依,群飞尚有伴。可怜何处翁,兀坐生忧患。”[83]《暮雨》:“万卷书难破,孤眠魂易惊。秋风且莫吹,萧瑟不堪鸣。”[84]《琴台》其二:“君子犹时有,斯人绝世无。人琴俱已矣,千载起长吁。”[85]李贽咏独雁、孤眠,对孤独充满恐惧,但又深爱孤独,宁愿带着它人琴俱亡,亦不愿妥协。孤独之中的灵魂是自由的,正如海德格尔所说:“孤独把灵魂带给个体,把灵魂聚集到‘一’之中,并因此使灵魂之本质开始漫游。孤独的灵魂是漫游的灵魂。它的内心的热情必须负着沉重的命运去漫游——于是把灵魂带向精神。”[86]

李贽京师受讯,将遣原籍,提出剃发的要求,趁侍者不注意,引刀自割,中道《李温陵传》载:“侍者问:‘和尚痛否?’以指书其手曰:‘不痛。’又问曰:‘和尚何自割?’书曰:‘七十老翁何所求!’”其实,数日前他就决定了作别人世,绝笔诗《系中八绝》之八《不是好汉》慷慨悲歌："志士不忘在沟壑，勇士不忘丧其元。我今不死更何待？愿早一命归黄泉。"[87]而且，他早就探讨过嵇康之死，力驳《幽愤诗》为嵇康自悔之作的说法，肯定"此死固康之所快也"，云："余谓叔夜何如人也，临终奏《广陵散》，必无此纷纭自责、错谬幸生之贱态，或好事者增饰于其间耳！"[88]不知李贽死前是否想到嵇康的幽愤，但他的绝笔诗确是声薄云际，曲终弦绝。

如果说"此死固李贽之快"，亦痛心之语。汤显祖和周汝登伤悼李贽的诗句即夹杂了这一复杂的感情，显祖《叹卓老》："自是精灵爱出家，钵头何必向京华？知教笑舞临刀杖，烂醉诸天雨杂花。"[89]汝登《吊李卓吾》其二："天下闻名李卓吾，死馀白骨暴皇都。行人莫向街头认，面目由来此老无。"[90]

"狂诞悖戾"、"同于禽兽"等最污秽的词语在李贽生前、身后连袂接踵，不必说拘挛儒士，就连博学多识的谢肇淛、顾炎武、王弘撰亦示排斥。谢氏说："近时闽李贽先仕宦至太守，而后削发为僧，又不居山寺，而遨游四方以干权贵，人多畏其口而善待之，拥传出入，髡首坐肩舆，张黄盖，前后呵殿。余时在山东，李方客司空刘公东星之门，意气张甚，郡县大夫莫敢与均茵伏，余甚恶之，不与通。无何入京师，以罪下狱死。此亦近于人妖者也。"[91]顾氏认为："自古以来，小人之无忌惮而敢于叛圣人者，莫甚于李贽。然虽奉严旨，而其书之行于人间自若也。"[92]王氏痛恨李贽"放言而无忌惮"，"倡异端以坏人心，肆淫行以兆国乱"，论其为"盛世之妖孽"："士大夫而学佛，吾实恶之。盖非佛之徒，不能佛之服，不行佛之行，而独言佛之言。假空诸所有之义，眇视一切，以骋其纵恣荒诞之说，是欺世之人妖也，如李贽、屠隆是已。"又，"温陵李贽，颇以著述自任。予考其行事，察其持论，盖一无忌惮之小人也。"李贽被"绳之以法"，王氏拍手称快。马经纶为李贽营葬通州，立二碑，一由焦竑书"李卓吾先生墓"，一由汪可受题"卓吾老子碑"。王弘撰闻其事批评道："表章邪士，阴违圣人，显倍天子之法，亦可谓无心矣！恨当时无有闻之于朝者，仆其碑，并治其罪耳。"[93]读这些文字，我们时有惊心之感，不为世人理解正是李贽生前最大的苦痛，"人妖"之类的骂詈将他拒斥在真情世界之外，穿过历史剧场，人们始能读到他有血有肉和大憎大爱的深层世界。

五　王畿、周汝登、孙应鳌、胡直、罗汝芳、焦竑

1.王畿、周汝登

王畿（1498—1583），字汝中，号龙溪，山阴人。嘉靖五年举会试，十一年成进士。官武选郎中，乞休归，旋中典察罢职。林居四十馀年，日率众讲学，学术融贯阳明、禅宗、老庄之旨，《明儒学案》说他任自然而失却儒家矩度，但又不得不承认"文成之后，不能无龙溪"，"于文成之学，固多所发明也"。

王畿认为宋以前作者如阮籍、陶潜、王维、韦应物，"虽所养不同，要皆有得于静中冲淡和平之趣，不以外物挠已，故其诗亦皆足以名世"。于宋代而后的诗人，每推邵雍、陈献章，称邵氏"本诸性情而发之于诗，玩弄天地，阖辟古今"。由于酷爱洗涤心源、冲淡和平之诗，王畿对杜诗产生这样的想法："窃怪少陵作诗反以为苦，异乎无名公之乐而无所累。"进而又言："诗之工，诗之衰也。"[94]当然，这一特殊感受不代表他对杜诗的全部理解。文章创作上，王畿追求"本色文字，尽去陈言，不落些子格数"，"行乎所当行，止乎所不得不止，此是天然节奏"[95]。其诗亦然。如《登五祖道场》："山花迎客舞，松影带溪流"，"逢僧谈往事，迷悟两悠悠。"[96]由于王畿"不落些子格数"，《静志居诗话》说："龙溪学术不纯，诗文亦驳杂。"我们的看法是，"驳杂"自有其因，亦自有致。

周汝登(1547—1629),字继元,号海门,嵊县人。万历五年进士,官至南尚宝司卿。从学王畿虽早,出道则晚。王畿去世,越中讲学事几废,十馀年后汝登主讲龙溪之学,越中王学再兴,陶望龄说:“四方从之游者,皆曰先生今之龙溪也。”[97]邹元标称:“继元后龙溪而出者也,双目炯炯,横冲直撞,所至能令人胆落心惊,亦能使人神怡情旷。东越之学,从今益显益光者,非继元氏乎?”[98]黄宗羲不满龙溪学说,当然不会放过对汝登的批判,《明儒学案》卷三十六:“乃先生建立宗旨,竟以性为善无恶,失却阳明之意。”所著《东越证学录》十六卷,存诗二卷三百一十七首。论学推崇“天真浑朴”,诗尚理而贵情,自然冲夷,如卷十五《登龙溪师讲楼》:“春风缓步踏苍苔,樽酒相携上讲台。百尺宫墙容我入,千年关锁待谁开?”不事雕琢,率据胸臆,展示学人千古胸次。同卷《诸子共游石壁,将别为赋四绝》其一:“如何一片石,能使野情多。”其二:“饮嫌千斛少,坐觉万缘空。”其三:“侵衣幽作润,映面碧生寒。”其四:“雨馀双耳快,不洗自然清。”体悟自然,清新洋溢。

2. 孙应鳌、胡直

孙应鳌,字山甫,贵州清平卫人。嘉靖三十二年进士,官至南京工部尚书。阐述阳明之旨,为滇黔学坛宗匠,著作甚丰。《学孔精舍汇稿》十六卷收《学孔精舍诗抄》六卷九百首,清代四库馆臣未见全本,《总目》仅著录《学孔精舍汇稿》十二卷,称七言律诗、绝句阙如。据应鳌门人温纯《归来漫兴序》,孙氏尚有《归来漫兴稿》。

孙应鳌好作诗,而不刻意为诗,随意挥洒,取自得之意,温纯《归来漫兴稿序》:“先生深于性命者,自谓诗之一道,雕情绘物,故禁不为。已,自郧中归,又为之。不必为,不必不为,先生深于诗,可知已。”吴国伦《报孙山甫中丞书》:“《华顶八绝》,意以象生,而率多无象无意处，使人诵之跃然，如所云‘春风不到亦开花’，则妙悟甚也。一二君子不解妙悟，谓公近以诗文为戒，偶一挥洒耳。夫有意而戒，孰与无意而作。”[99]虽说兴至赋诗，但《学孔精舍诗抄》多有效拟邵雍、朱熹的痕迹，如卷六《和晦翁武夷棹歌》十首学朱熹，读来未如宋人洒脱，倒是他的性灵小诗自然生趣。如卷五《梅花落》其一：“春色不少驻，繁花迅速开。吟残三径竹，落尽一庭梅。”接近吴国伦所说的“无意而作”妙悟之诗。《明诗纪事》认为应鳌五古“超旷”，七律“轩轩俊爽”，并以此为标准录其诗十二首，如七律《栖贤桥》：“雨霞变幻少定色，扫石共坐岩溪头。铁船紫霄峰独秀，金井玉渊山更幽。巾裘随意郭文举，猎钓无心翟祖休。采采仙源有灵药，得之还赠同心俦。”诗韵正如任翰《忠斋逸稿》所评“烟扉景光万状，翛然起仙灵霞外之思”。

胡直（1517—1585），字正甫，号庐山，泰和人。嘉靖三十五年进士，授刑部主事，累迁福建按察使。有《衡庐精舍藏稿》三十卷、《续稿》十一卷。少年骀宕，尚谈孔融、李白、苏轼、文天祥，好古文辞，推尊李梦阳、何景明。二十六岁问学欧阳德，四年后从学罗洪先。《明儒学案》卷二十二称胡直之学与阳明“一气相通”，又距释氏“三界惟心，山河大地为妙明心中物”不远。胡直诗歌，体近邵康节，趣似杨诚斋，转折错落，意象因出。《学孔精舍汇稿》评云：“正甫胸次洞然，有物我同体之怀，故其诗畅而郁，直而婉，天趣独深，非追琢可及。”《藏稿》收诗五卷。《续稿》收诗未多，合《悼才赋》为一卷。所作如《拟游匡庐》：“岂不待婚嫁，吾归吾奈何。世情先老绝，游兴傍秋多。五老鞭龙到，三江摘叶过。云空从直上，濯足于银河。”他如《石莲洞雪霁》、《书社秋兴八首》等，俱可见畅郁、直婉的特点。

3. 罗汝芳、焦竑

罗汝芳（1515—1588），字惟德，号近溪，南城人。学者称明德先生。嘉靖三十二年进士，仕至云南参政。万历五年，因讲学被勒令致仕，益与门人广设讲坛，主张率性之外，注重戒修。学人不满龙溪之学，则推近溪。黄宗羲赞赏近溪之学，《明儒学案》卷三十四："先生之学，以赤子良心、不学不虑为的，以天地万物同体、彻形骸、忘物我为大。此理生生不息，不须把持，不须接续，当下浑沦顺适。工夫难得凑泊，即以不屑凑泊为工夫；胸次茫无畔岸，便以不依畔岸为胸次，解缆放船，顺风张棹，无之非是。"近溪自标真儒道心，《宿白鹿洞》云："词客只缘诗社立，真儒方得道心传。"但他不废声诗，《罗先生诗集》存诗一百八十五首，律调兼具。如《山居怀友》其一："客坐高林鸟道寒，玉芙蓉叠翠屏看。吴门帆落江干影，楚峤云穿阁上阑。双眼自随今古迥，一襟谁共海天宽。莺声谷口相求切，幽思翻成绪万端。"情深而婉，足见近溪不怕"溺于情"。或称伊川击壤取足胸次，不拘于法，汝芳之诗直类诗人，"若异乎所谓别传者"。陶望龄《明德诗集序》则辩曰："宜亦诗人而已矣"，与伊川击壤其本不异。

焦竑（1541—1619），字弱侯，又字从吾，号漪园、澹园，应天府旗手卫人。嘉靖四十一年，耿定向督学南京，延史桂芳讲学，焦竑从学。四年后定向办崇正书院，选江南名士来学，焦竑协助讲事。他二十四岁中举，七上公车不售。万历十七年，状元及第，授翰撰，在京九年，"朝趋讲席，夜篡瑶编"[100]。万历二十五年，典顺天乡试，因谣传受贿，取士非人，卷中文字"险诞"，谪福宁同知。随后的大计中被考以"浮躁"，终不堪苛责，拂袖归隐。友人管志道对此早有预料："焦殿撰漪园丈之不为世所容，则愚已料其必然矣。"[101]焦竑率众南京论学，结诗坛酒会，为士林祭酒。1599年，利玛窦会晤焦竑、李贽，即称李贽“儒家的叛道者”，说焦竑“这个人素有我们已经提过的中国三教的领袖的声誉，他在教中威信很高”[102]。《明儒学案》为焦竑立传，视其泰州学派重要学者。

焦竑与李贽相知，“中原一顾盼，千载成相知”[103]。论学亦相近，如则“知所谓良知，则知舍人伦物理无复有所谓良知，即欲屏而绝之，岂可得哉？”[104]“不捐事以为空，事即空；不灭情以求性，情即性。此梵学之妙，孔学之妙也。”[105]

文学方面，焦竑称学古关键在“脱弃陈骸，自标灵采”，不以“相袭为美”[106]，诗人“天机”自发，自道性情，本无固定格调[107]。《题词林人物考》阐述和李贽“化工”说相近之论：“古之摛词者，不在形体结构，在未有形体之先，其见于言者，托耳。若索诸裁文匠笔，声应律合，即尽叶于古，皆法之迹也，安知其所以法哉！”[108]此即是说“天机”律动之前，诗人未必知其所以然，所谓“寄托”不过是循前人之迹以自出性情。

另外，焦竑强调诗通于微言，以温厚为教，寄情至深，《弗告堂诗集序》：“夫诗以微言通讽喻，以温柔敦厚为教，不通于微言，不底于温厚，不可以言诗。”[109]《雅娱阁集序》：“虽其和平婉丽，温而不怒，而情之所寄深矣。”[110]他渴求盛世，诗歌闳音鸣世，为公鼐诗稿作序时指出：“极变穷工，卒归大雅，斟酌中和，节度流竞，舍是将安归也？”[111]愈近晚年，这一意识愈占上风。

焦竑著作，见于文献叙录者达三十馀种，诗文《澹园集》分正、续二集。正集四十九卷所收以致仕前的作品为主，续集三十五卷大致为退隐之作。焦竑称诗是“人之性灵之所寄”[112]，其《夜坐》小诗寄寓性灵，蕴藉含蓄：“客喧随夜寂，无人觉往还。愁心淹独坐，桂子落空山。”[113]客去园寂，诗人“愁心淹独坐”，是欢聚翻成孤愁，还是吟韶华易逝，两者似是而非，小诗实是诗人“索之造物之先”的自然流露。他如《将之阳羡，留题退园草堂二首》其二：“贫病缘何事，猖狂只自哀。言寻青嶂去，聊避白鸥猜。薪木宜时护，柴荆可浪开？高悬徐孺榻，未许俗人来。”《莫愁湖》：“眉黛馀山色，钿金但野花。徘徊湖上月，一倍惜芳华。”俱清脱不俗。

王畿、罗汝芳、孙应鳌、胡直、焦竑、周汝登之诗，体写“乐”旨、悟道经验及超越的人生情趣，以任自然、崇平实、尚性情为总体特征，体现了明代学人诗向“独抒性灵”的发展演变，艺术成就尽管未足比论朱熹、邵雍，但不失为一家之言。

---

① 《明儒学案》卷二十六。

② 《明书》卷一四七，傅维麟撰，康熙三十四年刻本。

③ 《茅坤集》第191、192页。

④ 《荆川先生文集》卷七。

⑤ 《荆川先生文集》卷六。

⑥ 现代学界倾向于肯定唐宋派文学思想与阳明心学渊源极深。不过也有另外一些看法，如左东岭先生提出应重新认识唐宋派文论得力于王学的说法，否认唐顺之是唐宋派的核心，《王学与中晚明士人心态》说唐顺之：“他一生为学有三个阶段，追求八股制义阶段、程朱理学与阳明心学交杂而又以理学为主阶段、悟解阳明心学而形成自我学术思想阶段。其文学主张亦可分为三个阶段，追随前七子复古主张阶段、崇尚唐宋古文阶段、坚持自我见解与自我真精神阶段。二者时间也大致相当，即嘉靖十二年前为第一阶段，嘉靖十二年至嘉靖二十五年为第二阶段，嘉靖二十五年以后为第三阶段。很明显，唐顺之作为唐宋派代表作家的时间只能是他生平经历的第二阶段。”（第452页）又举证说唐顺之《答茅鹿门知县》所说的“真精神与千古不可磨灭之见”向来被学界视作唐宋派理论的概括，而这封信“必作于嘉靖二十二年至嘉靖二十七年之间”（第455页），说明

唐宋派文论与阳明心学联系不大,唐顺之晚年变化已超出于唐宋派,算不上唐宋派的核心人物。我们认为,唐顺之的这段话被概括为唐宋派核心文论,本属一种误解,因此不能证明唐宋派文论未受阳明心学影响。左东岭先生认为归有光是唐宋派的真正代表,至于归有光是否属于唐宋派,本是学界有争议的问题。唐宋派一称,乃文学史客观存在和研究手段并用的结果。我们认为,先有唐、茅、王等人组成群体,后有唐宋派。王、唐、茅、归倡导文章"本之六经",并不意味唐宋派与阳明心学不相合,还应注意到他们提出"本之六经"、"其旨不悖于六经"的同时,还强调了"得其神理而随吾所之"(《茅坤集》第191、192页)。如果说茅坤"本之六经"的观点是"标准"的唐宋派文论,合于这种论调则是唐宋派文论,不合则否,未免拘泥。总之,"本之六经"和"师心"之论均为唐宋派的重要文论,毋庸置疑,唐顺之是派中核心人物,唐宋派的文学思想,尤其唐顺之晚年的"本色"论,与阳明心学渊源极深。

⑦ 王士性《广志绎》卷四,清康熙五年刻本。又见朱怀吴《昭代纪略》卷五,参见《王学与中晚明士人心态》第406页。

⑧ 《明儒学案》卷三十二《泰州学案》。

⑨ 《徐文长三集》卷二十七《师长沙公行状》。

⑩ 《王龙溪先生全集》卷八《天心题壁》。

⑪ 《汤显祖全集》第三十二卷。

⑫ 《汤显祖全集》第三十一卷。

⑬ 《明儒学案》卷三十二《泰州学案》。

⑭ 《焚书》卷三。

⑮ 《晚明思想史论》第50页。

⑯ 《焚书》卷三《童心说》。

⑰ 《焚书》卷三《读律肤说》。

⑱ 《伊川击壤集自序》,《击壤集》,邵雍撰,文渊阁四库全书本。

⑲ 《朱子文集》卷三十七《答陈体仁》,朱熹撰,上海商务印书馆,1937年。

⑳ 《宋元学案》卷八十二《北山四先生学案》,黄宗羲等撰,中华书局,1986 年。

㉑ 参见吴光等人编校《王阳明全集》,卷十九《外集一》、卷二十《外集二》为诗。

㉒ 参见《雪涛阁诗评·采逸》。《王阳明全集》卷十九《外集一》存录此诗,题名《观傀儡次韵》,仅有"相诧说"作"争诧说"、"灯前"作"樽前"字面差异。

㉓ 《歇庵集》卷三。

㉔ 《徐文长三集》卷十九。

㉕ 《歇庵集》卷十四。

㉖ 《徐文长逸稿》卷十一。

㉗ 《徐文长三集》卷十九。

㉘ 《明史》卷二八八《文苑传四》。

㉙ 徐渭继室张氏是否与人有染,此附数语。徐渭《上郁心斋》:"抑不知河间奇节,卒成掩鼻之羞;贾宅重严,乃有窃香之狡。""河间"典出柳宗元《河间传》,叙贞妇变而淫浪故事。"贾宅"典出西晋贾充之女贾午与韩寿私通故事。又,《前破械赋》:"嗟乎哉,西河残守,东海孝妇,差之毫厘,千里歧路。"再联系徐渭"自椎其囊"之事,则张氏与人有染的可信度较大。《畸谱》纪事简略,仅用"易复,杀张,下狱"概括这段案事。

㉚ 《疯癫与文明》第 1 页,米歇尔·福柯著,刘北城、杨远婴译,三联书店,1999 年。

㉛ 《徐文长三集》卷十九《海上生华氏传》。

㉜ 《疯癫与文明》第 118 页。

㉝ 《王龙溪先生全集》卷十七《三教堂记》。

㉞ 《徐文长三集》卷五。

㉟ 《徐文长三集》卷十七。

㊱ 《徐文长三集》卷十六《论玄门书》。

㊲ 《徐文长逸草》卷六《西厢序》。

㊳ 《王学与中晚明士人心态》第471页。

㊴ 《徐渭集》补编《选古今南北剧序》。

㊵ 《徐文长三集》卷十九《肖甫诗序》。

㊶ 《徐文长三集》卷二十《叶子肃诗序》。

㊷ 《徐文长逸稿》卷七《竹枝词》。

㊸ 《郑板桥全集》五。

㊹ 《徐文长三集》卷二十《书草玄堂稿后》。

㊺ 《文饭小品》卷五《徐文长逸稿叙》。

㊻ 《南雷文定》,黄宗羲撰,康熙二十七年刻本。

㊼ 参见袁枚《随园诗话》卷六,清乾隆间刻本。

㊽ 《罗先生诗集下》之《汤义仍读书从姑赋赠》。

㊾ 《汤显祖全集》第三十卷《太平山房集选序》。

㊿ 《汤显祖全集》第三十七卷《秀才说》。

51 徐朔方《汤显祖评传》第27、28页。

52 以上一段文字参见徐朔方《汤显祖年谱》第29页。

53 《汤显祖全集》第七卷。

54 《且介亭杂文二集·隐士》第7页。

55 《列朝诗集小传》。

56 《汤显祖全集》第七卷《送臧晋叔谪归湖上,时唐仁卿以谈道贬,同日出关》。

57 《近溪子集》附集卷二杨起元《罗近溪先生墓志铭》。

58 《汤显祖全集》第三十七卷《秀才说》。

59 《汤显祖全集》第四十六卷。

60 《汤显祖全集》第八卷。

61 以上五诗见《汤显祖全集》第十一卷。

62 《汤显祖全集》第十一卷《飞来寺泉》。

63 《明史纪事本末》卷六十五《矿税之弊》。

64 《汤显祖全集》第四十五卷《寄吴汝则郡丞》。

65 《汤显祖全集》第十二卷。

⑥⑥ 《汤显祖全集》第十四卷。

⑥⑦ 《汤显祖全集》第十四卷《达公来自从姑过西山》。

⑥⑧ 《汤显祖全集》第十四卷。

⑥⑨ 《汤显祖全集》第十五卷《答蓝翰卿莆中》。

⑦⓪ 《明神宗实录》第6917—6919页。

⑦① 《列朝诗集小传》。

⑦② 《藏书》卷三十九，李贽撰，中华书局，1959年。

⑦③ 《焚书》卷五《诗画》。

⑦④ 《焚书》卷三《杂说》。

⑦⑤ 《焚书》卷六。

⑦⑥ 《焚书》卷六。

⑦⑦ 《白苏斋类集》卷一《书读书乐后》。

⑦⑧ 《焚书》卷二《与庄纯夫》。

⑦⑨ 《焚书》卷六。

⑧⓪ 《焚书》卷二。

⑧① 黄仁宇先生认为这体现了李贽思想的自相矛盾(《万历十五年》第208页)。的确，李贽在学术与感情上面临着两难选择，但他的哲学是情感的哲学，内疚在自然情理之中，所以，我们承认李贽"充满矛盾"的自我忏悔是人生的两难选择，而不强调他的情感和学说是自相矛盾的。黄氏卒于万历十六年，左东岭先生认为黄氏之死与精神郁闷不无关系，李贽为他的圣人追求付出相应的代价，颇具道理(《李贽与晚明文学思想》第83、84、120、121页)。

⑧② 《焚书》卷一。

⑧③ 《焚书》卷六。

⑧④ 《焚书》卷五。

⑧⑤ 《续焚书》卷五。

⑧⑥ 《诗歌中的语言——对特拉克尔的诗的一个探讨》，《在通向语言的途中》第49、50页，海德格尔著，孙周兴译，商务印书馆，1999年。

⑧⑦ 《续焚书》卷五。

⑧⑧ 《焚书》卷五。

⑧⑨ 《汤显祖全集》第十五卷。

⑨⓪ 《东越证学录》卷十六。

⑨① 《五杂组》卷之八《人部四》。

⑨② 《日知录集释》卷十八，顾炎武撰，黄汝成集释，岳麓书社，1994年。

⑨③ 《山志初集》卷四，王弘撰撰，何本方点校，中华书局，1999年。

⑨④ 《王龙溪先生全集》卷十三《击壤集序》。

⑨⑤ 《王龙溪先生全集》卷八《天心题壁》。

⑨⑥ 《王龙溪先生全集》卷十八。

⑨⑦ 《东越证学录》集前陶望龄《海门先生证学录序》。

⑨⑧ 《东越证学录》集前邹元标《东越证学录序》。

⑨⑨ 《学孔精舍诗抄》附录。

⑩⓪ 《陈学士初集》卷三十三《寄焦老师》，陈懿典撰，明万历刻本。

⑩① 《问辨牍》之《答邹比部南皋文》。

⑩② 《利玛窦中国札记》第359页。

⑩③ 《澹园集》卷三十七《送李比部》。

⑩④ 《澹园集》卷十二《答友人问》。

⑩⑤ 《澹园集》卷十二《答耿师》。

⑩⑥ 《澹园集》卷十二《与友人论文》。

⑩⑦ 《澹园续集》卷二《竹浪斋诗集序》。

⑩⑧ 《澹园续集》卷二十二。

⑩⑨ 《澹园集》卷十六。

⑪⓪ 《澹园集》卷十五。

⑪① 《问次斋稿》集前焦竑《问次斋稿序》。

⑪② 《澹园集》卷十五《雅娱阁集序》。

⑪③ 《澹园集》卷四十三。

第四章　公安派

二十世纪，对公安派的研究取得了巨大成就，但也存在不少问题，如公安立派过程有待进一步揭示，三袁之外的作家及创作尚被冷漠、悬置，公安派的骤衰和原因值得再作探讨。本章对公安派兴衰始末，三袁、江盈科、陶望龄、黄辉、潘之恒、雷思沛的诗观和创作，浅作探析。

一　公安派兴衰始末

1. 立派与分期

综合考察公安派兴衰历史，我们将其分作三个不同发展时期：酝酿期，约万历八年至二十二年；激进期，约万历二十三年至三十年；骤变期，万历三十一年之后十馀年[①]。下面结合它的结社活动，简述各个时期的运动情况。

一、酝酿期。公安派兴起之际，文坛并非《列朝诗集小传》所描述的复古阴霾笼罩，“黄茅白苇，弥望皆是”。文坛的复古主流取代不了另外一些支流，闽中、山左、越中区域诗坛之兴，徐渭、汤显祖、李贽的诗歌创作，及后七子派的新变，都改观着诗坛局面。

公安派的酝酿生成可推至万历八年前后，三袁的舅父龚仲敏、仲庆组织阳春社，开辟公安县谈禅学道和崇尚文学的风气，袁宗道、宏道及公安县后学入社，宗道《送夹山母舅（龚仲敏）之任太原序》载："自有此社，人始知程墨之外，大有书帙，科名之外，大有学问。而先生又能操品藻权，鼓舞诸士。诸士穷日夜力，勾搜博览，以收名定价于先生。以故数年之间，雅道大振，家操灵蛇，人握夜光。"[②]万历十一年，宏道在乡组织城南社，自为社长，袁中道《中郎行状》载："社友年三十以下者，皆师之，奉其约束，不敢犯。"[③]这是一个公安县青年士子自立的文社，宏道后来回顾云："宿昔城南约，苍茫十载情。交游悲喜尽，文字揣摩成。"[④]万历十四年，宗道中进士，选庶吉士，与汪可受、王图、萧云举、吴用宾研求养生之学，习林兆恩"艮背法"。三年后，焦竑、陶望龄入翰院，宗道和望龄问学焦竑，瞿汝稷、僧无念也以"见性"之说引导宗道，宗道复以"见性"说启扉宏道、中道，互相证学。万历十九年望龄归里，与弟奭龄参证儒、释之学。同一年，宏道访学李贽。以师事李贽和王学为动力，公安派阵营初成，万历二十一年的龙湖雅集即是一次群体展示：三袁、王辂、龚仲安麻城访李贽，论学、酬唱十日，李贽称宗道"稳实"、宏道"英特"，"皆天下名士"，并将天下"入微一路"寄望于宏道。第二年，中道在武昌与丘坦、潘之恒结五咏楼社。同一年，三袁与外祖龚大器、舅氏仲敏、仲庆在公安组织南平社，《珂雪斋集》卷十六《龚春所（大器）公传》："公能诗，与诸子诸孙唱和，推为南平社长。"又结社二圣寺，《白苏斋类集》卷四《结社二圣寺》："诗坛兼法社，此会百年稀。"公安县出现历史上少有的文学景象。

龚仲庆、仲敏、袁宗道、李贽在公安派酝酿阶段具有重要的作用。历来学界肯定了袁宗道肇开公安派，如《列朝诗集小传》："公安一派，实自伯修发之。"《静志居诗话》："言作俑者，孰谓非伯修也耶？"（朱彝尊把公安派、竟陵派结习都归于宗道"导其源"）现代学界还强调了李贽开启之功,尤其是学术方面。略需补充的是,李贽、袁宗道均非公安派学术、文学的最早导引者,公安派开荒辟芜,崇尚禅宗、文学的局面实由龚仲庆、仲敏创立。《送夹山母舅之太原任》载述龚氏兄弟购得异书秘籍,创立阳春社,邑中后进从学,始知帖括之外大有学问。又说:"宗道兄弟三人游于都门……其友之相习者,戏为南平一片黄茆白苇,何得出尔三人?盖谬疑开辟蓁芜,自我兄弟,而不知点化镕铸,皆舅氏惟学先生力也。"万历十三年,即宗道中进士前一年,宏道诗中清晰揭示了从学龚氏共参三教之旨。《初夏同惟学、惟长舅尊游二圣禅林检藏有述》其一:"昏黑谈经人不去,知君学佛意初浓。"其二:"夜深虚阁听龙语,世远枯松赞佛名。"其三:"六时僧礼莲花漏,三教人翻贝叶经。"其四:"我亦冥心求圣果,十年梦落虎溪东。"⑤二圣寺位于县城东北,始建于晋代,龚氏家族斥资重修,贮经之正法楼即由仲庆主建。十八岁的宏道自称"三教人","学佛意初浓"显是从学龚氏。当然,此时他们认识的三教合一还与李贽差异很大,根据中道《石浦先生传》记载,宗道直至结识焦竑、僧无念,始"精研性命"⑥,引导宏道、中道走上以禅诠儒的学术道路。不过可以肯定,三袁很快接受李贽之学,即有龚氏兄弟先引发其机这一积聚已久的因素。

二、激进期。万历二十三年,三袁在京师与黄辉、陶望龄、萧云举、董其昌结成学会,谈禅论学,兼作诗坛酒会,来京上计的汤显祖、王一鸣参加社集。二月显祖回遂昌知县任,一鸣改调临漳知县,宏道赴任吴县知县。中道随即离京访梅国桢,秋天往苏州看望宏道。望龄告假回里。京城学会人物散去,宗道担心而言:"社友颇参黄杨木禅,非是不聪明、不精神,可惜发卖向诗文草圣中去,一时雨散,关山万里,从此耳根恐遂不闻性命二字。"⑦事实说明这一忧虑是多馀的,这次聚而复散称得上公安派郁兴的前奏曲。

在苏州,袁宏道与长洲知县江盈科证学论诗,相互阐发,彼此获益匪浅，袁中道《江进之传》载：“公与中郎游若兄弟，行则并舆，食则比豆，迎谒行役，以清言消之，都忘其惫。若江文通、袁淑明云。……公好作诗，政事之暇，与中郎大有唱和。”⑧宏道赠盈科诗云：“事君才两载，相期砺高节。有过必直陈，无忧不共切。密意臭兰旃，奇谈飞金屑。案牍与文史，一一相商决。”⑨又，《雪涛阁集序》：“余与进之游吴以来，每会必以诗文相砺，务矫今代蹈袭之风。”⑩万历二十四年，宏道刻传中道诗集，在序中提出“独抒性灵，不拘格套”。翌年，宏道《敝箧集》和《锦帆集》付刻，江盈科在序中系统阐述了他们商证的文学新见。

《锦帆集》新刻邮至京师，宗道震动很大，在给父士瑜的信中谈及：“新刻大有意，但举世皆为格套所拘，而一人极力摆脱，能免末俗之讥乎？大抵世间文字，有喜则有嗔，有极喜则有极嗔，此自然之理也。”⑪又寄书江盈科说：“家弟既有《锦帆集》矣，门下可无《茂苑集》（长洲古称茂苑）乎？集果行，不佞当僭跋数语，庶几贱姓名托佳编不朽，意在附骥，不耻为蝇也。”⑫

值得详作申述的是，万历二十五年自春徂夏，袁宏道、陶望龄、陶奭龄纵游江南三月馀，一面寓情山水，创为新诗，一面参禅顿悟，商证学问。宏道告诉宗道：“石篑间一为诗，弟无日不诗；石篑无日不禅，弟间一禅。此是异同处。”⑬陶望龄学问、诗歌“精进”，在给宗道信中得意而言：“仆比日诗学禅学俱觉长进，恨不得与吾丈面商之耳。”⑭宗道读望龄寄来的《览镜》、《五泄》诸诗，叹赏之馀回信激励务去陈言，举证说：“三、四年前，太函新刻（汪道昆《太函集》）至燕肆，几成滞货。弟尝检一部付贾人换书，贾人笑曰：‘不辞领去，奈无买主何！’可见模拟文字，正如书画赝本，决难行世。”⑮袁、陶这次长途游历中，广结诗友同道，杭州结游虞淳熙，歙县与潘之恒社集。宏道在休宁赋《喜逢梅季豹》，可看作对新诗同道的一次巡检：“徐渭饶枭才，身卑道不遇。近来汤显祖，凌厉有佳句。宾(袁中道)也旷荡士,快若水东注。丘肥(坦)与潘髯(之恒),俱置兄弟数。越中有二龄(陶望龄、奭龄),解脱诗人趣。"[16]

万历二十六年,宏道补顺天府教授,与宗道重开京师诗坛酒会。是夏,中道暂寓真州,与谢肇淛、臧懋循、潘之恪等数十人聚于天宁寺,诗酒啸咏三月馀,秋复北上。未几黄辉自蜀中来京,诸子聚首复密,"时中郎作诗,力破时人蹊径,多破胆险句。伯修诗稳而清,慎轩诗奇而藻,两人皆为中郎意见所转,稍稍失其故步"[17]。明年,三袁、黄辉、江盈科、潘士藻在崇国寺结葡萄社,丘坦、苏惟霖、王辂、王珍、方文僎、秦镐等十馀人先后入社,谈禅论学,兼作诗酒会。葡萄结社标示公安正式立派,及步入文学、学术活动高峰。万历二十八年秋、冬间,袁宏道、中道离京,袁宗道、潘士藻卒,江盈科奉命恤刑滇黔。翌年陶望龄至京,同黄辉共主结社学会,时京师攻击"异学"风气日盛,李贽罹难,公安派结社被视作"异学"坛坫,受到猛烈冲击。

三、骤变期。在攻禅的排击下,黄辉、陶望龄、袁宏道走上逃禅、隐居的道路。宏道筑柳浪湖自娱,与僧寒灰、雪照、冷云组织香光禅社和德山禅会,发明净土宗旨。望龄隐于歇庵,率门人弟子讲学,修正"狂禅"之论。诸子诗趣也由"率性而真"转至"淡而适"上来。万历三十三年盈科卒,享年五十三岁;三十七年望龄卒,享年四十八岁;三十八年宏道卒,享年四十三岁;三十九年雷思沛、曾可前卒;四十年黄辉卒,享年五十七岁。袁祈年哀黄辉诗云:"国朝迩来诸文人,大半不敢数年齿。如陶如江四年馀,何曾一人到六纪。"[18]核心人物凋谢,给公安派以重创,尽管"性灵"诗学渗透文坛,但作为具体的文学流派,它确实在万历四十年以后衰没了,中道作为派中硕果仅存,难以挽回颓局。

结合以上考察,我们大致确定公安派阵营:三袁、江盈科、陶望龄、黄辉为中心层;雷思沛、潘士藻、丘坦、曾可前、王辂、龚仲敏、龚仲庆、龚仲安、李学元、王珍、苏维霖、陶奭龄、萧云举、方文僎、黄国信、刘戡之、潘之恒、龙膺、龙襄、陶若曾、秦镐、郝之玺、袁祈年、袁彭年等为重要成员。以上三十人,楚士居三分之二。

2. 京师攻禅事件与公安派骤衰

公安派出现,明诗百年复古习气“云雾一扫”,然其在“俗目骇所未闻”之际,就骤然衰没了,是什么原因使这个富于革新精神的文学流派短时间内发生如此大的变化?人们注意到袁宏道在葡萄结社之际的思想转变,视此为公安派变化、衰落之先机。诚然,宏道“学道十年”有变,认为李贽之学尚欠稳妥,不过《中郎行状》说他“稍变”而已,大抵可信。而且陶望龄、黄辉诸子依旧“志业方锐”。因此,还有必要探寻其衰落动因。

大量史料表明,公安派的历史命运与葡萄结社及京师攻禅事件密切关联。

葡萄结社主要地点在京城崇国寺,当然我们不局限一地、一时之社集,而把公安派万历二十七年前后的京师社集一起统观在内。袁中道复述社集情景说:“追思伯修居从官时,聚名士大夫论学于崇国寺之葡桃林下,公(潘士藻)其一也。当入社日,轮一人具伊蒲之食,至则聚谈,或游水边,或览贝叶,或数人相聚问近日所见,或静坐禅榻上,或作诗至日暮始归。”[19]由此大致可见诸子结社谈禅论学、诗坛酒会、清议时政的内容。分韵赋诗自不待言,引人注目的是它谈禅论儒和清议现实的社事活动。

葡萄结社十年前,袁宗道即与汪可受、萧云举、吴用宾、焦竑论学京城。万历二十三年,三袁、黄辉、陶望龄结成学会。万历二十五年,李贽居京郊,士大夫从学如流,京城谈学风气大盛。王元翰《王谏议全集·与野愚僧》载:“其时,京师学道人如林。善知识,则有达观、朗目、憨山、月川、雪浪、隐庵清虚、愚庵诸公;宰官则有黄慎轩、李卓吾、袁中郎、袁小修、王性海、段幻然、陶石篑、蔡五岳、陶不退、蔡承植诸君。声气相求,函盖相合,莫不曰髯公语,语皆从悟后出,遂更相唱叠,境顺心纵。”葡萄社出现于这一氛围中,并将京城谈禅风气推向高潮。

葡萄社为公安派诸子自由论学之所在,《中郎行状》特别声明了结社的学术职能:“时伯修官春坊,中道亦入太学,复相聚论学,结社城西之崇国寺,名曰蒲桃社。”宗道诗载结社相与论学之事云:“语或禅或玄,杂之以诙谑。”[20]葡萄结社前一年,宏道诗中亦谈及社集论学云:“格外发狂谭,一呼醒群睡。”[21]

一如前述,公安派诸子论学,自任匪浅,将以禅诠儒看作“一呼醒群睡”的不二法门。黄辉记述了这样一次社集:“月川素驳孟子,又不主张单提之说。昨会间为言及孟子妙指,月川曰:‘是则甚是,恐孟子当日不如此说。’又曰:‘即如公言,孟子何常提话头来?’予笑曰:‘公且照现前孟子,莫管过去孟子。’既而曰:‘必有事焉,是孟子话头,勿助勿忘,是孟子提话头工夫。’”[22]诸子论孟子之学大抵是以禅证儒,不妨引述黄辉、江盈科三教观点再予以认识。黄辉认为三教殊途同归,拘挛之士攻禅谤佛,殊为可笑,他说:“夫道唯一,一尚无之,何三哉?三者,教之名,皆名此心耳。心不可名,教义第辨其非心者。西竺谓心体离念,是曰正思;惟东鲁谓思无邪,是曰正心。心本无邪,盖正之名,亦不立焉。”[23]江盈科深恶拘儒曲士护儒攻佛,谓:“余惟西方圣人与吾圣人,皆天所笃生,以教化天下。拘儒曲士,护此攻彼,欲仇其教废之。”[24]由这些葡萄结社前后所发的言论,不难理解诸子谈学的内容了。

公安派社集还清议时政,交流对社会、政治的看法。袁中道明确言及“或数人相聚问近日所见”,黄辉《与潘雪松别言》载有:“今年将使赵,同社诸君子叙别葡萄园,先生复惓惓以密之说相提奖。……又二日,予过先生,以《易》逆数为问,先生默然。……是时先生与予皆若有所愤悱而不得吐者。”[25]关于逆数，顾炎武释云：“数往者顺，造化人事之迹有常而可验，顺以考之于前也；知来者逆，变化云为之动，日新而无穷，逆以推之于后也。……所设者，未然之占；所期者，未至之事。”[26]潘、黄谈起“逆数”，意皆愤懑不得倾吐，正以说明他们的政治忧思。显灵宫一次社集中，宏道诗云：“野花遮眼酒沾涕，塞耳愁听新朝事。邸报束作一筐灰，朝衣典与栽花市。新诗日日千馀言，诗中无一忧民字。旁人道我真聩聩，口不能答指山翠。自从老杜得诗名，忧君爱国成儿戏！言既无庸默不可，阮家哪得不沉醉？眼底浓浓一杯春，恸于洛阳年少泪。”[27]廷争、边事、民变令他塞耳愁听，“沉默”亦遭攻陷，故云“忧君爱国成儿戏”。公安派反对正直士子动辄责以礼法，更厌恶群小朋比营私，由是陷于尴尬的政治处境，“言既无庸默不可”，葡萄社就是一个不甘沉默的突破口。

其实，攻禅之事早已在麻城发生。晚明的麻城、黄州以弹丸之地号称“理窟”，不少著名学者来此论学。李贽辞去姚安知府来居黄州即有这方面原因，及移寓麻城，率众讲学，“卑孔污圣”的言论引起道学家的恐慌，他们不惜动用官府和地方无赖的势力两次驱逐李贽。万历三十年，张问达疏责李贽狂诞悖戾，攻讦士大夫谈禅：“迩来缙绅士大夫，亦有诵咒念佛，奉僧膜拜，手持数珠，以为戒律，室悬妙像，以为皈依，不知遵孔子家法，而溺意于禅教沙门者，往往出矣。”[28]李贽在通州被捕，自杀殉志。

一般认为，李贽及其异端学说是京师攻禅的主要起因和排击目标。事件确与李贽关联密切，然而内容要复杂得多。万历二十九年，京城已弥漫浓重的攻禅气息，望龄在给奭龄信中谈起：“此间诸人日以攻禅逐僧为风力名行，吾辈虽不挂名弹章，实在逐中矣。一二同志皆相约携手而去。”[29]张问达疏劾李贽，时在翌年闰二月，李贽既逮，三月御史孙丕扬疏责僧人达观，称李贽逮系，达观漏网，无以使李贽诚服，当并置于法，查明党众，尽行驱逐。疏上不报。三月十六日李贽自刎，攻禅气势未肯稍息，望龄亲历其事说："要是世间奇特男子行年七十六，死无一棺，而言者犹哓哓不已，似此世界，尚堪仕宦否?"又，"当事者处之太重，似非专为一人。卓老之不宜居通州，犹吾辈之不宜居官也。有逐我者，旦夕即行，无之，亦当图抽身之策。"[30]后来，向周汝登谈起昔年结社论学之事云："傍观者指目为异学，深见忌嫉。然不虞其祸乃发于卓老也!"又，"客岁之事（李贽之死），吾党自当任其咎。"[31]按这一说法，李贽是攻禅事件的牵连受害者。

史料证明，京都攻禅并非专对李贽而发，它排击的是京师"异学"风气。公安派以禅诠儒的"卑侮孔孟"言论引起"拘挛"道学家的强烈不满，结社被斥为"伪学"坛坫，而攻禅矛头指向公安派及其结社自是一种必然。

但是，攻禅尚有忌讳，如万历二十七年明神宗告诉大学士们说他正在精研道藏、佛藏[32]。攻禅付之于行动尚需要一个突破口，适来通州的李贽便成了它的突破点。李贽之死不应视作一种偶然，但其中包含了偶然性因素，陶望龄假设李贽不来通州就可能避过这场灾难，不无道理。

李贽被逮前，黄辉、陶望龄已经产生辞职想法，李贽遇难的同年十月，黄辉请辞，万历三十二年陶望龄告归。秀水沈德符自幼随祖父、父亲居住京师，"孩时即闻朝家事，家庭间又窃聆父祖绪言"[33]，《万历野获编》卷十《词林》记述"黄慎轩（辉）之逐"，尤其可信："黄慎轩以宫僚在京时，素心好道，与陶石篑辈结净社佛，一时高明士人多趋之，而侧目者亦渐众，尤为当途所深嫉。壬寅之春，礼科都给事张诚宇（问达）耑疏劾李卓吾，其末段云：'近来缙绅士大夫……不遵孔子家法而溺意禅教者。'盖暗攻黄慎轩及陶石篑诸君也。不十日，而礼卿冯琢庵（琦）之疏继之，大抵如张都谏之言。上下旨云：'览卿等奏，深于世教有裨。仙佛原是异术，宜在山林独修，有好尚者，任解官自便去，勿以儒术并进，以惑人心。'盖又专指黄辉，逐之速去矣。……黄即移病请急归，再召遂不复出，与陶石篑俱不失学道本相。"传教士利玛窦一行适在京师，耳闻目睹攻禅事件全程，《利玛窦中国札记》第四卷第十六章《偶像崇拜者自己遭到失败》详细载述了攻禅经过："为了保护士大夫一派，官员们迅速利用了皇帝的回批，礼部尚书在另一份文书中指控一些官员和士大夫背弃了他们的主上和宗师孔夫子的教导，崇信邪说，给全国带来莫大的损害。看来好象上苍再一次为了国家之福而让对士大夫攻击的回答听起来就仿佛是出自一个基督徒之口。这事居然发生了。……皇帝对礼部尚书所作的奏章，回答大致如下：倘若官员们愿意作偶像的奴隶，那么他们穿上官袍时应该感到羞愧。如果他们愿意的话，就让他们都到沙漠里去，那里有和尚居住的寺院。皇帝的这道谕旨，使那位礼部尚书更加大胆了，他在和部阁商议过后，就为全国的整体利益而颁发了一道普遍的法令。……这个规定一公布，皇宫和全国都发生了变化，偶像信奉者的脸上明显地流露出失望和悲伤。其中有一些受不了这种耻辱，便退休回家，闭门不出。"结社谈禅成为当政讳谈之事，这一态势持续相当长时间。后来明神宗欲起用黄辉，而弹状纷来，袁中道《答苏云浦》云："其弹状大约为其结社谭禅也。"㉞

攻禅事件的残酷程度不亚于万历朝的历次廷争、党争，从拒斥"异学"，演变为一场接近政治斗争的事物，其间可谓复杂万象。万历中叶，党争渐兴，朝内大致分成所谓君子党、小人党官僚群体。公安派既不与小人同流合污，亦与以君子自标的官僚存在分歧，不愿掺入"党论"，如袁宏道说："自古国家之祸，造于小人，而成于贪功倖名之君子者，十常八九。"㉟可是他们又不甘沉默，循规蹈矩，遭受排挤乃成为自然之事。在倡言排击"异学"中，小人出于排斥正直士子的积习力议攻禅。君子也表现出积极姿态，李贽一案即由张问达首劾，张氏后被视作东林有力同盟，继之而起的冯琦、孙丕扬均不失为正直的政治家，冯琦还是宏道的举子座师，他们攻禅，意似通过清理“异学”来整肃学风，恢复儒法神圣不可侵犯的尊严。万历三十一年的“妖书”案可视作攻禅事件之续，僧人达观受到牵连，惨死狱中。第二年，明廷凌迟诸生皦生光以平息“妖书”纷争，至此攻禅事件基本上告一段落。

本来“志业方锐”的公安派士子，遭遇政治威劫，于痛苦迷惑中开始放弃狂禅派阵地。传教士对此兴趣浓厚，“妖书”案平息后，他们作出这样的评价：“偶像崇拜，因为它日愈增多的偏见受人谴责，有那么多不光彩事件而信用破产，失掉了那么多的保护人，所以它变得如此虚弱而气息奄奄。”[36]文字传述得相当真实，异端人物或遇难，或隐退，似已宣告了“异学”的“破产”。公安派的骤衰就包括了这样一层含义。

攻禅事件之后十年间，公安派主要人物相继亡故，或以为他们的早逝与纵欲关联密切，事实上，陶望龄、黄辉个人生活态度严谨，绝无纵欲之习，袁宏道、江盈科的早逝也与纵情关系不大。诸子早逝原因种种，当然不必一概认为与攻禅事件有关，不可否认的是，其间存在一定的联系。公安派文人性格多属情感型，心理反映极易产生强大落差，精神创伤对他们造成的影响尤为显著，诸子早逝的事实侧面说明攻禅事件“遗症”对公安派历史命运的作用。

3. 后期的学术和文学思想

作为晚明异端思潮的文学界代言人，三袁、陶望龄、黄辉俱为一时著名文人和学人，融贯三教，宗法阳明、龙溪、卓吾，一度以狂健进取姿态出现文坛，倡导“性灵”，标举个性，荡涤陈旧观念，对抗现实理念枷锁的羁绁，《四库全书总目提要》以为其诗文价值在于“变板重为轻巧，变粉饰为本色”，其实它丰富的内容远不止于此。

嵇文甫认为狂禅派“波及”明末一批文人，“如公安派、竟陵派以至明清间许多名士才子，都走这一路，在文学史上形成一个特殊时代。他们都尊重个性，喜欢狂放，带浪漫色彩”[37]。可惜，嵇氏未揭示公安派在狂禅派中充任的角色，而且用“波及”一词形容公安派与狂禅派的关系还不足以说明二者休戚与共的关系。清理狂禅派的重要承传者公安派的运动始末及后期思想变化，有助于认识狂禅派的历史。

京师攻禅事件构成晚明异端思潮和公安派文学运动的转捩点。历经此变，公安派文人不仅失去京师文学、学术中心，也在痛苦困惑、心有馀悸之中收敛狂健之态，反思“偶像崇拜”。

陶望龄一方面说李贽之学“似佛似魔，吾辈所不能定”，另一方面坚定地呼吁同社中人汲取李贽的教训，走“韬晦”之路，切勿多口好奇、诋牾圣贤[38]。袁宏道郑重告诫同人“韬光敛迹”，认为逞才华、求名誉，“此才士之通患，学者尤宜痛戒”[39]，万历三十五年在《与黄平倩》信中表白：“弟自入德山后，学问乃稳妥，不复往来胸臆间也。”五六年光景，就跳出了狂禅派。其《月下偶成》诗云：“冗懒遂成性，人皆笑此翁。坐依藤架月，行傍藕塘风。万事溪声外，一生云影中。自从甘曲枕，不复梦三公。”[40]诗中隐约可察狂狷迹象，而未至不惑之年即自称老翁，逃遁心迹显豁。再如他标榜的诗论：“苏子瞻酷嗜陶令诗，贵其淡而适也。凡物酿之得甘，炙之得苦，惟淡也不可造，不可造，是文之真性灵也。”[41]昔日“率性而真”之论今已成了“淡而适”。袁中道的一些自悔言辞有滑稽之嫌，如告诉钱谦益：“如弟二十年学道，只落得口滑，毕竟得力处尚少，以此深自悔恨。”[42]每谈及昔日诗文便“深自悔恨”，劝告世人勿效公安派。从此再不易看到公安派文人在学坛、文坛上的狂健姿态,从某种意义上讲,这正是晚明“异学”和士人“狂放”心态在政治挫折下变化的结果。

二　从“独抒性灵”到“淡而适”——袁宏道诗心历程

袁宏道(1568—1610),字中郎,号石公。万历二十年进士,万历二十三年授吴县知县,二年后辞职。万历二十六年补顺天府教授,迁国学助教,进礼部主事。万历二十九年归隐,万历三十四年起原官,转吏部主事,升考功员外郎。万历三十八年请归,卒于家。诗文有《敝箧集》、《锦帆集》、《解脱集》、《广陵集》、《瓶花斋集》、《潇碧堂集》、《破砚斋集》、《华嵩游草》,及未编稿数卷。

1. 袁宏道与吴地人文

中郎的思想深受李贽影响,当前学界对此已作了深入揭示。影响中郎人格心态和文学追求的因素有多种,任职吴县知县的二年是他人生、文学道路上的一个重要转折,这里择取吴地人文略予辨析。

吴中城市和商业经济的发展不断为区域人文注入新因素,促使崇华斗奢、争奇好艳、追逐时尚的区域文化心态膨胀。吴士嗜爱声色游乐,纵性自适,民众不尚节俭,竞节好游,世风侈靡。吴地这一人文特色,与其他区域相比尤见突出,这不仅鼓动中郎刻意追求放任适意,也深化了他对自然人性的体悟。

中郎结交吴门名流皇甫仲璋、张凤翼、张献翼、王稚登、钱希言,叹赏皇甫仲璋、张凤翼的闲淡风雅。其《皇甫仲璋》诗云:“茶烹无色水,香炼不燃烟。”《张伯起》诗云:“白石连云煮,青苓带雨锄。”平日与王稚登、钱希言过从较密。稚登风流俊赏,生平事迹详见本书第八章介绍。希言博学能诗,为人兀傲,稍不当意,矢口漫骂，或信笔厉诋，《列朝诗集小传》引邹彦吉语说他“与人荒荒忽忽，人近彼远，人远彼近，都无况味”。人争避之，中郎则喜爱有加，称之吴中文坛后进，希言在《锦帆集序》中自称受“国士”之遇。

纵情适意方面，中郎很快与吴士达成心灵默契，慨叹吴地世俗浮华之际，流露出愿意效仿的意思，自喻如油入面中，势不能不随其变化[43]。这一看似无奈的表白极富意态，正真切说明他禁不起吴人纵情欢娱的诱惑。在《龚惟长先生》信中，中郎侈谈人生“不可不知”的五大快活，诸如“目极世间之色，耳极世间之声，身极世间之鲜，口极世间之谭”；“堂前列鼎，堂后度曲，宾客满席，男女交舄，烛气薰天，珠翠委地，金钱不足，继以田土”；“千金买一舟，舟中置鼓吹一部，妓妾数人，游闲数人，泛家浮宅，不知老之将至”，种种快活方式不过是吴人世情欢娱百态的翻版。吴人张隐君曾说：“吾积财以防老也，积快活以防死也。”中郎大为欣赏，并让袁中道把这句至理“名言”转给家中长辈说：“穷官无可奉大人诸舅者，谨缄二语献上。”[44]《家报》又说：“有一分，乐一分，有一钱，乐一钱，不必预为福先。”中郎本人将纵情自适付诸行动，赏花品茗，饮酒赋诗，饱览山水亭林之胜，“闲情观秘戏”[45]，“纵心搜乐事”[46]。他从李贽那里接受的自然人性之论在此得到印证。

中郎在苏州也滋生了一些苦闷情绪，他和吴士在学术、文学上都存在隔阂。一方面，论学和吴中不事王学的风气相冲突。明代吴中素有厌弃理学的风尚，严迪昌先生指出：从现象上看，吴地人文风习表现出普遍的厌弃理学，在明中叶具体地与阳明心学格格不入[47]。万历间，多数吴士疏远王学（推崇者不过赵用贤、达观、管志道、冯梦龙等数人）。中郎自称在此受着“无人可与语”的煎熬，只有《焚书》一部可醒寐解颜，在给太仓管志道的信中说：“寄吴两载，相知相爱，不尽无人，但其道义相与，倾肝吐胆者，惟足下一人。”吴人素有佞佛嗜好，可这正与中郎追求的“无生之旨”相悖，中郎与管志道“相知相爱”的意思即是“究竟儒佛之奥,商略生死之旨”[48]。另一方面,论诗文和吴中复古习气相冲突。中郎认为吴中前代作者诗虽“绮靡”,但“人各有诗”,犹不失可传,尔后“万口一响,诗道寝弱”。所谓不破不立,他提出抒发性灵、不拘格套之见。

为进一步说明中郎与吴士的文学和思想差异,这里举证他和张献翼的正面冲突。中郎羡慕献翼的风流而与定交,随后两人不相和,矛盾集中在前面提及的两点。中郎批评吴士,言辞急怼,加上流言误传,献翼深为不满,中郎乃致书澄清流言。耐人寻味的是,《张幼于》[49]长信谈诗论理,毫不相让,与其说致书释嫌,不如说“笔伐”更为准确,如:

> 至于诗,则不肖聊戏笔耳。信心而出,信口而谈。世人喜唐,仆则曰唐无诗;世人喜秦、汉,仆则曰秦、汉无文;世人卑宋黜元,仆则曰诗文在宋、元诸大家。昔老子欲死圣人,庄生讥毁孔子,然至今其书不废;荀卿言性恶,亦得与孟子同传,何者?见从己出,不曾依傍半个古人,所以他顶天立地。今人虽讥讪得,却是废他不得。不然,粪里嚼查,顺口接屁,倚势欺良,如今苏州人投靠家人一般。记得几个烂熟故事,便曰博识;用得几个见成字眼,亦曰骚人。计骗杜工部,囤扎李空同,一个八寸三分帽子,人人戴得。
>
> 仆往赠幼于诗有“誉起为颠狂”句。“颠狂”二字甚好,不知幼于亦以为病。夫仆非真知幼于之颠狂,不过因古人有“不颠不狂,其名不彰”之语,故以此相赞。

这些“讨伐”文字十分泼辣,不掩不藏,大致反映其间分歧所在。与此同时,中郎《喜逢梅季豹》诗中历数当代“立意出新机,自冶自陶铸”的诗人,列举汤显祖、潘之恒、丘坦、袁中道等人,吴中诗坛名家张献翼、王稚登俱不在内，这一鲜明的态度表明中郎力斥诗文复古和标举王学的立意。

2.《敝箧集》：会心会口，期于性灵

中郎和张献翼发生冲突，曾经引《敝箧集》作证，称献翼未必能解其语，做法固然自负，其中亦具道理。《敝箧集》收他为诸生、举人和初成进士时的诗作。江盈科《敝箧集引》未发表己见，仅转述二人商证诗歌时的中郎之论："世之称诗者，必曰唐，称唐诗者，必曰初曰盛。惟中郎不然，曰：'诗何必唐，何必初与盛？要以出自性灵者为真诗尔。夫性灵窍于心，寓于境。境所偶触，心能摄之；心所欲吐，腕能运之。……以心摄境，以腕运心，则性灵无不毕达，是之谓真诗，而何必唐，又何必初与盛之为沾沾。'盖中郎尝与余方舟泛蠡泽，适案上有唐诗一帙，指谓余曰：'……流自性灵者，不期新而新；出自模拟者，力求脱旧而转得旧。'"[50]这里的中郎论诗之概与《叙小修诗》传述内容大体一致，而这一诗观的初步形成还可上推数年，《敝箧集》即贯穿了会心信口、期于性灵的意识，体现了中郎早期的诗歌探索。

中郎早年和汤显祖一样艳宕多情，如《古荆篇》："东风香吐合欢花，落日乌啼相思树"，"桃花滟滟歌成血，兰炷漫漫火送寒"。《皇明诗选》录此，陈子龙评曰："石公才情，本自流丽。此篇似刺江陵而作。"袁、汤经历有所不同，显祖从学罗汝芳，不久"畔去"，放逐歌舞，追求奇丽之调。中郎一步步靠近王学，诗不复"流丽"，而乞灵于庄子、屈原，"楚士从来多寂寞"的苦情抒写与日俱增，如《病起独坐》："荒草绿如烟，何秋不可怜"，"闭门读《庄子》，《秋水》《马蹄》篇"。《病起偶题》四首其四："跳梁山鬼妒，落莫酒人轻。色界身终苦，无生学未成。"

在"无生学未成"的苦闷之际，李贽的出现彻底改变了中郎人生。读《焚书》,使他获得思想解脱,《得李宏甫先生书》:“似此瑶华色,何殊空谷音。”《偶成》:“谁是乾坤独往来,浪随欢喜浪悲哀”,“百年倏忽如弹指,昨日庭花烂熳开。”诗句颇有“理气”派头。中郎志于学道,以诗抒写识见、神理,如《登台》:“霞来鳞作市,山晚气成澜。去去沧江暝,狂歌兴未阑。”《述怀》:“少小读诗书,得意常孤往。手提无孔鎚,击破珊瑚网。”《狂歌》:“六籍信刍狗,三皇争纸上。犹龙以后人,渐渐陈伎俩。嘘气若云烟,红紫殊万状。醯鸡未发覆,瓮里天浩荡。宿昔假孔势,自云铁步障。一闻至人言,垂头色沮丧。”大抵以心摄境,以腕运心,跌宕清新之间充溢一股莽荡之气。

3.《锦帆集》:苦闷的象征

中郎任吴县知县二年间的诗文编为《锦帆集》。

中郎有志兼济天下,及就选吴县令,既不免失望,又不愿离开京城师友,其《为官苦》云:“如何囚一官,万里枯怀抱。出门逢故人,共说朱颜老。”[51]怀着这一情绪踏上仕途,京师到苏州的漫长之旅成其抒写苦闷意绪的坛坫,如《东阿道中晚望》:“东风吹绽红亭树,独上高原愁日暮。可怜骊马蹄下尘,吹作游人眼中雾。青山渐高日渐低,荒园冻雀一声啼。三归台畔古碑没,项羽坟头石马嘶。”(本诗和以下引诗出自《锦帆集》)荒园冻雀、残碑石马烘托复杂心绪,“东风”、“吹作”二句苦味浓溢,很有魅力。

中郎令吴,精心吏治,据《中郎行状》,老官僚申时行曾称赞说“二百年来,无此令矣”。吴县为东南大邑,吏务繁剧,苛捐重税,淡化了中郎成圣济世的想法,吴人纵情欢娱则加剧了他的痛苦。不能任情自适,直如摈弃于繁华之外的囚徒,种种人生至乐似与他无缘,其《兰泽、云泽叔》一吐苦衷:“金阊自繁华,令自苦耳。何也?画船箫鼓,歌童舞女,此自豪客之事,非令事也;奇花异草,危石孤岑,此自幽人之观,非令观也;酒坛诗社,朱门紫陌,振衣莫厘之峰,濯足虎丘之石,此自游客之乐,非令乐也。”在吴县迎来第二个新春,中郎《迎春歌和江进之》纵写苏州城市繁华和民众倾城出游的盛况,炫服靓妆,梨园争胜,观者如山,“一络香风吹笑声,十里红纱遮醉玉。”结句陡生哀怨:“独有闭门袁大令,尘拥书床生网丝。”一冷一热的对比流露出不能竞与其乐的悲惋。《戏题斋壁》更以谐谑笔调自绘痛楚:“奔走疲马牛,跪拜羞奴婢。复衣炎日中,赤面霜风里。心若捕鼠猫,身似近膻蚁,举眼尽无欢,垂头私自鄙。”既然人生不得行胸臆,不如抛弃“粪箕”乌纱、“败网”青袍、“老囚长枷”皂带。中郎连上七牍请辞,此其重要原因之一。

《锦帆集》之诗伤感浓郁,任自然法度,语言平奇相兼,如《荒园独步》:“寒食春犹烂,东风草自芊。花燃无焰火,柳吐不机绵。宦博人间累,贫遭妻子怜。一官如病旅,直得几缗钱。”中郎心境躁动,吏隐不成,情趣转寓山水,欲作“五湖之长”、“洞庭之君”。太湖西洞庭山以林屋洞、石公山、缥缈峰著称,石公山“丹梯翠屏”,清奇怪特,中郎取以自号。他笔下的山水亦躁动不宁,没有谢灵运的澹宕自适,如《东山晚望》:“石枯山眼白,霞射水头红”,“奇峰探不尽,点点乱流中”。吴中山水固是清奇探不尽,但“弥天都是网,何处有闲身”(《偶成》),中郎决意挣脱官网,与山水为伍,逍遥五湖。

4.《解脱集》:解脱的自由之歌

万历二十五年,中郎吴门解官,纵游江南,恣情湖山,诗文结为《解脱集》。

中郎染病卧床数月,及将辞职,病竟不治而愈。初获自由,喜形于色,诗题尽是破涕为笑的新面目,如《江南子》、《艳歌》、《横塘渡》、《西闾女儿歌》、《醉乡调笑引》、《浪歌》、《春江引》、《春晓曲》。

《江南子》组诗清丽动人，情调悱恻，其一："鹦鹉梦残晓鸦起，女眼如秋面似水。皓腕生生白藕长，回身自约青鸾尾。不道别人看断肠，镜前每自销魂死。锦衣白马阿谁哥，郎不如卿奈妾何?"传统诗教重视乐而不淫、节度中和。中郎视此累人俗物，诗笔艳宕、直露，足以说明他的叛离。男女欢爱是自由者庄严颂歌或调侃人生的题材，《横塘渡》无论被视作艳歌，还是情诗，都不逊于历代的名作。诗云："横塘渡，临水步。郎西来，妾东去。妾非倡家人，红楼大姓妇。吹花误唾郎，感郎千金顾。妾家住虹桥，朱门十字路。认取辛夷花，莫过杨柳树。"宛丽动人，青春之气萌动。《解脱集》这类沁人心脾之诗可信手摘来，如《江南子》其三："蜘蛛生来解织罗，吴儿十五能娇歌。"《西阊女儿歌》："西阊女儿芳菲早，秾华一树为君老。"

很显然，以上诗句汲取了吴地民歌的养料。吴地风土清嘉，山水秀发，民间向有曼声轻歌、抒发情致的风尚，民歌、小唱以其情真婉丽与士人之作《吴趋行》、《江南乐》、《江南春》相媲美。尽管中郎来吴前已有"当代无文字，闾巷有真诗"[52]的识见，但大量创作有清新民歌气韵之诗还是在吴门解官之际。他在《伯修》信中喜谈近来"诗学大进，诗集大饶，诗肠大宽，诗眼大阔"的体会："世人以诗为诗，未免为诗苦。弟以'打枣竿'、'劈破玉'为诗，故足乐也。"打枣竿、劈破玉本是北人长技，万历年间"不问南北，不问男女，不问老幼良贱，人人习之，亦人人喜听之"[53]。中郎学习民歌生动活泼的语言和率真的艺术精神，诗心获得解脱。

中郎要与山水"相得永因依"，故来到杭州，一一品题湖山，《戏题飞来峰》："试问飞来峰，未飞在何处？人世多少尘，何事不飞去?"《祝雨》："云缕缕，山絮絮。寒欲来，暖先据。洗山山骨新，洗花花色故。寄言行雨儿，莫下山头去。"充分实践了"变板重为轻巧”的艺术创造。绍兴山水“清”似西湖，“奇”略胜之，中郎的绍兴山水诗，一变而趋奇，如《雾中望山》：“雾是醒山酒，雾重山如醉”，“云影叠飞沙，风花洒空泪”。喻象错综，笔触细切。《入青口》“突兀怪特”，其三云：“入青口，青口山何翠！涧色吠琉璃，山花红玳瑁。天荒地窘无行处，山头魍魉纷来去。”又如《宋帝六陵》：“冬青树，在何许？人不知，鬼当语。杜鹃花，那忍折。魂虽去，终啼血。神灵死，天地獯。伤心事，犬儿年。钱塘江，不可渡。汴京水，终南去。纵使埋到厓山厓，白骨也知无避处。”跌宕奇肆。袁中道《解脱集序》评曰：“造物天然，色色皆新。”江盈科读中郎“解脱”之诗，称赞说：“余观古工诗之士，其较有三：有正，有奇，有奇之奇。……至于长吉，事不必宇宙有，语不必世人解，信心矢音，突兀怪特，如海天蜃市，琼楼玉宇，人物飞走之状，若有若无，若灭若没，此夫不名为正，不名为奇，直奇之奇者乎？盖有唐三百年一人而已。中郎为诗，最耻模拟，其于长吉，非必有心学之，第余观其突兀怪特之处，不可谓非今之长吉，盖亦明二百馀年所仅见。”[54]

5.《瓶花斋集》、《潇碧堂集》：解脱者的苦闷与瓶隐者的心曲

万历二十六年至二十八年，中郎历任顺天府教授、国子助教、礼部主事，诗文结为《瓶花斋集》。万历二十九年至三十四年逃禅林下，诗文编为《潇碧堂集》。

在父亲和兄长催促下，中郎结束一年的自由浪漫，进京补职。再步入仕途，也有主观方面原因。自由适意固然获得不少乐趣，但在一味自适还不真正意味精神解脱，早在万历十四年，汤显祖不是受到罗汝芳指责而感慨“知生之为性是也，非食色性也之生”？

尽管职务清闲，中郎依旧不适应官场，这怪不得他心绪浮躁、不宁，因为时局如此诡谲动荡。初入京师，中郎就和宗道相互告诫：“词曹虽冷秩，亦复慎风波。”[55]《古树》借树言志：“百卉争繁华，一枝冷坳铁。”《显灵宫集诸公以城市山林为韵》借醉抒愤：“新诗日日千馀言，诗中无一忧民字”，“眼底浓浓一杯春，恸于洛阳年少泪！”心绪如此凝重，与曼歌《江南子》、《横塘渡》时的中郎俨若两人。

万历二十八年，中郎出使河南，途经朱仙镇，怀南宋旧事，写下《宿朱仙镇》七绝四首，其一：“秋高夜驿冷空庭，草木犹疑战铁腥。地下九哥今悔不？六陵花鸟哭冬青。”其二：“羯胡岁岁括金钱，称侄称臣也枉然。马角不生龙蜕冷，酸心直到犬儿年。”读这两首诗，我们很容易想到徐渭的《春日过宋诸陵》。南宋偏安，落得诸帝陵墓被掘的屈辱下场，徐渭以揣度的笔法对宋帝与诸臣的卑懦进行无情的嘲讽：“白骨夜半语，诸臣地下逢。如闻穆陵道，当日悔和戎。”中郎诗句“自信胸中磊块甚，开樽恨不泄江湖”[56]，一望即知讽世刺时的寄意。

既然重新入仕没有结果，中郎便趁这次出使机会归隐公安了，《宿朱仙镇》四首成为《瓶花斋集》最后的怨刺诗。中郎逃离政治激流，杜门萧然。李贽遇难，汤显祖、周汝登都有诗作，检中郎全集却是阙如。我们猜测他可能有哀悼之作，或散佚不传，或编集时把它删去了；也可能是对李贽之死深自愧疚，没有胆气提笔；亦或许反思李贽之学，深觉其欠“稳实”，不愿言及。这确实留下了文学史上一个谜团[57]。

中郎走出“非儒非禅”的狂禅派，劝说友人在网罗高张之际“韬光敛迹，勿露锋芒”（《德山麈谭》）。人生态度发生这样的转折，诗何尝不是如此，《雨中坐方平弟旃檀馆即事》：“本欲死心无可死，烂红堆里话清虚。”《法华庵同诸开士限韵》：“送云归老岫，荷蓧量幽潭。”《又次前韵》：“茶勋凭水策，诗理入禅参。”《柳浪馆》：“鹤过几回沉影去，僧来时复带云还。”《冬尽》：“好句逢僧得，新怀语客难。云山与烟水，梦着也成欢。”诗中意趣正是他标举的“淡而适”的性灵。万历三十二年，他还自省说“余诗多刻露之病”[58]，规劝黄辉“诗文之工，决非以草率得者，望兄勿以信手为近道也”[59]。翌年江盈科辞世，中郎《哭江进之》诗序称江氏之诗“尚有矫枉之过，为薄俗所检点者”，作为江的诤友，未于生前给以告诫，使他心存不安。似乎他十年前所宣扬的“独抒性灵”、“不拘格套”、“峭急怨怼”，如今算不上真“性灵”了。

有趣的是，《中郎行状》高度评价《潇碧堂集》：“字字鲜活，语语生动，新而老，奇而正，又进一格矣。”其实，“奇而正，新而老”只不过说明中郎诗近于平淡、稳实的事实，未必就是“又进一格”，袁中道的评语夸大不实。

6.《破研斋集》、《华嵩游草》：平淡诗趣与沉雄蕴藉的尝试

《破研斋集》为中郎再补仪曹之作。《华嵩游草》为任职吏部，典陕西乡试往返途中之诗。

万历三十四年，中郎在父亲催迫下复出仕，《潘茂硕》书中说：“譬之胡孙入笼，岂堪跳掷？或者驯狎之久，顽性顿革，遂复见役于人，亦未可知。山居既久，与云岚熟，亦复可憎。人情遇时蔬鲜果，取之惟恐不及，迨其久，未有不厌者，此亦恒态也。”他的心灵创伤渐被时间抹平，似乎可以经得起风霜，这或许是柳浪湖六年隐士生涯的磨炼和将近不惑之年的赐予。

进京的第二年夏，他和曾可前来到昔年结社论学的葡萄园话旧，《与曾退如过葡桃园话旧偶成》四首其一：“问我低回何事？十年梦到胸中。今日兔葵燕麦，当时秋风春雨。”“狂禅”兴趣已淡，再集于此，中郎体味的是葡萄园的宁静、禅悦之韵，不复高谈阔论。《夏日过葡萄园，赋得薰风自南来》诗云：“南风倏然来，令我意通泰”，“更施无系心，鼾声震地籁”。清爽平淡，大抵体现“淡而适”的旨趣。如果以《破研斋集》之诗和《潇碧堂集》作一比较，则《潇

碧堂集》的寒意未尽化去，而《破研斋集》已圆润融化了。

万历三十七年，中郎典陕西乡试，历览华山、嵩岳，随物赋形，作品稍具蕴藉、沉雄气象，如《望苏门山，是日大风沙》："万窍尽传声"，"千里听澎湃"。《北邙》："苍松老鬣风掀舞，垒垒孤烟问无主。"《中郎行状》评说："浑厚蕴藉，极一唱三叹之致，较前诸作，又一格矣。"周亮工亦持此说，《书影》卷一："袁石公典试秦中后，颇自悔其少作，诗文皆粹然一出于正。……防风茅止生为刻其遗稿于秣陵，此稿实胜于公旧刻。"事实上，《华嵩游草》之诗并无太多值得大加褒扬的，"又进一格"、"胜于旧刻"之类说法大致缺乏新意。

综上考察，我们可以得到如下几点认识：第一，《敝箧集》为中郎新诗探索的可贵尝试。第二，《锦帆集》、《解脱集》最能体现其诗歌创造，《潇碧堂集》之诗略较《破研斋集》、《华嵩游草》可观。第三，万历三十年前后是中郎一生诗歌道路的分水岭。第四，袁中道、周亮工等人根据自己的批评标准，肯定中郎后期之作，以为救正前期诗弊，一格更进一格，难免夸大其辞。

三　诗贵"清新光焰"独出——江盈科"元神活泼"之诗

江盈科（1553—1605），字进之，号渌萝山人，桃源县人。农家子弟出身，万历二十年进士，授长洲知县，在任六年，报迁吏部主事，旋改大理寺正，迁户部员外郎，擢四川提学副使，万历三十三年卒于官。有《雪涛阁集》十四卷、《雪涛谐史》十种、《雪涛谈丛》一卷、《皇明十六种小传》四卷及《闺秀诗评》一卷[60]。

1."元神活泼"之论和诗歌"求真"之法

江盈科论学赋诗最早得教于桃源县庠师文莲山。莲山名似韩，高安举人。官至国子助教，门人辑刻诗文二卷行世。盈科说他："辨析经旨，不即训诂，不离训诂"，"评骘文艺，以清虚解脱为宗，尽浣剽剥之陋。尝曰：'说经必证诸心，不证诸心，说虽说，说铃耳；摛文必根诸心，不根诸心，文虽工，雕虫耳。以心释经，因心为文，即经世务垂不朽，有他道乎？'"[61]可知，盈科青年时期受到过接近阳明心学的教育。当然以上文字作于同袁宏道商证学问之后，多有发挥，他的文学和思想受宏道影响更深一些。

徐渭、李贽、袁宏道思想融贯三教，兼入杂霸，盈科亦是如此，如说秦始皇"创制立法，与圣人无异"，"足以利天下垂后世"[62]。其《秦始皇》诗云："十年立就千年计，个是开天恶圣人。"[63]又赞项羽为千古英雄一人，李清照识见远在宋儒之上，《项羽》："古今之言英雄者多矣，然未有过于西楚霸王项羽者。……善乎李易安诗曰：'生既作人杰，死亦为鬼雄。至今思项羽，不肯过江东。'孰谓一妇人之见反出宋儒之上如此哉！"[64]宋儒标榜天理，盈科针锋相对地说"理有万变"，"理自无边"，孔子尚不得穷涯际，拘挛小儒岂能窥其一二[65]。他尤其鄙视"腐儒托足圣贤之门，动则称引圣贤为口实"，说此辈如前人庾翼所言暂束高阁[66]。

一般说来，论诗持所精见者，必具"器识"。江盈科识见异于拘挛俗士，诗论自具精神面目。兹归纳如下几点：

诗人惟有"元神活泼"，诗始真趣洒然。《白苏斋册子引》："吾尝睹夫人之身所为，流注天下，触景成象，惟是一段元神。元神活泼，则抒写文章，激为气节，泄为名理，竖为勋猷，无之非是。……彼白、苏两君子，所谓元神活泼者也。千载而下，读其议论，想见其为人，大都其衷洒然，其趣怡然。彼直以世为宇，以身为寄，而以出处隐见、悲愉欢戚为阴阳寒暑呼吸之运，故见华非华，见色非色，见垢非垢，见丑非丑，大化与俱，造物与游，无处非适，无往非得。"[67]所说大抵接近中郎的"独抒性灵"。

诗为“传神写照”，只关涉“真不真”，而不关“盛不盛”、“唐不唐”。《雪涛诗评·求真》把“元神活泼”的探讨转入“求真”层面：“善论诗者，问其诗之真不真，不问其诗之唐不唐，盛不盛。盖能为真诗，则不求唐，不求盛，而盛唐自不能外。苟非真诗，纵摘取盛唐字句，嵌砌点缀，亦只是诗人中一个窃盗掏摸汉子。盖凡为诗者，或因事，或缘情，或咏物写景，自有一段当描当画见前境界，最要阐发玲珑，令人读之，耳目俱新。譬如写真传神者，不论其人面好面丑，黑白胖瘦，斜正光麻，只还他写得酷像，俾其子见之曰：‘此真吾父。’其弟见之曰：‘此真吾兄。’若此，则冠服带履之类，随时随便写之，自不失为妙手，何也？写真而逼真也。……故余谓做诗先求真，不先求唐。”

从“传神写照”入手，分析诗与“目前”的关系，指出随物肖形、任法自然，乃真诗人的真手笔。《雪涛诗评·评唐》评杜甫七律“固云宏肆，然细读细思，何一句一字，不是真景真情，在盛唐中，真号独步”；论孟浩然诗“遣思命语，都在目前，然而有影无色，有色无像，如海中蜃市，楼台人物，是真非真，是幻非幻”；称王维诗“和平澹泊，发于自然，全是未雕未琢意思。譬如春园花鸟，羽毛声韵，色泽香味，都属天机”；评白居易诗“前不照古人样，后不照来者议，意到笔随，景到意随，世间一切都着并包囊括入我诗内，诗之境界，到白公不知开扩多少”。谈杜诗又说：“所谓春蚕结茧，随物肖形，乃谓真诗人，真手笔也。”

具体指出诗歌求真之法。首先，本诸性情，《雪涛诗评·诗品》：“诗本性情。若系真诗，则一读其诗，而其人性情，入眼便见。”其次，切于体物，《雪涛诗评·体物》：“随地随事，援入笔端。……诗不体物，泛泛然取唐人熟字熟句，妆点成章，遂号于人曰诗，真袁中郎所谓八寸三分帽子，人人可戴者也。乌乎诗，乌乎诗？”第三，用今，《雪涛诗评·用今》：“诗言志，志者，心之所之，即性情之谓也。而其发挥描写，不能不资于事物。盖比兴多取诸物，赋则多取诸事。诗人所取事物，或远而古昔，近而目前，皆足资用。……居今之世，做今之诗。”第四，质朴，不事藻缋，《雪涛诗评·诗文才别》：“夫诗，则宁质，宁朴，宁摭景目前，畅协众耳众目，而奈何以文为诗，乃反自谓复古耶？”

2. 随事直书、务为新切

《雪涛阁集》得名于桃源八景之一的“白马雪涛”，瀑水冲击排荡，变化万千，以“雪涛”冠名诗文集，当含有荡涤文坛之意。清代诗论家对江盈科“近俚近俳”之诗多有批评。“近俚近俳”，准确地说是“随事直书”、“务为细切”，此亦徐渭、袁宏道共同的创作特色，只是盈科的表现更为突出而已。

万历二十七年，中郎在《叙姜、陆二公同适稿》中赞扬诗人“意兴所至，随事直书”，第二年在《雪涛阁集序》中又申述“直书之事”和“诗体不虚”之见：“古之为诗者，有泛寄之情，无直书之事；而其为文也，有直书之事，无泛寄之情，故诗虚而文实。晋、唐以后，为诗者有赠别，有叙事；为文者有辩说，有论叙，架空而言，不必有其事与其人。是诗之体已不虚，而文之体已不能实矣。古人之法，顾安可概哉！”中郎考察诗歌流变历史，结合盈科创作及自我体悟，提出“意兴所至，随事直书”可以破除虚浮、空泛、剿古的诗歌积习。

中郎之论是否得到江氏认可？仔细阅读有关文字，可知江氏批掊“以文为诗”，并非反对诗人直书其事，而是指责诗之藻缋、空虚浮华。如《解脱集二序》称诗文“信笔直书，种种入妙”；《雪涛诗评》提出“宁质，宁朴，宁摭景目前”，赞赏白居易之诗“意到笔随，景到意随”，世间一切都包囊诗内，诗境“开阔”；《雪涛诗评·诗有实际》引述王磐乐府作评：“‘喇叭，唢呐，曲儿小腔儿大……’此等制作，未免俚俗，而材料取诸眼前，句调得诸口头，朗诵一过，殊足解颐。其视匠心学古，艰难苦涩者，真不啻啖哀家梨也。即此推之，诗可例已。”

宋、元以来，诗论家往往严厉贬斥诗人“随事直书”。宋人苏辙《诗病五事》叹赏杜甫《哀江头》，批评同一题材的《长恨歌》“拙于纪事，寸步不移”。清初的王士禄评杜诗《哀江头》：“乱离事，只叙得两句，‘清渭’以下，以唱叹出之，笔力高不可攀。乐天《长恨歌》，便觉相去万里。”[68]肯定“一唱三叹”，否定“纪事叙实”，被诗论家做成了何等严重的题目！

诗歌是为人生、为社会的艺术，“随事直书”不当尽遭排挞。从这一角度言，江盈科的诗观意味着对宋、元以来诗歌批评范式的深刻反思。中郎《哭江进之》诗序称江诗“务为新切”。“新切”的含义一是感人至深的“真”，二是神形毕具的“实”。

应当指出，江盈科“务为细切”，继承发展了元白诗歌传统，体现着公安派和七子派相异的诗趣。王世懋声称不读元、白诗，袁中道驳诘说：“王敬美自云生平闭目不欲看元、白诗，今敬美之诗如何哉？”[69]“近日学诗者，才把笔即绝口不言长庆。如《琵琶行》，使李杜为之，未必能过！”[70]盈科喜爱长庆体，《欲睡偶成》自云：“得句人推长庆体。”[71]中郎称道盈科“精进”之诗是“白肌元骨”[72]。

基于以上论述，再来看盈科的创作。《题白苏斋册子》指出诗人“元神”不活泼，不外乎“尘俗之虑”和“义理之见”的制约，抛开这些桎梏，即能“元神活泼”。他在长洲县昕夕憔悴，案牍之馀，萧然隐于所居小漆园。《小漆园记》中说：“庄周生季世，为漆园小吏，在嚣繁冗琐中，而见解超脱，不胶于事，为能极夫逍遥之趣。”[73]《小漆园即事》诗云：“笋于行处短，花以摘来稀。就此堪栖隐，但容曼倩知。”[74]万历二十六年，报迁吏部主事，旋遭讦攻，改任大理，盈科处之坦然。《自述》写道：“昔余宰长洲，百事纷缚束。征比急如火，文案高于屋。丹墀类蜂房，候者递践逐。上官与贵人，往过来复续。东走又西驰，自视如奔鹿。过时不得餐，子夜不得宿。如此六寒暑，万苦皆谙熟。瘦骨似枯柴，揽镜面无肉。一朝转铨曹，贺者趾相属。俄而改廷尉，吊者如欲哭。予心殊不然，吊贺两皆俗。劳薪自我分，脱劳胜加禄。即今处闲曹，五日一视牍。客至不束带，饭香始栉沐。快活似仙人，何计官冷燠。”[75]“自述”即是自传，诗多调侃意味，务求新切，虽近俚俳而逸情天然，信笔直书似也称得上种种入妙。

作为俗文学健将，盈科擅长诗笔叙事，如《阳山白龙庙》：“阳山何崔嵬，峭壁插天陡。俯瞰诸峰势，居然一培嵝。狮山大如鼠，虎丘大如狗。传闻西晋时，有龙产于母。龙存而母亡，埋骨山之后。龙西徙长沙，省母每东走。精魄入里中，父老拜稽首。隐隐黑云际，白练挂高柳。”[76]阳山位于苏州近郊，下有白龙祠。中郎游记《阳山》载：“父老言东晋时，有白衣翁投宿民家，一夕而去。民家女遂有孕，后产一白龙，头角宛然，冉冉而升，女遂惊绝。至今山下有龙母冢，土人祠之。”[77]盈科以传奇笔墨写白龙传奇，铺叙结构，波澜跌宕。这种取材无论远近古今的创作，某种意义上拓展了七子派“俭狭”的诗境。

江盈科之诗“近俚近俳”在明末清初招来众多非议。中道《江进之传》所说的“或伤率意”尚是善意指出“瑕疵”，钟惺之评即已是全盘否定了，如“江令贤者，其诗定是恶道，不堪再读。从此传响逐臭，方当误人不已。才不及中郎，徒自取狼狈而已。……若今日要学江令一派诗，便是假中、晚，假宋、元，假陈公甫、庄孔旸耳。……眼见今日牛鬼蛇神，打油定铰，遍满世界，何待异日？”[78]

朱彝尊嘲笑江盈科为公安派中“特变而不成方者”，《静志居诗话》：“进之与袁中郎同官吴下，其诗颇近公安派，持论亦以七子为非，特变而不成方者。”朱氏的发难大抵就“近俚近俳”而言，然而他疏略了一个问题，即江氏率意之作乃呕心沥血所得。据中道《江进之传》，盈科吟诗苦思不辍，以至咯血，《雪涛诗评·评唐》还推崇诗人殚精构思说："李义山之刻画，杜樊川之匠心，贾浪仙之幽思，均罄殚精神，穷极精巧，方之诸人，更为刮目。"更重要的是，诗文不贵无病，而贵"清新光焰"独出。朱彝尊挟重的诗法，正是盈科唾弃的"八寸三分帽子"，《雪涛诗评·采逸》有云："（唐寅）尝题所画小景云：'不炼金丹不坐禅，不为商贾不耕田。兴来只写江山卖，免受人间作业钱。'……此等语皆大有天趣，而选刻伯虎诗者都删之，盖以绳尺求伯虎耳。晋人有云：'索能言人不得，索解人亦不得。'"如果说朱彝尊非"解人"，不免偏激，但他嘲笑江氏"变而不成方"，亦过激之论。

朱彝尊成见既然如此，未必愿意留心中道《江进之传》中这些肯定之辞："古之诗文大家籍中，有可爱语，有可惊语，亦间有可笑语，良以独抒机轴，可惊可爱与可笑者，或合并而出，亦不暇拣择故也。然有俚语，无套语，俚语虽可笑，多存韵致；套语虽无可笑，觉彼胸中，烂肠三斗，未易可去。……而彼作乡愿之诗者，无关颦笑，有若嚼札，更无一篇存于世矣。以此，诗文不贵无病，但其中有清新光焰之语独出，不同于众，而为人所欲言不能言者，则必传，亦不在多也。"盈科宁为诗坛狂狷，不作胸中"烂肠三斗"的乡愿，诗中"可爱"、"可笑"、"可惊"语比比皆在，虽"或伤率意"，但诗坛固须有"务求新切"之诗。

四　士先器识而后文艺——袁宗道的诗观和创作

1. 袁宗道与公安派

袁宗道（1560—1600），字伯修，号石浦、白苏居士。万历十四年举会试第一,成进士。万历二十五年充东宫讲官,累迁右庶子,卒于官。宗道于公安派有发轫之功,他在公安派中的作用,具体而言包括以顿悟见性之说启迪袁宏道、中道、黄辉、陶望龄等人;与公安派诸子商证新诗,昌言创新;提倡“士先器识而后文艺”和“文贵辞达”的诗文见解;充任公安派的组织者和系联纽带。宗道的文学和学术思想存在前、后期变化,此分而述之。

前一时期,万历八年至二十二年,向慕学道。宗道二十岁举于乡,喜读先秦、两汉文字,王、李诗文盛行,宗道读后成诵,下笔颇肖其语,遂有志文学名世,“性耽赏适,文酒之会,夜以继日”。不久得病几死,从道人习“数息静坐”之法,病愈后慕长生、冲举之术,有志养生之学。万历十四年入翰院,求道愈切。中道《石浦先生传》载:“时同年汪仪部可受、同馆王公图、萧公云举、吴公用宾,皆有志于养生之学,得三教林君艮背行庭之旨,先生勤而行焉。”三教先生林兆恩,字懋勋,别号龙江,莆田人。出身官宦家庭,青年时从僧、道游,倡三教合一,立“三一教”,广传道术,万历二十六年卒。黄宗羲推测其死可能是服丹药所致,在《林三教传》中说:“兆恩以艮背法为人却病,行之多验。又别有奇术,能济人于危急之时,故从之者愈众。自士人及于僧、道,著籍为弟子者,不下数千人,皆分地倡教。……兆恩之教,儒为立本,道为入门,释为极则。然观其所得,结丹出神,则于道家之旁门为庶几焉。谢肇淛谓其发狂而死。其弟子亦言晚年胸中有物隔碍,不措一辞,即朝夕随侍之人,不能识其姓名,则又金丹之为祸也。一时胜流袁宗道、萧云举、王图、吴用宾皆北面称弟子。”[79]林兆恩“三教”说与王畿、徐渭、李贽差异甚著,左派王学尚“无生”之旨,如徐渭晚年排斥道教丹药、冲举之术。宗道主要习林氏“三教”说和“艮背”法,直至万历十七年,问学焦竑、瞿汝稷、僧无念,参顿悟之旨,取大慧、中峰诸录参求,精研性命,始不复谈长生。宗道以“见性”之说启迪诸弟,《石浦先生传》载:"先生以册封归里,仲兄与予皆知向学,先生语以心性之说,亦各有省,互相商证。……至是,始复读孔孟诸书,乃知至宝原在家内,何必向外寻求。吾试以禅诠儒,使知两家合一之旨。"宏道《募建青门庵疏》亦载:"迨先伯修既以中秘里旋,首倡性命之说,函盖儒、释,时出其精语一二示人,人人以为大道可学,三圣人之大旨,如出一家。"[80]万历二十一年,三袁麻城访学李贽,归而复自研求。这一时期,宗道经历了从向慕复古,欲以文章名世,到转而习养生之术,再到精研"性命"之学的人生转变。

后一时期,万历二十三年至二十八年,问学精进,致力文学革新。万历二十三年,宗道在京同黄辉、陶望龄等人结成学会,以其品望和稳重性格,实充任了学会主持者。这一年秋天以后,诸子散处异地,宗道深感惋惜,独自研求学问之际,将精力分至诗文方面。万历二十五年,宏道、望龄、盈科学术和诗观变化显著,宗道与他们书信往来频繁,相互激励,这些书信都称得上公安派重要的诗学文献。宗道读宏道、望龄寄来的新诗,体悟甚深,在京城书贾处还了解到汪道昆《太函集》新刻已无人问津,于是激励同道诸子务去模拟之辞。万历二十六年宏道来京,宗道与商证诗见,诗风因之一变。葡萄社创立,宗道和宏道主持社盟。可惜,逾年他便离开人世,公安派失去一中流砥柱,而它的衰落当然包括这层原因。

袁宗道的《士先器识而后文艺》[81]和《论文》[82]奠定了他在中国文学批评史上的地位。两文的创作时间,难于具体考证。任访秋先生认为:"伯修有《论文》两篇,作的年月虽不可考,但大体看来比中郎的反李、王的一些文字要产生得早,因为伯修文中只是粗枝大叶的来抨击复古派的错谬,不如中郎的深入彻底,倘若中郎的反复古派的一些文字已出现,像伯修这类作品大可不必再作了。"[83]钱伯城先生观点相近:"《论文》上、下篇没有著明写作时间,但可以相信当在中郎立论之前。"[84]中郎立论,盖指万历二十四年提出“独抒性灵,不拘格套”的主张。笔者不同意任、钱二位先生的说法。万历二十三年前,宗道主要精力在学术,他成熟的诗文见解不仅体现在《论文》中,也体现在万历二十五年前后的大量尺牍中,这似乎说明宗道文学思想成熟即在此前后。而且正如《中郎行状》所言,万历二十六年,宗道诗风为宏道所转,由此可以想象他的诗观亦受到宏道启发。宗道虽是公安派的先行者,文学立论却不必早于宏道。笔者推测《论文》作于万历二十五年前后,《士先器识而后文艺》为馆阁之文,多谈经世、学术,非专论文学,写作时间可能稍早于中郎立论。

《士先器识而后文艺》强调“文贵立本”的文学命题:“信乎器识文艺,表里相须,而器识猥薄者,即文艺并失之矣。虽然,器识先矣,而识尤要焉。盖识不宏远者,其器必且浮浅。而包罗一世之襟度,固赖有昭晰六合之识见也。”唐人云:“士先器识而后文艺。”宗道文中辨析“文艺”与“器识”,实际上是探讨文与道的关系。宗道的观点与传统文论“宗经”、“明道”的不同之处就在于他所说的“器识”具体指向阳明心学。《论文下》三致其意:“有一派学问,则酿出一种意见。有一种意见,则创出一般言语。无意见则虚浮,虚浮则雷同矣。……今之文士,浮浮泛泛,原不曾的然做一项学问,叩其胸中,亦茫然不曾具一丝意见,徒见古人有立言不朽之说,又见前辈有能诗能文之名,亦欲搦管伸纸,入此行市,连篇累牍,图人称扬。”应该指出,这一重视学问的文艺观不宜简单概括成“以理入诗”,宗道本人不赞同诗沦为道偈、说教。

宗道深入思考七子复古问题,认为病源不在模拟,而在“原不曾的然做一项学问”,《论文下》中说:“余少时喜读沧溟、凤洲二先生集。二集佳处,固不可掩,其持论大谬,迷误后学,有不容不辨者。沧溟赠王序谓:‘视古修词,宁失诸理。’夫孔子所云辞达者,正达此理耳,无理则所达何物乎?……凤洲《艺苑卮言》,不可具驳，其赠李序曰：‘《六经》固理薮已尽，不得措语矣。’沧溟强赖古人无理，而凤洲则不许今人有理，何说乎？此一时遁辞，聊以解一二识者模拟之嘲，而不知其流毒后学，使人狂醉，至于今不可解喻也。”文学与时代思潮无法人为割裂，宗道驳斥王世贞“不许今人有理”、李攀龙“强赖古人无理”，鞭辟深入。诗人不应学古人蔽叶、茹血的形式，亦不宜一味偏嗜修古、辞采。宗道拈论七子派的“无识”，深刻揭示了文学与社会思潮水乳交融的关系。

如何革除诗文虚浮、雷同之弊？一方面，宗道主张“大其器识”，“豁之以致知”，要有一派学问，酿出一种意见，创出一般言语。另一方面，提倡“辞达”，《论文上》：“口舌代心者也，文章又代口舌者也。展转隔碍，虽写得畅显，已恐不如口舌矣，况能如心之所存乎？故孔子论文曰：‘辞达而已。’达不达，文不文之辨也。唐虞三代之文，无不达者。今人读古书，不即通晓，辄谓古文奇奥，今人下笔不宜平易。夫时有古今，语言亦有古今。今人所诧谓奇字奥句，安知非古之街谈巷语耶?”宗道发挥“师心”文论，重释孔子“辞达”之说，标示出“达不达”为“文不文”的评价标准。在他看来，口舌代心，文章又代口舌，所谓“达不达”，即是“真不真”。

2. 兴趣萧远之诗

宗道生前未自定诗文全集，中道欲为删定《白苏斋类集》十卷，事未果，今《白苏斋类集》传世二十二卷。《明诗纪事》认为宗道深入禅理，诗歌“兴趣萧远，诗特寄耳”。所谓“寄”，指诗以见禅心。然宗道意不止此，《论文下》称诗禀性情，“大喜者必绝倒，大哀者必号痛，大怒者必叫吼动地，发上指冠”，只有戏场中人，心中本无可喜事，而欲强笑，亦无可哀事，而欲强哭，其势不得不假借模拟[85]。

宗道性情澹适、旷达，而其奇倔的一面常为诗论家忽略，故有必要在此拈出。陶望龄诗中绘述宗道："剧语惊河汉，悲歌托凤凰。知音吾敢附？未讶接舆狂。"[86]宗道诗句也自我展示了"楚狂"的性情，如："刘伶颂酒不颂茗，屈生爱醒不爱醒。醒醒中间安置我，日日挈铛与挈瓶。"[87]"古色莽苍风雨黯，元气淋漓鬼神惊"，"遥想盘礴落笔时，潇湘失色神龙走。"[88]

由于向往白居易的澹适和苏轼的旷达，宗道取号白苏居士，斋曰"白苏"。中道《白苏斋记》说："《诗》云：'惟其有之，是以似之。'予谓惟其似之，是以好之也。……予游天下多矣，若诗律之脱而当，文字之简而有致，亦未能有胜伯修者。"[89]宗道寻求冲淡高散，诗观和后七子派的宗唐黑出宋差异明显。七子派诗推盛唐，宗道与龚仲庆读唐诗的感受则是："数卷陈言逐字新，眼前君是赏音人。家家椟玉谁知赝，处处描龙总忌真。再舍肉黥居易句，重捐金铸浪仙身。一从马粪《卮言》出，难洗诗林入骨尘。"[90]七子派轻视宋诗，宗道读陆游诗则自譬说贫儿暴富，《偶得放翁集，快读数日志喜，因效其语》诗云："模写事情俱透脱，品题花鸟亦清奇。尽同元白诸人趣，绝是苏黄一辈诗。老眼方饥逢上味，吟脾正渴遇仙医。明窗手录将成帙，恰似贫儿暴富时。"[91]他不屑模古，但不惜笔墨效作王梵志、白居易、苏轼、陆游之诗，效"梵志"体八章，今集中已不见存，效白居易有《咏怀效白》，和苏轼有《东坡作戒杀诗遗陈季常，余和其韵》三首，和陆游之诗除上引一首外，另有《初春和陆放翁韵》二首，作品大都蕴含冲淡萧逸之意。

袁中道《石浦先生传》认为宗道诗"清润和雅"，《书平方弟藏慎轩居士卷末》又有"稳而清"的相近说法。称宗道诗"清润"，诚有其实，至如"和雅"，我们宁愿理解为澹适，这样或许更符合他寄托的旨趣。如《山中看云》："云山何以辨，云白山色青。"[92]《信阳道中即事》其三："山下无人踪，山上无鸟语。惟馀一片云，见我来游此。"[93]《夏日高户部循卿招饮大通桥，同黄太常思立、张国博叔阁、项参知庭坚及舍弟中郎》："长艘潞河来，人衣沾草翠。潭影见轩窗，游鱼呷亭宇。……临涯逼悬流，万雷击山坠。对面不闻语，但见口开闭。冰柱万条直，雪岩千片碎。侧身奔石间，趾酸心病悸。归卧北窗下，枕边闻水气。"[94]王衡评宗道其人其诗，《题白苏斋为袁太史作》云："胸次高云流，落笔春泉鸣。高云旷何际，春泉静无声。以兹廓落心，治我节峥嵘。"[95]

五　独至之所造，夫是之谓日新——陶望龄的新诗呐喊和探索

陶望龄（1562—1609），字周望，号石篑，晚号歇庵居士，学者称石篑先生，会稽人。万历十七年会试第一，成进士，授编修，官至国子祭酒。有《歇庵集》二十卷、《水天阁集》十三卷[96]。余懋孳《歇庵集小引》云："海内二十年来，远近识不识靡不称有陶会稽先生，其士子则曰：今王唐也艺至是。其作者则曰：再见坡仙矣。里社妇孺、缁流耆宿交口赞曰：是竺乾古先生。而缙绅之理性命者又曰：是慈湖、阳明再世也。"望龄参与创立公安派，提出文学"偏至"说，标举"大明派头"之诗，诗歌立意出新，自出机杼。

1．陶望龄与袁宏道：君敲石中火，令我发其机

王畿去世，浙中缺少学术大家号召风气，王学一度高峰回落。万历中叶，赖由陶望龄、周汝登将龙溪之学再推向一个小高潮。望龄走上传承王学、倡导文学革新之路，与袁宏道、宗道、焦竑的启发及相互商证关联尤其密切。

望龄少从父游宦，读书官舍，年十七补诸生，致力于诗文，不好七子派。弱冠还里，究心举子业。其真正接受王学，时间约在万历十七年。这可从他《别袁六休七章》诗中得到佐证："学道六七年，

心胆如婴儿”,“学道六七年,学得茑萝草。”[97]诗作于万历二十五年夏,上推数年正是望龄初授编修之际。当时他和宗道一起从学焦竑,悟儒、释相合之理,陶奭龄《先兄周望先生行略》记述:授翰林编修,与焦竑读书秘馆,朝夕相发,“于是专致力于圣贤之学。寓书奭龄谓:‘向时迷陋,视一科名为究竟地,正如海师妄认鱼背,谓是洲岸。弟聪明,宜早悟,勿似而兄。’”[98]焦竑、袁宗道尊奉王学,使望龄异常兴奋,对“乡学”产生浓厚兴趣。不过他只是初知问学门径,“心胆如婴儿”和“学得茑萝草”的自譬,真切说明尚未证得王学及三教合一的精义[99]。万历十九年,望龄因兄与龄之讣请告,归与奭龄证学。万历二十二年补原职,参加宗道、黄辉的学会。《先兄周望先生行略》载:“交公安袁宫谕伯修、南充黄宫庶平倩,日相究竟,遂有诣入,乃与奭龄书言:‘此事本非难构,读书人聪明,闻见自塞自碍耳。’又云:‘吾近与袁伯修先辈及一二同志游从,消释拘累,受益不浅。然尚有不疑之疑,须于虚空中大踏一步,方始净尽。’”万历二十三年,望龄考满,荣覃父母,又因体羸多病,再请归。宗道在给李贽信中惋惜说:“陶石篑为人绝不俗,且趋向此事,极是真切。惜此时归里,我辈失一益友耳。”[100]

望龄归里途经苏州,会晤袁宏道,相约明年来游。至家不久便往嵊县访周汝登,两人学术交游始于此。翌年携奭龄如约至吴县,宏道诗载其事:“手提白玉麈,身披浅色衣。徒步入阊门,挥羽上阶墀。僮仆尽魁伟,一一皙而肥。或言是山人,或言星相师。或云乡里子,闻声始觉非。通刺无姓名,短纸折不齐。一揖径登床,草草寒暄而。执手不问病,捧腹但言饥。设黍呼儿子,蒸鱼命小妻。广长舌有象,突兀语难羁。欲穷人外理,先剖世间疑。”[101]逾岁,宏道辞官,与望龄兄弟徜徉湖山,问学论难,望龄“无日不禅”,与宏道“每笑儒生禅,颠倒与狂醉”[102]。经历这次商证,望龄治学门径大为开拓,欣喜之馀将挽引之力首推宏道,自比高邮花炮,宏道引发其机,《别袁六休七章》有云:“高邮纸炮竹,外有五采施。君敲石中火,令我发其机。”[103]三袁结社京城崇国寺,望龄丁忧里居,与周汝登相往还。万历二十九年进京,主持公安派学会,在攻禅事件冲击下,三年后告归,隐居歇庵,率众讲学,修正“异学”,文学、思想发生了和宏道相近的转变。

2. 偏至之独造

陶望龄《海门文集序》、《马曹稿序》、《徐文长三集序》、《明德诗集序》[104]、《与袁石浦三首》、《与袁六休三首》[105],与宏道《叙小修诗》、《雪涛阁集序》,宗道《论文》、《士先器识而后文艺》,盈科《锦帆集序》、《解脱集引》、《雪涛诗评》,均是公安派诗学的重要文献,“性灵”诗学的丰富和发展,有赖于其共同构建。

《海门文集序》称明代学术至阳明、龙溪始昭然若揭,文学始“足以妙乎一世”,明兴二百年,“其较然可耀前代传来兹者,惟是而已”。宗道认为有一派学问才能创出一种语言,望龄将明代文学之兴归结到王学创立上来,立意和宗道一致,并较公安派其他诗人更直截、爽落,体现出浙东王学传人的本色。他的溯本求源,根本上讲是寻求文学与时代精神的契合。

《马曹稿序》辨识文学与性情的关系,认为人的禀性不能俱全,惟就其偏,方能成其大,如果诗文本性求情,文达其意,法尽其材,必称至文。望龄举隅唐人本性求情事例说:元白“入浅”,韦应物、柳宗元“冲淡”,温庭筠“冶丽”,“偏师必捷,偏嗜必奇,诸君子者,殆以偏而至,以至而传者与?”李攀龙称“拟议以成其变化”即可“日富新有”,望龄针锋相对地提出惟有“独至”,才真正称得上“日新”,与“盛不盛”、“唐不唐”不相涉,《马曹稿序》说:“众偏之所凑,夫是之谓富有;独至之所造,夫是之谓日新!”《与袁石浦三首》呐喊“从来诗道,大明派头甚正”,指出明诗积弊成弱的根源在于不自树立，不自为明诗，而曰唐、曰宋、曰六朝。

《歇庵集》存诗二卷三百馀首。早期诗作平平，结交三袁后，“立意出新机，自冶自陶铸。”倘要举出他灵思飞动之作，不妨看其再现山水性灵和天然妙趣的浙东山水诗。《游五泄》六首绘写神奇的五泄瀑布，诗前小序为优美的小品文字。《第五泄》诗序：“水悬可千尺，石壁如削，左右环拥，映水益壮，不知视匡庐、雁荡何如也。然声势震荡，口喑目旋，神魄失守，亦雄伟奇特之观。”诗云：“十里骨立山，洗濯无撮土。遥源杳何处，落地名第五。客来泉亦喜，舞作千溪雨。”[106]宏道同时作《第五泄》，落笔“尖新”，如：“四壁阴阴吹雨足，画峦活舞玲珑玉。”[107]袁、陶之诗各有所长，望龄之作富于神采、气韵，试想，“十里骨立山，洗濯无撮土”的山色是何等清与新！如果这还不够灵动妙趣，那么，“客来泉亦喜，舞作千溪雨”又是怎样的妙象？袁宗道读后的评价是“天趣横生”，“非坡老不能为也”[108]。

望龄效“梵志”体之诗，系诗人“偏至之独造”的“日新富有”。唐人王梵志、寒山诗自成朴素、通俗一派，口语、禅语直书情事，机锋处处。一般视其非为雅宗，明兴二百馀年，少人问津，至晚明在公安派手中再获新生。寒山诗云：“有人笑我诗，我诗合典雅。不烦郑氏笺，岂用毛公解。不恨会人稀，只为知音寡。若遣趁宫商，余病莫能罢。忽遇明眼人，即自流天下。”望龄创作大量自然直朴而富含哲理的“平常”诗句，当属寒山所说的“明眼人”。如《袁伯修见寄效梵志体诗八章拟作》其一：“腐烂光明荧火，细酸习气醯鸡。妍丑衫儿宽窄，是非帽子高低。”其二：“水上踏车彻困，屋底推磨生盲。终日脚忙脚乱，那得半里途程。”[109]不避村俚俗语，饱含佛理机锋，读之息心。

诗人怀着浓厚兴趣创作三言、九言诗，艺术成就暂可不论，力求变新的举措即值得认同。万历二十五年夏，望龄和宏道结束游历，临别赋《又戏效来篇九言、三言》，九言诗云："作吏于馆娃脂粉之城，为客于浣纱蛾眉之里。宿几夜娇歌艳舞之山，走三回浓抹淡妆之水。色非色界酒肆与淫坊，情无情间魂悭而心死。鸳鸯寺传法秉教禅师，歌姬院瓦罐爻槌乞子。""突兀怪特"的内容和形式带有反叛传统格调的意味。三言诗云："吴山浓，越山淡。云为帟，风为缆。山山花，日日春。花时雾，梅时晴。二三月，好天气。五七言，有佳致。堕地来，无此欢。欢无多，别日难。"[110]绘写畅游的情、事、趣，内容细切丰富，情调洒脱淋漓。宏道《别石篑》十首包括五言、三言、四言，题注："十首不容分折，故总入杂体。"如其七："不即凡，不求圣。相依何，觅性命。三入湖，两易令。无少长，知名姓。湖上花，作明证。别时衰，到时盛。后来期，不敢问。我好色，公多病。"[111]密针线，急锣鼓，意气连缀。二人诗歌不拘格套，由偏至而之独造。

六　袁中道诗歌创作及后期论诗变化

袁中道（1570—1624），字小修，号凫隐居士。早期依于宗道、宏道，放浪任侠。中年之后，人生、文学兴趣转移，尤其是宏道、黄辉辞世后，作为公安派硕果仅存，总结公安派诗学，修正前期诗论。他一生的文学历程集中体现了公安派诗歌的演变轨迹。

1. 从"峭急多露"到"新而老，奇而正"

三袁的个性，宗道稳实澹适，宏道狂放俊脱，中道急怼躁动。中道青年时期以豪杰自命，不得志于时，胸中多磊块，又性喜侈华，不耐寂寞，百金到手顷刻都尽，沉湎嬉戏不知节度[112]。诗文随作随佚，不甚留意，宏道惧其散佚不存，万历二十四年为序刻诗集。中道无论问学还是论诗，大抵依傍宗道、宏道周围。宗道离开人世，给他不小的打击。十年后，宏道辞世，中道不胜其悲，终日无聊，《除夕伤亡仲兄示度门》其二："乞取前生旧衲衣，永同鱼鸟逐沉飞。从今海内无知己，不向深山何处归？"[113]雷思沛、曾可前相继亡。万历四十年，黄辉讣音传来，中道悽惶之中写下《哭慎轩黄学士》十首，其二："我已亡兄弟，孤鸿日夜悲。君今复去我，年老更依谁？夜雨披衣坐，西风动地吹。馀生游兴尽，誓不到峨眉。"[114]在给丘坦的信中说："两年来如醉如梦，强以山水之乐，苦自排愁破涕。生平桑梓亲厚交游，仅得一曾一雷，此外皆异方之乐也。而二公复先我而去，黄平倩仁兄亦以今年夏初不禄，弟闻之，其惨戚不啻伯修、中郎。"[115]中道索性搬进僧院，过起孤寂日子。《游居柿录》中的日记文字，深情朴貌，抒尽失群后的凄凉。

中道踬于科场近三十年，万历四十四年成进士，年已四十六岁，自嘲说"卑卑一第，聊了书债"。翌年授徽府教授，稍迁国子博士，历南礼部主事，调吏部郎中。由于缺乏政治兴趣，勉强充任了几年下层官员即匆匆告归。晚年自编诗文题名《珂雪斋集》，计《珂雪斋前集》二十四卷、《珂雪斋近集》十卷、《游居柿录》十三卷。钱伯城先生校点《珂雪斋集》，都合成一编，存诗一千三百馀首。

恃才自负的中道在《村居喜社友李素心至》诗中云："谁能定我文？"宏道《叙小修诗》称："大都独抒性灵，不拘格套，非从自己胸臆流出，不肯下笔。有时情与境会，顷刻千言，如水东注，令人夺魄。"这一"定文"，中道心悦诚服，其诗字逐情生，但恐不达，不重含蓄。如《有感》其一："予意非为侠，胸中不可平。且须凭独往，那复问横行。"其三："幸不填沟壑，予将远遁亡。"《龚惟用舅谢诸生归隐赠》："君自爱看《高士传》，予今欲溺腐儒冠。"当时有人认为直露太过，宏道为辩护说："穷愁之时，痛哭流涕，颠倒反复，不暇择音怨矣，宁有不伤者？"中道直摅胸臆，亦有清新俊语，如《江行绝句，同丘长孺，并示无念》其二："江头明月散清辉，一叶渔舠雪里飞。可惜清光看不得，严霜先上病人衣。"[116]

中道论宏道晚年诗"新而老，奇而正"，其实亦是自我作述，如《月夜同中郎至柳浪》："清极转萧条，朱门傍曲桥。月溪千亩净，风柳一湖摇。鸟语歌中乱，莲香笑里飘。老僧眠复起，披衲走茶寮。"[117]颇具"韬光敛迹"的味道，即使偶有放笔，业已异于昔日的"颠倒反复"。当然，中道寻求奇正相兼，不乏佳作，如《听泉》其二："山白鸟忽鸣，石冷霜欲结。流泉得月光，化为一溪雪。"[118]《玉泉山居》："小阁枕鸣泉，青松覆峻岭。刁刁一夜风，泉声在山顶。"[119]《度门得响水潭，将结庵作邻，志喜六首》其五："闲来寻石坐，偶尔破云行。雪色同溪色，松声战水声。扫苔安砚几，就乳置茶铛。不复精禅讲，听泉过此生。"[120]

2. 对公安派诗学的总结和修正

袁中道后期对公安派诗学进行总结和修正，具体有以下几方面内容：

一是强调宏道晚年变化，予以"定论"。《蔡不瑕诗序》："诗以三唐为的，舍唐人而别学诗，皆外道也"，"昔吾先兄中郎，其诗得唐人之神，新奇似中唐，溪刻处似晚唐，而盛唐之浑含尚未也。自嵩华归来，始云：'吾近日稍知作诗。'天假以年，盖浸浸乎未有涯也。今人好中郎之诗者，忘其疵；而疵中郎之诗者掩其美，皆过矣。"[121]《中郎先生全集序》："即少年所作，或快爽之极，浮而不沉，情景大真，近而不远，而出自灵窍，吐于慧舌，写于铦颖，萧萧泠泠，皆足以荡涤尘情，消除热恼。况学以年变，笔随岁老，故自《破砚》以后，无一字无来历，无一语不生动，无一篇不警策，健若没石之羽，秀若出水之花。"[122]

二是批评诗坛俚俗、纤巧、莽荡习气，反对效法公安。《中郎先生全集序》:“至于一二学语者流,粗知趋向,又取先生少时偶尔率易之语,效颦学步。其究为俚俗,为纤巧,为莽荡,譬之百花开,而棘刺之花亦开,泉水流,而粪壤之水亦流。乌焉三写,必至之弊耳,岂先生之本旨哉!”为纠正率意诗风,他重释元、白诗:“今人见诗家流便易读者,即以为同于元、白,然则诗必诘曲赘牙,至于不可读,然后已耶?且元、白又何可易及也!”[123]

三是贯通诗之“性情”与“法律”,清理公安“末流”。《花雪赋引》(前集稿):“天下无百年不变之文章,有作始,自有末流;有末流,还有作始。其变也,皆若有气行乎其间。创为变者,与受变者,皆不及知。是故性情之发,无所不吐,其势必互异而趋俚;趋于俚,又将变矣,作者始不得不以法律救性情之穷;法律之持,无所不束,其势必互同而趋浮;趋于浮,又将变矣,作者始不得不以性情救法律之穷。”这种“性情”、“法律”相生相变的理论,实已肇开《列朝诗集小传》批评之先。

四是修正率性而真的诗法,主张须有持择。《蔡不瑕诗序》:“近侄子祈年、彭年亦知学诗,予尝谓之曰:‘若辈当熟读汉魏及三唐人诗,然后下笔,切莫率自肸臆,便谓不阡不陌,可以名世也。夫情无所不写,而亦有不必写之情;景无所不收,而亦有不必收之景。知此乃可以言诗矣。’”

中道晚年在孤独中尝试遍告友人来清理公安“末流”,一度将匡正诗道寄望于钟惺和钱谦益,欲和钟惺及周圣楷“誓相与宗中郎之所长,而去其短”,钟惺另立竟陵“门户”,与中道分歧日趋明朗,中道转而结盟钱谦益。《珂雪斋集》卷二十四、二十五存录致钱谦益书信七封,从中可见二人的亲密关系,如:“弟近来无可共语人矣,海内如吾受之,又不得频频聚首。”[124]“近转觉其冗滥,不欲流通,正思取一生诗文之精警者,合为一集。时方令人抄写,完后当寄一帙,受之为我序而传之可也。”[125]二人交往事迹,钱谦益载入《列朝诗集小传》:“余尝语小修:‘子之诗文,有才多之患,若游览诸记,放笔芟剃,去其强半,便可追配古人。’小修曰:‘善哉!子能之,我不能也。吾尝自患决河放溜,发挥有馀,淘炼无功。子能为我芟剃,序而传之,无使有后世谁定吾文之感,不亦可乎?’小修之通怀乐善若此,而余逡巡未果,实自愧其言。小修又尝告余:‘杜之《秋兴》,白之《长恨歌》,元之《连昌宫词》,皆千古绝调,文章之元气也。楚人何知,妄加评窜,吾与子当昌言击排,点出手眼,无令后生堕彼云雾。’盖小修兄弟间师承议论如此。”

归纳中道的后期诗论,似乎不算困难,但要作出恰当的评价,确非易事,此仅指出两点:对宏道晚年诗的评说还不够全面。宏道早期作品无论内容,还是艺术,均值得称道,甚至可以说胜出后期,中道为说明乃兄晚年变化的合理和可贵,夸大言辞,称一格更进一格,结论未必可信;痛斥诗坛“末流”,排挞率易、俚俗诗风,喻说百泉流而粪水亦流,百花开而棘刺之花亦开,这一作法和以“八寸三分帽子”来约束诗人到底有多少区别?显然,在未理清“末流”的创作之前,不宜尽信从中道排击之论。

七　黄辉、潘之恒、雷思沛

1. 黄辉

黄辉(1555—1612)[126],字平倩,一字昭素,号慎轩,南充人。隆庆四年举乡试第一,万历十七年进士,选庶吉士,授编修,官至少詹事,兼侍读学士。据《列朝诗集小传》,己丑同馆者,诗文推陶望龄,书画推董其昌,黄辉诗、书与之齐名。黄辉交结三袁,沉酣心学、禅学,游览山水,寻访禅衲,“虽居华要,有道人云水之致”。受攻禅事件冲击,辞归,隐居十年而卒。王德完《黄太史平倩怡春堂逸稿序》说他："平易近人，而泾渭崭然，栖迟林壑，仅得宫詹之秩，及宗伯之命欲下，而平倩诏记玉楼矣。""宗伯之命"指明神宗思起用黄辉入阁，《列朝诗集小传》载："以品望当大拜，忌者使言官抨之，谓词臣结社谈禅，与方袍圆顶为侣，不当复玷廊庙，遂不复起而卒。"可知，黄辉入阁是不可能的，作为他的同乡和挚友，王德完在序中颂美词而未特别指明这一点。

黄辉诗本来"奇而藻"，受宏道"力破蹊径"影响，诗风一变。他生前未自定诗文集，《铁庵集》八十卷和《平倩逸稿》三十六卷为兄弟、子侄及门人编刻。可惜因为编选者眼光所限，诗多存藻丽之篇，文多存高文大典，流于平平，不复见真面目，《游居柿录》对此感叹再三："平倩未尝自定其集，今所传者，皆其身后门生故旧掇拾成之，故其诗文佳者多不存。"

黄辉诗多有破胆险句，风格奇崛，如《戒坛寺》："坐月松枝暖，春风忆旧游。露尊调白凤，雪曲乱苍虬。古洞花难发，孤琴水漫流。惟馀西陵色，犹向茂林秋。"寺在京郊西山最深处，以清幽闻名，在黄辉笔下则呈现遒劲之态。《西陵别中郎、小修》作于万历三十年冬，诗中交织着被逐的苦涩和怨情："山阳残泪湿征衣，此别深怜旧侣稀。与我周旋明日始，为谁流浪十年归？采兰自有山中药，抱瓮原无世上机。巴蜀音尘同梗泛，峡鱼西上雀东飞。"对读袁中道同时所作《西陵别慎轩居士还蜀》二首，更能体味黄辉的心绪，其一诗云："霜枫如雨洒征衣，胜侣而今会渐稀。帝子已安仙客去，鹤群无主道人归。湾湾水妒蚕头法，片片云呈麈尾机。不是倚门亲在舍，西陵那忍遽分飞。"

王夫之认为黄辉和陶望龄都是诗中"恶道"，"言性灵则拙涩无状"。他的文学批评标准，一是不露骨、不拙涩，二是有矩度，《明诗评选》选黄辉绝句两首，其一《入峡书怀》："华发还来照玉溪，斑衣常是梦中啼。孱陵尺素何时到，家在相如客舍西。"评曰：

“真韵不损。平倩诗除去入中郎队下作，犹有矩矱，仅在绝句见之。”其二《阳台》：“千里猿声巴溪东，半篙明月舞春风。楚天何处无云雨，独到阳台是梦中。”评曰：“新拔不露骨。”王夫之认为黄辉受宏道感染，诗风日颓，仅绝句时见法度。事实上，上引绝句，诗意清狂，并非和宏道诗迥不相合。至于王夫之批评黄辉诗歌拙涩，阳为公安派诗人，而阴入竟陵派行列，我们即使认同黄辉开竟陵诗风先河，也不轻易认为这是一种弊端。

2. 潘之恒

潘之恒在公安派中较引人注目，早年参加后七子派，中岁转入公安派阵营。在此，我们考察他的诗心和艺术演变轨迹。

潘之恒禀性豪宕，好结客游历，万历二十二年，武昌定交中道，不久通书与宏道订盟。万历二十五年宏道、望龄游徽州，来到歙县拜访之恒。万历四十五年，中道任徽府教授，与之恒频频聚会。之恒晚年还交往钟、谭甚密。对之恒的评价历来就存有不同看法：一是走出七子派，加入公安派阵营；二是交游宏道，却算不上公安派诗人。三是先追随七子派，再附和公安派，浮摇不定，一生“随人作计”。这一看法以《四库全书总目提要》最具代表性：“之恒初以文词受知于汪道昆、王世贞。既而赴公车，不得志。渡江，历浔阳、武昌，从公安袁宏道兄弟游。宏道称其出汪、王之门，而能不入其蹊径。然当时论者又谓之恒依傍汪、王，终不能有所解驳，宏道徒以其论与己合而收之。迹其生平，盖始终随人作计者也。”很显然，要厘清之恒是否加入公安派，只有通过对其创作的具体分析才能得出结论。之恒诗集多不传世，此以万历刻本《涉江诗》为例简作分析。

失去复古主盟汪道昆的支柱，之恒成为散兵游勇，溯江远游，旅至扬州、仪征、南京、武昌。在袁中道、丘坦、僧无念引导下，心仪李贽。历经三年左右的涉江之游，新诗满囊，自题《涉江诗》，请袁宏道、梅守箕、程仲仅、汪道会等人选诗。宏道选《涉江诗选》十卷，江盈科为序。万历刊本《涉江诗》七卷，即宏道等人所选。汪逢年摘编《涉江集选》一卷七十七首，陈允衡评点。

《涉江诗》倾向不拘格套，自抒性灵。如《乌栖曲》："门前武昌柳，夜夜宿啼乌。"宏道《江南子》则有"少年不知妾心苦，夜夜门前啼乱乌"之句。《雨中过余灵承奇赏斋分赋》："积雨回春草，寒花笑晚蹊。"陈允衡评曰："通唐。"这首诗"闲于法"，写照自适之情。《丘长孺、袁小修随无念师东游赋别》三首其二："他乡虽信美，故国反猜疑。寄室只为累，忘情足破痴。棹讴江浦发，楼笛晚风吹。暮是怀人夜，扁舟性独迟。"大抵主于率真。《过檀溪寺》："歇马檀溪寺，看花日欲晡。"灵思飞动，意不在雕琢前人诗句。

《涉江诗》中的朴直、豪宕、放任、新奇之作，实际上是之恒在中道、丘坦、无念及宏道影响下的探新尝试。如《武昌曲》八首其三："二子（袁中道、丘坦）各有偶，我游安所从？即看随阳雁，不度祝融峰。"风格接近宏道《别龙湖》八首、李贽《龙湖答诗》八首，及宏道与僧无念的赠答诗。引起这一现象的原因很简单，之恒、中道、丘坦结社倡和，袁、丘诗歌面孔不能不使他震动。无念诗近李贽，率性、平淡、情真。之恒结交无念，向往李贽。既见李贽，不胜欣喜，习其诗法，亦极自然。其《答李卓吾见寄》诗云："欲访龙湖隐，空违鄂渚吟。风霜经染鬓，贫病总伤心。东望高真气，西来惠好音。沧浪有遗咏，憔悴到于今。"《龙湖呈卓吾大士五首》其四云："慷慨在须臾，千载成知己。无由怀所欣，执鞭齐晏子。"其五云："至人拈手笑，喻以优钵罗。"所作诗如《马上逢胡孟占》："我疑子不呼，子疑我不揖。回头语仆夫，莫是曾相识。"自注："余与胡俱短视，故饾饤打油。"允衡评曰"古调"。这首诗如果类比唐诗，接近梵志、寒山一派，如果类比当代，接近无念、宏道、望龄之诗。

万历二十五年，之恒与宏道、中道、无念、丘坦聚游，《摄山纪游》其二云："一日复一夕，何今不成昔？流宕得兄弟，即此为故宅。翻顾住山僧，安知非过客？前朝石马风，吹断行人迹。寒树多凋伤，贫士少奇策。乐饮不复疑，相邀戏广陌。"对观宏道同时所作的《摄山纪游，游者为无念、潘髯、丘大、袁大蕴璞、袁三、潘四及两吴歌》："山色重重怪，高谭事事新"，"禅兄兼酒弟，傲杀世间人。"[127]即知二人诗趣、风格大抵相类。

《涉江诗》体现了之恒诗歌向"独抒性灵"的转变，他在三、四年间发生如此大的变化，不过是诗坛一个很平常的例子。宏道《喜逢梅季豹》历数海内同调，就包括之恒。后来，之恒序吴中刻本《解脱集》，宏道观览，在《与潘景升》信中说："往袁无涯寄《解脱集》读佳序，大有韵。……近作想亦佳，去岁读扇头诸作奇进，在七子中遂为破律人矣。"[128]基于以上分析，《四库全书总目提要》称之恒"为人作计"，难符其实。

3. 雷思沛

雷思沛(1565—1611)，字何思，夷陵人。万历二十九年进士，选庶吉士，授检讨。著《岁星堂集》四卷、《百衲阁集》等集，今传《雷检讨诗》五卷。喜谈禅事，论学服膺赵大洲，钟惺说："察先生平日神意议论，似恒服膺赵学士大洲者。呜呼！时事至今日，非用大洲时哉！予过大洲之乡，读其书，想其人精神志学，原委指归，多与先生合。"[129]

思沛认为，作者不自出己见，拘泥汉魏、盛唐文字，不免强合不亲。他诗文推重袁宏道，为作《潇碧堂集序》说："古之人能于《六经》之外崛起而自为文章，今乃求两汉、盛唐于一字半句之间，何其陋也！……真者，精诚之至，不精不诚，不能动人。强笑者不欢，强合者不亲。夫惟有真人，而后有真言。……石公诗云：'莫把古人来比我，同床各梦不相干。'能作如是语，故能作如是诗与文。如山之有云，水之有波，草木之有华，种种色色，千变万态，未始有极，而莫知其所以然，但任吾真率而已。昔人见先辈质其文，曰两汉也，复质其诗，曰盛唐也。夫两汉之文而已，非我之文也；盛唐之诗而已，非我之诗也。石公之文，石公之自为文也，明文也；石公之诗，石公之自为诗也，明诗也。”所作亦“何思自为诗”，见其“真率”。如《自题百衲阁》云：“阁里何所有，一座释迦文。东里借乔木，西山来白云。雨茶将箬裹，风竹隔池闻。净水持清梵，天花落已纷。”《秋风》云：“世路黄金重，秋风白发生。留宾多酒债，贷粟愧躬耕。垂柳孙枝大，孤桐子叶轻。药栏临水岸，鱼鸟也含情。”

思沛不仅是钟惺会试的房师，亦其文学、学术的良师益友。钟惺叹服雷氏的胆气才识，在他身后竭力为搜集遗文，诵读再三，作序云：“先生有先生之人，不得以诗人、文人待之；选其诗文，不得不以诗人、文人待之也。……则先生所尝自云：'不泥古学，不蹈前良，自然之性，一往奔诣。'……其心在眉睫，而其舌在肺腑，居然有一圣贤豪杰之神，悠悠忽忽，疏疏落落然流于诗文者，一集有之，一篇有之，一句有之。”[130]钱谦益对三袁、黄辉、陶望龄之外的公安派作者颇多异议，《列朝诗集》将雷氏附于三袁后，传载：“何思与袁氏兄弟善，当公安扫除俗学，沿袭其风流，信心放笔，以刊落抹摋为能事，而不知约之以礼。”钟惺推尊思沛，钱谦益既严谴竟陵派，又祸及雷氏，视其公安“末流”：“何思集，其门生钟惺所论次。余录其诗，附三袁之后，以见公安之末流如此，馀人则尽削不载。”如今看来，钱氏对思沛，大抵是“以刊落抹摋为能事”。《列朝诗集》为选诗十首，由于心存偏见，难免差强人意。

馀　论

公安派黜模古之法则，尚今之性情，革新了文坛面貌。问题的关键是它将怎样的“性情”导入诗歌革新领域。公安派接受王学，蔑视拘儒俗士，要求个性解脱，推重的性情接近自然人性之“情”，认为“真情”必出于己心，必不惮于背离绳检。因此，其宣导性情具有反抗“矫情”，力求复归人性的意义。

公安派诗人“宁各出手眼，各为机局，以达其意所欲言，终不肯雷同剿袭，拾他人残唾，死前人语下”[131]，正由于此，其诗率性而出，不名一家，在中国诗史上自成一派。

七子派以复古为诗歌“机轴”，公安派创立性灵“新机轴”，见从己出，诗无定法，贵真尚我，引领诗坛新尚，诚如袁中道《中郎先生全集序》所说：“甫乃以意役法，不以法役意，一洗应酬格套之习，而诗文之精光始出。如名卉为寒氛所勒，索然枯槁，而杲日一照，竟皆鲜敷；如流泉壅闭，日归腐败，而一加疏瀹，波澜掀舞，淋漓秀润。至于今，天下之慧人才士，始知心灵无涯，搜之愈出，相与各呈其奇，而互穷其变，然后人人有一段真面目溢露于楮墨之间。”

公安派诗歌体写自然人性和平民之道，客观上推毂了晚明新思潮。检公安派诸家诗集，一种清晰的感觉是诗思疏疏落落，“自然之性，一往奔诣”，意在表现个体好尚、取舍。这自非一派所独有，但由此形成一种风尚，确实寓含某种文化意蕴。诗人要把“自我”展示给人看，表现它的存在，这实已具备“五四”新文学精神的萌芽。

---

① 关于公安派活动的分期，黄仁生先生在《江盈科集》整理前言中提

出:万历十八年至二十二年为酝酿准备期,万历二十三年至二十八年为开宗立派期,万历二十九年至三十八年为修正前期诗论、调整发展期,万历三十九年以后为矫弊救衰的衰落期。这一观点大致体现了近年研究公安派发展历史的看法。无疑,万历十八年至二十八年是公安派立派的主体时期。不过,我们认为公安立派的酝酿还可再往前推十年,而衰落的具体时间是在万历三十一年前后,万历三十九年之后,公安派主要人物凋零殆尽,袁中道个人反思的举措,也可称公安派的矫弊救衰。

② 《白苏斋类集》卷十。

③ 《珂雪斋集》卷十八。

④ 《敝箧集》之一《社中》。

⑤ 《敝箧集》之一。

⑥ 《珂雪斋集》卷十四。

⑦ 《白苏斋类集》卷十五《陶编修石篑》。

⑧ 《珂雪斋集》卷七。

⑨ 《锦帆集》之一《答江进之别诗》。

⑩ 《瓶花斋集》之六。

⑪ 《白苏斋类集》卷十六《大人书》。

⑫ 《白苏斋类集》卷十六《答江长洲渌罗》。

⑬ 《解脱集》之四《伯修》。

⑭ 《歇庵集》卷十五《与袁石浦三首》。

⑮ 《白苏斋类集》卷十六《答陶石篑》。

⑯ 《解脱集》之二。

⑰ 《珂雪斋集》卷二十一《书平方弟藏慎轩居士卷末》。

⑱ 《珂雪斋集》附录《楚狂之歌》哭黄辉诗四首其三。

⑲ 《珂雪斋集》卷十七《潘去华尚宝传》。

⑳ 《白苏斋类集》卷二《夏日黄平倩邀饮崇国寺葡萄林,同江进之、丘长孺、方子公及两弟分韵,得阁字》。

㉑ 《瓶花斋集》之二《冬夜同黄平倩兄弟、董玄宰、家伯修、小修集顾升

伯斋中剧谭偶成》。

㉒ 《黄太史怡春堂逸稿》卷二《赠郑昆岩别言》。

㉓ 《黄太史怡春堂逸稿》卷二《正思庵记》。

㉔ 《雪涛阁集》卷七《重复永定寺建佛殿五贤祠记》。

㉕ 《黄太史怡春堂逸稿》卷二。

㉖ 《日知录集释》卷一。

㉗ 《瓶花斋集》之四《显灵宫集诸公以城市山林为韵》。

㉘ 《明神宗实录》第6917—6919页。

㉙ 《歇庵集》卷十六《辛丑入都寄君奭弟书》。

㉚ 《歇庵集》卷十六《辛丑入都寄君奭弟书》。

㉛ 《歇庵集》卷十五《与周海门先生》。

㉜ 《明神宗实录》第6107、6108页,参见《万历十五年》第236页。

㉝ 沈德符《万历野获编自序》。

㉞ 《珂雪斋集》卷二十三。

㉟ 《潇碧堂集》之十二《送江陵薛侯入觐序》。案:据钱伯城先生笺注,此序作于万历二十八年秋。

㊱ 参见《利玛窦中国札记》第436—441页。

㊲ 《晚明思想史论》第71页。

㊳ 《歇庵集》卷十六《辛丑入都寄君奭弟书》。

㊴ 《潇碧堂集》之二十《德山麈谭》。

㊵ 《潇碧堂集》之五。

㊶ 《潇碧堂集》之十一《叙呙氏家绳集》。

㊷ 《珂雪斋集》卷二十五《答钱受之》。

㊸ 《锦帆集》之三《王以明》。

㊹ 《锦帆集》之三《小修》。

㊺ 《锦帆集》之一《惜日》。

㊻ 《锦帆集》之一《任意吟》。

㊼ 参见严迪昌《"市隐"心态与吴中明清文化士族》一文,《苏州大学学报》1991年第1期。

㊽ 《锦帆集》之四《管东溟》。

㊾ 《解脱集》之四。

㊿ 《雪涛阁集》卷八。

51 《敝箧集》之二。

52 《敝箧集》之二《答李子髯》。

53 《万历野获编》卷二十五《时尚小令》。

54 《雪涛阁集》卷八《解脱集引》。

55 《瓶花斋集》之一《入燕初遇伯兄述近事偶题》。

56 《敝箧集》之二《上巳日柬惟长》。

57 任访秋先生《袁中郎研究》提出个人的观点:"其原因,按情理推测可能有两种情况:卓吾在当时既为一般大人先生所痛恶,中郎同他的关系一向很密切,恐怕随便发一点议论,就不免要招是惹非。再不然,也许后来编集子时,把这些东西删去了。不过比较起来还是前面的推测靠得住些。"(第 38 页)笔者认为,按中郎性情推测,他是不惮"招惹是非"的,而且隐居林下,作一些悼念文字,还不至引来祸事。如:李贽死后,焦竑刻其书信遗编,顾大韶等人校刻《李温陵集》,袁小修为作传,汤显祖、周汝登都有悼念之诗。

58 《潇碧堂集》之十一《叙曾太史集》。

59 《潇碧堂集》之十九《黄平倩》。

60 据《徐氏家藏书目》卷七,万历四十八年徐兴公曾在江盈科之子禹疏家中见《雪涛阁续集》未刻稿三十卷,内容今已不易知。见《明代书目题跋丛刊》,书目文献出版社,1994 年。

61 《雪涛阁集》卷七《莲山文师去思碑记》。

62 《雪涛阁集》卷六。

63 《雪涛阁集》卷五。

64 《雪涛阁集》卷六。

65 《雪涛阁集》卷六《耳谭引》。

66 《雪涛阁集》卷六《鲁两生》。

67 《雪涛阁集》卷八。

(68) 参见《石洲诗话》,翁方纲撰,人民文学出版社,1981 年。

(69) 《珂雪斋集》卷二十四《答王天根》。

(70) 《珂雪斋集》卷十三。

(71) 《雪涛阁集》卷四。

(72) 《瓶花斋集》之九《与江进之廷尉》。

(73) 《雪涛阁集》卷七。

(74) 《雪涛阁集》卷一。

(75) 《雪涛阁集》卷一。

(76) 《雪涛阁集》卷一。

(77) 《锦帆集》之二。

(78) 《隐秀轩集》卷二十八《与王稚恭兄弟》。

(79) 《南雷文案》卷九,黄宗羲撰,四部丛刊初编本。

(80) 《潇碧堂集》之十六。

(81) 《白苏斋类集》卷七。

(82) 《白苏斋类集》卷二十。

(83) 《袁中郎研究》第 29 页。

(84) 《白苏斋类集·前言》。

(85) 《白苏斋类集》卷二十《论文下》。

(86) 《歇庵集》卷一《怀伯修先生近体四章》其二。

(87) 《白苏斋类集》卷一《寿亭舅赠我宜兴瓶茶具酒具,一时精美,喜而作歌》。

(88) 《白苏斋类集》卷一《题柏溪沈先生墨竹》。

(89) 《珂雪斋集》卷十二。

(90) 《白苏斋类集》卷五《同惟长舅读唐诗有感》。

(91) 《白苏斋类集》卷五。

(92) 《白苏斋类集》卷六。

(93) 《白苏斋类集》卷六。

(94) 《白苏斋类集》卷一。

(95) 《缑山先生集》卷四。

(96) 即《陶文简公集》十三卷，有天启六年刻本传世。此本上书口有“水天阁”三字，又称《水天阁集》。《明诗纪事》作十卷，不知所据何本。

(97) 《歇庵集》卷二。

(98) 《歇庵集》附录。

(99) 复旦大学编《中国文学批评史（明代卷）》第八章《晚明的诗文批评（上）》征引“心胆如婴儿”诗句说：“真成了绝识无知的赤子之心。与李贽的童心说相比，恰恰发挥了其消极的一面，而失去了其积极的批判精神。”（第478页）案：似误。

(100) 《白苏斋类集》卷十五《李卓吾》。

(101) 《锦帆集》之一《陶石篑兄弟远来见访，诗以别之》。

(102) 《解脱集》之二《别石篑》。

(103) 黄宗羲《明儒学案》卷三十六提出望龄学问“多得之海门（周汝登）”。当前学界亦有信奉此说者。笔者认为，望龄结交周汝登较晚，其问学实始于焦竑启发，得力于与宗道商讨，成熟于与宏道及周汝登、陶奭龄证学。

(104) 《歇庵集》卷三。

(105) 《歇庵集》卷十五。

(106) 《歇庵集》卷二。

(107) 《解脱集》之一。

(108) 《白苏斋类集》卷十六《答陶石篑》。

(109) 《歇庵集》卷二。

(110) 《歇庵集》卷二。

(111) 《解脱集》之二。

(112) 《锦帆集》之二《叙小修诗》。

(113) 《珂雪斋近集》卷一。

(114) 《珂雪斋近集》卷二。

(115) 《珂雪斋近集》卷九《寄长孺》。

(116) 上引四诗见《珂雪斋集》卷一。

(117) 《珂雪斋集》卷四。

⑱ 《珂雪斋集》卷三。

⑲ 《珂雪斋近集》卷一。

⑳ 《珂雪斋近集》卷一。

㉑ 《珂雪斋近集》卷六。

㉒ 《珂雪斋集》卷十一。

㉓ 《珂雪斋集》卷二十四《答王天根》。

㉔ 《珂雪斋集》卷二十四《答钱受之》。

㉕ 《珂雪斋集》卷二十五《与钱受之》。

㉖ 现代诸种文献著录黄辉生平，均曰生卒不详。笔者考证如下：《黄太史怡春堂逸稿》卷一《祝郑经略七衮序》："辉生十岁时，有郑御史来按蜀。"郑御史指郑洛，安肃人，嘉靖三十五年进士，曾任四川参议。《明神宗实录》载："（嘉靖四十四年四月）四川贼黄中据罗山寨劫掠奉、云、万三县，官军讨之不克。巡按御史郑洛言川贵二省自分彼此，而湖广诸道勘处耽延，以致贼久不服。"以此推算，黄辉生于嘉靖三十四年（1555）前后。又《黄太史怡春堂逸稿》卷一《三游稿小序》："往隆庆己巳（三年），先生与予同应士选，入太学。"同卷《征言录序》："予十五入太学。"据此，黄辉生于嘉靖三十四年。又，袁中道《柴紫庵记》："平倩长伯修六岁。"袁宗道生嘉靖三十九年，由此推算出的黄辉生年与上论相符。黄辉卒年，易于辨认。袁祈年《楚狂之歌》哭黄辉诗题云："壬子夏，先生殁，为位而哭之，如父执礼。"壬子，万历四十年（1612）。中道《寄曹大参尊主》："自章台寺别后，不旬日间，遂有家大人之变，不肖五内崩折，功名之失得不足论，身世之凄凉大可悼也。乃六月中，又闻黄平倩先生之讣。"曹大参指曹学佺，据《游居柿录》卷七，万历四十年春学佺至沙市访中道。家大人指袁士瑜，万历四十年三月初八日卒，中道闻黄辉之讣在六月，与祈年诗中所载时间正合。又，《珂雪斋近集》卷九《寄长孺》："中郎既去，家严继之。……黄平倩仁兄亦以今年夏初不禄。"结合以上材料，我们推断：黄辉生于1555年，卒于1612年夏初。

㉗ 袁宏道《广陵集》。

⑫⑧ 袁宏道《未编稿》之三。

⑫⑨ 《隐秀轩集》卷三十四《告雷何思先生文》。

⑬⓪ 《隐秀轩集》卷十七《先师雷何思太史集序》。

⑬① 《珂雪斋集》卷十一《宋元诗序》。

第五章　竟陵派

万历中叶起的社会激变给士人精神世界带来动荡不宁的播迁，公安派狂健进取的热情在政治挫折下趋于消退，士人忧郁、迷惘、孤寂、苦涩心绪日益浓重，竟陵派崛起文坛，标立“隐秀”的人生和文学旨归，诗以吐写历史变幻中的精神苦顿和幽情单绪，诗风流行大江南北三十馀年，文坛风移俗易。

一　竟陵派兴起的社会环境

无论把明王朝衰落的起始追至正德时期，还是强调嘉靖间的社会蜕变，终不可否认，社会激变具体发生在万历中叶。明末的倪元璐清醒地看到这一历史事实说：“自神祖中叶以来，三、四十年间，朝廷之局凡三变。”[①]陈田、孟森等人鲜明指出万历中叶是明朝全面溃败和急剧衰颓的开始，君主的贪酷昏聩和缙绅的朋比树党预示了它的覆亡结局。

万历十年，首辅张居正卒，明神宗始大权在握，声称“朕总万几，悉由独断”[②]，他的荒怠朝政，准确地说是在万历十四年国本之争兴起之后。万历二十年起，君臣矛盾激化，愈演愈烈，明神宗表现出政治冷漠，“御前之奏牍，其积如山；列署之封章，其沉如海”[③]。万历三十八年，周曰庠在奏疏中说：“自万历二十年来，深居大内，大小臣工莫能接见。朝夕左右，不过宦寺之流。一念精明，强毅之心，日敛月消，而人才邪正、政事得失皆置之膜外。"④皇帝怠政，政治重任落在内阁官僚身上，鉴于张居正柄政的下场，申时行、王锡爵、沈一贯时刻保持警惕和谨慎，他们既没有张居正的经济才能，又奉守明哲保身，加上私欲膨胀，内阁政治成了国家政治衰败的根子。申时行务承帝指，不能大有建立；沈一贯枝柱清议，好同恶异；方从哲性柔懦，不能任大事。《明史》卷二一八评说："时行诸人，有鸣豫之凶，而无干蛊之略。外畏清议，内固恩宠，依阿自守，掩饰取名，弼谐无闻，循默避事。《书》曰：'股肱惰哉，万事隳哉。'"皇帝专横贪婪，内阁庸弱自私，一批中下层官僚结依内阁，朋党营私，沆瀣一气，为害数十年的矿税、国本之争、党争及由此引发的种种案事，都是导致明王朝凋敝的重要原因。

明神宗树立矿税名目，大肆掠夺、盘剥民众，仅万历二十九年征收的"税款"便达白银九十万两，黄金一千五百馀两，其他财物无算，这尚是内宦、官僚中饱私囊后的数字。同一年，冯琦上疏指出民膏瓜分之大概："大略以十分为率，入于内帑者一，尅于中使者二，瓜分于参随者三，指骗于土棍者四。而地方之供应、岁时之馈遗、驿递之骚扰，与夫不才官吏指以为市者，皆不与焉。"⑤民众饱罹其苦，"矿头以赔累死，矿夫以倾压死，矿徒以争斗死，贫民以逼买死"⑥，民变纷起，万历二十七年，荆州商民一呼聚众数千人，掷瓦石赶走中使陈奉，第二年武昌商民万馀人把陈奉同党抛入江中，陈氏仓皇逃窜。万历二十九年苏州民变，打死宦官孙隆的爪牙黄建节等人，孙氏逃至杭州。万历三十年景德镇发生反对宦官潘相征税的民变。"当斯时也，瓦解土崩，民流政散，其不亡者幸耳！"⑦

明神宗皇后无子，王姓妃子生皇长子常洛，郑妃生子常洵。神宗宠爱郑妃，欲立常洵为储，群臣激议立皇长子，神宗拖延立储之事，国本之争困扰政坛数十年，引发种种宫廷明争暗斗、朝臣朋党倾轧案事，著名的就有“妖书”、“梃击”等案，政治危害不亚于矿税。

党争与明王朝的衰亡相始终，政治破坏性显著。礼部尚书冯琦病故于万历三十一年，他生前对党祸深有预感：“宰执数易，大臣旅退，白衣苍狗，何其亟也！班孟坚有言，哀平之际，祸福速哉。世议亟变，则世事从之。”[8]数年后朝内“齐、楚、浙三党鼎立，务搏击清流”[9]，顾宪成、高攀龙等东林士子与诸党水火不容，被指责为东林党，党争“水火薄射”，“党愈炽，而国是不可问矣”[10]。

明王朝走向它最黑暗迷乱的时期，竟陵派继公安派兴起文坛，体现了晚明士人心态由狂放向内敛的变迁。细加考察导致这一变化的社会动因，还可看到攻禅事件和“妖书”案的政治威劫作用。

万历三十年，利玛窦等西方传教士在京城看到“偶像崇拜”遭到失败，“儒家的叛道者”李贽得到悲惨下场，黄辉等“偶像崇拜者”受不了耻辱，悲观失望中“退休还家，闭门不出”。接踵而来的“妖书”案让传教士进一步领略了政治中心的环境险劣。万历三十一年十一月，一本三百馀字的小册子《续忧危竑议》被发现，即所谓的“妖书”，其中宣称万历二十九年新立的太子朱常洛不久将废，并指出这一阴谋的参与者和计划，牵扯人物众多，如谓东宫不得已而立之，明神宗特用大学士朱赓，实有意重新立储（“赓者，更也”），批评沈一贯的阴狠和袒护郑贵妃。明神宗责令严密侦捕“妖书”作者，沈一贯也借机剪除政坛异己郭正域和沈鲤，“在这些日子里，全城陷于一片悲惨境地，很多无辜的人被抓进监狱，百姓害怕出门”。巡城御史康丕扬逮捕达观、钟澄、刘相，严刑考讯，达观惨遭鞭打，“当他们要给他再戴上镣铐时，他已经在戴上以前毙命了”。案事变得曲折复杂，万历三十二年四月，顺天诸生皦生光磔于市，案事稍渐平息。不知传教士是否亲眼观睹了皦生光被

"迅速执行"极刑的场面,《利玛窦中国札记》记述得是这样详切:"他被缚在桩子上,从他身上切割下一千六百片肉来。用这种办法残忍地不伤及他的筋骨和头胪,从而在他所遭受的苦痛之外,他还被迫眼看着自己被支解。"传教士体味了十六、十七世纪之交中国政坛和思想界纷争的血腥性,认为"偶像崇拜"已经彻底"信用破产",中国的"异学"根本禁不住暴风雨,在首次迫害中就被"连根拔掉"了⑪。

对信奉"异学"的士人来说,放弃"异学"幼苗,收敛狂放,才显得理智些,袁宏道、黄辉、陶望龄的进取热情不是在遭到威劫后消退了吗?士人惊惶迷茫,苦闷失落,竟陵派已不能继续推出"偶像崇拜",洒脱地对抗政治和理教了。严迪昌先生指出:"这是一个失落了笑的时代,即使狂放也已抽空了自我平衡的骨架,狂不成形,放难展怀。在钟惺、谭元春树帜诗坛的时代,袁中郎式的潇洒脱略、清狂放逸行径已失去相应的社会氛围,尽管他们之间前后相隔不多年。黑暗王朝在进入全面溃烂时期,戕害民气、伤蚀人心,精神的窒息所导致的社会沉沦周期并不需要一代人时光的,何况文化人独持有某种敏感性!"⑫钟惺、谭元春一类的孤清之士另筑精神家园,追求孤行独往的人生和幽寒孤峭的诗调,体现了"狂不成形"时代氛围里士人忧郁、孤独、苦涩的文化心理。

二　竟陵派的诗心及诗风传播

1.竟陵派的组合

从某种意义上说,竟陵派的形成是下层士子"孤清"心迹相互撞击的结果。寒士位卑名微,落拓江湖,但决非才小慧薄,只会谱写几首寒酸诗的小角色。他们傲睨当世,自重自怜,又彼此同气相求，相互推挹，林古度、钟惺对寒士陈昂的推重即包含着这一文化意蕴。

陈昂，字尔瞻，一字云仲，号白云，莆田人。嘉靖间避倭乱，流离江右、楚蜀，移寓南京，织屦谋生，衣食不继，犹好诗不辍，惜其深居陋巷，不为人所知。林古度偶然发现其诗，和钟惺、谭元春一起悲鸣，引为同调。钟惺为刻《白云集》，在《读林茂之所藏陈白云五言律七百首追赠》诗中写道："落落含毫际，茕茕织屦翁。一生穷老里，五字险夷中。眇矣置心眼，渊然具化工。似闻君痛哭，屡读不能终。"诗注："闻人诵其诗，辄从傍哭。"[13]谭元春亦赋《读陈白云遗诗》云："痛哭当时意，其言岂望传。过情君子耻，微显古人然。兵火离家日，饥寒织屦年。胸中常湛朗，一世眼光边。"[14]前此十馀年，袁宏道在绍兴发现徐渭诗文，狂呼跪读，为刻集作传。《明诗纪事》评这一现象说："《白云集》孤迥清峭，称其为人。袁中郎识徐青藤，钟伯敬推陈白云，可谓孤情绝照。"如果说宏道推戴徐渭，意在标立文学革新，钟、谭于陈昂诗"屡读不能终"，更多的则是寻求一种寒士精神的契合，体现了诗人清醒的自我意识及谋取下层士子社会存在的价值追求。寒士"孤情"可谓竟陵派系联的精神纽带和组合的文化动力。

肯定布衣士子之诗，宣扬寒士文学，成为竟陵立派的另一动力。钟惺推许陈昂"明布衣第一"，在给蔡复一的信中称山人孙一元、宋登春皆"竖子"耳[15]。他不愿接受孙、宋山人交慕权贵的行径，嫌其诗附庸七子，未真正抒写寒士人生悲歌。他在《白云先生传》中说："明自有诗，而二三君子者，自有其明诗，何隘也？画地为限，不得入。自缙绅士夫，诗的的有本末者，非其所交游品目，不使得见于世者多矣，况老贱晦辱之尤如陈昂者乎？近有徐渭、宋登春，皆以穷而显晦于诗，诗皆逊昂，然未有如昂之穷者也。"七子自有其诗，但不应以此掩盖"明自有诗"和"人自有诗"，因此，钟惺

"力破'二三君子'的自以'明诗'典范模式和他们所固守的樊篱"[16]。竟陵派广结寒士,援引同调,以至钟惺友人张慎言有这样的说法:"自今入市门,见卖菜佣,皆宜物色之,恐有如白云先生其人者。"[17]

尽管不宜称竟陵派为寒士诗派,但它确实具有寒士诗派的一些特征。竟陵诗人官望最显赫的属蔡复一,仕至兵部侍郎,而他性情"幽恬渊净"[18],毫无富贵之气。其次是钟惺,官至福建提学,每称"身自寒士"[19]。此外,刘侗晚举进士,授吴县知县,赴任途中卒。谭元春、沈德符老于一举子。葛一龙捐资授为云南布政司理问,摄弥勒州事,未几罢职。至于商家梅、林古度、沈春泽、徐波、葛一龙、周楷、华淑、徐白、陈则梁,赵韩等人,大抵属寒士之流。兹述竟陵重要诗人简略生平:

钟惺(1574—1625),字伯敬,号退谷,竟陵人。万历三十一年举人,万历三十八年进士,授行人。天启元年迁南礼部主事,再迁郎中,同年冬擢福建提学佥事。天启五年卒于家。有《隐秀轩集》三十二卷,与谭元春合评《唐诗归》三十六卷、《古诗归》十五卷。

谭元春(1586—1637),字友夏,号鹄湾、寒河,竟陵人。久困科场,天启七年举乡试第一。崇祯十年计谐,卒于旅舍。与钟惺并称钟、谭。今人标点《谭元春集》三十四卷,收诗九百馀首。

蔡复一(1567—1625),字敬夫,同安人。万历二十三年进士,授刑部主事,历员外、郎中,乞归。改南京户部,转兵部,累官兵部侍郎,卒赠兵部尚书,谥清宪。有《遯庵全集》十八卷、《遯庵骈语》五卷、《续骈语》二卷、《遯庵蔡先生文集》不分卷。

商家梅(?—1637),字孟和,闽县人。南京结交钟惺,历览两都。钟惺卒,与钱谦益、马之骏往来甚密。崇祯十年卒于太仓逆旅。有《种雪园诗选》五卷、《那庵诗选》二十卷[20]。

沈德符(1578—1642),字虎臣,一字景倩,秀水人。万历四十六年举人。有诗《清权堂集》二十二卷。《列朝诗集小传》:“其论诗宗尚皮、陆,及陆放翁,与同时钟、谭之流,声气翕合,而格调迥别,不为苟同。”《明诗纪事》:“余戏谓《清权堂稿》一编,著色竟陵诗也。”

刘侗(1594—1637),字同人,号格庵,麻城人。崇祯七年进士,除吴县知县,崇祯十年赴任,卒于扬州道中。有《龙井崖诗》、《雉草》。生平知己推谭元春、于奕正,与奕正合著《帝京景物略》。曹溶《静惕堂集》:“同人以文体矜奇,为学使置下等,愤懑入太学,连举乡、会试。留都亭日,与于司直共辑《帝京景物略》,文笔诡异,盖亦服习竟陵派者。”

于奕正(1597—1636),初名继鲁,字司直,宛平诸生。崇祯七年游江南,两年后病卒南京,有诗集《朴草》。《诗观》称其诗“清真澹雅,迥绝尘俗,品格在竟陵数子上”。《静志居诗话》:“其诗南学于楚,然燕赵之风骨尚存。”《明诗纪事》:“诗学竟陵,清韵铿然,盖彼法之铮铮者。”

徐波(1590—1663),字元叹,吴县诸生。万历四十七年,定交钟惺。崇祯十四年,马士英以清职罗致,随即拂衣归。明清鼎革,隐苏州天池山落木庵,号顽庵,与高僧往还,发《楞严》精要。性如止水,诗凄以清,有《采虻》、《就删》、《浪斋新旧诗》、《落木庵诗》等集。另有《谥箫堂集》,列入四库禁毁书目,及《染香庵稿》,今俱未见,《江苏诗征》存二集诗数章。

钟恮(1582—1620),初名恬,字叔静,钟惺三弟,诸生,有《半疏园集》,曹学佺为序。性萧散,善言笑[21],钟惺虽赏其诗不尽学自己,亦有规戒:“诗合一篇读之,句句妙矣,总看有一段说不出病痛,须细看古人之作,《诗归》一书,便是师友也。慧处勿纤,幻处勿离,清处勿薄。可惜此种才情骨韵,当炼之成家。”[22]《香祖笔记》:“其诗绝有风骨,不肯染竟陵习气。”钟恮诗有“铮铮”风骨,但未必就不染竟陵习气，士禛欲置褒辞而诋竟陵，自非公论。

林古度（1580—1666），字茂之，号那子，福清人。少年交游欢乐场，有诗名。移寓南京，萧然陋巷，而宾客盈门。兄林懋，字君迁，亦工诗。万历三十六年前后，钟惺在南京与古度兄弟定交，古度诗因之一变。明亡，古度为明遗民，王士禛推其“文苑尊宿，此为硕果，亦岿然老灵光矣”。诗风清寒浅淡，大抵在钟惺、曹学佺之间，有诗数千首，经王士禛删定，仅存《林茂之诗选》二卷。袁行云《清人诗集叙录》卷一：“旧作经钟、谭丹黄者删削殆尽，晚作亦所存无几，只留风华近六朝者。节概亮洁，其诗亦如之，而无可征事矣。名士选诗之弊，令人嗟惜。”

2.“隐秀”的人生和文学旨归

第一，幽情单绪。《明史》记载，钟惺貌寝体羸，为人严冷，不喜交结俗客，故得以谢绝人事，居南京秦淮水阁，读史每至深夜，有所见所感即书之，题曰《史怀》。陈继儒南京定交钟惺，归而报书：“始闻客云：钟子冷人也，不可近。”钟惺说：“噫！诚有之，然亦有故。……是吾设心不敢轻天下士而以古人待之也。……又不能违心背古以悦人，以故吾于士宁有所不见，见者宁有所不言，甘为冷、为不可近而不悔者也。”[23]复书陈继儒：“朋友相见，极是难事。鄙意又以为不患不相见，患相见之无益耳。”[24]

钟惺甘为“冷人”，孤怀独往，谭元春则常是“远村独坐”，“静抱幽琴看，高深指外求”[25]。钟、谭孤情皆深有内衷，元春《徐元叹诗序》说：“远村独坐，目无所睹，本不当谈此，然使绝国之人，终日怀思中国声名、文物、衣冠、礼乐之盛，或一念其所缺所需，欲归而言之。元叹者，是我归处也。非斯人，吾谁与言！”[26]清醒审视社会现实，“念其所缺所需”，不盲目沉醉于所谓的声名、文物、礼乐之盛，当是他们幽情单绪的深层内涵。

第二，“隐秀”的人生和文学旨归。钟惺诗文自题《隐秀轩集》。“隐秀”一词出自《文心雕龙·隐秀》：“夫心术之动远矣，文情之变深矣。源奥而派生，根盛而颖峻。是以文之英蕤，有秀有隐。隐也者，文外之重旨也；秀也者，篇中之独拔者也。隐以复意为工，秀以卓绝为巧”，“赞曰：深文隐蔚，馀味曲包。辞生互体，有似变爻。言之秀矣，万虑一交。动心惊耳，逸响笙匏。”钟惺言下的“隐秀”，实已拓展为人生和艺术的双重旨归，“隐”是文外、人生的“重旨”，包含古人之精神和幽情单绪；“秀”是文学品格、人格精神的“独拔”，包含独行孤往的人生和幽清孤峭的诗歌艺术。

钟惺以“隐秀”为考察“真诗”的立据，在《诗归序》中说：“真诗者，精神所为也。察其幽情单绪，孤行静寄于喧杂之中，而乃以其虚怀定力，独往冥游于寥廓之外。”有人指责“孤怀”不合世用，钟惺《答同年尹孔昭》辩说：“兄怪我文字大有机锋，谓尽之一字，有道者所不居，真是当头一棒。然读兄书，终篇机锋二字，兄自反何如？我辈文字到极无烟火处便是机锋，自知之而无可奈何，亦是一业，何时与兄参之。”㉗文字“极无烟火”包括人生的无奈，但不意味全然的消极。

第三，诗为“清物”。钟、谭以“隐秀”为旨归，得出诗为“清物”之论。钟惺序谭元春诗集说：“诗，清物也。其体好逸，劳则否；其地喜净，秽则否；其境取幽，杂则否；其味宜澹，浓则否；其游止贵旷，拘则否。”㉘元春《徐元叹诗序》谓：“尝言诗文之道，不孤不可与托想，不清不可与寄径，不永不可与当机。”他们将诗视为心灵世界的一片“澄明”，要杜绝诗中名利。钟惺深惧诗歌沾染尘俗气息，当听闻有人拟“钟伯敬体”，忧心忡忡地说：“近相知中有拟钟伯敬体者，予闻而省愆者至今。……烦稚恭语元长，请为削此竟陵之名与迹，予序子诗以报子。”㉙诗为“清物”，何烦虚名？既然不惮削去“名与迹”，就不怕不为人知，此亦元春《诗归序》论“诗品”的依据:“夫人有孤怀,有孤诣,其名必孤行于古今之间,不肯遍满寥廓。而世有一二赏心之人,独为之咨嗟彷徨者,此诗品也。”

第四,幽清孤峭的诗趣。公安派后期诗趣停泊在“淡而适”之上,竟陵派接续这一变化,疏瀹“独往”、“孤衷”之性灵。衰世文学的变风变雅引起钟惺的注意,认为明诗虽心追手摹初、盛唐,却只有中、晚唐之气。明人诗歌观念里,中、晚唐之诗体现变风变雅之意,钟惺这一观点,源于诗人对身处衰世的理解。

一般说来,孤情自悯可使诗人获得个体精神满足和心理平衡,而且诗人可以借助清远、荒寒诗境来创造一个清新的精神世界。竟陵派诗人苦闷之际,吟咏凄霖苦雨之音,获得了自悯和自立的双重解脱。进而述之,诗人感于忧愤,追踪古人之精神,体会渊微,出以精思,乃有幽峭之诗。钟、谭评选《诗归》,喜爱拈出古人“幽奇”字句作评。何谓“幽”? 钟惺称“细极则幽”。他之所以喜言这种诗调,是因为它可以细切传达心绪,深沉而不浮泛,正如《唐诗归》卷四所评“豪则泛,细则真”。就诗本性情说,钟、谭孤情借“幽”而出,极是自然,如果假以高格朗调,难免强笑不欢,因此,元春《诗归序》中说:“法不前定,以笔所至为法;趣不强括,以诣所安为趣;词不准古,以情所迫为词;才不由天,以念所冥为才。”

3. 诗风传播

作为万历中叶后的诗坛主流,竟陵诗风影响到楚荆、江浙、福建,声势远超过公安派兴盛时期。沈春泽《刻隐秀轩集序》载:“后进多有学为钟先生语者,大江以南更甚。”崇祯五年,陈子龙诗以描绘说:“汉体昔年称北地,楚风今日满南州。”诗注:“时多作竟陵体。”㉚

吴中:竟陵诗风在吴中激起反响,徐波、沈春泽、葛一龙、张泽、华淑等人构成竟陵派一支。

沈春泽，字雨若，号竹逸，常熟诸生。工诗书画，有《秋雪堂诗删》二十二卷。李流芳说他“居然羸形，兼有傲骨，孤怀独往，耿耿向人，常若不尽吾知”[31]。春泽结识钟惺，稍早于徐波。天启二年，钟惺将自选诗文托付春泽谋刻，春泽《刻隐秀轩集序》一面亟赞钟惺“真能为空灵者”，一面匡正世人学竟陵之误解，反对仅得形貌而遗其神情：“以寂寥言精炼，以寡约言清远，以俚浅言冲淡，以生涩言新裁，篇章字句之间每多重复，稍下一二助语，辄以号于人曰：吾诗空灵已极。余以为空则有之，灵则未也。”

葛一龙，字震甫，吴县人，有《葛震甫诗集》十七卷。性孤清，嗜读书吟诗。谭元春《葛震甫，洞庭诗人，索米久不遂，将别感赋》诗云：“我过君来寄幽赏，阴铿李颀私来往。”[32]于奕正《喜葛震甫归自固陵》诗云：“款款青溪上，古今怀抱开。”钱谦益丑诋竟陵，对葛一龙“降为楚调”深表不满，《列朝诗集小传》：“正、嘉之际，洞庭蔡九逵为清绮之词，颇自异于文、祝诸贤，以为独绝。震甫闻而说之，刊落剪刻，欲追配之于百年之上。已而年渐长，笔渐放，楚人谭友夏之流，相与尊奉之，浸淫征逐，时时降为楚调人谓震甫之咻于楚，犹昌谷之移于秦，可为一喟也。”吴县诗人吴鼎芳（字凝父，家贫，不事治生，不游权贵，落落高古，年四十削发入佛门，名大香）与葛一龙以诗并著吴中，嗜苦吟清啸，李维桢《吴凝父稿序》云：“要之，清气二言足以蔽之。”[33]吴氏交游钟、谭，诗亦有清幽之致，但是钱氏主观割裂其间联系，并在吴、葛之间划上一条鸿沟，《小传》说：“凝父与葛震甫称诗于两洞庭，皆能祓除俗调，自竖眉目。震甫晚自信不笃，颇折入于钟、谭”，“竟不免堕修罗藕丝中。凝父修声闻辟支果，虽复根器小劣，后五百年，终不落野狐外道也。”

我们无意在此辩驳钱谦益之论，但不得不指出，竟陵诗风流行吴中，吴鼎芳等吴中诗人并非一概排斥“竟陵”体。钱氏跳踉说法，带有很大的随意性，如盛推徐波，横责葛一龙，本身就缺乏统一标准。关于这一问题，钱锺书先生曾经言及“牧斋谈艺，舞文曲笔，每不足信。渠生平痛诋七子、竟陵，而于其友好程孟阳之早作规摹七子、萧伯玉之始终濡染竟陵，则为亲者讳，掩饰不道只字”㉞。

此外，王留倡导“吴下体”，自标门户，诗亦沾染竟陵风气。张溥吴中组织复社，谭元春携诸弟入社，张溥对竟陵之诗不无赞赏，异于云间诸子竭力抨击的态度。

福建：竟陵诗风感召了一批福建诗人，以蔡复一、林古度、林懋、商家梅声名最著。

钱谦益、朱彝尊都有苛责八闽诗人接受钟、谭诗观的批评，不妨借以认识竟陵诗风的传播。《静志居诗话》：“竟陵之邪说行，率先倒戈者，蔡敬夫也。”《列朝诗集》不录蔡复一诗，传载谢肇淛时，旁敲侧击说蔡复一“陵夷”了闽派风雅：“在杭之后，降为蔡元履，变闽而之楚，变王、李而之钟、谭，风雅陵夷，闽派从此熸矣。”

继蔡复一订盟钟、谭的为林古度兄弟，清人陈文述《乳山访林古度故居》载：“万历己酉、壬子间，楚人钟惺、谭元春先后游金陵，古度与溯大江，过云梦，憩竟陵者累月，其诗乃一变为楚风。”㉟随后商家梅请钟惺定诗，谓“诗不选不诗也，选不钟子不选也”㊱。钟惺选《种雪园诗选》五卷，尽汰家梅万历四十年前之作。由此可见家梅向慕钟惺的苦心。

值得一提，莆田女诗人周庚诗法竟陵，著《羹绣集》，存诗百馀首，有风雨悲鸣之意。晚明闽派的曹学佺、谢肇淛交往钟惺、商家梅较密，论诗虽异，其间相互影响也是事实。

浙东：浙东诗人师法钟、谭成一时风气，王思任、倪元璐、张岱、张弘兼采公安、竟陵之长。

《列朝诗集小传》称王思任为竟陵横逸之“旁派”，《明诗纪事》说思任“扬竟陵之馀波”，均非空言。张岱早年诗学徐渭、袁宏道，中年倾慕钟、谭，族弟张弘推崇竟陵，以钟、谭为手眼选《明诗存》，并据以选张岱诗，不录近似徐渭之作，张岱“乃始自悔，举向所为似文长者，悉烧之，而涤骨刮肠，非钟、谭则一字不敢置笔”[37]。张弘后来在几社影响下，尽黜钟、谭，张岱不能苟同，批评说：“前见吾弟选《明诗存》，有一字不似钟、谭者，必弃置不取。今几社诸君子，盛称王、李，痛骂钟、谭，而吾弟选法又与前一变，有一字似钟、谭者，必弃置不取。钟、谭之诗集仍此诗集，吾弟手眼仍此手眼，而乃转若飞蓬，捷如影响，何胸无定识，目无定见，口无定评，乃至斯极耶！盖吾弟喜钟、谭时，有钟、谭之好处，尽有钟、谭之不好处，彼盖玉常带璞，原不该尽视为连城。吾弟恨钟、谭时，有钟、谭之不好处，仍有钟、谭之好处。彼盖瑕不掩瑜，更不可尽弃为瓦砾。吾弟勿以几社君子之言横据胸中，虚心平气，细细论之，则其妍丑自见，奈何以他人好尚为好尚哉！况苏人极有乡情，阿其先辈，见世人趋奉钟、谭，冷淡王、李，故作妒妇之言，以混人耳目。吾辈自出手眼之人，奈何亦受其溷乱耶！”[38]总体上讲，浙东诗人对竟陵诗风采取了包容汲取的态度。

山左：钟惺与新城王象春为同年友人，为象春作《问山亭诗序》，激励他自成一家言。象春标举禅诗、侠诗，别辟门庭，一定程度上得力于钟惺劝说。莱阳高出则与钟惺发生激烈的文学争鸣。高出，字孩之，万历二十六年进士，累迁广宁道监军，有《镜山庵集》二十五卷。弱冠成进士，始肆力学诗，初读王世贞诗，即学世贞，已而读李攀龙、李梦阳集，再学二李，继诵杜诗，专学杜甫，久之，上溯至六朝、汉魏、诗三百，沉酣讽咏，废寝忘食，自号能诗，由是得诗狂之名。《诗归》问世，高出致书钟惺提出异议，强调诗文“厚”始称“达”，钟惺认为此说不免首末倒置，复书指出：“向捧读回示，辱谕以惺所评《诗归》，反覆于厚之一字，而下笔多有未厚者,此洞见深中之言。然而有说。……然从古未有无灵心而能为诗者,厚出于灵,而灵者不即能厚。”[39]天启六年,即钟惺卒之明年,高出因辽阳失守下狱,身在囹圄犹然款款论诗:“余犹忆发始燥时,天下学士大夫罔不慕说李、王,有及见之者举其咳唾以为快。后乃稍有厌薄之者,至于今则又皆骂之。第使今日诸贤而生李、王之时,其为希声附景,攀骥尾而藉鸿翼,又可胜道哉!”为七子派辩护,同时批评竟陵派:“时贤之言曰:‘吾代无真初、盛而有真中、晚。’噫!今之矜以为真中、晚者,庸讵异前贤之所矜为真初、盛者耶?如曰自有吾之真诗在,何必古之师而屑屑初、盛为者?固也夫不屑真初、盛,而何以屑真中、晚耶?”[40]“时贤”系指钟惺,他的《诗归序》称道“古人之精神”,《与王稚恭兄弟》认为“国朝诗无真初、盛者,而有真中、晚”。高出以为钟惺自相矛盾,举证说既然“自有真诗”,何必屑屑于“古人之精神”?既不屑“真初、盛”,又何必矜持“中、晚唐”?公是公非,虽一时难定,但可以肯定,高出为七子护法,拘泥太过。

三　一段神寒能立俗——钟惺激宕孤清之诗

1.韵高生险怪,气结怨蹉跎

钟惺目睹党争之害,与一二同道讲求时务,“以为吾若居给事御史,务求实用,不兢末节小名,爱恋身家,如鸡鹜之争食、妇女之简狎,庶不令主上厌极大创,祸流缙绅”。万历三十九年京察,宣党人物汤宾尹降调,钟惺惋惜说党争摧抑人才,破坏国家元气。其实,汤宾尹不足当之,但钟惺的忧虑不无道理。由于不甘平庸,同情汤宾尹政治遭遇,钟惺身不由己卷入党争。万历四十六年,友人邹之麟疏论齐党亓诗教、赵焕,语侵方从哲,夺职闲住,钟惺受到牵连。天启四年，他丁忧家居，福建巡抚南居益（注名东林）劾其科场舞弊、父丧间携妻妾游武夷山，钟惺由是坐废家中。夹在党争中间，他饱罹其苦，“终不能大有所表现，而仅以诗文为当时师法”[41]。

党争的残酷及其造成的政治衰颓在钟惺内心留下长期不能弥合的创伤，他创作了大量政治抒情诗，一腔忧愤泄为怨怼之音，如《邸报》：“己酉王正月，邮书前后至。数十万馀言，两三月中事。野人得寓目，吐舌叹且悸。耳目化齿牙，世界成骂詈”，“议异反为同，途开恐成闭。机彀有倚伏，此患或不细。遘兹不讳朝，杞人弥忧畏。”[42]己酉，万历三十七年，激宕之辞，载传着孤介戾气。翌年钟惺授行人。前后居冷曹八年，稍迁南礼部主事。《邺中歌》自嘲云：“霸王降作儿女鸣，无可奈何中不平。”[43]谭元春读后赋诗云：“韵高生险怪，气结怨蹉跎。屑屑谈香履，英雄所感多。”[44]

天启五年，钟惺临逝前不久，写下《乙丑藏稿》七绝三十首[45]。阉党大肆反攻东林，朝内风声鹤唳，钟惺的政治伤感和多年来的压抑、苦闷迸发于诗中，一章咏一事，时有反复，寄寓深痛。第十七首：“一身事外一逍遥，展画翻经去日销。闲阅有明诸庙录，开缄怯到武宗朝。”正德皇帝朱祐樘，即诗中说的明武宗，无休止地追求纵欲淫乐，建豹房，宫中练兵，宠信宦官刘瑾。嘉靖皇帝怠政不逊于明武宗，万历皇帝亦多荒唐事，帝昏、党祸、阉乱的王朝历史说明“人祸”烈于天灾，以至于诗人不敢翻开这段历史。第十三首：“情知有返春明日，今日天涯出国门。”政坛诡谲变幻，钟惺惟有期待“有返春明日”，眼见朝内“只见纷纷佐斗场”（第二十一首），难觅“故居”，只能以“高飞倦欲还”权作搪塞。第十五首：“巢卵相依出入间，焚林更觅故居艰。归途群鸟遥呼问，只道高飞倦欲还。”

2. 一段神寒能立俗，岂因微艳损幽姿

钟惺性深靖，“如含冰霜”[46]，诗称“冰雪能令慧业生”，“比来渐喜梦魂清”。一度追慕钟惺的张岱认为，山川云物、草木水火、色香声味“莫不有冰雪之气”，冰雪能“寿物”、“生物”，古人之精神毕集于此，“受用之不尽者，莫深于诗文”[47]，“若夫诗，则筋节脉络，四肢百骸，非以冰雪之气沐浴其外，灌溉其中，则其诗必不佳。是以古人评诗，言老言灵、言隽言古、言浑言厚、言仓蒨、言烟云、言芒角，皆是物也”[48]。借助张岱精辟的“冰雪”论辞，可以认识钟惺的诗心。

中国传统文化意识中，寒梅乃冰雪的“寓言”。钟惺《正月二十四日始见人家瓶中粉红梅》诗云：“坞边梅信反迟迟，珍重瓶中始数枝。为负红颜成异种，故超素质得先期。愁同桃李春相见，幸托冰霜晚自持。一段神寒能立俗，岂因微艳损幽姿。”[49]既然追求“数枝”的个体存在，就不怕成为“异种”。愁同桃李相遇，是精神逃避，更是高自标属。“幸托冰霜”诗句耐人寻味，钟惺似在庆幸寻到“一段神寒能立俗”的心灵依泊。寒梅经过他的内心淳化，透现清逸遒劲之美。

冷月与寒梅本是同心曲，钟惺《六月十五夜》诗云：“明月眷幽人，夜久光不减。良夜妮佳月，月残漏愈缓。未秋已高寒，秋至更清远。逝将赍幽魄，照此梦魂浅。”[50]六月十五的夜月并非如此之“冷”，但他从“夜久光不减”中读出无限寒意，这正是“冷人”特有的深情，“月残漏愈缓”以下看似浅显，实有不尽的悲凉。

独行孤往，钟惺心灵获得宁静，然终不能超乎世外，登泰山观“无字碑”，历史悲怆腾涌肺腑，在《无字碑》中写道：“如何季世事，反近结绳初？民不可使知，亟亟欲其愚。隐然示来者，此意即焚书！”[51]相传碑为秦始皇所立，顾炎武指出纰谬：“考之宋以前，亦

无此说,因取《史记》反复读之,知为汉武帝所立也。”[52]暂且不论碑之来历,钟惺借焚书坑儒史事追问“如何季世事,反近结绳初”。无字碑意即“焚书”,显有现实所指。钟惺推重李贽遗世独立的精神,《读〈豫约〉》慨叹李贽书焚人亡:“李老未忘骸,死前营夜壑。自谓出家儿,身世了无缚。……世无知我者,能杀亦云乐。偏逢高趣人,焚琴而煮鹤。”[53]李贽的叛世是外显的,钟惺的叛世则是沉思的,如《古诗归》卷一评黄帝《兵法》:“防微慎渐之语,却藏杀机。古圣贤如黄帝、太公,皆是狠人。”《史怀》卷六《史记》二《吴太伯世家》:“观刘项、吴越成败之际,可见古今霸王,其君若臣,无朴心而慈性者。”《无字碑》即体现着这种历史反叛精神和清醒的社会、人生意识。

钟惺之诗,涤去富贵之气,宕溢着“抹不去、剪还乱”的寒意与迷惘,寒意是自我清醒和道德自守,迷惘是政治苦闷和忧思。谭元春对钟惺诗歌体悟甚深,评说深入肌理,《题伯敬诗集》云:“人见只作数卷诗,我见熔裁成光彩。岁岁顾影步步入,取次观之深浅在。岭秀潭空云未作,静者独居百花落。有闻无声肃肃如,惟恬惟澹涵其博。于古不背今不袭,升沉其外中而立。”[54]

四　月魂一缕深——谭元春平凡清泠之诗

1. 浩浩苍苍,以起我心

钟、谭选评《诗归》,别具手眼,为诗坛注目,《静志居诗话》:“《诗归》既出,纸贵一时。”《列朝诗集小传》:“承学之士,家置一编,奉之如尼丘之删定。”元春而立之年已文名腾涌起,科场上却连遭败绩。他本就对科举名利持有异议,《答刘同人书》称此“以负心之事博义称,以人之死博安常,抑其心之所热以就冰雪”。既然科举不能摈绝，他便持一种得失皆无妨的心态，万历四十三年乡试"场卷点抹皆无，如未以手触者"，天启元年乡试因"文奇"遭黜，天启七年始举解元。

尽管他称道"牛李成风俱不染，禅玄异派只参观"[55]，但如果没有寓热于冷的深情，便没有竟陵派的社会存在，像钟惺一样，元春将一泓深情寄于孤怀："慨世蒙顽，宜莫如我"，"浩浩苍苍，以起我心"[56]。"仆生平亦有一段精诚，不为浮名所欺，不为才气所怵，足以通于苍苍灏灏之人"[57]。

钟惺摹写的"冷月"堪称独到，元春咏月，同样出人意表，《新月》云："早夏寒尽脱，园夕馀阴森。不知明所自，如霜白空林。净衷澄遐观，漠漠天外寻。良久乃可得，月魂一缕深。"[58]千古幽情经"不知明所自"道出。元春"漠漠天外寻"，体味"月魂一缕深"——世界本应是澄明的、清新的，世事已非，惟将一缕深情托付新月。这首诗的境界正如他所言"一情独往，万象俱开"[59]。朱之臣《寒河诗序》曰："友夏至性远情，其为诗清微静笃，一以传古人之深意，而生之以变，读之正如春光摇曳，忽徙人之魂气以赴之，而又莫能问其消息之所在，盖非常哀乐矣。"新月的清歌，体现了元春的人生"重旨"和"独拔"的艺术品格。

为寻觅澄明世界，元春徜徉湖山、远村、城曲，"山性与人性，所合在依稀。澄衷阅来久，每爱独往归"。他酷爱陶潜古淡之诗，《读陶诗，诗为鲁文恪手录》云："陶诗淡如此，微云沉古潭。密奥了无际，冥冥真气参。高非由箪瓢，趣岂关沉酣。素而不近枯，心声如可探。"[60]元春以"素而不近枯"的诗句体写人生，如《客夜闻布谷》："百鸟宵正寂，鸣蛙窗未起。布谷何处啼？关我乡园喜。昨得湖田信，新雨润一指。日者谅已耕，田事皆经始。莫我出门来，事事后乡里。赖有此声切，或入家人耳。"[61]深夜布谷啼，何等的亲切！这是孤飞中听见家乡呼唤的回答。他的寻觅不放过蜗角一园，处处发现生命律动，如《园》：“反锁芜园里，孤寻径径嘉。柔条青过草，初叶放如花。燕到寒无职，鸢来雨共斜。午眠能适意，不肯梦归家。”[62]

2. 以情所迫为词

钟、谭约为古学，“冥心放怀，期在必厚”（《诗归序》）。其所谓的“厚”，内容丰富，非专为纠正公安派“纤佻”诗弊。钟惺与高出诗歌争鸣时声明“灵”先于“厚”，元春同样不把“厚”当作文学旨归。而且他们认为无论“灵”，还是“厚”，俱要靠“情”来支持。如《古诗归》卷十评无名氏《欢闻变歌》云：“情语到至处，不含蓄亦妙。”卷十四评梁代刘缓《敬酬刘长史咏名士悦倾城》：“此情常留于天地之间，则人人有生趣，生趣不坠，则世界灵活。”元春《诗归序》又强调说：“词不准古，以情所迫为词。”

钱谦益深文周纳，将钟、谭锻炼成“诗妖”，造成后人对竟陵诗之灵气和真情认识的不足，而人们长期片面夸大竟陵诗风的幽清孤峭，亦不免轻视其“以情所迫为词”。

相比钟惺冷色调浓重之诗，元春诗多了几分生趣，如《拟读曲歌》其九：“各自相怜爱，我盱汝亦晰。奈是少年性，不易知端的。”情既不知何所生，何所止，不妨纵写情事，包括男欢女爱，如其十二：“待曙时，阖家寝门辟。欢将何所之？”其二十六：“枉堕千行泪，要令欢目击。朔风结檐冰，留待情时滴。”文君当垆的故事尽人皆知，元春取作诗材，点染一曲女子心歌，其四十一：“沽酒莫登垆，垆头一定有。欢若好饮时，侬宁自造酒。”[63]

王夫之一方面认为元春诗不合法度，枯涩幽峭，乃亡国之音，另一方面认为堕入“淫哇”之趣，不合温厚之旨。所谓“淫哇”，大抵就《拟读曲歌》一类的作品而发。《明诗评选》卷八录评汤显祖绝句十五首，其中《病酒答梅禹金》云：“青楼明烛夜欢残，醉吐春衫倚画阑。赖是美人能爱惜，双双红袖障轻寒。"评曰："若非声情之美，但有此意，令谭友夏为之，求不为淫哇不得也。"卷六录评王世懋七律二首，《横塘春泛》一首评曰："钟、谭亦未尝不以关情自赏，乃以措大攒眉，市井附耳之情为情，则插入酸俗中，为甚情?"元春以"情迫"为词，和汤显祖一样，吟咏不知何所生、何所止的情，无论显露，还是含蓄，不必被扣上一个"淫哇"的恶谥。

明代文学史上，李何、王李、袁江、钟谭一类的并称，不仅标示其文坛举足轻重的位置，也蕴含了一段同气相求的真情。钟、谭从万历三十三年定交，至天启五年钟惺病故，相知二十一年，钟惺久居外任，赠诗有"老至畏分手"[64]之叹。元春《丧友诗》诗引载述："每别必思，思必求聚，将聚必倚槛而待，聚必尽其欢，欢必相庄，片语出示，作者敛容，一过相规，傍人失色。于是天下人皆曰：'此二子真朋友也。'客有善谮者，钟子笑应曰：'吾两人交，所谓苏、张不能间也。'"《丧友诗》三十首伤悼钟惺，感人至深，如第二十七首："也怪伯牙说废琴，山川满指是君心。深悲极报从兹觅，珍重五弦音外音。"第二十九首："梦宜频到月侵帘，魂若相窥叶落檐。鹏鸟一声埋贾谊，彩毫十束葬江淹。"[65]

五　蔡复一、商家梅、刘侗、于奕正、沈德符、徐波

1. 蔡复一、商家梅

蔡复一与钟惺定交的时间最早可推至万历三十六年前后，经钟惺介绍，复一结识谭元春。《诗归》三易其稿后，钟惺募人录抄一册寄送复一请正云："自谭生外，又无一慧力人如公者棒喝印正。来谕所谓去取有可商处，何不暇时标出，乘便寄示？……恨《诗砭》一卷未成，不能录与公正之。所指示谭生及弟所作佳恶，

裁鉴精当。"[66]钟惺称道复一的文学识见，同时叹赏他的经世才能和幽恬情怀："今天下上下内外，别成一景象，非挥霍弘才，不能着手，然亦非幽恬渊净者，胆决不坚，识决不透，亦未有不幽恬渊净而可谓真挥霍弘才者，公其人也！"[67]

蔡复一诗风相去钟、谭不远，如《闰六月望初立秋，集张园玩月，时积雨新霁》六首其二："素练随风展，鲛珠片片虚。金精秋欲盛，水气雨之馀。照叶全窥鸟，翻波半起鱼。荷香风断续，杯影亦萧疏。"[68]照叶、翻波二句，字词算不上新奇，如果联系题中"玩月"二字，则意趣豁朗。结句写荷香断续、杯影萧疏，近前景物在月光下萧远起来，入清入幽，这正是竟陵派优容不迫的写心之法。再举二首如《秋夜发》："烟霜亦何待，相与警寒空。泉意因风异，峰容得月同。秋声虫语外，夜气稻香中。于此观群动，渊然静理通。"《端午后一日寄邓玄度》："节物太关人，始知身入楚。楚客负楚游，事过空追抚。六日莺花间，骚魂无处所。书从玄夷来，犹挟岣嵝雨。所缺岳楼诗，君为束皙补。一读一泠然，湖山天仰俯。嘉辰乃当兹，续欢征绿醑。子瞻改重阳，中郎展端午。今囊托深心，明月在湘浦。"字句平常无奇，及联缀成韵、成篇，不无精诣独到。

袁枚《随园诗话》认为竟陵之诗时有佳句。陈田《明诗纪事》看法相近，谓蔡复一醉心钟、谭，五言时有佳句，"未尝不可节取也"。

袁枚和陈田未从施闰章、陈允衡所说的"深情苦语"方面认知竟陵派，王夫之更有另论，将竟陵派字句一并否认，《明诗评选》："诗莫贱于用字，自汉魏至宋元，以及成弘，虽恶劣之尤，亦不屑此。王、李出而后用字之事兴，用字不可谓魔，只是亡赖偏方，下邑劣措大赖岁考捷径耳。王、李则有万里江山、雄风浩气、中原白雪、黄金紫气等字，钟、谭则有归怀遇觉、肃钦澹静、之乎其以、孤光太古等字，舍此则王、李、钟、谭，更无可言诗矣。"竟陵派确有"用字"

的问题，王夫之根据“用字”并置钟、谭与王、李入无稽之列，横加排斥，认为舍此不复成诗，这一说法未必合于实情。当然袁枚、陈田仅从字句上解读竟陵之诗，难免支离其意、枯燥其味，亦不足取法。

商家梅请钟惺选诗，尽弃早年作品，宁背天下人而不负于一人，晚年为钱谦益论诗鼓动，亟欲有变，《列朝诗集小传》载：“余尝与孟和论诗，举欧阳子论梅圣俞之言。……孟和俯而深思，喟然而长叹曰：‘善哉，子之教我也！我今而知所以自处矣，我宁规规封己为僻固狭隘之唐人，不愿为不僻固不狭隘之今人也。子幸以斯言叙我诗，百世而下有指而目之者曰：此有明之世一僻固狭隘之诗人也。视欧阳子之称圣俞者，不尤有馀荣乎！’余既诺孟和之请，而未及为。”家梅苦吟不辍，“睡梦”、“呻吟”，无往非诗，《列朝诗集》为选十三首。《留别杜生》抒写友人离别的零乱心绪，含蓄情真，诗云：“樵川旅思久应残，未去遥知别事难。渐有岁时生远梦，乍无朝夕共清欢。山莺劝酒宜深听，春柳如人不忍看。更尽须臾携手处，溪流正涨月光寒。”《得家书》系羁旅之作，颇为吴中诗人称道，诗云：“忽见平安字，封题是老亲。自惊为客久，不敢述家贫。松菊纵多故，路途惟一身。临风应不尽，还问寄书人。”

2. 于奕正、刘侗

刘侗早负才名，因“文奇”困于科场，万历四十六年，被降低诸生等次，遂捐资入国子学，在京五年，结依宛平诸生于奕正，崇祯七年共游南京，翌年完成《帝京景物略》，欲再撰《南京景物略》，可惜崇祯九年奕正客死南京。刘侗护奕正灵柩北归，第二年亦卒。

于奕正诗笔铮铮，《李卓吾墓》云：“此翁千古在，疑佛又疑魔。未效鸿冥去，其如龙亢何！书焚焚不尽，老苦苦无多。潞水年年啸，长留君浩歌。”诗注：“公晚年著书名《老苦》。”李贽墓在通州北门外迎福寺侧,《帝京景物略》卷八载述李贽生平,深衔悲痛,联读诗句,可见奕正奇崛情怀。

于奕正山水诗急管繁弦,奔腾气势不减袁宏道绍兴诸诗,《观浑河一带奇壁歌》绘怪石跳浪:“苍黄老碧天地色,岂有风雨敢剥蚀!”[69]《化阳洞》载记探险历程,诗云:“石乳挂四垂,仿佛百怪立。迷迷步近远,视但光所及。左有潭炬之,摇手龙在蛰。静听若有声,冷然慑嘘吸。心动辄欲还,炬短步逾涩。触滑凭扶将,导者力尚给。一线见天青,黄叶正飞急。”[70]化阳洞在京郊西山,深邃幽渊,奕正探洞中奇诡,出时犹然心波不平,“黄叶飞正急”。奕正喜爱冒险,诗中表现险怪,或曰“突兀怪特”,在那个士人内心动荡不宁的时代,是否另有意味?答案似乎是肯定的。奕正诗并有冷韵。《媚幽阁文娱》卷十选其《观浑河一带奇壁歌》,评曰:“司直人多冷韵,诗亦如之。更有律中警句,如‘树根穿后屋,水迹荡衡门’,‘僧摘霜红供客饷,写收残粒怪人窥’,‘过眼好峰看不定,半似入时眼未经,皆足为印山写照。’”[71]。

刘侗诗韵幽隽,未似奕正之文字飞扬,如《夏日于司直招饮傅氏濯园》:“隔水寂闻弦,游人各偶然。绿香榆柳夏,青动芰荷天。鸟去鸣深处,鱼来立影边。三旬尘作务,得句在君前。”[72]流寓京师,刘侗把京城风情和“异乡为异客”感触揽入笔端,市民情调的《灯市竹枝词》绘写全方位京城生活画卷,如写贵族宴游:“貂装鞑马象装车,不是勋家是戚家。笑上街楼帘尽卷,游人团定候琵琶。”绘平贱女子笑中含悲:“灯楼弦管欲温人,楼下金珠饱杀春。老米青媒明日客,片时和哄可怜身。”[73]咀嚼京城的繁华和凄凉,这位孤清之士,不垂恋繁华,追求平凡而真,《杨柳青》“杨柳青儿手,空钟不暂停。空钟空钟,舒而远听。如蛣蜣起,未触于屏。箫垂笛横,丝弦合并。大人为政,小儿无此耐烦性。”箫吹笛横、丝弦合并,诸如此类“大人为政”的“游戏”,在儿童眼里索然无趣,远比不上“放空钟”发出的蜣螂飞动声。很显然,这是歌颂童心之可贵,寻求返朴归真。

3.沈德符

沈德符心仪钟、谭,文坛禀其号令,《谭友夏夜话》述云:“予幼习楚人,中道得伯敬。示我《玄对稿》,序者曰谭柄。抗论卑时贤,齿少气独横。自幸同王李,支干可交证。最戒傍人门,位置须坚定。欲还真大雅,须斥伪先正。斯语吾堪师,一笑岁寒订。二子世楷模,艺林作司命。历下与琅琊,一朝废不竞。早逝悲钟期,朱弦绝高听。之子独雄视,万夫禀号令。”[74]

需要说明,“予幼习楚人”指早年诗法三袁。德符自幼居住北京,得以交结袁宏道、宗道,《哭袁小修六十韵》诗载其事:“髫岁交袁氏,中郎与伯修。通门叨小友,延誉向同俦。”[75]不过,他与宏道论诗分歧愈来愈著,这也是他后来奉钟、谭“楷模”的一个原因。对于其间分歧,德符记述甚详:“邸中偶与袁中郎谈诗,其攻王、李颇甚口,而詈于鳞尤苦。予偶举李《华山诗》,袁即曰:‘北极风烟还郡国,中原日月自楼台。如此胡说,当令兵马司决臀十下。’余曰:‘上句黄河忽堕三峰下一句自好,但对稍未称耳。’袁微颔,亦以为然。偶案上乃其新诗稿,持问余曰:‘此仆近作,何语为佳?’予拈其《闻蝉》二语云‘琴里高山调,诗中瘦鸟吟’最工,并其《邺中怀古》一联云‘残粉迎新帝,妖魂逐小郎’,用事熔化,前人未有,但结联‘曹家兄弟好,无乃太淫荒’,忽讲道理,近于呆腐。袁笑谓予赏音。但渠所最推尊,为吾浙徐文长,似誉之太过,抽架上徐集,指一律诗云‘三五沉鱼陪冶侠,清明石马卧王侯’,谓予曰:‘如此奇怪语,弇州一生所无。’予甚不然之,曰:‘此等语有何佳处?且想头亦欠超异,似非文长得意语。’袁苦争以为妙绝,则予不得其解。”[76]这则文字揭示了二人论诗的多种分歧,中郎詈责李攀龙,德符赏其佳句;中郎诗尚谈理,德符赏其幽峭诗句,不以“讲道理”为然;中郎推尊徐渭,德符认为誉之过甚;中郎叹赏的徐渭奇句,德符以为并非徐诗佳处,还表示不明白中郎何以亟许这种诗句。

从德符身上已经很难看到中郎似的洒脱、放任,他的放难展怀和孤介之气正是恶劣的社会环境造成的。魏忠贤串通天启帝乳母客氏控柄朝政,疯狂迫害东林为首的正直士子,两、三年间,遭荼毒者不胜其计。德符《天启宫词》十首述及种种异象,其四直斥天启帝纵容阉党为患的荒唐政治:“保姆天家自不贫,酬劳偏罄累朝珍。也知汉武非英主,回顾犹劳郭舍人。”其五写东林士子惨遇:“衣冠上道尽累囚,丽景门中例见收。龙比已知非俊物,何妨一日付来俟。”[77]明末常熟诸生秦徵兰有《天启宫词》百首[78],秀水布衣蒋之翘有《天启宫词》一百三十六首,贵池刘城有《天启、崇祯宫词》三十三首,秦氏讽写时政,诗笔过于秾丽,头巾气太重,蒋诗、刘诗较秦氏可观,然读来终不如德符之诗沉痛。

沈德符中年归居秀水,效陶渊明隐居农事,乡间平静使他暂时获得解脱。《清权堂集》存诗千馀首,数量密集的即是田园诗,如《杪秋阅稼》十二首、《晚秋田舍》十二首、《秋墅》十首、《环堵》四首、《省牛》四首、《夏日省农》十二首、《初寒田舍作食》八首。诗人自称“园翁”,性如鸥鹭,一生依水,《杪秋阅稼》其二云:“鸥梦一生多在水,雁装千里不羁城。”其三云:“饮啄无多但任真,山庖野馌解相亲。浊清慵辨俱中圣,农圃兼营是小人。”[79]“饮啄”典出《庄子·养生主》:“泽雉十步一啄,百步一饮,不蕲畜乎樊笼。”德符从平凡中感到充实、平静,《谷雨日抵家》洋溢着欢欣,传达的正是疲惫游子归还故园的心绪:“久晴贪谷雨,新火活烟茶。夜读偕儿塾,春耕老墓田。”[80]

4. 徐波

徐波在钟惺引导下抛开俊丽语句，追求孤而清、淡而新。钟惺不轻易推许当代作者，却热情为徐波作序说："予读元叹诗，不必指其妙处何在，但觉一部亦满，一篇亦满，一句亦满，一字亦满。满者，即可之义也。予苛于今，亦苛于古，而独以此一可字许元叹。"[81]又在《读元叹诗不觉有作》中说："诗亡岂遂绝真诗，喜得其人一实之。怒骂笑嬉良有以，兴观群怨想如斯。"[82]钟惺故世，徐波刻《钟伯敬先生遗稿》，所撰祭文"不但泪成血，血成白乳，乳又成金石矣"[83]，他还与谭元春相约"退谷冢傍挂双瓢"[84]。

徐波之诗亦深得蔡复一、谭元春欣赏。元春《徐元叹诗序》云："非斯人，我谁与言？"蔡复一激赏徐波诗歌之事详见钟惺《与徐元叹》尺牍所载："得兄《归舟》五言古诗，笑骂极深，不觉绝倒。偶录寄蔡敬夫。敬夫称赏不已，还书索全稿，一时不在手边，无以应之，止将紫竹扇头三诗寄往，渠细细和之，录一小卷托寄兄，可见其慕士如渴矣。"[85]

徐波《浪斋新旧诗》前有一篇马士英作于天启元年的序文。马士英为钟惺典贵州乡试取中之士，人格卑污，徐波早年与交往，明亡后却未删去此序。清代同治间，吴人潘钟瑞得睹徐波残稿，跋曰："元叹先生诗，清逸在骨，不落凡纤。即士英序语，亦复超妙，相与奇诧之。或谓此序宜割去，夫当士英擅政时，以清职罗致先生，先生拂袖竟去，想其友朋之间方将割席，席可割而序不可割乎？然先生晚年曾不以士英既败而稿中遂去其序，殆亦不以人废言耳，幸附先生流传至今。"[86]马士英序云："若吾友徐元叹，则今之静人也。天性本静，而学以充之，故其发而为诗，渊然穆然，和平温厚，不惟离近人之迹，并化其才人之气。"钱谦益也作有《徐元叹诗序》，这位失节文人的文字不妨与马氏之序同读："元叹之为人，淡于荣利,笃于交友,苦心于读书,而感愤于世道,皆用以资为诗者也。元叹之诗,为一世之所宗。"[87]其实,马、钱痼疾即在名利熏心。徐波的淡泊名利,使他在明末保持个体清醒,鼎革后保持个体独立。作为孤节遗民,徐波憔悴苦隐,《落花》吐写孤情,诗思清苦,为王士禛、沈德潜所称道,诗云:"花意寒欲去,登楼送所思。将分春雨恨,似与故人期。野水断村落,孤烟生竹篱。吾徒从此逝,忍见艳丽时。"钱谦益攻讦钟、谭,但对徐波特加推重:"天宝贞元词客尽,江东留得一徐波。"[88]无论出于乡情私交,还是出于文学批评家的良知,这确实在一定程度上反映了徐波的诗歌成就。

六　竟陵派诗歌价值辨识（附说钟惺、钱谦益文坛公案）

1. 竟陵派诗歌的价值

竟陵之诗体现了晚明诗歌的文化创造。竟陵派兴起时,汲取了"性灵"说的养料,钟惺师从雷思沛,交往袁中道、王辂、袁彭年,增刻《袁中郎全集》,袁中道《花雪赋引》曾说:"友人竟陵钟伯敬意与予合,其为诗清绮邃逸,每推中郎,人多窃訾之。自伯敬之好尚出,而推中郎者愈众。"更为重要的是,竟陵派开辟一代风气,暂不论它批评公安派的俳俚、纤佻是否合理,其不事模拟的创新精神就值得首肯。

晚明社会沉沦,士人心迹由"狂放"转入"隐秀",竟陵之诗承载着这一士人心路历程。钟惺卷入党争,谭元春避免了钟惺的政治悲剧,并不意味人生比钟惺幸运。沈德符钟情于田园而不能忘世,《天启宫词》即其极度苦闷的外现。于奕正借山水排遣忧思,寄寓跌宕雄气。徐波凭诗画傲睨当世,他的诗中笑骂可谓一曲寒士清醒悲歌。竟陵之诗较肥皮厚肉、油腔滑调的媚世之音何止胜之千倍！

钟、谭之诗当时被推许为“钟谭”体，或“竟陵”体。尽管钟惺不同意这一提法，可是竟陵之诗自成一派，“海内称诗者靡然从之”，已是事实。高世泰《谭友夏先生乡贤檄》说谭氏揖古人于“烟霜冰雪”之中，“开后学以灵朴苍寒之绪”。中国诗史上，竟陵派上承陶渊明、孟浩然、贾岛一脉，下启清代厉鹗一派，陈衍《石遗室诗话》卷三即谈到：“前清诗学，道光以来一大关捩，略别两派。一派为清苍幽峭，自古诗十九首，苏、李、陶、谢、王、孟、韦、柳以下，逮贾岛、姚合，宋之陈师道、陈与义、陈傅良、赵师秀、徐照、徐玑、翁卷、严羽，元之范梈、揭傒斯，明之钟惺、谭元春之伦，洗炼而熔铸之，体会渊微，出以精思健笔。”诚如陈衍揭示的那样，竟陵之诗，字皆人人能识，句皆人人能造，及积字成句、成韵、成章，遂无前人已言之意、已写之景，而又是后人欲言之意、欲写之景，堪称一时绝响。

当然，竟陵之诗与诗史上任何诗派创作一样，往往是利弊相伴，功过兼有。然而清初以来，对它的否定批评居主流，恶声厉辞，不暇引述。此略引钱钟书先生的看法：“竟陵派钟、谭辈自作诗，多不能成语，才情词气，盖远在公安三袁之下。友夏《岳归堂稿》以前诗，与伯敬同格，佳者庶几清秀简隽，劣者不过酸寒贫薄。《岳归堂稿》乃欲自出手眼，别出门户，由险涩以求深厚，遂至于悠晦不通矣。”[89]盖钱钟书先生欣赏的诗味与钟、谭不相近，得出其“有志未遂”之论。平心而论，竟陵派还不至于“不能成语”，他们标举“明自有诗”、“人自有诗”，身处衰世，以“隐秀”为人生和文学旨归，以孤清之音载写心绪，当是“有志已遂”的。

2. 钟惺、钱谦益文坛公案

钟惺、钱谦益、袁中道、韩敬有过一段不错的交往，万历三十八年会试前，袁、钱、韩曾经共结文社修业。庚戌科场案发，钱、韩反目成仇，钟惺同情韩氏，袁中道声援钱氏。十馀年后，袁、钱联盟批驳钟惺之诗，钱氏更在明亡之际定谳钟惺“诗妖”，必欲剪除，他对钟惺这位同年友人的反目成仇和身后鞭尸，构成文坛一桩公案，至今犹然聚讼纷纭。

《列朝诗集小传》攻击钟、谭的厉辞无以复加，如说钟惺“思别出手眼，另立深幽孤峭之宗，以驱驾古人之上”，“其所谓深幽孤峭者，如木客之清吟，如幽独君之冥语，如梦而入鼠穴，如幻而之鬼国，浸淫三十馀年，风移俗易，滔滔不返。余尝论近代之诗，抉擿洗削，以凄声寒魄为致，此鬼趣也；尖新割剥，以噍音促节为能，此兵象也。鬼气幽，兵气杀，著见于文章，而国运从之”，“岂亦《五行志》所谓‘诗妖’者乎！”明末钱氏的指责文字尚未见如此尖刻，而且辞意不免模棱，少有痛斥谩骂迹象，对此，《小传》解释说：“伯敬为余同年进士，又介友夏以交于余，皆相好也。吴中少俊多訾嗷钟、谭，余深为护惜，虚心评骘，往复良久，不得已而昌言击排。”事实上，鼎革前，钱氏谈不上对钟、谭两位“相好”深为护惜，而明亡后挟杂人格侮辱的掊击，像他主动降清一样存在很多主观因素。钱谦益力掊竟陵，概出于两方面原因：

其一，宣泄党争馀恨和亡国耻辱。钱氏对庚戌科场案及由此激起的一场党争长期不能释怀，数十年后《范勋卿文集序》中犹恨恨说：“盖国家之党祸酝酿日久，至庚戌而大作。”万历末年，钟惺访邹之麟、韩敬，钱氏于吴门、太仓两次候晤，钟惺《喜钱受之就晤娄江，先待予吴门不值》云：“不敢要君至，既来弥解颜”，“可知心过望，正以事多艰”。诗题用一个“喜”字，当非故意取悦钱氏。钟惺不愿睚眦生怨，钱氏不邀自至使他心喜过望，还说：“试看予流寓，何殊子入山？”[90]这或许是单方面的想法，党争远没有尽头，钱氏之恨自不易消除。天启元年，钱氏典浙江乡试时发生的浙闱事件，成为党争中他屡遭攻击的口实，仕途因此变得异常坎坷，每谈及此，他莫不痛心疾首，当愤恨通过文学批评窗口宣泻时，《徐司寇画溪诗集序》即云："自万历之末以迄于今，文章之弊滋极，而阉寺钩党，凶灾兵燹之祸，亦相挺而作。"[91]文章之弊等同党争、兵祸，这个逻辑很难让人信服。钱氏贪生而腼颜降清后，内心深受煎熬，沿着文章之弊等同党争、兵祸的批评之路滑得更远，振振有辞地定谳钟、谭为有害于斯世之"诗妖"，诗乃"亡国之音"。但诚如《礼记·乐记》所说"亡国之音哀以思，其民困"，钟、谭诗载末世悲思，既是时代使然，又是不糊心眯目使然。周作人《重刊袁中郎集序》所论不无道理："人苟少少深思，正当互相叹惋，何必多哓哓也！"

其二，力挽大雅的文学取向。钱氏一度欲在文坛大有作为，诗云："一代词章孰建镳，近从万历数今朝。挽回大雅还谁事，嗤点前贤岂我曹！"[92]他抨击、丑诋竟陵，不只出于个人感情，深层用意还包括借清理诗坛"异端"，恢复正宗统绪。《列朝诗集小传》说："天丧斯文，馀分闰位，竟陵之诗与西国之教、三峰之禅，旁午发作，并为孽于斯世，后有传洪范五行者，固将大书特书著其事应，岂过论哉！"四百年历史已如过眼云烟，钱氏说的"大书特书"倒成了反讽，其自负和苦心令人感喟万端。出于艺术审美情趣和风格追求差异，对竟陵诗风持反对态度是诗界常事，凡固步自封，只此一家、唯我独尊之类的陋见恶习，正是流派演进的大敌，也是自戕生气的腐蚀剂[93]。

明末几社树帜反对竟陵，当时就有张岱、王思任、范景文等人不赞同一概否定之论。清初讨伐竟陵的诗论家大抵三类：腼颜事清的贰臣如钱谦益，将亡国之恨与身世之辱归罪竟陵；孤节遗民如王夫之、顾炎武，仇视骂詈竟陵，同样使用人格攻击和文学批评双重手段；新贵诗人如王士禛，批评态度较缓和，排斥根本立场不变。王夫之、朱彝尊、王士禛的观点实际上体现了清初诗歌批评回归雅正传统的文学潮流。至于后世之论,多沿习前人,创见少,剿袭多。此征引张岱《又与毅儒八弟》的一段文字以作本章结语:“虚心平气,细细论之,则其妍丑自现。”

---

① 《明史纪事本末》卷六十六《东林党议》。

② 参见《明神宗实录》卷四四八。

③ 参见《明神宗实录》卷四五八、卷四六一。

④ 《明通鉴》卷七十四。

⑤ 《宗伯集》卷五十一《为灾旱异常,备陈民间疾苦,恳乞圣明,亟图拯救,以收人心,以答天戒疏》,明万历间刻本。

⑥ 姚思仁万历二十五年四月《中原因疲,乞停开采疏》,见《万历疏钞》卷二十九《矿税类》,明刻本。

⑦ 《明史纪事本末》卷六十五《矿税之弊》。

⑧ 《宗伯集》卷七十七《与王辰玉》。

⑨ 《明史》卷二一八《列传》。

⑩ 《明史纪事本末》卷六十六《东林党议》。

⑪ 参见《利玛窦中国札记》第328—441页。

⑫ 严迪昌《清诗史》第35页。

⑬ 《隐秀轩集》卷六。

⑭ 《谭元春集》卷五。

⑮ 《隐秀轩集》卷二十八《与蔡敬夫》。

⑯ 严迪昌《清诗史》第32、33页。

⑰ 《隐秀轩集》卷二十二《白云先生传》。

⑱ 《隐秀轩集》卷二十八《报蔡敬夫大参》。

⑲ 《隐秀轩集》卷三十四《祭同年彭用九文》。

⑳ 《种雪园诗选》、《那庵诗选》传世本罕见,《种雪园诗选》五卷为钟惺所选,但《千顷堂书目》、《明史》著录《种雪园诗选》为十卷,不知所据何本,待考。

㉑ 《隐秀轩集》卷二十二《家传》。

㉒ 《隐秀轩集》卷二十八《与弟栓》。

㉓ 《隐秀轩集》卷十七《潘无隐集序》。

㉔ 《隐秀轩集》卷二十八《与陈眉公》。

㉕ 《谭元春集》卷十三《寄赠蔡仁夫》。

㉖ 《谭元春集》卷三十一。

㉗ 《隐秀轩集》卷二十八。

㉘ 《隐秀轩集》卷十七《简远堂近诗序》。

㉙ 《隐秀轩集》卷十七《潘稚恭诗序》。

㉚ 《陈子龙诗集》卷十三《遇桐城方密之于湖上,归复相访,赠之以诗》。

㉛ 《檀园集》卷七《沈雨若诗草序》。

㉜ 《谭元春集》卷十二。

㉝ 《大泌山房集》卷二十三。

㉞ 钱锺书《谈艺录》第386、387页。

㉟ 《秣陵集》卷六。

㊱ 《隐秀轩集》卷十七《种雪园诗选序》。

㊲ 张岱《琅嬛诗集自序》。

㊳ 《琅嬛文集》卷三《又与毅儒八弟》。

㊴ 《隐秀轩集》卷二十八《与高孩之观察》。

㊵ 高出《镜山庵集自序》。

㊶ 《谭元春集》卷二十五《退谷先生墓志铭》。

㊷ 《隐秀轩集》卷二。

㊸ 《隐秀轩集》卷五。

㊹ 《谭元春集》卷五《读伯敬〈邺中歌〉,至"安有斯人不作逆,小不为霸大不王。霸王降作儿女鸣,无可奈何中不平",且赏且叹,遂得一首》。

㊺ 《隐秀轩集》卷十四。

㊻ 《谭元春集》卷二十五《退谷先生墓志铭》。

㊼ 《嫏嬛文集》卷一《一卷冰雪文序》。

㊽ 《嫏嬛文集》卷一《一卷冰雪文后序》。

㊾ 《隐秀轩集》卷十一。

㊿ 《隐秀轩集》卷三。

51 《隐秀轩集》卷三。

52 《日知录集释》卷三十一。

53 《隐秀轩集》卷三。

54 《谭元春集》卷四。

55 《谭元春集》卷四《寿陈松石先生》。

56 《谭元春集》卷一《恭谒七章,礼玄岳也》。

57 《谭元春集》卷二十七《寄陈玄晏书》。

58 《谭元春集》卷三。

59 《谭元春集》卷二十三《汪子戊己诗序》。

60 《谭元春集》卷三。

61 《谭元春集》卷三。

62 《谭元春集》卷五。

63 《谭元春集》卷二。

64 《隐秀轩集》卷九《送谭友夏里选北上应京兆试》。

65 《谭元春集》卷十五。

66 《隐秀轩集》卷二十八《再报蔡敬夫》。

67 《隐秀轩集》卷二十八《报蔡敬夫大参》。

68 《遯庵全集》卷二。

69 《帝京景物略》卷七《西山下·仰山》。

70 《帝京景物略》卷七《西山下·戒坛》。

71 《媚幽阁文娱二集》,明崇祯间刻本。

72 《帝京景物略》卷二《城东内外·泡子河》。

73 《帝京景物略》卷二《城东内外·东场》。

74 《清权堂集》卷十一。

75 《清权堂集》卷四。

⑯《万历野获编》卷二十五《评论》。

⑰《清权堂集》卷四《蟠斋草》,题注:“丙寅”,收天启六年之诗。

⑱朱彝尊《日下旧闻》载陈悰《天启宫词》五首,王应奎《柳南随笔》卷二指出此五首“实为元芳(秦徵兰)作而系之于悰者”。清代四库馆臣称《天启宫词》百首为陈悰作,虞山丛刻收《天启宫词》百首,集前说明指出作者为秦徵兰,陈田《明诗纪事》也指出四库馆臣之误。

⑲《清权堂集》卷十四。

⑳《清权堂集》卷九。

㉑《隐秀轩集》卷十七《徐元叹诗序》。

㉒《隐秀轩集》卷十一。

㉓《谭元春集》卷三十二《寄徐元叹》。

㉔《谭元春集》卷十六《答徐元叹》。

㉕《隐秀轩集》卷二十八。

㉖潘钟瑞《徐元叹先生残稿跋》。

㉗《初学集》卷三十二。

㉘《有学集》卷十《徐元叹劝酒词十首》其一。

㉙参见钱锺书《谈艺录》第102页。

㉚《隐秀轩集》卷十二。

㉛《初学集》卷三十。

㉜《初学集》卷十七《姚叔祥过明发堂共论近代词人,戏作绝句十六首》其二。

㉝参见严迪昌《清诗史》第37页。

第六章 晚明闽派

福建文学至唐代始见生韵，宋代理学隆兴，闽诗呈现繁荣趋势，严羽著《沧浪诗话》，标举诗取法乎上的“第一义”及“妙悟”说，对元、明、清闽诗产生深远的影响。明代闽派的三次兴起推动闽诗达到有史以来的最盛。本章主要探讨晚明闽派的诗歌理论及代表作家的创作。

一 晚明闽派之兴

在描述晚明闽中诗坛情况之前，先看明初的闽派创立和明中叶的闽派中兴。闽中十子林鸿、高棅、陈亮、王恭、郑定、周玄、王褒、唐泰、黄玄、王偁建帜闽派，形成闽诗第一次运动高峰，《列朝诗集小传》曰：“余观闽中诗，国初林子羽、高廷礼以声律圆稳为宗，厥后风气沿袭，遂成闽派。”林鸿，字子羽，福清人。《明史》本传称“闽人言诗者，率本于鸿”。十子之前，崇安人蓝仁、蓝智实已肇开闽派风尚，《四库全书总目提要》指出：“闽中诗派，明一代皆祖十子，而不知仁兄弟为之开先。”作为明初五派之一，闽派诗坛位置举足轻重，徐兴公《闽中诗选序》评云：“高庙之时，林膳部鸿崛起草昧，一洗元习，陶钧六艺，复还正始，悬标树帜，骚雅所宗。门有二玄，实为入室，属词比事，具体而微。高待诏棅、王典籍恭、王检讨偁辈，追述古则，私淑阃奥，各成一家。十子之名播于宇内，同时贤才辈出，罗布衣泰、林修撰志，切磋弥笃，艺苑聿兴。又有郑迪、赵迪、林敏、邓定贲于丘园，锐志词赋，取裁尔雅，斐然成章矣。”①明太祖朱元璋诛戮功臣，继后朱棣发动争权的靖难之变，波及文士，明初文坛兴盛局面不复存在，永乐而后，闽中诗坛出现近百年沉寂。

正、嘉之际郑善夫、高瀔、傅汝舟等结社鳌峰，标举闽派风雅，号曰闽派中兴，《闽中诗选序》云：“作者云集，郑吏部善夫实执牛耳，虎视中原，而高、傅二山人左提右挈，闽中雅道，遂曰中兴。”郑善夫，字继之，闽县人，弘治进士，官至吏部郎中，有《少谷集》。傅汝舟，一名丹，字木虚，号丁戊山人，侯官人，弱冠弃巾，求仙访道，遍历名山。高瀔，字宗吕，侯官人，早弃举业，工书画，著《石门集》，诗与傅汝舟齐名，时称“高傅”。闽派中兴诗人还包括林钍、郭波、林炫、张经、龚用卿、刘世扬等。郑善夫早卒，高、傅二人或嗜酒放纵，或痴迷仙道，中兴局面遂不复存。

万历以后，徐熥、徐𤊹、邓原岳、谢肇淛、曹学佺再振兴闽中诗坛，此为闽派三兴，《闽中诗选序》绘一时盛况：“迨于今日，家怀黑椠，户操红铅，朝讽夕吟，先风后雅，非藻绘菁华不谭，非惊人绝代不语。抱玉者联肩，握珠者踵武，开坛结社，驰骋艺林，言志宣情，可谓超轶前朝，纵横当武者矣。”

谢肇淛的《五子篇》、《后五子篇》②具有确定晚明闽派阵营的性质，闽中前五子为陈椿、赵世显、邓原岳、陈荐夫、徐熥；闽中后五子为陈鸣鹤、陈宏已、陈价夫、徐𤊹、曹学佺。其中谢、邓、二徐、曹构成诗派核心。以上十子外，派中尚有林光宇、马欻、吴雨、周千秋、康彦登、陈衎、郑正传、王昆生等人。

邓原岳（1555—1604）③，字汝高，闽县人。万历二十年进士，授户部主事，历员外郎，迁云南提学，万历二十九年擢湖广右参政，三年后病故，有《西楼集》十八卷，选《闽中正声》七卷。学诗从郑善夫入手，染指七子，既而“一意摹古，要以唐人为宗，每一诗出示人，人惊诧非汝高笔也”[④]。谢肇淛称闽诗前有国初十才子，弘正间有郑善夫，雄视一代，嘉隆之后则以原岳为之冠。陈田认为原岳擅长七律，音节俊爽，但不认同肇淛的说法，《明诗纪事》云：“在杭推为嘉、隆后闽人之冠，假借云尔。余衡其才品，当在二人之次。”

徐熥（1561—1599）[⑤]，字惟和，号幔亭，闽县人。万历十六年举人，三上公车不售，诗酒暇日。编《晋安风雅》十二卷，生前未自定诗文，徐兴公为辑刻《幔亭集》二十卷。《四库全书》收录《幔亭集》十五卷，诗为十四卷，另为词一卷。张献翼《幔亭集序》云：“闽中一时诸子昆弟咸追述大雅，取裁风人，作者响臻，同好景附，真足驰骋海内，而惟和则独步当时矣。”

谢肇淛（1567—1624），字在杭，长乐人。明初，谢氏移居长乐，肇淛六世祖德圭工诗，尝与高棅、王恭相倡和。万历二十年，肇淛成进士，授湖州推官，因不曲事长官，六年后量移东昌推官，居六年稍迁南刑部主事。万历四十年，升工部郎中，六年后任云南左参政。天启元年，擢广西按察使，历右布政，迁左布政，积劳成疾卒。博通文学、天文、地理、经济、吏治，著述达一百八十馀卷，诗文汇刻为《小草斋诗集》二十卷、《文集》三十卷、《续集》二卷。

徐𤊹（1570—1645），字惟起，又字兴公，徐熥之弟，为闽中布衣祭酒，《列朝诗集小传》：“万历间与曹能始狎主闽中词盟，后进皆称兴公诗派。”天启五年，南居益为助刻诗集《鳌峰集》二十八卷。另有《徐氏红雨楼书目》四卷、《笔精》八卷、《闽中诗选》八卷行世。

曹学佺（1574—1646），字能始，号西峰居士，侯官人。万历二十三年进士，授户部主事，调南大理寺正，居冗散七年，迁南户部郎中，历四川右参政，升按察使，刚直不阿，中典察议调。天启二年起广西右参议，著《野史纪略》，秉笔直书“梃击”案本末，天启六年被揭发私撰野史，下狱半年，削籍释归。1645 年，应唐王之召，起太常卿，迁礼部右侍郎，兼侍讲学士，进尚书。唐王兵败，学佺组织义军抗清，事不成，自杀。明末，学佺以诗文、学问、气节与陈子龙并著于世。《明史・艺文志》著录学佺著述十七种，达一千二百八十卷。诗文《石仓集》百馀卷，清初全帙面目已失，乾隆年间，学佺曾孙岱华辑刻《石仓诗稿》三十三卷。

闽县徐熥、陈价夫和长乐谢肇淛家族的诗人构成诗派重要力量。曹学佺曾说：“我隆万间，三山称博雅，而攻诗文者，无过徐、谢二家。”[⑥]徐、谢二家联姻（肇淛继母为徐兴公之姊），诗人辈出，徐熥、徐熛、徐𤊹昆季皆工诗文，父徐棉，字子瞻，历任永宁知县，有《相坡诗集》二卷。肇淛父汝韶（1537—1606），字其盛，号天池，官至吉王左长史，诗文有《天池存稿》十六卷；从祖谢杰（1537—1604），字汉甫，仕至南户部尚书，有《天灵山人集》二十卷。

陈价夫家族诗人足敌徐、谢二家，曹学佺为陈氏刻有五世之诗。价夫，原名邦藩，以字行，改字伯孺，诸生，隐居赋诗自娱，有《招隐楼集》二十卷、《吴越游草》。价夫之弟荐夫，本名邦藻，亦以字行，改字幼孺，万历二十二年举人，双目病瞽，有《水明楼集》十四卷。徐熥《五君咏・陈幼孺》诗云：“伯仲既齐名，君才良不忝。大雅久沉沦，俯仰知音鲜。凌厉向词坛，片语人矜善。结志在千秋，令名尔当勉。”[⑦]徐兴公《短歌寄幼孺》诗云：“少年谭艺从君游，相将大雅雄闽州。吾兄（徐熥）吟魂落九地，寥寥此道谁讲求？惟君造语实我辈，襟期风调真吾俦。”[⑧]

万历初年，邓原岳、徐熥、赵世显结芝山社，开启晚明闽派结社之先，闽中诗人先后组织凌霄台大社、红云社、石君社、石仓社、泊台社、三山耆社等十馀种社事，闽中诗坛风会颇为壮观。值得一提的是，曹学佺、谢肇淛、徐兴公又在南京倡金陵社，钱谦益称其明代南京社事之最,《列朝诗集小传》:“闽人曹学佺能始回翔棘寺,游宴冶城,宾朋过从,名胜延眺。缙绅则臧晋叔、陈德远为眉目,布衣则吴非熊、吴允兆、柳陈父、盛太古为领袖。台城怀古,爰为凭吊之篇;新亭送客,亦有伤离之作。笔墨横飞,篇帙腾涌。此金陵之极盛也。”

二 振兴闽诗的文学意识与诗歌理论

1.振兴闽诗的文学意识

万历以后,闽中诗坛气势不逊于吴中、浙东,这与晚明闽派的文学活动密不可分。

晚明闽派振兴闽诗的立意,可从编刻区域诗选的角度略知一二。其时区域诗选,举其大端,如徽州有《新都秀运集》二卷、《徽郡诗选》;嘉兴有《槜李英华》十六卷、《槜李诗乘》四十卷;湖州有《吴兴诗选》六卷;宁波有《四明雅集》四卷、《鄞诗嫡派》四卷、《甬东诗括》十三卷。闽诗之选至少在七种以上,如《闽中十子诗》三十卷、《闽中十才子诗》十卷、《闽中正声》七卷、《三山诗选》八卷、《晋安风雅》十二卷、《闽中诗选》八卷、《明诗选》之《福建集》九十六卷。其中,后五部编选者为晚明闽派成员。

徐𤊹《晋安风雅》录明洪武至万历朝闽中诗二百六十馀家,徐兴公《闽中诗选》旁搜博采,辑闽中遗编二百馀家。关于编选原因,兴公《闽中诗选序》谈及“起桑梓敬恭之念”、“以彰吾郡文物之美”。简而言之,即彰显闽诗。

以上闽诗选集中,《福建集》九十六卷尤为引人注目。据冯贞群民国十九年《〈石仓十二代诗选〉题跋》,《明诗选》共分闽集八册、南直集八册、楚集四册、川集一册、江西集一册、陕西集一册、河南集一册、浙集八册。集册数目上，闽集与南直集、浙集相当。卷帙方面，闽集居首，这可从礼亲王府藏本《石仓十二代诗选》著录情况窥知大概，郑振铎记述："所谓礼亲王府藏本，于明诗六集外，别有明诗续集五十一卷，再续集三十四卷，闺秀集一卷，南直集三十五卷，浙江集五十卷，福建集九十六卷，社集二十八卷，楚集十九卷，四川、江右、江西各五卷，陕西集三卷，河南集一卷。"⑨很显然，学佺致力选录闽诗，意在鼓扬区域诗歌。

晚明闽派大力宣扬郑善夫及当代福建诗人，更能体现振兴闽诗之意。试以推尊郑善夫为例略述之：

徐熥五律《过郑吏部墓》二首阐述师承善夫之意，其一："荒坟不计年，过客泪潸然。朽骨藏于此，吟魂何处边？野狐啼暮雨，石马卧秋烟。安得斯人起，重令大雅传！"⑩徐熥、郑善夫均享年三十九岁，《四库全书总目提要》因以评说：闽中诗人自林鸿、王蒙诸人以后，王世懋推郑继之为冠。徐熥生平喜称继之，而卒年仅三十九，与继之正同，亦一异也。

徐兴公亦赋五律《过郑吏部墓》两首，其一："昔贤宁复起，大雅久无闻。黄土空销骨，青山不葬文。精灵沉夜月，吟咏冷秋云。词客应相识，诗成墓所焚。"其二："风流山吏部，白骨闷泉扃。异代思相见，千年不肯醒。松楸护灵气，山川暗文星。墓隧无人治，遗篇又杀青。"⑪

上诗中的"遗篇又杀青"，系指谢肇淛、邓原岳重刻善夫诗文一事。原岳学诗从师法善夫入手。肇淛推崇善夫备至，以为："自郑吏部为政以来，吾郡诗率尚风骨而谢铅华。"⑫万历中叶，善夫诗文传世已少，邓、谢久谋重镌，肇淛《郑继之诗序》载："国初作者，尚沿馀习，至弘正之际，然后琢雕破觚，力返茅靡，时则二三君子之功为多，而吾郡郑继之先生其一也。先生旷世轶才，其于诗有所独诣，命义创词，苍然古色……曩岁议与诸同志一新之而弗果，后余李吴兴，而邓汝高计部以搜粟来会，其志适与余合，遂稍为校定而授之梓。嗟乎！自绘事胜而性情远，七子兴而大雅衰。里中耳食之辈往往喜远交而近攻，盖先生没且百年，而论今日始定。”⑬

邓、谢杀青善夫之集的同时，徐兴公谋刻孙一元《孙太初集》，动因不外乎两个，一是喜爱孙山人诗，二是孙山人为善夫生前挚友。关于后者，兴公序跋、题记文字屡有述及，此不赘引。

从推崇郑善夫到喜爱孙一元，这种“爱屋及乌”情结自非兴公一人独有，如徐𤊹《谒孙山人太初墓，兼怀郑吏部继之》：“道场山下见荒阡，欲吊吟魂一怆然”，“若把梅亭比苕水，千秋黄土总堪怜。”⑭曹学佺《归云庵吊孙山人太初》：“归云庵前云不归，云归犹恋山人衣”，“不作寻常酹子酒，里中善夫子之友。”⑮谢肇淛《归云庵拜孙太初墓》：“斯人不复作，地下亦吾师。海内寻遗字，人间有旧诗。”

晚明闽派“门户”意识浓重（当然不必一概说成保守之见），“徐陈里闬久相亲，钟李湖湘非吾邻”，谢肇淛力推当代闽诗作者，《周所谐诗序》说：“唐以后无诗，非诗亡也，操觚之士不得其性情而跳号怒骂。又其下者，刻画四声之似，以剽掠时名，于是去之愈远。……降而中原七子，以夸诩为宗，绘事为工，虽然中兴，实一厄矣。（周所谐）盖得性情之趣于语言之外者，天假之年，其不攀郑（善夫）提李（梦阳），拍七子之肩者几希矣。抑余又有说也，中原人士，舌本犀利，喜相标以名，相托以华，论衡鄙秽中郎，谬称子迁短才，敬之缓颊，故朴樕碱趺皆得藉齿牙，以侥不朽于万一。吾闽处乱山穷谷之中，自非握三寸管如青萍，安能上干气象，即夜光之质，犹或按剑矣，其间衣褐怀玉鹄伏而待枯者，不知其几也！”⑯莆田周如埙，字所谐，山人，不出庭户，苦吟不辍，未尝交接显贵，人罕识其面，晚年造访肇淛论诗。谢氏两序其诗，上引文字系二序，文中称如埙若天假以年，可“攀郑提李”。为闽诗人鸣不平时指出，闽诗足以抗衡江浙，闽诗人之所以声名不彰，是因为“地处乱山穷谷之中”，而且不如江浙文人擅长标榜吹捧。晚明闽派论闽诗，每多溢美之辞，毋庸置疑，这是力图振兴闽诗的一种表现。

2. 融汇性情、自然、妙悟、学力的诗论

其一，批评七子派，求新求变。谢肇淛为诸生，王世懋督学福建，论其文，以为必为名士，拔置第一，二人结下师生之谊，世懋病故，肇淛途经苏州，专程往太仓吊唁。他又和李维桢为挚友。但在诗歌领域不以私情而苟同，严厉批判“务气格”、“寡性情”、“刻声调”、“乏神理”的复古习气，《郑继之诗序》：“自绘事胜而性情远，七子兴而大雅衰。”《刘五云诗序》：“务气格而寡性情，刻声调而乏神理，顿令本来面目无复觅处，则英雄欺人，济南（李攀龙）不无渐德焉！”[17]曹学佺正面批判复古的言辞较少，但他坚定地倡导奇句新调，以为诗道主变，《俞君宝诗序》云：“予谓诗之道主变……君宝诗有奇句新调，不为旧套所束缚，盖足以语变者。”[18]

其二，贵情尚真，自然为宗。晚明闽中诗人推毂尚情自然的文学思潮，兴公认为“诗不原于性情，是乃不根之枝叶；文不由于肺腑，终为无源之流波”[19]。学佺在为公安派的刘戡之诗集作序时，拈“情”字而论：“余不佞交楚士最多，喜其有情，如袁仪部中郎、李太史长卿、郝给谏仲舆、丘太学长孺、衲蕴璞皆异才，操楚声最竞。……余以为人情不甚相远，而诗之道无离合三百篇，以至词曲之家，不相悖也。唐时李、杜之分道而驰，其善处则若出一手也，何则？反此情，则言非其言耳。”[20]学佺论诗又以“自然为宗”，《折醒草序》：“夫诗，以自然为宗。自然者，气之所为也。……达生之士，愤风气之日趋于浮薄，往往托之于酒，以补其所不足，故曰五斗合自然，又曰醉者坠车而不伤，其神全也。……伯度且不知其所以然而然，曰：我游于酒人耳，我颓然自放也。颓然者，全之极也，自放，适之至也。故伯度之诗为自然，为气胜，为合于风，而自名其草曰《折酲》。"[21]肇淛肯定诗法自然，强调"因心成文"，《小草斋诗话》指出"诗情贵真"、"诗兴贵适"，《刘五云诗序》说："夫诗者，人之心而感于声者也。是故心欲和以平，声欲宛以则，岂其敖辟聱崛、叫号蹈厉以自远于大雅？毋亦务华而拔其本矣！"这些尚情、任自然的诗论，反映了晚明闽派与时代文学革新思潮的密切融合。

其三，诗法妙悟，辅以学力。谢肇淛称妙悟为诗家三昧，《小草斋诗话》："古今谈诗如林，然发皆破的，深得诗家三昧者，昔惟沧浪，近有昌谷而已。"（严羽《沧浪诗话》和徐祯卿《谈艺录》，论诗大致以妙悟为宗）重妙悟是一方面，另一方面，肇淛重视诗人学力，《重与李本宁论诗书》："严仪卿以悟言诗，此诚格言，然悟之云者，须积学力"，"要令天下之人知七子、六朝之外别有成佛作祖门迳，亦贱子一念，区区救世之意也。"[22]所谓复古之外"别有成佛作祖门迳"，简而言之，即是"以悟言诗"、"须积学力"。

再举例说明肇淛对诗人学力的重视。《小草斋诗话》说"明诗远过宋诗"，但底气没有陶望龄呐喊"大明派头"之诗那样充沛，不免自我补充道："本朝仅数名家，力追上古，然刻画摹拟，已不胜其费力矣。其他作者虽复如林，上乘隽语，人不数篇，要其究竟，尚不及宋。"明诗为何尚不及宋诗？《小草斋诗话》的解释是"宋人有实学，而本朝人多剽窃故也"。

邓原岳、谢肇淛、徐熥、徐𤊹俱为闽中藏书名家，博学多识。朱彝尊注意到此，《静志居诗话》专以"学力"二字评兴公之诗："严仪卿论诗谓诗有别才，非关学也。其言似是而实非，不学墙面，焉能作诗？……兴公藏书甚富，近已散佚，余尝见其遗籍，大半点墨施铅，或题其端，或跋其尾，好学若是，故其诗典雅清稳，屏去粗浮浅俚之习。"主张"须积学力"，不循守严羽诗学，这是晚明闽派诗歌思想的一个显著时代特征。

其四,与公安派、竟陵派的关系。三者其间究竟是一个什么样的关系?前哲时贤于此,罕见较全面的董理,此略述之。

对比严厉批判七子派的态度,晚明闽派与公安、竟陵派的关系显得十分融洽。谢肇淛、邓原岳、袁宏道、江盈科为同年进士,交情甚笃。原岳敬重宏道的文学才识胆气,《答同年袁六休》信中说:"方子公囊于吴门避逅,今十年往矣,新诗亦奇进,袁中郎门固无庸物!……新刻四种奉上。"[23]万历二十八年、二十九年,原岳、盈科任职滇黔,也大有倡和。

万历二十六年,肇淛与中道欢聚真州数月,翌年参加了公安派葡萄社集。万历二十九年,中道扶宗道灵柩归里,途经东昌,会晤肇淛,《扶伯修榇,以水涸候水,止东昌官舍,呈司理谢在杭》诗云:"谢安故是多情者,不是同胞也断肠。"[24]肇淛《袁小修见过衙斋》诗云:"一樽后会知无日,掩泪相看未忍分。"[25]

万历二十年,曹学佺即交结三袁,后与钟惺共推相知,《寄答钟伯敬》二首其一云:"蜀道难行久,钟期复见今。相思能命驾,独恨失知音。"[26]钟惺《访曹能始浔阳所住却寄》有句:"亭馆偶然来好友,江山终日待高人","未必君平今可得,赏文析义不无因。"[27]学佺诗有"孤永"的特点,以至后代诗论家或称他竟陵派的别传。

当然,三派之间的文学理想和审美情趣差异乃一种客观存在,如晚明闽派和公安派就有三个方面的显著不同:一是闽派强调妙悟,公安派虽重妙悟,但更重率性自然。二是闽派论学不同于公安派,三袁师从李贽,闽派对阳明心学和李贽之学另有看法,如谢肇淛厌恶李贽,《五杂组》说他"近于人妖",《吴时鸣诗序》赞扬掊击禅学之论:"时鸣中岁究心理学,时士方趋新建良知之说,浸淫二氏,时鸣独著论掊之,行不毁方,言不苟同,其中必有以自信者。"[28]三是公安派不拘格套,尽汰法度,闽派认为法度不当尽废,《小草斋诗话》即指出诗有四法,包括"典型当存"、"律度当严"。又说:

“诗以法度为主,入门不差,此是第一义。而曰气,曰骨,曰神,曰情,曰理,曰趣,曰色,曰调,皆不可阙者。苟擅其一,足以名家,而胶于一,未有不病者。

三 徐𤊹、徐熥、谢肇淛、曹学佺

1. 闽中二徐

徐熥自称“吾生本是疏狂客”[29],《自题小像》其一云:“平生非侠亦非儒,半世游闲七尺躯。却为疏狂因偃蹇,未忘柔曼转清癯。违时傲骨贫犹长,对客诗肠老渐枯。五字吟成心独苦,不知身后得传无?”[30]徐熥“清矍”之作接近郑善夫,不过《幔亭集》风格以柔曼、凄清为主,如卷一《白头吟》其二:“妾心如女萝,君情如飞絮。萝生空缠绵,絮飞何处去?”卷五《折杨柳》:“别时曾一折,羌管不堪听”,“却恨飞空絮,随波化作萍。”卷十一《昭君怨》:“掩泪抛长袖,从今歌舞稀。肯将胡地月,来照汉宫衣!”卷十三《古意》:“郎自伤心妾断肠,梦中逢妾妾逢郎。一声砧杵一声恨,别意长如秋夜长。”

谢肇淛认为徐熥七律最工,“才情婉至,风骨遒整,绝世之技”[31],汪端以为徐熥七绝最佳,《明三十家诗选》选诗四十六首,论云:“七绝尤胜,在李庶子、郑都官之间。”一推七律,一称七绝,各有所好,反不如张献翼“调匪偏长,体必兼擅”[32]的说法切合实际。

徐兴公喜爱藏书,“缥缃之富,侯卿不能敌”[33],兼好观历山水,由于不治生产,生活拮据,然能怡然自适,《题绿玉斋》自云:“𤊹迹犹蓬累,逸在布衣。俗韵寡谐,丰草鹿麋为友;杜门自适,寒山片石堪言。”兴公以山人担当闽中诗坛“布衣祭酒”,声播海内,和徐渭相比，算得上布衣欣逢诗坛盛世。他的幸运当然和“诗在布衣”观念在文坛深植根基是分不开的。朱谋玮《寿大词宗徐兴公先生五袠序》称兴公“东南一大文人”[34]。张燮赞兴公为山人之雄，罕见其匹，《寿徐兴公先生六十一序》：“明兴，岩穴能言之士，如卢次楩、徐文长，俱磊落不修细谨，卒缠网国；谢茂秦盛气，晚乃见逐于其侪；文行俱优者，惟孙太初，而家祚中替。若终始无玷，兴门克昌者，近世惟沈嘉则、朱察卿庶几君匹耶。”[35]兴公也许对东南大文人一说有谦让不受之意，但于山人之雄，当仁不让。

兴公“风度清新，神骨俊异”[36]之诗关涉着其山人的人生追求。他渴慕山人风流，读沈明臣诗，《朗初上人以沈嘉则〈丰对楼诗集〉见贻，读而有作》写道：“束发受书稍识字，诵诗便已怀高风。越闽相隔几千里，叹息无缘执鞭弭”，“恨余生晚公亡早，空见累累土一丘”，“地产英灵有如此，白头不得纡青紫。已成大业垂千秋，落魄何惭布衣死？”[37]兴公称赞山人“山林情重世情疏”[38]，而立之年即确立山人的人生定位，《自题画像》诗云：“生在洪都长在闽，海鸥情性鹤精神。江湖到处堪容足，丘壑随缘即置身。混俗任从牛马唤，投闲惟与蠹鱼亲。”[39]平生知己多山人辈，诗以载写山人风流，如赠林春秀云：“一丘一壑寄闲身，半亩烟霞属隐沦。癖类蠹鱼元不改，性如麋鹿故难驯。”[40]亦是自我作述。

2. 谢肇淛

谢肇淛《漫兴》云：“石仓衣钵自韦陶，吴越从风赤帜高。若问老夫成底事，雪山银海泻秋涛。”“石仓”谓曹学佺，“吴越从风”谓吴越诗人多从学佺游，唱和不倦。《静志居诗话》评“雪山”诗句：“此则在杭自任匪浅矣。”肇淛自立意识令人敬重，遗憾的是创作未尽如意，尚多浮响。如《德州邸中读燕姬琼英壁间留题》：“晓霜残月路行难，凋尽佳人绿凤鬟。一片墨痕和别泪，邮亭无主藓花残。”[41]相传琼英本燕人，嫁越客，伤旅之际题诗于壁：“带月冲寒行路难，霜华凋尽绿云鬟。五更鼓角催行急，惊破思乡梦未残。”肇淛词意虽清矍，终非佳构。再如滇行山水组诗《邮纪》七十七首[42]。滇黔山水、风俗本是诗家得力题材，《邮纪》除《普安》诗句“鹧鸪叫断东风里，踯躅花开火满山”较可观外，其他大抵用千峰、孤村、东风一类词语，未能清新有致。

肇淛诗律颇细，清圆俊朗，值得称道。如《登道场海天阁二首》其二：“飞阁接天都，珠宫控太湖。山光围百雉，野色入三吴。木落禽声尽，云崩塔势孤。东南多王气，回首起栖乌。”据《明三十家诗选》，第六句为时人传诵。《明诗评选》录此，评曰：“或取之大，大不诞；或取之细，细不纤。”再如《淮上重送永奉》：“轻黄柳色绿烟含，欲折行人自不堪。两岸梨花寒时雨，孤舟今夜泊淮南。”《赋得新柳送别》：“短岸复长堤，黄轻绿未齐。晓风吹不定，春雪压常低。草细偏相妒，莺娇未敢啼。年芳君莫问，日落灞陵西。”咏柳赠别，神韵清摇，称得上《小草斋诗集》中的佳作，庶几接近诗人“无色无着”、“淡语胜秾”的追求。

3. 曹学佺

晚明闽派以曹学佺诗歌成就最著，谢肇淛《小草斋诗话》用“以浅淡情至为工，不甚学盛唐”十二字准确概括了他的诗歌特点。叶向高《曹大理集序》也揭示说：“大理好称诗，诗格益高而其辞益出于独创，众复哗之。……故其旨沉以深，其节纡以婉，其辞清泠而旷绝。其初之不合于世以此，久而为世所称服亦以此。”学佺浅淡情至之诗，内蕴风神之美，如《小园春暮》：“春事倏将尽，闲情谁与群？平池鱼欲近，幽径鸟先分。移竹迎朝雨，留花待夕曛。不知何处鹤，频送几声闻。”[43]《望东湖》其一：“我爱东湖好，看之岂厌烦。空青飞不着，新绿照无痕。”[44]《夜雪》：“薄雪枝上消，不到清池内。照成江夜寒，敛手一相对。”[45]淡墨点染，含婉情深，这或许是闽派所追求的“玲珑妙悟”和“香象渡河”之境。

学佺仕途坎坷，长期浮任外僚，观历两都、巴蜀、荆楚、江浙、闽粤名山胜水，获得山水之富。《石仓诗稿》以吟咏山水为主，“山水荡其性灵，丘壑鼓其幽致”[46]，著色浅淡，不重形似而旨在抒写神情。程嘉燧酷赏他“明月自佳色，秋钟多远声”之句，王士禛以其“春光白下无多日，夜月黄河第几湾”之句比论高启的“白下有山皆绕郭，清明无客不思家”，以为神韵天然，不可凑泊。

《续修四库全书总目・石仓诗稿提要》录评学佺大量山水佳句，美不胜收，并说：“学佺作诗，辞丽以则，思深而远，以视同时云间陈卧子，而温婉过之。读其近体，颇有羚羊挂角、香象渡河之妙。乃陈大樽选明诗，置之郐下无讥之列，未免蔽于一见，非持平之论矣。”陈子龙轻视学佺之诗，诚是“蔽于一见”，但还应指出“辞丽以则”并非学佺诗歌本色，谢氏“浅淡情至”之评已深入肌理。

此外，王士禛欣赏学佺山水佳句，亦未免“蔽于一见”。其视陈子龙、程嘉燧为明末七律两大家。事实上，嘉燧不副此盛名，学佺真堪与子龙齐驱。《明诗纪事》辛签卷一只录陈（三十八首）、曹（三十二首）两家，当是深具慧眼。

天启间，学佺秉笔撰述野史，击中阉党讳忌之事，遂于天启六年入狱，《明史》载：“梃击狱兴，刘廷元辈主疯颠，学佺著《野史纪略》，直书事本末。至六年秋，学佺迁陕西副使，未行，而廷元附魏忠贤大幸，乃劾学佺私撰野史，淆乱国章，遂削籍，毁所镂板。巡按御史王政新以尝荐学佺，亦勒闲住。广西大吏揣学佺必得重祸，羁留以待。已，知忠贤无意杀之，乃得释还。”《还家杂咏》四首、《忆昔诗》十首[47]作于获释之际，纪叙人生不幸遭遇，揭现明末鬼魅魍魉、黑白颠倒的世界。《忆昔诗》其三记述狱事经历：“亦有兄与朋，先发已逾日。忽闻兹音耗，仓皇叩我室。备述道路言，凶险状非一。舍此事长途，谁能罔闻恤。所愿子为人，上天颇阴骘。人谋俱不臧，鬼谋或云吉。余强不相顾，挥手使之出。塞耳谢纷纭，一身抱空质。”诗人置生死度外，其四表白：“吾慕嵇生琴，曲终命方授。列子亦何知，垂杨生在肘。”《还家杂咏》其一写初归的情景：“亲朋枉相存，恒匿不见面”，“衣尘未遑浣，俯仰泪堪溅”。回想汉、唐宦官政治悲剧，学佺痛心疾首，其四云：“自昔中官横，毒流被缙绅”，“国祚将随之，宁复为一身”，“岂如汉唐末，糜溃遂不振！”从中可以读到明末人祸之烈和学佺的迷惘心绪及一腔正气。

陵谷异变，鸟藏鱼遁，林居十馀年的学佺毅然应唐王之诏起复，而且“官运亨通”，终至身殉国难。清乾隆间，曹岱华殚精辑刻《石仓集》，不久学佺诗文即遭到清廷禁网之厄，罕传人世。《续修四库总目提要》一面说他“殿步一朝，信非溢美”，一面叹惋再三：“可胜叹哉！可胜叹哉！”

馀　论

钱谦益主张诗歌融贯唐宋，雅正雄浑，不赞同明初闽派之论，《列朝诗集》传载邓原岳时说：“余尝论闽诗流派，颇以后来庸靡之病归咎于林子羽，盖有见于此，于甲集论之详矣。”对晚明闽派，钱氏成见更多，传载谢肇淛时说：“大抵诗必今体，今体必七言，磨砻砦荡，如出一手。在杭近日闽派之眉目也。在杭故服膺王、李，已而醉心王百谷，风调谐合，不染叫嚣之习，盖得之伯谷者为多。在杭之后，降为蔡元履。……闽派从此熸矣。”一如前述，晚明闽派乃闽派的三兴，而非闽派之衰，至于闽派衰落，自有其因，不是创作上“如出一手”所致，更非蔡复一等人“陵夷”的结果。

钱氏擅长鼓吹吴中风雅，称肇淛诗歌多得力于王稚登，似不经意而发，盖出于个人积习。朱彝尊不苟同此说，《静志居诗话》引述谢氏“怕见江东一片尘”、“吴越从风赤帜高”诗句进行了驳诘。女批评家汪端本来就不满钱氏论诗，在认识闽派问题上，与钱氏分歧更显著，《明三十家诗选》指名道姓批评说：“明初闽中十才子，专学盛唐。万历间徐𤊹亭昆季、曹石仓及在杭诸人，则兼法钱、刘、元、白，并洪武诸家，虽前后宗尚微有不同，要皆精研格律，无忝正声。在杭诗清圆俊朗，远胜王伯谷。而虞山诋闽派庸熟蹈袭，如出一手，又谓在杭风雅谐合，得之百谷为多，其月旦颠倒如此，绛云一炬，岂非天哉！”钱氏藏书之绛云楼，多收善本精椠，闻名海内，可惜在清顺治间毁于一场大火。汪端深恶钱氏之论，说绛云楼大火乃钱氏报应。细论谢、王之诗，钱氏所说不是毫无根据的捏造，只是失于偏颇。汪端肯定闽诗，自具道理，但批驳过于痛快，反伤刻薄。

综观明诗史程，晚明闽派尤占比重。后七子派式微时，闽中与浙东坛坫勃兴，共同奠定了诗坛新格局。公安、竟陵派相继而起，闽派占据一方坛坫，气势上等观吴中、浙东。明末，竟陵、几社并驰，闽派构成诗界第三支生力军，以自成一家言的诗论和创作标帜八闽，促使闽诗蔚然大观。

---

① 《重编红雨楼题跋》卷一。

② 《小草斋诗集》卷六。

③ 今考证邓原岳生卒如下：《小草斋文集》卷十一《邓汝高传》：三十一岁举于乡，越七年成进士。……拜楚参藩，督饷渡淮，以病乞归。归十五日而卒，仅五十岁。邓原岳万历十三年举人，二十年进士，据上传，原岳生于嘉靖三十四年（1555），卒万历三十二年（1604）。查《明神宗实录》，万历二十九年，原岳迁湖广右参政，三年后乞归，正与上传记载相合。由此推定其生于1555年，卒于1604年。

④ 《小草斋文集》卷十一《邓汝高传》。

⑤ 今考证徐熥生卒如下:《鳌峰集》卷十四有诗《己亥除夕,是年有伯兄之丧》,伯兄系指徐熥,己亥,万历二十七年。又,《西楼集》卷十八《与曹能始户部》:"既发潞河,凡三月而后抵家,马首旋西。……穷冬遂校迤东诸郡……徐惟和遽作异物,令人丧气。"查《明神宗实录》,邓原岳万历二十七年正月迁云南佥事,马首旋西指赴任云南,是冬徐熥已卒。《西楼集》卷十二《徐惟和集序》载徐熥卒时"年才三十九耳",《明三十家诗选》、《四库总目提要》亦均持三十九岁说。由此推定其生于1561年,卒于1599年。

⑥ 《小草斋文集》附录曹学佺《明通奉大夫广西左方伯武林谢公墓志铭》。

⑦ 《幔亭集》卷二。

⑧ 《鳌峰集》卷七。

⑨ 《劫中得书记》,《西谛书话》第335—337页,郑振铎著,三联书店,1983年。

⑩ 《幔亭集》卷五。

⑪ 《鳌峰集》卷十。

⑫ 《小草斋文集》卷四《陈汝翔诗序》。

⑬ 《小草斋文集》卷四。

⑭ 《幔亭集》卷八。

⑮ 《石仓诗稿》卷六《苕上篇》。

⑯ 《小草斋文集》卷四。

⑰ 《小草斋文集》卷四。

⑱ 《石仓文稿》卷一。

⑲ 《重编红雨楼题跋》卷一《曹能始石仓集序》。

⑳ 《石仓文稿》卷一《刘民部诗序》。

㉑ 《石仓文稿》卷一。

㉒ 《小草斋文集》卷二十一。

㉓ 《西楼全集》卷十八。

㉔ 《珂雪斋集》卷三。

㉕ 《小草斋诗集》卷二十。

㉖ 《石仓诗稿》卷二十一。

㉗ 《隐秀轩集》卷十一。

㉘ 《小草斋文集》卷五。

㉙ 《幔亭集》卷三《途中感遇,效同谷七歌》。

㉚ 《幔亭集》卷九。

㉛ 《小草斋文集》卷二十四《徐惟和诗卷跋》。

㉜ 张献翼《幔亭集序》。

㉝ 南居益《鳌峰集序》。

㉞ 《鳌峰集》集前附序。

㉟ 《鳌峰集》集前附序。

㊱ 《明三十家诗选》二集。

㊲ 《鳌峰集》卷七。

㊳ 《鳌峰集》卷十四《过郑子警山人市隐堂》。

㊴ 《鳌峰集》卷十四。

㊵ 《鳌峰集》卷十四《过林子实山人幽居》。

㊶ 《小草斋续集》卷二。

㊷ 《小草斋续集》卷一《滇中稿》。

㊸ 《石仓诗稿》卷十二《芝社集》。

㊹ 《石仓诗稿》卷十五《豫章稿》。

㊺ 《石仓诗稿》卷二十《蜀草》。

㊻ 徐㶿《曹能始石仓集序》。

㊼ 《石仓诗稿》卷三十《更生篇》。

第七章　山左诗坛

山左为明代北方诗坛重镇。清初,王士禛曾有志辑录山左明诗五十家,但由于忙于宦途,未成其事。关于明诗五十家,士禛本人未最终确定名单,仅有大致说法,《香祖笔记》列出一份五十四人的名单:许彬、黄福、秦纮、马愉、刘珝、毛纪、王宗文、靳学颜、蓝夫、殷云霄、穆孔晖、边贡、刘天民、许成名、王道、殷士儋、冯裕、冯惟健、冯惟敏、冯惟讷、李攀龙、李先芳、苏祐、杨巍、刘隅、吴岳、戚继光、戚澹、龚秉德、于慎行、于慎言、郭本、傅光宅、于若瀛、李舜臣、李开先、邢侗、公鼐、公鼒、冯琦、钟羽正、谢榛、许邦才、王象艮、王象春、高出、邹颐贤、王与胤、卢世漼、王若之、刘孔和、张光启、徐夜、董樵[①]。张宗柟编《带经堂诗话》,卷六《题识类》录《香祖笔记》有关文字,并据《蚕尾续文》相关记载,补姜埰、姜垓、王潆、王衮、王遵坦、赵士喆等人。士禛《古夫于亭杂录》又言及"吾乡风雅,明季最盛",列举王遵坦、刘孔和、王若之、丁耀亢、丘石常、赵士喆、赵士亮、姜埰、姜垓、宋玫、宋琬、董樵、高珩、孙廷铨、赵进美、张光启、徐夜等十七人,云:"皆自成家。余久欲辑其诗为一集传之,未果也。"以上七十馀人,明初作者甚少,嘉靖至崇祯末作者居十之八九,万历以后尤多,山左明诗概况及晚明山左诗坛之兴,由此可见一斑。

一　晚明山左诗歌的嬗变

1. 历史近源：嘉靖历下、青州诗歌

历下诗坛的树立可追溯到边贡。贡字庭实，历城人，有《华泉集》，名入前七子，又与李梦阳、何景明、徐祯卿并称“弘正四杰”，开乡人李攀龙复古之先。李攀龙，字于鳞，嘉靖二十三年进士，官至河南按察使，著《沧溟集》三十卷，与王世贞创立后七子派，主盟历下复古诗坛，许邦先、殷士儋等人辅助之。

晚明山左诗人继承历下之绪，公鼒济南寻访李攀龙白雪楼，《历下访白雪楼》四首其四云：“池亭价重传齐鲁，文苑名高并李何。”万历中叶，李攀龙饱受非议，王象春鸣不平说：“昔人诗禅并称，尚存大雅。今日诗社酷似宦途，端礼门竖党人之碑，韩侂胄标伪学之禁，谈诗者拾苏、白馀唾，矜握灵蛇，骂于鳞先生，为伧为厉，为门外汉，此辈使生七子登坛时，恐咋舌而退矣！”[②]明末，丁耀亢称赞李攀龙诗云：“白雪中原紫气盘，百年万里几回看。大言自可酬清庙，草木云霞路径宽。”[③]

应当指出，他们无意祖述模古之论，而旨在取其“高古”精神。这一点相当明显，略举证如：批评“拟议以成其变化”之论，指出李攀龙诗歌痼疾在于剿古，模拟多而真情少；强调自我树立，标举齐风及侠诗、禅诗；对山人谢榛其人其诗不甚关注。谢榛是后七子立派人物之一，晚明山左诗人一般不愿提及他，不只因他与李攀龙恶交，更在于不愿接受他的复古理论。

青州诗坛兴自冯裕、黄卿、石存礼、刘澄甫、渊甫、陈经之结海岱诗社，王士禛《古夫于亭杂录》载：“吾乡六郡，青州冠盖最盛。明嘉靖、万历间，官至尚书者八九人。而世宗时，林下诸老为海岱

诗社，倡和尤盛。其人则冯闾山、黄海亭、石来山、刘山泉、范泉、杨渑谷、陈东渚，而即墨蓝北山亦以侨居与焉。倡和诗凡十二卷，无刊本。余近访得抄本，诗各体皆入格，非浪作者。”冯裕曾孙冯琦辑《海岱会集》，为《四库全书》收录，《四库提要》评曰：“其诗皆清雅可观，无三杨台阁之习，亦无七子摹拟之弊。”

青州诗学传承中，引人注目的是临朐冯氏、新城王氏两个文学家族的“家学门风，渊流有自”。

海岱诗社眉目冯裕，字伯顺，号闾山，正德三年进士，仕至贵州按察副使，诗淡泊清新，有陶渊明风致。冯裕四子惟健、惟敏、惟讷、惟重以古文辞声振山左，时称“临朐四冯”。惟健，嘉靖七年举人，有《陂门集》八卷。惟敏，嘉靖十六年举人，官至保定通判，有《海浮集》、《海浮山堂词稿》、《击节馀音》。惟讷，嘉靖十七年进士，官至江西左布政使，有《光禄集》十卷，编《汉魏六朝诗纪》一百五十一卷。惟重，官行人，有《大行集》一卷。公鼐诗云：“历下树赤帜，骚坛据上游。同时东方士，冯氏四子优。”④冯氏后人踵继“家学门风”，惟敏子冯子升、孙冯瑗，惟健子冯子咸，惟重子冯子履、孙冯琦与冯珂，均能诗，冯琦尤为俊特，被傅国推许为一代文学宗盟⑤。

新城王氏文学门庭的开辟始自王象春祖父重光（王士禛高祖），象春一代，一门清华，象乾于隆庆五年成进士，官至兵部尚书；象坤嘉靖四十四年进士；象蒙万历八年进士，官至光禄寺少卿；象晋万历三十二年进士，仕至浙江右布政使；象节万历二十年进士；象艮，贡生，官姚安同知，有《迂园集》二十四卷；象明，原名象履，贡生，官大宁知县，有《鹤隐》、《雨萝》等集。象春万历三十八年进士，在兄弟行中最精擅诗文。王氏尽管在明清易代之变的动荡中饱受摧折，但再兴于清初，王士禄、士禛继承家学，振声山左，士禛还成为清初文坛宗盟，钱谦益《王贻上诗集序》说：“季木殁三十馀年,从孙贻上复以诗名鹊起。闽人林古度诠次其集,推季木为先河,谓家学门风,渊源有自。”[⑥]方文《题王阮亭仪部像》诗云:“山东风雅谁第一,新城王家故无匹。季木开先称作者,贻上后来更挺出。”[⑦]

2. 标帜“齐风”,诗以振世

万历初期,山左诗人肯定七子之功,而反对诗歌模古,昌言革新。公鼐和邢侗论诗,《长歌赠邢子愿席上》云:“馀子纷纷未易说,拟议原非吾所悦。丈夫树立自有真,胡为效彼西家颦。天地精华非秘昔,河岳英灵无终极。啧啧莫问群儿喧,愿成昭代一家言。”“拟议原非吾所悦”即针对李攀龙等人所发。“临朐四冯”不喜拟古,冯氏家学传人冯琦,更深刻揭示了拟古之弊,《谢京兆诗集序》指出:“今之为诗者,一何与古异也!古人之诗,情而已。若远若近,若切若不切,而可以纾己之情,可以谕人之情,人己之情两尽而语不必尽,彼与我知之,而后人有不及知者,此古人之所工也。其在后人不然,其人其地其事与夫官秩姓氏皆引古事相符合,以为典切,而己情不必纾,人情不必谕,语已尽而读之不了了,一了而遂索然无馀。”[⑧]

公鼐、冯琦、于慎行、邢侗走上与复古相异的文学道路,其“树立自有真”集中体现在标举齐风方面。公鼐赠冯珂诗云:“主盟非吾事,愿君恢齐风”,“我也导其波,君也扬其澜。”[⑨]又《赠蒋生》其一:“东海茫茫东岱雄,齐王旧国图羁空。斗鸡六博皆绵邈,惟有泱泱古大风。”其三:“君家亦是三齐望,屈指词坛待主盟。”[⑩]冯琦赠公鼐诗云:“一歌先齐风,大海扬波澜。”[⑪]李维桢序邢侗《来禽馆集》云:“邢子愿崛起山东,而海内倾乡之,如岱宗之长五岳,如东海之表大风。”[⑫]王衡赠公鼐诗云:“蒙山跨东海,泱泱风尚尔”,“大雅别有尚,采风迨下里。”[⑬]又,赠冯琦诗云:“东海固大风,体大或错糅”,“谁裁齐音傲,澮与琴瑟友”,“鲁史世尔家,诗庭尚敦厚。”[14]古齐国东连大海,西接泰山,富庶强盛,素有“泱泱”大国风的说法,历史上沿用齐风形容山左人文的例子,代不乏见,但以上有关文字均非泛泛而言,具体标示着万历前期山左诗坛走向。齐风主要表征有三:

其一,诗本性情,不主格调。李攀龙追求高古雄浑而不免轻视今人之性情,公鼐、冯琦、于慎行有意弥补这一缺口。冯琦批评诗不本于性情,昌言“以情为诗”,《谢京兆诗集序》:“盖古人以情为诗,后人以诗为情。古人虚而实,后人实而虚。虚调易模,实境难工”,“善画者图天下妍媸美恶,肖不肖立见。苟得其真,则万亿人无一相类者,此虚实之别也。”又提出“调欲远,情欲近”,《于太宗伯集序》中说:“诗以抒情,情达而诗工;文以貌事,事悉而文畅。古人之言尽于此矣。而后之作者高喝矜步以为雄,多言繁称以为博,取古人之陈言,比而栉之,以为古调、古法,调不合则强情而就之,法不合则饰事以符之。夫句比字栉,终不可为调为法,即调与法,亦终不可为古人,然则徒失今人情与事耳。……窃以为调欲远,情欲近。法在古人,事在今日,必不得已,宁不得其调与法,而无失其情与事。”[15]以上观点深得于慎行赞同,序文即应慎行之请为其父所作。慎行《冯宗伯诗叙》亦论“神情”说:“夫自三百篇以降,至于汉魏及唐,体裁不同,要以袖然意象之表,不可阶梯,正在神情尔。世人不知,则求多于辞,辞不能超,而求助于气,大归在亢厉幼眇,愈费而愈不足。”

其二,熔铸古今,标宗自然。冯琦《于太宗伯集序》认为,“古人所由传,正以独诣为宗,自然为致”。于慎行强调一个“化”字,《宗伯冯先生文集序》称“天壤之间,有形有质之物,未有能不朽者,必化而后不朽”,又指出诗应“原本性灵,极命物态,洪纤明灭,毕究精蕴”[16]。

其三，博大雅正，闳音鸣世。公鼐称山左诗为大雅嫡传，与于慎行、冯琦、赵秉忠一度欲借助馆阁文学变革当代诗风，所作“极变穷工，卒归大雅”，赵秉忠《公太史孝与先生诗稿序》说：“倘亦馆阁文章之府权无旁落，请以兹刻征之。”探其动机，大抵是要以诗振颓起衰。可以说，齐风既是山左诗人“丈夫树立自有真”的创新结果，又是标榜“至今大雅在东方”的一种必然。

山左诗人与公安派都以革新面目出现诗坛，而论诗分野相当明显，且分歧不限于文学，也关涉学术。

于慎行很少交结公安派诗人，他隐居故里的十六年中，公安派历经兴衰。《四库全书总目提要》称慎行诗“典雅和平，自饶清韵，又不似竟陵、公安之学，务反前规，横开旁径，逞聪明而偭古法，其矫枉而不过直，抑尤难也”。无论所言是否得当，它确实揭示了慎行与三袁的隔阂。

公鼐交往雷思沛、曾可前，如《送雷何思还夷陵》：“丈夫契合非偶然，片言相许为生死。”[17]《翰林院检讨夷陵雷公思沛》：“顾我独知心，投分若神契。”[18]《送曾长石太史还楚》：“白雪操来知和寡，红尘历尽见交难。”[19]其“契合”主要在政坛相知方面。

冯琦与三袁往来最多，万历十六年典湖广乡试，取士宏道，结师生之谊，二人交往事迹能够反映当时诗坛的微妙变化。宏道诗文存有五封给冯琦的书信（一见《锦帆集》之四，三见《瓶花斋集》之十。最后一封《冯尚书座主》见《潇碧堂集》之十八，作于万历二十九年，专为故世的宗道请恤典）。第一封书信写于万历二十四年，谈及探索新诗的体悟，大抵为冯琦认同。之后，宏道参禅证诗，意识到此非冯琦所能接受，万历二十六年进京补职，结社谈禅论诗，一直未和冯琦通信。一年后始作《冯侍郎座主》：“宏道疏节之罪，上通于天。入燕以来，忽忽一岁，无咫尺之刺通候师门，岂非门墙之大罪人哉？……至于诗文，间一把笔，慨摹拟之流毒，悲时论之险狭，思一易其弦辙，而才力单弱，倡微和寡，当今非吾师，谁可救正者？……得师一主张，时论自定。”冯琦未有回音，宏道偶然在黄辉处读到冯琦论诗手札，于是连作《冯琢庵师》两书，其一：“尚簿来，有小启通候师门，想久入览。数日前，于黄中允处见师论诗手牍，读之跃然。格外之论，非大宗匠，谁能先发？末季陋习，当从此一变矣。”其二：“独谬谓古人诗文，各出己见，决不肯从人脚跟转，以故宁今宁俗，不肯拾人一字。”他希望冯琦出面“就正”剿古习气，支持公安派。从《宗伯集》有关尺牍内容来看，冯琦态度并不热情，一方面可能是因为不全认可宏道诗论，另一方面原因即学术分歧，可能更为重要些。公安派以禅诠儒，而冯琦推尊孔、孟之学，不喜士人侈谈心性、讲禅学。宏道未充分注意到此，《冯琢庵师》其二称道诗文“各出己见”时，还举隅李贽等人说：“词客见者，多戟手呵骂，唯李龙湖、黄平倩、梅客生、陶公望、顾升伯、李湘洲诸公稍见许可。”这当然不能激起冯琦共鸣。我们看到，万历三十年张问达首劾李贽，数日后，冯琦就上疏批评“异学”，其事详载《万历野获编》“黄慎轩之逐”中，《明史》卷二三六亦载：“时士大夫多崇释氏教，士子作文，每窃其绪言，鄙弃传注。前尚书余继登奏请约禁，然习尚如故。琦乃复极陈其弊，帝为下诏戒厉。”

山左诗人批评当世尚谈心性，当然不是为尊尚宋儒，他们基于山左文化传统，推崇孔孟儒学，宗经明圣。公鼐《读宋史新编，题陈亮传后》表述得很明晰：“晋尚清谈五胡张，宋崇儒教金元兢。自古昏狂必覆邦，未若浮虚基祸盛。何如反本守经常，五品三才原自定。谁抑洪水辟臻芜，此语终当俟后圣。”[20]文学和学术追求的分野，使山左诗人选择了不同于公安派的创新诗路，而此又非文学复古与革新“对立”问题所能包括的。

3. 张扬“禅诗”、“侠诗”，诗以愤世

万历三十一年冯琦卒，万历三十五年于慎行卒，前此一年公鼐归隐蒙山，杜门十馀年，万历四十年邢侗卒。公安、竟陵派兴衰交接之际，也是山左诗坛新老更替、密云暗移的阶段。王象春、公鼒论诗相合，主盟山左诗坛，昌言诗有禅诗、侠诗、儒诗、道诗四大宗，标举禅诗、侠诗，体现了万历中叶之后山左诗歌的走向。

天启五年，王象春为公鼒作《公浮来小东园诗序》，概括二人论诗大旨说：“定诗者亦如八寸三分帽子，人人可移。一人曰：必汉魏，必盛唐，外此则野狐。一人驳之曰：诗人自有真，何必汉魏，何必盛唐。一人又博大其说曰：何必汉魏，何必不汉魏，何必盛唐，何必不盛唐。两祖莫定，五字成文，今天下盖杂处于第三说矣。三说聚讼，权必归一，过瞬成尘，言下便扫，其或继周，宁能无说？浮来请于此再下转语。予尝赠浮来句云：‘重开诗世界，一洗俗肝肠。’”七子诗标汉魏、盛唐，公安强调自有真诗，又一种折中观点认为何必汉魏、盛唐，何必不汉魏、盛唐。王象春、公鼒不欲折中公安、七子之论，象春说：“七子以大声壮语笼罩一世，使情人韵士尽作木强，诚诗中五霸。今矫枉太过，相率而靡靡坐老温柔乡中，岂不令白云笑人。”二人不愿高歌复古，空作大声壮语，亦不愿一味放纵自适，坐老温柔乡中，而要“重开诗世界”。关于诗世界，上序指出：“诗固有世界。其世界中备四大宗：曰禅、曰道、曰儒，而益之曰侠。禅神道趣，儒痴而侠厉，禅为上，侠次之，道又次之，儒反居最下”，“儒诗为道之滥觞，侠诗乃禅之护法。侠之于禅，若支而合；儒之于道，似近而远。”这意味着，他们不满足温厚雅正的儒诗和适意于趣的道诗，主张以禅诗抒发精见，破除迂腐，以侠诗传写衰世的侠戾之情。这种观点与齐风之论差异显著，《静志居诗话》曰：“万历中年，诗派杂出，季木自辟门庭，不循时习。”

以上诗观的形成有着具体的时代语境。山左诗人意图以齐风振世，万历中叶后的残酷现实破灭了这一理想。象春卷入党争，按《列朝诗集小传》说法，他受到宣党、浙党的排挤。万历三十八年，象春举进士第二人，韩敬为状元，象春说："奈何复有人压我！"韩敬科场案发，遂以为讦己。象春不容于宣党、浙党，随后被攻讦以科场案，谪外。稍迁南吏部郎中，刚肠疾恶，扼腕抵掌，"抗论士大夫邪正，党论异同，虽在郎署，咸指目之，以为能人党魁也"，因以罢职。崇祯帝治阉党之乱，原来被黜的大臣纷纷起复，象春却一直未见召用。公鼐未直接卷入党争，但在当时恶劣的政治环境下，保持中立确非易事，他痛恶朝官树党，《读邸报有感》诗云："国事迩年来，聚讼悲老成。党议一已出，谁知渭与泾。国宝见新参，谟议正以平。如食哀家梨，如听上林莺。如瞽得扶老，如敌得长城。……朝廷付公等！吾但守硁硁。"[21]政局混乱，士人内心动荡不宁，钟惺借凄霖之调传达心绪，象春和公鼐则把傲世、愤世之情寄寓禅诗、侠诗。

此外，王象春初学诗，宗法七子，从复古到"自辟门庭"，其间还受到同年钟惺、钱谦益的影响。钟惺序象春诗集，劝他"要以自成其为季木而已"，举证说："夫于鳞前无为于鳞者，则人宜步趋之，后于鳞者，人人于鳞也，世岂复有于鳞哉？势有穷而必变，物有孤而为奇。石公恶世之群为于鳞者，使于鳞之精神光焰不复见于世，李氏功臣，孰有如石公者？今称诗者遍满世界，化而为石公矣，是岂石公意哉？"[22]钱谦益建议象春远离七子，"以今人为本根，以古人为枝叶"，《列朝诗集小传》回首当时情景说："季木退而深惟，未尝不是吾言也。"钟、钱在客观上都促使着象春摆脱七子之限，自我树立。

4. 重申宏大雅正，诗以救世

天启间阉党乱政，毒流缙绅[23]，朝内正直士子几为排击一空。崇祯帝励精图治，但他刚愎自用，"御寇警则军兴费烦，急征徭则闾阎告病，以至破资格而官方愈乱，禁苞苴而文网愈密，恶私交而下滋告讦，尚名实而吏多苛察，于凡举措听荧，贞邪淆混"[24]。李自成、张献忠战火燃至大江南北，清军频频南犯，明王朝走到一触即溃的边缘，时局正如张岱诗中所绘："共工触不周，崩轰天柱折。世上无女娲，谁补东南缺？"[25]

伴随国运衰变，明末诗坛出现南、北融合趋势。江南应社和松江几社士子呼吁文学关注现实。山左士子在北方与之声息相通，掖县赵士喆组织山左大社，后并入复社，莱阳宋玫、姜埰、姜垓与张溥、陈子龙、吴伟业和衷同气，倡导诗以用世，反对公安派适意之诗，排斥竟陵幽峭之诗，宣扬雄浑雅正。崇祯间山左诗坛主角为宋玫、姜埰、姜垓、赵士喆、丁耀亢、徐夜、赵进美、董樵等新一代少壮派。

宋玫，字文玉，号九青。天启五年进士，累迁工部侍郎。崇祯十五年，因廷推下狱，削籍释归。清兵攻莱阳，宋玫率众奋力抵御，不屈而死。宋玫与吴伟业齐名文坛，诗学杜甫，爱苍浑之调，《梅村诗话》载："玫少而颖异，为诗学少陵，爱苍浑而斥婉丽，然不无踳驳，当其合处，不减古人"，"尝与余同使楚，楚嘉鱼熊鱼山、竟陵郑澹石俱九青同年，到武昌相访，郑诗亦清逸，其赠什曰：'剖斗折衡为文章，天下娄东与莱阳。'谓吾两人也。"

姜埰，字如农，一字卿墅。崇祯四年进士。授密云知县，未赴，改仪征知县，累迁礼科给事中。在任五月，上三十馀疏，下诏狱，廷杖几死。甲申春谪戍宣城。北都亡乃避乱苏州，为避阮大铖倾陷，辗转移寓徽州，祝发为僧。鲁王监国，召起兵部侍郎，姜埰知事不可为，不赴，晚年流落苏州卒，有《敬亭集》十一卷。与赵进美、方以智、陈子龙“以诗名雄视南北”[26]，所作激壮悲凉，有燕赵风，《四库全书总目提要》评曰：“才本清刚，气尤激壮，故诗文皆直抒胸臆，自能落落不凡。然纵笔所如，不暇锻炼，故粗犷之语，亦时时错杂其间。”

姜垓，字如须。崇祯十三年进士，授行人，晚岁客居吴门，有《篔筜集》。魏禧《姜公墓表》云：“公诗沉郁离忧，无愧三百篇之旨。”全祖望《姜贞文先生集序》论其：“诗胜于文，其信手所之，如怒蛟，如渴骥，非复绳墨所可检束，及其谐声按律，又无不合昔人者。”[27]

丁耀亢，字西生，号野鹤，诸城人。幼年失父怙，发愤攻读，二十岁补诸生。崇祯十五年，清兵攻占诸城，丁氏家族罹难者颇众，耀亢携母入海避兵，始得幸全。崇祯十七年，入刘泽清幕府，出任赞画，迁纪监司理。弘光亡，刘泽清解甲，耀亢归里。迫于生计，出任镶白旗教习，授容城教谕，迁福建惠安令，未就任归，僧服苦行，潜心著述。耀亢推崇雅正雄浑，于竟陵多有批评，如云“谈诗久已谢时能，新调空传说竟陵。春蟪有声吹细响，干萤无火续寒灯。乱鸣郊岛终难似，厚格杨卢岂合惩。千古高深惟五岳，君看何处不崚嶒。”[28]丁日乾《逍遥草叙》说耀亢“叱黜竟陵”，洵为雅宗，以楚骚自托，“十年抱剑之悲，故其《岱游》之音壮，《海游》之音哀，《江游》之音思以长，《故山游》之音清以激，《吴陵游》之音怨以平。横槊朗吟，天地震动；酾酒歌呜，风雨昼来”。

晚明山左诗歌的发展促进了明诗繁荣，并导演出清初山左诗坛争胜东南的局面。清初山左重要诗人多由明末而来，徐夜、董樵为著名遗民诗人，赵进美、刘正宗、程先贞、孙廷铨仕于新朝，王士禛发扬“家学门风”，为一代诗坛宗盟。

二　一歌先齐风，大海扬波澜——公鼐、冯琦、于慎行

公鼐、于慎行、冯琦为馆阁重臣，诗文、学问冠名山左。公鼐、冯琦少年即以文才并称“齐地二彦”，于慎行、冯琦被《明史》推为山左文学之冠。三人歃盟骚坛，不愧为晚明前期山左三家。

1. 公鼐

公鼐（1558—1626），字孝与，号周庭。公氏为蒙阴望族，至公鼐已五世进士。公鼐父家臣，隆庆五年与赵用贤同科进士，授编修。公鼐随父在京，从学赵用贤、吴中行，结交冯琦、王衡。万历五年，赵、吴因直谏张居正夺情被逐，时人多敬避之，公鼐为送行至潞河。公家臣也在劝谏之列，谪泽州通判。公鼐归里，久困科场，万历二十五年才中举，四年后成进士，授编修，迁左谕德，充东宫讲官。万历三十四年，不堪朝政靡乱，归隐。光宗立，起国子祭酒。迁礼部右侍郎，协理詹府事，见阉党乱政，事终不可为，请辞，未几卒于家，谥文介。有《问次斋集》百卷，传世仅见《问次斋集》文五卷、《问次斋稿》诗三十一卷二千馀首[29]。

成进士前的近三十年间，公鼐放情山左名山胜水，自称“我亦江湖探幽客”[30]，“天地容吾任骀荡”[31]。及成进士，任职不到六年就借机归隐蒙山、泗水。他的七言古诗多绘写沂蒙山水，如《望蒙山吟有寄》：“蒙山秀出东海边，海上白云相与连”，“齐鲁千里平如掌，俯视一气恒泱莽”，“眼底不生京洛尘，物外自有烟霞想”[32]。展示泱泱大风气宇，体现了齐风的宏大流丽。

山左士子尚高谈名理，公鼐尤其如此，王衡诗中记载：“高卧听雄辨，赖子食吾耳。谁与相激扬，言有鲁太史。”[33]公鼐负性气，好雄辩，五言古《鲁仲连》、《张子房》、《嵇叔夜》、《阮嗣宗》、《邵尧

夫》[34]，俯仰古今，大笔凌迅，气势沛然宏放。乐府诗颇多忧悱之作，如《塘上行》借塘草"托迹无凭藉，高下恒相依"，刺写庸人柄政，小人朋比的劣迹："奈何宿春容，不为千里期？争先竞扶寸，角重较铢锱。常以一日饱，遂忘千日饥。常以一手力，欲掩千目窥。常以一人是，尽谓千人非。"[35]

公鼐诸体兼擅，七言古、五律、绝句尤可称道。五律如《答用韫夜话作》："不禁灯前泪，难酬别后心。十年三命驾，四海一知音。涉世吾何拙，忧时尔独深。相持无剩语，各叹二毛侵。"格调深稳，情真意长。其诗"隽永藏于爽亮，纤秾寓之澹雅"[36]。《池北偶谈》摘句独具慧眼，录选公鼐《南竺寺》、《明湖独眺》、《习家池》诸诗，洵一时佳作。《习家池》作于万历三十四年公鼐出使湖广、江西之际，诗云："岘首岧峣汉水长，习池烟树野亭荒。羊公流涕山公醉，并枕残碑卧夕阳。"习家池在襄阳县南，因后汉襄阳侯习郁得名。岘首东临汉水，晋人羊祜登此感怀，后人立"堕泪碑"。公鼐绝句化典稳洽，诗意清俊，给人以咀嚼英华之感。

清初的"南朱北王"对公鼐评价甚高，《静志居诗话》云："言诗于万历，则三齐之彦，吾必以公文介为巨擘焉。"《池北偶谈》云："吾乡文介公鼐，万历中为词林宿望，诗文淹雅，绝句尤工。"王士禛还认为公鼐绝句风致不减唐人，因《列朝诗集》选其诗甚少，遂质疑钱氏选诗标准说："《列朝诗》取之甚少，不可解。盖牧翁多抑西北人也。"

2. 冯琦

冯琦（1558—1603），字用韫，号琢庵。万历五年进士，授编修，选侍讲，历礼部、吏部侍郎，官至礼部尚书，卒谥文敏。熟悉典制，有济世才能，《明史》说他莅政勤肃，学有根柢，敷陈说论，帝欲用为相，未果而卒。编有《经济类编》百卷，采摭繁富赅洽，以备世用，诗文有《宗伯集》八十一卷，万历末，松江林氏选刻《北海集》四十六卷。

冯琦厌弃“调不合则强情而就之”的诗歌习气，指出“调欲远，情欲近”，“里巷歌谣，协之皆可以为诗”，古诗高明处在“独诣为宗，自然为致”。这些观点和袁宏道相近，也难怪宏道期待他能够出来支持公安派。

《宗伯集》收诗六卷，《北海集》录诗五卷所作大抵“以情真为宗，次传声调”。《癸未春述怀五首》其三云：“女弟才四岁，半步一何娴。向人辄下拜，颇识嗔喜颜。伤彼蕙兰花，零落清霜寒。畴昔多欢悰，一一成悲端。余亦慕弘达，不能割此难。焚汝身上衣，碎汝指上环。九泉长决绝，抚膺独汍澜。”[37]陈田叹赏此诗，采入《明诗纪事》。冯琦任职京城，幼女夭亡，《哭亡女六首》其四云：“梦里如相见，人前或错呼。不如梁上燕，并坐已将雏。”[38]将情缕缕注入笔端，诵之神伤。诗歌创作往往源于一种不自觉的艺术意识，表现诗人内心深层的审美情趣。冯琦抛开诗法、格调，进入自由的创作状态，《碧云寺》：“峰头过新雨，石发净如沐。泉声下石溜，历历飞寒玉。”《中峰》：“万象各自媚，孤云安所薄？山南行雨罢，且复归旧壑。”《送二舅之官，寄怀伯舅》：“最关情，在何许？一郡槐花冷秋雨。”[39]得写景寄情之妙。

3. 于慎行

于慎行（1545—1608），字可远，一字无垢，东阿人。隆庆二年进士，授编修，充日讲官。万历十七年擢礼部尚书。连疏极谏明神宗早立皇储，被责为“以东宫要挟皇上”，适逢山东乡试出现漏题事件，引咎请辞。勤于著述，“一任骚坛定霸，争教学海究源”[40]。万历三十五年，廷推阁臣，慎行名列七人之首，时病重，疏辞不允，勉力入阁办事，进京十三日即卒。慎行博通经史，擅长诗文，有

《读史漫录》十四卷,《谷山笔麈》十八卷,《谷城山馆文集》四十二卷,《谷城山馆诗集》二十卷。

于慎行好魏晋古风,一面说学之则迂,主张原本性灵,一面说它臻至神化、返朴归真,私心好学,含吐之间似在表白不必学汉魏,亦不必不学汉魏。他的五古《感怀》二十首和《古意》十二首[41],篇连意属,诗意清冽,得高老之象。

山左士子性格、心态与江南士子显见差异,江南才士多放浪情怀,山左士子嗜欲清寡,尚谈名理,好大喜宏。王世贞称北调雄深,南音清丽,天若限之,所言皆是实情。慎行《曝经石》纯然北人习气,南士多不吟咏此调,诗云:"朝下天门关,夕憩曝经石。此石自何年,斜倚万仞壁。叠嶂洒飞泉,匹练百馀尺。水底玉篆分,了然成鸟迹。其文乃上古,读之茫不识。谁参雪窦禅,永示金仙迹。渌池低宝树,宛见祥河出。兀坐听潮音,洗耳心方寂。"[42]描山范水,言志写景,句法整严,出语爽净古朴,给人宏快明灭的感觉。

三　重开诗世界,一洗俗肝肠——王象春、公鼐

1."箕踞悲歌"王季木

王象春(1578—1632),字季木,号虞求。成进士,授编修,迁南大理评事,历工部、兵部、吏部员外郎,进郎中。受朋党攻击,辞归,崇祯五年病卒。诗有《问山亭诗》五卷、《济南百咏》一卷。清初,王士骊、士骥、士禛从《问山亭诗》中辑"雅驯雄俊"之作成《问山亭主人遗诗》。

象春雅负性气,士禛《池北偶谈》多载其逸事,如"从叔祖季木考功,跌宕使气,常引镜自照曰:'此人不为名士,必当作贼。'尝奉使长安,饮于曲江,赋诗云:'韦曲杜陵文物尽,眼中多少可儿坟。'

其傲兀如此。”象春在济南大明湖畔筑问山亭，《问山亭》诗云：“问山亭子拱如笠，屹立湖中阅古今。箕踞悲歌王季木，时敲石几激清音。”㊸诗是作者的自我写照，“箕踞悲歌”传达着他的侠戾之气。

《问山亭诗》千馀篇诗，傲兀、奔轶，其中以项羽为题材的作品，发前人未发，卓特奇警。《池北偶谈》、《静志居诗话》、《明诗纪事》竞相引述《再书项王庙壁》，诗云：“三章既沛秦川雨，入关又纵阿房炬。汉王真龙项王虎，玉玦三提王不语。鼎上杯羹弃翁媪，项王真龙汉王鼠。垓下美人泣楚歌，定陶美人泣楚舞，真龙亦鼠虎亦鼠。”《静志居诗话》从“邪师外道”上赞评说：“比于谢参军《鸿门》作，更觉遒炼。亡友颍川刘考功公㦷亟赏之，几于唾壶击缺，此非邪师外道之传也？”公㦷，清初诗人刘体仁字，激赏《再书项王庙壁》之事又载《池北偶谈》卷十六。

象春侠诗，放拓自如，“时有齐气”，如《赠徐海曙》：“满室皆风雨，飞龙在眼前。闻君谈剑术，终夜不以眠。”清隽神韵之作，“诗雄骨清瘦”㊹。如《九日同孟明登南城》：“去年重九日离思，今日登高是病身。社鼓半沿诸旧事，黄花总愧两愁人。望临寒水诗逾壮，饮对穷交意最真。好是清时甘自放，不妨天地有垂纶。”《过陆君启》：“我当病起能骑马，尔纵鬅然也正巾。一写新诗支傲骨，遥倾山影洗烦尘。邻鸦啼瞑寒依树，晚菊含霜不媚人。并是冷官消岁月，积书翻尽未言贫。”有钟、谭孤怀独往之意，所不同者，更呈挺兀之象。又如《秋夜》：“秋夜一何长，秋思一何苦。风催百虫鸣，骤急空山雨。”多瘦语、硬语。钱谦益未能全解象春苦心孤诣，一面叹赏其才，一面惋惜说难以“皈依正法”，《列朝诗集小传》云：“季木尤以诗自负，才气奔轶，时有齐气。抑扬坠抗，未中声律”，“季木则如西域波罗门教，邪师外道，自有门庭，终难皈依正法。”

2. 何以定浮来诗？浮来盖侠而禅者

公鼐（1569—1619），字敬与，号浮来山人，公鼒之弟。九岁以《昭君怨》诗闻名一邑。万历二十五年中举，仕至工部主事，有《浮来先生诗集》十四卷。交游冯琦、于慎行、王衡、邢侗，与王象春最相知，诗云："骚坛世界日争新，格套淫哇莽自陈"，"独有可儿王季木，时将诗吊李于鳞"㊺。

王象春《公浮来小东园诗序》云："予何以定浮来诗？浮来盖侠而禅者也。"公鼐之诗郁懑、急怼，《除夕与王季木守岁》一首读之如入"鬼域"，但它实是现实激愤之辞："去家近二年，饱食离乡味。为官一载中，半付懵腾醉。牵缠儿女情，滴尽心头泪。潦倒风尘缘，折尽英雄气。穷忙愁病中，不觉岁已易。饥鼠窜空庭，寒鸦搅清睡。岂无北阙书，恐似众声吠。岂无南山田，耦耕少其类。勉强立人朝，日夜计休退。赖尔好相过，差能慰憔悴。寒灯剥枣栗，深淡忘梦寐。共怀千秋图，一壑未能遂。前期指白云，比屋分山翠。"㊻钟惺咏党争，情辞激厉，如《王文肃公专祠诗》："险人与腐儒，大奸之臂足。谣诼不自由，犬吠驴鸣续。於赫哉明纶，竟以此曹束。"㊼公鼐诗境较钟惺更为凄凉，"饥鼠窜空庭"，"寒灯剥枣栗"，描绘世态，载传的正是士人悲凉的时代意绪。

袁宏道、陶望龄诗具狂禅气韵，公安派之后，狂禅诗作者不多见，公鼐和王象春虽反对公安派"适己"之诗，但是对狂禅诗并不排斥，他们发扬狂禅诗风，"官不离禅禅更诗"㊽，如象春《赠汪历阳》："与君当此世，或好是名流。日读离骚醉，时偕野梵游。赋成羞狗监，冻剧却狐裘。春入湖冰绽，有无钱买舟？"公鼐《乙巳夏日读白氏长庆集，因效其体》其二："但有诗篇堪送目，何须摇落苦悲秋。眼中儿女杯中物，闲看人间弄沐猴。"其八："呼儿但使通文选，痛饮何须读离骚。打破瓦盆空自在，掀翻公案悟方高。"㊾汗漫简狂，奇崛之气横亘肺腑。

---

① 清刊本《香祖笔记》载“戚少保继光、子子冲澹”。清乾隆间刊本《带经堂诗话》移“子子冲澹”四字于“苏侍郎祐”下，改作：“二子冲、澹”，注云：“原本无此四字，后‘继光’下有‘子子冲澹’四字，疑有错误，此从《蚕尾续文》本。”卢见曾《征选山左明诗启》：“至于父子，则仲学（边习）、子冲（戚澹），后先济美。”苏祐子苏澹，字子冲，能诗。有《仲子集》七卷。此一疑义，尚俟详考。

② 《济南百咏》之《李观察沧溟》诗序，《问山亭主人遗诗补集》，丛书集成续编本。是集录诗七十九首，系王象春侄孙士禛等人删选《济南百咏》所得。

③ 《丁耀亢全集》之《陆舫诗草》卷四《李于鳞》。

④ 《问次斋稿》卷五《读冯侍讲诗》。

⑤ 《昌国艅艎》卷之六《人物》。

⑥ 《有学集》卷十七。清人王应奎对王士禛承绪“家学门风”有不同的理解，《柳南续笔》卷三：“阮亭之诗，以淡远为宗，颇与右丞、襄阳、左司为近，而某宗伯（钱谦益）为之序，谓其诗：‘文繁理富，衔华佩实。感时之作，恻怆于少陵；言情之什，缠绵于义山。’其说与阮亭颇不相似。余按，阮亭为季木从孙，而季木之诗，宗法王、李，阮亭入手，原不离此一派。林古度所谓‘家学门风，渊源有自’也。顾王、李两家，乃宗伯所深疾者，恐以阮亭之美才，而堕入两家云雾，故以少陵、义山勖之。序末所谓用古学相劝勉者，此也。若认‘文繁理富，衔华佩实’等语以为称赞阮亭，则失作者之微旨矣。”笔者认为，王应奎注意到象春早年推重李攀龙之语，却轻视其“自辟门庭”之论，对《问山亭集》亦未细加研读，故结论象春诗宗王、李，进而认为士禛传习“家学门风”，即是不离宗法王、李一派，此说实是误解。季木之诗变风变雅，得老杜之骨力，清隽之作，神韵清圆，肇开王士禛神韵诗先河，显然，象春对士禛的影响主要不在宗法王、李方面。

⑦ 《滃山续集》卷二,《滃山集》,方文撰,上海古籍出版社,1979 年。

⑧ 《北海集》卷十。

⑨ 《问次斋稿》卷五《赠冯季韫》。

⑩ 《问次斋稿》卷二十八。

⑪ 《北海集》卷一《喜孝与至赋赠》。

⑫ 《来禽馆集》集前李维桢序。

⑬ 《缑山先生集》卷二《赠公孝与》。

⑭ 《缑山先生集》卷二《酬冯琢庵先生》。

⑮ 《北海集》卷十。

⑯ 《谷城山馆诗集》卷二《五言古诗叙》。

⑰ 《问次斋稿》卷九。

⑱ 《问次斋稿》卷七《八哀诗》。

⑲ 《问次斋稿》卷二十。

⑳ 《问次斋稿》卷九。

㉑ 《浮来先生诗集》卷一。

㉒ 《隐秀轩集》卷十七《问山亭诗序》。

㉓ 《明史纪事本末》卷七十一《魏忠贤乱政》。

㉔ 《明史纪事本末》卷七十二《崇祯治乱》。

㉕ 《嫏嬛诗集》之《白洋看潮》。

㉖ 《饴山文集》卷十《中大夫福建提刑按察使司按察史先叔祖韫退赵公暨元配张淑人合葬行实》,《赵执信全集》。

㉗ 《鲒埼亭集》卷第三十一,《全祖望集汇校集注》。

㉘ 《丁耀亢全集》之《逍遥草·约邓孝威共订杜诗名以清归破时调也因次元韵》。

㉙ 《问次斋集》百卷本散佚较早,钱谦益、朱彝尊均未见全集。美国国会图书馆藏《问次斋稿》万历刻本和、国内藏《问次斋稿》清抄本俱八册三十一卷,为诗稿。

㉚ 《问次斋稿》卷八《游灵岩寺别宗上人》。

㉛ 《问次斋稿》卷八《感旧行》。

㉜ 《问次斋稿》卷八。

㉝ 《缑山先生集》卷二《赠公孝与》。

㉞ 《问次斋稿》卷五。

㉟ 《问次斋稿》卷二。

㊱ 赵秉忠《公太史孝与先生诗稿序》。

㊲ 《北海集》卷一。

㊳ 《北海集》卷六。

㊴ 《北海集》卷一。

㊵ 《谷城山馆诗集》卷十九《夏日村居》。

㊶ 《谷城山馆诗集》卷二。

㊷ 《谷城山馆诗集》卷三。

㊸ 《济南百咏》。

㊹ 《问山亭诗》之《送徐孟明之清源,兼讯熙明兄三章》。

㊺ 《浮来先生诗集》卷四《长安杂诗》第十七首。

㊻ 《浮来先生诗集》卷一。

㊼ 《隐秀轩集》卷四。

㊽ 《问山亭遗诗》之《答苏云浦侍御》。

㊾ 《浮来先生诗集》卷二。

第八章　江浙诗坛

晚明江浙地区人文冠甲海内，袁宏道生动地形容说吴越“士比鲫鱼多”，“士人如林”。晚明江浙文学的繁荣，固然与区域历史上的文化兴盛和经济富庶有关，但其更是明中后叶江浙社会经济发展迅速、人文滋兴的产物。如常熟文学兴自明初，盛于晚明，太仓文学兴自嘉靖中叶，松江文坛崛起于元末明初，再兴于隆万之后。在此，略述江浙诗坛的文学社会环境，以作本章论述背景。

江浙科举发达，检《明清进士题名碑录》，明代仅苏州就有进士一千馀人，其中状元八名。科举兴盛直接作用以下文学社会现象：其一，文化世家林立，文化家族以科举为业，才人迭现，累世不衰，如长洲文氏，文徵明祖父文洪，成化举人，官涞水教谕，有《括囊集》二卷；父文林，成化八年进士，有《文温州集》十二卷；文徵明宗盟吴中诗坛数十年，有《甫田集》三十五卷；子文彭有《博士集》二卷，文嘉有《和州集》一卷；孙肇祉有《录事集》四卷，元发官至同知，有《兰雪斋集》二卷；肇祉之子从龙，举人，有《碧梧斋草》一卷；元发之子震孟有《药园文集》二十七卷、《药圃诗稿》一卷，震亨有《岱宗游草》一卷、《新集》十卷。吴江沈璟家族和吴山家族、太仓王世贞、王衡家族、无锡华启直家族、昆山顾绍芾、归子慕家族，虽未能和文氏历八代不衰的气象相比，文学之盛亦令人诧叹。其二，科举风气如炽，士人社会地位抬升，“商而士”社会现象突出，大量商贾家庭在科举诱导下，向士人家庭转型，客观上增大了士人阵营，“士人如林”与这一文化环境有一定的关联。其三，科举扩大了士人交往范围，士人重同年之谊，有的经常举办“同年会”，内容形式接近文人结社。科举越来越多地与士人社会名望相联，士人为获得名望，多采用结社方式来扩大交接，组织文社、诗社，交流时文见解，诗歌倡和，南京、苏州、湖州、松江、杭州、绍兴均为社事密集之地。这些因素共同营造了晚明江浙的文学环境。

江浙大量布衣士子放弃科举，生员“弃巾”风气亦浓，他们追求个体存在和德性完善，从诗文、交游、山水、禅悦、书画等方面获得人生乐趣，江浙因其“士人如林”，出现“山人诗人如云”、“山人如蚊”的文学社会现象。士子不事举子业，集毕生精力于文学，对江浙诗歌发展不无推动作用。

城市和商业经济的繁荣，为江浙诗坛发展提供厚实的经济条件，并引起社会风尚和士子人格心态、审美意识变化。吴中士子构筑园亭、蓄养戏班、结诗坛酒会，即有着经济富庶的前提。士人贵，诗文重，商贾名利观与三不朽的“立言”相脐连，附庸风雅，参与文人雅集，士人则凭文学才能从商贾处获得实利，据统计，李梦阳《空同集》为商贾撰碑传志铭四篇，王世贞《弇州四部稿》为十五篇，大致反映隆庆以前的情况。万历初，《弇州山人续稿》相关文字达四十四篇①，某种程度上反映了隆万以后的情形。江浙诗人多有凭诗文、书画、技艺谋生的，张凤翼公开告示撰写诗文和书法的价格，徐渭、王稚登、陈继儒主要靠诗文、书画为活。江浙经济环境为士子从事文学、艺术生涯提供了较广阔的生存空间。

江浙士子看重文学的人生价值，这是区域诗坛兴盛的主观因素之一。吴越士子不惟以诗文为经世之道，而且视其为日常生活不可或缺的部分。吴中文学风气浓郁，士子以诗文为人生之道，甚至轻视理学。浙东士子推崇阳明心学，同样重视文学的人生价值。

江浙士子尚标榜，一定意义上是指以文学鸣世，当时文人并称之号就有吴中三张、太仓二王、吴下三冯、吴下三高、娄东二张、东湖三子、练川三老、吴门二大家、昆山三才子、太仓十子等数十种。

市民意识和市民文化勃兴为江浙诗歌提供了必要的文学消费前提。江浙市民阶层壮大，市民文化意识勃兴，而市民绝非处于与文学隔绝的地带，他们尚慕名士，推崇诗文，喜爱小说、戏曲，受士人文学消费影响，也有自己的理解、取舍、嗜好。没有这一庞大文学消费群体的需求和支持，很难想象江浙诗文、戏曲、小说取得的卓著成就。诗歌传播不仅需要士人对象，也需要市民大众，江浙市民的文学需求构成江浙诗坛发展动力之一。

一　东南山人之冠陈继儒

陈继儒（1558—1639），字仲醇，号眉公、空青，华亭人。工诗文、绘画，精于评点小说、戏曲，所著《眉公杂录》、《白石樵真稿》、《眉公诗抄》、《陈眉公集》等集，多列入清代四库禁毁书目。

《四库全书总目提要》批评晚明"风气日偷"，指责道学家侈谈李贽而务讲禅宗、山人竞述眉公而矫言幽尚。批评虽不合理，但称山人竞述眉公，大抵如此。据《列朝诗集小传》记载，眉公与董其昌、王衡齐名苏、松，为人重然诺，通韬略，饶智术，尝延招吴越间穷儒寒士，寻章摘句，荟蕞僻闻逸事成书，时人争购为枕中之秘，眉公名倾海内，"远而夷酋土司，咸丐其词章；近而酒楼茶馆，悉悬其画像；甚至穷乡小邑，鬻粔妆、市盐豉者，胥被以眉公之名，无得免焉"。上自缙绅士大夫，下至商贾优伶，经其品题，声价重于一时，一些书画器皿甚至假其名行世，为商贾致富捷径。官员推举贤士，屡荐眉公，皇帝亦闻其名，多次下诏征用。《明史》卷二九八《隐逸传》仅收隐士十三人（含附传一人），眉公为其一。

1. 眉公山人“逸世”之道

眉公二十九岁弃巾，志在山林，作《告衣巾呈》云：“长笑鸡群，永抛蜗角。读书谈道，愿附古人。复命归根，请从今日。形骸既在，天地犹宽。偕我良朋，言迈初服。所虑雄心壮志，或有未隳之时，故于广众大庭，预绝进取之路。”[②]关于他的人生方式，有两点需要说明：

一是“逸世”的人生旨趣。万历四十三年，眉公在《陈眉公集自序》中说：“予自弱岁焚冠，筑婉娈草堂于二陆遗址。钓丝樵斧之外，借不律隃麋拈弄送日，闻牧唱渔歌，举而和之，响振水樾。自谓此乐与世之朝鹍弦夕雁柱者固自有异。”此前，他撰《逸民史》，展现“山林伦物之美”，载写“逸民”心志。王衡辨识“隐”与“逸”，指出眉公不愿为世法“控揣”，而选择山人的人生，《逸民史序》说：“逸民之义，则鲁语有之。逸之与隐，有别乎？曰有。自古巢许之事，若存若亡。三代盛时，闾胥之教行而四民之职举，其有孝义侠烈者，欲隐而不见，不能也。孝义侠烈，必待隐而后见者，衰世之事也。其志苦，其章晦，其君子之不幸乎！若逸之品，则疑于神矣，如云飞虹起，有目者何尝不见。第不得控揣之，系羁之云耳。”

二是讲求藏心，不拘形式。眉公认为“逸世”不必拘泥形、名，“入林何必密，入山何必深？”[③]换而言之，就是山人不必山中住。对此，《逸民史序》有说：“昔阮孝绪著《高隐传》，分三品，以名氏勿传者为上，始终不耗者为次，栖心尘外者为又次。而余论逸民，微不同。先藏用，次藏名，又次乃藏身。盖孝绪品隐，而余品逸故也。”藏心即重德性，眉公的行止，在于心之无碍，而不在于形与名的得失。

眉公诗文随作随逸，友人史辰伯拾掇成集来请序，他却说：“为我杀青，不若为子浮白。身与名，孰亲？老氏能言之。予唯潜神塞兑之馀，与渔歌牧唱答和娱老，愿且毕矣，使以区区敝帚，博身后名，宁取以覆酒瓮。”④不拘世法，不困名利，眉公挂名山林“飞去来”，人生充满适意与洒脱，取号空青，自撰《陈空青先生墓志铭》，赞美“浪游人间，称性而出，率情而止”，采用问答形式申明人生旨归：

何不著书立说？答曰：“自伏羲一画之后，太极碎而文字滋兴。我方笑此老为千古后生酿成猖狂笔端，我何褰裳而蹈之哉？天生人而与之十指，宁尽令握毛锥子老也？”

何不入仕？答曰：“仕者如梓匠焉，规矩准绳，靡不习焉。主人勿呼，则退而束手，与妻孥老于蔀屋之下。有如思雄技能而身舍一榱一题，日刓而月削之，曰吾梓工若是，而何不以召我，则非狂必愚。”

何不求长生？答曰：“嘻！有长，而短者寻续之矣；有生，而死者寻续之矣。我师有云：唯与之阿，相去几何。”

何不虔诚奉佛？答曰：“瞿昙弟子，善言佛者，以心为第一义。我征我心，十年而不得矣，心且不可得，而佛将安附？”

何不载酒放舟五湖？答曰：“天下之山水在耳目与足，而耳目与足在我，无我，而耳目、足之权去矣。”

何不学儒圣？答曰：“儒，至人之称也。我学人而已，何事儒？”⑤

他仿效《世说新语》作《珍珠船》，体写萧逸，如：“山阴天章寺，即王逸少上巳日修禊之兰亭也。山如屏嶂，水似松江。”又如：“《阿含经》人寿万岁时，此阎浮州极大丰乐，多有人民，村邑相近，如鸡一飞。”⑥寥寥数语，点缀洒脱情致，由此可见眉公的风流。

眉公宣称撰文以陶性情、养德志，不标“国论”是非⑦，但正如当时大多数山人一样，他未能忘世，如《眉公见闻录》卷一记述明初吴琳掌故：“洪武时，吴琳为户部尚书，寻已老，致仕。既家居，朝廷尝遣使察之。使者潜至其旁舍，见一农人孤坐小几，起而拔稻秧，徐布于田，貌甚端谨。使者乃问曰：'此有吴尚书者在家否乎？'农人敛手对曰：'琳是也。'使者还，以其状闻，上益重之。"文中未曾高谈阔论，不过稍联系当时政治，便知这尚是清议"国论"。

顾宪成邀眉公讲学，山人虽作推辞，还是密切关注其事的，《答顾泾阳》说："不祥之人不敢通起居，然每问西来人，知两贤（顾宪成、允成）俱厄，病色方起，颇为社稷称庆。"又说："江南有二顾先生，海内愿负笈不可得，得终岁侍大贤之傍，何幸如之。弟老父七十有九矣，颇以地远为嫌，以是遂妨雅念。但少年辈读书，当令以事证理，则路路生真聪明，步步得实受用。史者，天地间第一大帐簿也。此帐簿皆是六经注脚，幸诸郎君留意焉。外《读书十六观》呈览，并希是正之益。"⑧

在给顾宪成的信中，眉公强调证理离不开讲史，《陈眉公集》卷十四《语录》又谈到："晋人清谈，宋人理学。以晋人遗俗，以宋人禔躬，合之双美，分之两伤也。"可知，清人批评眉公专尚清谈，是缺乏依据的。

很显然，判断山人品格优劣，不宜以是否深居山林、交结士大夫为标准。黄道周称眉公"志尚高雅"，钱谦益说他近于"古今通隐"，大致言符其实。四库馆臣斥责山人，竟然可笑地将"风气日偷"罪名加到眉公身上。清代不少士大夫也把眉公的山人行止当作笑柄。鲁迅先生《隐士》一文指出："隐士，历来算是一个美名，但有时也当作一个笑柄。最显著的，则有刺陈眉公的'翩然一只云中鹤，飞去飞来宰相衙'的诗，至今也还有人提及。我以为这是一种误解。因为一方面，是'自视太高'，于是别方面也就'求之太高'。……非隐士的心目中的隐士，是声闻不彰，息影山林的人物。但这种人物，世间是不会知道的。……登仕，是啖饭之道，归隐，也是啖饭之道。假使无法啖饭，那就连'隐'也隐不成了。"⑨

尽管意不在为眉公鸣不平，毕竟从吃饭穿衣即“人伦物理”的角度还给山人一个平实的面目。

2. 古淡、率真的山人诗

眉公诗文不喜“刻画古人”，称之是“后人第一病”，还说：“武陵桃花惟许渔郎问津一次，再迹之，便成村巷矣，禅家公案亦然，不独诗文也。”他所好的正是率性的天真烂熳，“诗文只要单刀直入，最忌绵密周致。密则神气拘迫，疏则天真烂熳”⑩。

眉公隐居五十馀年，田园诗寄托其“逸世”情趣，在他诗集中占较重的比例。无锡华淑激赏眉公田园组诗，选十首，单独成帙，题识：“眉公先生禅心道宇，饮人以和。今夏过访山园，先生止余顽仙庐中，联床听雨，拂石看花，名利之心，一时都尽。因出近作《田园诗》示余，淳古之风，笔笔画出，先生其真畎亩乐道者欤！余读之而恍乎梦入罗浮矣。”⑪

《田园诗十首》其一解释归隐的原因：“入水无含沙，入山无猛虎。司马不征兵，丁口罢编户。中涓不采矿，尺寸皆完土。”这表明他的归隐是远离政治、苛捐、徭役、矿税之类纷挠的“自救”。山中土地贫瘠，却不失宁静、恬淡，“未敢匹黄虞，庶几近邹鲁”。但眉公觉得避世尚非真正解脱，“揲五化上九，避世果无闷？”“逸世”关键在于藏心，不必深遁山林，与世隔绝，不妨“异书不计卷，熟睡不计顿。扪腹笑潜夫，讥时作危论”⑫。

眉公在田园诗中进行着天真的畅想，《田园诗十首》其五：“田家多比邻，不设垣与堵。间种百杂花，纵横自成圃。”杂花纵横成圃，睦邻相问疾苦，这片乐土上，“子孙无姓名，但唱年齿数。”鸡犬相闻，老死不相往来，寄寓了老子的小国寡民思想，眉公笔下的田园充满真情，对抗着现实的污浊和人世的冷漠。

《田园诗十首》其十：“沉者不羡飞，飞者不愿沉。万类各有适，齐物皆童心。”“齐物”典出《庄子》，“童心”义近李贽“童心”说。眉公肯定任性率真是寻求人生之真的基点，并同徐渭一样，主张“人生堕地，便为情使，聚沙作戏，拈叶止啼，情昉此矣”，《看儿戏》诗云：“何必多读书，身名乃俱泰！”《学步》诗云：“儿童未解事，踏破绿苔浅。”⑬前诗写看到田间儿童狃狳之戏的感受，后诗以幼儿学步譬喻人生，如果探求诗句蕴含的哲理，不妨引述李贽《四勿说》以观：“盖由中而出者谓之礼，从外而入者谓之非礼；从天降者谓之礼，从人得者谓之非礼；由不学、不虑、不勉、不识、不知而至者谓之礼；由耳目闻见、心思测度、前言往行，仿佛比拟而至者谓之非礼。”⑭眉公诗中表现的率真与时代新思潮相一致，体现了晚明士子独特的真、善、美追求。

眉公内心不孤寂，人生情趣可用城市、山林两不误来概括。他的山水诗清泠飘逸，展示性灵的洒宕和山水的隽丽，如《初去城市，屏迹读书台》其六：“雨晴山意好，溪鸟不停飞”，“朝看霞脚出，晚跨雪精归。”他的城市风情诗兼具清美、绮丽，五律《春游》前四句：“杨花初似雪，游女正如云。鸟避丹青扇，春秾白练裙。”⑮细味杨花似雪、游女如云，即可感受春游的快意。屠隆《吴歌》八首描绘吴人竞节好游，繁华都尽，如其八：“公子服春罗，佳人画翠蛾。共乘青翰舫，倚醉唱吴歌。”⑯《春游》趣近《吴歌》八首，所不同的，后四句荡开繁华，接写清幽：“幽溪少人处，清唱有时闻。松桂帘栊里，泠泠香佩芬。”这自是城市和山林兼得的情致。

晚明松江诗坛与苏州、绍兴相媲美，寻绎其原因，眉公的作用不容忽视。他和董其昌齐名松江，书画噪名一时，董氏善于交纳士子，但人品有正直士子所不齿的一面。眉公重德性，学博才广，比董氏精工诗文，实以山人充任松江诗盟，宋懋澄、顾斗英、莫是龙以及明末几社士子多受其沾熏。陈子龙聆教于眉公十馀年，《与陈眉公征君》感激说：“先生惠顾殷勤，弘以锡类，每怀不遑……子龙受质隘劣，文质无底，辱在先生裁量之内，奖叹弥缝，十有二载。”[17]眉公故世，陈子龙在《陈征士诔》序中一面赞其“哲匠人宗”，称“不有高贤，末流曷赖？”一面述说二人师生之谊：“某弱忝通门，长承弘奖，指微箴阙，始终不倦。”诔云：“公既杖国，予方舞象。文愧代兴，谊均执党。”[18]

二　吴门诗人王稚登、张献翼、王留

嘉靖中至万历初，皇甫冲、涍、汸、濂四兄弟与张凤翼、燕翼、献翼三兄弟，标誉吴门，吴谚传云：“前有四皇，后有三张。”嘉靖末，王世贞的复古诗观改变了吴中诗坛走向。万历中叶，吴门诗人回归区域诗歌传统，公安、竟陵诗风接踵而来，竟陵诗风更是激宕波澜，吴门诗人多有宗尚。吴士习尚复古，或师法竟陵，侧面体现了追新逐时的区域人文特征，钱谦益对此批评说：“好随俗尚同，不能踔厉特出。”[19]谢肇淛也有“怕见江东一片尘”的说法。当然追逐文坛时尚不宜一概而论，我们还应看到王留等人的独立性和可贵的诗歌探索。

1. 王稚登

王稚登（1535—1612），字伯谷，别号半偈主人、青羊君、长生馆主、广长庵主、松坛道人。先世常州人，移居吴门。嘉靖四十三年入太学，受大学士袁炜国士之遇，引为记室，校书秘阁，将以布衣领史事，不果而罢。稚登诗、书、画兼擅，宗盟吴门诗坛三十馀年，早期有家刻十六种，晚年吴中刻有《苦言》、《法因》、《越吟》等集。其子王留将刻全集，因早卒而未果。曹学佺携稚登全集，欲梓于闽，事亦未成。南京叶应祖重刻稚登旧集二十种：《晋陵》、《金昌》、《燕市》、《青雀》、《客越志》、《竹箭》、《梅华》、《明月》、《雨航》、《清苕》、《越吟》、《荆溪疏》、《延令纂》、《采真篇》、《法因集》、《丹青志》、《虎苑》、《吴社编》、《生圹志》、《苦言》，包括诗文、礼佛文字、稗官野史、画苑述异，虽非全集，庶几可备大观。

闽人谢肇淛与稚登推相知，于其殁后为作《王百谷传》，云："明兴，自北地、信阳以风骨相尚，近于无病呻吟，而诗一变。迨历下为政，专为雄声，务气格而寡性情，而诗一变。比者江左诸君远学六朝，模拟鲍谢，靡靡之音，不复凌竞，而诗又一变。先生挺然独立于三者之中，而默契正宗，不逐颓靡，而以梁陈之绮艳，出汉魏之清苍，以中晚之才情，合初盛之轨度。"所论赋诗大旨似矣，惜稚登所作尚有未逮。今观其诗，不事摹古，不名一家，清韵流出肺腑，偶有放笔，有自得之意。此以《清苕集》为例略述之。《湖州三度对雪》云："苕川三度雪，客子尚淹留。何事山阴夜，匆匆便放舟？"万历二十年前后，稚登访湖州推官谢肇淛，与吴兴名士吴梦旸、臧懋循游，登道场山。《道场山》云："塔留前度雪，垆冷去年香。归路寒侵骨，千峰下夕阳。"凭吊山人孙一元，《拜孙太初墓》云："一抔青冢白云岑，破屋残碑雪片深。欲采梅花当蘋藻，九原何处觅知音？"万历二十七年，肇淛量移东昌推官，稚登再至湖州，《重游苕川怀前司理谢在杭》诗云："碧浪湖边水满矶，故人回首思依依。碑残岘首啼痕在，箭隔聊城信息稀。白练书惭王大令，馀霞诗忆谢玄晖。临邛旧客谁相问，独立斜阳看鸟飞。"诗韵清逸，风流蕴藉。

2. 张献翼

张献翼（1534—1604），初名鹏翼，更名献翼，始字仲举，一曰敉，改字幼于，号百花山人，长洲人。吴中三张，献翼尤为俊特，十七岁以诗贽文徵明，后读书国子监，屡困科场，遂弃去，刻意声诗，精研《易经》，晚年为盗所杀。

三张的父亲张冲，业贾而好侠，献翼传习父风，并将任侠放诞发挥到淋漓尽致。献翼年仅中岁，即请王世贞作生志，世贞不得已而为之，《张幼于生志》云："一日，东访余弇中，而请曰：有乐丘之石以干子。余愕，弗敢应，已而曰：'不佞少长于君八岁，奈何任君身后？'……（幼于）年十七即以诗贽故翰林待诏文翁，文翁世所推伏前辈无两，辍食而读，谓其客陆礼部师道曰：'吾与若俱不及也。'趣延入酒之。而是时伯起业已名文翁客，居数岁，遂客及叔贻，陆君亦折行，而与幼于称诗。故皇甫按察汸、彭处士年、黄处士姬水、今刘按察凤尤相得，唱酬谢答无虚夕。……幼于寻游南太学，两司成至不敢抗师礼，引以为上客。然至每大试，辄不获隽。伯起虽一获隽，其试南宫，亦略如幼于，故借悲叔贻之夭而相率为厌去。然幼于之所谓厌去，独举子业耳。"[20]献翼举止出人意表多类此。这尚是他的常态，郑仲夔《耳新》卷五更载其放诞行止，如"好为奇诡之行。吴中相国慕其名，特造访焉。至门，一苍头延之中堂，云：'相公少坐，主人当即出矣。'有顷，一老人昂藏飘举，须髯如银，携短筇，从阶前过，旁若无人。逾时，不见幼于出，相国讶之，苍头云：'适间从阶前过者，即吾主人人也。'……竟不出。""每喜著红衣，又特妙于乐舞，因著《舞经》。家有舞童一班，皆亲为教演成者，舞时，非其臭味，不欲令见也。又每日令家人悬数牌门首，如官司放告牌样，或书：'张幼于卖浆'；或书'张幼于卖舞'；或书'张幼于卖侠'；或书'张幼于卖痴'。见者捧腹不已。"

其实，举隅献翼令人捧腹不已的放诞，不足认识其人。探求他的死因，庶几可以透见其内心深处。《列朝诗集小传》载，万历三十二年，献翼"携妓居荒圃中，盗逾垣杀之"。钱氏记述简略，并且给人一种献翼终死于放诞报应的印象。放诞与被杀是一种什么样的关系，献翼之死是否另有内容？

根据《明史纪事本末》卷六十五《矿税之弊》记载，万历二十九年六月，宦官孙隆征税浙江、南直隶，占驻苏州，"激变市人，杀其参随黄建节等数人。抚按诘乱民,有葛成独引服,不及其馀,下狱论死”。道人葛成挺身救民,华亭宋懋澄《葛道人传》详有记述:“道人既自诬服,兵使者杖之濒死。……吴中名士张幼于率士民为文生祭,旨甚激亢,词多不载,复作书致丁绅及当事,祈宽之。时有作《蕉扇记》讥丁,丁疑幼于。顷之,有盗夜逾垣刺杀幼于。狱未成,盗乘间溺河死以自灭口。事载《幼于传》中。”[21]苏州发生民变,宋懋澄适在松江,即闻葛成之事,十七年后,在陈继儒家中又见到葛成,在继儒授意下,撰写《葛道人传》,传记材料来源主要有三:苏州民变时的听闻,葛成的口述面谈,《张幼于传》的记载,因此可信度较大。《列朝诗集小传》亦隐约谈起“幼于死之前三日,遗书文文起(震孟),以遗文为属”。分析以上材料,献翼之死与苏州民变的关系趋于明朗——参与苏州士民反抗矿税活动被杀。

另外,献翼博学多才,孜孜矻矻研探《易》理,十年中三作笺注,著《读易纪闻》六卷、《牺经臆说》三卷、《牺经杂说》五卷、《读易韵考》七卷及《牺经约说》、《学易标闻》,诗文有《文起堂集》十卷、《续集》五卷、《新集》一卷。《文起堂集》收诗五卷。

一如前述,献翼的博学多才和不乏正直的品格,说明批评他因不学无术而致人格缺陷的说法,未免有失偏颇。无疑,他的放诞包含复杂的意味。

献翼早年《寄王青州》诗云:“七子才何隽,风流似建安。”受王世贞影响,其诗宛丽秀逸,如《送黄淳父之金陵》:“年年催别河桥柳,树树含情野寺花。”[22]晚年诗风变化不大。其疏狂放笔之作,颇见才气性情。如《文起堂集》卷四《自况》云:“时辈谩相识,世情都已阑。惜花曾谢客,为酒欲求官。雁过云将夕,林疏枫半残。更谁能浪迹,犹作众人看。”《纪兴四首》其二云:“独往甘摇落,人间玩世过。故交书后至,春酒雪中多。生计殊闲事,浮名且放歌。秋风吹短发,何必问蹉跎。”

睥睨当世的献翼，晚年争胜文坛，王稚登、袁宏道令他尝到沮丧滋味，于王氏，献翼自知不及。袁氏曾是献翼的崇拜者，后发现其间分歧很大，不能认同他的诗好七子，及不事王学，进行了“笔讨”。宏道还在《识张幼于箴铭后》中嘲解说，世上有“放达”和“慎密”两种人，若冰炭不相入，“吾辈宜何居？袁子曰：‘两者不相肖也，亦不相笑也，各任其性耳。性之所安，殆不可强，率性而行，是谓真人。’……夫幼于氏淳谦周密，恂恂规矩，亦其天性然耳。若以此矜持守墨，事栉物比，目为极则，而叹古今高视阔步不矜细行之流，以为不必有，则是拘儒小夫，效颦学步之陋习耳。而以之美幼于，岂真知幼于者欤？”[23]他当然希望张氏批判复古，研习王学，故在《张幼于》信中感叹道：“不肖恨幼于不颠狂耳者，实颠狂，将北面而事之，岂直与幼于为友哉！”

3. 王留与“吴下体”

王稚登之子王留，字亦房，有诗《涧上集》四卷（计《匏叶》二卷、《燕载》一卷、《遗稿》一卷）。谢肇淛说：“先生四子，而季氏无留最秀，有父风。”[24]王留与乌程董斯张（1586—1628，初字然明，改字遐周，有《静啸斋存草》十二卷、《静啸斋遗文》四卷、《吹景集》十四卷），倡“吴下体”（《静啸斋存草》卷七《哭王亦房四首》其二“与汝倡成吴下体，一时凿破瓮中天”），大抵是融合竟陵诗风，回归吴中诗风传统。王留年未四十病故[25]，斯张《祭王亦房文》云：“唱予和汝，一归于雅，妄意江南，无复三者。暂隔子颜，我戚我叹，一觌子文，我欣我欢。游戏吴越，凌跨皮陆，中路推辀，雹红霜绿。呜呼！我有樽酒，与谁命之，我有文字，与谁定之！”[26]

王留、董斯张倡“吴下体”，但对钟、谭诗风不横加排斥。王留与徐波为挚友，曾寄诗钟惺，未及定交而卒。万历末年，钟惺游苏州，作《吴门悼王亦房》：“三度吴门路，而犹不在兹。地曾烦屡约，主反问新知。未及交其父，云胡夺此儿。匪予来太晚，是子去先期。渐近诗方始，无前意所之。驴鸣闻与否，麟死获何为？贱夭仍艰嗣，图书又付谁？遗文人泛惜，衰户妇难持。酒色藏孤愤，英雄受众疑。伤心汤氏（汤因）馁，归骨范生（范汭）悲。敢问辰安在？同遭数太奇。愁霖频欲和，今乃悔迟迟（注云：君游燕诗有雨中见柬之作，欲追和未及）。"董斯张在王留介绍下定交徐波，作《徐元叹诗小叙》说："今人议七子后动称性情诗，问渠性是何物？罔措矣。吾尝语王亦房，识得性情两字，一生吟咏事毕。……今日读元叹所寄诗，真能为性情诗者也。"[27]王留病故十年后，斯张与徐波交流诗稿，《见吴门徐元叹诗却寄》云："乃是吴会吟，一吟一思拜"，"楚风今快哉，江左导灵派"[28]。从王、董、钟、徐四人交往事迹和赠答诗文中，可知"吴下体"是深受竟陵诗风影响的。

王留贫而有才，行止类山人，诗才放任，不拘法度，而诗风偏于孤清一路。如《送刘其奇归豫章，约予同行不果》："汀芦正密喜新雁，田草将衰愁乱虫"，"遥知诗句偶成处，多在小村灯火中。"《初冬客怀二首》其一："故园消息杳难凭，寄食栖栖百虑增。贫士骄人犹胜谄，庸流爱我不如憎。殊方得病医无力，独夜成眠醉始能。身贱敢从同学较，任他裘马自相矜。"惜其早殁，斯张又病废无助，"吴下体"遂未显。

钱谦益认为王留沾染"时调"，任意自出，不知法度，"转入恶道"，未能传习家学。《列朝诗集小传》："伯谷没后，不得意于文战，肆力为歌诗。曲周刘敬仲、南阳马仲良最相矜重。仲良之持论，欲为调人，于李、何、袁、钟之间，以才情风调自树赤帜，而独深推亦房，以为狎主齐盟无两子也。仲良、亦房相继卒，年皆未四十。亦房之生也晚，未能传习其家学，而又浸淫于时调，纵横跌宕，于先人之矩矱遂将偭而去之"，"则不独谓之诗魔，且转入恶道中矣"。周亮工附会此说，《因树屋书影》卷二："王百谷以诗文名海内者三十年”,“乃其少子留字亦房者,略有才情,走入魔道,附予乡马仲良诸君,窃名于世。余在闽中见其诗刻种种,无一语及其父,若百谷生前负大辱于世,留不屑为其子,故推而远之者。诗文即不同调,何致自昧于人伦如是!吾故曰:万历中,以门户分别,忍于推远其父者某;以诗文分别,而忍于推远其父者,王留也。以法论,留当首诛。”言辞中挟杂人格攻击。有明诗风屡变,人自有变,故多晚年定论云云。吴中诗人好趋时调,非王留一人。且吴中诗统犹在,王留亦不离于此。钱氏、周氏既以竟陵为“恶道”,王留遂不免于讥刺。至于王留之为人,实无可排击者。观其不远千里,为父乞传于谢肇淛,即可知矣。陈田于钱、周之说深示不满,《明诗纪事》特意选录王留《朱康侯王孙》诗,拈出“我父牛耳凌中原,君家二老相推尊”二句作评:“可为亦房一解此诬矣。”

三　“孤云独往还”的徐霞客(附李寄)

崇尚自然山水性灵是晚明人文思潮的强劲旋律,我们很难描述徐霞客、陈第、于奕正、袁宏道、王思任、张岱的狂热山水情结,称之畸形或狂怪,都似有侮他们对自然山水的虔诚。晚明山水诗郁兴,体现了崇尚自然、表现自我、探索进取的时代人文精神,霞客的山水探历与诗歌创作正是这一文化精神的突出表现。

徐弘祖(1587—1641),字振之,号霞客,又号霞逸,江阴人。青年时博览古今史地秘籍,从二十二岁起,历三十馀年,遍游两都和十三布政司,行程十馀万里,沿途所记,由季会明等整理成《徐霞客游记》,钱谦益《嘱徐仲昭刻游记书》誉之千古奇书,“世间真文字、大文字、奇文字”,奚又溥称此书与《史记》并垂不朽,非郦道元《水经注》所能比拟。

霞客为何如此钟情山水?从他的身世和时代环境两个方面可

得到部分答案。

徐氏为江阴望族,霞客远祖徐稚为东汉著名的南州高士,明代徐氏家族代有才人。霞客高祖徐经,字直夫,号西坞,弘治八年举人,与唐寅交厚,同往京城会试,被告以行贿得题,下狱,查无实据赦归。徐经三十五岁卒,有《贲感集》。曾祖徐洽,字悦中,号云岐,国子监生,捐资为鸿胪寺序班,任职九年,请归,著《云岐小稿》,性喜幽恬。《感事》诗云:“可惜名园歌舞地,野花偏向夕阳飞。”霞客父有勉,避科举如避虎,或劝以仕进,则遁走不答,自标南州高士遗风。霞客在父亲影响下对科举产生厌恶之情,但未像父亲那样隐居不出,而是摆脱科举束缚,驰骋大自然,“生平只负云山梦”[29]。

山水意识是传统士人精神中一个不可分割的部分,庄子曰:“山林与,皋壤与,使我欣欣然而乐与。”陶渊明吟咏:“少无适俗韵,性本爱丘山。”谢灵运清歌:“山水含清晖”,“清晖能娱人。”霞客称:“丈夫当朝碧海而暮苍梧,乃以一隅自限耶?”[30]他探幽江湖,行吟山川,意在科举之外寻求自我人生定位,借山水清韵荡涤肺腑,借山水雄奇滋育人生。

霞客探历山水,“以性灵游和躯命游”。登金华北山,他在游记中描绘了一个冰清玉洁的世界:“夕阳西坠,皓魄继辉,万籁尽收,一碧如洗,真是濯骨玉壶!觉我两人形影俱异,回念下界碌碌,谁复知此清光?”霞客闻奇必探,见险必登,生命置之度外,如万历四十一年游雁荡三绝灵峰、灵岩、大龙湫,必欲探其极趣,困于陡壁,上下不能,生命垂于一线,赖以“竭力攀腾”脱险,狼狈不堪。诸如此类的险情,在他三十馀年的山水探历中不胜枚举。或劝以止,霞客则说:“吾守吾常,吾探吾胜耳!”他探险山水,固然有“欲尽绘天下名山胜水为通志”之意,而就内心世界言,则意味着在一个苦闷的时代中寻求真实自我,唐泰诗云:“举足无剩山,知公应有得。只许一人知，何须天下识。”[31]

徐霞客诗作，今多散佚，仅存三十馀首[32]，绘写山水性灵，烟霞满纸。崇祯五年，霞客与黄道周泛舟太湖，即席分韵，共赋《孤云独往还》，霞客诗先成，词意高妙，展示了一代山水奇人的洒脱萧澹情怀，道周自叹弗如。如其三：“出岫何幽独？悠然飏碧空。遥分秋水影，忽度夕阳风。长天不留迹，冷月若为容。归宿应何在，崆峒第一峰。”其四：“彩霞竟何往？苍狗自徜徉。出没千峰回，夷犹一壑长。”诗中云之情态，似非出自岩岫，而是出于心岫，徘徊天地间，不垂恋世俗名利，霞客归化自然，获得自我的超越和精神的自由。

霞客之诗飘洒出尘，一是因为亲近自然，胸罗万川，深得江山之助。《游桃花涧》诗句变化诸象，巧思妙喻，落英缤纷，如“石文喧旧鼓，松韵押疏弦”，“石牵绡作幕，松滴翠为钿”，“隔坞飞云屐，凌空驾铁船”，“不愁山欲暮，共与水争先”。二是因为彻悟禅理，胸无芥蒂，以妙悟感受山川造物之妙，心与自然相对话，如《赠鸡足山僧妙行》其一：“华首门高掩薜萝，何人弹指叩岩阿。经从凤阙传金缕，地傍龙宫展贝多。明月一帘心般若，慈云四壁影婆娑。笑中谁是拈华意，会却拈华笑亦多。”鸡足山位于云南鹤庆和宾川之间，西濒洱海，中耸平顶，有迦叶石门洞天，相传是佛弟子迦叶守佛衣俟弥勒处。“拈华意”典出《维摩经·观众生品》。佛家谓一切世间景象皆幻，心不著于物象，霞客“天花如意落从容”的诗句表明已直会其道。

李寄，字介立，母周氏为霞客妾，不容于嫡，方孕被逐，生子育于李氏，名寄。颖异好学，少应郡试，拔第一，既而悔曰：“奈何以文字干荣哉！”弃巾奉母，居定山，终身不娶。母卒，隐由里山之山居庵，号由里山人[33]。李寄为孤节遗民，权贵来访，辄避而不见，不受馈赠，即使友人之赠，亦坚拒不纳。生平好山水，每于春秋佳日，观览东南，乡人咸称有父风，享年七十二岁。徐镇《李介立先生小传》说他“抱奇材而未试，甘茕独以终年。语云‘达士忘情，志士励行’。若先生者，殆兼之矣”[34]。一生著作甚丰，有《天香阁文集》十五卷，《历代兵鉴》一百二十卷，《舆图集要》四十卷，《艺圃存稿》六卷，《随笔》十六卷，《秦志摘录》三卷，诗有二十四卷共八集：《停车集》、《髡春集》、《谷口集》、《附游集》、《偕隐集》、《鸣蝉集》、《听雨集》、《息影集》等。

霞客孤云倘徉，超然尘滓，李寄则是国破家亡之恨与孤苦坎挫的命运交织一身，他避世、厌世、愤世，鄙弃名利，傲睨尘俗，诗歌雄宕、幽冷，如《宿友人斋头》：“旅馆爱夜坐，况多感慨情。棂风乱烛影，檐雨敌钟声。醒后难长夜，愁中赖友生。此时应起舞，不必待鸡鸣。”外界景物的细切变化，就可在他心间激起波涛，起舞不必待鸡鸣的雄气寄托了遗民心志。这一心绪贯穿着他的诗歌，如《过灵壁吊虞美人墓》：“伯王溃围出，虞姬以死别。人曰儿女态，绻恋难决绝。女子如虞姬，何其反撇脱？吾知乌江刎，定为姬所激。不然渡江东，犹足王一国。晨过灵壁郊，英风起路侧。停骖阅古碑，吊此贞烈魄。”《兀傲》：“兀傲甘人后，春风满客前。冯生犹有剑，弹铗向青天。”《咏草花》：“草花不受春拘束，随意风前次第开。”《同伯蕃登君山》：“平居已使余心悴，况复登高望远中。”《春日》：“杨花似笑人拘束，随意风前上下飞。”由孤而幽，由愤而激，语言简洁明快，正是诗人孤情苦诣的内心独白和艺术创造。

四　归子慕与嘉定四先生

归有光（1507—1571），字熙甫，昆山人。嘉靖十九年举人，名著公车间，居安亭，“四方来学者常数十百人”。嘉靖四十四年始成进士，仕至南京太仆寺丞。文章“原本六经”，诗“似无意求工，滔滔自运，要非流俗可及”[35]。其子归子慕与嘉定娄坚、唐时升、李流芳及侨寓嘉定的休宁人程嘉燧，承传归有光衣钵，“一瓣心香在太仆”。归子慕为继承家学，其他四人有“嘉定四先生”之目。

“嘉定四先生”一说，较早见于谢三宾《三易集序》：“一时以文采、行谊为物望所宗，有四先生焉。四先生者，唐先生叔达、娄先生子柔、程先生孟阳、李先生长蘅。”谢三宾选刻《嘉定四先生集》，钱谦益为序，对四先生进行大力鼓吹，《嘉定四君集序》中说：“熙甫既殁，其高第弟子多在嘉定，犹能守其师说，讲诵于荒江寂寞之滨。四君生于其乡，熟闻其师友绪论，相与服习而讨论之。如唐与娄，盖尝及司寇之门，而亲炙其声华矣。其问学之指归，则确乎不可拔，有如宋人之瓣香于南丰者。熙甫之流风遗书，久而弥著，则四君之力，不可诬也。四君之为诗文，大放厥词，各自己出，不必尽规摹熙甫。然其师承议论，以经经纬史为根柢，以文从字顺为体要，出车合辙，则固相与共之。古学之湮废久矣……居今之世，诚欲箴砭俗学，原本雅故，溯熙甫而上之，以蕲至于古之立言者，则四君之集，其亦中流之一壶也矣。嘉定僻在海隅，风气完塞，四君读书谈道，后先接迹，补衣蔬食，有衡门泌水之风。”[36]应该指出，钱氏本人“瓣香”归有光，即由嘉定四子启蒙，他在《陈百史集序》中回顾说：“长而从嘉定诸君子游，皆及见震川先生之门人，传习其风流遗书，久而翻然大悔，屏去所读之书，尽焚其所为诗文，一意从事于古学。”[37]

1.“清真静好”的归子慕

归子慕（1563—1606），字季思。万历十九年举人，再试不第，不复科举，筑室号陶庵，布衣蔬食，沉潜文史，与高攀龙、吴志远研习理学，诗有《陶庵集》四卷。崇祯初，诏搜访民间遗逸之士以励风节，祁彪佳推荐子慕，追赠翰林待诏。

子慕主张性情“偏至”,谓:“人谓吾矫情,吾已甘之。大都今世人品须就性之所近,从偏至一路做去,方易成就。今人动必曰中庸,中庸,谁是中庸哉!”中举前,他一任豪气,纵浪山水,万历二十年见姊丈张栋布衣素食,苦修德行,“乃懵然更始,痛自刻励”。万历二十三年结识高攀龙、吴志远,有志参求古学,积劳成疾。姚希孟觉得子慕求学太急,让其侄归昌世从旁劝说,但子慕依然如故。他不尚空谈,重用实,张大复致书归昌世说:“宁为宋人,毋为晋人。”子慕颇赏其语,认为“趣味二字宜辨,风华豪逸,不过博得一趣字,全是为人,若朴诚拙守,精神向里面去,即不言不笑,亦自有味,宜三思之”。常熟知县耿橘建文学书院,邀三吴名士讲学,子慕不赴讲席,曰:“学道在躬行耳,讲论奚为?”[38]

子慕与陈继儒同享隐士高名,高攀龙《陶庵先生传》说他:“登其堂未见其人,不知尘念之从何去也;见其人未闻其语,不知和气之从何来也。饮食焉,笑语焉,退而慨然以叹,油然以思,人人觉其形秽,不知心腹肾肠之胥易矣。”安希范雅闻高攀龙谈子慕澹泊之趣“与渊明《田园诗》首章绝类”,不禁神往,万历三十三年十月,访之昆山西冈村,《天全堂集》卷二《访归季思隐居记》载:“周行篱落,徘徊庭户,默诵渊明诗,真无一语不合”,“季思至,丰神萧爽,别有一种孤云野鹤气味”,“嗟乎!人生在梦幻境中,不过数十年,终日碌碌,沉酣苦趣。今见季思所居所有,令人爽然自失”。

明崇祯间,陈龙正、吴熙祖校刻《陶庵集》四卷,计诗一卷、文二卷、附录一卷。龙正拟《凡例》云:“篇什不多,莫非夜珠光璧。”其诗一卷,收五言古三十五首、五律五首、五绝十二首、七言古一首、七绝七首。《凡例》载:“闻之子往吴师曰:他人立言,惟恐其不垂也。季思有言,惟恐过而垂之也。尝过吾家及旅处荻秋,有得则书之,夹卷籍中,友人或取去。越日,问原稿所在,人归之,辄随手毁裂。问其故,曰:‘人最苦行不逮言。昨偶有见,非必当也。设当,亦吾力所未及,故不欲以浮言遗后。'”子慕不愿所作垂远于后,故存者寥寥。其论诗大旨,归昌世《假庵杂著》之《纪季父遗事遗言》有载,其一条曰:“季父爱《渊明集》不去手,时时讽咏。”又一条曰:“季父谓余:作诗宜五言古,以写性情。若近体,为格律所缚,纵然极佳,吾所不喜。”今集中所存,五言古过半,大都超然出尘,诗韵清旷。如《丁酉因事自讼》云:“虽怀兴起志,终为顽懦姿。既今九折肱,未克成良医。非关习俗累,良由不自持。眼前不见人,安得为所移。往既屡阙谏,来亦岂易追。薰心一何厉,及溺其在兹。乡人我不如,矧伊百世师。平地冢累累,念尔驰骛时。千年化黄土,与尔同无知。”《馆城北》云:“长夏北窗竹,风吹几上书。坐看墙外帆,树中去徐徐。中情苟无系,触物皆有馀。今兹对佳节,秋风秋月初。香稻感我鼻,归食江上鱼。小女解思父,一见当何如。”《辛丑夏日闲居》云:“闲居不胜娱,何妨抱微疾。长以无事心,当彼摄生术。白日一何长,临窗坐扪虱。饭馀弄清琴,卧起展残帙。孤云御微风,翩翩独高出。”其人类渊明,其诗得陶诗真意。近体律绝虽未如五言古可观,亦清绝不俗,诵读而有馀韵。如《出郭二首》其二云:“不如从所好,于世本无缘。罢沐行溪上,长吟立柳边。隔林窥出月,乘酒下渔船。击节沧江里,千秋愧鲁连。”历来诗论家对子慕共置誉词,《明诗评选》选其五言古首,《西窗》一首评曰:“古今拟陶,人皆于死处写,几令陶为褊率之俑。亦此不知有陶,正令陶公呵之即舞。”《天启崇祯两朝遗诗》:“超然绝尘,于陶彭泽殆神似之。”《列朝诗集小传》:“季思清真静好,五言诗淡雅,似其为人。”《明诗纪事》:“季思人品高洁,抒写性情,与柴桑风趣不远,所谓语‘惟其有之,是以似之’也。”众口一词的评说,揭现了子慕的诗心和艺术境界。

2.“松圆诗老”程嘉燧

程嘉燧(1565—1643),字孟阳,休宁人。父贾于吴,嘉燧随父侨寓嘉定,习举业,不成,学击剑,复弃去,致力文史、诗歌,“兄事唐叔达、娄子柔,肩随后行,不失跬步”[39]。善画山水,兼工诗文,有《松圆浪淘集》十八卷、《偈庵集》二卷、《耦耕堂集》五卷。

孟阳论诗,对七子和竟陵诗风并予批判,如《程茂桓诗序》:“盖诗之学,自何、李而变,务于摹拟声调,所谓以矜气作之者也;自钟、谭而晦,竞于僻涩蒙昧,所谓以昏气出之者也。”(《列朝诗集小传》转述此语,仅更易数字)

孟阳诗清丽温婉,合于法度,历代诗论家都有所揭示,唐时升《程孟阳诗序》:“哀乐所发,长句短章,必合于法度。”娄坚《书程孟阳诗后》:“其为七言近体,以清切深稳为主。”陈田《明诗纪事》:“清丽温婉,诵之令人意消,在万、天间,可自成一家。”

孟阳诗七律最佳,如《喜孙士徵远访,因忆乡园遣怀》:“千山雨雪断经过,江上相逢引兴多。但使客来仍酒在,肯言老至奈春何。松斋久闭愁花鸟,溪阁深游梦薜萝。一系扁舟终远去,对君那忍不狂歌。”[40]《渔洋诗话》称他与陈子龙并为明末七律两派,摘录孟阳大量诗句以作实此论:“松圆学刘文房、韩君平,又时时染指陆务观,此其大略也。……松圆警句如:‘瓜步江空微有树,秣陵天远不宜秋’;‘梅残灯烬西窗雨,雪冱香浓小阁云’;‘古寺正如昏壁画,层湖都作水田衣’;‘梦里楚江昏似墨,画中湖雨白于丝’;‘远雁如尘飞水面,乱帆疑叶下吴头’;‘回峰冻雨皆成雪,出雾危峦半是云’;‘多年华鬓丝相似,三月春愁水不如’;‘硐饮断虹明积翠,湖飞片雨乱斜阳’;‘羽声变后寒风急,虹影消来白日过’;‘城上雪声游子屐,县南风色酒人家’;‘岳寺夜眠春涧雨,浦楼寒醉雪山风’。皆不愧古作者。”

钱谦益于嘉定四子中交孟阳最密,《复遵王书》谈及:“仆少壮失学,熟烂空同、弇山之书,中年奉教孟阳诸老,始知改辕易向。”[41]崇祯三年在拂水边构筑耦耕堂,邀孟阳来偕隐,朝夕相处十馀年。钱氏尊孟阳“松圆诗老”,诗云“孟阳诗律是吾师”,对孟阳诗极加赞誉,并说:“予之论孟阳,非阿私所好者哉!”[42]

然而,朱彝尊认为钱氏的推许是“阿私所好”,《静志居诗话》针锋相对说:“孟阳格调卑卑,才庸气弱。近体多于古风,七律多于五律,如此伎俩,令三家村夫子,诵百翻兔园册,即优为之,奚必读书破万卷乎!牧斋钱氏深惩何、李、王、李流派,乃于明三百年中,特尊之为‘诗老’。六朝人语云:‘欲持荷作柱,荷弱不胜梁。欲持荷作镜,荷暗本无光。’得毋类是!”

对于钱氏推重孟阳,王应奎等人从尊师重道上给出另一种解释:“(钱宗伯)于古人诗极推元裕之(好问),于今人诗极推程孟阳,皆未免过当。余尝与家次山(峻)兄言及之,次山云:‘推裕之者,盖因既入本朝,亦如裕之以金国钜儒,而受知于元世祖也。晚节既坠,殆欲借野史亭以自文耳。若于孟阳,乃其师承所自,推之虽过,亦见不忘原本。’余深以为知言云。”[43]

女批评家汪端每与钱氏唱反调,这次却出来为钱氏辩护,《明三十家诗选二集》卷七下评说:“虞山之选明诗,逞其私臆,淆乱是非,阳崇阴挤”,“其他伐异党同,纰缪百出。惟推重孟阳一事,则竟未可厚非。何则?观孟阳近体,秀逸流亮,宗范随州、丁卯,固不失为名家。而狷介自守,亦不失为吴仲圭、吾子行一流人。”

钱锺书先生对明代诗人推重者不多,程嘉燧、李流芳皆在其中,认为程、李之诗远在钟、谭之上[44]。

结合孟阳的诗观和创作,并比较同时代的作者,我们得到这样一种认识,钱谦益虽非阿其所好,但推重过甚,王渔洋的赞评带有太多个人偏嗜性,朱彝尊又贬得太低。孟阳之诗自具一段精神,不必高过钟、谭，亦不必劣于钟、谭，正如清末李慈铭读《浪淘集》所评："其平生耽精诗画，得于山川者深，所作风致绝世，自足名家。"㊺

3.重实学的唐时升、娄坚、李流芳

李流芳、娄坚、唐时升又称"练川三老"。李流芳（1575—1629），字长蘅，万历三十四年举人，有《檀园集》十二卷。娄坚（1567—1631），字子柔，有《学古绪言》二十五卷、《吴歈小草》十卷。唐时升（1551—1636），字叔达，有《三易集》二十卷，诗为六卷。

三人俱饱学之士，通经学古，重用实之学。唐时升少有异才，年未三十弃去举子业，读书汲古，通达世务，穷老忧国，谈起古今成败兴亡，神气激扬，身置其境，议论虽未必适于世用，但经世之意甚明，侯峒曾《三易集小序》说他："眼高手阔，尚论千载，尤研究当世之务，其蒿目抵掌，断断乎必欲如五谷疗饥，药石治病。"娄坚早年从学归有光，师友多出归氏门下，擅长经学，当时就有人尊其大师，五十岁弃绝科举，授门徒，传熙甫之学，暇日与唐时升、程嘉燧连袂笑谈，纵言古今。李流芳性格"外通而中介"，重然诺，天启二年起就绝意科举，忧国之思不稍减，阉党猖獗之际，"往往中夜屏营，叹息饮泣"㊻。

谢三宾《三易集序》称唐时升"以经济之学抒为文词"。时升注重用实之学，于诗文"最无意于为而为之"，不愿加入文坛纷争，正如《三易集小序》所言："独以其全力妙思《六经》，涵咀百氏。所交皆先辈大儒，相与扬搉古今，治乱成败得失之所以然，与夫作者之源流旨趣，务极玄要，而不屑于剽枝叶以谀口耳，意亦不欲以诗文自名。"时升对所作诗文不甚留意，稿成辄弃，万历四十四年，游历京师，行囊被窃，诗文稿遗失。天启七年，家中失火，生平大部分

诗文毁于火中。其子唐君辨经多方搜辑,始刻成《三易集》二十卷。时升不喜诗歌绮靡、空泛、剿古,要得古人之真精神。所作笔势雅健,时有骨气高妙之象,尤擅长咏物。《三易集》卷五收《和沈石田先生咏落花》三十首、《和吕桢伯先生咏落花》十首、《和文徵仲先生咏落花》十首、《和申少师落花诗》三十首。如《和沈石田先生咏落花》其五:"且与招魂归别院,终知落魄送荒丘。"其八:"塞外只嫌春不到,不知春到更关情。"颇具生韵,只是他不愿以诗名世,孟阳《唐叔达咏物诗序》说:"壬子(万历四十年)冬,叔达戏为《雁字诗》二十馀篇,一时皆叹以为绝伦。未几,又成《和韵落花》三十篇,凡经数押,而语益豪。叔达为人志大而论高,平居意思豁然,独好古人奇节伟行,与夫古今谋臣策士之略。当其讨论成败兴亡之故,神气扬扬,若身在其间,至于词人绮靡之作,读未终篇,辄掩卷弃去,盖其意不欲以诗人自名者也。……君自少所为诗文,皆气骨高妙,似其为人。然无意传于时,独前后咏物七言近体诗,几于俳谐滑稽之作,为好事所传写,刻成总一百有四篇,斯亦可谓盛矣。余姑述其大略,俾后之揽者知其无意为文,非特词人之雄也。"㊼

李流芳落落高古,性好山水、绘画,张岱说他"一年强半寄迹西湖,凡见湖中朝暾夕照,云气变幻,尽收入笔端,题跋数语,澹远灵隽,字字皆香。凡看其画,一种学问文章之气,在东坡当求之笔墨之间,在长蘅当求之笔墨之外,至其学步云林,更妙在郊寒岛瘦"㊽。流芳结交谭元春,二人相貌、个性接近,诗韵清冷方面亦有相通,如《黄河九日寄怀家中兄弟》二首其二:"江路寒仍晚,重阳候未回。遥知新酒熟,不待菊花开。"《灵隐次颖法师韵》:"往来白云社,坐卧丹枫林","前溪正落日,去住亦无心。"《登铜井访三乘上人》:"半岭界湖光,众山争出没","俯视千林花,上下同一洁"。三诗为《明诗纪事》著录,陈田按语:"其诗未免为楚咻所夺,今录其不堕彼法者,五言特清迥出尘。”对读谭、李之诗,可知陈田一定要选出李氏迥异于谭氏之作,结果空费一番力气。至于《明诗别裁》所说的流芳“虽渐染习气,而风骨自高,不能掩其真性灵”,亦未为信然。

嘉燧工七律,清圆温婉;时升时有放笔,气宇不凡;流芳绘写山水,清泠旷绝;娄坚之诗则多了几分直率、劲质,如《夏日屏居琅琊东庄,承辰玉书怀枉寄,有答十首》其四:“人生贤愚分,乃在劳逸情。烈士多苦心,焉能偷自营。”万历四十四年,嘉燧《题子柔杂怀诗卷后》评说:“近又为《杂怀诗》三十篇,诗皆五言近体,其中多指切时事,识深而虑远,盖其心若恻然有所不得已而形于咏叹。……子柔为人,和顺详雅,而至于持论是非,独侃侃无少徇。平生恬于荣利,恶衣菲食,而好求当世之务。晚既逃于寂矣,其忧天悯人之意,老而逾至。”[49]

五　越中诗人王思任、倪元璐、张岱

1. 王思任

王思任(1575—1646),字季重,号谑庵,山阴人。万历二十三年进士,历任兴平、当涂、青浦知县,迁袁州推官,入为刑部主事,转工部,出为九江佥事。三仕三黜,五十年内强半林居,通脱自放,性喜谑浪,好以诙谐为文,仿大明律制《弈律》,观者绝倒。思任诙谐调侃,迹近枚皋、郭舍人之流,而其直节劲气,则是枚皋、郭舍人之流所不具备的。1645 年,南京沦陷,福王奔芜湖,权奸马士英逃奔浙江,王思任发书质责:“阁下政令自由,兵权独握,只知酒色逢君,门墙固党。叛兵至则束手无策,强敌来则先期以走,致令神舆播迁,社稷丘墟。阁下谋国至此,即长喙三尺亦何以自解?以愚上计，莫若明水一盂，自刎以谢天下，则忠愤节义之士尚尔相谅无他。若但求保全首领，亦当立解枢权，授之才能之士，以号召英雄，犹可幸望中兴。如或逍遥湖上，潦倒烟霞，仍效贾似道之故辙，则千古笑齿已经冷绝。且欲来奔吾越，吾越乃报仇雪耻之邦，非藏垢纳污之区也。吾当先赴胥涛，乞素车白马以拒阁下！"[50]鲁王监国绍兴，思任出任礼部侍郎，进礼部尚书。明年两浙失守，鲁王亡走海上，思任拒不薙发，不入城，后弃家入秦望山，偶感小疾，不食而死。

由于论诗观点不合，钱谦益、朱彝尊、王夫之对思任之诗"痛加芟薙"，钱氏说他是竟陵之外，"又一旁派"，《列朝诗集小传》："季重才情烂熳，无复持择，入鬼入魔，恶道岔出。……季重颇负时名，自建旗鼓，钟、谭之外，又一旁派也。"朱氏认为其诗"滑稽太甚，有伤大雅"，为诗坛"异端"，《静志居诗话》："学有异端，诗亦有异端，文太青（翔凤）、王季重是已。"王氏敬重他的气节，哀其"不幸"堕入竟陵诗风，《明诗评选》："谑庵、鸿宝，大节磊砢，皆豪杰之士，视钟、谭相去河汉，而皆不能自拔，则沈雨若、张草臣、朱云子、周伯孔之沿竟陵门，持竟陵钵者，又不足论已，聊为三叹。"钱、朱、王欲剿除"异端"，如果不是思任标柄的气节作倚柱，定当难逃"亡国之音"的恶谥。迨清末民初，再无这层顾忌，《明诗纪事》即说："季重诗扬竟陵之馀波，如入幻国，诡变莫穷，如游深山，魑魅出现，真亡国之音也。"当我们给予竟陵派以公正的评价后，不再纠论诸家评说，仅借此以认识思任之诗。总之，狂狷之士，只要不是自利、浅薄之辈，其人其诗必有可观，诗人性情由愤世而至孤傲，由孤傲入冷入狂，均无可非议。

这里需强调的是，思任并非纯是"扬竟陵之馀波"。其于钟、谭为前辈，诗调相近，盖由世运使然。世变时移，诗风亦易，非仅生竟陵钟、谭一派，亦生浙东王思任一派。公安派诗贵"天趣"，竟陵派诗贵"秀拔"，思任鉴采公安、竟陵，并重"天趣"、"秀拔"。《袁临侯先生诗序》云:“弇州论诗曰才,曰格,曰法,曰品,而吾独曰一趣可以尽诗。近日为诗者,强则峭峻溪刻,弱则浅托淡玄,诊之不灵也,嚼之无味也,按之非显也。”《李大生诗集序》云:“至其五言之清娇,乐府之古澹,绝句之飘骚,汉、唐兼用,元、宋亦来,而总之一字曰‘秀’。盖不在声律,不在字文,不在学问,不在资颖,而自有万丈碧落之意,揽结飞盈,使我神快。”

然而,他自建一帜,在《心月轩稿序》中承认与公安、竟陵是“不同衣饭,而各自饱暖”,因此,我们不满足于“扬竟陵馀波”之评,还要了解他“各自温饱”的具体内容。

一是提出诗人各任性情,认为情出于性,性义近于“食色”,《落花诗序》中说:“诗三百,皆性也。而后之儒增塑一字,曰:‘诗以道性情。’不知情即性之所出也。性之初,于食色原近。《告子》曰:‘食色性也。’其理甚直,而子舆氏出而讼之,遂令覆盆千载,此人世间一大冤狱也。”

二是倡导“涤空孤诣”[51]之诗。他尝试批评尖纤浅露、浅率莽荡诗风,希望以“清真峭邃”取而代之[52]。这显然与钟惺手法一致,不过比钟惺更强调诗以用世,如《寒舟即事》:“人当酬大节,敢逐醉温眠?”[53]思任抱“独知”之见,倡“孤诣”之论,体现了他为振兴世道而对文艺提出新要求。这显然也与浙东之学重世用,论诗讲求本根有一定的关系。可以肯定,思任欲变革率意直露之诗,主要用意不在诗歌风格方面。

《于忠肃墓》二首向为人称道,其一云:“涕割西湖水,于坟对岳坟。孤烟埋碧血,太白黯妖氛。社稷留还我,头颅掷与君。南城得意骨,何处暮杨闻?”[54]思任推戴前代诗人陶潜、李贺、苏轼及本朝徐渭,他不屑模拟,却写了大量和陶诗,结集为《律陶》。不过,其和陶诗终与渊明的闲适自然不尽相类。如《归田园居》五首其四:“不学狂驰子,聊为陇亩民。仲春遘时雨,一日难再晨。灌木荒余宅，壶浆劳近邻。悠悠待秋稼，忧道不忧贫。”其实，他最擅长的还是李贺、徐渭一类的奇崛笔调，或者说“涤空孤诣”。

在《纪游》一文中，思任不惜笔墨畅谈山水之游：“予尝谓官游不韵，士游不服，富游不都，穷游不泽，老游不前，稚游不解，哄游不思，孤游不语，托游不荣，便游不敬，忙游不慊，套游不情，挂游不乐，势游不甘，买游不远，赊游不偿，燥游不别，趁游不我，帮游不目，苦游不继，肤游不赏，限游不逍，浪游不律。而予之所谓游，则酌衷于数者之间，避所忌而趋所吉，释其回而增其美，游道如海，庶几乎蠡测矣。”[55]他自负深得“游道”，认为山水要游得心无挂碍、情韵畅漓，一言以蔽之就是“性灵”获得“大自在”。山水的灵性来自士人心薮，山水诗神韵乃士人鲜活的个性，晚明士人通常把它描述成性灵——山水——真诗文。思任的山水诗神机疏洒，快人心目，如《雨游》：“六月寻诗句，溪风直洒魂。”《入平水溪》：“一溪千百曲，暗雨送云迟。啼碧鸟不见，落红花自知。篁孙迷竹谱，石骨瘦山肌。乱发扁舟上，溪人讶阿谁。”[56]

最末略及思任谐谑之诗。他自号谑庵，嘻笑怒骂皆成诗句，体写个人识见，如《漂母祠》：“老母但知饥，英雄不必知。一言哀孙处，千古拜儿时。楚汉水仍去，淮阳冢亦夷。寄声饭多者，贫士少餐之。”[57]钱谦益对思任汗漫之诗深有不满，说“胡钉铰、张打油之所不为也”。这类诗句诚是放任无度，但从另一角度看，它与徐渭、袁宏道的谐谑诗一起构成着晚明诗歌的一个时代特征，存在价值不当简单一笔抹杀。

2. 倪元璐

倪元璐（1593—1644），字玉汝，号鸿宝，上虞人。天启二年进士，选庶吉士，授编修。崇祯元年，上疏激烈抨击阉党馀孽杨维垣，请求废黜《三朝要典》。在元璐等人力议下，崇祯帝诏毁《三朝要典》刻版。明年，迁南京国子司业。崇祯六年，进右谕德，充日讲官。崇祯七年，上疏《制实》、《制虚》各八策，切中时弊，为大学士温体仁忌恨。崇祯八年，迁国子祭酒，翌年落职闲住。崇祯十五年，起兵部右侍郎，兼侍读学士，擢户部尚书，提出一些挽救危局、扭转财政困境的措施。农民军攻克北京，元璐自缢。福王时谥文正，清顺治十年谥文贞。有《倪文贞公文集》十七卷、《续编》三卷、《奏疏》十二卷、《诗集》二卷。

元璐精工书画，擅以画笔写诗，简练布局，意韵萧远，骨力瘦劲，如五律《山行即事》："桥影如长练，肥蛙侮瘦驹"，"竹倩云为客，花因蝶作俘"。《泛湘湖》："柔风扶病橹，瘦影点酸湖"，"山山有新意，不是画葫芦"。味摩元璐书画，更能体会他的诗韵，如陶元藻《越画见闻》："鸿宝画幅，山皆崚嶒兀奡，林木则苍莽郁葱，皴法喜用大小劈斧，不屑描头画角，取媚于人。"《无声诗史》："诗文为世所重，行草如番锦离奇，另一机轴。间写文石，以水墨生晕，苍润古雅，颇具别致，亦文心之馀绪也。"

元璐之诗，与王思任相类，尖快与瘦新、直朴与含蓄并有，如《夏驾湖夜泛》："湖口交云脚，憨烟一万梢"，"野有螺开舍，人如鸟失巢"。《游飞来峰》二首其一："花情如石冷，鸟语逼人酸。"《舟次吴江》："小帆如蝶翅，暗浦乞萤尻。"《明诗纪事》论其"颇近公安一派"，略中情实，如果进一步揭示其源自，则可追溯到徐渭。盖元璐本意与王思任等越中诗人一样，鉴取公安、竟陵之"天趣"、"秀拔"，自建一帜。

作为东林中坚，面对明末社会现实，元璐哀时悯政，诗作呈现光怪陆离之象。《戊辰春》十首其一："引光照幽谷，谷中人鬡髼。群处饮神瀵，翻嫌持圣灯。燃犀水怪沸，失日酒人朋。温峤世无取，微开吾不能。"其三："蜣拏丸不脱，龙见珠而争。二物各持据，千秋分秽清。侏儒观一节，曲女无巍城。鲸力蒲牢上，看谁作大声。”其六：“自有荆轲客，舞阳非所期。惊人截豸角，难事谋狐皮。”戊辰，崇祯元年。魏忠贤虽死，阉党群小依旧占据要津，“欲禁锢林下诸贤，力攻东林，又创为孙党、赵党、熊党、邹党之目，以一网清流”[58]。元璐抗疏，激斥群佞，以上诗即作于此际。倪会鼎编订《倪文贞公诗集》，案云：“是时庄烈即位，公论劾朝士，首章盖指事直言之也。……公谓东林如顾宪成、赵南星、高攀龙、杨涟、邹元标、于孔兼、王纪、冯从吾、周顺昌、魏大中、周宗建、周起元诸贤，其为理学清节，复何可议。此外间有矫激偏畸者，然自不可与任真率性、呼父呼九千岁之辈同观，蜣龙分其秽清。公如撞钟，以醒群聋。故结之曰‘鲸力蒲牢上，看谁作大声’也。此下乃重篇申之。五章则追念同志之贤，六章则慨想同声之助，七章以下乃直自任其担，曰‘舞阳非所期’，明不欲与伪君子共事也。……从本传及诸牍证之，知此诗有钩锁开阖之妙，而非过于新奇者。”

3. 张岱

张岱，字宗子，一字石公，号陶庵，晚号蝶庵，山阴人，明诸生。生于万历二十五年，明亡三十馀年尚在人世[59]。一生创作了大量诗歌，因选诗甚严，稍不满意，辄付之一炬，而且散佚严重，现存《张子诗粃》五卷，《西湖梦寻》收诗三十馀首。

张岱出身山阴望族，高祖张天复、曾祖张元忭、祖汝霖俱中进士，张氏家族与徐渭交结很深，天复与徐渭为至交，元忭曾给予徐渭很大的帮助，汝霖刊刻了徐渭诗文。张岱既受家风薰陶，又出于个人爱好，以搜文长遗稿为乐事，诗一度奉其蓍蔡，虽努力自成一家言，终因个性相近，不能摆脱徐渭的影子，晚年在《嫏嬛诗集自序》中说：“余于是知人之诗文如天生草木花卉，其色之红黄、瓣之疏密，如印板一一印出，无纤毫稍错。……余今乃大悟，简余所欲烧而不及烧者，悉存之，得若干首，抄付儿辈，使儿辈知其父少年亦曾学诗，亦曾学文长之诗，亦曾烧诗之似文长者，而今又复存其似文长之诗。存其似者，则存其似文长之宗子；存其似之者，则并存其宗子所似之文长矣。”明末的张弘并称张岱、徐渭，以为越中有“两文长”，足以雄视一代。

绍兴风俗民情和苏州相近，袁宏道《初至绍兴》诗云：“闻说山阴县，今来始一过。船方革履小，士比鲫鱼多。聚集山如市，交光水似罗。家家开老酒，只少唱吴歌。”[60]出身望族的张岱，生活在这一环境中，青年时期同祁彪佳、陈洪绶习尚繁华，“好精舍，好美婢，好娈童，好鲜衣，好美食，好骏马，好华灯，好梨园，好鼓吹，好古董，好花鸟，兼以茶淫橘虐，书蠹诗魔”[61]。

明末社会激变使张岱这位浪子从繁华梦中惊醒。崇祯十一年秋，他和祁彪佳、陈洪绶一起观潮，山奔海立、疾电怒雨的景状引发他“天崩地解”之感，《白洋看潮》诗云：“劫火烧昆仑，银河水倾决。观其冲激威，寰宇当覆灭。”是年，边事告急，清兵第五次南犯，拔迁安，九月明师惨遭败迹，京师戒严，形势严峻。数年来风火云涌的农民起义也动摇了明王朝的统治。明王朝正处于银河水决、天柱绝、地维裂之际，诗人失魂落魄地追问：“世上无女娲，谁补东南缺？”现实击碎张岱的繁华梦，驱使他张眼观看末世的恐怖，也激起他心底的雄气，《水浒牌四十八人赞》、《荆轲匕》、《博浪椎》、《景清刺》歌颂英雄气概和复仇精神，郁郁芊芊情思积于笔端。鲁迅先生说其中有一些很难懂的句子[62]。诚然，一些诗句很是“僻峭”，不过其中意绪尚可捕捉，如《急先锋索超》：“周公斧，召公钺，谁敢亵越！”《赤发鬼刘唐》：“尔则赤发，见蓝面则杀。”[63]所谓“鬼气兵象”，正隐见其世。

天崩地坼的易代之变急风骤雨般袭来，张岱虽有“补天”之志，但到手“五彩石”自碎，欲哭无门。清兵将下两浙，檄乡绅名士投谒，祁彪佳对夫人商景兰说：“此非辞命所能却，必身至武林，固辞以疾，或得归耳。”佯作治装将行，六月六日夜，潜出寓园外，自投池中[64]，《遗言》诗序：“试观今日是谁家天下？尚可浪贪馀生！”诗云：“运会厄阳九，君迁国破碎。鼙鼓杂江涛，干戈遍海内。我生何不辰，聘书乃迫至。委质为人臣，之死谊无二。光复或有时，图功审机势。图功为其难，殉节为其易。我为其易者，聊尽洁身志。难者待后贤，忠义应不异。余家世簪缨，臣节皆罔替。幸不辱祖宗，岂为儿女计。含笑入九原，浩气留天地。”[65]张岱欲追随祁彪佳而去，赋《和祁世培绝命词》：“臣志欲补天，到手石自碎。麦秀在故宫，见之裂五内。岂无松柏心，岁寒奄忽至。烈女与忠臣，事一不事二。掩袭知不久，而有破竹势。余曾细细想，一死诚不易。太上不辱身，其次不降志。十五年后死，迟早应不异。愿为田子春，臣节亦罔替。但得留发肤，家国总勿计。牵犊入徐无，别自有天地。”[66]可是他还有放不下的牵挂——《石匮书》尚未完成，最终忍痛视息人世。

张岱葛巾野服，苦隐民间，憔悴著述。历史陡然转折，人生顿成两截，国破家亡，田产荡尽，张岱面临重塑人生的问题，在力田、处馆、幕客、商贾等生计方式中，郑重选择了力田，舂米、担粪、养鱼、看蚕，靡所不试，饱历生计艰辛。如《担粪》：“扛扶力不加，进咫还退寸。”《看蚕》：“学问与经济，到此何所施”，“苦至无声泪，此笑真足悲。”《种鱼》：“夜半陡然省，开围纵所如。”[67]

对比今昔，张岱不胜梦境之叹，每当鸡鸣枕上，夜气方回，便想平生总成一梦。梦境可使人获得暂时宁静，但也最能剥蚀人的生机。不忍直面残酷现实，希望借助梦境自我麻醉，使他产生一些看上去可笑而又实是欲哭无泪的想法，如：“昔有西陵脚夫，为人担酒，失足破其瓮，念无以偿，痴坐伫想曰：‘得是梦便好。’”[68]张岱著述题名中多挟有一个“梦”字。当然，“纪梦”不是张岱的发明，宋代孟元老《东京梦华录》，吴自牧《梦粱录》，明末清初成鹫法师

《纪梦编年》,无不是眷恋故园,抒写历尽沧桑的悲思。

痴情说梦是愤苦之火的内焚形态,尽管迹近消极,可是毕竟为一种抗争,至少是励志自守。张岱《听太常弹琴和诗》十首其一云:“夜长梦不破,灰冷气难吹。”其七云:“石马嘶荒冢,铜驼泣故宫。”其八云:“有如青冢草,不肯变贞萋。”他自我形容痴梦之情“坚固如佛家舍利,劫火猛烈,犹烧之不失也”[69],“任世人呼之为败家子,为废物,为顽民,为钝秀才,为瞌睡汉,为死老魅也已矣”[70]。读这些自白,我们很容易想到宋遗民谢枋得所说的“今既为皇帝之游民也,庄子曰:‘呼我为马者,应之以为马;呼我为牛,应之以为牛。’世之人有呼我为宋逋播臣者,亦可;呼我为大元游惰民者,亦可;呼我为宋顽民者,亦可;呼我为皇帝逸民者,亦可”[71]。遗民的“消极”对抗,正体现了积极的汉民族精神。

《石匮书》载明代三百年史事,对史学界颇多资鉴。清初,谷应泰督学浙江,闻《石匮书》之名,礼聘张岱,不往,乃以五百金购其书,又得谈迁《国榷》,招集文士编撰《明史纪事本末》。张岱史学为人慧眼识出,然而其诗在清初却不见推重,其中缘故,我们仅可作以下推测:

其一,张岱师友多殉国难,入清后,他鄙交权贵,拒不参加遗民社集酬唱,故诗名不播。

其二,张岱自选诗作,态度甚严,并且衣食不继之际,诗作多未刊刻行世。

其三,公安、竟陵诗风在明末受几社排斥。清初,钱谦益、王夫之等人定谳钟、谭为“诗妖”,诗为“亡国之音”。张岱兼取公安、竟陵,认为钟、谭诗“瑕不掩瑜”,在一片抨击公安、竟陵派的詈骂中,即使有人知张岱之诗,亦未必愿正目视之。

其四,张岱以治史著称,诗名难免为之所掩。而且东林向被推作君子党,张岱指出东林以一党之兴荣衡论国事之是非,拥立门户而多使小人窜入,称"夫东林自顾泾阳讲学以来,以此名目,祸我国家者八、九十年"[72],这也可能导致他不为推戴东林、复社的士子所认可。

---

① 参见《中国江浙地区十四至十七世纪社会意识与文学》第335页。

② 参见《柳南续笔》卷三。

③ 《眉公诗抄》卷一《田园歌》。

④ 陈继儒《陈眉公集自序》。

⑤ 《陈眉公集》卷十五。

⑥ 《珍珠船》卷二,《宝颜堂秘笈》本。

⑦ 陈继儒《眉公见闻录自序》。

⑧ 《陈眉公集》卷十二。

⑨ 《且介亭杂文二集》第6、7页。

⑩ 《陈眉公集》卷十四《语录》。

⑪ 华淑选《田园诗十首》。

⑫ 《田园诗十首》其二。

⑬ 二诗见《眉公诗抄》卷一。

⑭ 《焚书》卷三。

⑮ 二诗见《眉公诗抄》卷四。

⑯ 《由拳集》卷十。

⑰ 《安雅堂稿》卷十七,《明代论著丛刊》,台北伟文图书出版有限公司,1976年。

⑱ 《安雅堂稿》卷十六。

⑲ 《初学集》卷四十《孙子长诗引》。

⑳ 《弇州山人续稿》卷一〇九。

㉑ 《九籥别集》卷四。

㉒ 二诗见《纨绮集》。

㉓ 《锦帆集》之二。

㉔ 《小草斋文集》卷十一。

㉕ 王留生卒年问题一直悬而未决,此略加辨认:徐波由王留介绍与董斯张定交,《静啸斋存草》附录《哀董遐周》:"余以王亦房知有遐周,亦房殁十年,始以诗相质。"斯张卒于崇祯元年(1628),王留可能卒于万历四十六年(1618)前。万历四十一年,王留北游京城,曾向谢在杭为父请传,事载《小草斋集》。两年后南返,乌程访斯张,《静啸斋存草》卷七录诗大致按年编排,收万历四十五年至四十七年之作,其中有《哭王亦房四首》,王留或卒于此二年间。又,万历四十七年夏、秋间,钟惺常州访邹之麟,吴兴访韩敬,苏州访范允临,《隐秀轩集》卷十二诗《吴门悼王亦房》作于此行中。此亦王留病故于万历四十六年前后的一个证据。《列朝诗集小传》称王留年未及四十而卒,据此我们初步推测,王留生于万历七年(1579)前后。

㉖ 《静啸斋遗文》卷二。

㉗ 《静啸斋遗文》卷一。

㉘ 《静啸斋存草》卷十。

㉙ 《徐霞客游记》补编唐泰《赠先生》。

㉚ 《徐霞客游记》外编陈函辉《徐霞客墓志铭》。

㉛ 《徐霞客游记》补编唐泰《柬先生》。

㉜ 《徐霞客游记》补编录霞客诗三十四首。今人薛仲良编《徐霞客家集》,增辑至三十八首。现存霞客之诗篇目如下:《题小香山梅花堂诗》五首;《游桃花涧》一首;《赋得孤云独往还》五首;《哭静闻禅侣》六首;《吟白崖堡南岩》一首;《宿妙峰山》一首;《鸡山十景》十七首;《赠鸡足山僧妙行七律二首》。本节征引霞客及其子李寄之诗,参见《徐霞客游记》补编及薛仲良先生辑《徐霞客家集》,不再一一标明出处。

㉝ 光绪《江阴县志》卷十八《人物行谊传》,卢思诚等修,光绪四年刻本。

㉞ 《徐霞客游记》附编《传志》。

㉟ 《列朝诗集小传》。

㊱ 《初学集》卷三十二。

㊲ 《牧斋外集》卷六，清抄本。

㊳ 《假庵杂著》之《纪季父遗事遗言》。

㊴ 《列朝诗集小传》。

㊵ 《松圆浪淘集》卷八。

㊶ 《有学集》卷三十九。

㊷ 《列朝诗集小传》。

㊸ 《柳南随笔》卷四。

㊹ 钱锺书《谈艺录》第106页。

㊺ 《越缦堂读书记》四《集部》。

㊻ 《列朝诗集小传》。

㊼ 《松圆偈庵集》卷上。

㊽ 《石匮书后集》卷六十《妙艺列传》。

㊾ 《松圆偈庵集》卷上。

㊿ 《文饭小品》附录。

(51) 《王季重十种》之《郁冈诗自选序》。

(52) 《王季重十种》之《贺仲来诗集序》。

(53) 《王季重十种》之《避园拟存》。

(54) 《王季重十种》之《避园拟存》。

(55) 《王季重十种》之《游唤》。

(56) 《王季重十种》之《避园拟存》。

(57) 《王季重十种》之《避园拟存》。

(58) 倪会鼎编《倪文正公年谱》。

(59) 张岱具体卒年俟考。一说享年八十八岁，见《小腆纪传补遗·张岱传》、《南疆逸史·张岱传》。一说享年七十馀岁，见邵廷采《思复堂文集》。案：据张岱诗文内容来看，明亡后三十馀年，他尚在人世。

(60) 《解脱集》之一。

(61) 《嫏嬛文集》卷五《自为墓志铭》。

(62) 《且介亭杂文二集》第173页。

(63) 《嫏嬛文集》卷五。

(64) 《石匮书后集》卷三十六《刘宗周、祁彪佳列传》,参见《天启崇祯两朝遗诗》附祁彪佳传。

(65) 《祁彪佳集》卷九。

(66) 《张岱诗文集》补编。

(67) 三诗见《张子诗秕》卷二。

(68) 《陶庵梦忆自序》。

(69) 《陶庵梦忆自序》。

(70) 《嫏嬛文集》卷五《自为墓志铭》。

(71) 《谢叠山先生文集》卷二《上丞相留忠斋书》,谢枋得著,华东师大出版社,1994 年。

(72) 《嫏嬛文集》卷三《与李砚翁》。

第九章　东林、复社、几社

万历三十二年起，顾宪成、顾允成、安希范等人率众讲学东林，“志在世道”，与一批朝、野士子和衷共求，致力挽救国运、世道的衰颓。崇祯间，复社和几社传承东林衣钵，影响遍至政治、学术、文学等领域。东林、复社、几社文人集团的庞大存在，为晚明诗坛一个重要的构成。本章探讨的东林、复社、几社诗歌，具体是指其中心层人物的诗论与创作。

一　高攀龙为首的东林诗人

1. 东林党的政治活动

东林是否可以称作“党”，学界争议已久。质疑“东林党”说法者，大抵强调东林的讲学活动和士人气节，主张把它从“朋党”之论中解离出来。考察东林是否可称作“东林党”，不应脱离我国传统政治文化中的“党”的观念。

“党”一词具有悠久的历史，《周礼》有“五族为党”的说法，《礼记》引孔子语云：“睦于父母之党，可谓孝矣。”“党”之起初含有聚族而居之意，乃群体系联的纽带和构成单位。后世的官僚、士人多借“党”结成政治性集团，谋求群体或个体利益。君子周而不比，小人比而不周，“朋党”向有小人和君子的分野，夏允彝《幸存录》说：“自三代而下，代有朋党。汉之党人，皆君子也。唐之党人，小人为多，然亦多能者。宋之党人，君子为多。朋党之论一起，必与国运相终始。”小人的朋徒构党为正直士子所不齿，汉、唐、明王朝政权的衰亡，都和朋党有很大的关联。但是，“党”的存在和意义不因小人朋党导致国运衰微，或因与近代、现代政党观念差异显著，而一概否定。

基于此，来看明末对东林党说法的认识。吴应箕指出东林党一称系小人加之于东林的毁词，黄宗羲亦称东林党是“小人者加之名目而已”①。吴应箕承认东林是“门户”，但更强调甄别“门户”的“真伪”，《东林本末序》中说：“东林者，门户之别名也；门户者，又朋党之别号也。夫小人欲空人国，必加之以朋党，于是东林之名最著，而受祸为独深，要亦何负于人国哉？东林争言真伪，其真者必不负国家，伪者反至负东林，此实何欤？盖起事至五六十年，相传多失其实，于是而有伪者，亦势使然也。今之所为东林者，又一变，往时欲锢之林下者，今且下及草野。夫盛世岂有党锢之事？何论朝、野，亦辨其为真与伪而已矣。”吴应箕又认为东林诸子创办书院，自下明道，乃不得已而为之，本不欲自立门户，《东林本末》说：“自顾泾阳削归而朝空林，实东林之门户始成。……然是时之朝廷何如哉？夫使贤人不得志而相与明道于下，此东林之不愿有此也。即后此之为贤人君子者，亦何尝标榜曰吾东林哉？”东林讲学，以明道为任，士人闻风响应，“学舍至不能容”，似乎与结党无关，但东林的存在不止于讲学，还表现出积极干预政治的姿态，顾宪成、顾允成、高攀龙、叶向高、李三才、杨涟、左光斗、赵南星、邹元标、冯从吾、周起元、魏大中、李应升等人在政坛上和衷共济，尽管不以结党自居，可是在激烈的政治纷争中，其一系列活动远超出书院讲学、明道于下的范围，构成一个相对实体的政党。

下面来看晚明党争之兴和东林的政坛活动。

明末党争胎于嘉隆政坛积习，至万历朝大爆发。《东林本末》详细剖析了明代党争的源流和激变过程："昭代之党祸，极于万历丁巳，而嘉隆诸政府已开其渐。故自张凤磐（四维）以前，溯而上之，如张太岳（居正）、高中元（拱）、徐存济（阶）、严介溪（嵩）、夏桂洲（言），其权专，其党同伐异，显行于好恶之间，而人莫之敢议。然其局专于攻击前人，故一相败露，而为其鹰犬，为其斥逐者，一转盼而升沉互异，是以君子不久锢林泉，小人不终据要津也。自申瑶泉（时行）以后，递而下之，如王荆石（锡爵）、张淇阳（位）、赵瀔阳（志皋）、沈蛟门（一贯）、朱金门（赓），其术巧，其党同伐异，诡托于宫府之内，而人莫之能测，又其局专于汲引后人，故衣钵相传，而为其所庇护，所排击者，纵易地而用舍如前。是以君子竟同硕果，而小人终等延蔓也。"万历五年"夺争情"事件，可谓明末党争爆发的前奏。张居正夺情，官员纷纷直谏，申明"克己以复礼"之道，希望通过维护礼法统绪来救政坛衰弊，张居正利用权势倾轧言路，赵用贤、吴中行、艾穆、沈思孝受到残酷打击，但正直官员的气节成为士人注目的焦点，《东林本末》云："予追溯东林之始，而本于夺争情，以其气节之倡也。"万历二十年前后，"朋党"口实频频出现在廷争中。顾宪成、邹元标、安希范、高攀龙和赵用贤等人形成与内阁对立的官员群体。阁臣许国表示排斥，荒谬不经地说："昔专恣在权贵，今乃在下僚，昔颠倒是非在小人，今乃在君子。意气感激，偶成一二事，遂自负不世之节，号召浮薄喜事之人，党同伐异，罔上行私，其风不可长。"赵用贤愤而上疏"极言朋党之说，小人以之去君子、空人国"②。明神宗宠爱郑妃及皇三子，一再推延立储之期，万历二十一年下旨将皇长子、皇三子、皇五子一并封王，史称"三王并封"。大学士王锡爵屈迎帝意，顾宪成上《建储重典国本攸关疏》等疏恳请早建皇储，与赵用贤等人激论"三王并封"，"语侵锡爵”，同时在吏部论国家人材问题，群情鼓动。王锡爵同乡吴之彦与赵用贤有隙[3]，阴使其子吴镇讦奏用贤“论财逐婿，蔑法弃伦”。万历二十一年九月用贤罢职，安希范、孙继有、谭一召、高攀龙等因论救获罪，邹元标说：“夫以闾巷婚姻事，一有司治之，至冒渎宸聪，昌言盈庭，不能抵先入单词。正人去，谗夫昌，此不可得而究诘矣！”[4]万历二十三年，顾宪成以忤帝意削籍。用贤罢去，《明史》卷二二九指出：“党论之兴，遂自此始。”《东林本末》述云：“申（时行）、王（锡爵）献媚，密主三王并封之说。众口争之，遂诋为党矣。”

党争局面在沈一贯执政期间进一步激化。“妖书”案发，沈一贯借机向沈鲤、郭正域发难，总漕李三才为郭氏排难，沈一贯密逮沈鲤、李三才、郭正域，连明神宗也惊讶地说：“如何为一阁臣，逮一同官、一侍郎、一督臣？一贯果病耶！”万历三十四年，沈一贯罢职，同党钱梦皋等失去庇护，惟恐辛亥之察对己不利，“于是以东林为纲，以淮抚、秦党为目，结成一大网，无人不推入其中”[5]。浙党结依宣党汤宾尹，浙、宣合党。万历三十九年二月，李三才罢职，三月孙丕扬典京察，四月大计疏下，汤宾尹、张嘉言、徐大化、刘国缙、王绍徽、乔应甲、岳和声等人降黜有差。五月给事中朱一桂、御史徐兆魁疏论顾宪成讲学东林，结纳李三才、孙丕扬、汤兆京、丁元荐，遥控朝政。言路方面，齐、楚、浙三党并立，齐党以亓诗教、周永春、韩浚、张延登为魁，楚党以官应震、吴亮嗣为魁，浙党以姚宗文、刘廷元为魁，声势相倚，以攻击东林、排斥异己为能事。

东林书院提供了一个在野的“党”的活动场所，邹元标、孙丕扬、赵南星、李三才等人与顾宪成、高攀龙保持密切的联系，构成朝、野政治联盟，从维护礼法和用世救弊立场出发，与宣、昆、浙、齐诸党展开争锋，政治作为主要表现在：一是保护已确立的“国本”；二是为取消矿税奔走游说；三是排击官僚朋比营私作风；四是主张推选阁臣任人惟贤;五是反对士风"不纯",维护世教。东林对抗的对象包括"劣迹昭著"的沈一贯、私欲太盛的汤宾尹、平庸无才的亓诗教,"懦且老"的朱赓。东林的进取,也受到多次政治浪潮冲击。万历三十九年,徐兆魁《为部臣借事发端,意专党护疏》讦奏:"今日天下大势尽趋东林矣。……东林之势益张,而结淮抚胁秦,并结诸得力权要,互相引重,略无忌惮。今顾宪成等身虽不离山林,而飞书走使充斥长安,驰骛各省,欲令朝廷黜陟予夺之权尽归其操纵",东林"会讲中必杂以时事,讲毕立刊为讲章,传布远近。讲章内各邑之行事有与之左者,必速改图,其令乃得安"⑥。亓诗教等人竞相以"门户"、"朋党"之词攻击东林,如万历四十一年御史刘廷元劾光禄寺少卿于玉立"依附东林,风波翻覆",亓诗教上疏攻讦矛头直指顾宪成为首的东林士子:"今日之争,始于门户。门户始于东林,东林倡于顾宪成,刑部郎中于玉立附焉。"⑦

天启改元,东林借清理"梃击"、"红丸"、"移宫"三案对诸朋党进行有力反击,一时主持政局。魏忠贤勾结天启帝乳母客氏,逐渐揣控朝政,一批无耻官僚附比魏忠贤,构结阉党,明代士大夫人格堕落至此臻极。《东林本末》云:"夫近时所角者,皆朝臣,角之不胜,至借宦竖以扑之,其祸亦略与汉同。夫士人与宦竖角,而诬以朋党,可言也;士人与士人角,而以朋党相倾,犹可言也。至倚宦竖以作孽,而倾士人,此固向者节甫辈之所羞称,而不意圣朝士大夫为之。然则,不有东林,其可谓世有士人也哉,又何党之足云!"东林乃阉党政治的最大障碍,天启三年周宗建首劾阉党,指出"虑内外合谋,其祸将大"⑧。翌年,杨涟疏劾魏阉二十四条大罪,魏大中、袁化中、李应升、黄尊素、方大任等数十人继之上疏激陈其事。阉党报复东林,首杖万燝,驱逐叶向高,罢黜赵南星、高攀龙。天启五年,阉党下令拆毁东林书院和全国的书院,大肆反攻东林,编造《东林同志录》、《东林党人榜》,奏呈魏忠贤。吏部尚书王绍徽为结依魏阉，进献《东林点将录》，以助按名汰黜，罗织一百零八人。东林士子受阉党迫害，“毙诏狱者十馀人，下狱谪戍者数十人，削夺者三百馀人，他革职贬黜者不可胜计”[⑨]。天启六年，阉党翻“梃击”、“红丸”、“移宫”诸案，由顾秉谦担任总纂，组织编撰《三朝要典》，以达到彻底肃清、否定东林的丑恶政治目的。

从上所述，我们得到这一认识：朋党是攻击东林的口实，为避免与朋党不光彩一面相联系，一些明末清初的士子讳称东林党一词，可是数十年政治斗争中，东林士子同气相求的政坛活动决定了其政党实体的存在。

当然，东林“是非”不完全代表着公论，《东林本末》即指出区分东林“真伪”的必要性。夏允彝著《幸存录》，对东林政坛活动进行深刻反思，其中《门户大略》云：“东林君子之名满天下，尊其言为清论，虽朝中亦每以其是非为低昂。交日益广，而求进者愈杂。始而领袖者皆君子者，继而好名者、躁进者咸附之。”又说党争“激而愈甚，后忿深前，身家两败，而国运随之”。夏允彝对东林的政敌齐、楚、浙三党及弘光首辅马士英皆有恕辞，认为东林掺入小人，一系列失误加剧了党争气焰，实有弊于政治，表白虽爱重东林，却不能不推它“入清流祸中”。黄宗羲不赞同夏氏之论，著《汰存录》，称《幸存录》实是“不幸存录”，条分缕析地予以沉痛辩驳。应当承认，东林存在一系列政治失误，《幸存录》一些见解属持平之论。可是，即使没有东林，就晚明政治言，亦会出现党锢局面[⑩]。而且，东林在群党纠攻和阉党残酷摧折下，元气大伤，实关涉了明王朝的衰亡。清人王澍认为“迄于熹宗，东林之徒受祸最烈，东林尽，而有明亦随以亡，然则东林之废兴，直与有明国运相终始”。梁启超诗云：“举业论才事已衰，行间正气尚崔嵬。亡明未是东林罪，为有书生作党魁。”所说不无道理。王典章之诗更准确地概括了东林党的历史价值：“理学程朱后，东林蔚大观。小心传道脉，劲节挽狂澜。”[11]

2. 东林学术及明末文风转移

讲学为东林书院的重要职能,《院规》规定:“每会推一人为主,主说《四书》一章,此外有问则问,有商量则商量。凡在会中,各虚怀以听,即有所见,须俟两下讲论完毕,更端呈请,不必搀乱。”东林所讲不外乎圣人之学,宣扬修身齐家治国平天下,为了保持学术清纯,《院规》相约“一切是非曲直,嚣凌强弱之言,不以闻此席。凡夫飞书、揭帖、说单、诉辩之纸,不以入此门”[12]。可以想象,如火如荼的政治使他们下定决心,平心静气来树立新学风,以求补益世道。

黄宗羲称顾宪成论学以世用为体[13],谢国桢认为“泾阳的学问,与其说是一个哲学家,无宁说是一个政治家”[14],均一语道破东林讲学的“世用”目的。而顾、高平生著述,大抵“发明性道之微,以及有关国计民生、世道人心之论说,皆足以垂世立教,为儒林矜式”[15]。

东林学术主要继承程朱理学,顾宪成、安希范远接宋儒杨时东林讲学,重开讲坛,即包含了尊法程朱学脉的想法。关于东林与程朱之间的学术差异,此不拟论述,仅指出东林与王学的分歧,及东林学风对明末文风的深远影响。

东林学术与王学之间的对立主要集中在东林学者与“异学”思想的分歧之上。从王畿到颜山农、何心隐、李贽,左派王学衍生一支异端学说,直接对抗程朱理学规约、范式。李贽和公安派文人以禅证儒,崇尚自然人性,可以肯定,这具有破除程朱理学封闭、解脱个性的社会意义。然而,明末学界现象是,东林学者将世道之衰归因“异学”,视此为学风堕落。顾、高反对狂禅,力批李贽,斥责王畿,并以阳明四句教为由[16],矛头一度指向阳明。如顾宪成深虑

"近世学者乐趋便易,冒认自然",于阳明"无善无恶"之语,辩难不遗馀力,以为"坏天下教法,自斯言始"。《明儒学案·东林学案》叹说:"今错会阳明立论","当时之议阳明者,以此为大节目,岂知与阳明绝无干涉。呜呼!天泉证道,龙泉之累阳明多矣!"高攀龙摒阳明学于正统之外,《高子遗书》卷十《三时记》称"文成不甘自处于二氏,必欲篡位于儒宗"。万历中叶发生的京师攻禅事件中,后来加盟东林的一些士子对李贽、黄辉等人及其异端学说进行了批判。在政治干预下,京师"异学"风气肃清了。此次拒斥"异学"的活动与随之而兴的东林讲学前后呼应。

京师"异学"风气消遁,浙东成为"异学"主要坛坫,陶望龄、周汝登修正狂禅派一些观点,但融合儒、释的根本立场未变。崇祯二年,周汝登卒世,陶奭龄继而主讲龙溪之学,沈国模、管宗圣等人辅助之。

明末浙东学人刘宗周及弟子黄宗羲为东林后劲,在与顾宪成、高攀龙学术合流过程中,重申阳明之学,批评龙溪之学,尤其是"异学"。崇祯四年三月,宗周在绍兴创立证人社,这构成明末浙东学术的转捩。证人社的成因,全祖望《梨洲先生神道碑文》有所揭示:"越中承海门周氏之绪馀,援儒入释,石梁陶氏奭龄为之魁。传其学者,沈国模、管宗圣、史孝咸、王朝式辈,鼓动狂澜,翕然从之,姚江之绪,至是大坏,忠介忧之。"[17]宗周邀请陶奭龄赴会,希望通过辩证,清理以禅诠儒的学风,使学者明"天理",以致良知。宗周《证人会约书后》曰:"石梁子首发'圣人非人'之论,为多士告,一时闻之,无不汗下者。余因命门人某次第其仪节,以示可久,遂题其社曰'证人'。"[18]指出良知为本,小心体证,"天理"可明,圣人"人人可做"。

证人社设立,意味着浙东学人对"异学"的大力清理,刘宗周的蕺山之学,在继承阳明学之上,兼取程朱,昌明"慎独",以性约束情，以体证工夫取代顿悟，以用实反对尚谈心性，与顾、高学术基本达成一致。应该指出，王学左派和狂禅派的用世之意是明显的，东林学者带有很多保守性，其批评就包含了清理“异学”、统一人心、维护世教的旨向。

阉党炮制的东林“黑名单”，尽管有牵强捏造之处，但还是在一定程度上反映了东林的庞大存在。作为晚明文坛的一个群体构成，高攀龙、顾允成、杨涟、安希范、赵南星等东林士子虽不以诗名世，亦不废声诗。更为重要的是，东林学术对明末文风影响深远。不夸大地说，东林及承传其衣钵的复社、几社，宣扬用实之学，呼吁作家关注现实，以理约束性情，决定了明末诗歌的走向。

3. 高攀龙

高攀龙（1562—1626），初字云从，改字存之，号景逸。祖父高材，嘉靖十年举人，尝任黄岩令。父梦龙，字德徵，在高材授意下从商，嘉靖四十三年入太学，不久即归。高材因弟高校无子，将次孙希良过继给高校，改名攀龙。高材的清正和务实的家庭环境对高攀龙影响很大。万历十七年，高攀龙成进士，三年后谒选行人，逾年上《君相同心惜才远佞疏》，谏明神宗远离小人，语侵王锡爵，降职为应天府检校，再谪广东揭阳典史。请假暂归无锡，在漆湖小洲上建造水居，关注南京、无锡学者辩论阳明四句教的学术争鸣，撰《异端辨》、《答泾阳论管东溟》、《与管东溟虞山精舍问答》、《与管东溟》等文，辑《朱子节要》，研讨程朱之学，批评空谈心性学风。顾宪成讲学东林，邀他出任讲席，万历四十年，顾氏下世，高攀龙接任书院山长。天启改元，复出仕，晋刑部右侍郎，明年迁左都御史。阉党反攻东林，高攀龙罢归。天启六年，阉党追逮罢居的东林士子，高攀龙获悉缇骑将至，义不受辱，自沉园池。诗文由门人陈龙正汇成《高子遗书》。其诗向有刊本《高忠宪公诗集》单行，清雍正十二年，高廷珍增辑付刻，厘为八卷，共四百四十五首。

高攀龙诗风冲夷，陈龙正论其学陶渊明而不全似，认为“先生不尽效陶，大都有陶韵，逸兴幽怀，适与之符”，“《静坐》、《戊午》诸吟则专以举道，譬如禅家之有偈，术家之有歌诀，不过假借宫商明宗传要，使人哦则易熟，熟则难忘，而字句间之淘汰琢磨，概非所计矣”[19]。清人王澍认为考察诗歌“要在论世”，如屈原身在末世，“无怪其词之怨怼、激发、跌宕、怪神，其缠绵、恻怛、忠爱、无已之情，不诡于三百篇，而词则异也”，由此指出“词异”不是根本，重要的是“言道”，高攀龙之诗“能令顽廉懦立，无屈子之怨怼，而通乎三百篇温柔敦厚之遗”[20]。发核高攀龙诗旨更精微的当推同治间的秦赓彤，谓：“夫乃叹先生之诗，前序拟诸陶，并拟诸骚，犹未足尽先生之诗也。先生之诗，见道之诗也，其味淡，其言和，其性情之冲夷，皆学问之所见也。鸢飞鱼跃之机、水面天心之象，皆于诗恍然遇之。”[21]

由于杜绝名利，慕志高远，高攀龙性情冲淡，据《列朝诗集小传》记载，他与归子慕、吴志远一起“习静”，端坐不语，终日凝然，“有所自得，听然相语，有吟风咏月之思，他人莫之知也”。高氏更在诗歌的想象、情感空间，向世人表白“习静”之思，载写个体细切感受和深邃哲思。如《湖上》：“道人不识忧，隤然罕所虑。胸中有奇怀，常得山水助。时乘酒半醺，或值睡初寤。独往恣幽寻，欣若有所遇。有时深林行，穿径忽失路。有时湖上还，看云忘所务。凝目孤鸢归，倾耳细泉注。所造趣未极，原陆任昏暮。非关耽清娱，曾是秉远慕。闲心始造理，忙意多失步。嗟尔行道人，迫迫焉所赴？”[22]归昌世《假庵杂著》之《纪季父遗事遗言》载：万历二十三年中秋，从归子慕、高攀龙、吴志远乘月渡太湖，次日至包山寺休焉。自此每日午饭讫，即同步出游，不用向导，信足所之，遇林麓深蔚，湖涘山椒，静憩良久乃还。“高先生善琴，夜则余辈息气静听，乃

《屈原问渡》一阕，悲凄感人，是羽声也”，“后先生殉国，适与三闾大夫同，亦奇矣”。可为此诗注脚。诗人心扉任由湖云、细泉淘洗，融化自然之中，感受妙理。又如《庚戌春日，月坡初成》：“浩浩月初上，月坡正受之。以我无营心，当此独坐时。为筹世中事，无乐可代兹。长林寒风息，春气蔼如斯。百族各萌动，我心岂不知。俯视方舆静，仰观圆象驰。灵襟既无际，一形安足私。持以畀大钧，荣悴非所思。”[23]此所谓“见道之诗”，称之拟陶，确实未尽其意。

4. 杨涟、左光斗、魏大中、顾大章、缪昌期、李应升、黄尊素

“天启六君子”杨涟、左光斗、袁化中、魏大中、周朝瑞、顾大章，“天启七君子”高攀龙、黄尊素、周顺昌、周起元、周宗建、缪昌期、李应升，为东林死阉党之祸尤烈者。其诗文、道德、气节相辉映，可传千载。

杨涟，字文孺，号大洪，应山人。万历三十五年进士，授常熟知县。举廉吏第一，擢户科给事中，转兵科。光宗嗣位，与左光斗促郑贵妃移宫，疏劾崔文升进红丸。熹宗即位，又促李侍选移宫，以免其干政。遭攻讦，乞去。天启二年，起礼科给事中。明年，拜左佥都御史。阉党羽翼渐丰，“涟益与赵南星、左光斗、魏大中辈激扬讽议，务植善类，抑憸邪，忠贤及其党衔之次骨”。天启四年，杨涟疏劾魏忠贤二十四大罪，阉党“日谋杀涟”。是冬，杨涟削籍。魏忠贤恨不能已，第二年借汪文言狱，迫害杨涟死[24]。有《杨忠烈公文集》六卷。

左光斗，字遗直，号浮丘，桐城人。万历三十五年进士，授中书舍人，累迁左佥都御史。与杨涟“协心建议，排阉奴”，朝野并称“杨左”。天启五年死于狱，阉党逮光斗群从十四人，长兄光霁坐罪死，母以哭子死。阉党定《三朝要典》，以杨、左为“移宫”案罪魁，拟开棺戮尸，幸有人解助得免。有《左忠毅公文集》五卷。

魏大中，字孔时，号廓园，嘉善人。家贫而好学，从高攀龙受业。万历四十四年成进士，授行人。天启元年迁工科给事中，力议“红丸”一案，请诛方从哲、崔文升、李可灼。太常少卿王绍徽构难东林，大中疏斥王氏，为邪党仄目，死六君子之难。有《藏密斋集》二十五卷。

顾大章，字伯钦，号尘客，常熟人。万历三十五年进士，授泉州推官，改常州教授，补国子博士，天启初迁刑部主事，升员外郎。魏忠贤欲剪除刘一燝，大章力辩其非，为阉党忌恨，杨维垣诬大章受熊廷弼贿银四万两，赖叶向高救助，暂免于难。天启五年起原官，历礼部郎中，迁陕西按察副使，以汪文言案下狱，其他五子惨死，大章独有幸，投缳而卒。

据《天人合征纪实》，六君子死诏狱之事甚烈。天启五年七月初四“比较，六君子从狱中出，各两狱卒挟扶左右手，伛偻而东”，“诸君子俱色墨而颠秃，用尺帛抹额，裳上脓血如染”。十三日“比较，午饭后，六君子到堂，（许）显纯辞色颇厉，勒五日一限，限输银四百两，不如数，与痛棍。左顾哓哓置辩，魏、周、袁伏地不语，杨呼家人至腋下，大声曰：‘汝辈归，好生服事太奶奶，分付各位相公，不要读书！’是日，各毒打三十棍，棍声动地，嗣后受杖诸君子股肉俱腐，各以帛急缠其上，而杨公独甚”。十九日“比较，杨、左、魏俱用全刑，杨公大号而无回声，左公声呦呦如小儿啼”。二十四日复用刑，晚间，杨涟遇害，死时“土囊压身，铁钉贯耳”。不出两月，诸子相继惨死。

杨涟《狱中绝笔》写道：“嗟嗟！痴心为国，妄趋死路。生有累于朝绅，死无裨于君德，虚存忠直肝肠，化作苌弘碧血，留为千日白虹，死且不瞑，但愿国家强固，圣德刚明，海内长享太平之福。……涟至此时，不悔直节，不惧酷刑，不悲惨死，但令此心毫无奸欺。”㉕

其《神仙篇,被逮赋别崇智宗侯》有“浮生厌危役,名岳共招携”,“举袖暂为别,千年得复来”之句,千载之下,生气犹在。

左光斗平生服重杨继盛,因继盛号椒山,自颜其堂曰“噉椒”。天启四年冬,与杨琏被逐,《道中感怀》云:“愿难成栗里,祸恐续椒山。”半年后,同入狱。《狱中同杨大洪、魏廓园、顾尘客、周衡台、袁熙宇夜话》云:“噫嘻哀哉,当今之事不可问,谁信慷慨回气运。长安猛虎昼食人,雾盖燕云十六郡。我欲呼天天高不可呼,我欲告人人心毒如荼。皋陶平生正直神,瓣香可能悉其辜?夜来床头生芝干如铁,不在李膺之前,则在范滂之侧。英雄对此益增奇,天地愁之失颜色。噫嘻吁嗟乎,明月蚀于天,高山崩入渊。如何长夜如长年,安得魂去飞翩翩。上与二祖列宗欣其缘,肯教鸾凤独死枭獍乘权。”《静志居诗话》:“万忠贞之死,忠毅哭之以诗,有云:‘我有白简继君何能已,与君同游杖下矣。丹心留在天壤间,默默之生不如死。’是亦不愧其言者也。”

天启五年四月二十四日,魏大中被逮,士民哀送者数万人。六月十二日,槛车过良乡,大中遣人持自撰《年谱》授长子学洢,诫勿求见。先是题诗奉圣寺壁:“果不鉴临惟有死,纵然归去已无家。”大中诗骨鲠之气历历可见,如《秋日元尔见过书怀》:“秋来工伏枕,四壁未须愁。名合长贫落,交应久病休。只君看二仲,知我业千秋。明月怀中在,适人未肯投。”《姚孟长以文、于二祠诗见投,感而有赋》:“年来踪迹愧簪冠,握手西风为一弹。正以忧时图洒血,那堪吊古颂留丹。”

顾大章《狱中杂记五条》有云:“一入诏狱,声息俱遥,不能觌面,是即死也。何天玉云:‘在诏狱写单,索饮食于外,譬如祖宗之显灵;家人送食,传单而进,譬如子孙之祭享。’非久困于狱者,乌能描画至此乎!”狱中题句自励:“故作风涛翻世态,常留日月照人心。”[26]《天启崇祯两朝遗诗》选诗八首,皆愤激之作,气格古直、悲雄。如《读未焚草》:“客氏何缘比慎姬,错将乳媪当娥眉。传纶莫道中官误,学术原来胜绣衣。”《被逮道经故人里门》其一:“世事浮云变古今,等闲回首尽伤心。愁霾镇日迷荒草,不觉郊原夜色侵。”

缪昌期,字当时,号西溪,江阴人。万历四十一年进士,授检讨,累迁左谕德。与“杨左”同气相求,杨涟劾魏珰疏,京城传言昌期具草,实虽不然,而昌期亦为阉党衔恨,勒令致仕。六年三月,里中就逮,毕命诏狱,年六十五。有《从野堂存稿》八卷。昌期就逮,道中赋《入槛》、《痛亲》、《痛弟妹》、《慰内》、《示儿》、《慰女》、《寄友》诸诗。《入槛》云:“尝读膺滂传,潸然涕不禁。而今车槛里,始悟夙根深。一死无馀事,三朝未报心。南枝应北指,视我实园阴。”具见真儒精神。

李应升,字仲达,号次见,江阴人。志大寡营,好道德文章。万历四十四年进士,授南康推官。天启二年,擢福建道监察御史,与邹元标、高攀龙为友,有风裁,中涓侧目。四年,草疏魏忠贤十六事将上,杨涟先之,乃继疏劾魏珰。明年三月,曹钦程劾其护法东林,夺职归。天启六年被逮,闰六月三日毕命于狱,年三十四。著有《落落斋遗集》十卷。应升于天启六年三月十七日闻逮信,从容辞别祖父母。道中泰然,惟以不得终养为憾。《述行》云:“便成囚伍向长安,满目尘埃道路难。父老惊心呼日月,儿童洗眼认衣冠。文章十载虚名误,封事千言罪业殚。寄语高堂休苦忆,朝来清泪饱供餐。”狱中赋《绝笔》二首,其一:“十年未敢负朝廷,一片丹心许独惺。只有亲恩无可报,生生愿诵法华经。”其二:“丝丝循省业因微,假息馀魂有梦归。灯火满堂明月夜,佛前合掌着缁衣。”被逮北上所赋《怀行》、《景州道中感旧》、《呈大兄》,感人至深。郑仲夔《耳新》卷三录《述行》诸作,评云:“读之字字酸楚,何必减屈平《离骚》也!”

黄尊素，字真长，馀姚人。万历四十四年进士，授宁国推官。天启二年，擢监察御史，谒假归。明年冬还朝，疏请召还刘宗周、曹于汴、邹元标、冯从吾等人。上《灾异陈十失劾奏魏忠贤、客氏疏》，忠贤大怒，谋廷杖之，韩爌力救得免。杨涟劾魏忠贤二十四大罪，被旨责问，尊素愤而继之抗疏。天启五年春，遣视陕西茶马，甫出都门，削籍。阉党以尊素謇谔敢言，多智虑，欲杀之。明年三月，尊素被逮，拷掠备至，闰六月一日死于狱，年四十三。崇祯初，子宗羲入都讼父冤，诏赠太仆卿。弘光时，谥忠端。尊素传其家学，与刘宗周为友，精于研《易》，能诗文。清康熙间，许三礼选刻《黄忠端公文集》六卷，收诗二卷。诗作大有清思，以遭遇时变，多奇崛之气。如《野园》云："得失浑闲事，年来总不嗔。庭中归逸客，竹外见行人。时有禽三两，可无腰屈伸。此地饶幽思，欲构一椽新。"其正命诗《闰六月朔》云："正气长留海岳愁，浩然一往复何求？十年世路无工拙，一片刚肠总祸尤。麟凤途穷悲此际，燕莺声杂值今秋。钱塘有浪胥门目，唯取忠魂泣镯镂。"悲歌慷慨，可称明末之《正气歌》。

5. 东林后劲黄道周、刘宗周

黄道周（1585—1646），字幼玄，一字细遵，号石斋，漳州人。天启二年进士，授编修，迁中允，指陈时弊，言辞激烈，削籍。起故官，进谕德，迁少詹事，劾杨嗣昌等，谪江西布政司都事，旋逮下狱，永戍辰阳。再复故官。唐王立，进少傅，兼太子太师，武英殿大学士，改吏部尚书，北上抗清，旬月间号召义师万馀人，与万元吉、杨廷麟义军互为声援。不久兵败江西婺源，被执，绝粒数十日不死，夫人蔡润石致书云："忠臣有国无家，勿以内顾为念。"道周裂衿啮指血报家人书云："纲常万古，节义千秋。天地知我，家人无忧。"1646 年三月，从容就义。道周居朝为诤臣，有经世才能；学问涤贯，与刘宗周齐名；负民族气节，抗清为烈士，九死不悔；诗歌奇崛，兼擅书、画，有《漳浦集》五十卷。

黄道周诗博奥、古健，蔡世远《二希堂文集》卷六《黄道周传》云："不步汉魏、唐宋，而博奥黝深，雕镂古健，风骨成一家矣。"但王士禛认为道周诗多"魔道语"，《居易录》云："黄石斋先生蔡夫人名润石，字玉卿，工书法，与先生逼似。康熙庚辰春，得其楷书律诗一卷。……诗多崇祯中魔道语，盖先生作也。"所谓"魔道语"，大抵就非为"雅宗"而言，所论实不足后人凭据。

张溥嗜读道周诗句，《题黄石斋先生赠徐振之诗》说："久不读黄石斋先生诗，意中忽忽不乐。强以唐人压之，如挟《文选》临东坡，难相下也。"[27]举例以观道周之诗。《西库西北数间，为二周诸公毕命之处》咏东林死难诸子："昭代多君子，清流此再清。岂关门户事，动使鬼神惊。迸命扶中叶，同游璨九京。传看芝草迹，钟鼎羽毛轻。"呕歌丹心，自励己志，博奥以见钩深致远，古健以见刚劲气节。甲申国变后，音调一变，多悲怆之篇。如《周颖侯司李寄至感时十议》四首其一云："沧桑故事已难陈，再造心伤谋野人。主圣谅无开口处，天回剩有感时身。弥山猿鹤惭芳草，半世糟醨溷葛巾。立国亲模犹未定，茂弘空作古元臣。"

刘宗周（1578—1645），字起东，山阴人。历仕三朝，有古贤士风，创蕺山之学，学者称念台先生。有《刘子全书》四十卷。万历二十九年进士，授行人，请归。天启初，起礼部主事，擢光禄寺丞，不赴。进尚宝少卿，改太仆少卿，移疾归。起右通政，忤阉党削籍。崇祯元年起任顺天府尹。崇祯八年，内阁缺人，会推上宗周名，宗周坚辞不许。明年任工部左侍郎，劾内阁温体仁，斥为民。崇祯十四年，吏部左侍郎空缺，崇祯帝以为宗周清正敢言，诏起用，擢左都御史，因疏救姜埰、熊开元，革职。福王立于南京，任命宗周兵部右侍郎，马士英荐阮大铖掌兵事，宗周上疏反对："大铖进退，系江左兴亡,老臣不敢不一争之。”谏言不纳。马士英、刘泽清合谋欲杀宗周,宗周请归。1645 年,清兵至杭州,宗周与祁彪佳相约起义军,事不果,彪佳投水死,宗周投水被救,绝食二十三日死。黄宗羲《思旧录》记载:“乙酉六月□日,先生勺水不进者已二十日,道上行人断绝,余徒步二百馀里,至先生之家,而先生以降城避至村中杨堋,余遂翻峣门山支径入杨堋。先生卧匡床,手挥羽扇。余不敢哭,泪痕承睫,自序其来。先生不应,但颔之而已。时大兵将渡,人心惶惑,余亦不能久侍,复徒步而返,至今思之痛绝也。”

刘宗周和黄道周一样,负慷慨之气,诗韵刚健,如《出通州用友人韵》:“大道直如矢,青天万古辟。从此遂已而,身后令人惜。”《阳谷道中辞春六首》其二:“病客伤春归便休,沧浪一曲棹扁舟。抽簪及早宁非计?不趁东风叹白头。”其五:“春入桃源许避秦,武陵舟子是前身。可令岁月随流水,一任莺花绻主人。”南都失陷,宗周匡济理想破灭,《绝命诗》云:“留此旬日生,少存匡济志。决此一朝死,了我平生事。慷慨与从容,何难亦何易!”民族气节,激越千古。宗周弟子门人遍布浙东各邑县,清初浙东诗人颇有宗法其学其诗者。

陈田论刘、黄并为“明季道德完人”,《明诗纪事》云:“刘公蕺山与黄公石斋,以道德直节名,海内仰之如泰山北斗。刘公以忤魏阉削籍归,举证人社于塔山旁,执经门下者常数百人;黄公以劾周延儒、温体仁削籍,退而讲学于浙之大涤山、闽之榕坛,执经者至千人。卒之社屋国墟,二公皆致命遂志。明季道德完人,二人为称首焉。”

东林“一堂师友,冷风热血,洗涤乾坤”,高攀龙、杨涟、左光斗、黄道周、刘宗周重道德、文章,讲求用世,诗以表现真儒精神,抒写“溷世”的清思、忧愤,其价值不但在于弘扬了士人百折不挠的品质气节和民族精神，而且在于创造了一个时代的文化精神。

二　复社与几社“复兴绝学”的结社活动及诗歌理论

万历以后，文社发展迅速，士人不拘于商证制义，把目光投向学术与政治，文社由此具有鲜明的政治性。复社、几社体现了明末政治性文社的兴盛，复社、几社诗群也成为明代文学史上一种政治色彩浓重的复合群体。

1. 复社与几社的形成

张溥（1602—1641），初字乾度，改天如，号西铭，太仓人。父翊之，字尔谟，太学生，有十子，溥以婢出，常受凌辱，乃刻苦读书，万历四十八年补诸生。“时三吴文社，人人自炫”，张溥慕高古，不屑为伍，与同里张采（字受先）最相知，延其来七录斋共学，互推畏友。两人闻金坛周钟（字介生）之名，负笈造访，订盟而归，“尽弃平生所学，更尚经史”。天启四年，张溥、张采、周钟、杨廷枢、杨彝、顾梦麟、朱隗、王启荣、周铨、吴昌时、钱栴在苏州创立江南应社。崇祯元年，张采成进士，张溥恩贡进京，与海内名士共结燕台社。翌年，吴江令熊开元慕张溥之名，迎至邑馆，吴江巨室沈氏、吴氏弟子从学，于是举尹山大会，名彦聚集，声势大振，浙东、荆楚士子纷纷响应。崇祯三年，杨廷枢中解元，张溥、吴伟业举经魁，吴昌时、陈子龙中举，张溥率众在南京举金陵大会。明年，吴伟业举会元，张溥成进士，选庶吉士。崇祯五年，张溥请假葬亲归，未几合江北匡社、中州端社、松江几社、莱阳邑社、浙东超社、浙西庄社、黄州质社，与江南应社为一，定名复社[28]，并制定社规、课程：“自世教衰，士子不通经术，但剽耳佺目，几倖弋获于有司。登明堂不能致君，长郡邑不知泽民，人材日下，吏治日偷，皆由于此。溥不度德，不量力,期与庶方多士共兴复古学,将使异日者务为有用,因名曰复社。”编次征文为《国表》,张采作序。复社声震寰宇,士子奉张溥、张采为宗,门下弟子尊称“两张夫子”,张溥“亦以阙里自拟”,当时有人指称社长赵自新、王家颖、张谊、蔡伸为“四配”,二张门人吕云孚、周肇、吴伟业等人为“十哲”,族人弟子张濬、张源、张王治等人为“十常侍”,依托门下、奔走效力的黄氏、曹氏等人为“五狗”㉙。

崇祯二年,陈子龙、夏允彝、徐孚远、周立勋、杜麟徵、彭宾在松江创立几社。关于几社的成因,杜登春《社事始末》载:“周(立勋)、徐(孚远)古今业固吾松首推,又利小试,试辄高等,特不甚留心声气。先君子(杜麟徵)与彝仲(夏允彝)谋曰:‘我两人老困公车,不得一二,时髦新采,共为薰陶,恐举业无动人处。’遂敦请文会。”崇祯元年,夏允彝、杜麟徵与张溥、张采共结燕台社,崇祯三年,陈子龙、彭宾举乡试,参与金陵大会。复社成立,几社为其重要一支。《国表》初刻选文七百馀家,占籍松江者四十一人,包括陈子龙、夏允彝、徐孚远、周立勋、杜麟徵、彭宾、李雯、徐凤彩等几社重要人物。

复社与几社在以文会友、昌明学术方面立意一致。《静志居诗话》说张溥“狎主复社,以附东林”。《社事始末》称几社“昌明泾阳之学,振兴东林之绪”,并释复社和几社的得名说:“复者,兴复绝学之义也”,“几者,绝学有再兴之几,而得知几其神之义也”。很显然,无论“复兴绝学”,还是“绝学有再兴之几”,均意味着承传东林衣钵。

几社响应复社,同时保持着小群体独立性。复社“主于广大,欲我之声教,不讫于四裔不止”㉚,这种作法不能无弊,“迨至附丽者久,应求日广,才隽有文倜傥非常之士,虽入网罗,而嗜名躁进、逐臭慕膻之徒,亦多窜入于其中矣”㉛。几社采取了慎严的纳士态度，《社事始末》云："主于简严，惟恐汉、宋祸苗，以我身亲之，故不欲并称复社，自立一名，尽取友会文之实事。几社之义，于是寓焉。"

复社、几社之间除有"主于广大"与"主于简严"的区别外，政治、文学态度亦略呈差异。复社中心层表现出政治热情，几社诸子不主张过多介入政治纷争（几社比复社更热衷于文学，此不赘论），《幸存录》的观点即体现了几社这一态度，民国学者朱希祖《跋旧抄本幸存录》指出："读是录者，可以知几社与复社政见之不同。"[32]换而言之，二者"复兴绝学"，各有途径。明亡之际，复社、几社义士投入轰轰烈烈的民族抗清斗争，以上不同之见实微不足道。

2.选文、学术、政治、文学社事活动

其一，评文选义。复社和几社立于文社名目之上，编文选义，以文会友为其重要社事内容。复社《国表》初刻大致是详列姓氏，以示门墙之严，分注郡邑，以见声气之盛，《复社纪略》云："按目计之，得七百馀人，从来社集未有若是之众者；计文共二千五百馀首，从来社艺亦未有如是之盛者。嗣后，名魁鼎甲多出其中，艺文俱斐然可观，业经生家莫不尚之，金阊书贾由之致富云。"尔后，张溥将选政托付几社文章高手徐孚远，《几社会义初集》风行之后，崇祯九年又刻《二集》，十一年刻《三集》，十二年刻《四集》，十三和十四年间刻《五集》，崇祯十五年，徐孚远往京师，几社又刻有《求社会义》、《几社景风初集》。

其二，昌明学术。明末士子看重文社的学术职能，"好修之士，以是为学问之地"。

复社、几社创立之前，钟惺、赵南星及江南应社诸子都强调了文社的学术功用。钟惺说："钟子观于近日应制文章，体裁习尚之变,深虑其终,而思目前补救之道,莫急于社也。……故吾以为其道莫急于社。社者,众之所为,非独之所为也。……乃素臣(谭如丝)之内弟夏无生,少年发翀,精进遒上,与其邑之同志十五人,其文不同,大要才趣学术,坦然各见其天。……其于世道之习岂无小补哉!”[33]赵南星认为:“经义,发明吾儒之道者也。今所言者,非吾儒之道,而释氏之道也。……诸生不以余为迂拙,就予会文。……是故名其会曰正心,盖窃取孟子距杨、墨之意。”[34]复社的前身江南应社,即确立昌明经学的宗旨,张溥《五经征文序》说:“应社之始立也,所以志于尊经复古者,盖其志也。”[35]江南应社采取诸子各主讲一经的研讨方法,显然借鉴了东林讲学“每会推一人为主,主说《四书》一章”的经验,而且这一方法在明清之际得以流传,如黄宗羲浙东倡立五经会,万斯大、万斯同从学,一人专于一经,月成讲会,各出所长,相互切劘。

复社发扬江南应社学术传统,张溥规定复社课程,明确要求士子通“经术”,“将使异日者务为有用”。复社中心人物在解经、注经方面狠下了一番功夫,张溥有《春秋三书》三十二卷,《诗经注疏大全合纂》三十四卷等;张采有《周礼合解》十八卷;杨廷枢有《易论》一卷;顾梦麟有《诗经说约》二十八卷、《四书通考》二十卷、《四书说约》二十卷。复社学术活动,与东林讲学一样,宗本经学,追溯原儒,阐明道统。

几社诸子社集松江,聚谈多关涉学术。崇祯十一年,陈子龙、徐孚远等人网罗明代名臣经世之文,编《皇明经世文编》五百零四卷(另有补遗四卷,总目一卷),子龙称它“敷奏咸备,典实多有,汉家故事,名相所采,良史必录者也”[36]。翌年,子龙删定徐光启《农政全书》,谓:“故相徐文定公负经世之学,首欲明农。……有草稿数十卷藏于家,未成书也。予从其孙得之,慨然以富国化民之本在是,遂删其繁芜,补其缺略,粲然备矣。”[37]《皇明经世文编》以备经世之用,《农政全书》旨在富国化民,体现了几社经世致用的实学思想。

其三,关心政治。崇祯和南明弘光时期,复社打击阉党徐孽及朝内营私之朋党,其政坛活动可视作东林"劲节挽狂澜"之续。此以复社与阮大铖的斗争为例。崇祯改元,阉党失势,阮大铖削籍,客寓南京,时思复出。复社士子社集南京以骂阮为快事,吴应箕、顾杲、杨廷枢、徐孚远、陈贞慧广邀同社作《留都防乱揭帖》,驱逐阮大铖。1644 年,阮大铖出任弘光朝兵部添注右侍郎,兼右佥都御史,巡阅边防,联合马士英,向复社疯狂反扑,捕杀周钟、周镳、雷演祚,檄逮陈贞慧、吴应箕、侯方域,复社大狱将兴,若非弘光小王朝很快土崩瓦解,复社士子遭其荼毒者当不在少数。就在吴应箕等人南京与阮大铖、马士英相冲突之际,复社士子在吴中也和阉党徐孽展开激烈的斗争。

几社欲求"取友会文之实事",《社事始末》载:"几社六子,自三六九会艺,诗酒酬唱之外,一切境外交游,澹若忘者。至于朝政得失,门户是非,谓非草莽书生所当与闻。"现实破碎了他们的"自守"之梦,使其未疏远政治。陈寅恪指出:"几社诸名流之宴集于南园,其所为所言,关涉制科业者,实居最少部分。其大部分则为饮酒赋诗,放诞不羁之行动。当时党社名士颇自比于东汉甘陵南北部诸贤。其所谈论研讨者,亦不止于纸上之空文,必更涉及当时政治实际之问题。故几社之组织,自可视为政治小集团。南园之宴集,复是时事之坐谈也。"[38]几社士子参加了吴中复社士子反对阉党徐孽的斗争,陈子龙、夏允彝、徐孚远等人更以抗清斗争实践了几社的用实理想。

其四,抗清斗争。复社、几社不乏腆颜降清之辈,但更多的士子负民族气节,抗拒清军南下,舍生忘死。南京倾覆,夏允彝、陈子龙、杨廷枢诸君子,"或抱石沉渊,或流肠碎首,同时老成俱尽"[39]。

清人张士元说乙酉、丙戌、丁亥三年间死国难者，大率复社、几社中人，不死而终身隐遁者亦多出于社中，“当是时，天下之士推究始终，乃知复社为圣贤之学，无愧于东林也。其间亦有名在社中，而后乃失身改节者，特百人之一，未可以概其馀也”[40]。朱倓谈及复社、几社多明“夷夏大防”时说：夏允彝、陈子龙、吴应箕皆举兵抗清，事败而死，而应箕之死犹烈。杨廷枢因门人戴之俊佐吴兆胜军抗清，事败，连廷枢，巡抚重其人，命之薙发，廷枢曰：破头事小，薙发事大。临刑大声曰：“生为大明人。”首坠地，复曰：“死为大明鬼。”徐汧以清兵渡江，自沉于虎丘之后河，语人曰：“留此不屈膝不剃头之身，以见先人于地下。”老仆随之同死。钱栴与陈子龙交厚，卒与同祸，与其婿夏完淳同死江宁。沈士柱古冠大带，不遵虏服制，被杀，妻妾三人同殉。蒋德璟以清兵至泉州，不食卒，或曰吞金死。陈元纶于福京破后，从容不食死。“此九公者，其死难不同，要其不臣异族，其死皆可与日月争光焉！”[41]关心国家、民族前途命运，是中华民族的优秀传统，明清易代的社会大动荡中，复社、几社继承这一传统，弘扬了中华民族坚忍不拔的精神。

其五，诗歌活动。复社、几社的文学社事集中在诗文唱酬和选评两个方面。诗文唱和是社集中普遍存在的，诗文选评活动则显得格外引人注目。如《几社壬申文选》编选诗、骚、赋、乐府、序、论等三十馀种文体。陈子龙、李雯、宋徵舆自崇祯十三年起，历四年编成《皇明诗选》十三卷。这些诗文选带有普及性质，几社藉此宣扬了自己的诗观。

复社、几社的社事融合政治、文学、学术、科举诸因素为一体，体现了明末文社的主流特征。张溥、张采、陈子龙等人借结社变化明末文风和学风，探索救世道路，其结社业已具有和东林相近的文人集团性质，与选妓征歌的雅集、赋诗唱和的社盟迥然不同了。

3. 诗歌理论

复社、几社推重七子派。陈子龙等人社集燕台,即称"以继七子之迹"。陈子龙自幼慕修古,《仿佛楼诗稿序》回顾说:"盖予幼时,即好秦汉间文,于诗则喜建安以前。然私意彼其人既已邈远,非可学而至。及得北地、琅琊诸集读之,观其拟议之章,沨沨然何其似古人也。因念此二三君子者去我世不远,竭我才以从事焉,何遽不若彼。"[42]这一意识一直融贯到了《皇明诗选》的编选,陈子龙序称"网罗百家,衡量古昔,攘其芜秽,存其菁英"。所谓"菁英",从选诗篇帙来看,李梦阳、何景明、李攀龙、王世贞为多,至如徐渭,选其二首,袁宏道仅录一首。

张溥、陈子龙推重七子,意在昌明雅正,闳音振世。陈子龙为张溥作《七录斋集序》说:"国家景命累叶,文且三盛。敬皇帝时,李献吉起北地为盛;肃皇帝时,王元美起吴又盛;今五六十年矣,有能继大雅,修微言,绍明古绪,意在斯乎,天如勉乎哉!"七子派主张诗有诗法,体有辨体,格有高格,公安、竟陵派则主张师心自尚,张溥对竟陵派尚有包容,而几社尽黜公安、竟陵派,以为文坛芜杂局面乃其所致。陈子龙《皇明诗选序》云:"近世以来,浅陋靡薄,浸淫于衰乱矣。"李雯《皇明诗选序》云:"本宁、元瑞之俦,既夷其樊圃,而公安、竟陵诸家,又实之以萧艾蓬蒿焉。"

复社、几社总体上肯定七子派,原因是复杂的,除昌明雅正方面的共同语言外,还另有内容。复社虽是合大江南北诸社为一,但毕竟是以吴士为中心人物的结社,几社的区域性更加鲜明,作为三吴士子,接受王世贞诗学,即有区域性继承的因素在内。张岱《又与毅儒八弟》说"苏人极有乡情,阿其先辈,见世人趋奉钟、谭,冷淡王、李,故作妒妇之言,以混人耳目",不是毫无道理的。陈子龙和艾南英因为论文引起的正面冲突,亦关涉着是标举汤显祖、还是推崇王世贞的历史遗存问题，陈氏不能忍受艾氏诋辱七子，起而殴之，“乡情”已见一斑。

但是，复社、几社文学目的最终是为人生、为社会的，相异的文学理想和社会环境，决定了其与七子派的分野。张溥未能忍受以文辞为中心的复古，《皇明诗经文征序》说得很清楚：“予读杨升庵、胡元瑞、王弇州诸先生及冯氏《诗纪》、梅氏《诗乘》所论说，一诗之出，体例年代，稽覈千名。夫后世之诗，托事引情，各言所遇，上不系帝德，下不究人心，一有乖缺，众流讥失，如莅狱然，穷法而止。”㊸认为诗应“系帝德”、“究人心”，见古人之精神，因此批评循守七子诗法，肯定竟陵派“穷流测源”之功，《张草臣诗序》中说：“穷流测源，竟陵之功，要不可诬也！前此所习，高、李二选，流满诗家，汉魏之音，缺焉无闻。……每诵竟陵，义不忘今古之道也。”由于乡邦缘故，张溥不直接批评王世贞，贵池人吴应箕就没有这种顾忌，指出“诗本性情，述志意，心口相传，宜无他假者”，“吾生平不为拟古，强笑不欢，非中怀所达故也”㊹。陈子龙推重七子，却不能不服膺吴应箕之辞，并表示如果诗不用世，词虽工而必欲弃之。

复社与几社论诗大概，分述如下：

第一，诗以用世，适远为宗。张溥主张诗歌“适远”而肯定竟陵诗风，有趣的是，陈子龙批评公安、竟陵派，亦集中在“适远”问题上，以为公安、竟陵之诗以“适己”为主。由于不满于自适己意或清歌苦唱，《白云草自序》中提出：“诗者，非仅以适己，将以施诸远也。”指出诗不应仅得一己情悦之快，更应关乎世运，“今之为诗者，我惑焉。当其放形山泽之中，意不在远，适境而止。……如是则国家之文，安能灿然与三代比隆，而人主何所采风存褒刺哉？”《六子诗序》又说：“夫作诗而不足以导扬盛美，刺讥当时，托物连类而见其志，则是《风》不必列十五国，而《雅》不必分大小也，虽工而余不好也！”㊺

第二，推崇德性，重解温厚之旨。复社、几社诗尚雅正、温厚。《皇明诗选》卷二录陈子龙评李梦阳《弘治乙丑年四月坐劾寿宁侯逮诏狱》云："怨而不怒，虽在幽愤，无忘德音"，"若少有怨怼，便非雅音"。以为作者因爱生怨，如果再生恨，就难免损害爱的本意。陈子龙《白云草自序》说："怨之与颂，其文异也；爱之与规，其情均也。"他们理解的温厚，重在一个"爱"上，换而言之，从补益政治角度，持论诗"怨怼"太过，有剢于忠爱本旨。

应当指出，他们不主张迂腐地循守温厚诗教。张溥为纠正世人对温厚的拘守和误解，《宋九青诗序》中说："经解不云乎：温柔敦厚而不愚，深于《诗》者也。"[46]汉以下的解诗及作者失于何处？张溥认为，温厚源自"忠爱"，不在形表，也不在说理。方以智与陈子龙相推知音，其《陈卧子诗序》反复辩析温厚之旨，申明不赞同迂腐"温厚"，如云："或曰诗以温柔敦厚为主，近日变风，颓放已甚，毋乃噍杀？余曰：'是余之过也，然非无病而呻吟，各有其不得已而不自知者。……必曰吾求所为温柔敦厚以自讳，必曰吾以无所讳而温柔敦厚，是愈文过而自欺矣！'"[47]

第三，系乎时运，诗当雄浑大雅。复社、几社标举温厚诗旨，出于爱世、用世、济世，时变世移，由是推重激壮沉雄、悲直古凉之气质。

张溥认为，《诗经》以下不负作者之名者，仅屈原一人，《复仇篇序》亟赞陈子龙"悲而直"之诗，《宋九青诗序》批评"春华夏缛"一类的藻缋。陈子龙看法相近，《三子诗选序》说："夫鸟非鸣春，而春之声以和；虫非吟秋，而秋之响以悲。时乎为之，物不能自主也。"以为春鸟欢歌，秋虫悲鸣，皆非"自鸣"，而是"系乎时运"的不能自主。他欣赏方以智与时代同调的作品，《方密之流寓草序》说："大约皆忧愁感慨之作也，然其情怨而不怒，其词整浑而达，其气激壮而沉实。"[48]方以智《陈卧子诗序》则以浓笔重彩阐释诗"系乎时运”:“江南全盛,卧子生长其地,家拥万卷,负不世之才,左顾右盼,声声黄钟,行且奏乐府于清庙,歌辟雍之石鼓,备一代之黼黻,以挽逝波于中和,岂不伟哉?然卧子沉壮之音,亦终不能自欺其慷慨也。”

第四,重视才、情、学的统一。复社、几社论诗除对德性、温厚、雄雅详作阐解外,还突出了学问的重要性。复社、几社士子或擅于治经,或长于治史,前文已经揭示一二。张溥一生著述巨富,经手整理的文字不下三千馀卷,他在《宋九青诗序》中指出:“夫无才之人不可与言诗,恶其无文也;无情之人不可与言诗,恶其非质也。虽然,才至矣,非学不行;情至矣,非诗不立。”周立勋《岳起堂稿序》亦肯定地说:“诗者,性情之作,而有学问之事焉。”[49]

复社、几社的诗观体现了明末士子在风雨欲来之际特殊的文学追求,与七子派诗学存在某些联系,但并非复古的“续演”或“重复”。我们认为,复社、几社承东林风绪,诗论围绕明末时代、人生、社会大问题展开,主张融合世运、性情、学问,建构了明末诗歌运动的“新机轴”。

三 复社诗人吴应箕、张溥、杨廷枢、吴易

1. 吴应箕

吴应箕(1594—1645),字次尾,贵池人。与同乡刘城参加复社,并称“贵池二妙”。崇祯十五年中乡试副榜。喜面折人过,负大志,潜心经史,对国事得失了如指掌,著《读书止观录》五卷、《东林本末》六卷、《熹朝忠节传》二卷、《两朝剥复录》十卷、《留都见闻录》三卷、《续觚不觚录》二卷,诗文有《楼山堂集》二十七卷(诗为八卷)、《遗文》六卷、《遗诗》一卷。

应箕主张诗不袭古人，不专华丽，不趋时尚，刘城为作《丙丁诗序》，引述他的论诗观点说："诗、古文辞，其义一也。古文之道，惟朴与坚，斯其至者，诗何必不然！且诗本性情，述志意，心口相传，宜无他假者，而以谐声傅韵，裁取成章，已不能不在离合间，况复资之掇拾，专尚华靡哉？其失也伪，是谓无诗。吾生平不为拟古，强笑不欢，非中怀所达故也。"陈子龙服膺应箕所论，崇祯十二年在《吴次尾己卯诗序》中说："予友吴次尾博极群书，通世务，善古文，独慷慨负大略"，"尝与余酒酣细论，其言曰：'弘、嘉诸君之失也以拘体法而诗在，今人之得也以言性情而诗亡。岂性情之言足以亡诗？饰其未尝学问者，以为诗人之妙不过如是。呜呼，与其得也，则宁失而已矣。'盖次尾之言如此，予以为后有善论者，不能易矣。"

复社人物周镳认为，应箕诗有屈原遗意，可备诗史之观，《楼山堂集序》："予观次尾诸诗，其屈氏遗意欤"，"犹夫骚之为史也"。苏桓强调其诗"真朴澹老"，有益于世，《后东浮草序》："不袭古人，不趋时尚，真朴澹老，惟自见其志，与有益于闻者而止。"[50]诚如二人评说，应箕以诗作史，如咏东林死难诸子杨涟、高攀龙、刘铎，苍楚激越，《杨忠烈公涟》："时传中丞疏，读之摧肝魄"，"贯木骨已糜，埋草血成碧"。《高公攀龙》："拜表入清流，汨罗荣易箦"，"自古皆有死，烈者罹宦寺"。《刘公铎》："磊落刘知府，十年始一麾"，"题诗决西市，长夜使人悲"。《明诗纪事》评云："楼山诗，五言朴老，长于咏史。"

山河破碎，吴应箕满目含泣，笔端直刺政弊，《又闻》二首其二："南京一月赤书驰，未见勤王或济师。忧辱已贻千古恨，酣歌不废六朝诗。风传海岱名城破，藩逐淮扬觐吏迟。为语公车偕计士，不知何策可安时？"《至南京》："江山南国尚依然，独见衣冠倍去年。日日除书拜新命，何人曾说旧幽燕。"[51]痛斥士大夫无视国运。1645 年闰六月，浙江、南直各郡县义军纷起，应箕倾家产募士数千人，收复贵池，与金声抗清义军相呼应，唐王遥授池州推官，监纪军事。兵溃被执，临死不忘故国衣冠，对行刑者说："无去吾冠，将以见先朝于地下也！"[52]

2. 张溥

张溥与张采共称"娄东二张"，不以诗著称，而好咏不辍。张溥《宋九青诗序》说："学诗非予能也，然私心独好。"张采有《知畏斋诗存》四卷，张溥不惟擅长论诗，才情亦稍胜张采，有《七录斋诗稿》三卷，计四百馀首。

谭元春、谭元礼、谭元方、刘侗的加盟复社，一方面与复社"主于广大"的纳士态度分不开，另一方面，与张溥肯定竟陵之诗的态度，创作上与谭氏清泠、独拔之诗达成某种心灵上的沟通，有一定的关系，如《送谭服膺之任德清》其一："诗名吾友在，温雨故园寻。"其二："爱好因年力，纡迟入古深。天光淡相与，物理杂成吟。"[53]

张溥以"适远"为宗，不屑雕琢语言，《七录斋诗稿》以赠答和怀古为主，显现"忠爱"和耿直气节。如《送黄石斋先生》："生成骨性忧天步，历尽艰危耻鸩媒。"[54]《吊岳武穆祠》："万古悲凉君未终，至今野老哭江东。"《吊于忠肃公祠》："栝柏风严对月明，至今两袖识书生"，"一死钱塘潮尚怒，孤坟鄂渚水同清"。[55]古健、奇奥，与几社诗趣略有不同，对此，张溥认识清晰，《读几社诗文偶题》云："春到吴山风日多，烟艟花笠伴云阿。城头晴木禽声下，写入诗瓢学换鹅。"[56]同样，几社对张溥之诗也有清楚的认识，《皇明诗选》录陈子龙评张溥《孟门行》曰："天如忠爱，可见一斑。卒后而动圣主之思，有以也。"应当指出，这只是诗趣稍异而已，其间论诗大旨一致。张溥辞世，陈子龙赋《哭张天如先生》二十四首，其三云:"忆君弱冠负经纶,予亦童年许俊民。二十春秋如一日,生平兄事更何人!"[57]

3.杨廷枢、吴易

杨廷枢(1595—1647),字维斗,吴县人。参与创立江南应社,崇祯三年中乡试第一,与张溥共同组织复社,声誉日至,门人众多,俨若吴门泰斗。福王时,授翰林检讨,兼兵科给事中。清兵占领苏州,廷枢避匿洞庭山,其诗哀唱亡国之音,流溢无奈、苦涩,《乙酉除岁》:"湖滨寥落一孤臣,半载辛勤护此身。邻叟暂来同一笑,儿童自戏莫相嗔。幸留肤发还先祖,犹许衣冠对古人。浊酒床头堪独醉,中宵风景未全贫。"《客过》:"晨起先闻客叩扉,同来慰劳各沾衣。亲朋拭目惊还在,僮仆逢迎怨不归。牵留客袂销愁绪,倾倒家醅豁闷思。日暮城头催去急,怅然独立一题诗。"

廷枢三年迹不履城市,后为县官察其行踪,报闻巡抚土国宝,差兵擒获[58],时在1647年四月。被执舟中,饿五日不死,书血衣遗孤[59]。审讯时,廷枢破骂不已,遂就义。嘉兴诸生徐尔谷闻廷枢殉难,悼诗云:"太湖遥望水汪洋,楼橹牙樯旧战场。闻说杨生能殉义,愿为后死姓名香。"[60]廷枢有《古柏轩诗集》,《静志居诗话》评曰:"诗虽游好,然如吉光孔翠,片羽皆足珍重。"

吴易(1612—1646),字日生,号惕庵,吴江人。尚书吴山曾孙,少有才名,任侠矜奇,好兵法,"雅不欲经生自见"[61]。崇祯十六年成进士,不谒选而归。第二年,谒史可法,可法荐授职方主事。力陈中兴四议:声大义以作恢复之计,明大势以争恢复之机,定大略以收恢复之功,固根本以立恢复之基。1645年闰六月,吴易与同邑孙兆奎、沈自炳招集义军抗清,屯兵太湖长白荡。唐王遥授吴易兵部右侍郎,兼右佥都御史,总督江南军务,进兵部尚书。鲁王授其兵部侍郎,封长兴伯。八月,清兵剿攻太湖,义军兵败,吴易走脱，父、妻投水死，沈自炳遇难，孙兆奎被俘。翌年，吴江周瑞聚兵长白荡，迎吴易入营，八月吴易被执，磔于杭州草桥门，年三十五岁。

吴易诗多散佚，《东湖遗稿》清抄本二卷，所存未多。近人陈去病辑其遗作为《吴长兴伯集》五卷，计诗二卷、词一卷、文一卷、附录一卷。吴易诗风劲宕、沉郁，如《东湖杂诗》二十首其三："大泽千年在，英雄一战场。鱼罾出古戟，磷火聚颓塘。沙走三江白，风驱百渎黄。怒涛东到海，流恨总兴亡。"其四："百代伤心地，风烟莽不收。江山一吊望，吴越几春秋。鸿雁青枫渚，芙蓉白露洲。霸才今寂寞，何处问扁舟。"其八："禹迹今何在？苍茫水国开。山趋天目下，日涌海门来。笠泽桥如带，淞江水似杯。东南输挽尽，鸿雁有余哀。"绝句《从军行》五首更是"死亦为鬼雄"的宣言，如其一："已分沙场报国恩，身经百战满创痕。但教死去图麟阁，不愿生还入玉门。"[62]陈去病《斠定长兴伯遗集，即题其后》四首其一："浩荡襟怀压九州，边陲长恨敌虔刘。黄龙痛饮心何壮，赤日挥戈愿岂酬。侭有艨艟杨仆将，可无纶羽孔明谋。凄凉一夕哀笳动，极目东湖遍髑髅。"

四　几社诗人陈子龙、夏允彝、徐孚远、夏完淳

1. 陈子龙

陈子龙（1608—1647），字人中，一字卧子，号大樽，华亭人。生前刻《岳起堂稿》、《采山堂稿》、《属玉堂集》、《平露堂集》、《白云草》、《湘真阁稿》、《安雅堂稿》，另有一些诗收于《几社文选》和《陈李唱和集》、《三子新诗》。王沄在陈子龙殉难后为辑《焚馀草》，清人王昶编《陈忠裕公全集》三十卷，卷三至卷二十收录

诗词。

陈子龙负侠戾之气和治世之才。天启五年，阉党捕东林党人周顺昌，激起苏州民变，子龙结少年辈，欲有所为。二年后，结交张溥、张采、杨廷枢、徐汧，以少年英才受诸人器重。崇祯元年，子龙与艾南英发生争执。南英负气凌物，视应社人物目不识丁，张溥贻书张采："阅艾千子房选，显肆攻击，大可骇异！吾辈何负于豫章，而竟为反戈之举，言之痛心。兄见之，须面责问其故。"吴昌时致书张采说南英："言论狂妄，视应社皆目不识丁。……如吾也何？如同社诸兄弟何？"[63]于是三吴社长传单各郡邑，共与南英绝交，后测知南英来吴，约会于太仓弇园，相与论文，南英犹放言无忌，子龙起而殴之，南英连夜遁逃。崇祯十年，子龙成进士，观政刑部，选惠州推官，母卒，奔丧归。崇祯十三年，出任绍兴推官，与祁彪佳、倪元璐、刘宗周设法赈灾，全活无算，积劳致病。崇祯十六年，督军粮数千石到南京，救一时之急。周立勋纪云："豫章陈伯玑云：'……杨龙友介予谒陈公于承恩寺，所言皆机务，绝不论文。座中桐城光、左二兄，偶谈其乡社事水火，欲公收回所撰某某序文，公应声曰：天下何等时？正当涣小群为大群，奈何意气若此！予退而益叹服公之慷慨激烈，非仅文人比也。'"[64]弘光立，子龙补原官，即上三疏，劝福王勤学立志，以立中兴之基，鉴诫上下相猜、朋党互角。在南京不过半年，"私念时事必不可为"，请暂归华亭。南京失守，子龙与徐孚远起兵松江，飞书联络士子，共举义旗。1645年八月，松江失陷，子龙携祖母避兵昆山。第二年联络吴昜太湖义军，出任兵部侍郎，视军浙江、南直隶。在清兵围剿下，义军兵溃。1647年五月，子龙在昆山被捕，王沄续撰《陈子龙年谱》载："先生植立不屈，神色不变。（陈）锦问：'何官？'先生曰：'我崇祯朝兵科给事中也。'问：'何不薙发？'先生曰：'吾惟留此发，以见先帝于地下也。'又诘之，先生瞠目不答，乃引去，絷诸舟中，令卒守之。先生伺守者懈，猝起投水。卒出不意，大惊群呼，奔流汹涌，令善泅者入水索之，良久乃出，已气绝矣。即舟次殊其元，弃尸水中。”

陈子龙学诗用力甚勤，崇祯三年，与彭宾、吴伟业中举，彭、吴方相庆贺，流连酒宴，子龙则“刻韵赋诗，中夜不肯休”[65]。不过，他未像唐人贾岛那样追求诗之奇峭，也未像钟惺那样寄情孤冷，而是倾情于“瑰丽横绝”，或曰哀感顽艳。这一方面出于创新想法，《仿佛楼诗稿序》中说：“盖诗之为道，不必专意为同，亦不必强求其异。既生于古人之后，其体格之雅，音调之美，此前哲之所已备，无可独造者也。至于色彩之有鲜萎，丰姿之有妍拙，寄寓之有浅深，此天致人工，各不相借者也。”另一方面，哀感顽艳适于其心声传达。身置衰世，山川景物、人情物事，无不令人怅然多愁，子龙关注现实，将一己之悲欢与世运、国运相脐连，形成末世独响的哀感顽艳之调。

由于钟爱凄丽诗调，陈子龙认为《诗经》之后以《古诗十九首》最为情深，曹植之诗最具文采，二者不可偏废。在《佩月堂诗稿》中说：“夫三代以后之作者，情莫深于十九首，文莫盛于陈思王。今读其‘青青河畔草’、‘燕赵多佳人’，遂为靡丽之始。至《赠白马王彪》、《弃妇》、《情诗》之作，凄恻之旨，溢于词调矣。故二者不可偏至也。”[66]他的创作鲜明地体现了对词、意完美结合的追求，《琅琊王歌》八首、《读曲歌》十一首、《子夜歌》四首，清音交织真情，如《子夜春歌》：“春风不入帷，枝上百鸟鸣。生憎花有恨，在我窗前荣。”温丽凄婉。《夜夜曲》曲折婉转，情意饱满，诗云：“银缸冻灰尽，晚屏龟甲凉。罗帐抱明月，妾身映文章。弄影渐成僻，自怜复难忘。鸳鸯飞上天，魂梦委严霜。”[67]

陈子龙晚年更倾向于“古直”诗格，他在《皇明诗选序》中对格调作了如下描述：“揽其色矣，必准绳以观其体；符其格矣，必吟诵以求其音；协其调矣，必渊思以研其旨”，“于是郊庙之诗肃以雍，朝廷之诗宏以亮，赠答之诗温以远，山薮之诗清以邃，刺讥之诗微以显，哀悼之诗怆以深，使闻其音而知其德和，省其词而知其志悫。”也许陈子龙前期侧重格与调的审美追求，而崇祯末的这篇序文，已体现了以“忠爱”为核心的诗观。当然，以宏亮、肃懿、温远、清邃、怆深来规约郊庙、朝廷、赠答、山林、哀悼之诗，还有拘泥之嫌。有人指出他诗歌的摹古痕迹，从字面上看亦是事实。但他绝非以范古为目的，而是不隐个人私爱的真情独往，引述其《申长公诗稿序》文字，将有助于理清这一事实：“家国之事，一至于斯，有枕戈之痛焉，有丘虚之感焉”，“古之君子，遇世衰变，身婴荼痛，宣郁达情，何尝不以诗欤！”[68]

陈子龙决不自欺于“温厚”，陵谷易变，“怆深”、“悲直”构成其诗之主旋律，《辽事杂诗》八首、《秋日杂感》十首、《晚秋杂兴》八首、《都下杂感》四首，及《钱塘东望有感》、《边词》、《奉先大母归葬，庐居述怀》，悲凉慷慨，不愧古今作者。1645年，陈子龙避兵吴中，《秋日杂感》其一云：“满目山川极望哀，周原禾黍重徘徊。丹枫锦树三秋丽，白雁黄云万里来。夜雨荆榛连茂苑，夕阳麋鹿下胥台。振衣独上要离墓，痛哭新亭一举杯。”福王立祚未至一年即倾覆，故云“痛哭新亭”。要离，古吴侠士，应公子光之请刺庆忌，“振衣独上要离墓”抒写复仇之志。苏、松失陷，昔日繁华之地尽遭沦陷不胜其悲。其二云：“行吟坐啸独悲秋，海雾江云引暮愁。不信有天常似醉，最怜无地可埋忧。荒荒葵井多新鬼，寂寂瓜田识故侯。见语五湖供饮马，沧浪何处着渔舟？”其十云：“经年憔悴客吴关，江草江花莫破颜。岂惜馀生终蹈海，独怜无力可移山。八厨旧侣谁奔走，三户遗民自往还。圯上隆中俱避地，侧身怀古一追攀。”[69]沉郁顿挫，笔力不下杜陵《秋兴》，不假雕琢，感人至深。

左右驰骋，恢复无望，陈子龙遂抱定与山川共存亡之意。顺治四年三月，会葬夏允彝，赋《会葬夏瑗公》二首，又作《寒食》、《清明》二词，为其绝笔也。《二郎神·清明感旧》词云："韶光有几？催遍莺歌燕舞。酝酿一番春，秾李夭桃娇妒。东君无主，多少红颜天上落，总添了数抔黄土。最恨你年年芳草，不管江山如许！何处？当年此日，柳堤花墅。内家妆，搴帷生一笑，驰宝马汉家陵墓。玉雁金鱼谁借问？空令我伤今吊古。叹绣岭宫前，野老吞声，漫天风雨。"[70]五月，子龙遇难，侯方域悼诗有云："考功先投渊，伤哉左右手。和歌高生筑，饯送荆卿酒。长笺奏地下，端不欺杵臼。后死欲有为，成败事皆偶。断颈何足惜？固其含笑受。万卷识是字，文人非无守。从来诮轻薄，赖公重不朽。"[71]

2. 夏允彝、徐孚远

夏允彝（1597—1645），字彝仲，号瑗公。华亭人。崇祯十年进士，除长乐知县，在任五年，丁母忧归。福王立，擢吏部考功主事，疏请终制不赴。南京失守，与陈子龙、徐孚远谋举义旗，吴志葵方起兵，为飞书联络江浙士子，四方响应。八月三日清军攻占松江，有人劝允彝奔赴唐王，允彝见友人徐石麒、侯峒曾、黄淳耀殉国，不肯，谓："吾昔吏闽，闽中八部咸怀思我，今往辅新主，图再举，策固善，然举事一不当，而遁以求生，何以示万世哉？"允彝自沉松塘，《绝命词》云："南都既陷，犹望中兴，中兴既杳，何幸长存。卓哉我友，虞求广成，勿斋成如，子才蕴生。愿言从之，握手九京。"[72]享年四十九岁，著有《春秋四传合论》、《禹贡古今合注》、《幸存录》[73]。

允彝之诗幽折、奇崛，如《咏怀》十四首其四："中怀未忍停，放歌长独舞。"《幽人》："污泥畜灵虬，人世焉得取。"1645年，黄淳耀、侯峒曾坚守嘉定，重创清军，七月城溃死难。允彝《练川五哀诗》长歌当哭，如《吊黄淳耀进士》："黄云暗苍梧，北风号大陆。烽火满吴关，下邑势弥蹙。缅彼二三子，登陴自踯躅。城郢既已乖，号秦又谁告。处死良独难，苟生何能淑。吁嗟烈士心，伯仲互相勖。威凤既在罗，耻与凡禽逐。未知没者悲，但见存在辱。存没两茫茫，思君不可赎。”[74]淳耀在城破之际，至城西僧舍就缢，主持劝说：“公未仕，可勿尔也。”淳耀谓：“城亡与亡，乃儒者分内事。”自缢亡，绝笔有云：“遗臣黄淳耀于弘光元年七月初四日自裁于西门僧舍。呜呼！进不能宣力朝廷，退不能洁身自隐，读书寡益，学道无成，耿耿不寐，此心而已。异日平氛，复靖中华，士庶再见天日。论其世者，当知予心。”允彝颂歌抗清烈士的民族精神，一字一泪，结句尤称警句。

徐孚远（1599—1665），字闇公，晚号复斋，华亭人。崇祯十五年贡士，为东南时文名家，几社创始人之一。唐王授为天兴推官，由张肯堂推荐，进兵科给事中。清兵占领福建，孚远入浙，会鲁王再出师，力任其事。1651 年，清兵占舟山，孚远随鲁王辗转战福建。恢复无望，乃漂泊海岛，与叶后诏、郑郊等人结为方外七友。有《钓璜堂存稿》二十卷（附《交行摘稿》一卷）、《十七史猎俎》一百四十五卷。

在诗歌悲直、慷慨方面，徐孚远和陈子龙相差无几。《钓璜堂存稿》、《交行摘稿》之诗，以咏史、悼友、纪梦、思归居多，伤故国难复，叹漂零海上，不胜凄怆。如《归舟》：“何处可容我？只宜桴海中。衣冠千古事，舟楫四时风。尘世浪碧头，劳人鱼眼红。皇舆犹转侧，客子固须穷。”屡赋诗追怀亡友陈子龙、夏允彝，如《同志近多蒙难，追感陈、夏作》，尤见民族气节，诗云：“二君相继去，佩玉揖江妃。自尔十年来，魂梦不相违。每念同心友，如挟白云飞。音容俨昔日，仿佛举手挥。余亦海潮里，馀年宁有几。怡情岫上云，养生篱下杞。四顾浩茫茫，岩栖馀一纪。猰貐互相侵，真龙何日起？况闻忠义徒，蒙难复联轨。宿草不及哭，操笔不遑诔。生存与死亡，天公等一视。灵均不我拒，迎我琴高鲤。”这是诗人欲哭无泪、蜡炬成灰之际的心曲。历经多年抗清奔波而看不到恢复希望，劳倦的诗人追忆殉国已久的同好，产生归化之思。诗中字字衔悲，虽没有高歌，却荡气回肠。全祖望《徐都御史传》："几社殉难者四，夏、陈、何三公死于二十年之前，公死于二十年之后，九原相见，不害其为白首同归也。"

3. 夏完淳

夏完淳（1631—1647），字存古，夏允彝之子，师事陈子龙。八岁能诗，十二岁起博览群书，文思风发泉涌，好谈兵事，称奇才。弘光政权瓦解，完淳同父亲督促吴志葵义军会同吴昜、孙兆奎攻打苏州，事不成，父投水死。完淳立志复仇，1646年春，与钱栴、陈子龙密谋起事，上书鲁王，授中书舍人。参加吴昜太湖义军。吴昜遇难，义军兵溃，完淳谱《大哀赋》，俯思亡国之因，哀述抗清艰难历程，词意铿锵悲怆。翌年以吴胜兆事被捕，南京受讯时大骂汉奸洪承畴，坦言抗清之志。狱中谈笑如平生，赋乐府十章，英勇就义。所作《玉樊堂集》，主要收甲申、乙酉诗文，《内史集》收丙戌、丁亥之作，狱中诗文结集《南冠草》。庄师洛等人为辑《夏节愍全集》十卷，《补遗》二卷（又卷首、卷末各一卷）。

夏完淳集国恨、家仇一身，矢志复仇，雄气不可遏抑。参加义军之初，激扬文字，诗笔雄健，如《鱼服》："一身湖海茫茫恨，缟素秦庭矢报仇。"[75]抗清形式日益严峻，义军屡受重创，救国前途茫茫，"崇山日以高，沧海日以深"，完淳抱定必死之志，以精卫填海喻抗清之志，大海无平时，此心无息日，《精卫》诗云："惠风荡芳树，有鸟鸣中林。尾长羽翼短，衔石随浮沉。崇山日以高，沧海日以深。既无凌云姿，延颈振哀音。辛苦徒自力，慷慨谁为心？惜哉志不申，道远固难任。滔滔东逝波，劳劳成古今。"[76]

完淳赴义前，在《狱中上母书》中说："大恩未酬，令人痛绝。

慈君托之义融女兄,生母托之昭南女弟。……节义文章,如我父子者几人哉?……呜呼,大造茫茫,总归无后,有一日中兴再造,则庙食千秋,岂止麦饭豚蹄,不为馁鬼而已哉!……二十年后,淳且与先文忠为北塞之举矣,勿悲,勿悲!……语无伦次,将死言善。痛哉,痛哉!人生孰无死,贵得死所耳。"[77]完淳妻名钱秦篆,复社钱栴之女,长完淳一岁,完婚不久,南都倾覆,完淳随即参加抗清斗争,临刑前作《遗夫人书》:"不幸至今吾又不得不死,吾死之后,夫人又不得不生。……青年丧偶,才及二九之期;沧海横流,又丁百六之会。茕茕一人,生理尽矣。呜呼!言至此,肝肠寸寸断……吾死矣,吾死矣,方寸已乱,平生为他人指画了了,今日为夫人一思究竟,便如乱丝积麻。"[78]完淳狱中赋诗三章,分寄亲人:

《拜辞家恭人》:"孤儿哭无泪,山鬼日为邻。古道麻衣客,空堂白发亲。循陔犹有梦,负米竟谁人。忠孝家门事,何须问此身。"

《寄内》:"忆昔结褵日,正当擐甲时。门楣齐阀阅,花烛夹旌旗。问寝谈忠孝,同袍学唱随。九原应待汝,珍重腹中儿。"

《寄荆隐女兄兼武功侯甥》:"门阀推江左,孤忠两姓全。十年黄鹄咏,三载蓼莪篇。愧负文姬孝,深为宅相怜。大仇俱未报,仗尔后生贤。"[79]

少年英气,古今罕匹,诗句读之涕泗,读之慷慨,庄师洛《辑夏节愍集成题后》诗云:"天荒地老出奇人,报国能捐幼稚身。黄口文章惊老宿,绿衣韬略走谋臣。湖中倡义悲猿鹤,海上输忠眷凤麟。至竟雨花埋骨地,方家弱弟可同伦。"[80]

东林、复社、几社士子当明代国运衰竭之际,直面国事、天下事,赋诗钩深致远。天崩地坼的历史沧桑巨变为其带来无限的悲思,也鼓动其斗志,壮其气概,在血与火中,走过了一条洒满殷红热血的道路;在失望与抗争之间,用笔吐写一字一泪的心声,"击碎铁如意,悲响震严川"[81],以卓绝的人格力量和激越的才华气质为明诗谱就了辉煌的殿末之章。

---

① 《明儒学案》卷五十八《东林学案一》。

② 《明史》卷二二九。

③ 据《明史》卷二二九,赵用贤与吴之彦有儿女婚约,用贤受张居正排挤,之彦恐对己不利,使计激怒用贤毁去婚约。用贤起复,之彦又厚颜来央叙旧盟,遭拒绝,遂深衔恨。

④ 《松石斋文集》附录邹元标《明嘉议大夫吏部侍郎兼翰林院学士定宇赵公传》。

⑤ 《东林本末》。

⑥ 周念祖《万历辛亥京察记事始末》卷三,明刻本。参见樊树志先生《东林非党论》,《复旦学报》(社会科学版),2001 年第 1 期,第 63 页。

⑦ 《明史纪事本末》卷六十六《东林党议》。

⑧ 《周忠毅公奏议》卷二,周宗建撰,《四库禁毁书丛刊》,北京出版社,1998 年。

⑨ 《明史》卷三〇六《阉党传》。

⑩ 在评价东林、复社问题上,现代不少学者过多地肯定明末清初的一些指责"清流"之祸的言论,批评东林、复社"门户"观念过重,强调阮大铖及马士英的政治失误为东林、复社门户作法激化所致,如说:"东林—复社人士门户之见极深,他们把阮大铖打成逆案很难自圆其说。……阮大铖触霉头是在崇祯初出于投机得罪了东林党人。……不料,顾杲、吴应箕、陈贞慧这批公子哥儿看得老大不顺眼,心想秦淮歌妓、莺歌燕舞乃我辈专利,阮胡子来凑什么热闹。……马士英建议起用阮大铖原意只是报知遇之恩,并没有掀翻'逆案'的意思。……东林—复社人士孜孜以求的正是一派掌权,

达不到目的就破口大骂。……马士英并没有排挤东林—复社人士的意思,……整个弘光在位时期,并没有‘掀翻逆案’。”(《南明史》第69—76页,顾城著,中国青年出版社,1997年)其实,这既非新论,亦缺乏史实依据,略举证如:一、直接引发东林六君子惨案的汪文言之狱,即为阮大铖与阉党合作倾轧左光斗、魏大中之丑事。二、魏忠贤伏法,阉党馀孽犹居要津,阮大铖再结依阉党杨维垣,构难东林,并不缺乏识见,这一选择同时也出于与阉党合作的积习。三、阮大铖炮制《蝗蝻录》,以东林为蝗,复社为蝻,欲一网收之,作法与阉党编造《东林同志录》、《东林党人榜》同出一辙,至于其捕杀周钟等人的行径,更是令人齿冷。四、陈子龙曾劝说马士英疏远阮大铖:“予因以正告贵阳(马士英)曰:‘怀宁(阮大铖)之奸,海内莫不闻,而公之功,亦天下所共推也。公于人无毫发之隙,奈何代人犯天下之怒乎?……今国家有累卵之危,束手坐视,而争此一人,异日责有所归矣。’贵阳曰:‘逆案本不可翻也,止以怀宁一人才,不可废耳!’”(陈子龙《自撰年谱》)很显然,马士英声称不可废大铖之才而重用之,不过掩人耳目而已。陈子龙认为马士英不甚沾染门户之习,相信他的遁辞,不免过于天真。东林、复社与马、阮争权,非为个人,马、阮陷害东林、复社,则纯然出于个人丑陋的野心。全祖望认同黄宗羲门户意识太重的说法,但不赞同夏完淳《续幸存录》所说:阮圆海之意,十七年闲居草野,只欲一官。《鲒埼亭集外编》卷二十九《题蝗蝻录》云:“世皆言阮圆海志在一官,若当时借边才之说,畀以远方开府,或豫或黔,其志满矣,不至如后来决裂也。予则以为不然。小人之欲无厌,试观其一起,即夺贵阳之枢枋,寻觊其黄扉一席矣,安得饱彼腹乎?”夏允彝、夏完淳、归庄责备东林、复社门户之弊,有一定的道理。但探求明亡之因,不应夸大“清流”之祸,至于藉“门户”说为马、阮开脱罪责,未为信然。

⑪ 三则文字见《顾端文公元卷遗迹》题识。

⑫ 《东林书院志》卷二,《续修四库全书》,上海古籍出版社,1995年。

⑬ 《明儒学案》卷五十八《东林学案一》。

⑭ 《明清之际党社运动考》三《东林党议及天启间之党祸》。

⑮ 《高忠宪公诗集》集前秦赓彤《重刻高忠宪公诗集序》。

⑯ 王畿《天泉证道记》:“阳明夫子之学,以良知为宗,每与门人论学,提四句为教法:无善无恶心之体,有善有恶意之动,知善知恶是良知,为善去恶是格物。”王畿由此悟出“四无”之说。嵇文甫《晚明思想史论》:“王学本包含一种自然主义,本不拘泥迹象。直往直来,任天而动。善恶双泯,尧桀两忘。‘四无’之说,实为其应有的结论。”(第23页)东林学人极力批评王畿“四无”说,并把矛头指向王阳明。

⑰ 《鲒埼亭集》卷十一。

⑱ 《刘子全书》卷十三,刘宗周撰,清道光刊本。

⑲ 陈龙正《高子遗书序例》,《幾亭全书》卷五十三,清康熙间刻本。

⑳ 王澍《重刻高忠宪公诗集序》。

㉑ 秦赓彤《重刻高忠宪公诗集序》。

㉒ 《高子遗书》卷六。

㉓ 《高子遗书》卷六。

㉔ 参见《明史》卷二四四。案:汪文言,字士光,休宁人。负侠气,饶智术,曾为县吏,输资为监生,结纳正直的内宦王安,用计破齐、楚、浙三党。魏忠贤杀王安,以文言为东林党人,褫其监生。文言奔走叶向高、魏大中、赵南星、左光斗之间。阮大铖与左光斗、魏大中有隙,与章允儒定计,欲藉文言之事罗织罪名倾陷东林。

㉕ 《杨大洪集》卷下,《丛书集成续编》本。

㉖ 黄煜《碧血录》卷上。

㉗ 《七录斋诗文合集》之《古文近稿》卷之二。

㉘ 复社“定名”时间,有待进一步确认。《复社纪略》卷二则载崇祯六年春:“溥约集社长为虎丘大会。”笔者推测,崇祯五年,张溥合大江南北诸社为一,定名复社,翌年春,举虎丘大会。至于复社之名,最早出现于崇祯二年前后。《柳南随笔》卷三:“迨崇祯庚午(三年),楚中熊鱼山先生(开元)自崇明令调吴江,最尚文章声气。时吴江

诸生孙淳孟朴、吕云孚石香、吴翻扶九、沈应瑞圣符辈附之，号召同人，创为复社，颇见嫉于维斗（杨廷枢）。孟朴至吴门，怀刺谒杨，再往，不得见，曰：‘我社中未尝有此人。’我社者，应社也。赖天如先生调剂其间，而两社始合为一。”《静志居诗话》：“崇祯之初，嘉鱼熊开元宰吴江，进诸生而讲艺。于时孟朴里居，结吴翻扶九，吴允夏去盈、沈应瑞圣符等肇举复社。”孙淳，字孟朴，吴江人，寄籍嘉兴，大江南北诸社合一，多任其劳。据《复社纪略》，张溥举尹山大会在崇祯二年，《柳南随笔》记载有误，而所载孙淳受挫于杨廷枢一事，材料来源可能是计东《上太仓吴祭酒书》：“始庚午之冬，因鱼山熊先生自崇明宰吾邑，最喜社事，孙孟朴乃与我妇翁（吴翻）及吕石香辈数人，始创复社，颇为吴门杨维斗先生所不快。孟朴尝怀刺杨先生，再往不得见，呵之曰：‘我社中未尝见此人。’我社者，应社也。盖应社之兴久矣，时天下但知应社耳。……独西铭先生一人大公无我，汲引后起，且推鱼山先生主持复社之意，故能合应、复两社之人，为前矛后劲之势。”

㉙ 《复社纪略》卷一。

㉚ 《社事始末》。

㉛ 《复社纪略》。

㉜ 《明季史料题跋》。

㉝ 《隐秀轩集》卷十八《静明斋社业序》。

㉞ 《赵忠毅公诗文集》卷八《正心会示门人稿后序》。

㉟ 《七录斋诗文合集》之《文集近稿》卷三。

㊱ 《陈子龙诗集》附录《自撰年谱》。

㊲ 《陈子龙诗集》附录《自撰年谱》。

㊳ 《柳如是别传》第 282 页。

㊴ 吴伟业《复社纪事》。

㊵ 《复社姓氏传略》集前张士元《复社姓氏叙录》。

㊶ 参见朱倓《明季南应社考》一文，北京大学《国学季刊》二卷三号。

㊷ 《陈忠裕公全集》卷二十五。

㊸ 《七录斋诗文合集》之《文集近稿》卷三。

㊹ 《楼山堂集》集前刘城《丙丁诗序》。

㊺ 《陈忠裕公全集》卷二十五。

㊻ 《七录斋诗文合集》之《文集近稿》卷四。

㊼ 《浮山文集前编》卷二。

㊽ 以上二序分见《陈忠裕公全集》卷二十六、卷二十五。

㊾ 《陈子龙诗集》附录三。

㊿ 以上四序见《楼山堂集》集前序。

51 二诗分见《楼山堂集》卷二十七、二十六。

52 《小腆纪年附考》卷十一载:"金声之擢都御史也,承制署应箕池州推官,监纪军事。未几,声败,王师逼,应箕众溃,匿婺源、祁门界,被获不屈,与官兵偕,辄踞上坐,众亦敬其名,不加害,将戮之市,应箕曰:'此非死所。'至松林,曰:'可矣。'一卒以刀拟之,叱曰:'吾头岂汝可断邪?'伸颈谓总兵黄某曰:'以此烦公,然无去吾冠,将以见先朝于地下也!'就刑处,至今血迹犹存。"

53 《七录斋诗稿》卷一。

54 《七录斋诗稿》卷一。

55 以上二诗见《七录斋诗稿》卷二。

56 《七录斋诗稿》卷三。

57 《陈子龙诗集》卷十七。

58 此据《石匮书后集》卷二十八《死义诸臣列传》。《国寿录》卷二《举人杨廷枢传》载述略异:"廷枢避洞庭僻处,清兵无意迹廷枢,以他求故,偶得之。廷枢发完未髡也,以故为犯令。……讯者执卑为好言慰,得髡首如清法而止,廷枢不肯如法。"记载粉饰意味太重。廷枢被捕原因,《南疆逸史》卷十三记载更为可信:"丁亥四月,吴胜兆反,为之运筹者戴之儁,廷枢门人也。事败,词连廷枢,被执于舟中。"

59 《明季南略》卷九。

60 参见《南明史料、史纲》第 147 页。

(61) 《复社姓氏传略》卷二。

(62) 《吴长兴伯集》。《天启崇祯两朝遗诗》卷七选吴易诗69首,收录以上四首。

(63) 《复社纪略》卷一。

(64) 周立勋《符胜堂集》附录,参见《陈子龙年谱》"崇祯十六年"条。

(65) 吴伟业《彭燕又五十寿序》,《梅村家藏稿》卷三十六。参见《陈子龙年谱》"崇祯三年"条之附录。

(66) 《陈忠裕公全集》卷二十五。

(67) 二诗见《陈子龙诗集》卷一。

(68) 《陈忠裕公全集》卷二十六。

(69) 《陈子龙诗集》卷十五。

(70) 《陈子龙诗集》卷十八。

(71) 侯方域《九哀诗·青浦陈子龙》,参见《陈子龙诗集》附录四。

(72) 《国寿录》卷二《行取知县夏公传》。

(73) 据柳亚子《南明史纲、史料》,松江张伯贤曾编《夏考功诗文集》,陈去病将夏允彝、完淳父子诗文合成《夏考功、内史合集》,未刊而原稿散佚。

(74) 《夏完淳集》附编。

(75) 《夏完淳集》卷六。

(76) 《明诗综》卷七十八。

(77) 《夏完淳集》卷九。

(78) 《夏完淳集》卷九。

(79) 《夏完淳集》卷五。

(80) 《夏完淳集》附编。

(81) 袁继咸《读谢皋羽西台恸哭记感赋》,《六柳堂遗集》下卷,清抄本。

第十章　晚明女性诗坛

明代洪武至嘉靖间的闺阁诗坛大抵是冷清的，顾起纶《国雅品·闺品》仅录评十九人，另列目三人。万历中叶江盈科的《闺秀诗评》采摭十六人，于明代不过选评杨慎妻黄氏等数人，小序自云："余生平喜读闺秀诗，然苦易忘。近摘取佳者数首，各为品题，以见女子自摅胸臆，尚能为不朽之论，况丈夫乎！"江氏没有看到的是，万历中叶之后，"能为不朽之论"的女诗人大量涌现，沈宜修、叶小鸾、叶小纨、黄媛介等人不惟"震旦闺秀"，而且"足当大家"。

众所周知，由于明末清初战乱、清代禁书运动等原因，晚明女诗人事迹、著述多湮没不存，女作者的具体数字不易统计。《千顷堂书目》卷二十八著录明代女性别集七十二种，大部分为晚明之集。《列朝诗集》传载一百二十三人（《集句》部分又收数人），晚明女性居多。《明诗综》著录七十九人，《诗话》重在考订女作者生平，无意广搜博采，相较《列朝诗集》，大致未增新面孔。清末民初，施淑仪编撰《清代闺阁诗人征略》十卷（《补遗》一卷），述及清代一千二百七十馀位女诗人，卷一八十七人大抵由明入清，卷二一百四十馀人中的五分之一可阑入明末。今人胡文楷编著《历代妇女著作考》，汉魏至明末的女作者计录四千馀人，明代二百四十八人，可确定生活在万历至崇祯间者在一百二十人左右（并非全是诗人)。笔者在以上文献基础上,增辑晚明闺阁诗人至二百一十位(见附录二)。

从数量上与历代女作者稍作比较,即可看到晚明女性诗坛蔚然大观的气象。晚明女性诗歌之盛,还可从当时刊刻有关女诗人的文献方面略识一二。《静志居诗话》卷二十三《闺门》载:"妇人诗集,始于颜竣、殷淳,爰有徐陵、李康成《玉台》之编,蔡省风《瑶池》之咏,代加甄综。韦縠《才调集》辑闺秀一卷,宋、元以降,选家类不见遗。明则郦琥之《彤管遗编》,张之象之《彤管新编》,田艺蘅之《诗女史》,刘之汾之《翠楼集》,俞宪之《淑秀集》,周履靖之《宫闺诗选》,郑琰之《名媛汇编》,梅鼎祚之《女士集》、《青泥莲花记》,姚旅之《露书》,潘之恒之《亘史》,赵问奇之《古今女史》,无名子池上客之《名媛玑囊》,竹浦苏氏之《胭脂玑》,兰陵邹氏之《红蕉集》,江邦申之《玉台文苑》,方维仪之《宫闺诗史》,沈宜修之《伊人思》,季娴之《闺秀集》,其文亦云富矣。"以上胪列明代相关文献十九种,晚明为十三种。朱彝尊举其大略,所遗不在少数,如徐兴公《笔精》,叶绍袁《午梦堂集》,黄德贞、归素英、申蕙《名闺诗选》,方维仪《宫闺诗评》,曹学佺《明诗选·闺秀集》,钟惺《名媛诗归》,周履靖《香奁诗》,冒愈昌、吴兆《秦淮四美人选稿》,蘧觉生《历代女骚》,张梦徵《青楼韵语》、《名媛新诗》,王豸来《娄江名媛诗集抄》等。若再计以清初的王端淑《名媛诗纬》,周之标《女中七才子兰咳集》、《兰咳二集》,邹斯漪《诗媛十名家集》、《诗媛八名家集》,钱谦益《列朝诗集》,朱彝尊《明诗综》,王士禄《然脂集》,陈维崧《妇人集》,冒丹书《妇人集补》等,相关文献达已不为少矣。

晚明女诗人庞大的存在和琳琅杂错的文献载述,不惟说明当时文化构成已不拒绝闺阃作者的参与,亦侧面体现出女性诗坛的规模和实力。

一　女诗人的时代文化心理

宋明理学大倡,社会地位本就窘迫的女性愈益被挤至狭小天地,束缚深闺。这一境况在晚明有所改变,个性张扬的社会思潮为女性解脱带来新的历史机遇。晚明知识女性从传统封闭中得到一定程度的解脱,获得较宽松的社会发展空间,人生态度和生活方式,相比明初、中叶,变化显著。

其一,自立和自为意识张扬。在时代人文思潮感召下,女作者不甘寂寞,亲操诗文选政,《伊人思》、《名闺诗选》、《宫闺诗史》、《宫闺诗评》的选评,体现着女性个体意识的觉醒。

崇祯间,沈宜修手定《伊人思》,选四十六人,诗一百八十八首,词十六首,序二篇,赋一首,叶绍袁在《伊人思小引》中说:"内人沈宛君,遐情慨独,旷性慵孤。闲咏陌桑,效题团扇,所憾典型虽迩,轨躅载遥。特于近代名媛,纂摘一二,采其佳句,作我清音,彩映锦囊,香翻绮袖。"其实,宜修目的不只在于"采其佳句,作我清音",她实是不满旧闺阁诗词选评,欲扬当代女子之气,并担心一代才人湮没,而编是集。具引《伊人思自序》如下:"世选名媛诗文多矣,大都习于沿古,未广罗今。太史公传管晏云:'其书世多有之,是以不论,论其轶事。'余窃仿斯意,既登琬琰者,弗更采撷。中郎帐秘,乃称美谭。然或有已行世矣,而日月湮焉,山川阻之,又可叹也。若夫片玉流闻,并及他书散见,俱为汇集,无敢弃云。容俟博搜,庶期灿备尔。"宜修蓄志作补编,惜早卒未果。世人编选女性之诗大多"习于沿古",难以展现女性特有的精神面貌,在此局面下,宜修持择精妙,凝取菁华,难能可贵。

方维仪《宫闺诗史》衡古论今,志在争鸣文坛,《静志居诗话》指出:"龙眠闺阁多才,方、吴二门称盛,夫人才尤杰出。其诗一洗铅华,归于质直。以文史当织纴,尚论古今女士之作,编为《宫闺诗史》,分正、邪二集,主于《昭明》、《彤管》,刊落淫哇,览者尚其志焉。”

以上两例说明,晚明女作者已厌倦女性诗歌作为风雅小点缀、小摆设的历史定位,自立、自为意识正逐步增强。

其二,尚义慕侠,高情旷达,追求名士风度。晚明士人喜任侠、负性气,女诗人亦不示弱。

例一:嘉兴妓薛素素,喜绘兰竹,善作小诗,飞弹走马,兼能琴、箫、弈、书,“以女侠自命”,每挟弹出行,观者如堵,陆弼《观素素挟弹歌》诗云:“酒酣请为挟弹戏,结束单衣聊一试”,“侍儿拈丸著发端,回身中之丸并坠”。

例二:南京妓寇湄,为人购走,流寓北京。农民军占领北京,寇湄匹马短衣而还,“归为女侠,筑园亭,结宾客,日与文人骚客相往还。酒酣耳热,或歌或哭,亦自叹美人之迟暮,嗟红豆之飘零也”①。

例三:常熟女诗人羽孺,“风流放诞,卒以杀身”。《列朝诗集小传》载:“能书,善画兰,明窗棐几,莳兰种蒲,读书咏歌,故以素兰自号。明月在天,人定街寂,令女侍为胡奴装,跨骏骑,游行至夜分。春秋佳日,扁舟自放,吴越山川,游迹殆遍。天启七年九月中,夜漏三下,不知何人磔杀之。狱具,卒不得主名。”钱谦益称羽孺里籍不详,或传为吴人。事实上,诗人有籍可考,据胡文楷《历代妇女著作考》,她本名翁孺安,字静和,常熟人,太常宪祥之女,嫁顾象泰,有《素兰集》二卷。钱氏盖因避同里之讳而称里籍不详。羽孺嫁不遂志,种兰蒲、啸歌咏、易装夜游,风流放诞,事迹在明末流传甚广,被演作传奇戏曲。《众香词》论其:“句效长吉,则牛鬼蛇神,穿天出月,雕戈诡鼎,不足为其色也。晚则形神俱瘁,荒烟野草,不足为其悲,雁断云迷,不足为其恨。”

例四：叶小鸾性情“高旷”，深具名士风度，沈宜修《季女琼章传》[②]记述：

“性高旷，厌繁华，爱烟霞，通禅理，自恃颖姿，尝言欲博尽今古。”

“衣服不喜新，即今年春夏来，余制罗衫裙几件，为更其旧者，竟不见著。至死时检之，犹未开摺也。”

“儿鬓发素额，修眉玉颊，丹唇皓齿，端鼻媚靥，明眸善睐，秀色可餐，无妖艳之态，无脂粉之气，比梅花，觉梅花太瘦，比海棠，觉海棠少清。故名为丰丽，实是逸韵风生，若谓有韵致人，不免轻佻，则又端严庄靓。”

“父尝戏谓：‘儿有绝世之姿。’儿必愠曰：‘女子倾城之色，何所取贵，父何必加之于儿。’”

“作诗不喜作艳语，集中或有艳句，是咏物之兴，填词之体，如秦少游、晏小山代闺人为之耳。”

“其爱清幽恬寂有过人者，又最不喜拘检，能饮酒，善言笑，潇洒多致，高情旷达，夷然不屑也。”

如此“高散”的青春少女诚不易为常人理解，也难怪其事流传清代，衍生一些奇闻异谈。如袁枚《随园诗话》卷六即载：“甬东顾鉴沙，读书伴梅草堂，梦一严妆女子来见，曰：‘妾月府侍书女，与生有缘。今奉敕赍书南海，生当偕行。’顾惊醒，不解所谓。后作官广东，于市上买得叶小鸾小照，宛如梦中人，为画《横影图》，索题，钱相人方伯有句云：‘怪他才解吟诗句，便是江城笛里声。’”

其三，崇才尚情。尚情算得上晚明人文思潮的高亢旋律，晚明知识女性对情有着自己独特的理解和追求。

叶纨纨、小纨、小鸾三姐妹联袂唱和闺阁，小鸾早逝，纨纨哀极病发而殁。叶绍袁《愁言集序》述及纨纨的“善愁”说：“我女自十七结褵，今二十有三岁而夭，七年之中，愁城为家。”[③]所谓“善愁”，换而言之，即尚情。小鸾、纨纨故世，小纨郁郁终生，叶燮《存馀草述略》说：“余伯、仲、季三姊氏，自幼闺中相唱和。迨伯、季两姊氏早亡，仲姊终其身如失左右手，且频年哭母，哭诸弟，无日不郁郁悲伤，竟以忧卒焉。”小纨的杂剧《鸳鸯梦》四出（正名《三仙子吟赏凤凰台，吕真人点破鸳鸯梦》），以联袂唱和的三仙子喻三姐妹，追悼小鸾和纨纨，第三出《梅花酒》唱道：“叹人生似海涛，顷刻现还消，生死谁堪料，业数已难逃。多应天忌才高，使他颜回寿夭。我两眼羞将尘世瞧，对西风形影吊，赋楚些也难招。”辞意间寄托了难以排遣的悲痛，体现了女性的真情渴求。

晚明女性的尚情又和推重才华密切联系。马湘兰和王稚登、柳是和陈子龙的轶事为人熟知，此以闽人张璧娘和才子林光宇的情事为例。《列朝诗集小传》载：“张璧娘，闽之良家女也。归半载而夫亡，光丽艳逸，妖美绝伦，少年慕而挑之，无不见摈。爱林子真之才，而越礼焉。所居楼上，又有复阁，使侍婢引林匿复阁中，往来甚秘。林移家临清，就父公署，璧娘感想而殁。子真有《感旧》诗云：‘梅花历乱奈愁何，梦里朱楼掩泪过。记得去年今夜月，美人吹入笛声多。’张好音，尤善吹箫，尝潜诣子真乌石山房，倚梅花吹箫，故林诗记其事。”一段优美凄惋的情事反映了女性对情的痴恋和对才华的渴慕，真情可使她们出入生死，才华可使她们“践越”礼法。

其四，明末清初女诗人的民族气节令后世瞩目。侯峒曾携子玄演、玄洁坚守嘉定抗清，城破遇害，弟岐曾因匿藏陈子龙罹难，侯氏女诗人夏淑吉、姚妫俞、章有渭、盛蕴真共筑岁寒亭相唱和，守节三十馀年。与岁寒亭唱和遥相呼应的为山阴祁氏女诗群，祁彪佳投水殉国，夫人商景兰率三女德渊、德琼、德茝和两位儿媳张德蕙、朱德蓉，苦寒自守，以凄苦之音咏唱人生、家国之悲。她们的命运和明朝国运相系联，人生悲剧更多意义上是国家和民族的悲剧，其民族气节,荡气回肠,直可载入史册。

二　女性诗歌创作的群体分布与艺术特征

晚明女诗人集中分布在江南一带,从本文附录二的粗略统计来看,占籍江浙者达总数的70%以上。而且,女诗人密集地分布在江南望族和文化世家之中。这一分布趋势,与晚明江南人文、经济的发达,江南望族和文化世家的丛立,区域文学氛围的浓厚,都有着相当密切的关系。晚明女诗人挟区域、家族文化传习之优势,以独特的敏感和才华,震旦闺秀,争衡文坛。在此,择要陈述女诗人的群体分布及诗歌创作。

1. 吴江叶氏女诗群

沈璟、叶绍袁家族为明末吴江文化名族,拥有沈璟、叶绍袁、沈自炳、沈自徵、沈宜修、叶小鸾、叶纨纨、叶小纨等十馀位饮誉文坛的作者,以沈宜修为中心,以沈、叶闺阁诗人为主体,形成叶氏女诗群,包括叶纨纨、叶小纨、叶小鸾、叶小繁、沈智瑶、沈静专、沈宪英、沈华鬘、张倩倩、李玉照、沈树荣、颜绣琴、红于等十馀人。崇祯九年,叶绍袁精心编刻家集《午梦堂全集》,三年之后寄示曹学佺。学佺正在编《明诗选》,览之惊叹不已,遂增刻之,并在《午梦堂集序》中说:"余僭选明诗,如获拱璧。讵惟闺秀,足当大家!"

沈宜修(1590—1635),字宛君,与丈夫叶绍袁(字仲韶,号粟庵,天启五年进士,累迁工部主事,弃官归里)率五女八子淡泊自守,互相倡和,有诗词集《鹂吹》。据沈自徵《鹂吹集序》,沈宜修手不释卷,不喜侈华,不逐时流,性情和煦,风度夷然,只是"独赋性多愁,洞明禅理,不能自解免"。如《寒夜闻雁》:"霜月澄寒光,纱窗晚风促。揽衾未成眠,香冷凄寒玉。一雁唳长天,哀飞声断续。

嘹呖唤人愁，百感萦心曲。”女诗人为何多愁？恐怕不会有单一的答案。我们推测宜修禀才独异，胸怀千古，加以女性特有的多愁之思，以及身处末世的悲凉之情，故钩深致远，愁言满卷。对观钟、谭之诗，可认识宜修诗心。宜修诗中自然流露遗世高古之意，如《春月》：“愿移月边云，驻听我衷肠。寄言天涯人，应同怜素光。”《雪夜》：“遥碧何漠漠，空苍更茫茫。”《夏日感怀》：“浩浩太虚间，营营何所极？”《初夏》：“蝴蝶犹翩翩，南华已故纸。今古总茫然，谁非与谁是？”其中传述的人世茫茫浩叹，正是谭元春《新月》感写的“漠漠天外寻”，“月魂一缕深”。

宜修通明禅理，终不能从叶小鸾、纨纨早逝的阴影中解脱出来，两三年间写下《亡女琼章周年》四首、《哭长女昭齐》十首、《夜坐忆亡女》、《癸酉除夕感悼》、《对雪忆亡女》、《寒食悼两亡女》、《重午悼女》等数十章。《夜梦亡女琼章》如梦如泣，摧肝断肠：“东风夜初回，纱窗寒尚冽。徘徊未成眠，铜壶催漏彻。偶睡梦相逢，花颜逾皎雪。欢极思茫然，离怀竟难说。但知相见欢，忘却死生别。我问姊安在，汝何不同挈？指向曲房东，静把书篇阅。握手情正长，恍焉惊梦咽。觉后犹牵衣，残灯半明灭。欹枕自吞声，肝肠尽摧折。”诗人洒泪赋诗，伤情难抑，不复择语。诗歌这一载情之物，似乎载不动宜修满怀悲绪，《七夕思两亡女》四首其三向碧空招唤小鸾、纨纨：“灵匹凌秋会，芳魂隔夜台。今宵仍斗巧，何不一归来？”宜修哀毁病故，年四十六岁。嘉兴沈纫兰闻讣，赋挽诗云：“知己蓄平生，神交失师友。伤心不自知，人琴难再偶。”④沈自徵以为宜修诗“震旦闺秀”，曹学佺进而称“足当大家”。这些评价，宜修当之无愧。

“自喜均非脂粉群，笑谈风月共罗裙”，天资颖慧的叶纨纨、小纨、小鸾三姐妹闺中唱和，诚为文坛一时盛事。

叶纨纨（1610—1632），字昭齐。相貌端妍，书法有二王风范。

十七岁嫁袁俨之子，家道中落，悒郁抱病，继小鸾卒，有《愁言》一卷。纨纨"遇节惊时变，怀愁对景哀"⑤，愁语满帙，如《秋日睡起感悟》："睡馀晚色上，四壁蛩声秋。凉月满庭白，寒灯一点愁。眇眇犹若梦，恍惚又谓起。醒梦若俱非，不知何所似。慨然长叹息，生死即如此。"⑥当闻知小鸾之变，赋《哭亡妹琼章》十首，哭妹而殇。清代吴中沈钦韩题《愁言》有云："天若有情天亦老，月如无恨月常圆。钟情又怕伤心死，一卷愁言欲问天。"⑦可谓女诗人哀惋情韵的绝好写照。

叶小鸾（1616—1632），字琼章，一字瑶期。幼时由舅氏沈自徵、张倩倩夫妇抚养，沈、张俱能诗，小鸾受其沾薰，十岁能诗，十三作文赋，小楷精美秀逸，绘画别具风神。沈自炳《返生香序》说："长昭齐，次蕙绸，皆知诗属文，而琼章尤为挺拔，如刘家令娴。"小鸾十七岁将嫁，婚前五日病卒。虽是人间匆匆过客，她的《返生香》还是留下了诗一百零一首、词九十首，连叶绍袁也惊诧说"但知其能作词，不知其如此之多"⑧。

《九日》为小鸾逝前不久的作品："风雨重阳日，登高漫上楼。庭梧争坠冷，篱菊尽惊秋。陶令一樽酒，难消万古愁。满空云影乱，时共雁声流。"一位不涉世间险虞的闺中少女抒写"陶令一樽酒，难消万古愁"的高怀，着实令人惊诧。毋庸置疑，这是"末世"气氛和历史感悟深延至闺阁的育成。我们还可从以下诗句中得到深切感知，《池畔》："但恐岁月晚，相看泪如丝"，"试采芙蓉花，何如茹隐芝。"《秋雁》："我无辽阳梦，何事飞苍茫？"《秋暮野望有感》："北望云山恨如叠，东流日夜似愁长。"《秋暮独坐有感忆两姊》："何日与君寻大道，草堂相对共谈玄。"

小鸾也有青春欲露、活泼可爱之作，如十二岁时的《春日晓妆》诗云："簪花初欲罢，柳外正莺声。"只是这类诗不多见，《返生香》中更多的是高怀、清永之作。七夕牛郎织女相会，小鸾欢呼雀跃:“双蛾久蹙春山怨,今夕相看两恨平”,想象牛女相会的情形:“只恐夜深还未睡,双双应话隔年悲。”⑨久久夜坐,更转漏深,想到一年一度的天上良辰匆匆飞逝,诗人不禁悲吟:“池畔芙蓉映碧萝,双星今又隔银河。侍儿未解悲秋意,明月高悬怯素罗。”⑩

黄媛介读小鸾诗词,感叹小鸾多情而早亡,《读叶琼章遗集》曰:“字字叙其真愁,章章浣其天趣。成风散雨,出口入心,虽唐宋名人亦当避席。但讶彼正桃李之年,何为言言俱逼霜露?惜花太甚,遂成刻露飘零,咏鹊未期,竟兆惨离情事。”⑪叶纨纨挽小鸾诗云:“才赋催妆即挽章,苍天此恨恨何长。玉楼应羡新彤管,留得人间万古伤。”⑫

叶小纨(1613—1658),字蕙绸,精工诗词,擅作杂剧。在三姐妹中最寿,一生赋诗也多,晚年删去绝大部分编为《存馀草》。叶燮康熙间重订《午梦堂诗抄》,称《存馀草》不过是小纨生平诗作的二十分之一。小纨早年性格开朗活泼,诗歌清新秀丽,如《采莲曲》其三:“女伴今朝梳裹新,迎凉相约趁清晨。争寻并蒂争先采,只见花丛不见人。”小鸾、纨纨、宜修病故,小纨人生发生一大转折,晚年尤为悲凉,舅父沈自炳号召义军抗清,事败而亡,父亲绍袁隐遁为僧。小纨咀嚼国破家亡的悲恨,诗以自相慰疗,多苍楚之音,《秋夜》:“怨虫吟曲折,病叶舞纵横。”《野望》:“水中看树色,风里听江声。”《瓶中秋海棠》:“只怕根残容易萎,断肠花似断肠人。”《秋深》:“今日絮衣都典尽,西风卷叶向人飞。”

叶氏闺门诗歌成就,四百年来为世人共睹,明末的曹学佺、沈自徵、沈纫兰、黄媛贞、黄媛介、黄德贞都给予很高的评价,清人郭麐跋《午梦堂诗抄》,未曾多言,只发自肺腑地说:“余爱读之,不忍释手。”

2. 嘉兴黄氏女诗群

黄居中增辑《笔精》卷五《诗评·宫闱》云："先师槜李黄学士，家富青箱，人标黄绢，不独子姓为然也，女有闺秀林风，妇有郝法钟礼，玄心夙悟禅机，彤管并标女史。"黄学士，嘉兴学者黄洪宪。嘉兴黄氏女诗群可分为两支：一是以黄洪宪儿媳沈纫兰为首，由黄淑德、黄双蕙、项兰贞、周慧贞组成。一是以黄洪宪族女黄媛介为首，由黄媛贞、德贞等组成。明末江浙文学家族中，嘉兴黄氏与吴江叶氏、绍兴祁氏、嘉定侯氏女诗群相媲美。

沈纫兰，字闲靓，嘉兴人，嫁黄承昊（字履素，仕至广东按察使，著《阇斋吟稿》、《焚馀集》），有《效颦集》。善构短章，婉约情深，如《归途风雪》："寒雨潇潇掩暮扉，长途客里怯单衣。无端燕子矶头梦，缭绕随君到处飞。"纫兰次女双蕙，字柔嘉，髫年悦禅，绝意婚嫁，年十六卒。时人敷衍其事，视其诗句"迦陵可解西来意，又报人间梦不长"为谶语⑬。与叶小鸾一样，双蕙早通禅理，颖慧善愁，《和会稽女子》三首可一睹风神：

其一："谁道临风半是尘，飘零犹惜异乡身。梅花不入愁人眼，能得山阴一刻春。"

其二："少妇何堪学远游，陟阿又问水悠悠。痴心只写灯前恨，自古芳容几白头。"

其三："憔悴天涯对阿谁，若为多露独含悲。空怜子夜孤亭泪，尽作霜风带雨垂。"

据《列朝诗集小传》，一会稽女子幼攻书史，年方及笄嫁与燕客，终不堪燕客鄙俗，愤然自裁，题诗驿壁，并记曰："余笼中人耳，死何足惜，但恐委身草莽，湮没无闻，故忍死须臾，候同类睡熟，窃至后亭，以泪和墨，题二诗于壁，并序出处，庶知音读之，悲余生之不辰，则余死且不朽。"《宫闺氏籍艺文考略》云："会稽女子题诗新嘉驿，天启初人。”施闰章《蠖斋诗话》卷下称会稽女子并未死。其事一时难于考实。世传《会稽女子诗》一卷，录题壁诗，及范景文、申继揆、申绍芳、吴桢、汪大年、黄双蕙和韵诗。从上引三诗，可以体会双蕙对“真情”和“女性”的理解。其实，沈纫兰的多感善愁，已为双蕙诗歌人生铺奠基调。

黄淑德，字柔卿，黄洪宪女侄。早通文史、音律，嫁屠耀孙，早寡，礼佛隐居。有《遗芳集》，诗意清寒苍凉，有杜鹃啼血深致。如《忆夫》：“不寐听钟声，孤灯灭复明。思君凭梦见，愁极梦难成。”《秋怀》：“征雁惊残梦，吟蛩引暮愁。多情窗外月，斜影到床头。”晚年寻求皈依佛门，然多情之思终难化去，三十四岁染疾卒。

项兰贞，一名淑，字孟畹，嘉兴人。嫁黄淑德之侄黄卯锡后始学诗，与淑德相唱和，十馀年间用力甚勤。生前有《裁云草》、《月露吟》各一卷，临终与丈夫诀别：“吾于尘世，他无所恋，惟《云》、《露》小诗，得附名闺秀后足矣。”遗诗编成《咏雪斋遗稿》。兰贞可入苦吟诗人行列，《答赵夫人见寄》系赠吴门女诗人陆服常所作，其一：“乍得山中信，开缄忆昔期。别来空有句，强半悼亡诗。”裁句出人意表。《古乐府》亦匠心别具，如“自君之出矣，不忍酌春酒。酒深愁更深，春去人归否？”虽是闺思旧题，却能细腻深入。《秋日病中漫书》气象倜傥，如“堪消俗虑惟杯酒，欲遣闲愁赖简编”，“近来卧病真成癖，日影横窗只懒眠”。

周慧贞，字挹芬，吴江人，适黄婷，有《剩玉篇》（《苏州府志》作《周挹芬诗集》二卷）。沈宜修《周挹芬诗序》称周慧贞、项兰贞、黄双蕙一家之中而鼎足三立，有意把她们与叶氏三姐妹作比云：“即如孟畹、柔嘉，与今挹芬，一家之中，鼎足三焉。”慧贞风度洒然，诗作清婉动人。

黄媛介，字皆令，年十二能诗。嫁杨元勋，甘于清贫，夫妇偕行江湖，为闺塾师。有《越游草》、《湖上草》等集。钱谦益《士女黄皆令集序》说:“今天下诗文衰熸,奎壁间光气黯然。草衣道人(王微)与吾家河东君(柳如是),清文丽句,秀出西泠六桥之间。马塍之西,鸳湖之畔,舒月波而绘烟雨,则有黄媛介皆令。吕和叔有言:‘不服丈夫胜妇人。’岂其然哉?”⑭

媛介娴于诗画,所作意境简远。《池北偶谈》卷十二载:“禾中闺秀黄媛介,字皆令,负诗名数十年。近为予画一小幅,自题诗云:‘懒登高阁望青山,愧我年来学闭关。淡墨遥传缥缈意,孤峰只在有无间。’皆令作小赋,颇有魏晋风致。”明清鼎革,媛介困于嘉兴,踬于松江,栖于寒山,羁旅南京,颠簸残山剩水之间,《离隐歌自序》云:“古有朝隐、市隐、渔隐、樵隐,余殆以离索之怀,成其肥遯之志焉。”⑮晚年西湖卖画,每能度日即隐而不出,《妇人集》载:“嘉兴黄皆令诗名澡甚,恒以轻帆载笔格,诣吴越间。余尝见其僦居西泠段桥头,凭一小阁,卖诗画自活,稍给,便不肯作。”媛介诗自我写照云:“或时卖歌诗,或时卖山水。犹自高其风,如昔鬻草履。”凄人心神,“如霜林之落叶”⑯。陈文述西湖访寻媛介遗踪,《段桥咏黄皆令》诗云:“天涯寒女此娥眉,来向西泠借一枝”,零脂断粉湖边阁,剩水残山画里诗。”⑰

3. 绍兴祁氏女诗群

山阴祁彪佳家族为绍兴望族,闺阁文学氛围浓郁,商景兰、祁德渊、祁德琼、祁德茝、张德蕙、朱德蓉率工诗词。景兰,字媚生,吏部尚书商周祚之女,有《锦囊集》。闺中即与姊景徽倡和,及嫁祁彪佳,乡人目之“金童玉女”。长女德渊,初名贞孙,字弢英,适同邑姜廷梧,著《静好集》。三女德琼,字修嫣,嫁会稽王谷韦,有《未焚集》。季女德茝,字湘君,适同邑沈萃祉,有《寄云草》。长子理孙之妻张德蕙,字楚孃,山阴人;次子班孙之妻朱德蓉,字赵璧,会稽人,系出名门,咸能诗词。值得一提的是,祁氏女诗人周围聚结了一批越中女才子：商景徽，字嗣音，有《咏雏堂集》；王思任女静淑，字玉隐，号隐禅子，有《清凉集》；静淑之妹端淑，字玉映，号映然子，有《吟红》、《留箧》、《恒心》等集。黄运泰、毛奇龄《越郡诗选·凡例》曰："闺秀则梅市一门，甲于海内"，"闺阁风流，莫此为盛"[18]。

祁彪佳殉国，商景兰率祁氏妇孺"拈题分韵，推敲风雅，或尚溯古昔，衡论当世"[19]。《静志居诗话》载："公怀沙日，夫人年仅四十有二。教其二子理孙、班孙，三女德渊、德琼、德茝，及子妇张德蕙、朱德蓉。葡萄之树，芍药之花，题咏几遍。经梅市者，望若十二瑶台焉。"

商景兰《悼亡》二首其一诗云："公自成千古，吾犹恋一生。君臣原大义，儿女亦人情。折槛生前事，遗碑死后名。存亡虽异路，贞白本相成。"诗中虽表白大义，但国破家亡之痛是摧肝镂肾的，五十岁生日之际，景兰一倾"十年感慨泪"。《五十初度有感》诗云："张乐开华宴，歌声启故哀。孤鸾终独立，彩凤几同来？握发愁云锁，分眉恨月开。十年感慨泪，此日满妆台。"

黄媛介漂泊绍兴，景兰相与"今朝把臂怜同调"[20]，共咀人世沧桑巨变，《送别黄皆令》诗云："帆樯日以远，胶漆日以阔。同调自此分，谁当和白雪。"祁氏女诗人均有送别诗，祁德茝《送黄皆令归鸳湖》："绕径黄花归故里，满堤红叶送秋声"，"此去长途霜露肃，何时双鲤报柴荆"。祁德茝《送别黄皆令》："画阁联吟恰一年，此时分袂两凄然"，"怀君日后添离梦，寂寞荒村度晚烟"。张德蕙《送别黄皆令》："秦望云深遮客棹，吴江枫冷系人思。遥知月照孤帆处，正是风吹悬榻时。"朱德蓉《送别黄皆令》："分袂起仓卒，永夜生爽伤。吴山何渺渺，越水亦茫茫。"祁德琼《送黄皆令归鸳水》："万山寒秋月，一苇寒秋波"，"虽有千金装，何如五噫歌"[21]。除伤感离别之外，诗中也传述了是国破家亡的凄霖苦雨心绪。

4. 桐城方氏女诗群

桐城方氏原占籍江西上饶，元初定居桐城，在明代科举连第，一门清华，明末方氏家族的女性也雅具诗文才。大理寺少卿方大镇长女如耀（1582—1639），字孟式，嗜读书，工书画，有《纫兰阁集》十二卷，嫁同邑张秉文。崇祯十二年，清兵攻济南，秉文时任山东布政使，率众抵抗，城破殉难，孟氏投池死。方文《题张方伯忠节卷》诗云："其配淑人乃吾姊，高楼晏坐闻夫死。盛服明妆出后园，顾盼从容赴湖水。"㉒如耀之妹维仪（1585—1668），字仲贤，年十七嫁姚孙棨，第二年即寡，守志清芬阁，致力文史，享年八十四岁。著《清芬阁集》八卷、《楚江吟》一卷，编《宫闺文史》、《宫闺诗史》、《宫闺诗评》。方文《老姑行为姚姊夫人七十寿》诗云："清芬才调更绝人，诗文秀洁无纤尘。书法直追王子敬，绘事不让李公麟。曾集宫闺诗一帙，部分邪正意凛慄。"㉓方以智早年丧母，由姑母方维仪抚教，他在《慕述》中说："惟我二姑，一节一烈。《纫兰》、《清芬》，世传双绝。不负家学，伟哉闺阁！"方维则，字季准，方大铉之女，嫁吴绍忠，人生同样不幸，十六岁守寡，与孟式、仲贤共称"方氏三节"，有《茂松阁集》。以智生母吴令仪（1693—1622），字棣倩，桐城人，琴棋书画，种种精妙，三十岁卒，维仪为辑刻《藏佩居遗稿》。以智妻潘翟，字副华，桐城人，有《宜阁诗文集》四卷。

谢无量认为方维仪诗"风格甚高，笔力遒劲，有大雅之遗，非如寻常妇人之作，但以虫鸟月露为吟赏也"㉔。《神释堂脞语》评维仪《死别离》、《共姜》诸诗"音格高娴，追踪作者"。《死别离》一首见选《明诗综》，诗云："昔闻生别离，不言死别离。无论生与死，我独身当之。北风吹枯桑，日夜为我悲。上视沧浪天，下无黄口儿。人生不如死，父母泣相持。黄鸟各东西，秋草亦参差。予生何所为，死亦何所辞？白日有如此，我心徒自知。"《共姜》一首见选

《伊人思》,诗云:“忆昔城门前,车马相追旋。何当一时尽,哀哀呼苍天。至今柏舟曲,使人心默然。独居卫宫北,明月那可得。秋树蔽其阴,寒阶鸣促织。”两诗抒尽失偶之悲。诗人归家守志,沉酣文史,走出一己之悲,《独归故阁,思母太恭人》哀写时乱多艰:“故里何须问,干戈挠不休。家贫空作计,赋重转添愁。远树苍山古,荒田白水秋。萧条离膝下,欲望泪先流。”《出塞》伤述国事多变:“辞家万里戍,关路隔风烟。赋重无馀饷,边荒不种田。小兵知有死,贪吏尚求钱。倚赖君王福,何时唱凯旋。”得杜诗高老苍实之象。

方氏女诗人出身桐城望族,不屑披风抹月,诗多独拔、悲雄之调。再如方孟式《秋兴》诗云:“西风伤往事,笑此客中身。叶落苍烟断,花开黄菊新。天涯蓬鬓短,边徼羽书频。蟋蟀知秋意,阶前鸣向人。”方维仪《纫兰阁诗集序》评说:“读《纫兰阁》之诗者,不胜伤悲之至也。余伯姊夫人,苦其心志,生平摧折,故发愤于诗歌者也。”吴令仪《夜》诗云:“新月不来灯自明,江天独夜梦频惊。长年自是无归思,未必风波不可行。”《玉镜阳秋》评云:“清新婉丽,神骨秀绝。七绝佳处,所云一唱三叹,有遗音者矣!”

5. 吴门二大家

长洲陆服常和徐媛,系出名门,嫁与名士,赓和唱随,并称“吴门二大家”。《列朝诗集小传》云:“小淑多读书,好吟咏,与寒山陆卿子唱和。吴中士大夫望风附影,交口而誉之,流传海内,称吴门二大家。”谢无量《中国妇女文学史》认为:“嘉靖、万历以来,七子之徒,大变文体。而妇人作者亦众,其卓然尤推大家者,惟吴中陆卿子与徐小淑为著。”

陆服常,字卿子,以字行。父陆师道,字子传,嘉靖进士,仕至尚宝司卿,交结文徵明父子、王世贞、周天球,以诗画著称。卿子十五岁嫁高士赵宧光（字凡夫，有《寒山漫草》八卷、《凡夫杂著》四卷），偕隐苏州寒山别业。《百城烟水》载："寒山别业在支硎山南。万历间云间高士赵凡夫葬父含玄公于此，遂偕元配陆卿子家焉，自辟丘壑，凿山琢石，如洞天桃源。"《列朝诗集小传》亦载："凡夫弃家庐墓，与卿子偕隐寒山，手辟荒秽，疏泉架壑，善自标置，引合胜流，而卿子又工于词章，翰墨流布一时，名声藉甚，以为高人逸妻，如灵真伴侣，不可梯接也。"卿子博览群书，文学才情胜过宧光，早年的《云卧阁集》四卷，稍有剿古之嫌，尔后自摅胸臆，多构佳章，结集《考槃集》六卷（诗为五卷）、《玄芝集》四卷㉕。所作如《寒山闲居即事》云："有地皆埋玉，无山不种松。雨深朝拾菌，日暖昼分蜂。麋鹿缘岩下，神仙采药逢。桃花开已遍，樵客欲迷踪。"又一首："闭门聊自适，陋巷薜萝深。柳色啼春鸟，波光澹夕阴。落花闲覆地，空霭静依林。若问幽栖意，床头有素琴。"才情气韵，颇为不俗。

徐媛（1560—1619），字小淑，长洲人。有《络纬吟》十二卷，诗为九卷。嫁范允临（字长倩，一字长白，号石公，华亭人，居吴县，万历二十三年进士，仕至福建布政参议，有《输寥馆集》），夫妇咸富才藻，婚姻美满。董斯张《徐姊范夫人诗序》记述："相敬如宾，或回文酬和，扬扢古今；或亮月半天，川岩在览；或名花照槛，节序关心。每拈一题，夫子辄疾书之，流出人间。"范允临结交袁宏道，受公安诗风影响，徐媛亦是，诗任自然，不事雕琢，算得上"独抒性灵"一派。范允临《络纬吟小引》说徐媛"顾独不喜子美，而私心向往长吉，曰：'子美虽号称大家，乃中多俚俗语，初学效之，不免入学究一路。长吉虽鬼才，然怪怪奇奇，语多自创。深求之，上不失汉魏、六朝，而浅摹之，亦不落中、晚，岂至庸鄙，开宋人门户耶？吾宁伐山而斧缺，毋牙慧而饾饤。'故其为诗，多师心独造，无所沿袭"㉖。由此可知徐媛的文学识见。所作如《金陵吊古二首》其一:“秦淮流水日滔滔,陌上青骢络绎骄。寂历故宫三十六,板桥犹自夜闻箫。”时有清新之篇。徐媛之诗信手成篇,既非无学,亦非识寡,实际上体现了女诗人对晚明诗坛新风尚的接受态度。

6. 南京秦淮女诗群及草衣道人王微

明代南、北两都设教坊司,北有东、西二院,南有十四楼。南京旧院特盛,成化、弘治间,色艺优者往往结为“手帕姊妹”,每月聚会,俗称“盒子会”。南京青楼女子耽于诗词,尚在隆、万以后,她们参加文人结社,诗酒唱和,形成秦淮诗群,南京十二名姬中的马湘兰、赵彩姬、朱无瑕、郑如英,以风韵才华价重一时,堪称秦淮诗群代表诗人,冒愈昌、吴兆为选《秦淮四美人选稿》。

马守真(1548—1604),小字玄儿,字月娇,善绘兰花,人称湘兰。相貌算不上出色,而神情仪止如春柳早莺,吐辞流盼可人,性喜轻侠,与王稚登相知,万历三十二年,稚登七十初度,湘兰亲至苏州置酒为寿,晏饮累月,被视作吴门数十年少有的盛事,湘兰归南京不久即病卒。有诗《湘兰子集》二卷。所作清丽隽婉,如《游桃花坞》:“却似武陵迷旧渡,翻成我辈似渔郎。”《喜客泉》:“泉本无心留客驻,客欢清净自徘徊。”稚登评曰“字字风云”、“闻者神飞”。

赵彩姬,字今燕。有《青楼集》一卷。所作清越怡人,如《燕来》:“独坐掩罗帏,愁看双燕飞。思君不如燕,一岁一来归。”《笔精》卷二论其“五绝楚楚风流,音谐句适,亦平康之秀也”,不过,又认为马、赵二姬诗不如朱、郑,谓“慧心艳藻,必推朱、郑为首”。

郑如英,小字妥,字无美。容貌韶秀惊人,有《寒玉斋集》一卷。诗情流丽,如《留秋送刘冲倩》:“我欲留秋住,寒衣不忍裁。归期何用速,尚有小桃开。”

朱无瑕,小字馥,字泰玉。风流蕴藉,兼擅歌舞、文史、诗文、绘事,幼从朱长卿学歌舞,尝得《唐诗品汇》,吟诵不倦。据《鸾啸小品》卷八《朱无瑕传》，有蒋氏见无瑕《闺怨诗》，“逼一觏，与定交”。万历三十七年，钟惺、潘之恒南京举冶城大社，无瑕任女校书，《宫闺氏籍艺文考略》载：“无瑕诗出，人皆自废。”无瑕性沉静，诗情宛至，如《芭蕉雨》：“滴破愁中梦，听残叶上声。新诗题未得，偏送别离情。”《春闺怨》：“入睛春光长似醉，爱春翻作伤春泪。牵情惹眼最愁人，帘外花飞阶絮坠。”有《绣佛斋集》一卷，《玉镜阳秋》云：“馥诗颇有艳思慧语，如清弦乍调，脆管初咽，律绝并有可称。”

王微，字修微，扬州人。才情殊众，陈继儒《微道人生圹记》说她“自幼有洁癖、山水癖、书癖。自伤七岁父见背，致飘落无所依，眉妩间常有恨色”，“其诗词媚秀幽妍，与李清照、朱淑真相上下”。王微广结名士，急人所难，挥洒千金。尔后皈心禅悦，自号草衣道人，参憨山大师，归造生圹。晚年嫁华亭许誉卿，遭遇国变，相依兵灾间。临逝以剃刀械衣贻誉卿：“当此丧乱之中，得全身为上，幸毋自辱。”有《宛在编》、《名山记》、《樾馆诗》、《浮山亭草》、《未焚稿选》、《远游篇选》、《闲草》、《期山草选》等集。《樾馆诗自序》云：“生非丈夫，不能扫除天下，犹事一室，参诵之馀，一言一咏，或散怀花雨，或笺志水山，喟然而兴，寄意而止。妄谓世间，春之在草，秋之在叶，点缀生成，无非诗也。诗如是，可言乎，不可言乎？”王微诗句娟秀，如《赋戏闺人》：“忆郎此日不曾痴，倚阁凭栏应自知。挑尽残膏无一语，背人偷看合欢诗。”反复突出一个“戏”字，不无妙笔。《邻女舟》写少女情态初绽，富于灵气，诗云：“半欲窥人半怯人，尽教过眼入帘频。篙师伐鼓非侬意，寂寂孤舟愁有因。”值得称道的是，王微诗中洋溢清奇、侠宕之气，钱谦益和柳如是评当世女作者，有“草衣之诗近于侠”一说。王微和谭元春相知，《送谭友夏》云：“去去应难问，寒空叶自红。此生已沦落，犹幸得君同。”谭元春答诗云：“不用青衫湿，天涯沦落同。前夜三弦客，一声霜露空。”[27]同是天涯沦落人，从女子口中唱出，当是诗坛少有的景象。谭元春为作《期山草小引》说：“诗有巷中语、阁中语、道中语，缥缈远近，绝似其人。荀奉倩谓妇人才智不足论，当以色为主。此语浅甚。如此人此诗，尚当言色乎哉？”[28]

晚明女诗人创造了明代文学史上的一段辉煌。女性诗歌一直是人们期待看到和理解的空间，晚明女性诗坛之兴揭示它的广阔和深邃。诗歌是人生的艺术，指向人类生活和思想世界。处于社会封闭角落的女性，没有能力摆脱这一历史定位，而文学为其解脱人生、寄托情志提供了窗口。诗歌，这一抒情的载体，个体生命的重要存在方式，对于晚明女性来说，意义巨大。晚明女诗人大抵命运多舛，或困于情，或人生寒蹇，或理想幻灭于国破家亡的现实，能够如陆卿子、徐媛一样的幸运者毕竟极少，她们的人生不幸也构成了中国文学史上的一段痛史。

---

① 余怀《板桥杂记》。

② 《鹂吹集》。

③ 《愁言》集前序。

④ 诗题即序：“宛君叶夫人蜚英声于闺苑，流丽响于青篇，伤女慧亡，柔躯悲殒。余得《午梦》读之，想芳容乎未觌，觉愁绪以萦怀，览未忍终，情不能已，爰赋小言，以当挽云。”见《鹂吹》附集。

⑤ 《愁言》之《午日感怀》。

⑥ 《愁言》。

⑦ 清刊本《午梦堂集》之《愁言》卷末手书题识。

⑧ 《返生香》题注。据《千顷堂书目》卷二十八，纨纨有《愁言》一卷，又有《芳雪轩遗稿》，小鸾有《返生香》一卷，又有《疏香阁遗集》。案：《愁言》、《返生香》集外遗诗有存，但未见两种遗稿。检《午梦堂

集》,《愁言》、《返生香》刻于二人故世后,即《芳雪轩遗稿》、《疏香阁遗稿》。

⑨ 《返生香》之《咏牛女》。

⑩ 《七夕后夜坐,红于促睡漫成》,见《返生香》。红于,小鸾侍婢,能诗词,小鸾殁后,归庞氏,别字元元。

⑪ 《彤奁续些》卷上。

⑫ 《愁言》之《哭亡妹琼章》十首其六。案:小鸾年十七将嫁,婚前五日卒,逝前还赋有《催妆诗》。

⑬ 《笔精》卷五载孙令弘《黄媛传》语:"莲因夙胎,絮果陡断,前言得无诗谶耶?"《列朝诗集小传》复述及此。

⑭ 《初学集》卷三十三。

⑮ 《槜李诗系》卷三十五。

⑯ 《初学集》卷三十三《士女黄皆令集序》。

⑰ 《西泠闺咏》卷十,陈文述撰,《武林掌故丛编》本。

⑱ 参见陈维崧《妇人集》。

⑲ 《锦囊集》之《琴楼遗稿序》。

⑳ 《锦囊集》之《赠闺塾师黄媛介》。

㉑ 以上诸诗见《祁彪佳集》附编,诗中异字不再一一标示。

㉒ 《螽山集》卷三。

㉓ 《螽山集》卷三。

㉔ 《中国妇女文学史》三编七章《方维仪》第 35 页。

㉕ 《兰咳二集》选《玄芝集》之诗,注云:"原刻诗一百四十首,今选三十七首。"见《香艳丛书》,人民文学出版社,1992 年。

㉖ 《络纬吟》集前序,明抄本。又见《输寥馆集》卷三。

㉗ 《谭元春集》卷八《在钱塘、吴兴间,皆逢王修微女冠,每用诗词见赠,临别答以六章》其四。

㉘ 《谭元春集》卷二十四。

附录一

晚明文人结社简表

〔说明〕

一、本表所列结社，时间大致限在隆庆初年至崇祯末年，认定结社的依据主要有三：成员和活动都相对稳定的社盟；文人一时集会而由此确立社盟关系者；唱和诗结成一集，或选文付刻的社事。二、本表在征引和辨正郭绍虞《明代的文人集团》（以下简称郭文）所列一百一十五种晚明结社基础上，增辑晚明社事九十七种，于谢国桢《明清之际党社运动考》多有资取，其他借鉴处均在文中标出。三、本表共分三部分，一为补郭文失录之结社；二为增正郭文辑录之结社，大致按原文顺序排列；三为晚明文人共称，在郭文所列三十馀种之上增至八十二种。四、偶然性的雅集，参与者未由此确立社盟关系，本表不视其为结社，因此汰去了郭文的随社（麻城人王屺生游南昌、临川，随行征文梓刻《随社》，随社由此得名）等结社。由于笔者学识和条件所限，本表疏误之处，还请方家指正。

一

（一）诗社、耆旧会

1. 青浦诗社

万历七年，屠隆任青浦知县，邀请沈明臣、冯梦祯来游，唱和诗编为《青溪集》。《由拳集》卷十二《青溪集序》："余乡沈嘉则先生、就李冯开之吉士适以七夕至，至即相与操方舟出郭行……嘉则得诗如干首，余诗与之略相等。……于是谋刻先生诗，余与开之附焉，用'青溪'命集。"《青溪集》付刻，有文士慕求，《由拳集》卷十六《与董阳明》曰："《青溪集》板，嘉则先生业持以去，亡以奉命。"

2. 阳春社

万历八年，龚仲庆成进士，与龚仲敏在公安县组织阳春社，袁宗道、袁宏道及公安县后学入社。《白苏斋类集》卷十《送夹山母舅之任太原序》："驾部公（龚仲庆）得隽后，先生诛茆城南，号曰阳春社。一时后进入社讲业者如林，不肖兄弟亦其人也。自有此社，人始知程墨之外，大有书帙，科名之外，大有学问。而先生又能操品藻权，鼓舞诸士。诸士穷日夜力，勾搜博览，以收名定价于先生。以故数年之间，雅道大振，家操灵蛇，人握夜光。"

3. 万历十一年西湖社

万历十一年，戚继光、卓明卿、汪道昆、汪道贯、汪道会与吴越名士十九人社集西湖，举秋社。万历十四年，继有社事。《太函集》卷三十六《卓澂甫传》："昔在西湖，戚元敬为秋社宰，不佞为客。四座若而人，皆名家，澂甫与焉。闻者以为高会。"同集卷七十六《南屏社记》："往余由武林而趋吴会，即次西湖。四方之隽不期而集者十九人，于是乎有中秋之会。"

4. 南平社

公安三袁与外祖父龚大器及舅氏龚仲庆、龚仲敏在公安县结南平社。《珂雪斋集》卷十六《龚春所公（大器）传》："公能诗，与诸子诸孙唱和，推为南平社长。”清康熙《公安县志》卷四《列传》载南平社事，盖据此传。《白苏斋类集》卷三有诗《南平社六人各一首》：《外大父方伯公》、《孝廉舅惟学》、《侍御舅惟长》、《中郎弟进士》、《小修弟文学》。袁宏道万历二十年进士，故结社当在万历二十二年。

5. 五咏楼诗社

万历二十二年，潘之恒游武昌，与袁中道、丘坦、吴士良、王伊辅结五咏楼诗社。潘之恒《涉江诗选》有诗《今夕行同吴皋倩、王任仲、丘长孺、袁小修饮五咏楼赋》，《武昌曲》八首同时作，诗注：“余时邀四子结社五咏楼，寻各散去，种种悲婉，托之乐府歌之。”又，《珂雪斋近集》卷三《寿南华居士序》：“予少时游武昌，与西陵丘长孺、大鄣潘庚生等结文酒之会。”丘坦，字长孺，麻城人，公安派诗人之一。吴士良，字皋倩，吴国伦子，李维桢为作《吴皋倩诗序》，见《大泌山房集》卷二十四。王伊辅，字任仲，任侠好游，生平见《珂雪斋集》卷二十一《书王伊辅事》。

6. 横山社

万历二十二年，陆弼、龙膺在真州组织横山社，陆弼任社长，唱和诗编成《横山社集》。陆弼《銮江集序》：“往甲午（万历二十二年），武陵龙君御（膺）赴倅临洮，暂息真州，结社，余以犬马齿推为祭酒，得次其诗曰《横山社集》。是时君御有客欲附其诗与姓名，余不敢假借，遂未竟杀青。”

7. 袁宏道、潘之恒歙县之结社

万历二十五年，袁宏道、陶望龄游徽州，客于歙县潘之恒家中，举社集。袁宏道《解脱集》之四《伯修》：“东西南北名士凑集者，不下十馀人，朝夕命吴儿度曲佐酒。”陶望龄《歇庵集》卷一《集潘庚生馆得钱字》诗云：“诗证野狐禅。”

8. 葡萄社

万历二十七年，公安三袁、陶望龄、黄辉、江盈科、潘士藻在京城崇国寺结葡萄社，丘坦、王珍、王辂、方文僎、秦镐等人先后入社，谈禅论学，作诗酒之会。《珂雪斋集》卷十八《中郎行状》载："时伯修官春坊，中道亦入太学，复相聚论学，结社城西之崇国寺，名曰蒲桃社。"《瓶花斋集》之三有诗《崇国寺葡萄园集黄平倩、钟君威、谢在杭、方子公、伯修、小修剧饮》、《夏日同江进之、丘长孺、黄平倩、方子公、家伯修、小修集葡萄方丈，以五月江深草阁寒为韵，余得五字》、《端阳日集诸公葡萄社，分得未字》。同集之四有诗《秋日集江进之、王以明、方子公、王章甫、小修饮崇国寺，分韵得邦字》。《珂雪斋集》卷三有诗《午日同钟樊桐、黄慎轩、方子公、秦京、伯修、中郎崇国寺葡萄林分韵得扫字》。上诗均作于万历二十七年。葡萄社谈学论禅，被目指为"异学"、"伪学"坛坫，未几京师攻禅风气兴起，葡萄社受到冲击，社事遂止。

9. 万历二十八年西湖社

万历二十八年八月，俞安期、虞淳熙、臧懋循、徐桂等十五人结社西湖。冯梦祯《快雪堂集》卷五十八："俞羡长（安期）约诸公结社西湖，各持分金一钱五分赴之。钱塘门登舟，徐茂吴（桂）、臧晋叔（懋循）、吴元瑞、虞长孺（淳熙）及孝廉、布衣在坐者十五人。"文字为万历二十八年八月初四日之日记。吴元瑞即胡应麟字元瑞。"吴"字误。

10. 邓原岳、朱家法诸人之结社

邓原岳，字汝高，闽县人，万历二十年进士，万历二十九年迁湖广右参政，在任期间与朱季则结社唱和。《大泌山房集》卷二十四《胡仲修诗序》："藩伯邓汝高、水部朱季则结社酬唱，历有岁年。"朱家法，字季则，上海人。万历二十年进士，累官工部郎中。

11. 朐海社

王衡《緱山先生集》卷七《朐海唱和诗序》:“盖海州之东南有朐山焉。……江右刘侯作牧几年于兹,以文学饰吏治……而吾师昆山顾先生适来署州学事,相得甚欢,遂相与览胜登高,慨然作赋,逡巡成卷,裒而刻之,曰《朐海唱和集》。”明制,朐山入海州,废县制。清嘉庆《海州直隶州志》卷二十二《良吏传》:“顾绍夔,太仓州举人。为海州学正,与州牧刘克修公馀游览,联咏成帙,使海隅僻壤蔼然有儒雅之风焉。”王衡所说的昆山顾先生,即顾绍夔,字和甫,万历十六年举人。据上志《职官表》,其于万历二十八年选海州学正。刘侯,指刘克修,广东从化人,举人,万历二十九年任海州知州,结社当在此际。

12. 凌霄台大社

万历三十一年,屠隆、曹学佺、赵世显、阮自华、林古度等人社集福州乌石山之凌霄台。《列朝诗集小传》丁集中《屠仪部隆》:“晚年出盱江,登武夷,穷八闽之胜。阮坚之司理晋安(福州),以癸卯(万历三十一年)中秋大会词人于乌石山之邻霄台,名士宴集者七十馀人,而长卿为祭酒。”《乌石山志》卷七:“(屠隆)馆于乌石山南麓之半岭园,与诸名士为诗文之会。”曹学佺《芝社集》之《凌霄台大社》自注:“阮坚之招。”阮自华,字坚之,万历二十六年进士,除福州推官,社事之倡,盖由自华。谢兆申称入社近百人,《谢耳伯先生全集》卷一《岩岩五章》小序:“《岩岩》者,阮司理集邻霄台(即凌霄台)作也。时入社可百人,而东海屠隆、莆田佘翔、清漳郑怀魁、闽赵世显、林世吉、曹学佺为之长。”

13. 芝社

万历三十一年,闽中曹学佺、陈仲溱、陈荐夫、赵世显、林光宇等人频繁社集,曹学佺《曹大理集》卷七《芝社集》之《八音诗》注:“徐兴公直社。”《平台阅兵》注:“林子真直社。”《三月晦日,集塔影园送春》注:“王元直当社。”《初夏澄澜阁得微字》注云:“康季鹰直社。”《薛老峰》注:“陈惟秦、陈伯孺共直社。”《集河口郑氏别业》注:“高敬和直社。”《赋得白云抱幽石》注:“赵仁甫(世显)直社。”此将以上社集统称芝社。

14. 红云社

万历三十六年,徐兴公、谢肇淛闽中结红云社,又名餐荔会。徐、谢各作有社约,在杭《小草斋文集》卷二十七《餐荔约》:“社中诸子唱为餐荔会,而不佞复条所未尽者如左,以与同志者共守焉。……今置一簿,携以自随,每会先记日月、胜地,次列同集姓名、主人,分体拈题。坐客即席抽思,虽润色或需他日,而草创必限尅期,诗不成者,记姓名于簿,以行薄罚。”《小草斋诗集》卷二十二有诗《马季声(欻)招集雕龙馆,各赋荔支一事,分得根》、《徐兴公见惠双髻荔支同赋》,《鳌峰集》卷十七有诗《六月三日集惟秦、伯孺、在杭、乔卿、性冲、景倩、元化、孟麟、本宗诸子九仙观避暑食荔,分得文字》,皆同时作于万历三十六年诸次社集之上,与会皆晚明闽派诗人。

15. 冶城大社

万历三十七年五月,钟惺、袁中道、潘之恒与东南名士在南京举冶城大社。《珂雪斋集》卷十《翁承嬔文序》:“予己酉游秣陵,结冶城大社。皆海内名士,承嬔与焉。”《游居柿录》卷三:“大会文士三十人于秦淮水阁,各分题怀去。”又,“词客三十馀人,大会于秦淮水阁,女校书二人,为朱无瑕、傅灵修。”钟惺《隐秀轩集》卷十九《赠唐宜之署颍上县事序》:“予己酉游南都……与一时同志要宜之为冶城社。社中先后成进士、举于乡者强半。”朱无瑕,小字馥,字泰玉,风流蕴藉,兼擅歌舞、文史、诗文、绘事,《宫闺氏籍艺文考略》:“万历己酉,秦淮有社会,集天下名士,无瑕诗出,人皆自废。”

16. 石君社

万历四十一年，曹学佺、俞安期等人在闽中结石君社。学佺《石仓诗集》卷二十三《浮山堂集》有诗《九日首举石君社，分得六麻韵》，注云："客为俞羡长、陈诚将、胡白叔、俞青父、郑汝交、赵十五、李季美、李明六、陈可权、包一甫、舍弟能证。"赵十五，名璧，莆田布衣，性孤癖，工诗，兼擅画枯木、竹石。曹学修，字能证，学佺之弟。胡梅，字白叔，山人，工诗，卖药吴门，生平见《列朝诗集小传》。

17. 雅社

万历四十三年，华亭人唐汝询与乡人在松江结雅社，作《雅社约》。《编蓬后集》卷十五《雅社约》："乙卯岁杪，偶憩海上"，"于是举生平所与操觚艺林、埙篪调合者，得十二人，为雅社，推长舆先生为盟主。嗣后每有一题，在远必告，毋畏难而阁笔，毋托事以废吟。万里比邻，诗筒络绎。"汝询，字仲言，五岁而瞽，有《编蓬集》十卷、《后集》十五卷。《静志居诗话》："诗人形累者，孙伯融跛，偶武孟、张节之、谢茂秦眇，祝希哲枝指，何仲默秃，其他不可悉数。至唐仲言无目，李公口哑、耳聋，不废吟咏，是难能也。"

18. 石仓社

万历四十三年，曹学佺在福州城外石仓别业组织石仓社。徐兴公《鳌峰集》卷十一《送徐仲芳归嘉兴》诗注："与曹能始结石仓社。"谢在杭《小草斋续集》卷三有诗《辛酉九日曹能始招偕同社石仓登高，分得四质》。社事一直持续到明亡。侯官人陈鸿，字叔度，或入此社。周亮工《书影》卷四："侯官陈鸿，字叔度，家贫，无人物色之。能始石仓园在洪塘，中有淼阁，集诸同人为诗。叔度有'一山在水次，终日有泉声'句。能始叹赏，为之延誉。"

19. 三山春社

万历四十四年，吴中山人俞安期客居福州，与闽中诗人结春社，致力声诗，非一般诗酒之会可比，唱和诗编成《春社篇》。谢在杭《小草斋文集》卷五《春社篇序》:"丙辰(万历四十四年)之春,姑苏俞羡长诸君子侨寓三山,偕我二三同志,命驾探奇,拈酒赋诗。盖自元日以及季春之晦,无日不社,而无社不诗也。其词丽以则,其韵逸以遒,其取兴远而寄情微。歌舞太平,发抒灵性,固不徒玩过隙之物华,骋花月之浮藻已也。"

20. 海淀大会诗

万历四十四年四月,杨鹤、袁中道、钟惺、龙膺等数十人社集京师海淀园,号曰"海淀大会诗"。《游居柿录》卷十一:"西直门北十馀里,地名海淀。……是日,修龄(杨鹤)作主,词客龙君御而下若干人,工弈棋书画者若干人,亦一时之胜会也。各分韵,号为海淀大会诗。"《隐秀轩集》卷三《四月三日杨修龄侍御游宴海淀园》:"一座四方人,趣不甚差参。能使孤衷士,酬对亦不疲。"

21. 钟惺、李维桢诸人之俞园结社

万历四十五年,钟惺、李维桢、邹迪光、陈继儒社集俞园。《隐秀轩集》卷八有诗《喜邹彦吉(迪光)先生至白门,惺以八月十五夜要同李本宁(维桢)先生及诸词人集俞园》,卷十有诗《访陈眉公(继儒)于舟,因共集俞园》。前诗诗序:"积数十年之绪,以永今宵;合几千里之人,而同明月。"诗云:"讲席兼陈乐,年年此愿悭。"卷十又有《秋夜集俞伯彭园池》一诗。钟惺、陈继儒定交盖自此始。

22. 山中社

万历四十七年,诸城丁耀亢(字西生)负笈云间,从董其昌、乔剑浦游,翌年在苏州虎丘与陈元素、赵宧光共结山中社。耀亢《逍遥游》卷二《野鹤自纪》:"庚申(万历四十八年),僦石虎丘,与陈古白(元素)、赵凡夫(宧光)结山中社。"

23. 闻莺馆社

万历末年,闽中士子陈仲文在乡组织闻莺馆社。徐兴公《重编红雨楼题跋》卷一《题闻莺馆社集诗》:“吾友陈仲文读书三山,帖括之馀,闲事吟眺。……乃约同侪集陈孝廉东园闻莺馆,分韵操觚,各成七言十韵。……是日共游者十一人,而诗成者仅半,刻羽流商,泠泠有韵,宁让金衣子载好其音也哉! 庚申(万历四十八年)春日题。”

24. 沧洲社

崇祯六年,许学夷、沈鹜、周俊、丘维贤等人创立沧洲社,参见张慧剑《明清江苏文人年表》。

25. 三山耆社

崇祯十年,曹学佺、徐兴公、董崇相、陈仲溱、陈宏巳、崔世召、杨瞿崃、马欻、王伯山等人闽中组织三山耆社,明年复举续会。曹学佺崇祯十年八月十日作有《三山耆社诗敬述》,见《石仓诗稿》卷三十三。

26. 芙蓉社

崇祯十一年前后,韩文铨在杭州与当地名士结芙蓉社。陈子龙《安雅堂稿》卷三《韩水部芙蓉社序》:“关西古称多刚武沉毅之士。……今天子(崇祯帝)十一年,(韩)水部以榷关使于杭,与予相见如故。……已,又集所谓芙蓉社者,索予为序。芙蓉社者何?关使者署中旧有佳石名芙蓉,水部以暇日集杭人士吟咏于其下者也。……水部名文铨,字四水,洪洞人。”

27. 陈洪绶、周亮工之诗社

崇祯十四年,陈洪绶、周亮工、金堡、伍瑞隆在京城共结诗社。周亮工《读画录》卷一:“辛巳,余谒选,再见(陈洪绶)于都门,同金道隐、伍铁山诸君子结诗社。章侯谬好余诗,遂成莫逆交。”道隐,即金堡,明亡,参加抗清,后入空门,师从天然和尚,法名今澹。铁山,名瑞隆,香山人,天启元年解元,工书画。

28. 广陵社

隆万之际，陆弼、欧大任扬州结广陵社。《弇州山人续稿》卷二十二有诗《陆无从茂才自扬州来乞文，以赠歙人吴惟登，得三绝句与之，生高于诗，与欧博士桢伯为广陵社》。

29. 芝山社

万历初，邓原岳、赵世显、徐熥闽中倡结芝山社。《红雨楼序跋》之《萍合社草序》："芝山故有社，先辈邓汝高、赵仁甫、徐惟和诸公倡酬，若而人咸有定数。"芝山社开启晚明闽派结社风气。

30. 于慎行瀛洲社集

于慎行、方仞庵等人南京举瀛洲社集，追踪"三杨"台阁风雅，时间约在万历初。慎行《谷城山馆诗集》卷十三《九日留都瀛洲会集呈诸馆丈》："馆阁先朝多故事，群公勋业踵三杨。"

31. 桃花社

汪逸与陈季慈定布衣之交，共结桃花社，有唱和诗《桃花社集》。《大泌山房集》卷二十二《桃花社集序》："陈季慈、汪遗民之为桃花社也，季慈以贵公子登贤能书，寄百里之命，其诗受之父兄，故非朝夕。遗民，匹夫，徒步之人，沉思竹素，莹精风雅。黔中、扬子地相去数千里，一言会心而缟苎缔欢。……季慈不为名，遗民不为利，两人所挟持不小，始相资而卒相成，论交论诗若此，不亦善乎！"陈季慈名荀产，铜仁人。父陈珊，嘉靖间进士，官兖州同知。荀产天启间官武陵知县，累迁永昌知府。

32. 王思任、张民表之结社

王思任《文饭小品》卷二《应龙无尾操》注："中牟孝廉张林宗（民表），余同社兄也。"同卷《阿育王寺夜坐》诗注："时忆中牟张林宗、尉氏阮太冲（汉闻）二社友。"周亮工，张民表门人，《书影》载："阮太冲、王季重皆渊人，俱生于都门。张太保公为玺卿时，林宗先生侍养都门。三公垂髫共砚席于演象所，尝合刻其诗文以行。后太冲因皦生光之变(万历三十二年牵入妖书案,凌迟),移家尉氏。"

33. 王思任、巢必大之结社

《文饭小品》卷五《知希子诗集序》:"神庙戊子(万历十六年)秋,京闱榜放,太仓王辰玉(衡)领解,华亭董玄宰(其昌)占魁,而(巢)必大先生以戴记夺锦。……(必大)与予盟社,称两岁之长,拈弄帖括后,即赓互韵语,都人士窃笑之,以为少年辈何为是蓖蓖者。而尉氏阮太冲、中牟张林宗见而悦之,独谓两生旂鼓正锐,中原七子未知鹿死谁得也。"

34. 蓟门社

万历中,毗陵人陆君可侨居京师,组织蓟门社,唱和诗结集《蓟门社草》。《小草斋文集》卷五《蓟门社草序》:"天子(明神宗)春秋鼎盛,……毗陵陆君可侨长安久,四方贤豪长者咸折节交欢,以诗赋相倡酬。已乃裒而次之,删其芜杂,而登其隽焉。"

35. 邓云霄凤台新社

屈大均《广东新语》卷十二:"明兴,东莞有凤台、南园二诗社,其诗颇得源流之正。"郭文不载万历间凤台社重修事,此以凤台新社名之。邓云霄《解弢集》有诗《同旧社中诸子揖仙楼有感畴昔》、《秋夜同林坦之、垂之、元声、元韬兄弟、周昆彦、谭永明、曾资铭茅溪泛舟对月赋》、《春夜与社中诸君凤台言别因留赠》。云霄,字玄度,东莞人,万历二十六年进士,任长洲令六载。以上诗作于万历三十三年归省之际。又,同集诗《春夜与社中诸君凤台言别因留赠》作于第二年赴任南户科给事中之际,自注:"因集凤台,故中联多用凤事。"

36. 泊台社

万历中,长乐谢肇淛在乡筑泊台,邀同社唱和,号泊台社。《小草斋文集》卷十《泊台社集记》:"(泊台)既成而八月望,于是社中诸子咸集,月华山霭,委碧波间,且觞且咏,甚适矣。……会者十有五人，人拈二韵，为诗三十首。"《小草斋诗集》卷五有诗《中秋泊台同社诸子燕集，得中字》、《中秋泊台同社燕集，分得咸韵》，《鳌峰集》卷五有诗《中秋夜谢在杭新筑泊台成，招诸同社玩月》，皆同时作。

37. 湛园社

米万钟，字仲诏，号友石，关中人，移居京师。万历二十三年进士，授永宁令，累迁江西按察使。天启间，受阉党排斥，削籍。崇祯改元，起太仆寺卿，不久即卒。米万钟家有湛园，万历间，招集诸名士结社于此。李维桢《大泌山房集》卷三《送米廷评入京，家有湛园，余尝结社其中》四首其四："名园卜筑帝城西，花下论文酒共携。"同集卷二十一《米仲诏诗序》："余坐计典待决，不鄙夷而招入社，尝与修禊事。"米万钟《勺园集》之《湛园》："主人心本湛，以湛名其园。有时成坐隐，为客开清樽。"据《帝京景物略》，秦镐、张民表、阮汉闻俱曾参与倡和。

38. 诃林净社

万历初，梁有誉、黎民表、欧大任结诃林净社。天启间，梁元柱疏劾魏忠贤，罢归，重开诗社，与陈子壮、黎遂球、赵焞夫、欧必元、李云龙、梁梦阳、戴柱、梁木公等人相唱和，事见宣统《番禺县续志》卷四十。

39. 四峰诗社

万历间，霍益方在南海县率邑诸生结社唱和，事见道光《南海县志》卷二十三。案：以上两种结社参见李绪柏《明清广东的结社》一文，《广东社会科学》2000 年第 3 期。

40. 青门社

万历间，关中宗室朱怀𤣰、怀𪍊、谊汌等人结青门社，见李维桢《大泌山房集》卷五《答季凤、尊生、子斗宗侯赠诗，兼寄青门社诸子》。朱怀爠字伯明，惟焥字叔融，怀𤣰字尊生，怀垩字士简，怀𪍊字季凤，谊沛字伯闻，谊泮字子斗，号为“青门七子”，皆秦王孙，宗室贤而笃于学者，各有诗文集。见王弘撰《山志二集》卷三。

41. 袁中道、魏浣初之结社

袁中道《珂雪斋集》卷八有诗《同同年兄弟吴元无、申维烈、姜季捷饮于魏仲雪斋中，仲雪赋诗成，予属和，时有结社之约》。魏浣初，字仲雪，常熟人。万历四十四年进士，官至广东参政。冯舒《怀旧集》：“仲雪少为诗，喜袁中郎，晚好汤义仍。余窃笑之，君因自秘，不以示余。每谓人曰：‘若家诗法与我异，愧不得当也。’晚而读白傅集，颇得其意。”申绍芳，字维烈，长洲人。吴极，字元无，汉阳人。二人与袁中道、魏浣初皆四十四年进士。

42. 芳草精舍诗社

崇祯间，番禺诸生陈虬起与黎邦瑊、梁佑逵、萧奕辅、区怀年于乡里结诗社。事见《粤东遗民录》、宣统《番禺县续志》卷四十。

43. 东皋诗社

崇祯初，陈子履于广州东门外组织东皋诗社。事见宣统《番禺县续志》卷四十。

44. 云淙诗社

崇祯间，陈子壮率名士唱和白云山，结云淙诗社。事见宣统《番禺县续志》卷四十。

45. 浩社

崇祯间，南海朱国材兄弟集名士数十人在粤秀山镇海楼唱和。事见同治《南海县志》卷十八。

46. 溪南诗社

东莞王应华，崇祯元年进士，与乡人黎铨、卢鼎结溪南诗社，事见温汝能《粤东诗海》卷四十九。民国《东莞县志》卷六十四则引前志云：“按察使入国朝，隐居水南，结溪南社，以文酒自晦焉。”案：以上四种结社参见李绪柏《明清广东的结社》一文，《广东社会科学》2000 年第 3 期。

47. 陈象明凤台新社

晚明广东诗人纷效凤台旧事,社盟于凤台旧址。万历中有邓云霄等结社凤台,崇祯末,东莞陈象明等人再结社凤台,象明作有《凤台诗社重修记》。事见崇祯《东莞县志》卷七。

48. 萍合社

启祯之际,闽中诗人在乡结萍合社,诗酒唱和,徐兴公《红雨楼序跋·萍合社草序》:"涣散何以言社?然偶有宴会游览,亦各分题赋诗,客不必同,随主人所邀而入焉。如萍之遇风,乍合乍散。或即景,或遥合,久之成帙,乃诠次而汇梓之,诚一时之盛事,三山之美游也。后有继者,嗣而继之可耳。崇祯纪元腊月题。"

49. 顾梦麟、杨彝诸人之结社

崇祯间,太仓顾梦麟、常熟杨彝等人结为诗社,见陈际泰《太乙山房文集》卷四《诗社序》。

50. 留社

丁时学,字天心,曾任霍州知州,崇祯间在京城组织留社。傅山《因人私记》:"时学于国门立留社,皆当时词客,赠山等古近体数十篇。时学集为一册,而以马太史素修记(指《山右二义士记》。二义士:傅山、薛宗周)冠于端。"崇祯八年,袁继咸督学山西,第二年遭张孙振陷害,下狱,傅山、薛宗周随之进京讼冤。崇祯十年,狱事得解,傅山闰四月出京,故丁时学结社,当在此前不久。

51. 吟社

陈济生《天启崇祯两朝遗诗》卷五录钱士升《吟社以明妃梦回汉宫限韵征诗,不(案:当"予"字刊印之误)得露题一字,感而赋之》五首。士升,字抑之,嘉善人。万历四十四年第一人及第,授修撰,累迁礼部尚书,兼东阁大学士,参预机务。忤旨引疾致仕,明亡后七年卒。有《赐馀堂集》十卷。吟社始末不详。

（二）文社

52. 新城大社

万历二十八年，陈际泰倡新城大社，艾南英等人与之。际泰《太乙山房集·新城大社序》："忆予庚子（万历二十八年）之役，既罢归，因邀同人为社。二十年间，先后飏去，如丘毛伯、游太来、曾隆吉、祝文柔、管龙跃、傅旋履。而其最亲厚者为艾千子、章大力、罗文止，内独二三人，与仆骑玉牛耳。"际泰，临川人，字大士，号方城。父流寓汀州武平，际泰生其地，后返临川，与南英并以时文闻名海内。崇祯三年举乡试，四年成进士，授行人。南英，字千子。章世纯，字大力。罗万藻，字文止。皆明末时文名家。

53. 静明斋文社

京山夏无生与同邑十五人结文社，见《隐秀轩集》卷十八《静明斋社业序》。参见本书第九章。

54. 钱谦益、韩敬之文社

万历三十七、三十八年之交，袁中道、钱谦益、韩敬、李流芳、徐文龙于京城共结文社修业。《珂雪斋集》卷十一《徐田仲文序》："庚戌计偕，予与李长蘅、韩求仲、钱受之诸公结社修业，田仲与焉。时韩与钱皆收，而予等被落。及丙辰，予幸叨一第，而长蘅、田仲复被落如故。"《游居柿录》卷三亦载万历三十七年岁末与钱谦益等结社修业之事。庚戌科场之争，韩敬、钱谦益关系恶化。

55. 萃社

俞不仝、王升之等人在绍兴结萃社。王思任《时文序·萃社草序》："越自周望先生得隽，魁文奕起。……而友生俞不仝、王公路、王升之又各负异禀，纠号英类，以为萃社之文。"陶望龄，字周望，万历十七年进士。

56. 甬东越社

《时文序·甬东越社叙》:“甬上君子廿四人,皆天海之灵储为鳌柱者。其为文也,斥谀汰浮,抑竞遣躁,剡必仆姑,淬必干将,要以讨玄攻髓。……越社廿四人者,可当六千君子也。”

57. 来香社

《时文序·来香社草序》:“近吾越中举子业称极盛,而来香社诸君又最,人握奇篇,曾篝灯竞读之。……何英人之勃勃也!夫气之所往,在纸纸立,在字字飞。”

58. 周钟等人之应社

周钟,字介生,金坛人。擅长制义,为世人推重。先是吴应箕等人合七郡十三子之文为匡社,至此共推周钟主盟,结应社。《复社纪略》卷一:“介生乃益拓而广之,上江之徽、宁、池、太,及淮、扬、庐、凤与越之宁、绍、金、衢诸名士,咸以文邮致,皆受成事,介生因名其社曰应社。与莱阳宋氏、候(案:当作桐)城方氏、楚黄梅氏遥相应和。于是应社之名,闻于天下。”

59. 确园社

中州文人吴伯裔、伯胤兄弟、刘伯愚、刘季植、刘侗城五人结确园社。张溥作《确园社稿序》,见《七录斋诗文集·文集近稿》卷之三。刘伯愚,字千之,商丘诸生,崇祯十五年商丘城陷,千之死之。吴伯裔,字让伯,商丘人,嗜读书,交天下贤豪,崇祯九年举人,死于兵事。伯胤,字延仲,贡生,风流文雅,善书,与兄同死难。

60. 震社

陈子龙、夏允彝等云间诸子结震社。张溥作《震社序》,见《七录斋诗文集·文集近稿》卷之四。

61. 濮溪社

海宁朱一是寓居梅里,往来濮溪,与梅里、濮溪之士结濮溪社,事见《为可堂初集·濮溪社集序》。一是,字近修,崇祯十五年举人,国变后绝意仕进。有《史论》十卷,《为可堂集》等。

62. 十三子社

据陈钟辑《国朝鼎甲录》,崇祯九年,马世俊、吴颖、芮长恤等人在江宁府结十三子社。

63. 豫章大社

陈际泰《太乙山房文集》卷四《江西贡录序》(代作):"先是诸生中,有合豫章大社者,而严其人,每郡邑推一人为祭酒,有佚入者,比于盗地以下敌之罚。既而公所选士,大都皆其推为祭酒之人,所脱者十才二三耳。"

64. 君子亭合社

《太乙山房文集·君子亭合社序》:"尝忆南州大社,主是役者为云将、美叔、仲延诸君子,而予与罗中鲁、叶当时与焉。尔时麻城李百药以其文入社,称兄弟,实非其手定也。……越十年而瑞芝亭社出,主是役者,为茂先门人芜城沈昆桐。……今君子亭社,则西蜀雷荣子、陈石柱二子之为之也。"

65. 瑞芝亭社(见上)

66. 豫章九子社

《太乙山房文集·豫章九子社序》:"杨伯祥主之。"

67. 禹门社

张溥、周钟、陈际泰共创,事见《太乙山房文集·禹门社序》。

68. 合社

张采任临川知县,从学者结合社,见《太乙山房文集·合社序》。

69. 观德社

张采有《观德社序》,见《知畏堂文存》卷三。

70. 剑光阁社

张采有《题剑光阁社》,见《知畏堂文存》卷十二。

71. 洛如社

张溥有《洛如社序》,见《七录斋诗文合集·文集存稿》卷一。

72. 云合大社

黎遂球有《云合大社序》,见《莲须阁文钞》卷九。

73. 临社

明末,常熟有临社,崇祯十四年黄淳耀、尤侗入社。参见张慧剑《明清江苏文人年表》。

74. 曲江社

崇祯十四年,张幼学、陆舜等人结曲江社。参见张慧剑《明清江苏文人年表》。

75. 闽中八郡文社

长乐人林逄经、林逄平闽中组织八郡文社,见李世熊《寒支二集》卷六《承德郎兵部司务林公墓志》。《小腆纪传》卷十七:"林逄经,字守一,逄平,字守衡,闽之长乐人,兄弟切劘,相师友,以文雄一时。逄经性刚急,或面摘人过,逄平性冲和。闽中建文社,八郡人士悉集西湖之荷亭,二林领袖之,从逄平问难者数十人,从逄经十数人而已。"

76. 亳社

崇祯四年,商丘有亳社,陈仁锡《陈太史无梦园初集》之《马集》三《社稿序》注曰:"亳社。"序云:"辛未(崇祯四年)之秋,持节再至,太守莱阳凝始董公、司李南昌茹荼万公,正己训俗,大举书院文社。……万公令各携制义,商余公署中。"

77. 昆易社

《陈太史无梦园初集》之《马集》三《昆易社》:"同年葛鲁生,邃于《易》。宦辙所至,如赤子爱父母,此治《易》之效。已而嗣君以事《易》事其严君,出入有度,文皆合辙,爰集胜朋,裒成社刻,各畅其所至，各不诬其所未至，是谓知至至之。吾今读《易》艺而解矣。”

78. 关社

《陈太史无梦园初集》之《马集》三《关社序》：“吾社诸君子，在此盟也，罔有不恪夫为千流万派之泽，不为两两相丽之泽，则泛而难合；为千秋万里之邻，不为辅车协比之邻，则广而不亲。”又，《陈太史无梦园遗集》卷三《关社选义序》文字鲜异。

79. 小题广社

《陈太史无梦园遗集》卷三《小题序》：“小题广社，叶君元夫为政。叶君与伯玉蒋君移书尧峰，檄余作序。选严而评核，余无以加矣。”

80. 蔚社

崇祯十七年，吴江叶绍袁长子世佺聚族会文，结蔚社。叶绍袁《年谱续纂》载崇祯十七年“三月二十，佺结一社，聚族会文。余名曰‘蔚社’，以革上六，其文蔚也”。世佺，字云期，生于万历四十二年，二十一岁补诸生，清军占领吴江，避乱山中，顺治十五年故世。

（三）禅社及其他

81. 肇林社

万历十二年，汪道昆在徽州结肇林社，谈禅讲经，兼作诗会。民国《歙县志》卷十六《杂记》：“汪道昆通佛法，结肇林社。”汪道昆《太函副墨》卷末附《汪南明先生年谱》载万历十二年“冬，建肇林社，作无遮大会，有记”。《太函集》卷七十五《肇林社记》：“余始事佛，延胤公主肇林。……缙绅学士至者，则方定之、詹东图、陈仲鱼、方献成、方君在、方羽仲、郑夷吾、程子虚、吴无怀、吴延秋、吾弟仲淹、仲嘉、山人王仲房、吴仲足。”案：肇林旧有社，但非文人之禅社，迨道昆结社肇林，始称文人禅社，入社多为徽州士子。

82. 二圣寺禅社

万历二十二年，龚仲敏、仲庆、袁宗道、宏道在二圣寺结禅社。《白苏斋类集》卷四《结社二圣寺》："诗坛兼法社，此会百年稀。"二圣寺在公安县东门外二里许，始建晋代，又名万寿寺、光孝寺。

83. 香光社

万历三十二年前后，袁宏道与僧寒灰、雪照、冷云结香光社。《珂雪斋集》卷十二《荷叶山房销夏记》："予久不上丘墓，甲辰五月从三穴挂帆，抵柞林。……未几中郎携衲子寒灰、雪照、冷云至，皆东南名僧，偶集于香光社者。"

84. 金粟社

袁宏道晚年卜居沙市，袁中道亦构置别业曰金粟社，约相依娱老。万历三十八年，宏道卒，中道返里，园归苏惟霖，惟霖延僧雪照来居，与中道"结参禅念佛之社"。《珂雪斋集》卷十九《金粟社疏》："社中沙门则雪照为主，宰官居士则云浦居士为主。是二人，皆深明大事而兼修密行者，是可依也。"

85. 慧林祠社

有朱女生士人与性仁上人在黄山、白岳间结慧林社，与过客赓和酬唱。事见《大泌山房集》卷一百三十《题慧林社卷》。

86. 焦竑长生馆会

焦竑晚年在南京组织长生馆会。《隐秀轩集》卷八《长生馆诗》小引："长生馆者，湖惟玄武，山则蒋陵。焦漪园先生倡众置馆于其中焉。每于月之八日，与客游栖，听僧礼诵。渔猎何曾厉禁，不过寄意于湖山；天渊共触慈心，业已移情于鱼鸟。……惺幸与兹会，喜而为诗。"

87. 张汝霖读史社

万历四十二年前后，张汝霖、黄汝亨、王志坚等人在南京结读史社。张岱《嫏嬛文集》卷四《家传》："甲寅（万历四十二年），当事者以南刑部起大父，与贞父先生复同官白下。拉同志十馀人为读史社，文章意气，名动一时。”又，陈继儒《古今义烈传序》：“昔张肃之与黄寓庸、罗玄父、张梦泽、王弱生诸公读史于白门，余及见其评骘诸史，议果而确，识敏而老，余手抄其副本归，奉为定论。”

88. 证修社

陶望龄《歇庵集》卷十四《证修社会跋语》：“耳听目览之谓证，手持足运之谓修。……越，二王子之乡也。自龙溪（王畿）殁而讲会废。钱君、刘君与同志若干人始缔为社，名曰证修，而谒海门子主之。”陶望龄卒万历三十七年，故证修社创于此前。

89. 证人社

崇祯四年，刘宗周在越中创立证人社。见《刘子全书》卷十三《证人会约书后》。参见本书第九章。

90. 古亭社

毛莹《冯梦龙先生席上同楚中耿孝廉夜话》：“千里云停怀旧社，一时星聚结新知。”冯梦龙《麟经指月发凡》：“顷岁读书楚黄，与同社诸兄弟掩关卒业。”梅之熉《古今谭概序》署“古亭社弟”。黄州有古亭州之称，此姑称之结古亭社。梅之熉，字惠连，麻城人，明亡，隐于囊山为僧，号槁木。万历四十八年，冯梦龙曾馆于黄州，结社或在此前后。

91. 韵社

启祯之际，冯梦龙、文震孟、姚希孟、钱谦益等结韵社。钱谦益《冯二丈犹龙七十寿诗》诗注：“冯为同社长兄，文阁学（震孟）、姚宫詹（希孟），皆社中人也。”又，署“韵社第五人”之《题古今笑》：“韵社诸兄弟抑郁无聊，不堪复读《离骚》，计惟一笑足以自娱，于是争以笑尚，推社长子犹（冯梦龙）为笑宗焉。”韵社与冯、钱诸子之社是否为一，俟详考。今姑列韵社之名。

92. 丝社

张岱青年时期在绍兴与友人结丝社。《陶庵梦忆》卷三《丝社》:“越中琴客不满五六人,经年不事操缦,琴安得佳? 余结丝社,月必三会之。”

93. 噱社

万历间,张尔葆、沈德符、韩敬等人在京城结噱社。《陶庵梦忆》卷六《噱社》:“仲叔(张尔葆)善诙谐,在京师与漏仲容、沈虎臣(德符)、韩求仲(敬)辈结噱社,唼喋数言,必绝缨喷饭。……沈虎臣出语尤尖巧,仲叔候座师收一帽套,此日严寒,沈虎臣嘲之曰:‘座主已收帽套去,此地空馀帽套头。帽套一去不复返,此头千载冷悠悠。’其滑稽多类此。”韩敬,万历三十八年状元,第二年辛亥京察中引疾去,自此林居,故结社当在此前。沈德符谐谑诗为王士禛载入《古夫于亭杂录》,记事有异,恐误传耳。

94. 斗鸡社

天启二年,张尔葆、张岱在绍兴龙山下结斗鸡社。《陶庵梦忆》卷三《斗鸡社》:“天启壬戌间,好斗鸡,设斗鸡社于龙山下,仿王勃《斗鸡檄》,檄同社。仲叔、秦一生日携古董、书画、文锦、川扇等物与余博。”

95. 饮食社

张汝霖杭州与黄汝亨组织饮食社。张岱《娜嬛文集》卷一《老饕集序》:“余大父与武林涵所包先生、贞父黄先生为饮食社,讲求正味,著《饔史》四卷。”

96. 蕺山亭社

崇祯七年,张岱仿复社虎丘大会,招同人集于蕺山亭。《陶庵梦忆》卷七《闰中秋》:“崇祯七年闰中秋,仿虎丘故事,会各友于蕺山亭。每友携斗酒、五簋、十蔬果、红毡一床,席地鳞次坐。缘山七十馀床,衰童塌妓,无席无之。在席七百馀人,能歌者百馀人,同声唱'澄湖万顷',声如潮涌,山为雷动。……演剧十馀出,妙入情理,拥观者千人。"

97.怒飞社

番禺人黎遂球诸昆弟在里举放鸽之戏,结怒飞社。《莲须阁文抄》卷六《怒飞社题名记》:"诸昆弟耕读之馀,唯事钓弋,迩且为飞奴之戏。奴者,鸽也。……岁月有会,会必杀其不能飞者,以相与下酒。……邀余为记,于是题曰怒飞。"

二

1.(莆田)耆老会

周婴《卮林》卷四《耆老》:"隆庆己巳(三年),莆田有耆老会。太守郑弼,年七十八;少参雍澜,七十七;太守陈叙,七十六;运使林汝永,七十五;主事柯维骐,七十四;太守林允宗,七十二;尚书康大和,年七十一。大和赋诗云:'故里重开耆老会,七人五百二十三。'后尚书林云同年六十九,亦与会。"

2.(武林)怡老会

仁和人张瀚于万历五年从吏部尚书任上致仕,隐居杭州,万历十三年与里中名士潘翌、沈蕃、褚相、林凤、顾楫、孙本、陈善、饶瑞卿、沈友儒、吴臬等人组织怡老会,倡和诗编成《怡老会诗集》。

3.(许孚远)逸老续社

万历三十年,德清许孚远在里组织逸老续社,姚一元、陆隅、茅坤、吴梦旸、凌迪知、姚舜牧等四十馀人相唱和。孚远卒,社事遂止。案:郭文以为归安人慎蒙入社,有误。慎蒙卒于万历九年,不当入社。

4.八老人社

唐时升《三易集》卷二有诗,诗题即序:"南翔里有八老人为社，赵陆九十四，徐爵九十，陆淙八十五，徐勋、张乐俱八十四，董儒八十三，朱梓八十二，陆球八十一，居止不一二里，而耄耋相望，日杯酒谈笑，以相娱乐，诚太平之盛事也，诗以纪之。”

5. 甬上诗社（丙）

《鲒埼亭集外编》卷二十五《句余土音序》：“（甬上诗社）三举于张东沙（时彻）。”陈豪楚《两浙结社考》称此社已不可考，郭文亦持此论。事实上，其社结于隆万之际，有事可征。屠隆《由拳集》卷八有诗《汪长文寄寓文公禅房，社中诸君过存，今得通人二字二首》、《夏日同程孟孺及社中诸君集张司马园》，同集卷十一《秋雨怀张司马公社中诸友十二首》诗咏怀甬上诗社十三位主要人物：张时彻、包大炣、沈明臣、张邦仁、余寅、李生寅、沈九畴、汪礼约、闻继夔、闻继龙、丰越人、杨承鲲、屠本畯。万历五年，张时彻卒，沈明臣、屠隆、余寅、杨承鲲或游或宦，社事遂废。

6. 青溪社（乙）

隆庆五年，陈芹、朱孟震、姚汭、盛时泰等人在南京组织青溪社，刻《青溪社稿》，万历元年复为续会。《列朝诗集小传》称青溪社结于万历初年，《静志居诗话》据朱孟震《停云小志》指出社之初立在隆庆五年。

7. 甬上诗社（丁）

宁波杨茂清从沔阳知州任上请归，家居与戴南江诸老为耆旧会，日相唱酬。此全祖望《句余土音序》所说甬上诗社“四举于杨沔阳”者，事又见李邺嗣《甬上耆旧诗》卷十三《知沔阳州杨公茂清传》。

8. 孤山吟社（乙）

仁和张杞，隆庆四年举人，曾在孤山结吟。事见张瀚《奚囊蠹馀》附录。

9. 午日秦淮大社

万历三十六年前后，茅元仪南京举午日秦淮大社。事见周亮工《书影》卷二。

10. 淮南社

郭文未言及社事起因、经过，此补述之。万历三十七年己酉，南昌人邓文明上公车，过扬州与陆弼、谢廷赞、夏玄成结淮南社，第二年下第，复来唱和，唱和诗编成《淮南社草》。事见《嘉业堂藏书志》卷四《淮南社草》。李维桢、米万钟先后入社。李维桢《大泌山房集》卷十三《陆无从（陆弼）集序》："盖至己酉，以急难侨寓广陵，始奉无从杖履也。……招余入淮南社相唱酬。"同集卷三有诗《米廷评（万钟）入淮南社，得踪字》。

11. 龙光社

万历四十三年，朱氏宗室如宜春王孙、瑞昌王孙、石城王孙等十人与豫章诗人于南昌城外龙光寺结社，唱和诗编成《龙光社草》。事载《静志居诗话》卷一、《嘉业堂藏书志》卷四《龙光社草》。

12. 八咏楼社

万历四十六年，东阳人斯一绪与徐应亨（伯阳）、龚士骧（季良）、陈达德（大孚）、章有成（无逸）、吴之器（赐如）等组织八咏楼社，斯一绪主盟。事见《金华诗录》。

13. 饮和社

万历后期，青阳诸生吴姓五人、熊姓三人、王姓一人结饮和社，又名青阳九子社，有《饮和社诗》一编。事见《大泌山房集》卷一三一《饮和社诗跋》。吴生五人，其一当为吴光裕，字宽生，工书能诗，崇祯五年冬十二月朔卒，年六十一。有《申椒园集》等。弟光锡，亦能文，通篆书。

14. 萍社(甲)

福唐人谢寓中、林昂、林凡夫在南京结萍社,有《萍社草》。《大泌山房集》卷一二九《萍社草题辞》:“盖汗漫之游,倏然而聚,非专用乡曲私昵,故以萍名其社云。”

15. 樠山社

游朴,福宁人,万历二年进士,任湖广布政使间与诸词人谈诗,在吕吉甫樠木山房结社,吕吉甫、曾长卿、刘兆隆、吕伯明、潘之恒等先后入社,有《樠山社草》。李维桢作《樠山社草引》,见《大泌山房集》卷一三一。

16. 林泉雅集甬上诗社(戊)

全天叙、吴礼嘉、周应宾等十人结社宁波,此全祖望《句余土音序》所说甬上诗社“五举于林泉雅会”者。社中人物前后略有变化,《鲒埼亭集》卷三十八《林泉雅会图石本跋一》:“是会创于先宫詹公(全天叙),其同事者:周尚书(应宾)、吴光禄(礼嘉)、林佥事(祖述)、陈宫允(之龙)、丁中丞(继嗣)、周观察(应治)、黄比部(景峨)、屠辰州(本畯)、赵比部(体仁)十人,辰州为社长,然未有图也。宫詹下世,宫允、辰州及黄比部相继逝,于是又参以徐(时进)、陆(世科)二廷尉、万都督(邦孚)、陆别驾、周侍御(昌晋),复为十人,始为图,有墨本,又有石本。其后光禄下世,又参以施都督,然石本中尚无施公,以其未入社也。杲堂(郯嗣)纪之未详。”又,同卷《林泉雅会图跋二》:“天启三年,林泉诗社勒石,公(吴太白)年八十为席长,而杲堂以为泰昌改元,公已卒,赠光禄,可谓纰缪之甚者。今《鄞志》皆本之,向非石本之存,何以订此讹乎?”

17. 浮丘诗社

万历中,郭棐致仕归,与王学曾、陈堂、袁昌祚等十六人结社广州城西浮丘观,崇祯末,陈子壮、梁佑逵等人复在此社集。事见宣统《番禺县续志》、屈大均《广东新语》。

18. 金陵社

见《列朝诗集小传》附《金陵社集诸诗人》。郭文称万历末年曹学佺等人倡金陵社,时间未确。据《金陵社集诗》残本,卷上载时万历三十四年,卷中、卷下载时万历三十五年,金陵社结于此际。

19. 阆风楼诗社

谢章铤《课馀续录》卷二:"明人重声气,喜结文社,季世几、复二社且与国运相终始。若闽之鳌峰诗社,则始于郑少谷、高石门、傅丁戊,继之者,徐幔亭、兴公兄弟、曹能始、谢在杭也。"案:郭文据此以为阆风楼诗社即谢在杭、徐兴公之鳌峰诗社,有误。谢、徐曾社集郑善夫鳌峰诗社旧址,但闽中十馀种结社不宜一概而论,谢章铤言之未详。阆风楼社为晚明闽中结社之一,而非谢、徐之鳌峰诗社。

20.(谭昌言)读史社

嘉兴谭昌言,万历二十九年进士,曾在南京组织诗社、读史社。《静志居诗话》:"公在留都,结诗社、读史社,诗爱孟襄阳,第不多作。"

21. 南屏社

万历十四年,汪道昆等人在西湖倡南屏社。郭文以为王世贞入社,事实上,世贞隐居太仓,有意疏冷笔砚,未至杭州参与其事,仅有和诗二首,《弇州山人续稿》卷十七《卓澂甫光禄邀汪司马及仲季诸社友大会西湖南屏,选伎征声,分韵赋诗,伯玉以高字韵见寄,俾余同作,得二首》其一云:"若问弇园佳胜事,翛然坐对一方袍。"其二有句:"老去风流付尔曹。"

22. 白榆社

郭文称白榆社结于万历十四年,考证未详,此略述社事经过。白榆社成立最早可推至万历八年,是年龙膺成进士,授徽州推官,与汪道昆、丁应泰、郭第、汪道贯、汪道会、潘之恒在郡城东南郊白榆山共倡白榆社。《太函集》卷七《送龙相君考绩序》:“结发理郡,郡中称平,圜土虚无人。日挟筴攻古昔,乃构白榆社,据北斗城。入社七人,谬长不佞,君御为宰,丁元甫奉楚前茅,郭次甫隐焦山,岁一至,居守则吾家二仲及潘景升。诸宾客自四方来,择可者延之入。君御身下不佞,左二甫,右二生,旬月有程,岁时有会。”万历十二年,李维桢入社,汪道昆《考绩序》:“会故太史李本宁至自郢中,入社。”明年,屠隆、徐桂入社。《太函集》卷一一七有诗《招长卿入社》。《徐茂吴诗集》卷二有诗《汪司马招集太函,偕佘宗汉、屠长卿、龙君善、汪立伯、汪仲淹及三上人分五言排律得声字》。万历十九年,胡应麟入社,《少室山房类稿》卷十二《入新都访汪司马伯玉》诗序:“今春,乡人至自函中,传公(道昆)将入吊弇山(王世贞),拉余同发。爰特买舟西上,谒公太函,修社白榆之末,因追随杖履,偕过娄江。”社事持续到道昆故世之万历二十一年。

23. 丰干社

隆庆三、四年之际,汪道昆徽州组织丰干社。郭文称丰干社事无考,但丰干社实有事可征。《太函集》卷七十二《丰干社记》:“往余家食,窃称诗祴中,二仲(汪道贯、道会)雅从余游……遂盟七君子为会丰干。七君子则孝廉陈仲鱼、文学方献成、方羽仲、方君在、方元素、谢少廉(陛)、程子虚。会吴虎臣(守淮)将游江淮,愿以布衣来会。”徽州制墨名家方于鲁亦入社,《四库全书总目提要》:“于鲁初以制墨名,后与汪道昆唱和,遂招入丰干社中。”又,民国《歙县志》卷十《人物志》载吴守淮从子吴可封(字唐叔)为“丰干社后劲”。

24. 白门社

晋江黄居中,万历十三年举人,选上海教谕,升南京国子监丞,迁黄平知州,不赴,侨寓南京。门下多名士,门人弟子数十人结白门社。事见《大泌山房集》卷十《黄明立集序》。

25. 北山诗社

莆田布衣许樵，字岩长，万历间，与同里吴元翰等人结北山诗社。《兰陔诗话》："岩长与同里吴元翰、张隆父、林希万、黄汉表、卢元礼、高彦升、陈肩之、林彦式诸君结北山诗社。"

26. 海门社

阮自华、吴应钟、刘钟岳等人结海门社。民国《怀宁县志》卷四："中江楼，在镇海门外江矶之颠。明郡绅阮自华建，结海门大社于此。"卷十九载刘钟岳、吴应钟与社之事。

27. 鸳社

谭贞默，字梁生，谭昌言之子，崇祯元年进士，曾于万、天之际在嘉兴结鸳社。《槜李诗系》卷二十：李肇亨字会嘉，"与扫庵同主鸳社"。贞默《水芝庵遗稿序》："水芝庵主勉公，字道可"能，"忆与余缔方外交最深久，编辑禅藻，执盟鸳社，绳床联对，靡间晨夕。"《静志居诗话》："鸳社之集，谭梁生偕会嘉（李肇亨）和之，先后赋诗者三十三人。"

28. 竹西续社

嘉靖四十一年，欧大任以岁贡选江都训导，与扬州名士结竹西社。郑元勋、郑为虹、梁于涘、张惟良等在扬州影园结竹西续社，时在崇祯十五年。应喜臣《青磷屑》："元勋有别墅在城西东南隅，水色山光，互相掩映，颜曰：'影园'。壬午（崇祯十五年）春日，牡丹盛开，得姚黄二本，因言宋钱公辅园亭曾得此种，赏花，同时之客俱登崇阶，为一代名佐。元勋意颇自拟，刻《影园集》，征名人诗歌以百什计。"《初学集》卷二十九《姚黄集序》："姚黄花，世不多见，今年广陵郑超宗园中，忽放一枝。淮海维扬诸俊人，流传题咏，争妍竞爽，至百馀章，都人传写，为之纸贵。超宗汇而刻之。"嘉庆《扬州府志》卷四十九："于涘少有诗名，与郑元勋、郑为虹等结竹西续社。超宗影园开黄牡丹，远近征诗，以番禺黎遂球诗第一，于涘次之。”郭文称竹西续社是否入复社已不可考,事实上,竹西续社为一时赋诗雅会,并非文社。

29. 南园诗社(丙)(即陈子壮等南园十二子之结社)

启祯间,陈子壮两修南园风雅。陈子壮,字集生,南海人,万历进士。忤魏忠贤,天启五年罢归,修复南园社。崇祯改元,起复,崇祯十一年归乡,与区怀瑞、区怀年、黎遂球等再修南园社,号南园十二子。事见罗元焕《粤东征雅录》、屈大均《广东新语》、李健儿《陈子壮年谱》。

30. 山茨社

万、天之际,南通杨麓组织山茨社。杨廷撰《一经堂诗话》:“(杨麓)与里中范十山、孙皆山、胡麟兮结社山茨。其诗钩棘索隐,沾染钟、谭习气。”汤有光,字慈明,南通州人,有《慈明集》,入社。《明诗纪事》:“慈明入范异羽(范凤翼)山茨社。”范凤翼《范勋卿诗集》卷十五《重修山茨社歌》诗引:“社在崇川城北山”,“予少年谬叨选俊”,“辞禄归隐,因结宇正公方丈之侧,社额山茨,盖亦有年”,“流寓白门八载”,“乃作《重修山茨社歌》,以告同人”。

31. 雪社

张岭,字幼清,仁和诸生,崇祯六年乡试副榜,于西湖组织雪社,邀汪然明入社,有诗《余缔雪社于湖上,汪然明建白苏祠成,同社合赋,兼邀然明入社》,见张瀚《奚囊蠹馀》附录。

32. 陶社

《海昌艺文志》卷四:“余懋学,字士雅,号敏公,由廪生、副榜官当涂县丞。归构不亩园,吟咏其中,与葛徵奇等结社号陶。”葛徵奇,字无奇,崇祯元年进士,有《芜园诗集》。

33. 星社

吴翻,字众香,崇祯三年组织星社,周亮工、黄宗羲等入社。周亮工《书影》卷五:“庚午秋,吴众香开星社于高座寺,时社惟予与馀姚黄太冲、桐城吴子远年皆十九。若抚(林云凤,长洲人)赋诗赠予辈曰:‘白社初开士景从,同年同调更难逢。谁家得种三珠树,老我如登群玉峰。书寄西池非匹鸟,席分东汉有全龙。慈恩他日题名处,十九人中肯见容?’”

34. 萍社(乙)

据《甬上续耆旧诗》卷五十二,崇祯间,钱光绣组织萍社。与会有海宁周璇、查继佐、吴惟修、郜鼎,嘉兴李明岳、王庭、郑雪舫,秀水陆钿、蒋之翘,鄞县钱肃乐、钱光绣、张嘉昺,沁水张道濬,莆田刘复,吴中僧大皜、僧林璧。刻《萍社诗草》八卷,集前《凡例》称拟举大社,以重阳为期,一日专课帖括,一日兼试诗古文辞,一日校习骑射。

35. 澹鸣社

《鲒埼亭集外编》卷十一《钱蛰庵征君述》:“公讳光绣,字圣月,晚号蛰庵”,“先生少负异才,随侍其父侨居硖石,因尽交浙西诸名士”,“硖中则有澹鸣社、萍社、彝社,吴中有遥通社,杭之湖上有介社,海昌有观社,禾中有广敬社,语溪有澄社,龙山有经社,先生皆预焉。”

36. 彝社(见上)

37. 遥通社(见上)

38. 介社(见上)

39. 广敬社(见上)

40. 澄社(见上)

41. 经社(见上)

42. 碾绿社

吴山嘉《复社姓氏传略》:“邹质士,字孝直,与高克临、刘雪符等结碾绿社。”

43. 淮臻诗社

吴山嘉《复社姓氏传略》:“秦德滋,字以巽,无锡人。崇祯癸酉副贡生,工诗,与华溆、黄传祖辈结淮臻诗社。”

44. 邵景尧诸人之结社

邵景尧,字熙臣,万历二十六年进士,早年与杨守勤结社赋诗。

45. 朱大启诸人之结社

朱大启,秀水人,朱彝尊伯祖,《静志居诗话》:“先伯祖晚爱结方外社,与秋潭、萍踪、雪峤诸法侣游,更唱迭和,故《曼寄轩集》禅诵之言居多。”

46. 朱理圻诸人之结社

《列朝诗集小传》:“恬烷,沁水庄和王子,封镇国将军。子辅国将军理圻字京甫,与理埦、理瑠、理塥四人结社,日课以诗,藩国于是称多才矣。”

47. 余集生、谭友夏诸人之结社

《望溪先生全集》卷九《石斋黄公(道周)逸事》:“黄冈杜苍略先生客金陵,习明季诸前辈遗事,尝言崇祯某年,余中丞集生与谭友夏结社金陵,适石斋黄公来游,与订交,意颇洽。”案:黄道周,万历四十六年举人,是年计谐,明年下第,尝游南京。崇祯五年夏,寄家南京城隅。谭元春卒崇祯十年,故余、谭之结社当在万历四十六年至崇祯十年间。余大成字集生,应天人。

48. 吴鼒诸人之结社

《复社姓氏传略》:“吴鼒,字众香,住城南委巷。举文社于天界寺,集者近百人,拈题二首,未午而罢。”

49. 城南社

郭文仅列袁宏道诸人结社之目,盖指城南社,此详述之。《珂雪斋集》卷十八《中郎行状》载,宏道年方十五、六,在乡结文社,自为社长,社友年三十以下者皆奉其约束。宏道生隆庆二年,故社当结于万历十一年左右。又,《珂雪斋集》卷九《送兰生序》:“予年十八九时,即与中郎结社城南之曲,李孝廉元善与焉。”宏道《敝箧集》之一《示社友》:“所至成三笑,居然似七贤。社开正始后,诗数中兴年。”钱伯城先生笺注此诗:“宏道所结城南文社社友,据中道《珂雪斋文集》卷一《送兰生序》中所记,有中道、李学元与龙膺兄弟等人。”案:龙膺万历八年已成进士,赴任徽州推官,不当再入城南社。

50. 郝惟顺、李维桢诸人之结社

见《大泌山房集》卷二十六《奇正篇序》。

51. 陈瑚诸人之结社

王流《甓舟园稿》称陈瑚十五岁“与同志陆桴亭(世仪)、盛寒溪(敬)、江药园(士韶)结文会。年二十五,始与三人约为圣贤之学。”郭文推断陈瑚等人文会结于崇祯元年。

52. 恽日初诸人之结社

武进恽日初,字仲升,崇祯六年副榜,与苏州杨廷枢、钱禧等人结文社。事见缪荃孙《艺风堂文漫存·乙丁稿》。

53. 南社

归有光倡南、北二社,其后改为知社。见《复社纪略》卷一。

54. 北社(见上)

55. 知社(见上)

56. 颍上社

郭文称颍上社知名者有潘之恒,此详述之。《大泌山房集》卷一三三《颍上社草后语》“社凡六人,与余善者,潘之恒、方以巽。”按《太函集》卷七十五《颍上社记》,六君子为方君式、潘玄超、潘元仲、汪景纯、方子中、程用修。

57. 芝云社

潘之恒与杭州名士在西湖结文社,共十人,时间约在万历中叶。事见《大泌山房集》卷二十六《芝云社稿序》。

58. 淡成社

李维桢之侄及诸甥为诸生，结文社，编《淡成社草》。事见《大泌山房集》卷二十六《淡成社草序》。

59. 江阴四子社

袁平子等四人在江阴缔社制义。事见《大泌山房集》卷二十六《江阴四子社稿序》、卷一百三十《袁平子制义题辞》。

60. 十八子社

《静志居诗话》："松江旧有十八子社，唐文恪（文献）、董文敏（其昌）及吾乡冯祭酒（梦祯）与焉。"案：郭文误作"十六子社"。明万历刻本《新刻漱六斋全集》卷十七《林仪卿社草序》："世所称十八子社，则方众甫、范牧之、唐元徵、董玄宰、王敬夫、陆以宁、杨彦履、冯咸甫及不佞，而海上高皋甫、陈子有、槜李冯开之、吴江沈孝通先后与焉。若玄宰、咸甫、章公觐，又称三子社。若彦履、李补之、钱肇阳、王显甫、张伯复、高元锡，又称七子社。若伯复、杨长世、林仪卿、朱士隆、陈承一、朱仲长，今又称六子社云。而近刻《林仪卿社草》，则仪卿所自撰社中义也。"储大文《存砚楼二集》卷十八《书壬申文选后》："有明神宗时，创云间十八子社，唐文恪、董文敏两公，其卓然杰出者。"

61. 正心会

赵南星《正心会示门人稿后序》："经义，发明吾儒之道者也。今所言者，非吾儒之道，而释氏之道也。……诸生不以余为迂拙，就予会文。……是故名其会曰正心，盖窃取孟子距杨墨之意。"

62. 汝南明业社

罗万藻有《汝南明业社序》，见《此观堂集》卷四。

63. 持社

罗万藻有《持社序》，见《此观堂集》卷四。

64. 平远堂社

艾南英有《平远堂社艺序》，见《天傭子全集》卷三。

65. 因社

崇祯元年，徐介眉组织因社。《天傭子全集》卷三《国门广因社序》："戊辰春，会稽徐介眉、蕲州顾重光、宜兴吴圣邻，纠合四方之士聚辇下者，订定因社。是年社中得曹允大为礼部第一人。庚午、辛未之试，旧社皆集，乃复寻盟而增之为广因社。"

66. 广因社（见上）。

67. 瀛社

艾南英有《瀛社初刻序》，见《天傭子全集》卷三。

68. 素盟社

倪元璐有《题素盟社刻》，见《倪文贞公文集》卷十六。

69. 聚星社

鹿善继《寄社中友》："聚星一社，颇为人口脍炙。"见《认真草》卷六。

70. 辅仁社

鹿善继有《辅仁社草初集序》、《二集序》，见《三归草》卷一。

71. 丹白社

鹿善继有《丹白社草序》，见《三归草》卷一。

72. 观社

崇祯末，范骧、朱一是于海昌结观社，社中人物，郭文言之未详，此补述之。《查东山年谱》引《海昌艺文志》："国初海昌文社最盛，观社十二子实主东南坛坫。今无能举其姓名者矣，因备录之：葛定远辰婴、葛定象大仪、葛定辰爰三、朱嘉徵岷左、朱升方庵、朱一是近修、朱永康石盘、范骧文白、袁秩丹六、查诗继二南、梁次辰天署、张华书乘。"又，"崇祯十二年"条："海昌诸君子稍稍有异同，在邑则范文白、朱近修选观社；龙山则徐邈思、沈闻大亦有晓社之选。先生自吴门归，欲平意见，乃合诸公之文而归于一，名旦社，而两社之刻遂止。”

73. 晓社（见上）

74. 旦社（见上）

75. 昌古社

崇祯间，诸士奇效云间几社在乡组织昌古社。事见黄宗羲《南雷集外文·两异人传》。

76. 中江社

崇祯五年，阮大铖组织中江社。钱㧑禄《先公田间府君年谱》：“壬申，邑人举中江大社，六皖名士皆在。”社中首事为潘映娄、方启曾。潘为阉党汝桢之子，方则大铖门人，二人亦注名复社。钱秉镡、秉镫兄弟入社，秉镫在方以智劝戒下脱离中江社。朱倓《明季桐城中江社考》：“中江社有明文可考者，仅阮大铖及上列四人。”又，“中江社之首领，为桐城阮大铖。……大铖始与东林党为难，而北都以亡；终与复社为难，而南都以亡。中江社之设，殆与东林党暗争之后，又与小东林党之复社暗争也。”案：方文、范世鉴、赵相如等人入社。方以智崇祯五年游吴越归，告知钱秉镫诸子当“辨别气类”，社盟未几而罢。中江社为一时文社，不足与复社暗争也。

77. 群社

继中江社之后，阮大铖南京组织群社。吴应箕等人张布《留都防乱公揭》，声讨阮大铖，群社随之消遁。

78. 燕台社

崇祯元年，张溥、张采夏允彝等会于京师，杜麟徵与王崇简订燕台十子之盟，杨廷枢、徐汧、章世纯、朱健、罗万藻、艾南英等人入社。杜登春《社事始末》：“倡燕台十子之盟，稍稍至二十馀人。”

79. 拂水山房社(甲)

李延昰《南吴旧话录》卷二十四:"范文若,字更生,万历丙午(三十四年)举于乡,美姿容,以风流自命,与常熟许士柔、孙朝肃、华亭冯明玠、昆山王焕如五人为拂水山房社。"

80. 拂水山房社(乙)

瞿汝说于常熟组织拂水文社。瞿式耜《瞿忠宣公文集》卷十《显考江西布政司右参议达观瞿府君行状》:"岁甲申(万历十二年),(汝说)补博士弟子员","府君与执友邵君濂、顾君云鸿、瞿君纯仁,结社拂水,创为一家言,以清言名理相矜尚"。陆树楠《三百年来苏省结社运动史考》、朱倓《明季南应社考》均以为江南应社深受拂水文社影响。

81. 匡社

《复社纪略》卷一:"贵池吴次尾应箕,与吴门徐君和鸣时合七郡十三子之文为匡社,行世已久。"案:匡社后合入周钟之应社,天启四年以后,成为广应社一支,后并入复社。

82. 南社(乙)

万应隆,字道吉,组织南社。嘉庆《泾县志》卷十八载万氏"与贵池吴应箕、宣城沈寿民、芜湖沈士柱等倡文会,名南社"。赵知希《泾川诗话》卷上称南社"复合于吴为应社,又谓之复社。"据沈寿民《姑山遗集》卷十《万道吉稿序》,南社尚有邵璜、王徽、徐贞一、梅朗中、沈寿国等人。

83. (江南)应社

天启四年,张溥、张采、周钟在苏州创江南应社,又称五经分会。见《静志居诗话》。

84. 广应社

江南应社声望日隆,钱栴、吴昌时、周钟、张溥欲推广之,于是有广应社。张溥、张采、周钟、杨廷枢主大江以南应社,万应隆、沈寿民主江北应社，广揽才士。

85. 昙花五子社

松江张鼐、莫天洪等人结昙花五子社。杜登春《社事始末》："先是吾松文会有昙花五子，先王父与张侗初先生鼐、李素我先生凌云、莫涵甫先生天洪，及我伯祖十远公讳林者同砚席，齐名一时，为松人所矜式。"

86. 小昙花五子社

松江杜麟徵等人继昙花五子社创立小昙花社。《社事始末》："涵甫（莫天洪）子寅赓先生俨皋，与先君子（杜麟徵）有小昙花之约。陈无声先生所闻即卧子（子龙）之父、唐尹季先生允谐、章少章先生阍、吴澹人先生桢、朱宗远先生灏、唐名必先生昌世、唐我修先生昌龄、俞彦直先生竑、焦彦宏先生维藩、王默公先生元，一皆出侗初（张鼐）宗伯之门，并以课业称祭酒。"

87. 几社

崇祯二年，陈子龙、夏允彝、徐孚远、彭宾、周立勋、杜麟徵于松江组织几社。参与复社之事，但保持了相对独立性。事见《社事始末》。

88. 求社

此几社分支。《社事始末》："求社、景风两路分驰……壬午（崇祯十五年），阍公上北雍，以《六集》之刻，委于子服操之。于是谈公叙、张子固、唐欧冶兄弟、钱荀一有《求社会义》之刻，以王玠石、名世二公评选之。……有求社与几社并立之势矣。"

89. 景风社

此几社分支。《社事始末》："李原焕、赵人孩、张子美、汤公瑾有《几社景风初集》之刻，仍托阍公（徐孚远）名评选。"

90. 雅似堂社

此景风社分支。《社事始末》："壬午（崇祯十年）之冬，周宿来先生茂源与陶子冰修㣿、蒋子驭闳雯阶、蔡子山铭岘、吴子日千骐、计子子山安后改名南阳，集西郊诸子为一会，有《雅似堂》之刻，此景风之分枝也。”

91. 赠言社

《社事始末》：“彭燕又先生率其徒顾子震雉镛，即改名大申字见山者，举赠言社。亦有初集之刻，似乎求社之分枝，而实几社之别派。”案：赠言社结于崇祯十五年，主要人物有顾镛、彭宾、王广心、卢元昌。

92. 昭能社

此几社分支，《社事始末》：“何我抑率其徒，有《昭能社》之刻。”

93. 野腴楼社

此几社分支，《社事始末》：“盛邻汝先生率其徒，为《野腴楼小题》之刻。”

94. 东华社

此几社分支，《社事始末》：“王玠石先生率其徒韩子友一范、闵子山纡岐有《小题东华集》之刻。”

95. 西南得朋会

崇祯十六年，杜登春、夏完淳等结西南得朋会，此几社后进之结社。《社事始末》：“癸未之春，余与夏子存古完淳，有西南得朋之会，为几社诸公后起之局。”

96. 小筑社

据朱倓《明季南应社考》考证，万历三十七年。严调御、严武顺、严敇于杭州组织小筑社，闻子将、子有、子与，邹孟阳、孝直、叔夏入社。见嘉庆《馀杭县志》卷二十六《孝友传·严武顺》。

97. 读书社

启祯之际，杭州继小筑社有张岐然、江浩、虞宗玫、虞宗瑶、冯悰、郑铉结读书社，小筑社合并其中。《南雷文定四集》卷二《郑玄子先生述》："崇祯间，武林有读书社，以文章气节相期许。如张秀初之力学，江道闇之洁净，虞大赤、仲皜之孝友，冯俨公之深沉，郑玄子之卓荦，而前此小筑社之闻子将、严印持亦合并其间。"《思旧录》："子将（闻启祥）风流蕴藉，领袖读书社。"读书社后并入复社，《静志居诗话》："杭州先有读书社，倡自闻孝廉子将、张文学天生、冯公子千秋，及余杭三严，后乃入于复社。"

98. 登楼社

读书社之后，陆圻于杭州创登楼社。《鲒埼亭集》卷二十六《陆丽京先生事略》："讲山先生陆圻，字丽京，杭之钱塘人也，知吉水县运昌子。兄弟五人，而先生为长，与其弟大行培，并有盛名。吉水尝曰：'圻温良，培刚毅，他日当各有所立。'大行举庚辰（崇祯十三年）进士，当是时，先生兄弟与其友为登楼社，世称为西陵体。"又，《静志居诗话》："杭州先有读书社，……后乃入于复社，而登楼社继之，文必六朝，诗必三唐，彬彬盛矣。"

99.（中州）端社

中州端社之名见《复社纪略》卷一："江北匡社、中州端社、松江几社、莱阳邑社、浙东超社、浙西庄社、黄州质社，与江南应社，各分坛坫，莫相统一，天如乃合诸社为一。"

100.（莱阳）邑社（见上）

101.（浙东）超社（见上）

102.（浙西）庄社（见上）

103.（黄州）质社（见上）

104. 闻社

《静志居诗话》："云间有几社，浙西有闻社，江北有南社，江西有则社，又有历亭席社，昆阳有云簪社，而吴门有羽朋社、匡社，武林有读书社，山左有大社，佥会于吴，统合于复社。"

105. 则社（见上）

106. 席社（见上）

107. 云簪社（见上）

108. 羽朋社（见上）

109.（吴门）匡社（见上）

110.（山左）大社

《天启崇祯两朝遗诗》："济生自始列诸生，即闻齐六郡有山左大社，皆一时贤豪，而赵君伯濬寔为之倡，山东学者推为祭酒。"赵士喆，掖县人，贡生。杨钟羲《雪桥诗话》卷一："倡山左大社，以应复社。尝削稿，纵谈天下事，思上之朝，见陈启新用事，耻之，不果。甲申后，避兵登州之枳椒山，与弟子董樵耦耕海上，有《东山诗外》、《石室谈诗》。"

111. 复社（甲）

崇祯年年，孙淳、吴允夏等人发起复社，此时复社尚未与江南应社合一。

112. 复社（乙）

崇祯二年，张溥于苏州举尹山大会，崇祯三年于南京举金陵大会，崇祯五、六年之际，合江北匡社、中州端社、松江几社、莱阳邑社、浙东超社、浙西庄社、黄州质社与江南应社为一，定名复社。崇祯六年春，复社大会于苏州虎丘，十五年再举虎丘大会，注名复社者逾二千人。事见《社事始末》、《复社纪略》、《复社姓氏传略》。

113. 国门广业社

崇祯十二年，吴应箕、陈贞慧、冒襄、沈寿民、沈士柱、侯方域于南京举国门广业大社。《南雷文定》卷七《陈定生先生墓志铭》："崇祯己卯，金陵解试，先生、次尾举国门广业大社，大略揭中人也。岂山张尔公、归德侯朝宗、宛上梅朗三、芜湖沈昆铜、如皋冒辟疆，及余数人，无日不连舆接席，酒酣耳热，多咀嚼大铖，以为笑乐。"《思旧录》:"国门广业之社,定生与次尾主之,周旋数月。"

114. 雪苑社

崇祯十二年,侯方域、贾开宗、吴伯裔、吴伯胤、刘伯愚、徐作霖于商丘结雪苑社。三年后,二吴、刘、徐卒。清顺治九年,侯方域、贾开宗、徐作肃、徐邻唐、徐世琛、宋荦重修社盟。事见《壮悔堂文集》卷五《徐作霖、张渭传》、卷十一《雪园六子社序》。

115. 听社

无锡顾宸,字修远,崇祯举人,与钱湘灵、唐采臣等人结听社。事见吴德旋《初月楼闻见续录》。黎遂球有《梁溪听社刻文序》,见《莲须阁文钞》卷九。吴应箕有《听社序》,见《楼山堂遗稿》卷三。

三

1. 广五子:俞允文、卢柟、李先芳、欧大任、吴维岳

2. 续五子:王道行、石星、黎民表、朱多煃、赵用贤

3. 重纪五子:汪道昆、吴国伦、余曰德、张佳胤、张九一

4. 末五子:赵用贤、李维桢、屠隆、魏允中、胡应麟

5. 四十子:(略)

6. 王世贞二友:王锡爵、王世懋

7. 文坛两司马:王世贞、汪道昆

8. 甬上三司马:张时彻、屠大山、范钦

9. 二溪:王畿、罗汝芳

10. 明州四杰:沈明臣、朱应龙、叶太叔、卢沄

11. 闽中前五子:陈椿、赵世显、邓原岳、陈荐夫、徐熥

12. 闽中后五子:陈鸣鹤、陈宏巳、陈价夫、徐𤊹、曹学佺

13. 南园后五先生:梁有誉、欧大任、黎民表、吴旦、李时行

14. 四皇四杰:皇甫冲、皇甫涍、皇甫汸、皇甫濂

15. 吴中三张：张凤翼、张燕翼、张献翼

16. 二王：王世贞、王世懋

17. 太仓四王：王世贞、王世懋、王锡爵、王鼎爵

18. 三汪：汪道昆、汪道贯、汪道会

19. 三甫：余曰德、张佳胤、张九一

20. 汪氏二仲：汪道贯、汪道会

21. 公安三袁：袁宗道、袁宏道、袁中道

22. 袁、江二公：袁宏道、江盈科

23. 钟、谭：钟惺、谭元春

24. 于、冯：于慎行、冯琦

25. 于、邢：于慎行、邢侗

26. 李、邢：李攀龙、邢侗

27. 齐郡二彦：冯琦、公鼐

28. 苕溪四子：臧懋循、吴稼竳、吴梦旸、茅维

29. 南州四子：刘斯陛、李奇、邓履中、余正垣

30. 北方三子：高出、文翔凤、王象春

31. 云间二才子：宋懋澄、李继佑

32. 云间二韩：莫是龙、顾斗英

33. 新安二布衣：程嘉燧、吴兆

34. 相门四山人：吴扩、沈明臣、王稚登、陆应旸

35. 二黄：黄省曾、黄姬水

36. 二莫：莫如忠、莫是龙

37. 吴下三冯：冯梦桂、冯梦龙、冯梦熊

38. 吴下三高：朱鹭、王在公、赵宧光

39. 娄东二张：张溥、张采

40. 三谢：谢榛、谢陛（字少连）、谢兆申

41. 云间六子：陈子龙、夏允彝、彭宾、徐孚远、李雯、周立勋

42. 陈、李:陈子龙、李雯

43. 几社六子:夏允彝、徐孚远、陈子龙、彭宾、杜麟徵、周立勋

44. 云间三子:陈子龙、李雯、宋徵舆

45. 云间三徐:徐孚远、凤彩、致远兄弟

46. 明末四公子:方以智、陈贞慧、侯方域、冒襄

47. 雪园前六子:侯方域、贾开宗、吴伯裔、吴伯胤、徐作霖、刘伯愚

48. 雪园后六子:侯方域、贾开宗、徐邻唐、徐世琛、徐作肃、宋荦

49. 南园十二子:陈子壮、欧必元、黎遂球、欧主遇、区怀瑞、区怀年、黄圣年、黄季恒、黎邦瑊、徐棻、僧通岸

50. 东湖三子:赵涣、吴昜、史玄

51. 江南三凤:侯峒曾、侯岐曾、侯岷曾

52. 北田五子:何绛、陶璜、梁琏、陈恭尹、何衡

53. 嘉定四先生:唐时升、程嘉燧、娄坚、李流芳

54. 练川三老:唐时升、娄坚、李流芳

55. 三翰林:杨廷麟、倪元璐、黄道周

56. 越中二龄:陶望龄、陶奭龄

57. 杭州二虞:虞淳熙、虞淳贞

58. 昆山三才子:归昌世、李流芳、王志坚

59. 归、胡:归子慕、胡友信

60. 贵池二妙:吴应箕、刘城

61. 山阴二朗:朱士稚、张宗观

62. 余杭三严:严调御、严武顺、严敕

63. 三闻:闻启祥、闻启祯、闻子与

64. 三邹:邹孟阳、邹孝直、邹叔夏

65. 二邓:邓文明、邓渼

66. 二芳:顾绍芳、叶之芳

67. 莱阳二姜:姜埰、姜垓

68. 江西文章四家：章世纯、罗万藻、陈际泰、艾南英

69. 鄞县十布衣：卢沄、杨承鲲、吕时臣、蔡学用、闻龙、应臬、周应辰、薛冈、李埈、汪枢

70. 太仓十子：周肇、王揆、许旭、王昊、王曜升、顾湄、王摅、黄与坚、王撰、王抃

71. 二盛：盛大鼎、盛元旦

72. 二袁：袁临、袁贲

73. 吴门二大家：徐媛、陆卿子

74. 叶氏三姐妹：叶纨纨、叶小纨、叶小鸾

75. 方氏三贞：方如耀、方维仪、方维则

76. 秦淮四美：马湘兰、赵今燕、郑如英、朱无瑕

77. 云门十才子：王亹、陈洪绶，祁豸佳、董瑒、王雨谦、王作霖、鲁集、罗坤、赵甸、张逊庵

78. 王、陆：王嗣奭、陆宝

79. 南乐三魏：魏允贞、魏允中、魏允孚

80. 武进二薛：薛敷政、薛敷教

81. 吴门三太史：文震孟、姚希孟、陈仁锡

82. 浙东三黄：黄宗羲、黄宗炎、黄宗会

附录二

晚明女诗人生平、著述简表

1. 沈宜修(1590—1635),吴江人,字宛君。沈璟女侄,嫁同邑叶绍袁,工诗词,通禅理。编《伊人思》,著诗词集《鹂吹》。

2. 叶纨纨(1610—1632),吴江人,字昭齐。宜修长女。工诗词、书法,适袁了凡之孙。年二十三卒。叶袁绍裒其诗词遗篇成《愁言集》。

3. 叶小纨(1613—1657),吴江人,字蕙绸,宜修次女。嫁沈璟之孙永祯。晚年自选《存馀草》,仅存录生平之作的二十分之一,另有杂剧《鸳鸯梦》。

4. 叶小鸾(1616—1632),吴江人,字琼章,又字瑶期。宜修三女。年十七将嫁昆山张立平,婚前五日病卒。有《返生香》。

5. 叶小繁(1626—?),吴江人,字千璎,又字香期。沈宜修五女,嫁王复烈。

6. 张倩倩(1594—1627),字无为。嫁沈自征,生子女皆不育,遂以叶小鸾为女。凌景埏《鞠通先生年谱及其著述》:"(沈自徵)自负纵横捭阖之才,遍游长安塞外,孺人幽居食贫,抑郁不堪,年三十四病卒。"生平详见沈宜修《鹂吹·表妹张倩倩传》。张氏工诗词,作即弃去,故诗存世较少,《伊人思》录其诗。

7. 沈智瑶，吴江人，字少君。沈宜修之妹。崇祯十七年沉渊自绝，年仅三十馀。叶绍袁《天寥年谱别记》载她“娟秀妍丽，好工诗词，《鹂吹·五君咏》：‘珠晖映月流，玉彩迎花度。’可以想见风格矣。有诗刻《彤奁续些》。画眉人貌陋而性更悍劣，素不学，日以赌为业，无立锥矣。少君怨甚，忽于今四月中自沉于水而死，时年三十馀耳”。

8. 沈宪英（1619—?），吴江人，字蕙思，一字兰芝（又作兰支）。沈自炳长女。适叶绍袁之子世傛，世傛卒于崇祯十三年。宪英有《蕙思遗稿》一卷。

9. 沈华鬘（1620—?），吴江人，字端容，一字兰馀。沈自炳次女，嫁诸生丁彤。有《端容遗稿》一卷，《彤奁续些》亦收其诗。

10. 沈蕙端（1613—?），吴江人，字幽馨。沈璟从女孙，嫁嘉兴诸生顾必泰。有《幽芳遗稿》一卷。

11. 沈树荣，吴江人，字素嘉。叶小纨之女，嫁叶舒颖。工诗词，与庞小畹相唱和，有集《月波词》、《希谢稿》。

12. 沈静专，吴江人，字曼君。沈璟小女。嫁诸生吴昌，自号上慰道人。有《适适草》一卷、《郁华楼草》，《玉镜阳秋》称其诗染指竟陵。

13. 吴玉蕤，沈静专之女，能诗。

14. 随春（1619—?），又名红于。叶小鸾侍婢，能诗词。叶绍袁《天寥年谱别记》：“余有两婢：素苇、红于。红于年十八，素苇年二十，微有姿色。红于少侍琼章，故亦能诗，素苇仅学为词。”红于后归庞氏，别字元元，与庞小畹相倡和。

15. 沈媛，吴江人。嫁同邑周应懿。

16. 周兰秀，吴江人，字弱英。沈媛之女，嫁诸生孙愚公。《伊人思》选诗五首。

17. 周琼，吴江人，字羽步，号飞卿。诗才俊丽，韵致高散，尤擅七绝。有《借红亭词》,诗见《妇人集》、《香咳集选存》。

18. 庞惠纕,吴江人,字小畹。嫁吴江诸生吴锵。有《睡香阁集》。

19. 陆服常,长洲人,字卿子。陆师道之女,嫁赵宧光,结庐寒山别业,与海内诗人唱和。有《云卧阁集》四卷、《考槃集》六卷、《玄芝集》四卷。

20. 文俶(1594—1634),吴县人,字端容,文徵明玄女孙。嫁陆服常之子赵均,生平见钱谦益《赵灵均墓志铭》。

21. 赵昭,字子惠。文淑之女,嫁马班。有《侣云居遗稿》。

22. 申蕙,长洲人,字兰芳,工诗书。初入宫闱,后嫁秀水沈氏。有《缝云阁集》。

23. 吴绡,长洲人,字素公,一字冰仙。嫁常熟进士许瑶。有《啸雪庵初集》三卷、《啸雪庵二集》、《吴冰仙诗》。

24. 汤淑英,长洲人,字畹生。嫁吴翩,工诗善弈。年三十六卒,诗见《燃脂集》。

25. 姚妫俞,长洲人,字灵修,工诗文。嫁侯峒曾之子玄演,玄演抗清守嘉定城而卒,妫俞入佛门,法名再生。有《再生遗稿》。

26. 徐媛,吴县人,字小淑,徐泰时之女,嫁范允临。好读书,工诗词,与陆卿子并称吴门二大家,有《络纬吟》十二卷。

27. 颜秀琴,吴县人,字清香。叶小鸾表姊,诗见《彤奁续些》。

28. 袁彤芳,吴县人,字履贞。袁年之女,自号广寒仙客,年二十九卒。有《凝翠楼集》、《广寒词》。《伊人思》为选诗二十首,词一章。

29. 范壶贞,吴县人,字淑英,一字蓉裳。嫁吴氏。有《胡绳集》。

30. 王徽,苏州人。王世仁之女。《伊人思》选其《秋月赋》,情采斑斓。

31. 薄少君,太仓人,字西贞。嫁诸生沈承,夫英才早逝,少君赋诗百首悼亡,逾年恸殁。有《嫠泣集》一卷。

32. 王氏，太仓人，王衡之女。年十七嫁华亭徐澹宁。有《万卷楼诗》。

33. 张在贞、太仓人，小名一娘，张溥之女。溥无子，藏书数万卷尽归之。一娘博学，诗法汉魏。

34. 王炜，太仓人，字功史，又字辰若。嫁海盐陈光绰，能诗画，著《续列女传》、《燕誉稿》、《翠微楼集》。

35. 谢瑛，武进人，字玉英。嫁同邑徐可先，性简远，诗名藉甚。有《博依小草》。

36. 史芳芸，苏州人。《名媛诗纬》采其诗。

37. 徐安生，苏州人。徐季恒之女，美慧多艺。《万历野获编》："尝仿梅道人风雨竹一幅遗余，且题二绝句于上云：'夏日浑忘暑酷，堪爱酒杯棋局。何当风雨齐来，打乱几丛新绿。'……次诗盖用唐李季兰语。"

38. 李璧，昆山人，字德玉。王衡外孙，嫁周氏。有《介庵集》，陆卿子为序。

39. 顾贞立，无锡人，字文婉。嫁同邑吴绵祖，自号避秦人，与王仲英倡和。

40. 侯蓁宜，嘉定人，字俪南。侯岐曾之女，嫁诸生龚元侃。有《宜春阁草》。

41. 吴山，当涂人，字岩子。嫁上元卞琳。有《西湖》、《虎丘》、《广陵》等集，汇编《青山集》，魏禧作序，以诗闻名四十馀年，《伊人思》选诗九首。

42. 卞梦珏，上元人，字玄文，号篆生。吴山长女，工诗词，母女唱和。有《绣阁遗草》、《西泠闺咏》，《香咳集选存》录诗二首。

43. 卞德基，上元人，吴山次女。工诗词，善绘事，与其姊梦珏先后嫁江都举人刘峻。

44. 纪映淮，上元人，字冒绿，小字阿男。纪映锺之妹，嫁莒州诸生杜李，早寡，守节终老。诗词清逸。有《真冷堂词》。

45. 姚淑，南京人，字仲淑。嫁达州李长祥为继室，工诗画。有《海棠居诗集》一卷。

46. 周洁，南京人，字玉如。嫁张鸣凤。有《云巢诗》，传诵南京士林。

47. 崔秀玉，南京人。通文史。有《耽佳阁诗集》。

48. 李傃，南京人，号空云。父官都司，母为扬州名妓。空云才貌双绝，能诗，年十六嫁史可法为妾。可法扬州殉难，誓不再嫁，出家为女道士，居扬州缑笙道院。

49. 倪氏，江都人。生于闽，长于西江。有《鹂怨集》，事见《妇人集》。

50. 袁九淑，通州人，字君嫕，嫁钱良胤，年十八卒。有《伽音集》，屠隆为序。

51. 陈挈，通州人，字香石，一字无垢。嫁孙安石，早年博学，诗文工致。有《茹蕙集》四卷、《绣佛斋集》。

52. 王兆淑，通州人，字仙琬。有《碧云轩集》。诗见《妇人集补》。

53. 范姝，如皋人，字洛仙。范献重女侄，早失怙，九岁能诗，参与闺门唱和，结交周琼，嫁诸生李延公。有《贯月舫集》。

54. 王朗，金坛人，字仲英。王彦泓之女，无锡秦松龄之母，精工诗词、书画，有《纂提阁诗集》。撰述甚富，多毁于明末清初战乱。

55. 周淑祜，江阴人，周仲荣长女。能诗善画，嫁镇江潘圣瑞。

56. 周淑禧，江阴人，周仲荣次女。亦工诗画，嫁同邑黄生。事见《无声诗史》、《居易录》、《妇人集》、《静志居诗话》。

57. 沈纫兰，嘉兴人，字闲靓，参政黄承昊之妻。有《效颦集》。《伊人思》选诗五首。

58. 黄双蕙，嘉兴人，字柔嘉，沈纫兰之女。髫年悦禅，年十六卒，有《禅悦剩稿》。《伊人思》选诗四首，《会稽女子诗》一卷录其和会稽女子驿亭绝句。

59. 黄淑德,嘉兴人,字柔卿。黄承昊从妹,嫁屠耀孙。早寡,礼佛,年三十四卒,有《遗芳集》。

60. 项兰贞,嘉兴人,字孟畹。嫁黄淑德之侄卯锡,卒年三十馀,有《裁云草》、《月露吟》、《咏雪斋遗稿》。与黄淑德相倡和,苦吟不辍。

61. 周慧贞,吴江人,字挹芬,周文亨之女。嫁黄婷。有集《剩玉篇》(《苏州府志》作《周挹芬诗集》二卷),沈宜修为作《周挹芬诗序》。《伊人思》选诗三首。

62. 黄媛贞,嘉兴人,字皆德。黄洪宪族女,黄象三之妹。贵阳知府朱茂时侧室,有《卧云斋诗集》。

63. 黄媛介,嘉兴人,字皆令。黄媛贞之妹,才华胜其姊。嫁杨元勋,偕游江湖,为闺塾师。有《湖上草》、《越游草》。

64. 黄德贞,嘉兴人,字月辉。媛介从妹,嫁孙曾楠。与归淑芬、申蕙共辑《名闺诗选》,有《冰玉》、《雪椒》、《避叶》、《蕉梦》等集。

65. 孙兰媛,嘉兴人,字介畹。黄德贞之女,嫁诸生陆渭。有《砚香阁稿》。王端淑评其诗如行云流水。

66. 孙蕙媛,嘉兴人,字静畹。兰媛之妹。嫁庄国英,早寡,与母黄德贞诗词倡和。有《愁馀草》。

67. 屠茝珮,嘉兴人,字瑶芳。嫁黄德贞之子孙渭璜。小词情思婉约。有《屠瑶芳遗稿》。

68. 项珮,嘉兴人,字吹聆。嫁秀水吴统持。博学,工诗画,有《藕花楼诗稿》。

69. 归淑芬,嘉兴人,字素英。为高阳继室。与黄德贞、申蕙共辑《名闺诗选》,有《云和阁集》。

70. 徐简简,嘉兴人,字文漪。嫁休宁吴屿为妾。有《佩兰阁草》、《梦居集》。

71. 桑贞白，嘉兴人，字月姝。为周履靖继室。有《香奁诗草》二卷、《和陆氏诗》一卷、《二姬唱和集》二卷。

72. 陆圣姬，秀水人，字文岳，一字文鸾。嫁周概有《陆圣姬诗》。

73. 卜氏，嘉兴人，道号悟玄。云南右参议卜相之女，嫁陶澄中。有《悟玄诗稿》。

74. 卜韫，嘉兴人，字蕙姬。叶绍袁《甲行日注》载清顺治三年："见吴叔向一扇，有《阮郎归》词，是槜李闺秀卜蕙姬所书，小楷甚媚，一面淡墨山树，即卜所画，题画诗，其所作也。云：'高卧松窗日正长，胸罗海岳笔奔狂。绮丽云山轻点就，墨光冉冉动衣香。'父卜稽之。嫁沈伯升，皆诸生。伯升，叔向中表也。稽之三女皆美姿容，工诗画，长适某，此中女也，季适朱文恪公孙，才色更绝，咏春华之年亡矣。"

75. 姚氏，嘉兴人。嫁秀水范应宫。自号青蛾居士，年二十六卒。范应宫为刊遗诗《玉鸳阁诗》，屠隆作序。

76. 徐范，嘉兴人，字仪静，号蹇媛。有足疾，终身不嫁。沈纫兰刻其诗，今佚。

77. 曹寿奴，乌程人，小字山姑。有《观静斋稿》。

78. 吴闺贞，归安人。吴仕诠之女。年十二能诗，与从父吴梦旸、舅氏臧懋循相倡和，嫁温伯生。有《吴节孝诗文前集》八卷、《后集》八卷。

79. 王凤娴，华亭人，字瑞卿，号文如子。解元王献吉之姊。嫁宜春知县张本嘉，享年七十馀。有集《焚馀草》、《续草》。二女引元、引庆均具才情，惜早逝。《伊人思》录凤娴诗十首，引元诗二首，引庆诗一首。

80. 张引元，华亭人，字文姝，又字蕙如。携妹引庆与母相唱和。嫁杨安世。著《贯珠集》，又与引庆共有《双燕遗音》一卷。

81. 张引庆，华亭人，字媚姝。与姊引元唱和。诗见《双燕遗音》。

82. 董如兰，华亭人，字畹仙。诗词悲壮，有侠士风。嫁孙志儒，为继室。著《秋园集》。

83. 夏淑吉，华亭人，字美南。夏允彝之女，嫁嘉定侯玄洵，年二十一而寡。明亡后与侯门妇孺唱和岁寒亭，入佛门，法名神一，有《神一龙隐遗稿》。

84. 夏惠吉，华亭人，字昭南。夏淑吉之妹。《夏完淳集》（中华书局，1960年）附编二录淑吉诗六首，惠吉诗一首。

85. 盛蕴贞，华亭人。许字嘉定侯玄瀞，自号笠道人，法名静维。岁寒亭唱和女诗人之一，有《寄笠遗稿》。

86. 章有湘，华亭人，字玉筐，又字令仪，号橘隐。章旷次女，与妹章有渭相唱和，嫁桐城进士孙中麟。有《澄心堂集》、《望云集》、《再生集》。《妇人集》："玉筐工才调，与姊瑞麟、妹玉璜，并擅诗名，妹回澜、掌珠，俱以文章显。"

87. 章有渭，华亭人，字玉璜。嫁侯玄泓，岁寒亭唱和女诗人之一。有《燕喜楼草》，夏淑吉为序。

88. 章回澜，章有湘之妹。诗见《妇人集》。

89. 章掌珠，章有湘之妹。诗见《妇人集》。

90. 陶婉仪，字令则。嫁松江进士陆鸣珂。诗见《妇人集》。

91. 商景兰，会稽人，字媚生。吏部尚书商周祚之女，嫁祁彪佳，时人有金童玉女之赞。祁彪佳殉国，景兰雅重气节，率三女二媳诗词赓和。有《锦囊集》。

92. 祁德渊，山阴人，初名贞孙，字弢英。商景兰长女，嫁同邑姜廷梧。与母商景兰、妹德琼、德茝相唱和。有《静好集》。

93. 祁德琼，山阴人，字修嫣。商景兰三女，嫁会稽王谷韦。有《未焚集》。

94. 德茝，山阴人，字湘君。商景兰季女，嫁同邑沈萃祉。有《寄云草》。

95. 张德蕙，山阴人，字楚纕。张元忭女孙，适商景兰长子祁理孙。诗见杜煦、杜春生编《祁忠惠公遗集》、陈维崧《妇人集》。

96. 朱德蓉，山阴人，字赵璧。兵部尚书朱燮元女孙，适商景兰次子祁班孙，姑嫂妯娌一门唱和。诗见《祁忠惠公遗集》与《妇人集》。

97. 商景徽，会稽人，字嗣音。商景兰之妹，嫁徐咸清。有《咏雏堂集》。

98. 徐昭华，上虞人，字伊璧。商景徽之女，嫁诸生骆加采。有《徐都讲诗集》。

99. 会稽女子，姓名不详。嫁燕人，不堪卑俗，尝题诗驿壁，一时和者众多，时人编刻《会稽女子诗》一册，事又见载《列朝诗集小传》、《蠖斋诗话》。

100. 李玉照（1617—1679），会稽人，长于燕中。沈自征继室，能诗。《郦吹集》附录存其《哭宛君姑叶安人》四首。

101. 叶宝林（1609—?），余姚人。叶祖宪之女，十七嫁同邑黄宗羲。少通经史，有诗二帙，清新雅丽。时越中闺秀以诗酒结社，宝林闻之，谓伤风败俗，自焚诗稿。

102. 王静淑，山阴人，字玉隐，号隐禅子。王思任女，嫁陈树勷，早寡。著《清凉集》、《青藤书屋集》。《香咳集选存》选有其诗。

103. 王端淑，山阴人，字玉映，号映然子。王思任女，嫁宛平丁圣肇。早通文史，卒年八十馀，有《吟红》、《留箧》、《恒心》等集，编《名媛诗纬》。

104. 陈道蕴，山阴人。陈洪绶长女，母为萧山来斯行之女，嫁楼氏。幼承闺训，画得家法，小楷精致，洪绶尝命写经，因题其居“写经轩”。卒后其弟陈字为刊遗诗《写经轩诗》一卷，版归楼氏。

105. 来氏，萧山人。来斯行之女，嫁陈洪绶。能诗，早卒。

106. 韩氏。陈洪绶继室。能诗，父曾任杭州卫指挥同知。事见孟远《陈洪绶传》、毛奇龄《陈老莲别传》，及《宅埠陈氏宗谱》。

107. 姚令则,仁和人,字柔嘉。嫁黄罗扉。有《半月楼遗稿》。

108. 朱桂英,仁和人。陈范副室,自号养诚道人。有《闺阁穷元集》。

109. 孙孟芝,仁和人。嫁钱兆元。有《琴瑟居诗稿》。

110. 钱庄嘉,仁和人。嫁钟天钧。有《鹤牖轩集》。

111. 黄修娟,仁和人,字媚清。黄汝亨之女,嫁沈希珍。有《娱墨轩诗集》。

112. 俞桂,仁和人,字琼英。年二十卒。有《俞琼英集》。

113. 田玉燕,钱塘人,字双飞。田艺蘅女,适湖州徐元举。有《玉树楼遗草》。《伊人诗》选诗八首。

114. 田娇飞,田玉燕之妹。生平未详。

115. 顾若璞,钱塘人,字和知。嫁黄汝亨之子茂梧。十三年后,茂梧病殁,若璞自称未亡人,教子女书诗,享年九十馀。有《卧月轩集》六卷。

116. 丁玉如,仁和人,字连璧。慷慨好大略,嫁顾若璞之子黄璨。

117. 黄鸿,仁和人,字鸿耀。黄克谦之女,嫁顾若璞之弟顾若群二十年而卒。有集《广寒》、《闺晚吟》。《伊人思》选诗五首,词二章。

118. 吴柏,仁和人,字柏舟。许字陈大生,未婚夫卒,往哭不归,十馀年后病殁。诗极锻炼,有《柏舟集》。

119. 翁桓,钱塘人,字少君。翁汝遇之女,嫁胡介。有《秋水堂遗稿》。

120. 陆么凤,钱塘人。十四岁善咏。诗见毛先舒《诗辩坻》。

121. 张琼如,钱塘人,字赤玉。善赋诗,嫁陈氏。诗见《名媛诗纬》。

122. 梁孟昭,钱塘人,字夷素。梁天叙之妹,嫁茅九仍。有《墨绣轩吟草》一卷、《山水吟》一卷。《名媛诗纬》:"王端淑曰:'夷素一代作手，为女士中之表表者。其长短诗歌，皆清新幽异，大小墨妙，远过前人。’”

123. 虞净芳，钱塘人。虞淳熙之女，嫁丁汝冯，早卒。有《镜园遗咏》。《伊人思》录诗八首。

124. 柴贞仪，钱塘人，字如光。举人柴世尧女，嫁同里黄介眉。诗见《妇人集》。

125. 屠瑶瑟（1574—1600），鄞县人，字湘灵。屠隆之女，嫁黄振古。与弟媳沈天孙相唱和，有诗一卷，编入二人倡和诗《留香草》。《伊人思》为选诗五首。

126. 沈天孙（1580—1600），宣城人，字七襄。沈懋学之女。十七嫁屠隆之子金枢，与瑶瑟唱和，有诗四卷，编入《留香草》。《伊人思》选诗九首。

127. 李大纯，鄞县人，字贞君。嫁袁雍简。有《红馀集》。

128. 全少光，鄞县人，字如玉。嫁福建布衣庄学思。

129. 朱德琏，鄞县人。能诗。嫁邑士吴岳生。

130. 彭琬，海盐人，字玉映。彭期生之妹，嫁马氏，与妹幼玉合称双璧。有《挺秀堂集》、《萝月轩集》。

131. 彭琰，海盐人，字幼玉。嫁朱化鹏。有《彭幼玉遗集》。

132. 高凉，海宁人，字纨洁。嫁举人沈端。有《聚雪楼遗稿》。

133. 顾湜，能诗。明亡后，归兰陵董氏，为董以宁婶母。

134. 李因（1616—1685），钱塘人，字今生，号是庵。嫁葛徵奇为妾。有《竹笑轩吟草》、《续草》、《三草》。

135. 谢五娘，万历中潮州女子，有《读月居诗》一卷，辞调清婉。《列朝诗集》为选诗九首，《粤东诗海》选诗八首，《明清揭阳四女诗人遗诗》选诗六首。

136. 韩玥，乌程人，字洁月。韩敬之女，嫁金坛于銮。有《晨风堂集》。顾凝远《画引》：“韩玥，韩求仲太史女，工诗，兼长山水，有管夫人韵致。”

137. 方如耀(？—1639),桐城人,字孟式。大理寺卿方大镇之女,嫁山东布政使张秉文。尚节义,嗜读书,崇祯十二年,清兵攻济南,投池死。有《纫兰阁集》。

138. 方维仪(1585—1668),桐城人,字仲贤。方孟式之妹,十七适姚孙棨,第二年夫死,归而守志清芬阁,致力文史,教其侄方以智。有《清芬阁集》八卷、《楚江吟》一卷,编有《宫闺文史》、《宫闺诗史》、《宫闺诗评》。沈宜修《伊人思》选诗十三首。

139. 方维则,桐城人,字季准。嫁诸生吴绍忠,年十六寡,八十四岁始卒。与孟式、维仪共称方氏三节,有《茂松阁集》。《香咳集选存》选诗一首。

140. 吴令仪(1693—1622),桐城人,字棣倩。吴应宾之女,方以智之母。年三十卒,方维仪搜其逸稿,刻《鞁佩居遗稿》。

141. 潘翟,桐城人,字副华。副使潘映娄之女,嫁方以智。有《宜阁诗文集》四卷。

142. 吴令则,桐城人,吴令仪之姊。嫁诸生何应琼。有《还珠室集》二卷。

143. 吴坤元,桐城人,字璞玉,一字至士。吴道谦之女,少从从祖吴应宾学书,十岁能诗。嫁潘金芝,早寡。诗与方维仪、章有湘齐名。有《愁添集》、《松声阁集》。

144. 范满珠,休宁人。范良之妹。有集《绣蚀草》。

145. 黄之柔,歙县人,字静宜,号玉琴。嫁江都吴绮。有《玉琴斋集》。

146. 汪氏,歙县人,字西池。汪道昆女孙,嫁吴鹤翔。有《采藻轩集》。

147. 吴娟,徽州人,字眉生。出身新安大姓,幼读诗书,娴于诗歌,兼通绘事,嫁汪道昆之孙。汪生放浪游狎,不能谋生。《无声诗史》载："乃偕其耦遨游吴越间，藉其研田以供资斧。娟益研究于声律，诗词婉畅，书体遒媚。画法出入倪、米间而得意外之韵，写竹石墨花，标韵清远。如娟之才艺，可谓女博士矣。"吴娟南京与林古度等名士倡和。有《萍居草》。

148. 林玉衡，福清人，字似荆。林章之女，林古度之妹，父母、兄弟皆能诗。嫁倪廷相。事见《闽川闺秀诗话》。

149. 黄幼藻，莆田人，字汉荐。黄议之女，通经史，工声律，嫁举人林仰垣。年三十九卒，有《柳絮编》。《莆田清籁集》录其大量诗句，《伊人思》为选诗四首。

150. 黄幼蘩，莆田人，字汉宫。黄幼藻之妹。《闽川闺秀诗话》录其《咏月》诗，评曰："字字老成，不似闺房凡响。"

151. 周玉箫，闽中女子。武人方舆之妾，好谈古今节义。诗一百三十馀篇，由女蕙刻而传之，集名《悬鹃》。

152. 周庚，莆田人，字明媖。嫁诸生陈承纩。诗近钟惺、谭元春。有《龚绣集》。

153. 陆眷西，莆田人，字初月。嫁余怀为侧室。诗见《莆风清籁集》。与林玉衡并为梁章钜《闽川闺秀诗话》推重。

154. 王虞凤，侯官人，字仪卿。嫁林逢隆，年十七卒。有《罢绣吟》。

155. 陈氏，侯官张利民之母，有《茹蘖录》。利民，字能因，崇祯十三年进士。唐王时，任太常寺少卿，闽亡，乃遁迹为僧。

156. 马氏，虎关将家妇，莆田诗人宋珏从荒村老屋中得其诗，播传其《秋闺梦成诗》七言长句百首，集又曰《香魂》，谭元春作《秋闺梦成诗序》。

157. 蔡润石(1616—1698)，浙江人，字玉卿。嫁漳州黄道周，为继室，雅重气节，工诗书画。有《蔡夫人未刻稿》一卷。

158. 徐氏，莆田人。徐庞之女，嫁俞氏，能诗。事见宋珏《莆阳二妇传》。

159. 张璧娘，闽县人。早寡，慕林光宇之才，与通情。光宇随父官外游，璧娘感想而殁。光宇卒于万历三十二年。

160. 张乔(1615—1633)，字乔婧，号二乔。母本吴娼，买入粤。张乔生于粤，好诗词，黎遂球为撰墓表。有《莲香集》五卷。

161. 易氏(1577—1642)，新会人。永昌知府易道源之女，嫁南海诸生朱畴，为陈子壮舅母。有集《兰圃草》、《名闺吟草》。生平见《广东女子艺文考》。

162. 邢慈静，临邑人。邢侗之妹，工诗书画，年二十八适武定人大同知府马拯。有《芝兰室非非草》一卷、《兰雪斋集》。

163. 康郕，邢台人，字湘云。嫁黄更生。有《临风阁集》。

164. 文氏，三水人。文翔凤之妹，嫁葛大受，早寡。有《君子堂集》、《九骚》。

165. 刘云琼，临县人，字静娟。嫁同邑举人赵倡，自署离石槛花居士。有《水云居集》。

166. 尹纫荣，宜宾人，字少君。尹伸女，嫁解元刘泌，年十九卒。有《断香集》。

167. 刘淑英，安福人。父刘铎，东林名士，死于阉祸。淑英擅作小诗，习禅学、剑术，嫁王蔼，二十一而寡。甲申兵乱，淑英散家财募义军，后归隐。有《个山遗集》七卷。

168. 张氏，居黄冈。工诗词，与某士子定婚约，父令改适富商，遂自刭死。衣带诗云："颇闻洵美非吾士，却忆当年敢再生。"事见《妇人集补》、《启祯野乘》。

169. 王宾娘，黄冈人。十岁能文，十五通经史，人称女博士。事见《妇人集补》。

170. 言氏，生平不详。有《乙丑宫掖杂诗》。

171. 董少玉，西陵人。嫁麻城周弘禴，为继室，从夫学诗，年二十九卒。有《董少玉诗》一卷，王世贞为序。

172. 刘苑华，香山人。嫁户部郎何藻为妾。据《明史·艺文志》，苑华有《落霞山下女子刘苑华吟》，诗稿已佚。《广东名媛诗》选诗五首。

173. 武氏，三水人。嫁文翔凤，能诗。卒于崇祯初。

174. 邓太妙，故宁河武顺王之裔，慕文翔凤才名，入为继室，伉俪唱随。崇祯末，邓氏为农民军所掳，逃遁出，流离不知所终。

175. 琅玕，德州人。诗见《妇人集》。

176. 李季娴，昭阳人。号玄衣女子，礼佛。有诗五卷，文一卷。

177. 丘刘，嫁麻城丘坦。丘坦与三袁交甚笃。丘刘擅长集句，有《集唐诗》一卷。《伊人思》为选集句二十六首。

178. 梅生，嫁麻城周世遴。生平见《列朝诗集》。

179. 桂氏女子，叶绍袁《天寥年谱别记》载崇祯十年："刘晋仲言，其邑中桂生者，贫而无子，止一女，甚美，为男子装，不使人知为女也。诗词古文俱工，学制举义，应艽支试，两次不得曳子衿，年已二十，不能不返初服矣。然尚未有人知，惟中丞杨述中与勿所先生知之。杨将为茂陵之聘，而太仆先焉，以故杨恨甚，流言中伤先生，遂有严旨诏逮，幸即雪矣。先生殁已十馀年，今桂娘尚在。"

180. 张娴婧，六安人，字蓼仙。嫁闵而学。有《遗草集》。《伊人思》选诗八首。

181. 邓夫人，邓渼之妻。南昌宗室女。能诗，《伊人思》选一首。邓渼，字远游，建昌新城人。万历二十六年进士，历迁右佥都御史，忤阉党，谴戍，崇祯初放还，有《红泉》、《大旭山房》等集。

182. 倪仁吉，浦江人，字心惠。嫁义乌吴之艺，二十而寡，衣不易素，吟咏自适。有《凝香阁稿》，诗为王士禛所赏。

183. 范景姒，吴桥人。范景文之妹，好读书，通经史，工书画。有《冰玉斋诗稿》。嫁同邑王世德，二十而寡，年三十九卒，范景文为撰墓志。

184. 羽孺，本名翁孺安，字静和，常熟人。太常翁宪祥之女，嫁顾象泰。善画兰，自号素兰，有侠士风，天启七年为人所杀。有《素兰集》二卷。《伊人思》选诗四首。

185. 陈氏，江都人。嫁宗万邦，为宗元鼎之母。工诗词，所作不轻易示人，临终取诗自焚之。《宫闺氏籍艺文考略》："尝集《五经》句，为诗四十首，集陶诗十首，集杜诗五十首，史论十首。卒之先一夕，悉焚之。所传廑训子诗六篇。"

186. 邓氏，闽县人。万历中嫁纨绔弟子邹生，不二年抑郁卒，人争传遗草。事见《妇人集》。

187. 王微，扬州人，字修微。才情殊众，交游名士，皈依佛门，自号草衣道人。晚归华亭许誉卿，相互敬重，明亡三年而卒。有《宛在编》、《名山记》、《樾馆诗》、《浮山亭草》、《未焚稿选》、《远游篇选》、《闲草》、《期山草选》等集。

188. 孙瑶华，字灵光，南京妓。有侠风，嫁新安汪宗孝，卜居南京。有《远山楼稿》。

189. 马守真（1548—1604），南京妓，字湘兰，又字月娇。秦淮四美之一。性喜轻侠，与王稚登相知。有《湘兰子集》二卷，万历十九年，王稚登为序。

190. 赵彩姬，南京妓，字今燕。秦淮四美之一。有《青楼集》一卷。

191. 朱无瑕，南京妓，字泰玉。秦淮四美之一。有《绣佛斋集》一卷。

192. 郑如英，南京妓，字无美。秦淮四美之一。有《寒玉斋集》一卷、《红豆词》。

193. 杨宛，南京妓，字宛叔。与王微结女兄弟，嫁茅元仪，放浪不拘，后为盗所杀。有《钟山献》四卷、《续集》一卷、《再续》一卷。王思任为作《钟山献序》。

194. 薛素素，小字润娘，嘉兴妓。擅绘兰竹，作小诗，飞弹走马，以女侠自命，有《南游草》、《花琐事》等集。《列朝诗集》、《然脂集》共录其诗二十九首，胡文楷据之编为《薛素素诗辑本》。

195. 寇皑如，南京妓，字贞素。有《逊雪堂集》。

196. 呼采，字文如，小字祖，江夏营妓。能诗词、善琴画。有《遥集编》。

197. 沙宛在，小字嫩，一名淑，字宛在。有《蝶香阁闺情绝句》百首。

198. 柳是(1618—1664)，字如是，一字蘼芜。精工诗词，交结陈子龙，年二十八嫁钱谦益。有《戊寅草》、《湖上草》、《柳如是尺牍》、《我闻室鸳鸯楼词》、《红豆村庄杂录》、《河东君诗文集》，《东山酬唱集》亦存其诗。

199. 齐景云，北平人，善琴能诗，与士人傅春定情。傅春谪戍，景云随行未果，蓬首垢面，闭户读经，未几病殁。

200. 周文，字绮生，一字菲菲，嘉兴妓。工诗文，晚年心皈佛门，时人比其刘采春、薛涛再世。《伊人思》选其诗二首，评曰："初出平康，终归非匹，郁志而死。遗稿甚多，不传，亦可惜也。"

201. 梁小玉，钱塘人，字玉姬，号嫏嬛女史。博览群书，作《两都赋》，著《古今女史》。有《嫏嬛集》三卷、《咏史录》十卷、《古诗集句》。

202. 马珪，字文玉。善诗词、琴画。万历三十八年游西湖，赋忆旧四章，杭州士子争相传诵和诗。

203. 香娘，本金阊名妓，艳而工诗，嫁吴昜。吴昜起抗清义军，全家尽节，香娘为清兵所获，后遁空门。生平见《小腆纪传》卷五十三、《明遗民录》卷四十八。

204. 隐隐，一名素璃，姓沈氏，本扬州娼家女。能诗，归歙县诸生夏子龙，相与唱和甚得。崇祯亡国，二人郁郁终日，沉溺于酒。南都将破,夏子龙病死,隐隐盛装载拜,就棺结缳以死。生平见《小腆纪传》卷五十三、《明遗民录》卷四十八。

205. 马如玉,南京人,字楚屿。本姓张,善书画,礼佛。享年三十馀。

206. 郝文珠,字昭文。多才艺,有侠士风。

207. 张回,南京妓,字渊如,号观若。

208. 卞赛,上元妓,一名赛赛。后为女道士,自称玉京道人。有《玉京道人集》。

209. 董白(1624—1651),字小宛,一字青莲。性爱闲静,归如皋冒襄,为侧室,以劳瘁卒,冒襄作《影梅庵忆语》二千四百馀言悼之。

210. 顾媚,南京妓,字眉生。通文史,嫁合肥龚鼎孳。

主要参考书目

一、诗文集

《陈白沙集》　陈献章撰,《四库全书》本,上海古籍出版社,1987 年
《空同集》　李梦阳撰,《四库全书》本,同上
《华泉集》　边贡撰,《四库全书》本,同上
《大复集》　何景明撰,《四库全书》本,同上
《迪功集》　徐祯卿撰,《四库全书》本,同上
《少谷集》　郑善夫撰,《四库全书》本,同上
《荆川集》　唐顺之撰,《四库全书》本,同上
《弇州四部稿》、《弇州山人续稿》、《读书后》　王世贞撰,《四库全书》本,同上
《衡庐精舍藏稿》《续稿》　胡直撰,《四库全书》本,同上
《薜荔园诗集》　佘翔撰,《四库全书》本,同上
《四溟集》　谢榛撰,《四库全书》本,同上
《少室山房集》　胡应麟撰,《四库全书》本,同上
《谷城山馆集》　于慎行撰,《四库全书》本,同上
《淡然轩集》　余继登撰,《四库全书》本,同上
《小辨斋偶存》　顾允成撰,《四库全书》本,同上

《高子遗书》　高攀龙撰,《四库全书》本,同上
《刘蕺山集》　刘宗周撰,《四库全书》本,同上
《檀园集》　李流芳撰,《四库全书》本,同上
《幔亭集》　徐熥撰,《四库全书》本,同上
《倪文贞集》　倪元璐撰,《四库全书》本,同上
《陶庵全集》　黄淳耀撰,《四库全书》本,同上
《新刻张太岳先生诗文集》　张居正撰,《四库存目丛书》本,齐鲁书社,1997 年
《太函集》　汪道昆撰,《四库存目丛书》本,同上
《东岱山房诗录》、《外集》、《江右稿(卷上)》　李先芳撰,《四库存目丛书》本,同上
《甔甀洞稿》、《续稿》　吴国伦撰,《四库存目丛书》本,同上
《李温陵集》　李贽撰,《四库存目丛书》本,同上
《学孔精舍诗钞》　孙应鳌撰,《四库存目丛书》本,同上
《近溪罗子全集》　罗汝芳撰,《四库存目丛书》本,同上
《王奉常集》　王世懋撰,《四库存目丛书》本,同上
《处实堂集》、《续集》　张凤翼撰,《四库存目丛书》本,同上
《纨绮集》　张献翼撰,《四库存目丛书》本,同上
《何翰林集》　何良俊撰,《四库存目丛书》本,同上
《涉江集选》　潘之恒撰,陈允衡辑评,《四库存目丛书》本,同上
《丰对楼诗选》　沈明臣撰,《四库存目丛书》本,同上
《止止堂集》　戚继光撰,《四库存目丛书》本,同上
《新镌东厓王先生遗集》　王襞撰,《四库存目丛书》本,同上
《谷城山馆文集》　于慎行撰,《四库存目丛书》本,同上
《大泌山房集》　李维桢撰,《四库存目丛书》本,同上
《卓光禄集》、《卓澂甫诗续集》　卓明卿撰,《四库存目丛书》本,同上

《来禽馆集》　邢侗撰,《四库存目丛书》本,同上
《快雪堂集》　冯梦祯撰,《四库存目丛书》本,同上
《东越证学录》　周汝登撰,《四库存目丛书》本,同上
《九芝集》　龙膺撰,《四库存目丛书》本,同上
《西楼全集》　邓原岳撰,《四库存目丛书》本,同上
《小草斋集》、《续集》、《文集》　谢肇淛撰,《四库存目丛书》本,同上
《水明楼集》　陈荐夫撰,《四库存目丛书》本,同上
《百花州集》、《解弢集》　邓云霄撰,《四库存目丛书》本,同上
《两粤游草》、《五岳游草》　陈第撰,《四库存目丛书》本,同上
《缑山先生集》　王衡撰,《四库存目丛书》本,同上
《由拳集》、《白榆集》　屠隆撰,《四库存目丛书》本,同上
《妙远堂全集》　马之骏撰,《四库存目丛书》本,同上
《东极篇》、《文太青先生文集》文翔凤撰,《四库存目丛书》本,同上
《白下集》　黄姬水撰,《四库存目丛书》本,同上
《玄盖副草》　吴稼竳撰,《四库存目丛书》本,同上
《潘象安诗集》　潘纬撰,《四库存目丛书》本,同上
《白云集》　陈昂撰,《四库存目丛书》本,同上
《谢耳伯先生初集》、《全集》　谢兆申撰,《四库存目丛书》本,同上
《彭燕又先生文集》、《诗集》　彭宾撰,《四库存目丛书》本,同上
《白石樵真稿》、《晚香堂集》、《眉公诗抄》　陈继儒撰,《四库禁毁书丛刊》本,北京出版社,1998 年
《李太仆恬致堂集》　李日华撰,《四库禁毁书丛刊》本,同上
《鹿裘石室集》　梅鼎祚撰,《四库禁毁书丛刊》本,同上
《方子流寓草》、《浮山文集前编》、《后编》、《别集》　方以智撰,

《四库禁毁书丛刊》本，同上
《皇极篇》 文翔凤撰，《四库禁毁书丛刊》本，同上
《吴歈小草》 娄坚撰，《四库禁毁书丛刊》本，同上
《欧虞部集》 欧大任撰，《四库禁毁书丛刊》本，同上
《弗告堂集》 于若瀛撰，《四库禁毁书丛刊》本，同上
《寓林集》 黄汝亨撰，《四库禁毁书丛刊》本，同上
《镜山庵集》 高出撰，《四库禁毁书丛刊》本，同上
《宗伯集》 冯琦撰，《四库禁毁书丛刊》本，同上
《四品稿》 李若讷撰，《四库禁毁书丛刊》本，同上
《楼山堂集》 吴应箕撰，《四库禁毁书丛刊》本，同上
《葛震甫集》 葛一龙撰，《四库禁毁书丛刊》本，同上
《苍霞草》、《续草》、《馀草》 叶向高撰，《四库禁毁书丛刊》本，同上
《石仓诗稿》 曹学佺撰，《四库禁毁书丛刊》本，同上
《赵忠毅公诗文集》 赵南星撰，《四库禁毁书丛刊》本，同上
《今是堂集》 陶奭龄撰，《四库禁毁书丛刊》本，同上
《知畏斋文存》、《诗存》 张采撰，《四库禁毁书丛刊》本，同上
《启祯遗诗》 陈济生辑，《四库禁毁书丛刊》本，同上
《输寥馆集》 范允临撰，《四库禁毁书丛刊》本，同上
《莲须阁集》 黎遂球撰，《四库禁毁书丛刊》本，同上
《文生小草》 文震亨撰，《四库禁毁书丛刊》本，同上
《浮来先生诗集》 公鼒撰，《四库禁毁书丛刊》本，同上
《松圆浪淘集》 程嘉燧撰，《四库禁毁书丛刊》本，同上
《王百谷集》 王稚登撰，《四库禁毁书丛刊》本，同上
《蘧庐稿选》 韩上桂撰，《四库禁毁书丛刊》本，同上
《栖真馆集》 屠隆撰，《续修四库全书》本，上海古籍出版社，1995年

《文饭小品》 王思任撰,《续修四库全书》本,同上
《杨忠烈公文集》 杨涟撰,《续修四库全书》本,同上
《藏密斋集》 魏大中撰,《续修四库全书》本,同上
《曹大理集》、《石仓文稿》 曹学佺撰,《续修四库全书》本,同上
《远山堂诗集》《远山堂文稿》 祁彪佳撰,《续修四库全书》本,同上
《耦耕堂集》、《松圆偈庵集》 程嘉燧撰,《续修四库全书》本,同上
《清权堂集》 沈德符撰,《续修四库全书》本,同上
《陈眉公集》 陈继儒撰,《续修四库全书》本,同上
《鳌峰集》 徐𤊹撰,《续修四库全书》本,同上
《静啸斋存草》、《静啸斋遗文》 董斯张撰,《续修四库全书》本,同上
《无梦园初集》 陈仁锡撰,《续修四库全书》本,同上
《七录斋诗文合集》 张溥撰,《续修四库全书》本,同上
《婆罗馆逸稿》 屠隆撰,《丛书集成初编》本,商务印书馆,1937年
《徐元叹先生残稿》 徐波撰,《丛书集成初编》本,同上
《凝翠轩集》 王元翰撰,《丛书集成续编》本,新文丰出版公司,1989年
《礼部存稿》 陈子壮撰,《丛书集成续编》本,同上
《黄太史怡春堂逸稿》 黄辉撰,《明代论著丛刊》第二辑,台北:伟文出版有限公司,1976年
《歇庵集》 陶望龄撰,《明代论著丛刊》第二辑,同上
《王季重杂著》 王思任撰,《明代论著丛刊》第三辑,台北;伟文出版有限公司,1977年
《三易集》 唐时升撰,《明代论著丛刊》第三辑,同上

《艾千子先生全稿》 艾南英撰,《明代论著丛刊》第三辑,同上
《松石斋文集》、《诗集》 赵用贤撰,光绪二十八年重刻本
《雷检讨诗》 雷思沛撰,明刻本
《顾文端文公元卷遗迹》 顾宪成撰,江苏省复印本,1957 年
《涉江诗》 潘之恒撰,明万历间刻本
《高宗宪公诗集》 高攀龙撰,光绪间活字本
《紫柏老人集》 释真可撰,光绪间刻本
《问山亭主人遗诗》、《正集》 王象春撰,武进涉园石印本,1928 年
《黄漳浦集》 黄道周撰,郑玟编,康熙五十三年刊本
《钓璜室存稿》附《交行摘稿》 徐孚远撰,怀旧楼刻本,1912 年
《柳如是诗集》 柳是撰,浙江图书馆影印铁如意馆抄本,1981 年
《王阳明全集》 王守仁撰,吴光等编校,上海古籍出版社,1992 年
《王龙溪全集》 王畿撰,台北:华文书局,1970 年古籍影印版
《焚书》 李贽撰,中华书局,1974 年
《续焚书》 李贽撰,中华书局,1974 年
《颜钧集》 颜钧撰,黄宣民校点,中国社会科学出版社,1996 年
《李攀龙集》 李攀龙撰,李伯齐校点,齐鲁书社,1993 年
《震川先生集》 归有光撰,周本淳校点,上海古籍出版社,1985 年
《徐渭集》 徐渭撰,中华书局,1983 年
《茅坤集》 茅坤撰,张大芝、张梦新点校,浙江古籍出版社,1993 年
《汤显祖诗文集》 汤显祖撰,徐朔方笺校,北京古籍出版社,1999 年
《澹园集》 焦竑撰,李剑雄校点,中华书局,1999 年
《白苏斋类集》 袁宗道撰,钱伯城校点,上海古籍出版社,1989 年
《袁宏道集笺校》 袁宏道撰,钱伯城笺校,上海古籍出版社,

1981 年
《珂雪斋集》 袁中道撰,钱伯城校点,上海古籍出版社,1989 年
《珂雪斋近集》 袁中道撰,1982 年上海书店据中央书店 1936 年版重印
《江盈科集》 江盈科撰,黄仁生辑校,岳麓书社,1997 年
《隐秀轩集》 钟惺撰,李先耕、崔重庆校点,上海古籍出版社,1992 年
《谭元春集》 谭元春撰,陈杏珍校点,上海古籍出版社,1998 年
《冯梦龙全集》 冯梦龙撰,魏同贤主编,上海古籍出版社,1993 年
《冯梦龙诗文》(初编) 橘君辑注,福州人民出版,1985 年
《问次斋稿》 公鼐撰,齐鲁书社影印出版,1998 年
《九籥集》 宋懋澄撰,王利器校点,中国社会科学出版社,1984 年
《王季重十种》 王思任撰,任远校点,浙江古籍出版社,1987 年
《徐霞客游记》 徐弘祖撰,商务印书馆,1986 年
《徐霞客家集》 徐弘祖等撰,薛仲良辑,新华出版社,1995 年
《负苞堂集》 臧懋循撰,古典文学出版社,1958 年
《帝京景物略》 于奕正、刘侗撰,北京古籍出版社,1983 年
《陈子龙诗集》 陈子龙撰,上海古籍出版社,1983 年
《陈子龙文集》 陈子龙撰,华东师范大学出版社,1988 年
《倪文贞公诗集》 倪元璐撰,南京襄社影印本,1935 年
《祁彪佳集》 祁彪佳撰,中华书局,1960 年
《夏完淳集》 夏完淳撰,中华书局上海编辑所编辑,中华书局,1960 年
《夏完淳集笺校》 夏完淳撰,白坚笺校,上海古籍出版社,1991 年
《张岱诗文集》 张岱撰,夏咸淳校点,上海古籍出版社,1991 年
《西湖梦寻》、《陶庵梦忆》 张岱撰,马兴荣校点,上海古籍出版社,1982 年

《李流芳小品》 李流芳撰,阿英编校,上海大江书店印行,1936 年
《陈洪绶集》 陈洪绶撰,吴敢校点,浙江古籍出版社,1994 年
《瞿式耜集》 瞿式耜撰,上海古籍出版社,1981 年
《张苍水集》 张煌言撰,上海古籍出版社,1985 年
《黄宗羲全集》 黄宗羲撰,浙江古籍出版社,1985 年
《丁耀亢全集》 丁耀亢撰,张清吉校点,中州古籍出版社,1999 年
《顾亭林诗文集》 顾炎武撰,中华书局,1959 年
《霜红龛集》 傅山撰,山西人民出版社,1984 年
《牧斋初学集》 钱谦益撰,上海古籍出版社,1985 年
《牧斋有学集》 钱谦益撰,四部丛刊本
《施愚山集》 施闰章撰,何庆善、杨应芹校点,黄山书社,1992 年
《侯方域集校笺》 侯方域撰,王树林校笺,中州古籍出版社,1992 年
《赵执信全集》 赵执信撰,赵蔚芝、刘聿鑫校点,齐鲁书社,1993 年
《赖古堂集》 周亮工撰,上海古籍出版社,1979 年
《渔洋精华录集注》 王士禛撰,惠栋、金荣注,伍铭校点,齐鲁书社,1992 年
《陈确集》 陈确撰,中华书局,1979 年
《假庵杂著》 归昌世撰,上海古籍出版社,1983 年
《缩庵文集》 黄宗会撰,上海古籍出版社,1983 年
《全祖望集汇校集注》 全祖望撰,朱铸禹汇校集注,上海古籍出版社,2000 年
《郑板桥全集》 郑燮撰,中州古籍出版社据 1935 年世界书局本影印,1992 年
《盛明百家诗》 俞宪编,《四库存目丛书》本
《青溪诗集》 徐楚编,《四库存目丛书》本

《海岱会集》　石存礼等撰，冯琦编，《四库全书》本
《文氏五家诗》　文洪、文徵明等撰，《四库全书》本
《南园前五先生集、南园后五先生集》　欧大任等撰，梁守中等校点，中山大学出版社，1990 年
《午梦堂集》　沈宜修等撰，叶绍袁原编，冀勤辑校，中华书局，1998 年
《几社壬申合稿》　李雯、宋存标、徐凤彩等编，《四库禁毁书丛刊》本
《石仓历代诗选》　曹学佺编，《四库全书》本
《诗归》　钟惺、谭元春编，《四库存目丛书》本
《明诗归》　钟惺、谭元春编，《四库存目丛书》本
《名媛诗归》　钟惺、谭元春编，《四库存目丛书》本
《古今名媛汇诗》　郑文昂编，《四库存目丛书》本
《皇明诗选》　陈子龙、李雯、宋徵舆编，华东师范大学出版社，1991 年
《天启崇祯两朝遗诗》　陈济生辑，中华书局影印本，1958 年
《明遗民诗》　卓尔堪辑，中华书局，1961 年
《列朝诗集》　钱谦益辑，三联书店影印本，1989 年
《明诗综》　朱彝尊辑，清康熙四十四年清来堂刻本
《明诗评选》　王夫之评选，陈新校点，文化艺术出版社，1997 年
《明三十家诗选初集》、《二集》　汪端辑，清同治十二年刻本
《明诗别裁集》　沈德潜、周准编，上海古籍出版社，1979 年
《明诗纪事》　陈田辑撰，上海古籍出版社，1993 年
《清诗纪事》　钱钟联主编，江苏古籍出版社，1987—1989 年
《明宫词》　秦徵兰、刘城、蒋之翘等撰，商传等编，北京古籍出版社，1987 年。
《明文海》　黄宗羲辑，《四库全书》本

二、诗论

《诗品》 钟嵘撰,《历代诗话》本,中华书局,1981 年
《后山诗话》 陈师道撰,《历代诗话》本,同上
《沧浪诗话》 严羽撰,《历代诗话》本,同上
《艺圃撷馀》 王世懋撰,《历代诗话》本,同上
《艺苑卮言》 王世贞撰,《历代诗话续编》本,中华书局,1983 年
《国雅品》 顾起纶撰,《历代诗话续编》本,同上
《麓堂诗话》 李东阳撰,《历代诗话续编》本,同上
《诗薮》 胡应麟撰,上海古籍出版社,1958 年
《佘山诗话》 陈继儒撰,《丛书集成初编》本
《红雨楼序跋》 徐𤊹撰,沈文倬校点,福建人民出版社,1993 年
《笔精》 徐𤊹撰,沈文倬校注,陈心榕标点,福建人民出版社,1997 年
《薑斋诗话》 王夫之撰,《清诗话》本,上海古籍出版社,1999 年
《梅村诗话》 吴伟业撰,《清诗话》本,同上
《渔洋诗话》 王士禛撰,《清诗话》本,同上
《带经堂诗话》 王士禛撰,张宗柟编,人民文学出版社,1963 年
《闽川闺秀诗话》 梁章钜撰,《香艳丛书》本,人民文学出版社,1992 年
《石遗室诗话》 陈衍撰,辽宁教育出版社,1998 年
《万首论诗绝句》 郭绍虞、钱钟联等编,人民文学出版社,1991 年

三、史料、笔记、方志、年表

《明实录》 台湾"中央研究院"历史语言研究所校印
《明史》 张廷玉等撰,中华书局,1974 年
《国榷》 谈迁撰,中华书局,1958 年

《石匮书后集》 张岱撰，中华书局，1960 年
《明史稿》 王鸿绪撰，清雍正刻本
《明史纪事本末》 谷应泰撰，中华书局，1977 年
《明鉴》 印鸾章编撰，中国书店出版，1985 年
《小腆纪传》 徐鼒撰，中华书局，1958 年
《小腆纪年附考》 徐鼒撰，中华书局，1957 年
《南疆逸史》 温睿临撰，中华书局，1959 年
《明季北略》 计六奇撰，中华书局，1984 年
《明季南略》 计六奇撰，中华书局，1958 年
《明通鉴》 夏燮编撰，上海古籍出版社，1990 年
《清史稿》 赵尔巽等撰，中华书局，1977 年
《利玛窦中国札记》 利玛窦、金巴阁著，何高济等译，中华书局，1983 年
《幸存录》 夏允彝撰，《明清史料汇编》本，台北：文海出版社，1967 年
《续幸存录》 夏完淳撰，《明清史料汇编》本，同上
《两朝剥复录》 吴应箕辑，夏燮校，《明清史料汇编》本，同上
《熹朝忠节死臣烈传》 吴应箕撰，《明清史料汇编》本，同上
《三朝野记》 李逊之辑，《明清史料汇编》本，同上
《三朝大议录》 顾苓撰，《明季史料集珍》第一辑，台北：文海出版社，1976 年
《三朝要典》 顾秉谦撰，《明季史料集珍》第一辑，同上
《甲乙事案》 文秉撰，《明季史料集珍》第一辑，同上
《社事始末》 杜登春撰，《艺海珠尘》本
《复社纪事》 吴伟业撰，《中国历史资料研究丛书》本，上海书店印行，1982 年
《复社纪略》 陆世仪撰，《中国历史资料研究丛书》本，同上

《东林本末》 吴应箕撰,《中国历史资料研究丛书》本,同上
《碧血录》 黄煜辑撰,《中国历史资料研究丛书》本,同上
《青磷屑》 应喜臣撰,《中国历史资料研究丛书》本,同上
《全吴纪略》 杨廷枢撰,《中国历史资料研究丛书》本,同上
《祁忠敏公日记》 祁彪佳撰,1937 年绍兴修志委员会铅印本
《崇祯长编》 佚名,《中国历史资料研究丛书》本
《谷山笔麈》 于慎行撰,吕景琳校点,中华书局,1984 年
《万历野获编》 沈德符撰,中华书局,1959 年
《客座赘语》 顾起元撰,谭棣华、陆稼禾校点,中华书局,1987 年
《五杂组》 谢肇淛撰,中华书局,1959 年
《松窗梦语》 张翰撰,中华书局,1985 年
《崇祯朝记事》 李逊之撰,《四库禁毁书丛刊》本
《北游录》 谈迁撰,汪北平校点,中华书局,1960 年
《柳南随笔》、《续笔》 王应奎撰,中华书局,1983 年
《广东新语》 屈大均撰,中华书局,1997 年
《三垣笔记》 李清撰,中华书局,1982 年
《国寿录》 查继佐撰,中华书局,1959 年
《南渡录》 李清撰,何槐昌校点,浙江古籍出版社,1988 年
《池北偶谈》 王士禛撰,中华书局,1982 年
《分甘馀话》 王士禛撰,中华书局,1989 年
《古夫于亭杂录》 王士禛撰,中华书局,1988 年
《山志》 王弘撰著,中华书局,1999 年
《书影》 周亮工撰,古典文学出版社,1957 年
《吹网录》、《欧陂渔话》 叶廷琯撰,辽宁教育出版社,1998 年
《板桥杂记》 余怀撰,《香艳丛书》本,人民文学出版社,1992 年
《妇人集》 陈维崧撰,《香艳丛书》本,同上
《妇人集补》 冒丹书撰,《香艳丛书》本,同上

《香咳集选存》 许夔臣辑,《香艳丛书》本,同上

《玉台画史》 汤漱玉辑,《香艳丛书》本,同上

《复社姓氏传略》 吴山嘉辑,中国书店出版,1990 年

《东林党籍考》 李棪撰,人民出版社,1957 年

《续修四库全书提要》 王云五主编,上海古籍出版社,1972 年

《南明史纲、史料》 柳亚子著,柳无忌编,上海人民出版社,1994 年

《明季史料题跋》 朱希祖撰,中华书局,1961 年

《太一丛话》 宁调元著,山西古籍出版社,1996 年

《桑园读书记》 邓之诚著,辽宁教育出版社,1998 年

《明清徽商资料选编》 张海鹏、王廷元主编,黄山书社,1985 年

《苏州府志》 清·卢腾龙、宁云鹏修,康熙三十年刻本

《松江府志》 清·宋如林、孙星衍修,嘉庆二十二年刻本

《华亭县志》 清·杨开第、姚兴发修,光绪五年刻本

《太仓洲志》 明·钱肃乐、张采修,清康熙十七年增刻崇祯本

《徽州府志》 清·赵吉士等修,康熙三十八年万青阁刻本

《歙县志》 石国柱、许承尧修,1937 年铅印本

《杭州府志》 吴庆坻修,1925 年铅印本

《宁波府志》 清·曹秉仁修,道光二十五年刻本

《鄞县志》 清·钱大昕修,乾隆五十三年刻本

《乾隆绍兴府志校记》 李慈铭修,1929 年铅印本

《山阴县志》 清·朱文翰修,嘉庆八年刻本

《福建通志》 福建通志局修,1922 年刻本

《安徽通志》 清·沈葆祯等修,光绪七年刻本

《安庆府志》 清·张楷等修,1961 年石印本

《公安县志》 清·杨之骈修,康熙六十年刻本

《蜀典》 清·张澍修,光绪二年尊经书馆刻本

《历城县志》　清·胡德琳、李文藻等修，乾隆三十七年刻本
《昌国艅艎》　明·傅国撰，济南出版社，1996 年
《倪元璐年谱》　倪会鼎编，中华书局，1994 年
《归玄恭先生年谱》　赵经达编，《归庄集》附录，上海古籍出版社，1984 年
《晚明曲家年谱》　徐朔方编，浙江古籍出版社，1993 年
《陈洪绶年谱》　黄涌泉编，人民美术出版社，1960 年
《方以智年谱》　任道斌编，安徽教育出版社，1983 年
《王世贞年谱》　郑利华编，复旦大学出版社，1993 年
《顾亭林先生年谱》　张穆编，《丛书集成初编》本
《吴梅村年谱》　冯其庸、叶君远编，江苏古籍出版社，1990 年
《明清进士题名碑录》　朱保炯、谢沛霖编，上海古籍出版社，1998 年第二版
《历代人物年里碑传综表》　姜亮夫编，中华书局，1959 年
《历代名人生卒年表》　梁廷灿编，商务印书馆，1930 年

四、现代专著：

《鲁迅全集》　周树人著，人民文学出版社，1973 年
《明末清初的学风》　谢国桢著，人民出版社，1982 年
《晚明思想史论》　嵇文甫著，东方出版社，1996 年
《明清之际党社运动考》　谢国桢著，商务印书馆，1934 年
《增定晚明史籍考》　谢国桢著，中华书局，1981 年
《南明史略》　谢国桢著，上海人民出版社，1957 年
《剑桥中国明代史》　美·牟复礼、英·崔德瑞编，中国社会科学出版社，1992 年
《万历十五年》　黄仁宇著，中华书局，1982 年
《明代文学》　钱基博著，商务印书馆，1933 年

《明文学史》 宋佩韦著,商务印书馆,1934 年
《清代闺阁诗人征略》 施淑仪著,上海书店铅印本,1922 年
《中国妇女文学史》 谢无量著,中州古籍出版社,1992 年
《中国女性文学史话》 谭正璧著,百花文艺出版社,1985 年
《历代妇女著作考》 胡文楷编著,商务印书馆,1957 年
《明遗民录》 孙静庵著,浙江古籍出版社,1985 年
《柳如是别传》 陈寅恪著,上海古籍出版社,1980 年
《谈艺录》 钱锺书著,中华书局,1996 年重印
《照隅室古典文学论集》 郭绍虞著,上海古籍出版社,1983 年
《中国文学批评史》 郭绍虞著,上海古籍出版社,1979 年
《袁中郎研究》 任访秋著,上海古籍出版社,1983 年
《清诗史》 严迪昌著,台北:五南图书出版公司,1998 年
《清人诗集叙录》 袁行云著,文化艺术出版社,1994 年
《宋明理学与文学》 马积高著,湖南师范大学出版社,1989 年
《钱谦益诗歌研究》 裴世俊著,宁夏人民出版社,1991 年
《晚明文学新探》 马美信著,台湾圣环图书有限公司出版,1994 年
《中国江浙地区十四至十七世纪社会意识与文学》 陈建华著,学林出版社,1992 年
《中国文学批评史》(明代卷) 袁震宇、刘明今著,上海古籍出版社,1996 年
《明代诗文的演变》 陈书录著,江苏教育出版社,1996 年
《明代文学复古运动研究》 廖可斌著,上海古籍出版社,1994 年
《晚明士人心态及文学个案》 周明初著,东方出版社,1997 年
《李贽与晚明文学思想》 左东岭著,天津人民出版社,1997 年
《王学与中晚明士人心态》 左东岭著,人民文学出版社,2000 年
《明清之际士大夫研究》 赵园著,北京大学出版社,1999 年

《竟陵派与晚明文学革新思潮》 竟陵派文学研究会编,武汉大学出版社,1987 年
《汤显祖编年评传》 黄芝冈著,吴启文校订,中国戏剧出版社,1992 年
《汤显祖评传》 徐朔方著,南京大学出版社,1998 年
《徐文长评传》 骆玉明、贺圣遂著,浙江古籍出版社,1987 年
《利玛窦神父传》 法·裴化行著,商务印书馆,1993 年
《李卓吾评传》 容肇祖著,中国书局,1947 年
《清代各省禁书汇考》 雷梦辰编著,北京图书馆出版社,1989 年
《明清徽州农村社会与佃仆制》 叶显恩著,安徽人民出版社,1983 年

后　记

本书是在我的博士论文《晚明诗歌研究》的基础上修订而成的。去年五月，王水照先生在论文答辩会上，建议我在论文基础上撰写一部《晚明诗史》，这也一直是业师严迪昌先生的期望。遵循二位先生的教导，我在毕业后曾打算做这方面的尝试。但撰著"诗史"，既需要"史才"，又需要广博的学识，在我，年始而立，学力有限，更谈不上"史才"了，只好作罢，希望将来完成一部《明代诗史》，以不负先生的厚望。

我对明代诗文喜爱有加，敬佩许多明代作者的胆气学识和天才创造，所以在书中给他们以较高的评价。李杲堂批评陈子龙等人选明诗囿于一见，陈田也由此感慨李杲堂"最识文人苦心"。我非常赞同他们的观点。其实，陈子龙抨击公安、竟陵，钱谦益丑诋钟、谭，王夫之痛斥万历中叶以后的文风，何尝不是一种"文人苦心"，但四百年的历史过去，他们期望的"大书特书"式的批评竟然成了一种反讽。无疑，钱谦益、朱彝尊、王夫之在批评明诗的历史上具有举足轻重的地位，均不失为"明诗之功臣"，本书颇多援引他们的论辞，而且辩驳之论居多，难免有"多口好奇"之嫌。我的本意是希望通过批评来发现其历史局限，这种作法在当前似乎还是必要的。清理这些问题相当困难，不只因为现代的批评与之纠缠太密，原因还在于指责它的同时，要付出个人误评和谬说的代价。

本书意在搜寻、梳理及整合大量文学史料,从诗歌发展的区域性、文人心态、文人结社、诗歌创作、诗风演变等角度,对晚明诗歌作较全面的综合研究。议论涉及的作家不下数十位,其中一些诗人的成就并不高,但还是被选入论述范围,这大致是借鉴了陈济生编《天启崇祯两朝遗诗》的作法,因人而论,至于风华冠绝一代的山人诗人的大量入选,非出于个人的偏嗜,而实是较真实地反映了当时文坛的状况。

书稿草成,即请序于迪昌师,先生欣然应允七月赋序,不虞罹病数月,未克其事。先生为本书的撰写付出了艰辛的劳动,我衷心感谢恩师的悉心指导和教育,并祝他早日康复。王水照、钟振振、杨海明、王永健、潘树广、马亚中、邱鸣皋、孙映逵、张仲谋诸先生对论文提出了许多宝贵的修改意见,裴世俊师一直关心我的生活和学习,殷切盼望本书早日出版,郑州大学文化与传播学院的领导和古代文学学科点的师长学友也给予我热情的关怀,在此向他们表示感谢。特别还要感谢陈飞先生和周绚隆先生,没有他们的关爱与支持,本书难以如此顺利地出版。师友的关心和鼓励,使我不敢懈怠,这本小书将激励我在明清诗文研究的学术道路上加倍努力。

李圣华记于郑州大学寓所

2002年冬